Carol Thurston

Eine Liebe für die Ewigkeit

Carol Thurston

Eine Liebe für die Ewigkeit

Aus dem Amerikanischen
von Rainer Schmidt

Limes

Die Originalausgabe erschien
1998 unter dem Titel
The Eye of Horus
bei Avon Books, New York

1 2 3 99 98

Satz: Wilhelm Röck, Weinsberg
Druck und Bindung: GGP, Pößneck

ISBN 3-8090-2431-7

Himmel und Erde
verschwören sich dazu,
daß alles, was gewesen ist,
vernichtet und zu Staub
verwandelt werde.
Nur die Tagträumer
rufen die Schatten
der Vergangenheit zurück
und flechten Netze aus
dem ungesponnenen Faden.
Isaac Bashevis Singer

IM JAHRE ZWEI DER HERRSCHAFT TUTANCHAMUNS

(1359 vor Christus)

Sechzehnter Tag,
vierter Monat des Hochwassers

Das plötzliche Geräusch erschreckte mich. Es war nicht ungewöhnlich, daß jemand nachts an meine Tür klopfte. Aber meine Gedanken waren gerade weit entfernt von den Sorgen der Lebenden, da ich dabei war aufzuzeichnen, was ich ein paar Stunden zuvor im Hause der Verschönerung erfahren hatte. Als ich die Tür öffnete, sah ich zu meiner Überraschung einen riesenhaften Mann, der zwischen zwei nubischen Fackelträgern stand und eben die Faust hob, um noch einmal an die Tür zu hämmern. »Hole den Arzt Senachtenre, und zwar schnell«, befahl er. Flammen züngelten in seinen Augen wie bei einem zornigen Anubis, der kam, um Rache zu nehmen an einem, der es wagte, seine Toten zu schänden.

»Ich bin Senachtenre.« Ich hob die Lampe, um die Schatten zu vertreiben, die seine Hakennase und die ausgeprägte Stirn warfen, und da wußte ich, daß ich ihn schon einmal gesehen hatte. Er hatte ein Gesicht, das man nicht vergaß: Eine weiße Narbe verlief quer über die Wange und zog den unbarmherzigen Mundwinkel herab.

»Dann komm. Es ist keine Zeit zu verlieren.«

»Erst muß ich meine Arzneitasche holen.«

»Laß dir nur nicht einfallen zu trödeln, *sunu*, sonst wird die Dame, die heute nacht auf den Ziegeln kniet, ganz sicher sterben. Sollte das geschehen, wirst du dir vor deinem Ende wünschen, Amuns Licht wäre niemals über deine Tür gefallen.«

Ich hielt den Mund; ich wußte, es ist immer der geringere Mann, der wichtig klingen muß, einfach weil er es nicht ist. Also machte ich mich daran, die Beutel mit den Kräutern zu füllen, die ich womöglich brauchen würde, um eine Frau in den Wehen zu behandeln. Dann löschte ich alle Lampen bis auf die vor dem Schrein Thoths und trat vors Haus.

Er schlug ein schnelles Tempo an und mied die Straßen und Gassen, in denen die Leute auch nach Einbruch der Dunkelheit noch standen und miteinander tranken und plauderten, um die Neuigkeit zu feiern, daß der junge Horus auf Erden sich die Prinzessin Anchesenamun zur Hauptfrau genommen hatte. Am Stadtrand nahmen wir den Pfad zum ummauerten Bezirk des Amun. Mein stummer Begleiter ging nicht, wie ich erwartet hätte, außen um den großen Tempel des Gottes herum, sondern führte uns zwischen den Doppeltürmen des wuchtigen Tempeltores von Osiris Amenhotep hindurch. Vom Innenhof aus folgten wir dem Ufer des Heiligen Sees, ohne auch nur einmal innezuhalten, um dem Gott, über dessen geweihten Boden wir hier schritten, die Ehre zu erweisen. Dann nahmen wir einen Weg, der nur den Priestern bekannt war. Was konnte nur ein reicher Herr wie der seine von einem gewöhnlichen Arzt wie mir wollen, wenn er doch jeden der erhabenen Priester aus dem Haus des Lebens bekommen konnte?

Wir gingen durch ein Tor in der hinteren Mauer des Tempelbezirks, und jetzt umschloß uns wirklich Dunkelheit, bis wir zu einer Wächterstube gelangten, die in eine andere Mauer eingelassen war. Auf einen Ruf meines schweigsamen Begleiters hin schwang das Tor auf und offenbarte eine prachtvolle weiße Villa. Sie wirkte auf mich beinahe lebendig, wie ein schimmernder weißer Schmetterling mit ausgebreiteten Flügeln. Als wir uns dem hohen Mitteltrakt des Hauses näherten, bemerkte ich, daß die zweiflügelige Holztür mit Bildnissen der Tiere verziert war, welche die sieben Götter der Schöpfung darstellten, Schnitzereien mit Intarsien aus Karneol, Elfenbein und Ebenholz.

Drinnen führte mich mein Begleiter quer durch den Vorraum und einen halbdunklen Gang hinunter zu einem weiten Raum mit hoher Decke. Die Wände hier waren nicht nur jungfräulich weiß, sondern schmucklos wie die sechs Säulen, die Lotosstielen gleich die dunklen Holzbalken der Decke trugen, wo das ganze Pantheon der Götter in bunten Farben gemalt in einem himmlischen Garten tanzte und spielte. Niemals in den zweiundzwanzig Jahren meines Lebens hatte ich einen solchen Raum gesehen: von heiterer Stille und zugleich von knisterndem Leben erfüllt, ein Paradox, das ich noch zu entwirren versuchte, als ein Mann sich von dem gepolsterten Sims am anderen Ende des Raumes erhob und mir entgegenkam. Er schien Mitte Dreißig zu sein, auch wenn die ärmellose weiße Tunika die muskulösen Arme eines zehn Jahre jüngeren Mannes sehen ließ. Erst als er unter der Lampe hindurchging, die von einem der Deckenbalken herunterhing, sah ich, daß sein Kopf kahlrasiert war. Gleichwohl trug er rote Ledersandalen unter dem langen weißen Rock, ein weiteres Paradox, denn es kommt selten vor, daß ein Priester seine Füße bedeckt.

»Du bist der Arzt Senachtenre?« Ich nickte und legte die flachen Hände zusammen, ohne den Blick von seinen Augen zu wenden. Sie hatten die Farbe des Nachmittagshimmels. »Nur die Hebamme und zwei Zofen sind bei meiner Gemahlin«, sagte er ohne feierliche Umstände. »Alle andern wurden fortgeschickt.« Ich konnte kaum glauben, daß ein Mann wie er bei einer seiner Frauen, und wäre es die niedrigste Konkubine, auf die frommen Gesänge der Priester verzichten würde, und vermutlich sah er es mir an. »O ja, *sunu*, dein Ruf eilt dir weit voraus, sogar bis hierher. Aber ich warne dich: Stolpere nicht über deinen Stolz. Wenn du Hilfe brauchst, mußt du es nur sagen, und ich schicke jemanden zum Haus des Lebens oder sonstwohin. Außerdem ersuche ich dich, alles, was hier geschieht, als Vision zu betrachten, die im Schlaf zu dir kommt: stofflos im Lichte Res.«

»So ist es bei allen, die ich behandle, Herr. Was immer du von mir weißt, kam aus ihrem Munde, nicht aus meinem.«

»Dann geh zu ihr, und möge Amun dich leiten wie auch mein Kind.« Er nickte seinem Diener zu, der in der Tür stehengeblieben war. »Pagosch wird dir den Weg zeigen.«

Ich folgte dem Mann, den er Pagosch nannte, eine Treppe hinauf zum Schlafgemach einer Wohnung, die gut genug für eine Göttin gewesen wäre. Dort lag die Frau des Priesters zusammengekrümmt, wie sie einst im Leib ihrer Mutter gelegen haben mußte. Zwei Dienerinnen kauerten neben einem Gebärschemel an einer Seite des Raumes, und eine weißhaarige Alte saß bei dem baldachinüberspannten Lager und summte ein wehmütiges Wiegenlied. Als ich eintrat, brach sie ab und wandte sich mir zu, um mich zu begrüßen.

»Amun sei Dank, daß du da bist. Ich bin Harwa, Hebamme der Göttlichen Gemahlin des Gottesvaters. Aber ich fürchte, es ist zu spät selbst für einen wie dich, der du die Geheimnisse des großen Imhotep kennst, möge sein *ka* leben in Ewigkeit.« Es traf mich wie ein unerwarteter Wurfstock: Der Mann, der mich unten begrüßt hatte, war der Priester namens Ramose, der Mann, der Amun-Res Land und alle seine Erzeugnisse verwaltete, von den wachsenden Goldschätzen des Gottes nicht zu reden.

»Ich will die Behandlung versuchen«, murmelte ich und tat nicht erst so, als wollte ich meine Schriftrollen konsultieren, auch wenn ich mich damit auf ein günstiges Ergebnis festlegte, denn es wäre ein anzeigepflichtiger Verstoß, sollte ich scheitern. Als erstes legte ich die Finger an die Schlagader am Hals der Dame, dann unten an ihre Kehle, und sofort wußte ich, daß sie nicht entbinden würde, wenn ich nicht ihr Herz kräftigen und sie vor allem in eine kniende Position bringen könnte. Ich nahm ein Päckchen mit getrockneten Hyänenzungen aus der Tasche und wies eine der Zofen an, mir einen Krug Bier zu bringen. »Und du«, rief ich der anderen zu und deutete auf die Schüssel, die in einer Ecke des Zimmers auf einem Kohlenbecken stand, »du schüttest das aus und bringst mir sauberes Wasser.« Dann legte ich der Dame eine gespreizte Hand auf den Leib und wartete auf den Augenblick, da er sich anspannte. Als ein rauhes Grollen aus ihrer Kehle drang, schaute ich ihr zum ersten Mal richtig ins Gesicht und riß die Hand weg, als hätte ich in ein Feuer gegriffen.

Einen Augenblick lang konnte ich nur in das Antlitz starren, von dem ich geglaubt hatte, es sei für alle Zeit aus diesem Leben verschwunden, von dem Pylon vor dem Tempel des Re-Harachte abgesehen, über den sie hinwegschreitet. Aber der Schatten ihres königlichen Vaters liegt über ihrem Gesicht, in den mandelförmigen Augen und auf dem energischen Kinn, und so sehr ich mich bemühte, an meinen Augen zu zweifeln, ich wußte in meinem Herzen doch, wer sie war. Nofretete. Die Schöne. Tochter des Prächtigen Amenhotep. Die Große Königliche Gemahlin des Ketzers Echnaton, Königin der Zwei Länder. Und dann, kurz vor dem Ende, Nefer-neferu-aton Semenchkare, Horus auf Erden.

Aber sie war nicht mehr Königin noch König, und ich hatte keine Ahnung, wie ich sie anreden sollte, selbst in der Abgeschiedenheit meiner eigenen Gedanken. Zumindest wußte ich, daß dieses Kind nicht ihr erstes war; also versuchte ich mir zu überlegen, ob es noch andere Gründe geben konnte, weshalb es nicht kommen wollte. Aber der Gestank, den die Priester, die vor mir dagewesen waren, mit ihren Ritualen hinterlassen hatten, lag mir wie Rauch vor den Augen. »Warum brennt hier kein Weihrauch, um die Luft zu verbessern?« fragte ich die Hebamme.

»Majestät wünscht nicht ...« begann Harwa und verbesserte sich dann. »Meine Herrin klagt darüber, daß der Rauch ihr in den Augen brennt.«

»Trotzdem«, befahl ich, damit sie wußte, wer jetzt hier zu sagen hatte. Ich goß ein wenig Bier in meinen Bronzebecher, gab ein Quantum zerriebene Hyänenzunge dazu, rührte mit einem Holzstäbchen um und stellte die Mischung beiseite, um sie ziehen zu lassen. Dann rieb ich mir die Hände mit dem Pulver aus dem Wadi Natron ein und legte sie wieder auf den gewölbten Bauch der Dame; diesmal tastete ich abwärts nach dem Kopf des Kindes. Er war nicht da, wo ich ihn erwartete. Aber statt seiner war auch nicht das Hinterteil zu spüren. Mehr brauchte ich nicht zu wissen. Ich nahm ein hohles Stück Horn aus meiner Tasche, schob ihr das spitze Ende zwischen die Lippen und goß ein paar Tropfen von dem präparierten Bier hinein.

Als ihr die Flüssigkeit in die Kehle rann, hustete sie und riß die Augen weit auf. »Nur ruhig, Herrin. Ich bin Senachtenre, der Arzt.« Sie schaute mir kurz und forschend ins Gesicht; dann nahm sie mir den Becher aus der Hand und trank ihn leer.

Bei der nächsten Wehe krümmte sie sich so, daß Schultern und Knie sich vom Sofa hoben, und doch stöhnte sie nicht einmal. »Es schadet nichts, wenn du schreist, und vielleicht hilft es sogar«, sagte ich zu ihr; ich konnte ja nichts tun, um ihre Schmerzen zu lindern, wenn ich nicht zugleich ihren Willen, das Kind herauszudrücken, schwächen sollte. Als die Verknotung sich langsam wieder löste, schob ich die Finger in den Geburtskanal und stellte fest, daß der Gebärmutterhals weit genug war, um das Kind durchzulassen. Mit einer Hand drinnen und einer draußen ertastete ich, daß das Kind in ihr auf der Seite lag.

»Wie lange ist sie schon so?« fragte ich Harwa und ließ die eine gespreizte Hand auf dem Leib der Dame liegen, um herauszufinden, wie weit das Kind sich von Anfang bis Ende der nächsten Wehe bewegen würde.

Die Hebamme warf einen Blick auf die Wasseruhr. »Seit drei Stunden, vielleicht vier. Ich hätte schon eher nach dir geschickt, aber die Priester mußten ja über ihren glimmenden Widderhaaren murmeln und noch einmal ihre Schriftrollen konsultieren ...« Sie brach ab und befürchtete, sie habe vielleicht schon zuviel gesagt.

»Dann wacht Isis ganz gewiß über dem Kind«, beruhigte ich sie. Als ich das Einsetzen einer neuen Wehe fühlte, wandte ich mich wieder der Gebärenden zu.

»Hör gut zu, *sunu*«, flüsterte sie und stemmte sich mühsam auf den Ellenbogen hoch. »Ich habe viel von deinem geschickten Umgang mit entbindenden Frauen gehört, und zwar nicht in den Erzählungen der Bauern. Also bilde dir nicht ein, du kannst mich im Stich lassen und am Leben bleiben. Dieses Kind *muß* leben und *wird* leben.«

»Dann beschwöre du Isis, noch ein Weilchen über ihm zu wachen, während ich mich bemühe, seine Füße auf den Weg in diese Welt zu setzen.«

»Ich habe es nicht nötig, irgendeinen anderen Gott um Hilfe zu bitten!« Selbst in den Krämpfen eines Vorgangs, den sie mit jeder anderen Sterblichen gemeinsam hatte, beharrte sie also noch auf ihrer Unsterblichkeit. Ich wartete, bis ihr Uterus sich entspannte, befahl ihr, tief Luft zu holen, umfaßte mit der einen Hand den Kopf des Kindes und mit der anderen sein Hinterteil, und dann begann ich abwechselnd zu streicheln und seinen Kopf herunterzudrücken. Eine Zeitlang arbeiteten wir zusammen; ich drehte das Kind Stückchen für Stückchen, während jede Wehe stärker wurde als die vorige. Sie aber unterdrückte den

Schrei, der ihr sicher die Kehle zu zerreißen drohte. Ihre Willenskraft erfüllte mich mit Ehrfurcht.

Eine plötzliche Gleitbewegung verriet mir, daß das Kind in eine neue Position gerutscht war. Ich legte der Dame eine Hand auf den Bauch, bereit zum Zudrücken, und wartete.

Wenig später hielt ich ein kleines Mädchen in den Händen. Ich wischte ihm den Schleim vom Gesicht, fuhr mit dem Finger in den Mund, um den Atemweg zu öffnen, und fühlte, wie die Brust sich dehnte. Dann stieß es einen lauten, zornigen Schrei aus.

»Du hast eine Tochter«, sagte ich, wenngleich das vermutlich keine Überraschung für die Mutter war, nachdem sie bereits sechs zur Welt gebracht hatte, gezeugt vom Ketzer. Ich legte ihr das Kind auf den Leib, band die Nabelschnur mit zwei Leinenfäden ab und wartete darauf, daß das Blut langsamer pulsierte. Mit dem Messer, das Harwa im Feuer des Kohlenbeckens für mich geglüht hatte, durchtrennte ich die Verbindung zwischen den beiden, eine Handlung, die ich so verstörend finde wie sonst nichts, was ich als Arzt zu tun habe, denn von diesem Augenblick an existiert jeder von uns in Ewigkeit allein.

Das Kind hörte auf zu schreien und fing an, mit den Beinen zu strampeln und in der neu gewonnenen Freiheit zu schwelgen. Ich rieb es trocken und reichte es Harwa. »Wickelt sie in eine Decke, und schickt jemanden, der es dem Vater sagt.« Dann wandte ich mich seiner Gemahlin zu, aber sie blickte weg. »Laß mich in Frieden, *sunu*. Mein Teil der Abmachung ist erfüllt.« Das schien mir eine seltsame Bemerkung zu sein, aber daß sie Ruhe wollte, konnte ich ihr nicht verdenken. »Erst wenn die Nachgeburt da ist«, sagte ich.

Sie erhob keine Einwände mehr. Ich fragte mich nur, warum sie das Gesicht auch von ihrer neuen Tochter abwandte. Vielleicht hat sie ihre Illusionen verloren, dachte ich, da die drei jüngsten Kinder, die sie mit dem Ketzer hatte, von derselben Pest dahingerafft wurden, die auch das jüngste Kind der Königin Teje, ihrer Schwiegermutter, raubte. Manche behaupten sogar, daß ihre älteste Tochter sich in den Fluß gestürzt habe, um ihrem Vater nicht noch ein Kind gebären zu müssen, eine Geschichte, die an Glaubwürdigkeit gewann, nachdem ihre elfjährige Schwester im Kindbett gestorben war. Nur ein Kind lebte noch, Tutanchamuns neue Königin, und jetzt diese winzige Tochter, deren Vater ein Amunpriester war.

Ich gab Harwa ein Päckchen mit gemahlener Kessowurzel für den Fall, daß ihre Herrin über Schmerzen klagen sollte. »Außerdem soll sie in Ziegenmilch gekochten Lauch essen, damit die Blutung aufhört.« Ich überlegte, worum ich mich sonst noch kümmern mußte. »Ist die Amme des Kindes da?«

»Ani, geh Merit suchen«, rief Harwa einer der Frauen zu. »Sag ihr, der *sunu* will sie sprechen.« Als die junge Frau erschien, verkündete die Hebamme: »Wieder eine Tochter, Merit, wie ich es vorausgesagt habe.«

Die Amme war höchstens achtzehn Jahre alt. Sie nahm das Kind auf den Arm, sah mich mit schüchternem Lächeln an und reichte dem kleinen Mädchen die Brust.

»Dein eigenes Kind ist wohlauf?« erkundigte ich mich.

»Er ist vor zwei Nächten zu Osiris gegangen«, flüsterte sie, ohne mich anzusehen.

»Das tut mir leid.« Mir blieb jetzt nichts anderes übrig, als sie weiter zu bedrängen. »Kannst du mir beschreiben, wie es ihm ging? War er heiß, oder ...?«

»Harwa sagt, er ist zu früh gekommen.« Sie versuchte die Tränen niederzukämpfen, die ihr in die Augen stiegen. »Er konnte kaum atmen.« Das Kind an ihrer Brust schlief in diesem Moment ein. Merit schaute mich an, und ich konnte ihr durch die Augen bis ins Herz blicken. »Auch das hier wird ...«

Ich schüttelte den Kopf. »Sie braucht nur Ruhe nach ihrer langen, schweren Reise.« Die junge Amme hielt das Kind dicht an sich geschmiegt, während ich sie anwies, alles Wasser, das sie benutzte, zum Baden wie zum Trinken, zuvor durch ein feingewobenes Tuch zu gießen. Als ich mich abwandte, um meine Sachen zu packen, fragte sie: »Ist das alles?«

»Oohhh ...« Ich stieß die Luft aus und tat, als müsse ich nachdenken. »Vermutlich wird es auch nicht schaden, wenn du sie ab und zu umarmst oder mit ihr spielst.«

Es dauerte ein Weilchen, bis in ihren Augen das Verstehen und dann das Entzücken aufleuchtete. »Ich werde genau tun, was du sagst, Herr, in jeder Hinsicht.«

Ich faltete die Hände und senkte das Kinn auf die Fingerspitzen. »Dann gehe ich jetzt. Mögen die Götter dir einen freudigen Leib gewähren, einen gesunden Mund, Gliedmaßen, die jung bleiben in Ewigkeit, und ein langes und glückliches Leben.«

Als ich das Haus Ramoses kurz darauf verließ, war das Herz mir warm in dem Wissen, daß das Kind, dem ich in die Welt geholfen hatte, von einer Frau versorgt werden würde, die so viel Liebe zu geben hatte. Denn ich habe den Verdacht, von der Frau, die ihm das Leben geschenkt hat, wird es wenig genug bekommen. Deren Ehrgeiz, das weiß man, übersteigt sogar den der alten Königin, Osiris Amenhoteps Großer Königlicher Gemahlin. Und von dem Vater, der den täglich wachsenden Reichtum Amuns beaufsichtigt, hat das kleine Mädchen wohl auch nicht mehr zu erwarten. Wie lange, frage ich mich, wird es wohl dauern, bis er in der Lage ist, die Träume seiner Dame wahr werden zu lassen?

I

Denver, 18. November

Das Skelett war schrecklich zugerichtet, aber man konnte nicht erkennen, ob diese Mißhandlungen Taschat vor oder nach dem Tode zugefügt worden waren.

Kate warf den Zeichenstift beiseite, ging quer durchs Zimmer und blieb in einigem Abstand vor dem Bildbetrachter an der Wand stehen. Sie ließ den Blick noch einmal über die Zerstörungen wandern, vom zersplitterten Schlüsselbein bis zu der Linearfraktur des linken Oberarmknochens und zum Brustkorb. Dann trat sie von der Ganzkörper-Röntgenaufnahme zurück, um vielleicht etwas »Ungewöhnliches« im Winkel der gesplitterten Rippen zu erkennen, im Muster der Knochenfragmente, die im ganzen Thoraxraum verstreut waren. Aber statt dessen wanderten ihre Blicke nach unten, zu dem sorgsam zwischen Taschats Schenkeln positionierten Schädel.

Wer konnte das sein? Und vor allem: Warum war er dort?

Kate wußte, daß die aufgemalte Maske der Mumie nur der Person darunter gleichen sollte, damit Taschats umherschweifende Seele jeden Abend den Körper wiederfand, zu dem sie gehörte. Aber es war gerade dieses unendlich faszinierende Gesicht, das sie zu der festen Überzeugung gebracht hatte, daß dieser zweite Schädel nicht versehentlich hier hineingeraten war.

Sie drehte sich um und betrachtete die straff bandagierte Gestalt, die auf der Werkbank neben ihrem Arbeitstisch lag, und bemühte sich, die zwei Bilder in ihrem Kopf zusammenzufügen: die blauen, mutwillig funkelnden Augen in einem Gesicht, das von Jugend und Lebenskraft leuchtete, und den makabren Totenkopf, der sich darunter verbarg. Aber statt dessen sah sie plötzlich für einen kurzen Moment ein strahlendes junges Mädchen durch ein offenes Fenster, und sie sah, wie sie eine blaue Lotosblüte in ihre widerspenstigen schwarzen Locken schob. Sie winkte jemandem hinter ihr munter zu und lief dann hinaus, durch die staubigen Straßen von Theben, begleitet von einem kleinen weißen Hund. Als Kate sie auf der Straße sah, erwiderte sie unwillkürlich Taschats strahlendes Lächeln und schrak dann verlegen zusammen, als ihr klar wurde, was sie hier tat.

»Ich habe ihm gesagt, daß das Museum gleich schließt«, beklagte sich Elaine, als sie in den Arbeitsraum kam, »und daß alle anderen schon Feierabend gemacht haben, aber ...«

»Ich bin nur für zwei Tage in Denver«, erklärte der Mann, der ihr folgte, »um die Hinterlassenschaft meiner Großmutter zu regeln. Sie hat eine Menge Zeit im Nahen Osten verbracht; deshalb dachte ich, hier bin ich an der richtigen Stelle – es geht um zwei Schmuckstücke, die ihr gehört haben. Ich will Ihnen natürlich das übliche Gutachtenhonorar zahlen.« Mit beiläufigem Lächeln streckte er die Hand aus. »Maxwell Cavanaugh ist mein Name.«

»Kate McKinnon«, sagte sie und ergriff die Hand. Dann sah sie Elaine an. »Gehen Sie doch schon los und schließen Sie die Informationstheke. Sagen Sie mir nur Bescheid, wenn Sie gehen wollen.« Elaine nickte, aber sie warf dem Mann einen durchdringenden Blick zu, als sie hinausging.

Kate sah den kurzen, graumelierten Bart und das Tweedjakkett, zu dem er eine verwaschene Jeans und ein weißes Hemd mit offenem Kragen trug, und kam zu dem Schluß, daß er ein Alt-Hippie war. Eine aussterbende Rasse. »Ich kann mir ansehen, was Sie da haben, aber eigentlich müßten Sie mit Cleo Harris sprechen, unserer Kustodin für Kunst des Nahen Ostens.«

»Es sind nur zwei Stücke. Halsketten.« Er zog eine Perlenkette aus der Tasche seiner Sportjacke. »Meine Großmutter hatte ein leidenschaftliches Interesse an Archäologie, und die hier sieht für mich ägyptisch aus. Ich dachte mir, vielleicht ist die Kette sogar antik.«

An ihrem Klang erkannte Kate, daß die Perlen aus Glas waren, aber nicht ägyptisch und auch nicht so alt, das sah sie auf einen Blick. Auch sie interessierte sich nämlich leidenschaftlich für alles und jedes, was mit Ägypten zu tun hatte. Das war der Grund, weshalb sie sich damals auf dem College zu Cleo hingezogen gefühlt hatte, allen anderen Differenzen zum Trotz – Cleos Neigung zu Freunden, die Rauschgift nahmen, was Kate für Masochismus hielt, und Kates Interesse an Medizin, die Cleo langweilig fand. Was sie miteinander verbunden hatte, war die gemeinsame Begeisterung für die Art, wie die Ägypter gelebt hatten, nicht nur für ihren Umgang mit dem Tod. Das und der Umstand, daß ihre Eltern beide geschieden waren. Statt in den Ferien nach Hause zu fahren, waren sie deshalb durch die Museen gezogen; Kate hatte detaillierte Zeichnungen für die »Artefakten-Akte« ihrer Zimmergenossin angefertigt, während Cleo für das Wo, Wann, Wie und Warum gesorgt hatte. Heute war Cleo eine Autorität in allem, was antiken Schmuck anging, nicht nur Schmuck aus Ägypten, sondern auch aus ganz Mesopotamien und der Türkei. Außerdem war sie ein Altkleider-Freak, und dadurch wußte Kate auch ziemlich sicher, welcher Herkunft die Halskette war, die ihr Besucher da mitgebracht hatte.

»Die dicken grünen Perlen sind mit Ritzzeichnungen versehen, die ägyptischen Hieroglyphen gleichen sollen; insofern haben Sie recht: Sie sehen wirklich ägyptisch aus«, pflichtete sie ihm bei; sie war bemüht, die Enttäuschung abzumildern. »Aber sie sind zu symmetrisch und zu blank, um antik zu sein.« Sie deutete auf die kleinen weißen Perlen. »Die hier sollten wahrscheinlich aussehen wie Scheiben eines Papyrusstengels, aber die Stengel des Papyrus, der am Nil wuchs, waren rund. Diese sind im Querschnitt dreieckig wie die Pflanzen, die wir hierzulande ziehen, meistens in Töpfen, weil sie frostempfindlich sind.«

Er zog eine Braue hoch. »Meine Großmutter hatte ein verdammt gutes Auge, einen kundigen Blick und dazu eine Art sechsten Sinn, wenn irgendwo etwas nicht stimmte. Sie ließ sich durch Plunder nicht täuschen.«

Kate bezweifelte, daß »ein kundiger Blick« für Maxwell Cavanaugh dasselbe bedeutete wie für sie, denn sie hatte schon vor langer Zeit begriffen, daß die meisten Leute einfach nicht sehen konnten, was sie sah. Zum Teil lag es daran, daß sie nicht gelernt hatten, die Dinge bewußt zu beobachten, aber es hatte auch etwas damit zu tun, wie sie emotional auf das, was sie sah, reagierte. Wie in dem Sommer, als sie und Cleo mit dem Schiff nach Europa gefahren waren. Cleo hatte einfach nicht verstanden, weshalb Kate Stunde um Stunde an Deck verbringen wollte, wo sie zuschaute, wie das brodelnde Blau und Grün im Kielwasser des Schiffes sich verbreiterte und bis zum fernen Horizont erstreckte – ein Anblick, der ihr intensiv bewußt werden ließ, daß sie lebte. Bei jedem Sonnenuntergang hätte sie am liebsten geweint. Konnten so auch die alten Ägypter empfunden haben, wenn Re, der Gott aller Götter, über dem westlichen Horizont in den Tod ging?

»Ich habe nicht gesagt, daß es Plunder ist«, sagte sie zu ihrem Besucher. »Wahrscheinlich stammt die Kette aus den späten zwanziger oder frühen dreißiger Jahren, aus der Zeit, nachdem Howard Carter das Grab Tutanchamuns entdeckt hatte. Der

Ägypterlook war damals große Mode und beeinflußte alles vom Schmuck- bis zum Möbeldesign. Man spricht von Ägyptomanie, und die Sachen haben hohen Sammlerwert. Die Perlentroddel am unteren Ende ist ganz im Stil der zwanziger Jahre; es ist also eine hübsche Kombination aus Ägypterlook und dem Stil jener Zeit, als man Ketten trug, die bis hierher reichten« – sie hielt die Kette hoch, damit er sehen konnte, wohin sie bei ihr reichen würde –, »und dazu diese kurzen Flatterkleider. Vielleicht war es ein Geschenk von jemandem, den Ihre Großmutter gern hatte«, erwog sie.

»Kann sein.« Er nickte und wühlte in seiner Tasche nach der anderen Kette.

Auf den ersten Blick sah Kate, daß diese Perlen aus Elfenbein waren, alle gleich groß und rund. Das Überraschende waren die beiden Stücke, die den Verschluß bildeten – ein schlanker Widderkopf aus Elfenbein und ein ovaler Ring, der sich über diesen Kopf schieben ließ –, und sie erregten ihre Aufmerksamkeit. Sie starrte die Kette an, überwältigt von einem Gefühl des ... ja, was war es? Verdattert blickte sie auf und sah, daß Maxwell Cavanaugh sie beobachtete wie ein Falke.

»Was ist?« fragte er mit leiser Stimme.

»Nichts. Ich dachte bloß einen Moment lang ... dieser Widderkopf erinnerte mich an ...« Sie schüttelte den Kopf. »Ich weiß es nicht.« Sie holte tief Luft. »Sie ist sehr schön. Und sehr alt.« Sie trat einen Schritt vor und wollte ihm die Kette abnehmen. Da sah sie, daß sein Blick sich hinter sie verlagerte.

»Was zum Teufel ist denn mit ihr passiert?« Ohne eine Antwort abzuwarten, ging er um sie herum, um die Ganzkörper-Röntgenaufnahme besser sehen zu können.

»Was macht Sie so sicher, daß es eine ›sie‹ ist?«

»Die Beckenwölbung und der Schwung des Darmbeins.«

Das Räderwerk in ihrem Kopf setzte sich in Gang. Ein Medizinanthropologe könnte ...

»Wie alt ist sie?« fragte er, bevor sie den Gedanken zu Ende führen konnte.

»Fünfzehn, nehmen wir an.«

»Ich schätze sie eher auf fünfundzwanzig, aber das meinte ich nicht.«

»Wieso? Ich meine, wie ...?« stammelte Kate.

»Die Enden der Tibia und die hinteren Backenzähne. Ich bin Radiologe.«

»Ach.« Sie schaute in skeptisch an. Jeder Arzt, dem sie je begegnet war – und sie war vielen begegnet –, hätte sich sofort als Doktor Cavanaugh vorgestellt, wenn er zur Tür hereingekommen wäre. »Wir glauben, daß sie vor dreitausenddreihundertfünfzig Jahren lebte, plus oder minus fünfundzwanzig Jahre. Gegen Ende der Achtzehnten Dynastie. Ihr Name war Taschat.«

»Wow!« Als er sich umdrehte, leuchtete sein Gesicht vor Aufregung. »Soll das heißen, um dreizehnhundertfünfzig vor Christus?«

Kate überlegte sich, daß er näher an vierzig als an fünfzig war. Der krause Bart enthielt zwar ein paar Silberfäden, aber der sauber getrimmte Schnurrbart ließ die glatten Lippen eines jüngeren Mannes sehen. Unberechenbare, fast eigenwillige Lippen.

Sie nickte. »Plus oder minus fünfundzwanzig Jahre.«

»Das ist unglaublich«, brummte er und wandte sich wieder der Röntgenaufnahme zu. »Aber vermutlich erklärt es auch, warum sie so übel aussieht.«

Kate vermutete, daß er auf den Brustkorb anspielte; die Frakturen dort waren nicht nur zahlreich, sondern auch verschoben. Aber sie tat, als habe sie ihn mißverstanden. »Eigentlich nicht. Die Kartonage, die versteifte äußere Leinenumhüllung des Leichnams, die mit Harz bestrichen und dann bemalt wurde, trägt keinerlei unbeabsichtigte Spuren. Selbst die Bemalung auf dem Holzsarg ist fast unversehrt. Was wohl nicht der Fall wäre, wenn man sie so viel bewegt oder fallen gelassen hätte, daß dabei das zustande gekommen wäre, was Sie hier sehen.«

Er wandte sich wieder der Röntgenaufnahme zu und fuhr mit dem Zeigefinger an dem langen Knochen zwischen der linken Schulter und dem Ellenbogen der Mumie entlang. »Sehen Sie diese feine Linie, die der Länge nach parallel zum Knochen verläuft? Eine Linearfraktur des Humerus sieht man praktisch nur nach einem schweren Sturz« – er krümmte den linken Arm und schlug mit der rechten Handfläche hart unter den Ellenbogen – »mit gekrümmtem Ellenbogen.«

Kate vergewisserte sich, daß er wirklich meinte, was sie dachte. Er nickte. »Da der linke Arm ausgestreckt an der Seite liegt, kann der Ellenbogen nicht so aufgeschlagen sein, wie ich es gerade beschrieben habe. Das bedeutet, daß mindestens eine dieser Frakturen zustande gekommen sein muß, als sie noch lebte – oder während des Einbalsamierens.« Er sah sie an. »Das ist es, was Sie herausfinden wollen, nicht wahr? Ob der Schaden vor oder nach dem Tode eingetreten ist.«

Kate nickte. »Niemand hätte damals den Brustraum geöffnet, um sie wieder zusammenzuflicken. Sie wußten nicht einmal, daß das Blut in einem geschlossenen System aus Venen und Arterien fließt, ganz zu schweigen von der Behandlung bei Infektion oder Schock. Wenn also irgend etwas davon zu Lebzeiten passiert ist ...« Sie zuckte die Achseln.

»Ja, schon das Atmen dürfte ziemlich qualvoll gewesen sein«, stimmte er zu. »Aber ich habe irgendwo gelesen, daß sie Alraune und Mohnsaft benutzten – Skopolamin und Morphium. Wir können also hoffen, daß irgendein antiker Arzt ihr ein bißchen zuviel davon verabreicht und sie so zur ewigen Ruhe geschickt hat. Keine schlechte Art, sich zu verabschieden, wenn es schon sein muß.«

Kates Herz fing an zu rasen, und das Blut rauschte in ihren Ohren, aber er wandte sich wieder dem Röntgenbild zu, um seine Bestandsaufnahme zu Ende zu bringen. »Die Fingerspitzen der rechten Hand verschwinden im Schatten, wahrscheinlich weil der Arm über dem Brustkorb liegt und die Finger um eine Brust gekrümmt sind. Die linke Hand dürfte an der Seite liegen, aber sie scheint von etwas bedeckt zu sein, das die Röntgenstrahlen nicht durchdringen konnten. Es sei denn, es ist ein technischer Fehler in der Aufnahme.«

»Bei einigen königlichen Mumien hat man goldene Fingerlinge gefunden, mit denen man beim Einbalsamieren die Fingernägel schützte. Aber wenn das der Fall ist, warum dann nur die linke und nicht auch die rechte Hand?«

Er gab keine Antwort, sondern wandte sich von der Aufnahme ab und reichte ihr mit entschuldigendem Lächeln die Kette. »Verzeihung. Ich glaube, ich habe mich ein bißchen hinreißen lassen. Was wollten Sie sagen – über die Kette?«

Er konnte doch den zweiten Kopf nicht übersehen haben! Kate ließ die Halskette durch die Finger gleiten und spürte, wie butterglatt sich das von der Zeit polierte Elfenbein anfühlte. Sie faßte sie beim Verschluß und ließ sie baumeln, um das Gewicht der Perlen zu prüfen. Wieder fiel ihr auf, wie absolut schlicht und zart das Stück gearbeitet war. »Haben Sie eine Ahnung, woher Ihre Großmutter die hat?« fragte sie.

»Solange sie lebte, habe ich die Kette nie gesehen. Aber ich habe einen Zettel gefunden; es stand nur ein Wort darauf: Assuan.«

Der geschnitzte Widderkopf sah nicht ägyptisch aus, aber bei Assuan war der Erste Katarakt gewesen, bevor man am Nil Staudämme gebaut hatte. Und der Gott des Ersten Kataraktes, einer der sechs Stromschnellen, die außer bei Hochwasser beinahe unpassierbar waren, hieß Chnum und sah aus wie ein Mann mit einem Widderkopf. »Es könnte ein wirklich bedeutendes Stück sein, und deshalb sollten Sie es Cleo Harris zeigen, der Kustodin, von der ich sprach. Mit altem Schmuck kennt sie sich besser aus als sonst jemand im Land.«

»Ja, das habe ich schon gehört. Ich wüßte aber trotzdem gern, weshalb Sie die Kette für bedeutend halten. Auf dem Flug von Houston hierher habe ich einen Artikel über den Handel mit gefälschten Netsukes gelesen – diesen kleinen Elfenbeinschnitzereien, die Japaner zum Kimono tragen ...?« Er wartete darauf, daß sie nickte. »Anscheinend können sie Elfenbein alt aussehen lassen, indem sie es in Tee einlegen ...«

»Das hier ist älter als jedes Netsuke.«

»Älter als fünfzehntes oder sechzehntes Jahrhundert?« fragte er wie aus der Pistole geschossen; anscheinend wollte er sehen, ob sie wußte, wie alt ein Netsuke sein konnte.

»Um ein paar hundert Jahre älter.« Wieder hob er eine Augenbraue. Um ihm einen Anreiz zu geben, das Stück Cleo zu zeigen, fügte Kate hinzu: »Ich glaube außerdem, daß die beiden Teile des Verschlusses älter sein könnten als der Rest. Alles, was aus Elfenbein gefertigt war, dürfte zu wertvoll gewesen sein, um es wegzuwerfen, selbst wenn einige der ursprünglichen Perlen verlorengegangen wären. Irgend jemand hätte immer die restlichen Stücke wiederverwendet ...«

»Das ist die eigentliche Frage, nicht wahr? Wer?«

Sie erklärte ihm, wer Chnum war. »Aber er hat gerade, gespreizte Hörner. Diese hier sind angewinkelt.«

»Müssen sie ja sein, oder? Damit der Ring über den Kopf paßt. Was ist mit Amun oder Amun-Re, oder wie Sie ihn sonst nennen? Wurde der nicht als Widder dargestellt?«

Das war ein Warnschuß vor den Bug, der sie veranlaßte, sich zweimal zu überlegen, was sie noch sagte. Maxwell Cavanaugh war offensichtlich kein gewöhnlicher Arzt. Er wußte zu viel über die alten Ägypter. »Der Widder war das Symbol für männliche Fruchtbarkeit. Deshalb hat er die ausgeprägten Hörner, selbst wenn sie dicht am Kopf liegen.« Sie strich mit dem Finger über den schlanken Kopf. »Dieser hier ist eher stilisiert, beinahe abstrakt.«

»Zu modern, meinen Sie?«

»Nein.« Was seine Frage implizierte, berührte ein Thema,

über das sie sich immer wieder ärgerte: die reflexhafte Geringschätzung antiker abstrakter Formen als primitiv. »Ich meine, von allem Zierat befreit, von allem bis auf das Wesentliche. Weibliche Fruchtbarkeitsstatuen aus den frühesten Gesellschaften sind zum Beispiel oft kopflos.« Seine Augen lächelten. Sie waren nicht ganz so blau wie Taschats, aber fast. »Nur ist dieses Stück nicht typisch ägyptisch. Es erscheint mir eher ... vielleicht von einer anderen Ikonographie beeinflußt. Aber ich bin natürlich keine Ägyptologin. Bestimmt weiß Cleo besser Bescheid.«

Sie reichte ihm die Kette zurück, und er ließ sie langsam in seine Handfläche rinnen, wo sie eine Pfütze aus altem Elfenbein bildete. Ganz plötzlich, als habe er einen Entschluß gefaßt, schnappten seine Finger zu, und er fragte: »Und wer ist der Kerl zwischen ihren Beinen?«

Kate hätte fast gelacht. Die Fähigkeit, allein am Schädel das Geschlecht zu erkennen, erforderte mehr als nur flüchtige Erfahrung im Umgang mit Röntgenaufnahmen. Max Cavanaugh hatte soeben bestätigt, was sie als Laie selbst vermutete: daß der zweite Schädel männlich war. Und es hatte das Museum keinen Cent gekostet. Er überraschte sie in einem fort. »Wir haben keine Ahnung«, gab sie zu. »Manchmal haben sie ein totgeborenes Baby mit in den Sarg gelegt, wenn die Mutter bei der Entbindung gestorben war, oder sie haben den Leichnam eines Verwandten oder Dieners im Grab des Pharaos mitbestattet, meistens aber in einer anderen Kammer. Dave Broverman, der Museumsdirektor, hält es für einen Patzer. Einen Irrtum.«

»Sie meinen, sie wurde vielleicht zu einem späteren Zeitpunkt noch einmal eingewickelt, nachdem man in ihr Grab eingebrochen war? Wie die Pharaonen, die man alle zusammen in einer verborgenen Grabkammer gefunden hat?«

»Sehen Sie selbst, wenn Sie möchten.« Kate wandte sich ab und deutete quer durch den Raum. Diesmal zuckten beide Brauen in die Höhe, aber er folgte ihr wortlos.

Mit seiner lebensechten Qualität übertraf Taschats Bildnis jedes Totenporträt, das Kate je gesehen hatte, selbst die aus der Periode, die man als Goldenes Zeitalter der ägyptischen Kunst betrachtete, und Maxwell Cavanaugh schien von diesem Gesicht ebenso fasziniert zu sein wie sie. Sein Blick wanderte über die ganze Kartonage von oben nach unten und kehrte immer wieder nach oben zu der Maske von Kopf und Schultern zurück, zu dem jugendlichen Gesicht mit den geraden Stirnfransen und dem weich herabfallenden, rabenschwarzen Haar.

»Nach der Inschrift auf dem Sarg war sie die Tochter eines Türhüters im großen Tempel des Amun zu Karnak«, sagte Kate. »Und das mit dem Türhüter würde ich nicht allzu wörtlich nehmen, denn ihr Ehemann war ein thebanischer Adliger.«

»Bedeuten diese Hieroglyphen denn nichts?« fragte er und deutete auf die Reihen der Zeichen, die in der Mitte der Kartonage von oben nach unten reichten.

»Das ist eine Art Grabspruch aus dem Totenbuch.« Sie machte eine kurze Pause und übersetzte dann für ihn. *»Bei meinem Tode laßt die Blasen meines Blutes süß schmecken auf meinen Lippen. Gebt mir keine Worte des Trostes. Gebt mir Zauber, das Feuer eines, der jenseits der Grenzen der Verzauberung ist. Gebt mir den Bann des guten Lebens.«*

Sie sah, wie er schluckte und den Kopf schüttelte, und unwillkürlich fragte sie sich, ob Maxwell Cavanaugh wirklich ein so cooler Typ war, wie man auf den ersten Blick dachte. Sie deutete auf den breiten Kragen, der aus strahlenförmigen Reihen von Fayence-Blumen und Blättern gebildet wurde. »Dieser Kragen ist ein weiterer Grund, weshalb wir glauben, daß sie während der Herrschaft Echnatons oder kurz danach lebte – des Pharaos, der eine neue Hauptstadt namens Achetaton begründete, wo heute Tell el-Amarna liegt. Er verbannte alle ihre Götter bis auf Aton, die Mittagssonne.«

Unterhalb des Kragens war die Kartonage mit kleinen Bildern bedeckt, die von gekreuzten goldenen Streifen umrahmt waren. Kate vermutete, daß sie entscheidende Szenen aus Taschats kurzem Leben darstellten. Cleo war natürlich anderer Ansicht, da sie meinte, »die Ägypter gingen niemals spielerisch mit den Toten um«. Aber in Kates Augen war jeder Ägyptologe, der töricht genug war, das Wort »niemals« zu benutzen, entweder ein Idiot oder betrunken. In diesem Fall traf das zweite zu: betrunken von Dave Broverman, dem Leiter des Museums.

»Wir wissen auch, daß Sandalen dieser Art aus dem vierzehnten Jahrhundert vor Christus aus Theben stammen.« Die pappmachéartige Fußmaske trug ein Paar Palmwedelsandalen, aber es waren nicht die üblichen Latschen mit einem Riemen zwischen den Zehen, sondern sie hatten eine Seitenwand, die aus der Sohle hervorging und die Frühform eines Schuhs bildete, und einen geflochtenen Riemen, der sich von der schmalen Spitze nach hinten zog und mit einem quer über den Rist gespannten Riemen ein T bildete.

»Dieser thebanische Adlige – war sie wohl seine einzige Frau?« fragte er.

»Ein reicher Mann, wahrscheinlich viel älter, und ein Mädchen von zwölf oder vierzehn Jahren?« Kate zuckte die Achseln. »Hört sich für mich nicht nach einer Liebesheirat an. Nicht, daß es ungewöhnlich gewesen wäre, so jung zu heiraten – in Anbetracht einer Lebenserwartung von dreißig bis vierzig Jahren oder, bei Bauern und Arbeitern, noch weniger. Ein reicher Mann konnte sich drei oder vier Frauen leisten, und dazu wer weiß wie viele Konkubinen. Aber die meisten Leute ihrer Klasse dürften wohl mit einer kompletten Pappkartonage über den Leinenbinden ausgestattet worden sein, nicht nur mit einer Kopf- und einer Fußmaske. Das läßt vermuten, daß sie eine niedere Ehefrau war, wahrscheinlich eine von mehreren.«

»Vielleicht wollte er keine drei oder vier Ehefrauen.« Ein Lächeln umspielte seinen Mundwinkel und lenkte ihre Aufmerksamkeit auf seine verschmitzten Lippen.

»Wie können wir das wissen?«

»Kann ich nicht genau sagen. Vielleicht hat es etwas mit ihren Augen zu tun. Oder mit ihrem Mund. Wahrscheinlich mit beidem – es sei denn, meine Fantasie geht mit mir durch.«

»Was ist denn ... mit ihren Augen?« Kate bemühte sich, ihn nicht zu bedrängen.

»Es ist nur ... sie sieht so lebendig aus.« Er schüttelte den Kopf; er war nicht zufrieden damit. »Als ob sich da ein Funken Mutwillen hinter dieser ernsten Fassade verbirgt – als ob sie irgendwo innerlich lächelte.« Er wurde rot und sah fast ein bißchen verlegen aus. »Sie werden mir jetzt hoffentlich nicht erzählen, daß es ein stilisiertes Porträt ist, das sie damals allen jungen Frauen verpaßt haben«, fügte er hinzu, als Elaine den Kopf zur Tür hereinsteckte.

»Alles ist abgeschlossen. Ich könnte jetzt gehen.«

»Okay, wir kommen auch.« Dann beantwortete sie seine Frage. »Nein, sie ist auf jeden Fall einzigartig.«

Sie ging zum Schrank, um ihren Mantel zu holen. Unterwegs knipste sie den Bildbetrachter aus. Das Röntgenbild wurde dunkel. Durch den Gang und den Eingangsbereich gelangten sie zum Hauptausgang. Der Wachmann schloß hinter ihnen ab. Draußen war es schon dunkel und frostig kalt.

»Herrjeh, es ist kalt für November«, brummelte er in seinen Mantelkragen. »Als ich Houston verließ, waren die Klimaanlagen noch in Betrieb.«

Erst kurz vor dem Parkplatz sprach er wieder. »Wenn Sie keine Ägyptologin sind, was machen Sie dann mit dieser Röntgenaufnahme?«

»Das Museum hat mich eingestellt, damit ich medizinische Illustrationen für eine Ausstellung mache. Anatomische Zeichnungen von Taschats Körper, wie er unter der Kartonage jetzt wahrscheinlich aussieht. Wie sie im Leben ausgesehen haben könnte, mit dreidimensionalem Kopf und allem andern, was ich so zustande bringe.«

Er streckte die Hand aus, um sie festzuhalten, und blieb stehen. »Hören Sie, ich weiß, wie Sie noch verdammt viel mehr über sie herausfinden können, als Sie jetzt schon wissen, ohne daß Sie ihr oder sonst wem ein Haar dabei krümmen.« Sein Atem wehte weiß in die Höhe und formte sich in der eisigen Abendluft zu einer Kumuluswolke. »Vielleicht könnte ich Ihnen erklären, woran ich denke, oder Sie könnten mir sagen, was Sie herauszufinden hoffen ...« Er sah sich um, als suche er etwas. »Es ist zu kalt, um hier herumzustehen und zu reden. Wie wär's, wenn wir irgendwo noch einen Kaffee oder ein Bier trinken? Es sei denn, Sie haben jemanden, der zu Hause auf Sie wartet.«

Sie hatte, und er würde überhaupt nicht glücklich sein, wenn sie wieder so spät nach Hause käme. Aber der gute Dr. Cavanaugh hatte sie bereits an der Angel. Der Köder war zu gut gewesen. »Okay, wenn wir es kurz machen können«, sagte sie. »Vince's Italienisches Ristorante ist zwei Straßen weit entfernt. Haben Sie ein Auto?«

Er drehte sich um und zeigte zu einen dunklen Wagen hinüber, der gegenüber von ihrem am anderen Ende des Parkplatzes stand. »Geht voraus, McDuff. Ich folge Euch.«

II

Max überflog die Speisekarte und blickte dann auf. »Möchten Sie etwas essen?«

»Nein, danke. Ich glaube, ich bleibe beim Üblichen: ein Glas vom roten Hauswein.«

Als die Kellnerin kam, um ihre Bestellungen entgegenzunehmen, bat er um ein Warsteiner Bier. Dann stand er auf und stellte sich ein paar Schritte weiter vor den offenen Kamin. Kate ahnte, was ihm durch den Kopf ging, aber vergangene Erfahrungen mit seinem Berufsstand ließen sie zögern, die Initiative zu ergreifen. Als er sie stumm anstarrte, fragte sie sich, ob ihm etwa Bedenken kamen, was den Umgang mit ihr betraf. Unversehens war ihr bewußt, daß sich ein paar Haarsträhnen aus der Spange gelöst hatten, von ihren flanellgefütterten Jeans ganz zu schweigen – sie sah wahrscheinlich aus wie eine Putzfrau. Dann fiel ihr ein, daß der Rollkragenpullover eine Farbe hatte, die ihr ganz gut stand; es war ein Bernsteingelb, das ihre Augen grün aussehen ließ, oder wenigstens nicht so gelb.

»Ich beneide Sie um diese Jeans«, begann er und widerlegte ihre Vermutung. »Das kalte Wetter war der Grund, weshalb ich nach meinem Praktikum aus Michigan weggegangen bin.«

»Sie waren an der Universität in Ann Arbor?«

»Ja, warum?« Die Kellnerin brachte die Getränke, und er kam wieder an den Tisch.

»Diese Röntgenaufnahme von Taschat hat ein Team von der Zahnmedizinischen Fakultät dort gemacht.«

»Wie lange ist das her?«

»Das war Ende der sechziger, Anfang der siebziger Jahre. Sie waren mit einer transportablen Einheit drüben, um genetische Veränderungen an der Zahnbildung nubischer Kinder zu untersuchen. Die Leute in Kairo baten sie, noch mal zu kommen und sich die Royals im Ägyptischen Museum vorzunehmen, um anhand von Zahnbildung und Schädelformen die Verwandtschaftsbeziehungen zu ermitteln. Während ihres Aufenthalts haben sie dann auch etliche Mumien geröntgt, die in einem Speicherraum gelagert wurden und seit dreißig Jahren nicht geknackt worden waren – Priester, Regierungsbeamte, Höflinge, allesamt aus dem Neuen Reich. Taschat war dabei.«

Max goß sich sein Bier ein. »Wie ist sie hierhergekommen?«

»Das Museum hat sie vor einigen Jahren gekauft, als das ägyptische Antiquitätenministerium Geld für die Modernisierung des Kairoer Museums aufzutreiben versuchte. Sie ist ja niemand Wichtiges, und drüben haben sie immer noch zehnmal mehr, als sie ausstellen können.«

»Was Computer-Tomographie ist, wissen Sie?«

»Ja, natürlich. Vielleicht sollte ich Ihnen sagen, Dr. Cavanaugh ...«

»Max«, verbesserte er. »Kann ich Sie Kate nennen?«

Sie nickte. »Im wirklichen Leben«, fuhr sie dann fort, »bin ich medizinische Illustratorin.«

Er lehnte sich zurück und schlug sich mit der flachen Hand an die Stirn. »Mein Gott! Ich habe jeden Ball verpaßt, den Sie mir zugeworfen haben, nicht wahr? Ja, ich habe überhaupt nicht auf dem Platz gestanden! Und dabei habe ich die letzten fünfzehn Jahre damit verbracht, in die Gehirne anderer Leute zu schauen.« Er lächelte Kate bescheiden an. »Ich konnte immer nur an Taschat denken.«

Willkommen im Club, dachte Kate. Dann konnte sie doch nicht widerstehen. »Vielleicht hatten die Ägypter ja recht mit ihrem Glauben, daß der Verstand im Herzen wohnt.« Er lachte – ein weiterer Beweis dafür, daß Maxwell Cavanaugh seinen eigenen Kopf hatte, auch ohne Bart und Tweedjacke.

»Cleo Harris, die Kustodin, von der ich sprach, war auf dem College meine Zimmergenossin, ich hatte gerade keinen Job, und so ... Nicht, daß ich besonders viel von Radiologie oder den neueren Bildgenerierungstechniken wüßte.«

»Bei einer Tomographie wird der Patient durch eine zylindrische Kammer geschoben, und der Röntgenstrahlgenerator kreist um ihn herum. Auf diese Weise erhält man Querschnittsansichten – wie Brotscheiben – ohne Schatten von umgebendem Gewebe oder Knochen, die man dann nacheinander betrachten oder sich vom Computer zusammensetzen lassen kann, so daß man den ganzen Brotlaib vor sich sieht.« Er schwieg kurz. »Hören Sie, ich habe noch nie versucht, eine Mumie zu scannen, und deshalb kann ich Ihnen nichts versprechen, aber ich würd's wirklich gern versuchen.« Sie schaute ihn nur an. »Zumindest«, fuhr er fort, »könnten wir dann erfahren, ob der Schatten an ihrer Hüfte auf eine Verletzung oder auf eine Infektion zurückgeht.«

»Würden wir erkennen können, ob der zweite Schädel eingewickelt ist? Separat?«

»Wahrscheinlich. Wieso?«

»Wenn er es wäre, so wäre das ein zwingendes Indiz gegen einen Unfall oder ein Versehen. Wie ist es mit der Todesursache?«

»Das kommt darauf an, was die Todesursache war.«

»Und die Frage, ob die Knochenbrüche vor oder nach dem Tod eingetreten sind?«

»Das können wir nur sagen, wenn Primärkallus existiert – neues Knochenwachstum also. Wenn nicht, können wir nicht sagen, ob kein Kallus da ist, weil sie sofort an ihren Verletzungen gestorben ist oder deshalb, weil die Frakturen *post mortem* entstanden sind.«

Kate schüttelte den Kopf. »Ich meinte, ob so ein Scanner Kallus erkennen kann, den die älteren Röntgenaufnahmen vielleicht nicht erfaßt haben?«

Max zögerte. »Vielleicht.«

Sie drehte den Stiel ihres Weinglases zwischen Daumen und Zeigefinger. Dann schaute sie ihm ins Gesicht. »Ich weiß Ihr Angebot wirklich zu schätzen, Dr. Cavanaugh, und ich kann Ihnen gar nicht sagen, wie sehr ich mir wünschte, wir könnten es annehmen. Aber ich bezweifle, daß mein Direktor auch nur für einen Augenblick in Betracht ziehen würde, sie nach Houston zu bringen. Unser Budget für dieses Projekt ist ziemlich knapp.«

»Max«, wiederholte er. »Und ich würde es hier machen, in einer Anlage in Littleton, die ich manchmal konsultiere, oder in einem der Krankenhäuser. Auf diese Weise könnten Sie und jeder andere aus dem Museum mithelfen zu identifizieren, was wir da sehen.«

»Ich dachte, Sie sind nur noch zwei Tage hier?«

»Dann bleibe ich eben ein bißchen länger. Oder ich komme zurück. Je nach Bedarf.« Er ließ sie nicht aus den Augen. »Das Museum müßte lediglich für den Transport in die Klinik aufkommen. Falls es das ist, was Ihnen Kopfzerbrechen macht. Es wäre keine Einbahnstraße«, sagte er. »Es ist nicht so, daß ich nur gebe und nichts nehme. Ich würde es wirklich gern machen.«

»Warum?«

Ein Holzscheit knackte, und er schaute zum Feuer hinüber. »Meine Großmutter war eine Art Globetrotterin, schätze ich. In den Weihnachtsferien nahm sie mich einmal mit nach Ägypten. Nur wir beide. Ich war zwölf. Damals beschloß ich, Ägyptologe zu werden. Aber wie die meisten Kinder hatte ich mich mit dem Bazillus schon früher infiziert. Ich weiß noch, wie ich stundenlang über den Bildern von Mumien und Grabgemälden brütete, und *Götter, Gräber und Gelehrte* muß ich fünfmal von vorn bis hinten gelesen haben.« Er lächelte bei der Erinnerung daran und kam dann in die Gegenwart zurück. »Nennen Sie es Nostalgie. Eine Gelegenheit, noch einmal in eine Zeit meines Lebens zurückzukehren, in der nicht alles in Beton gegossen war.«

»Warum sind Sie dann doch nicht Ägyptologe geworden?«

»Ich glaube, mein Interesse an Mumien hat sich einfach weiterentwickelt. Der Tod ist kein völlig statischer Zustand, aber die Beschäftigung mit den dynamischen Prozessen in lebenden Körpern ist eben dreimal fesselnder.«

Kate nickte. »Für mich war es ähnlich.«

»Schauen Sie, ein Grund, weshalb ich Ihnen die Antworten, die Sie suchen, nicht geben kann, ist der, daß ich ... nun, ich habe keine Ahnung, was dreitausend Jahre für menschliche Knochen bedeuten können. Ich weiß nicht mal genau, welche inneren Organe noch vorhanden sind. Hat man nicht die meisten vor dem Einbalsamieren entfernt?«

»Zu der Zeit, von der wir hier reden, haben die Priester im Haus der Verschönerung ein langes, löffelähnliches Instrument durch das linke Nasenloch eingeführt und den schwammigen ethmoidalen Knochen in die Schädelhöhlung durchstoßen. Ohne dabei die Nase zu entstellen, sollte ich hinzufügen. Manche Leute nehmen an, daß sie denselben schmalen Löffel dann dazu benutzten, das Gehirn herauszuschaben, aber das bezweifle ich. Wahrscheinlicher ist, daß sie das Hirn umrührten, um es zu verflüssigen, und dann ausgossen. Außerdem nahmen sie hier«, sie legte ihre Finger links neben ihre Nabelregion, »einen Einschnitt vor, um Lunge, Leber, Nieren, Magen und Darm herauszunehmen.«

»Das Herz nicht?«

»Nein. Das Herz mußte drinbleiben, um mit der Feder der

Wahrheit aufgewogen zu werden, wenn der Augenblick kam, da Osiris sein Urteil über die Verstorbenen fällte. Bei Ramses dem Großen hat jemand gepatzt, denn es mußte wieder eingenäht werden, mit Goldfäden.« Sie klemmte sich eine Haarsträhne hinters Ohr, um sie zu bändigen. »Danach wurde der Leichnam auf einen schrägen Tisch gelegt, damit die Flüssigkeiten ablaufen konnten, und mit Natron bedeckt, einer kristallinen Mischung aus Natrium- und Kalziumsalzen, überwiegend Natriumkarbonat. Genauso verfuhr man mit den Eingeweiden. Für vierzig Tage. Da fragt man sich ... Erst regnet es vierzig Tage und vierzig Nächte, dann zieht Jesus für vierzig Tage in die Wüste, bevor er ...« Sie merkte, daß sie vom Thema abwich, und nahm einen Schluck Wein, um davon abzulenken.

»Was kommt nach den vierzig Tagen?« drängte Max.

»Der Leichnam wurde mit Palmwein gewaschen, der Bauchschnitt verschlossen und mit Harz versiegelt. Dann wurde ein Pfropfen aus ölgetränktem Tuch in den Mund gestopft und ein Stück Leinen auf die Augen gelegt, bevor man die Lider schloß. Die Nasenlöcher wurden mit Wachs gefüllt. Als nächstes kam der Schmuck – Armreifen, Ringe, Ohrringe, Blumenkränze –, und man verbrannte Weihrauch, um dem Leib symbolisch Wärme und Atem zurückzugeben. Dann fingen sie mit dem Wikkeln an: erst die einzelnen Finger und Zehen, dann Arme und Beine. Bei Männern wurde auch der Penis separat eingewickelt – selbstverständlich in erigierter Position.«

Er versuchte gar nicht erst, nicht zu lächeln. »Ziemlich grausig, aber auch nicht schlimmer als alles, was unsere Bestattungsunternehmer tun. Dachten Sie, es könnte mich abschrecken?«

»Nein, ich fand nur, Sie sollten wissen, womit Sie rechnen müssen, wenn Taschat wirklich in der vermuteten Zeit lebte und so behandelt wurde, wie es dem Mitglied einer reichen Familie zukam. Für den Fall, daß Sie es *nicht* sehen, wenn Sie sie durch den Tomographen schieben.«

»Oh! Sie sind also dafür, es zu versuchen.« Er schwieg kurz.

»Sie hoffen eine Menge mehr zu erfahren als nur die Antwort auf die Frage, ob dieser Kopf eingewickelt ist oder nicht, stimmt's? Sagen Sie mir, worum es Ihnen außerdem geht?«

»Ich vermute, daß die Szenen auf ihrer Kartonage oder die auf der Innenseite ihres Sarges – vielleicht beide – eine Geschichte erzählen. Ein Boot mit Segel zum Beispiel ist die Hieroglyphe für Süden, denn der vorherrschende Wind auf dem Nil weht von Norden. Dadurch war es ihnen möglich, gegen den Strom flußaufwärts zu segeln. Angenommen, sie kam aus einer Gegend südlich von Theben? Oder sie reiste aus irgendeinem Grund den Fluß hinauf?«

»Sind denn Boote bei ihren Grabmalereien nicht ziemlich häufig?«

»Ich weiß, daß es mehrdeutig ist, wenn man jede Szene für sich betrachtet«, gab Kate zu. »Aber in jeder dieser Szenen erscheint die Hieroglyphe für die Göttin Isis.« Sie malte eine Stufenform in die Luft. »Manchmal auf dem Rücken eines kleinen weißen Hundes, wie ein Sattel, nur, daß die Ägypter nicht auf Pferden ritten. Damals zumindest nicht. Außerdem gibt es in ihrer religiösen Ikonographie keine Hunde mit Ausnahme von Anubis, dem wolfsähnlichen Gott, der über die Toten wachte. Und der ist immer schwarz.«

Das genügte Max. »Wie geht's also jetzt weiter? Soll ich mit Ihrem Direktor sprechen? Wie heißt er?«

»Dave Broverman. Aber es wäre vielleicht besser, wenn die Idee von Cleo kommt. Ich rufe sie an, wenn ich zu Hause bin.«

»Okay. Ich setze mich mit meinem Freund in Littleton in Verbindung und stelle fest, wie die möglichen Termine aussehen. Was schätzen Sie, wann werden Sie etwas erfahren?«

»Bis halb elf, elf Uhr. Aber wahrscheinlich wäre es einfacher, wenn Sie mich anrufen, wo immer Sie gerade sind.« Kate zog eine Papierserviette aus dem Ständer, nahm den Stift, den er ihr reichte, und schrieb ihre Nummer im Museum darauf. Dann schob sie sie über den Tisch.

III

19. November

Sie haben einen Termin um drei«, berichtete Kate, als Max anrief.

»Gut. Ich bin jetzt in Littleton, aber ich müßte vor zwei wieder da sein. Wie wär's, wenn ich ein bißchen früher komme, damit Sie mich darauf vorbereiten können, wie ich Ihren Direktor am besten behandle?«

»Gern. Kommen Sie einfach in den Arbeitsraum. Wann immer es Ihnen paßt.«

»Okay. Bis dann also.«

Statt zum Lunch nach Hause zu fahren, ging sie in die Cafeteria des Museums für den Fall, daß Max früher als angekündigt kommen sollte. Cleo und Dave saßen am anderen Ende des Raumes, und sie fragte sich zum tausendsten Mal, was Cleo wohl an ihm fand. Dave war ein Ordnungsfanatiker, Cleo dagegen die Mutter aller Hamster: eine strahlende, prunkvolle, zwanghafte Sammlerin, die alles zusammenschleppte, von seltenen Textilien über Zigarettenpapierchen bis hin zu Schmuck. Jetzt, wo sie über ihn nachdachte, fiel Kate auf, daß Dave einen nie überraschte, vielleicht weil ihm die Spontaneität des Geistes fehlte, die einen Menschen unvollkommen und deshalb liebenswert machte. Er war zweifellos das Produkt einer unbefleckten Empfängnis.

Als sie wieder in ihrem Arbeitsraum war, machte Kate ein paar rasche Skizzen, während sie sich überlegte, wie sie Dave aus der Reserve locken konnte – falls das nach dem Gespräch mit Max noch nötig sein sollte. Sie vergaß völlig die Zeit, bis sie plötzlich seine Stimme hörte. »Störe ich?«

Sie schüttelte den Kopf, und er trat ein, blieb aber in der Nähe der Wand wie ein Hund, der eine fremde Umgebung beschnuppert. Er trug einen unauffälligen grauen Anzug mit einer dazu passenden Krawatte und kam ihr vor wie ein anderer Mensch. Sie wußte nicht, was sie sagen sollte, und schwieg abwartend.

»Die Klinik in Littleton hat eine neue, hochauflösende Maschine. Damit können wir sie in ein Millimeter dicke Scheiben zerschneiden«, berichtete er. »Aber es muß abends oder sonntags passieren. Und je eher, desto besser, denn im Dezember ist Phil Lowenstein jedes Wochenende auf der Skipiste.«

»Ihr Freund will dabeisein?«

»Entweder er selbst oder ein Techniker, der auf den Auslöser drückt. Ich habe keine Zulassung für Colorado.«

»Sie dürfen ohne Zulassung nicht mal eine Mumie röntgen?«

Er zuckte nur die Achseln und deutete dann auf die Blätter, die sie auf dem Arbeitstisch unter den Fenstern verstreut hatte.

»Kann ich mir die Sachen anschauen, oder wäre das ein Verstoß gegen das Protokoll?«

»Nur zu. Aber es sind bloß Fragmente.«

Er wanderte von einem Ende des langen Tischs zum anderen und ließ sich Zeit. »Mein Gott, Kate, die sind ... wirklich außergewöhnlich«, flüsterte er schließlich und sah auf. Genausogut hätte er sagen können, daß sie »interessant« seien. Was konnte man von einem Mann in einem mausfarbenen Anzug schon erwarten?

»Nein, das nehme ich zurück«, fuhr er fort, »sie sind absolut phänomenal! Jeder Muskel, jede Sehne ist in Bewegung ... müssen es in diesen Positionen natürlich auch sein. Aber es ist alles auf so ... *feinste* Weise richtig. Ich hoffe, ich beleidige Sie nicht, aber kennen Sie die anatomischen Studien von da Vinci, die er auch mit diesem roten Bleistift angefertigt hat?«

»Rötel.«

»Von mir aus. Das meine ich. Nur noch mehr.« Als ginge Re-Harachte am östlichen Horizont auf, entwickelte sich irgendwo tief in Kate ein Lächeln, dessen Strahlen sich auf alles um sie her legte. Er nahm ein durchscheinendes Aquarellporträt Taschats und hielt es hoch, so daß sie es sehen konnte. »Glauben Sie, ihre Augen waren blau? Ich dachte, die Ägypter waren dunkel.«

Kate hatte viel über Taschats Augen nachgedacht, weil ihre eigenen Augen von einem so transparenten Nußbraun waren, daß sie manchmal goldgelb wirkten, wodurch sie eher wie eine streunende Katze denn wie das Mitglied eines der von ihrem Vater hochgepriesenen schottischen Clans aussah. Was er sie immer spüren ließ.

»Es mag modisch sein, Ägypten als Mosaik und nicht als Schmelztiegel zu beschreiben, aber in einem Reich, das im Norden bis zum Euphrat und nilaufwärts bis Khartum reichte, muß sich doch einiges gemischt haben. Außerdem brachten sie Kriegsgefangene als Sklaven mit nach Hause und trieben im ganzen Mittelmeerraum Handel. Blaue Augen waren vielleicht nicht verbreitet, aber es muß sie gegeben haben.«

»Okay, aber warum Locken, wenn sie auf der Maske glattes Haar hat?«

»Auf der Maske ist wahrscheinlich dargestellt, was sie zu besonderen Anlässen trug, nämlich eine Perücke, wenn auch keine kunstvoll geflochtene oder verzierte. Ich selbst wollte immer glattes Haar haben; meins ist so lockig, daß es niemals tut, was ich will. Ich dachte mir, ihr ging es vielleicht genauso. Kein besonders guter Grund«, gab sie mit schiefem Lächeln zu.

Er hielt ein anderes Porträt hoch. »Wieso ist das hier ganz anders als die anderen?«

»Ich dachte mir, das Lächeln in ihren Augen ist vielleicht wirklich da. Cleo behauptet, ich hätte nur eine rege Fantasie.« Sie sah das Zucken an seinem Mundwinkel, mit dem sich ein Lächeln ankündigte.

»Es ist da«, versicherte er ihr. »Ich wette, sie steckte voller Überraschungen, genau wie Sie.« Er sah auf die Uhr. »Muß ich irgend etwas wissen, bevor ich mit Ihrem Direktor spreche?«

Gern hätte sie ihn gewarnt: Dave Broverman fürchtete neue Informationen, wie die Alten die Pest gefürchtet hatten, weil immer die Gefahr bestand, daß sie das Kartenhaus zum Einsturz bringen könnten, auf dem er seine Reputation erbaute. Statt dessen ging sie zum Regal und nahm den *Röntgen-Atlas der Königlichen Mumien* von dem Brett, auf dem sie die Bücher der Museumsbibliothek aufbewahrte. »Vielleicht möchten Sie sich ein paar der Aufnahmen ansehen, die das Team der University of Michigan gemacht hat.« Sie reichte ihm das Buch und langte dann nach einem anderen Band. »Und das hier für den Fall, daß Dave oder Cleo die Manchester-Studien erwähnen sollte.«

»Sie wird auch dasein?« Kate nickte. »Sonst noch jemand?«

»Ich.«

»Gut. Wieso Manchester?«

»Das Museum dort hat eine Gruppe organisiert, die eine Autopsie an zwei ihrer Unerwünschten durchführte – an Mumien, die sozusagen in schlichtes braunes Packpapier gewickelt waren und deshalb nicht als ausstellungswürdig galten. Wie auch immer, sie haben chemische und histologische Analysen durchgeführt, Blutgruppenbestimmungen und C14-Datierungen. Außerdem haben sie eine Methode entwickelt, mit der sie Gewebe rehydrieren können, so daß sie Fingerabdrücke von der Dermis anstelle der Epidermis nehmen konnten, die infolge des Zerfallsprozesses oft nicht mehr vorhanden ist.«

»Okay, schauen wir's uns an.« Er setzte sich an ihren Zeichentisch und schlug den Atlas auf. Um die Zeit totzuschlagen, wusch Kate Pinsel und Aquarellschalen aus, aber Dave wollte ihr die ganze Zeit nicht aus dem Kopf gehen. Daß er verheiratet war, schien ihn überhaupt nicht zu stören.

»Max?«

»Hmmm?« Er klang abwesend und blickte nicht auf.

»Sind Sie verheiratet?« Er warf ihr einen verwunderten Blick zu, schüttelte den Kopf, wandte sich wieder dem Buch zu und überließ es ihr, sich weitere Gedanken zu machen. Was besagte es, wenn ein Mann vierzig werden konnte, ohne zu heiraten? Daß er schwul war? Zu egozentrisch für eine enge emotionale Beziehung? Aber daß er nicht verheiratet war, mußte ja nicht bedeuten, daß er nicht zwei oder drei Exfrauen und ein Dutzend Kinder hatte.

»Und Sie?« fragte er, ohne aufzublicken.

»I-ich?« stammelte sie.

»Ja. Sind Sie verheiratet oder ... oder so was?« Seelenruhig saß er da und blätterte in *Mumien-Materialien*.

»Nein.« Sie wartete. Er auch. »Warum?« fragte sie schließlich.

»Ach, nur so ... es hörte sich an, als ob Sie die Decks klar zum Gefecht machen wollten, das ist alles. Da dachte ich, ich mach's lieber auch.« Jetzt hob er den Kopf und grinste breit. Sie mußte unwillkürlich lachen, über sich selbst und über ihn. Max lachte auch.

»Ich bin nicht davon überzeugt, daß sich die Mühen und Ausgaben ihretwegen lohnen«, sagte Dave eben, als Kate zu ihnen in sein Büro kam. Sie hatte Max vorgeschlagen vorauszugehen, damit Dave nicht auf den Gedanken kam, das Ganze sei ihre Idee. »Aber ich würde trotzdem gern hören, was wir Ihrer Meinung nach erfahren könnten, das wir noch nicht wissen.«

»Zum Beispiel wie die Mumie jetzt unter den Bandagen aussieht. Ohne auf Vermutungen angewiesen zu sein.«

»Aufgrund von Querschnitten?« Dave warf Kate einen kurzen Blick zu. »Glauben Sie wirklich, daß das ästhetisch zufriedenstellend sein wird?«

»Es gibt Gerichtszeichner, die nach ihrem Muster Platten aus Styropor oder einem anderen starren Material ausschneiden, sie dann stapeln und zusammenkleben, so daß sie einen dreidimensionalen Schädel erhalten. Wir können auch zusammengesetzte Darstellungen des Kopfes oder beliebiger anderer Körperteile bekommen, aus jedem Blickwinkel.« Kate sah sich daran erinnert, daß sie bald überflüssig sein würde.

»Aber es ist eine Computerdarstellung ...?« Dave befingerte seine Krawatte.

»Ja. Aber ...«

»Und wie steht es mit der Todesursache?«

»Die läßt sich vielleicht feststellen, vielleicht auch nicht«, räumte Max ein. »Aber wir könnten ziemlich genau bestimmen, wie alt der Besitzer des zweiten Schädels war, und wir könnten sehen, ob er eingewickelt ist.«

Dave lehnte sich in seinem Ledersessel zurück. »Ich versichere Ihnen, dieser Schädel ist entweder versehentlich mit hineingeraten oder bei einer zweiten Einwickelung dazugegeben worden.«

»Haben Sie denn Grund zu der Annahme, daß sie zweimal eingewickelt wurde?« Max blieb hartnäckig.

»Nein, aber ...«

»Dann könnten wir wahrscheinlich auch diesen Punkt klären.«

Cleo kam herein und murmelte eine Entschuldigung für ihre Verspätung. Sie trug eine dunkelgrüne Samtweste, die ihr kupferrotes Haar noch röter aussehen ließ, einen schräggeschnittenen smaragdgrünen Rock und Schuhe mit Plateausohlen, obwohl sie ohnehin schon groß war.

Kate erledigte die Vorstellungen rasch. »Cleo Harris, das ist Max Cavanaugh.«

»Das ist doch nicht etwa die Abkürzung für Cleopatra?« erkundigte Max sich.

»Eine *self-fulfilling prophecy*«, sagte Cleo. »Also überlegen Sie sich, wie Sie Ihre Kinder taufen. Aber ich will Sie nicht unterbrechen.«

»Ich habe Dr. Broverman eben erzählt, daß wir ein paar Fragen hinsichtlich des männlichen Schädels würden klären können. Zum Beispiel, was er im Mund hat.« Auf diese kleine Bombe reagierten alle mit verblüfftem Schweigen. Kate merkte, daß er sie anschaute, und sie sah es ihm an, daß er ihr absichtlich nichts davon gesagt hatte.

»Höchstwahrscheinlich ölgetränkte Leinenbäuschchen«, sagte Dave.

»Was ist mit MRI?« fragte Cleo. »Ist das nicht heute die bevorzugte Technik?«

»Für Aufnahmen durch weiches Gewebe, ja, vor allem im Gehirn. Aber bei der magnetischen Resonanz kommt es darauf an, Wasserstoffmoleküle auszurichten. Wenn der Körper kein Wasser mehr enthält, könnten die Resultate unzuverlässig sein. Röntgen-Tomographie dagegen eignet sich besser für Aufnahmen von Zahnbestand und Cranialsuturen, den Nähten zwischen den Schädelplatten. Dies und die Wachstumszonen in den langen Knochen müssen wir untersuchen, um die Verwirrung um ihr Alter zu beenden.«

»Aber wir wissen doch, wie alt sie war«, protestierte Cleo und beugte sich vor, um Kate anzusehen, die hinter Max saß. »Hast du es ihm nicht gesagt?«

»Doch, sie hat es mir gesagt«, antwortete Max. »Von vorn ist es nicht gut zu erkennen, aber wie mir scheint, ist der dritte Backenzahn zumindest teilweise ausgewachsen. Damit wäre sie mindestens zwanzig. Wenn sie ganz draußen sind ... nun, ich nehme an, der Sarg könnte für jemand anderen gedacht gewesen sein. Wenn ich mich nicht irre, habe ich gehört, daß mit dem Pharao, den manche den Ketzer nennen, so etwas passiert ist.«

Daves Stuhl knackte, als er sich aufrichtete. »Wenn Sie die Mumie in Grab fünfundfünfzig meinen, so kann ich Ihnen versichern, Dr. Cavanaugh, daß es sich dabei um Semenchkare handelt, Echnatons Ko-Regenten. Wahrscheinlich auch sein Liebhaber.« Er betonte jede Silbe, was bei Dave immer ein Warnsignal war. »Sind Sie denn auch Ägyptologe?«

»Nein. Ich hab's nur irgendwo gelesen.«

»Es kann sein, daß das Originalgesicht vom Sarg abgekratzt und ein neues aufgemalt wurde, aber die Blutgruppe des Leichnams war identisch mit der von Tutanchamun, Semenchkares Bruder. Und er hatte das richtige Alter, nämlich fünfundzwanzig, während Echnaton zum Ende seiner Herrschaft weit über dreißig war.«

»Die Inschrift war auch geändert worden, von weiblich auf männlich«, fügte Cleo hinzu. »Also gehörte der Sarg wahrscheinlich Meritaton, die nicht nur Echnatons Tochter, sondern auch Semenchkares Frau war. Wenn Sie wollen, kann Daves Sekretärin Ihnen ein Exemplar von Daves Artikel über den Leichnam in Grab fünfundfünfzig geben.«

»Gern. Das wäre wunderbar.« Max war bemüht, die gesträubten Federn wieder zu glätten.

Dave hatte nicht vor, ihn so schnell aus den Klauen zu lassen. »Ich habe den Verdacht, Sie sind vielleicht ein allzu rationaler Wissenschaftler, um das Denken der alten Ägypter nachzuvollziehen. Die Amunpriester dürften den Leichnam des Ketzers aus demselben Grund den Hyänen vorgeworfen haben, aus dem Haremhab es zu einem Verbrechen erklärte, seinen Namen auszusprechen: um die Erinnerung auszulöschen an die Aton-Irrlehre und die sogenannten Amarna-Könige, die Pharaonen, die mit ihr in Zusammenhang standen.«

Kate fand, daß es an der Zeit sei, wieder zum Thema zurückzukehren. »Sie sagen, die Messungen, die Sie machen können, sind so präzise, daß man damit ein Drahtgittermodell von Taschats Schädel anfertigen kann?«

»Natürlich«, sagte Max. »Und diese Informationen könnte man in eine computergesteuerte Drehbank einspeisen, die dann eine exakte Nachbildung des Schädels aus Styropor oder einem anderen festen Material schneidet. Ich weiß nicht, ob das hier schon jemand macht, aber in einem Institut in Houston haben sie angefangen, mit Laser-Sinterung zu arbeiten.« Er sah Dave an. »Dabei benutzt man einen computergesteuerten Laserstrahl, um einen Schädel oder ein anderes dreidimensionales Objekt durch Polymerisierung von pulverisiertem Kunststoff zu rekonstruieren.«

Dave schaute Kate an. »Haben Sie nicht gesagt, Sie könnten den Schädel selbst aufbauen, wenn Sie die notwendigen Maße haben?«

»Nichts für ungut, Kate« – Max lächelte ihr kurz zu, ehe er an ihrer Stelle antwortete – »aber auf diese Weise erhielte man ein sehr viel akkurateres Gerüst für die Gewebsauflage, und es ginge schneller. Ich könnte es in Houston machen lassen, per Eilauftrag, so daß ich es in zwei Tagen und nicht erst nach Wochen bekomme. FedEx liefert es dann per Overnight-Kurier zu Ihnen.«

Kate wandte sich an Cleo. »Aufgrund der Ergebnisse der Scans könnte ich eine komplette dreidimensionale Abbildung anfertigen, und zwar mit Hilfe einer Proportionalformel, wie ich sie auch für das Gesicht benutze. Stell dir das vor, Cleo: Taschat, bekleidet und geschmückt, wie sie es vor dreiunddreißig Jahrhunderten gewesen sein mag, als sie durch die Straßen des alten Theben spazierte, eine blaue Lotosblüte hinter dem Ohr. Passend zu ihren Augen.« Sie dachte daran, wie Max ihre anatomischen Skizzen beschrieben hatte, und fügte kühn hinzu: »Alles mit *feinster* Akkuratesse.«

Cleo blickte starr vor sich hin und ließ ihre Fantasie da fortfahren, wo Kate aufgehört hatte. Schließlich konnte sie nicht länger stillsitzen; sie sprang auf und marschierte neben Daves Schreibtisch auf und ab, daß ihr der Rock um die Knöchel wirbelte. »Stell dir vor, Dave, ein ganzer Raum, oder sogar mehrere Räume«, sie malte mit ausgestreckten Armen ein großes Viereck in die Luft, »die dem Leben einer jungen Thebanerin im Goldenen Zeitalter Ägyptens gewidmet sind! Eröffnen könnten wir das Ganze mit einer Serie von Röntgenbildern oder Scans, dazwischen postergroße Bilder von Taschat, wie sie jetzt aussieht, die zusammengesetzten Bilder, von denen Max gesprochen hat, und dann folgen Zeichnungen oder Fotos von jedem Schritt des Rekonstruktionsprozesses. Dann Kates Skizzen und Aquarelle von Taschats Kopf mit verschiedenen Perücken und Schmuckgegenständen, und das alles führt zum großen Höhepunkt: zu der lebensechten Ganzfigur in ihrer natürlichen Umgebung, alles mit unangreifbarer Akkuratesse angefertigt.«

Sie beugte sich über Daves Schreibtisch und stützte sich mit gespreizten Armen auf. »Wie die Ägypter aussahen, ist immer noch umstritten, weil man über die ethnische Mischung bestenfalls spekulieren kann. Wir wissen immer noch nicht, wie wörtlich wir ihre Reliefdarstellungen und Gemälde nehmen können, nicht einmal bei Echnatons physischen Abnormitäten – bei seinem birnenförmigen Oberkörper, den beinahe weiblichen Brüsten, dem langgestreckten Gesicht und den dicken Lippen. Wieviel von all dem war real, und wieviel müssen wir künstlerischer Konvention zuschreiben?« Sie stieß sich vom Schreibtisch ab und fing wieder an, auf und ab zu gehen. »Mit Taschat als Eckpfeiler und ein paar wichtigen Leihgaben werden wir einen Sponsor finden, der uns die ganze Sache finanziert; darauf wette ich.«

Dave begann zu nicken. Sein Blick war nach innen auf seine eigenen Fantasien gerichtet: eine gemütliche Professur in Chicago, wenn nicht gar in Harvard oder Yale. »Ja, es bieten sich da ein paar interessante Möglichkeiten«, murmelte er.

»Wir könnten die Monographie zusammen schreiben«, fügte

Cleo hinzu. »Über Kunst und Alltagsleben, nicht nur über Totenrituale.«

»Der kommende Sonntag wäre ein guter Termin«, sagte Max, um noch ein wenig Öl in das Feuer zu gießen, das Cleo entfacht hatte. »Falls Ihre Leute es schaffen. Auf diese Weise bekäme Kate die Zahlen, die sie braucht, sofort.«

Dave stand auf. »Ich glaube, daß Cleo recht hat: Es wäre ein unbezahlbares Instrument für die Öffentlichkeitsbildung. Und das ist schließlich unser vorrangiger Daseinsgrund.« Er kam um den Schreibtisch herum, um sich von Max zu verabschieden, und legte Cleo besitzergreifend die Hand auf die Schulter. »Ich weiß, daß du dabeisein möchtest, Cleo; deshalb überlasse ich dir die Vorbereitungen.«

»Kate und ich werden uns während des Unternehmens miteinander absprechen müssen«, stellte Max fest, um die Möglichkeit zu unterbinden, daß sie von allem ausgeschlossen wurde. »Ich werde sie mit Vergnügen abholen, wenn ich nach Littleton fahre.«

»Gute Idee«, stimmte Cleo mit boshaftem Grinsen zu. »Bei den Erfahrungen, die sie an der medizinischen Fakultät gemacht hat, könnte sie als Ihre Krankenschwester einspringen ... falls Sie eine brauchen.« Kate hätte sie erwürgen können, aber wenn sie jetzt viel Wind um Cleos loses Mundwerk machte, würde sie erst recht Aufmerksamkeit auf etwas lenken, das sonst vielleicht niemandem auffallen würde. Also ging sie zur Tür.

Cleo holte sie im Korridor ein. »Er ist aus demselben Holz wie diese bemoosten Häupter, die dir an der Uni so viele Probleme gemacht haben, Katie. Überhaupt, er ist zu alt für dich. Glaube mir, Herzchen, er ist entschieden nicht dein Typ.«

»Aber Dave Broverman ist deiner, ja?« Kate bog ab und verschwand in ihrem Arbeitsraum. Hoffentlich würde Cleo den Wink mitbekommen und sich heraushalten.

Wieder klopfte Max leise an die Tür, um sie wissen zu lassen, daß er es war, ehe er eintrat. »Bilde ich es mir ein, oder haben die beiden was miteinander?«

»Man könnte es wohl so ausdrücken.«

»Hm.« Er zuckte die Achseln. »Ich dachte, es wäre ein Trauring, was er da am Finger trug.«

»Gibt's sonst nichts Neues?«

Er tat, als betrachte er eine ihrer Zeichnungen. »Sie haben an einer medizinischen Fakultät gearbeitet, bevor Sie herkamen?«

Sie wollte nicken, aber dann schüttelte sie den Kopf. »Es war einmal vor langer Zeit, da glaubte ich, ich wollte Ärztin werden.«

»Wieso haben Sie sich's anders überlegt?«

»Ich hatte nicht die entsprechende Persönlichkeit, das war alles. Ich weiß nicht genau, warum, aber es zeigte sich einfach, daß es nicht das richtige für mich war.« Es war nur die halbe Wahrheit, aber sie hatte nicht vor, einem Fremden ihre eigenen Unzulänglichkeiten zu offenbaren, und Cleos ebensowenig.

»Wie lange haben Sie gebraucht, um es herauszufinden?«

»Zwei Jahre.« Eine Braue zuckte hoch, aber er stellte keine weiteren Fragen. Er sagte überhaupt nichts mehr, sondern ließ die Stille anschwellen wie eine aufziehende Gewitterwolke. Als er auf die Uhr schaute, platzte Kate heraus: »Wann sind ...?« und im selben Augenblick fragte Max: »Möchten Sie ...?«

»Sorry«, entschuldigte er sich. »Ich wollte Sie fragen, ob Sie mit mir essen gehen möchten?«

»Oh, äh ...« Sie zuckte die Achseln. » ... ja. Gern. Wir müssen vor Sonntag sicher noch einiges besprechen. Nur kriegt Sam einen Tobsuchtsanfall, wenn ich an zu vielen Abenden hintereinander spät nach Hause komme.«

Max trat einen Schritt zurück und vergrößerte die Distanz zwischen ihnen. »Ich dachte, Sie hätten gesagt, Sie wären nicht ... äh, was auch immer. Hab' Sie da wohl mißverstanden.«

»Vielleicht, wenn ich vorher nach Hause fahre und ihm das Abendessen mache. Kommen Sie doch mit. Es sind nur ein paar

Straßen von hier aus. Dann brauchen wir nicht mit zwei Autos zu fahren, und außerdem wäre es für Sam ein echtes Vergnügen, Sie kennenzulernen. Sie beide haben viel gemeinsam.«

»Es stört ihn nicht, wenn Sie ohne ihn ausgehen?«

»Doch, natürlich.« Sie bemühte sich um ein rätselhaftes Lächeln. »Aber davon lasse ich mich nicht beeinflussen.«

IV

Kates gemieteter Backsteinbungalow war durchschnittlich an der Grenze zur Häßlichkeit und stand in einer Reihe von ganz ähnlichen Häusern. Aber bei ihrem hatte man hinten einen Wintergarten angefügt, verglast und mit Holzfußboden, und das war ein großer Unterschied. Sie wohnte in diesem Wintergarten, sie arbeitete, aß und las die Zeitung dort. Manchmal schlief sie sogar dort, auf einem Klappsofa.

Sie drehte den Schlüssel im Schloß und drückte die Tür auf. »Sam? Wo bist du?«

Er kam aus dem Flur zum Schlafzimmer geschossen, galoppierte auf Kate zu und sauste rutschend bis an ihre Fußknöchel. Unter entzücktem Schwanzwedeln legte er ihr die Vorderpfoten an die Knie und drängte seinen Kopf in ihre Hände.

»Ich habe einen Freund mitgebracht, der dich kennenlernen soll.« Sie klopfte ihm an die Brust zum Zeichen, daß er von ihr ablassen sollte. »Max, das ist Samson. Abgekürzt Sam.«

»Du bist eine Rasse für dich allein, was, mein Junge?« Max hockte sich nieder, um den Hund zu streicheln. »Genau wie sie.« Sam hatte den gedrungenen, kräftigen Körper eines Welsh Corgi, Nase und Ohren waren spitz wie bei einem Fuchs, und seine großen, runden Augen hatten Kate besiegt. Weiches schwarz-braunes Fell lockte sich über seinen Rücken, und ein langer, seidiger Schwanz fegte den Boden.

»Man weiß nie, was er da drin gemacht hat«, sagte Kate. »Gestern abend hat er den Beutel mit seinem Trockenfutter aufgerissen und die ganze Küche vollgekrümelt.« Max wollte aufstehen, aber Sam streckte eine Pfote aus und bettelte um mehr. »Er mag Sie«, stellte Kate fest. »Möchten Sie etwas trinken, während ich ihm sein Abendessen gebe? Ich habe Wein im Karton. Und Bier.«

»Ein Bier wäre nicht schlecht.« Sam lief voraus in die Küche, setzte sich vor seinen Napf und wartete. Kate nahm einen Plastikbehälter und eine Dose Olympia aus dem Kühlschrank und reichte Max ein Glas.

»Haben Sie ihn nach dem biblischen Samson genannt?« fragte Max und riß die Bierdose auf. Kate nickte und löffelte Sams Ragout in den Napf. »Weil er stark ist oder nur weil er einen starken Willen hat?«

»Das wußte ich damals noch nicht. Ich habe ihn aus dem städtischen Tierheim, gleich nachdem ich herkam.«

»Wie lange ist das her?«

»Zwei Monate.« Sie hatte vorher nie einen Hund gehabt, aber der Gedanke war ihr gleich am ersten Tag gekommen, im Museum. Vermutlich war es Empathie gewesen oder der unbewußte Versuch, die Bedeutung dessen zu verstehen, was sie sah – wieso der kleine Hund in all den Szenen auf Taschats Kartonage auftauchte. Aber inzwischen wußte sie, daß viel mehr dahintersteckte. »Ein Blick in diese großen braunen Augen, und ich kam ebensowenig von ihm los wie ...«

»Wie von Taschat?«

War sie so leicht zu durchschauen? »Taschat schleicht sich im Laufe der Zeit ins Herz. Bei Sam war es Liebe auf den ersten Blick. Sein Name kommt aus dem Hebräischen; *Shimson* bedeutet ›wie die Sonne‹. Ich fand, das paßte.« Sie schaute auf den

Gegenstand ihrer Zuneigung hinunter. Er machte vor ihr Männchen, die Vorderpfoten andächtig gefaltet.

Max deutete mit dem Kopf auf den bettelnden Hund. »Ist das eines der Dinge, die wir miteinander gemeinsam haben?«

»Nein, ich fand nur, oh, ich weiß auch nicht ...« Sie lachte. »Die Ägypter fanden, zuviel Haar sei bei Männern wie bei Hunden das Kennzeichen eines Barbaren.« Max lachte laut, legte ihr eine Hand auf die Schulter und drückte sie freundlich, um zu zeigen, daß er nicht beleidigt war. »Sie können sich ein bißchen umsehen, wenn Sie möchten«, sagte sie. »Ich stelle Sams Abendessen kurz in die Mikrowelle, damit es nicht so eisig ist.«

Er spazierte zur Küche hinaus in den Wintergarten, kam aber bald darauf mit einem großen bedruckten Blatt wieder herein. »Erzählen Sie mir etwas darüber.«

»Der ägyptische Tag des Gerichts«, sagte sie. »Das da ist aus Taschats Sarg, aber es ist ziemlich typisch. Das Herz des Verstorbenen – der Doppelhenkelkrug neben der Waage ist die Hieroglyphe für ›Herz‹ – wird mit der Feder der Wahrheit aufgewogen, dem Zeichen für Maat, die Göttin der Ordnung und der Gerechtigkeit. Wir würden sagen, die Göttin dessen, was moralisch oder richtig ist.« Kate deutete auf den hundeköpfigen Mann. »Das ist Anubis, der darauf achtet, daß das Herz keine Tricks anwendet; und Thot, der Gott der Weisheit, der das Schreiben erfunden hat, zeichnet die Entscheidung der Richter auf. Er ist der Mann mit dem Kopf eines Ibis. Und das da ist Horus, der darauf wartet, Taschat zu Osiris zu geleiten, damit dieser das Urteil verlesen kann: ob sie Zugang zur Ewigkeit erhält oder nicht. Das Wesen, das dort am Mittelpfosten der Waage kauert und teils wie ein Löwe, teils wie ein Nilpferd und teils wie ein Krokodil aussieht, ist Ammit. Wenn der Verstorbene vor den Richtern nicht besteht, frißt er sein Herz – ein zweiter und endgültiger Tod.«

»Aber sie hat wohl bestanden, schätze ich. Ihr Herz ist leichter als die Feder.«

»Normalerweise ist die Waage ausgeglichen, ich vermute, um einen Zweifel zugunsten des Toten bestehen lassen. Dave meint, es ist bloß schlampig gearbeitet.«

»Dave Broverman hat keine Ahnung.«

Das Lachen über seinen unverhofften Ausbruch blieb ihr im Halse stecken. »Ihnen ist hoffentlich klar, daß Sie auf heiligem Boden gewandelt sind.«

Er grinste, was an sich schon ein Eingeständnis war. »Nicht sofort, aber dann doch.«

Kate stellte Sams Ragout auf den Boden. »Nun, wenn Sie das nächste Mal in die Schlacht ziehen, um über diese spezielle Mumie zu streiten – falls es ein nächstes Mal gibt und Sie wirklich die Absicht haben, gefährlich zu leben –, dann versuchen Sie, beiläufig den Namen Nofretete zu erwähnen.«

Er sah sie ratlos an.

»Echnatons Königin mit dem berühmten Kopf.«

»Die Schöne?« fragte er.

Kate nickte.

»Was ist mit ihr?«

»Einige sehr geachtete Ägyptologen glauben, *sie* war Semenchkare. Und sie verschwand tatsächlich um die Zeit, als er zum Ko-Regenten ernannt wurde.«

»Und der Leichnam in Grab fünfundfünfzig ist männlich?«

Kate nickte wieder.

»Gott, ich wünschte, das hätte ich schon heute nachmittag gewußt. Damit ist Daves Theorie, daß Echnaton und Semenchkare ein homosexuelles Liebespaar waren, doch wohl zum Teufel, oder?« Er ging hinaus auf die Glasveranda und winkte ihr, sie solle ihm nachkommen. Er trat an den Eßtisch aus Walnußholz, den sie als Schreibtisch benutzte. »Was meinten Sie, als Sie von ›plus oder minus fünfundzwanzig Jahren‹ sprachen? Geht denn aus der Inschrift auf ihrem Sarg nicht hervor, wann sie starb? Oder wenigstens, wann sie geboren wurde?«

»Die Ägypter schrieben ihre Daten als Jahre der Herrschaft

eines bestimmten Pharaos: Jahr eins, Jahr fünf und so weiter. In ihrem Fall haben wir drei verschiedene Daten, und zwei davon sind suspekt. Das Museum hat einen Holzsplitter testen lassen, aber mit der C14-Methode können Sie einen solchen Gegenstand nur auf fünfzig Jahre genau datieren.«

»Inwiefern sind die Daten suspekt?«

»Anscheinend ist sich alle Welt darin einig, daß Echnaton siebzehn Jahre regierte, und doch – hier, ich zeig's Ihnen.« Sie suchte nach einem sauberen Blatt Papier und schrieb drei Namen auf, dahinter in Klammern die Dauer der Herrschaft eines jeden Pharaos. Dann schrieb sie neben jeden das Datum, das auf Taschats Kartonage stand.

Echnaton (17)	Jahr 18
Semenchkare (3?)	Jahr 4
Ramses (2)	Jahr 1

Max begriff sofort, worauf sie hinauswollte. »Es dürfte bei Echnaton kein Jahr achtzehn und bei Semenchkare kein Jahr vier geben, nicht wahr?« fragte er.

Kate nickte. »So ist es. Und es ist auch nicht einfach nur eine Liste von Königen, denn es fehlen drei Pharaonen zwischen Semenchkare und Ramses: Tutanchamun, Eje und Haremhab. In dieser Reihenfolge. Haremhab gilt als der letzte Pharao der Achtzehnten Dynastie, auch wenn er in die königliche Familie nur eingeheiratet hat.«

»Mit dem ersten Ramses beginnt also eine neue königliche Linie, die Neunzehnte Dynastie?«

Sie nickte. »Auch er ein Militär, wie Haremhab.«

»Wenn er also nicht in der Erbfolgereihe stand, kann man nicht wissen, ob er es je schaffte, auf den Thron zu kommen. Das Jahr eins von Ramses muß das aussagekräftigste Datum sein.«

Kate erkannte allmählich, daß Max Cavanaugh die Kunst der

Diagnostik nicht schlecht beherrschte. »Das erklärt immer noch nicht, weshalb drei Daten anstelle von einem da sind. Das muß ja beabsichtigt sein. Und es liegen mindestens vierundzwanzig Jahre zwischen Semenchkare, wer immer er oder sie war, und Ramses. Wie in Thots Namen sollen wir uns das erklären?«

»Weiß ich nicht.« Max fuhr sich mit den Fingern durch das lockige Haar. »Wieso das Fragezeichen hinter Semenchkare?«

»Niemand weiß mit Sicherheit, ob er Echnatons Nachfolger war oder nur sein Ko-Regent; im letzten Falle wäre seine Herrschaft gleichzeitig mit den letzten drei Jahren Echnatons anzusiedeln. Niemand weiß, wo sie bei einem Ko-Regenten mit dem Zählen angefangen habe, und deshalb gibt es mehrere verschiedene Chronologien der Pharaonen.«

»Es fehlen zu viele Steinchen in dem verdammten Puzzle.« Er schüttelte den Kopf. »Zu vieles, was wir nicht wissen, vielleicht niemals wissen werden.«

Kate wußte nicht, was sie ihm entgegnen sollte. Ihre Blicke trafen sich in stillem Einverständnis und – und was? Die richtigen Worte kamen ihr wie aus heiterem Himmel in den Sinn, um ihn wissen zu lassen, daß er mit seiner Ratlosigkeit nicht allein war.

»Zuerst rief eine Stimme gegen die Dunkelheit an, und die Stimme wurde laut genug, das schwarze Wasser aufzuwühlen. Es war Atum, der sich erhob, und sein Kopf war der tausendblättrige Lotos.

Er sprach das Wort, und ein Blütenblatt trieb davon und nahm Gestalt an auf dem Wasser. Er war der Wille zum Leben. Aus dem Nichts erschuf er sich, das Licht. Die Hand, welche die Wasser teilte und die Sonne hob und die Luft regte.

Er war der erste, der Anfang. Dann folgte alles andere, wie Blütenblätter, die in den Teich wehen. Und ich kann dir die Geschichte erzählen.«

Ich erwache im Dunkeln, weil die Vögel sich regen,
ein Murmeln in den Bäumen, das Flattern der Flügel.
Es ist der Morgen meiner Geburt, der erste von vielen.
Löwen brüllen im Tempel, und die Erde bebt.
Aber es ist nur das Morgen, das Wache hält über das Heute.
Totenbuch der Ägypter

V

JAHR SECHS DER HERRSCHAFT TUTANCHAMUNS

(1355 vor Christus)

Zwölfter Tag, vierter Monat der Ernte

Der Diener des Priesters kam zu mir, als Aton noch hoch am Himmel stand. Diesmal gingen wir außen um das Haupthaus des Priesters herum zu einem kleineren Wohngebäude, das durch einen überdachten Säulengang mit dem großen Haus verbunden war. Dort brachte er mich in einen weiten Raum, der von lebensgroßen Statuen des widderköpfigen Gottes bewacht wurde – Amun in seiner alten Gestalt. Das Bett in der Mitte des Raumes war wie ein Kätzchen geformt, das mit dem Schweif peitschte und den Kopf umwandte, um das kleine Mädchen zu bewachen.

Ich erkannte die Amme des Kindes, die sich seit unserer letzten Begegnung vor fünf Jahren kaum verändert hatte, von den dunklen Schatten unter ihren Augen abgesehen. »Wie lange ist es her, daß euch zum ersten Mal aufgefallen ist, daß ihr etwas fehlt?« Ich fühlte die Hitze, die der Körper der Kleinen ausstrahlte, bevor ich meine Finger an ihren Hals legte, und deshalb überraschte es mich nicht, daß ihr Herz zu schnell sprach und sie nur mühsam atmete.

»Drei Tage. Zuerst fing sie an, wegen jeder Kleinigkeit großes Aufheben zu machen, weil ein Teil von einem ihrer Spiele verschwunden war oder weil Tuli nicht sofort kam, wenn sie ihn rief, und das ist sonst gar nicht ihre Art.«

»Sie mag auch nicht essen«, sagte Pagosch.

»Dann wollte sie nicht mehr sprechen«, fügte Merit hinzu, »und fühlte sich heiß an. Aber wer tut das nicht, wenn Re so lange braucht, um über den Himmel zu wandern?«

»Sind noch andere Kinder im Hause krank?«

»Es gibt keine anderen Kinder im Hause Ramoses. Nur dieses ...« Merits Stimme brach, und die Tränen traten ihr in die Augen. »Nur dieses kleine Mädchen.«

»Bringt mir eine Lampe, damit ich ihr in den Mund schauen kann. Und du, Pagosch, sieh zu, daß ein Kohlenbecken angezündet wird, aber draußen. Öffne die Fenster und hole jemanden her, der die Luft mit einem Fächer in Bewegung bringt. Bevor Re über den Horizont segelt, wird sich kein Lüftchen regen, das der Windfänger auf dem Dach einfangen könnte.«

Während ich in der einen Hand eine Lampe hielt, preßte ich mit der anderen die Wangen des Mädchens zusammen, damit es den Mund öffnete. Ihr Hals sah geschwollen und rot aus. Die weißen Flecken auf der Schleimhaut an der Rückseite machten mir die meiste Sorge. »Bade sie weiter mit kühlem Wasser«, befahl ich Merit. »Ich bereite inzwischen einen Trunk zu, der ihrem Hals guttun wird. Mach sie überall naß – Gesicht, Hals, Brust und auch die Beine –, und dann drehst du sie um und fängst von vorn an.« Ich hob die dünne Matratze hoch, um zu sehen, worauf sie lag. »Laß sie auf dem Seilgeflecht liegen.«

Pagosch kam mit einem jungen Mädchen herein, das einen Fächer aus Straußenfedern mitbrachte. Dann führte er mich auf die Terrasse hinaus, wo er das Kohlenbecken angezündet hatte. Ich gab ihm einen Bronzekrug mit getrocknetem Salbei und gemahlener Weidenrinde und trug ihm auf, ihn mit klarem Wasser zu füllen und auf die Glut zu setzen. »Dein edler Herr hat keine Magd übrig, die Merit helfen kann, seine Tochter zu pflegen, selbst wenn sie krank ist?« fragte ich.

»Was Aset angeht, vertraut Merit niemandem sonst. Nur mir. Sag mir also, was du brauchst.«

Ich häufte zwei Löffelvoll pulverisierte Erde aus einem alten Kuhstall in meinen Mörser und gab ein paar Stücke verschimmeltes Brot dazu. »Und jetzt brauche ich einen Krug Bier.«

»Später, *sunu*, wenn du dich um das Kind gekümmert hast.«

Ich begriff, daß der verbohrte Trottel glaubte, ich wollte das Bier selbst trinken! »Du erwartest wirklich, daß ich glaube, Merit vertraut dir das Mädchen an?«

Er schaute mich erzürnt an, aber als er antwortete, sprach er mit warmer Stimme. »Merit ist nicht nur meine Frau und die Mutter meines Sohnes – möge sein *ka* ewig leben –, sondern auch die Geliebte meines Herzens. Sie weiß, daß ich Aset beschütze, als wäre sie das Kind meiner eigenen Lenden, denn sie ist ein Geschenk der Göttin, nachdem Osiris uns den Sohn nahm.«

Die Erkenntnis traf mich wie eine Bö des Kamsin, der aus der Westlichen Wüste weht. Merits totes Kind war der Sohn dieses Mannes gewesen. »Merit vertraut mir doch auch, oder nicht?« fragte ich. Er nickte. »Dann bleibt uns nichts anderes übrig, als einander ebenfalls zu vertrauen.« Ich wollte ihn beruhigen, sowohl in bezug auf das, was ich tat, wie auch auf meine Gründe dafür. »Wir müssen die Flüssigkeit ersetzen, die das Fieber verbrannt hat. Darum braucht sie mehr als die paar Schlückchen Bier, die sie mit diesem Absud für ihren Hals bekommt. Vielleicht könntest du eine der Küchenmägde bitten, den Saft eines Granatapfels auszupressen und ihn mir nachher zu bringen.«

Er sagte nichts mehr und eilte davon, um das Bier zu holen.

Als er es brachte, goß ich etwas davon in meinen Bronzebecher und fügte drei Portionen von dem Pulver in meinem Mörser hinzu. »Zuerst muß ich ihr das hier geben. Nimm du den Weidenrindentee vom Feuer, laß ihn etwas abkühlen und bringe ihn dann her.«

Er hob den heißen Krug mit der bloßen Hand vom Kohlenbecken, stellte ihn auf den gekachelten Tisch und deckte ein Tuch darüber. »Ich bringe ihn dir, sobald du willst.«

Als ich in das Schlafgemach des Mädchens zurückkehrte, warf sie sich hin und her, um den Flammen zu entrinnen, die sie zu verzehren drohten. Ich tauchte eine Gänsefeder in den Krug und ließ das trübe Bier zwischen Asets ausgedörrte Lippen tröpfeln, und die ganze Zeit betete ich, Re möge schneller über den Himmel segeln und diesem Kind seines Bruders Amun Linderung gewähren. Und dieser Gedanke gebar einen neuen.

»Weiß ihre Mutter, daß sie krank ist?« fragte ich Merit. Sie zuckte nur die Achseln und wollte mir nicht in die Augen schauen. »Und ihr Vater?«

»Er kommt morgens und abends und bringt Opfer für ihr Leben dar.«

Der Nachmittag verging in der Dämmerung, und es wurde dunkel, während ich dem Kind das Bier in den Mund rieseln ließ; dann gab ich ihr den Weidenrindentee und danach Fruchtsaft und Wasser. Merit ließ sich schließlich überreden, sich auf die Matratze zu legen, die Pagosch auf dem Boden ausgebreitet hatte, während ich fortfuhr, wieder und wieder mit feuchten Tüchern über Asets Körper zu fahren. Die ganze Zeit betete ich, daß Thot mir die Hand führen möge, denn verrotteter Dung ist nicht immer gleich.

Nach einer Weile verlor ich alles Zeitgefühl. Irgendwann spürte ich, daß da noch jemand im Raum war. Als ich mich umdrehte, stand der Priester hinter mir. »Wird sie am Leben bleiben?« fragte er mit leiser Stimme.

»Das kann nur Thot wissen«, sagte ich und fragte mich, ob

er wahre Zärtlichkeit für seine Tochter fühlte oder nur besorgt war um das Mittel, das ihm zu noch größerer Macht verhelfen könnte. »Wenn Osiris sie im Laufe der Nacht nicht holt, dürfte es ihr morgen früh jedoch bessergehen. Jetzt bekämpfe ich das Fieber mit der einzigen Waffe, die ich noch habe: mit dem Wasser des Lebens.«

Wie lange Ramose dablieb, weiß ich nicht; er war ebenso lautlos verschwunden, wie er gekommen war. Ich drehte den Kopf hin und her, um meinem steifen Nacken Linderung zu verschaffen, und betrachtete die Körbe mit dem Spielzeug des kleinen Mädchens. In einem lag eine Stoffpuppe und eine hölzerne Marionette mit beweglichen Gliedmaßen – ihre einzigen Spielkameraden, wenn es stimmte, was Merit gesagt hatte.

»Bitte laß mich nicht allein!« rief das Kind plötzlich. Ich fuhr hoch, und auch Pagosch sprang auf. »Bitte, Tuli ... bitte komm zurück!«

»Wer ist dieser Tuli, den sie da ruft?« fragte ich.

»Ein Straßenköter, der ihr folgt wie ein Schatten. Er schläft sogar am Fußende ihres Bettes. Aber gestern hat er gewinselt, als sie schlief, und da habe ich ihn ausgesperrt.«

Wieder rief sie jammervoll nach dem Hund. »Ich verspreche dir, wenn du zurückkommst, lasse ich dich nie wieder allein, nicht einmal, um mit meiner Frau Mutter über den Fluß zu fahren.«

»Geh den Hund suchen und hole ihn her«, befahl ich Pagosch.

Kurze Zeit später kam er mit einem kleinen Hund zurück, der an seiner Leine zerrte und eigentlich eher aussah wie eine Ratte, von seinen halbzerbissenen Ohren über das schmutziggraue Fell bis zu seinem fast nackten Schwanz. Nur seine Augen zeichneten ihn aus: Eines war blau, das andere bernsteinfarben. Ich hob ihn zu Aset auf das Bett und legte ihre Hand auf seinen Rücken.

»Er ist vor ein paar Monaten hier aufgetaucht, ein nicht ganz ausgewachsener Welpe mit herausstehenden Knochen und einer großen Rißwunde am Bauch«, erklärte Pagosch. »Aset kam damit angelaufen, und ich mußte ihn zu dem Arzt bringen, der für das Vieh und die Sklaven meines Herrn zuständig ist, aber der wollte ihn nicht behandeln. So pflegte Aset ihn selbst. Sie goß sauren Wein auf die Wunde und fütterte ihn mit Fleischstückchen. Am Abend mußte ich seine Matte hierherbringen, wo sie eine Lampe brennen lassen konnte, um die Dunkelheit abzuwehren, ›wenn alle Schlangen beißen und alle Löwen ihr Lager verlassen‹. Am nächsten Morgen hat sie gesagt, sie nennt den Hund so, wie er ist: Tapfer.« Ich hielt die Geschichte für etwas übertrieben, und das sah er wohl meinem Gesicht an. »Du glaubst, ein so kleines Kind kann nicht wissen, was es heißt, tapfer zu sein? Warte, bis du sie so gut kennst wie wir.«

Er kehrte zu seinem Platz an der Tür zurück, und das Tropfen der Wasseruhr schien lauter zu werden; es ließ mich darüber nachdenken, wie wir die Zeit messen. Tag und Nacht sind in jeweils zwölf Teile geteilt, und so ändert sich die Länge einer Stunde je nach der Jahreszeit. Jetzt waren wir in der Jahreszeit der langen Tage, und die Stunden der Nacht waren kürzer als zu jeder anderen Zeit des Jahres. Wie kam es also, daß sie mir so lang *vorkamen*? Ich dachte immer noch über diese Frage nach, als Osiris plötzlich von hinten an ihr Bett herantrat, die Arme vor der Brust gefaltet, den Krummstab in der einen, den Dreschflegel in der anderen Hand. »Du kannst sie nicht mitnehmen!« protestierte ich.

»Warum nicht?« Der Herr der Unterwelt ließ sich durch meinen Ausbruch nicht beeindrucken.

»Weil es Tuli das tapfere Herz brechen würde.« Mein Blick fiel auf den Schopf schwarzer Locken. Merit hatte ihn nach hinten gekämmt und mit einem Lederstreifen umwickelt, an dem ein Talismann aus Karneol hing – eine Darstellung des Knotens im Gürtel der Isis, Asets Namensgeberin. »Gewiß würdest du doch der Mutter deines Sohnes nichts abschlagen, der Mutter des mächtigen Horus, welcher deinen Tod rächte!«

Da kräuselte er sich wie eine Rauchfahne und verschmolz mit

den dunklen Schatten in der Ecke des Raumes. Das überraschte mich, denn ich hatte gelernt, daß Osiris sich nimmt, wen er will, wann er es will, ohne daß er sich davon abbringen läßt. Ich tauchte weiter das Tuch ins Wasser, drückte es aus und strich ihr damit über Brust, Arme und Beine, immer wieder, bis ich fand, daß sie sich ein bißchen kühler anfühlte. Nach etwa einer weiteren Stunde verloren ihre Wangen schließlich die hitzige Färbung, und ich wußte, daß meine Wahl gut gewesen war. Ich ließ das Tuch in die Schüssel fallen, deckte sie bis ans Kinn mit einer dünnen Decke zu und lehnte mich zurück, um mich ein wenig auszuruhen.

Als ich die Augen öffnete, flutete das Licht von Re-Harachtes Antlitz durch die Fenster unter der Decke herein. Meine erste Sorge galt dem kleinen Mädchen, und als ich nachsah, ob sie noch lebte, schaute sie mich an. Ihre Augen hatten die Farbe des Nachmittagshimmels. Zweifellos hatte sie diese Augen von ihrem Vater, auch wenn es ein reineres Blau war als bei ihm, nicht getrübt durch all das, was er schon hatte mit ansehen müssen. Sie lag völlig reglos da; nur mit einer Hand streichelte sie Tulis Ohr, und es machte ihr offenbar keine angst, einen Fremden in ihrem Zimmer zu sehen. Dennoch verhielt ich mich ruhig, um sie nicht zu erschrecken, bis ich den zögernden Ansatz eines Lächelns sah. Mir schien, daß sie mich auf die Probe stellen wollte, und so erwiderte ich ihr Lächeln mit gleicher Münze. Mein Lohn war ein Lächeln von solcher Freude, daß ich nur versuchen konnte, es ihr gleichzutun.

So fand Pagosch uns vor, als er hereinkam, um nach ihr zu sehen.

»Paga!« flüsterte sie mit heiserer Stimme und streckte ihm flehentlich die Arme entgegen. Er eilte herbei und umarmte sie, aber dann sagte er leise: »Es ist noch zu früh zum Aufstehen, meine Kleine. Erst wenn der Arzt sagt, daß du gesund bist.«

»Er ist ein *sunu*?« fragte sie flüsternd. Ihre Augen wurden mit einem Mal zu groß für ihr Gesicht.

Pagosch nickte. »Sein Name ist Senachtenre. Erinnerst du dich an die Geschichte, die Merit dir erzählt hat? Von der Nacht, in der du in diese Welt kamst?« Sie starrte mich an, und ich fragte mich schon, ob sie mich etwa für den Arzt hielt, der sich geweigert hatte, ihren Hund zu behandeln.

»Meine Freunde nennen mich Tenre«, bot ich ihr an, um ihre Befürchtungen zu zerstreuen.

»Nennst *du* ihn so, Paga?« wisperte sie an seinem Hals.

»Es ist eine Ehre, wenn ein solcher Mann einem seine Freundschaft anbietet«, antwortete Pagosch und vermied es, auf ihre Frage zu antworten.

»Dann kannst du mich Aset nennen, denn so nennen meine Freunde *mich*. Stimmt's nicht, Tuli?« Der Hund wedelte mit dem Schwanz und leckte ihr den Fuß.

»Aset?« Merit fing gleichzeitig an zu lachen und zu weinen, als Pagosch das Kind in ihre Obhut gab. »Ich werde eine Schale Suppe holen und etwas Obst«, brummte er, aber ich hatte den Verdacht, er wollte zu Ramose, um ihm Bescheid zu sagen.

»Du drückst mich zu fest, Mutter«, beschwerte Aset sich. »Das Seilgeflecht hat meinen Rücken zerkratzt.« Merit griff nach der Decke und wickelte Aset darin ein.

»Leg eine frische Matte auf ihr Bett«, sagte ich zu Merit. Dann sah ich Aset an. »Versprichst du mir, daß du allen Saft und all das Wasser trinkst, das Merit dir bringt?« Sie nickte. »Und daß du schläfst, wenn du müde bist?« Diesmal kam ihre Zustimmung nicht so schnell. »Tuli wartet ungeduldig darauf, daß du gesund wirst, damit du wieder mit ihm spielen kannst. Und ich auch.« Das Lachen ließ ihre Augen funkeln, und einen anderen Lohn brauchte ich nicht für die durchwachte Nacht bei einem kranken Kind.

Ich gab Merit ein Päckchen mit getrocknetem Salbei und wies sie an, das Kraut mit heißem Wasser aufzubrühen, um Asets Hals Linderung zu verschaffen. »Du kannst soviel Obst essen, wie du willst«, erklärte ich Aset. »Magst du Wassermelonen?«

Sie nickte, daß ihre Locken hüpften. »Dann mußt du dich jetzt ausruhen.« Ich deutete auf den Hund. »Und er auch.« Ich nahm meine Ziegenledertasche. »Morgen komme ich wieder, und dann werde ich hören, ob du meine Anordnungen befolgt hast.« Als ich mich an der Tür noch einmal umschaute, lag ihr Kopf auf dem Kissen, ihre Augen waren geschlossen, und sie tat, als schlafe sie fest.

Dreizehnter Tag,
zweiter Monat der Ernte

Ich war unten am Fluß und behandelte einen Mann, der sich den Arm ausgerenkt hatte, als er eines der Handelsschiffe des Pharaos belud, als ich hörte, daß jemand meinen Namen rief.

»Tenre! Hallo.«

Gewiß täuschten mich meine Ohren. Aber im nächsten Augenblick teilte sich die Menge der Soldaten und Händler, und ich sah ein bekanntes Gesicht. »Mena!« rief ich und rannte zu ihm.

»Du hast gesagt, ich finde dich hier, wenn ich zurückkomme.« Er schlug mir auf die Schulter, zog mich in brüderlicher Umarmung an sich und trat dann unter großem Getue einen Schritt zurück, um mich von oben bis unten zu begutachten. »Laß sehen, wie es dir ohne mich ergangen ist!«

Mena und ich hatten erste Seelenverwandtschaft entdeckt, als wir den Priestern in der Tempelschule grausige Streiche gespielt hatten. Später war es sein unbezwingbarer Optimismus, der mir half, die unterste Stufe des Priesteramtes zu überstehen, eine Voraussetzung für den Eintritt in das Per Anch zur medizinischen Ausbildung. Aber als wir einmal da waren, konnte keiner von uns das Behandlungsverbot in Kauf nehmen, und so machten wir uns daran, jedes Rezept zu erproben, das seit der Zeit des großen Imhotep überliefert worden ist. Am Ende bestachen wir einen Sklaven im Haus der Toten, damit er beide Augen zudrückte, während wir selbst erkundeten, wie die großen Blutgefäße zwischen dem Herzen und der Lunge verliefen.

»Bist du eben angekommen?« fragte ich; ich befürchtete, er sei schon lange in Waset und wolle sich jetzt wieder einschiffen, ohne mich nur einmal zu besuchen. Ich sah mehr am Ausdruck in seinen Augen als an dem Hauch von Weiß an seinen Schläfen, daß er sich sehr verändert hatte.

Er zeigte zu drei bärtigen Sklaven hinüber, die dabei waren, ein paar nervöse Pferde vom Deck eines zweimastigen Schiffes herunterzuführen. »Mit General Haremhab. Hast du nicht gehört, daß er herkommt, um Prinzessin Mutnedjemet zur Frau zu nehmen?«

»Ich bitte ergebenst, mir meine unerträgliche Unwissenheit nachzusehen, mein Herr Merenptah.« Ich senkte den Kopf, um das Grinsen zu verbergen, das ich nicht unterdrücken konnte. »Gewiß wurde der Bote, den du vorausgesandt, um deine glorreiche Ankunft zu vermelden, von Piraten auf dem Grünen Meer überfallen. Denn sonst wäre – mit oder ohne den General, der sich selbst als Größten der Großen und Mächtigsten der Mächtigen bezeichnet – jede Hure hier in diesem entlegenen Winkel des großen Pharaonenreiches, um dich zu begrüßen.«

Er lachte laut, es war ein Klang, den ich in den letzten fünf Jahren schmerzlich vermißt hatte. »Den Göttern sei Dank: Du hast dich nicht verändert, Tenre. Verbringst du deine Nächte immer noch mit deinen Schriftrollen statt mit einer Frau – oder ist es eine Ehefrau, die deinen Blick so ernst hat werden lassen?«

»Das wohl kaum«, antwortete ich verächtlich. »Die meisten Frauen, die ich zu sehen bekomme, haben schon einen dicken Bauch, weil sie schwanger sind. Jetzt, wo du hier bist, habe ich vielleicht mehr Glück, es sei denn, du wärest derjenige, der sich inzwischen in den mittleren Jahren eingerichtet hat.« Einen Augenblick lang sah ich den Jungen aufblitzen, der er früher gewesen war, aber dann wurde sein Gesicht wieder ernst.

»Das noch nicht. Und es ist auch nicht wahrscheinlich. Aber ich muß gestehen, ich habe es satt, mit anzusehen, wie Menschen ohne guten Grund ihr Gedärm und ihr Gehirn verspritzen. Im Schlaf höre ich sie immer noch stöhnen, und wenn ich aufwache, habe ich den widerlichen Geruch von verwesendem Fleisch in der Nase. Aber ich ersticke hier in diesem Staub. Wenn du damit fertig bist, diesem armen Mann den Arm zu verrenken, wollen wir uns dann nicht einen kühlen Krug Bier besorgen?«

Ich nickte. Ich konnte es nicht erwarten zu erfahren, wo er gewesen war und was er alles gelernt hatte, denn wir hatten einen Pakt am Abend vor seiner Abreise geschlossen. Er würde über die Wunden, welche die Männer in der Schlacht davontrugen, soviel zu lernen versuchen, wie er konnte, während ich ebenso mit den Krankheiten der Frauen verfahren würde, aber auch mit den Leiden der Männer, die auf den Feldern Amuns schufteten, nicht zu reden von denen, die den Fluß hinauf- und hinunterfuhren. Bei seiner Rückkehr wollten wir unsere Erkenntnisse miteinander verbinden, um die medizinischen Schriften der Alten neu zu schreiben.

»Ich schwöre, ich erinnere mich gar nicht, daß es hier so infernalisch heiß ist«, bemerkte er, als wir es uns im Garten des »Tonkrugs«, einer bei Soldaten und Schiffern beliebten Schenke, gemütlich machten. Aber sag mir, wie bekommst du genug zu essen, wenn du nur Frauen und Kinder behandelst?«

»Allen geht es gut, seit der junge Pharao in die Stadt Amuns zurückgekehrt ist.« Ich unterbrach mich, um mir die Kehle zu befeuchten. »Du erinnerst dich an Nofret, meine verwitwete Tante? Nun, wir haben uns angewöhnt, in meinem Garten zu Abend zu essen, und dabei verköstigt sie Chary, der mir bei der Pflege meines Kräutergartens hilft, und mich mit dem Klatsch, den sie auf dem Markt hört. Deshalb wette ich, ich wußte vor dir, daß dein General die Prinzessin zur Frau nimmt. Hingegen weiß ich nicht, wie du zu ihm gekommen bist.«

»Ich wurde in unsere Grenzgarnison in Sile entsandt, wo er sich auf einen Feldzug nach Kanaan vorbereitete. Eines Tages, als er sich im Bogenschießen übte, zersplitterte der Schaft eines Pfeils beim Abschuß, und ein dünner Holzsplitter fuhr ihm tief in den weichen Unterarm. Haremhab ist niemand, der von einer solchen Kleinigkeit Notiz nehmen würde. Als ich also die Wunde schließlich zu sehen bekam, schwärte sie bereits und roch so schlimm, wie sie aussah. Ich machte aus schimmeligem Brot einen Breiumschlag, murmelte ein paar Zaubersprüche und ließ ihn so viel Rettich essen, daß es zehn Mann auf die Latrine getrieben hätte. Er glaubt, daß ich ihm nicht nur den Arm, sondern das Leben gerettet habe, und seitdem darf ich nicht mehr von seiner Seite weichen.« Ich lachte und mußte daran denken, wie es mit uns beiden immer gewesen war. Doch im nächsten Augenblick wechselte seine Miene und wurde finster wie die Nacht. »Die Botschafter unserer einstigen Verbündeten mögen an den Hof zurückgekehrt sein, Tenre, aber sie kommen ohne Verträge und ohne Tribut, weil Tutanchamun nichts dafür zu bieten hat.«

Daß es dem General nicht gelungen war, das von Echnaton verlorene Territorium zurückzuerobern, war schon bis Waset durchgesickert, aber Haremhab kehrte dennoch im Triumph zurück, weil er den längst fälligen Tribut der Kanaaniter und ihrer Brüder, der Schasu, mitgebracht hatte. »Haremhab will mehr als nur eine königliche Prinzessin«, fuhr er fort. »Er braucht mehr Soldaten. Und Eje wird dafür sorgen, daß er sie bekommt.« Er lehnte sich zurück. »Wenn Haremhab die Hethiter wieder dahin zurückgejagt hat, wohin sie gehören, gehört der Thron ihm.«

Ich kannte Mena zu gut, um zu glauben, er spreche im Scherz. »Echnaton hat den Amunpriestern eine Lektion erteilt, die sie nicht mehr vergessen werden«, erinnerte ich ihn. »Man braucht Geschick, um den Löwen und das Krokodil gleichzeitig zu zähmen.«

»Mein General wird beiden die Zähne ziehen. Die Macht liegt jetzt bei den Starken, Tenre, nicht im Blut. Vergiß nicht, daß er von der Pike auf gedient hat, unter dem verschlagenen alten Stallmeister, der jetzt zur Rechten Tutanchamuns sitzt.«

»Eje hat auch neben Echnaton gesessen«, gab ich zu bedenken, »und sieh nur, wo er jetzt ist!« Daß wir vom Gemahl der Schönen sprachen, war ein Beweis dafür, daß die Götter mit unseren Gedanken spielten. »Aber da du ja unter den Hohen und Mächtigen verkehrst: Hast du etwas von der Königin des Ketzers gehört?«

»Von Mutnedjemets königlicher Schwester? Nur, daß sie irgendwo im Land des Lotos wohnt.«

»Dann kann ich dir vielleicht etwas erzählen, was *du* noch nicht weißt – aber nur von Arzt zu Arzt.« Mit diesen Worten band ich seine Zunge und konnte darauf vertrauen, daß er nichts weitererzählte. »Sie ist die Gefährtin eines Gottesvaters namens Ramose, der Amuns Schätze verwaltet, und sie hat ihm eine Tochter geboren.«

Überraschung und dann Verdruß zeichneten sich in seinem Gesicht ab, was mir zeigte, daß ihm völlig klar war, was eine Verbindung zwischen einem mächtigen Amunpriester und einer Tochter des Prächtigen Amenhotep bedeuten konnte. Dennoch tat er die Neuigkeit mit einem Achselzucken ab. »Wie eine Katze landet die Schöne immer wieder auf ihren Pfoten.«

»Ihr Anspruch auf den Thron ist ohnegleichen, nicht nur als Tochter ihres Vaters, sondern auch, weil sie zur Ko-Regentin ernannt wurde. Wenn ein Sterblicher einmal zum Gott erhoben wird, wie kann er dann wieder das werden, was er einmal war? Vielleicht spielt sie eine neue Runde Schakale und Hunde, diesmal mit dem Hohenpriester.«

»Hast du diesen Klatsch etwa auch von deiner verwitweten Tante?«

»Ich habe die Geburt begleitet.«

»Du?« Er wäre fast von seinem Schemel gefallen. »Sag, wofür hältst du mich, für einen dummen Ochsen? Nimm es mir nicht übel, Tenre, aber der Priester, den du mir beschreibst, würde einen wie dich niemals auch nur in die Nähe seiner Frau lassen. Er kann sich einen Arzt aus dem Haus des Lebens holen.«

»Das dachte ich auch. Aber du weißt ja, wie es ist. Entbindungen sind etwas für Hebammen. Die Erhabenen aus dem Per Anch ruft man erst, wenn es zu spät ist, und deshalb haben sie wenig Erfahrung mit Frauen im Kindbett. Und es liegt ihnen auch nichts daran, welche zu machen.«

»Wann war denn das?«

»An dem Tag, an dem ihre andere Tochter Tutanchamuns Königin wurde.« Ich sagte nichts davon, daß ich erst am vergangenen Abend wieder in Ramoses Haus gewesen war.

»Das ist fast fünf Jahre her.« Er schaute mich abschätzend an, um festzustellen, ob ich ihn auf den Arm nehmen wollte. »Für einen gewöhnlichen Arzt scheinst du alles andere als einen gewöhnlichen Ruf erworben zu haben, mein Freund.« Und unvermittelt segelte er in eine andere Richtung. »Mit getrockneten Honigkristallen kann man zerhackte Gliedmaßen retten; sie nehmen die Flüssigkeit auf, die aus einem tiefen Schnitt heraufquillt und das Abheilen verhindert.«

Daß er sich an unseren Jugendpakt erinnerte, ließ mein Herz singen vor Freude. »Auch ich habe viel zu berichten. Wenn man das Blut eines Ochsen mit dem Fett einer schwarzen Schlange mischt, erhält man eine Salbe, die verhindert, daß einem Mann die Haare weiß werden. Vielleicht solltest du es damit versuchen.« Ehe ich mich's versah, hatte er mich scherzhaft mit der flachen Hand auf die Wange geschlagen, und ich begriff, daß er sich an meine Art ebenso gut erinnerte wie ich mich an die seine.

»Wie hast du mir gefehlt«, sagte er leise.

»Du mir auch«, bekannte ich, von seinen Worten erwärmt.

Unsere Blicke trafen sich, und ich wußte, daß sich zwischen uns nichts verändert hatte.

Er schaute zum Himmel hinauf. »Ich muß jetzt losgehen und meinen Adjutanten suchen, damit ich erfahre, wo ich heute nacht wohnen soll. Und zusehen, daß ich ein Bad finde, bevor ich mich im Palast des Pharaos zeigen kann.«

Jetzt war es an mir, zu staunen. »Du gehst zu Tutanchamun ins Haus des Jubels?«

»Er wird den Tribut entgegennehmen, den Haremhab mitbringt, und ihn für seinen großen Dienst belohnen. Und dafür, daß er ihm seine Schwester vom Halse schafft.« Sein offenes Grinsen hatte sogar meinen Vater dazu gebracht, ihn für ein Unschuldslamm zu halten.

»Wenn königliches Blut nichts mehr gilt, wieso will Haremhab dann die Prinzessin Mutnedjemet heiraten? Es ist allgemein bekannt, daß sie mit jedem Mann in den Zwei Ländern geschlafen hat, außer dir und mir. Und vielleicht sollte ich auch da nur für mich selbst sprechen.«

»Wie ich sehe, ist dein Talent, die Löcher in einer Diagnose zu entdecken, immer noch so scharf wie eine Rasierklinge«, knurrte er, als wir uns erhoben, um zu gehen. »Wenn er sie erst geschwängert hat, kommt es nicht mehr darauf an. Bald geht Haremhab nach Obernubien, um die Garnisonen zu inspizieren, die das Land oberhalb des Zweiten Katarakts sichern. Bis dahin behält er sie für sich, während sie auf der königlichen Barke den Fluß hinunterfahren.«

»Du gehst mit ihm nach Kusch?«

»Diesmal nicht, und vielleicht nie wieder.« Sein Gesicht war abgewandt, als wir durch den Garten gingen.

»In letzter Zeit liege ich nachts manchmal wach ... und frage mich – sollte Anubis mich morgen holen kommen –, was hinterlasse ich zum Zeichen dafür, daß es mich gegeben hat? Ich habe keine Frau, die mein Scheiden betrauert, keine Kinder, die meinen Namen rufen.« Er gab dem Schankwirt eine Münze für unser Bier, und wir traten hinaus auf die heiße, staubige Straße.

»Es ist das Wissen, welches Imhotep denen unter uns hinterlassen hat, die nach ihm kommen, was überdauert«, erinnerte ich ihn. »Aber während du dir überlegst, welche gute Frau du dir erwählen sollst, könnte es dir die Gedanken klären, wenn du eine Stunde in den Sümpfen verbrächtest. Es sei denn, dein Arm ist altersschwach geworden.«

»An unserem alten Platz?« erwiderte er und schluckte den Köder sofort. »Eine halbe Stunde, nachdem Re-Harachte sein Antlitz über den Horizont erhoben hat?«

Ich nickte, konnte aber nicht der Versuchung widerstehen, weiterzusticheln. »Vergiß lieber nicht, zu deinem Fleisch heute abend eine Portion Kohl zu essen, damit dich die Kopfschmerzen morgen nicht beim Zielen stören.«

»Nicht einmal ein Tanzmädchen wird sich zu mir legen, wenn ich nach Kohl stinke. Man könnte ja ein paar Mandeln kauen und zwei Fliegen mit einer Klappe schlagen.«

Damit wandte er sich ab und ging zum Fluß hinunter. Ich blieb stehen und genoß noch den Anblick der geliebten Gestalt, während die Erinnerung an andere Stunden in anderen Schenken mein Herz erfüllte – vor allem an jenen Abend, als wir uns vorgenommen hatten herauszufinden, ob der Genuß von Mandeln wohl die Kopfschmerzen verhinderte, die man von zuviel Wein bekam, und einem gleichzeitig eine Erektion verschaffte, die es mit derjenigen des Gottes Min aufnehmen könnte. Schließlich drehte ich mich um und machte mich auf den Weg zu Amuns großem Tempel.

Pagosch sprach mich an, bevor ich durch das Tor neben dem Wächterhäuschen gekommen war. »Nun, *sunu*, was hat dich aufgehalten?«

Das Herz schlug mir plötzlich bis zum Hals. »Ist ihr Fieber zurückgekommen?«

»Nein. Aber wenn du glaubst, daß es passieren könnte, warum kümmerst du dich dann um sie zuletzt?«

Ich zwang mein Herz, wieder ruhig zu werden. »Du ziehst also die Hand zurück, die du mir entgegengestreckt hast, jetzt, da Re die Schatten vertrieben hat und du nicht mehr fürchten mußt, daß sie deine kleine Göttin mit fortnehmen?«

»Du sprichst in Rätseln«, knurrte er, während er mich zum Haus des Priesters führte.

»Ich glaube, du verstehst mich nur zu gut, mein *Freund.*«

»Dann komm ... Tenre.« Es fiel ihm nicht leicht. »Mein Herr will dich sprechen, und die Kleine wird ungeduldig. Sie hat den ganzen Tag gewartet; Schakale und Hunde stehen spielbereit aufgestellt.«

»Deine kleine Göttin glaubt, ich komme, um mit ihr zu spielen?«

»Das sagt Aset, und sie lügt nicht.«

»Nein, sie lügt nicht«, stimmte ich zu und nahm mir vor, meine Zunge besser im Zaum zu halten. »Aber Schakale und Hunde ist kein Spiel für Kinder.«

Er schaute mich nachsichtig an. »Sie hat ein gutes Herz und wird dich das erste Spiel gewinnen lassen.«

Ich folgte ihm in den großen Raum, in dem der Priester mich schon einmal erwartet hatte. »Ich stehe für immer in deiner Schuld, Senachtenre«, begrüßte er mich. Diesmal ließ er mich nicht stehen, sondern lud mich ein, mich zu ihm auf die gepolsterte Sitzbank zu setzen. Pagosch ließ er im Flur stehen. »Pagosch findet, du seist weit über deine Jahre hinaus weise, und der Beweis dafür leuchtet aus den Augen meiner Tochter.« Sein Mund kündigte ein rares Lächeln an, und ich sah einen Abglanz von Aset im Gesicht ihres Vaters. »Da der Wille Amuns uns nicht einmal, sondern zweimal zusammengeführt hat, scheint mir, daß unsere Geschicke miteinander verbunden sind. Ich wäre ein Dummkopf, wollte ich mich noch einmal von dir abwenden. Ich bitte dich deshalb, Arzt in meinem Haushalt zu werden.« Ich starrte ihn an und fragte mich, ob das ein Scherz auf meine Kosten sein sollte. »Deine erste Pflicht wäre es, meine Tochter vor Schaden zu bewahren; ich würde allerdings erwarten, daß du dich auch um die anderen Frauen in meinem Hause kümmerst. Um Merit, zum Beispiel.«

Es ist nicht ungewöhnlich, daß ein reicher Mann einen gewöhnlichen Arzt beschäftigt, damit er die Krankheiten und Verletzungen behandelt, die seine Diener, Fellachen und Tiere befallen. Aber darum bat er mich nicht. »Ich bin kein ...« Ich brach ab und fing von vorn an. »Wenn du glaubst, daß ich Wunder tun kann, Herr, dann hast du dich täuschen lassen.«

Er wedelte ungeduldig mit der Hand. »Ich habe es mir angelegen sein lassen herauszufinden, warum du nicht bist wie die andern, und ich will gern gestehen, daß ich jeden einzelnen befragt habe, den ich zu dir zur Behandlung geschickt habe. Die Wunder überlasse ich Amun. Was ich von dir will, ist die Weisheit, die du mit deinen endlosen Fragen und Experimenten gewonnen hast. Dafür biete ich dir ein eigenes Haus und Speise aus meiner Küche, Bier aus meiner Brauerei und Wein von meinem Weinberg.« Er schwieg und wartete auf eine Antwort, aber meine Gedanken liefen wild durcheinander. »So viele Eier von meinem Hühnerhof, wie du brauchst«, fügte er hinzu und beobachtete mich mit diesen blauen Augen, die alles sahen. »Jeden Monat zehn Rationen Rindfleisch und doppelt soviel Korn.«

Er hatte mir bereits Reichtümer angeboten, die ich im ganzen Leben nicht erwartet hatte. Aber der Mann vor mir saß in Amuns Heiligem Rat, und ich habe nichts übrig für Priester. *Er hat auch die Priester-Ärzte hinausgeworfen, als sie es zuließen, daß seine königliche Gemahlin dem Tode nahe kam*, erinnerte mich eine Stimme. Mein *ka* vermutlich, das mir ins Gewissen redete.

»Ich merke, du hast einen anderen Grund für deine Zurückhaltung. Nenne ihn mir, denn ich muß mich wahrlich wappnen, wenn ich sowohl Pagosch als auch meine Tochter enttäuschen soll.«

»Es ist nicht so, daß ich nicht den Wunsch hätte, mich um deine Tochter zu kümmern, Herr. Aber so viele andere sind von mir abhängig.«

»Und wenn ich einen anderen *sunu* finde, der für sie sorgt? Könntest du ihn nicht lehren, was du tust?«

»Vielleicht, aber kein anderer kann das Versprechen halten, das ich meinem Gehilfen gegeben habe, der auch mein Freund geworden ist. Seine Frau wird bald ihr erstes Kind zur Welt bringen.« Würde er mich jetzt dafür schelten, daß ich die Rolle einer Hebamme spielte, nachdem er mich doch gerufen hatte, damit ich seiner eigenen Gemahlin bei der Entbindung half – nun, dann wüßte ich, mit was für einem Mann ich es zu tun hätte, und würde keine Mühe haben, sein Angebot abzulehnen.

»Du sprichst von deinem Diener Chary?« Ich nickte und fragte mich, was er sonst noch alles über mich wissen mochte. »Er soll nach dir schicken, wenn seine Frau soweit ist.«

Erst nachdem Chary in meine Dienste getreten war, habe ich herausgefunden, daß er nicht nur lesen, sondern auch schreiben kann und daß hinter seinen lohbraunen Katzenaugen ein Verstand wohnt, der wach genug ist, um meinen eigenen zu schärfen. Deshalb habe ich einen neuen Mann für meinen Garten eingestellt und Chary beigebracht, meine Pillen und Arzneien zuzubereiten. Und ich gedachte nicht, den Plan aufzugeben, den ich schon seit einer Weile hegte: Arzneien und Kräuter an Bedürftige zu verteilen.

»Ich würde mein Haus in der Stadt behalten müssen«, sagte ich, um auszuloten, wie tief die Wasser seines Verlangens nach meinen Diensten wohl sein mochten. »Und ich müßte dort hingehen, um die Arzneien zu holen, die mein Gehilfe für mich bereitet.«

Jetzt wurden seine Augen schmal, aber am Ende willigte er auch hierin ein. »Gibt es noch irgend etwas?«

»Ich muß *alle* deine Bediensteten und ihre Familien behandeln dürfen, denn jede Pestilenz, die sie befällt, kann auch diejenigen heimsuchen, die du am meisten beschützen möchtest.« Ich fürchtete, Ramose könnte es als Ketzerei auslegen, daß ich behauptete, Pestilenzen könnten sich unter Reichen und Armen gleichermaßen ausbreiten.

Vielleicht sagte ihm ein sechster Sinn, daß ich sonst nicht kommen würde, denn er sagte: »Ich verlasse mich darauf, daß du tust, was du für richtig hältst. Sieh nur zu, daß du in deinem Eifer nicht meine Tochter vernachlässigst.« Er sah mich nachdenklich an. »Meine Tiere auch?«

»Glaubst du, deine Tochter würde mir erlauben, sie zu ignorieren?«

Darüber hätte er fast gelächelt. »Dann sind wir uns also einig?«

»Ich würde gern eine Nacht lang darüber nachdenken, wenn du erlaubst.«

»Dann denke auch noch über etwas anderes nach: Ich mache es Merit nicht zum Vorwurf, daß sie Aset übermäßig liebt, aber sie kann sie nicht vor den Grausamkeiten schützen, denen sie in der Tempelschule begegnen wird, von den Priestern wie auch von ihren Schulkameraden. Zuweilen sogar von mir. Ich will nicht, daß ihr Geist unterdrückt wird, aber man soll sie auch nicht durch allzuviel Nachsicht verwöhnen, und der Pfad dazwischen ist sehr schmal. Ein Pfad, auf dem man manchmal einem Kind weh tun muß, wenn man ihm wohl will.«

»Ich habe keine Erfahrung mit der Kindererziehung, Herr.«

»Du bist nicht so leicht zu gewinnen, nicht wahr, *sunu*? Auch das ist ein Grund, weshalb ich dich brauche. Nenne es von mir aus ein Experiment, wenn dir das lieber ist. Gib mir ein Jahr. Danach werden wir uns noch einmal unterhalten.« Er blickte zu den Fenstern hinauf. »Es wird Zeit, daß ich mich von Amun-Re verabschiede, während du zu meiner Tochter gehst. Wie du dich auch entscheidest, Senachtenre, sei versichert, daß du eine Freundin hast im Hause Ramoses.«

Eine Stunde später sah ich mich in eine Verhandlung mit seiner Tochter verwickelt. »Bastet weigert sich, ihre Kätzchen zu säugen«, sagte sie. »Ich muß mich um sie kümmern, oder sie jammern die ganze Nacht und stören die Vögel in der Voliere.«

»Morgen«, wiederholte ich und sah zu, wie sie die geschnitzten Holzfiguren zu einem neuen Spiel aufstellte. War man auf irgendeine ungeahnte Weise im Vorteil, wenn man die schlappohrigen Hundefiguren spielte? »Bald legt sich die Kälte des Abends auf das Land.«

»Aber ich höre böse Geister wispern, drüben in der dunklen Ecke. Sie warten nur darauf, daß du gehst, damit sie mich wieder krank machen können.« Tuli stimmte ihr bei und stieß ein jämmerliches Heulen aus.

»Wenn du etwas Warmes anziehst, bringe ich dich hinauf aufs Dach.«

Pagosch schaute zu und wartete ab, ob sie mich auch jetzt wieder übertrumpfen würde.

»Mir ist warm genug.« Sie spang unternehmungslustig von ihrem Kätzchenbett herunter, dann blickte sie mich an, lief zu einer Kleidertruhe und zog die erste Tunika heraus, die sie sah. Sie streifte sie über den Kopf und drehte sich hin und her, bis sie zu den Knien hinabgeglitten war.

»Und wo sind deine Sandalen?«

»Brauche ich nicht.«

Ich sah sie nur an, zur Unnachgiebigkeit entschlossen.

»Wieso denn?«

»Damit du dir angewöhnst, sie zu tragen. Wo Schmutz ist, sind Würmer, und einige davon können durch Risse in der Haut zwischen den Zehen in deinen Körper eindringen.«

»Oh!« Sie machte große Augen. »Aber die Sandalen drücken. Und manchmal falle ich damit sogar hin. Wenn ich mir nun den Arm breche oder mir den Kopf aufschlage? Das ist doch bestimmt schlimmer als ein kleiner Wurm, der mir zwischen die Zehen kriecht?«

»Dann müssen wir ein Paar Sandalen für dich auftreiben, die dir besser passen.« Während sie tat, was ich gesagt hatte, griff ich in meine Ziegenledertasche und holte eine der geschnitzten Tierfiguren heraus, die ich immer bei mir habe, um kranke Kinder abzulenken. »Ein blinder Mann hat das aus einem Stück Papyruswurzel geschnitzt.« Ich hielt ihr den kleinen Löwen entgegen.

»Wirklich? Wie denn, wenn er nicht sehen kann?«

»Er hat es mit seinen Fingern betastet, bis die Formen dem Bild entsprachen, das er im Gedächtnis trug. Wenn einer sein Augenlicht verliert, bedeutet das ja nicht, daß er sich nicht mehr an das erinnern kann, was er gesehen hat.«

Sie schloß die Augen und fuhr mit den Fingern über Körper und Beine der Tierfigur; sie befühlte die Mähne aus getrockneten Papyrusspitzen und schließlich den Schwanz. Dann öffnete sie ihre tiefblauen Augen und schenkte mir ein Lächeln, das ich nie vergessen werde.

»Du kannst ihn gern haben.«

»Er wird mir stets kostbar sein, Tenre. Wirst du dem blinden Mann das von mir sagen?«

Ich nickte. Dann nahm ich eine Decke von ihrem Bett, hüllte sie darin ein, nahm sie auf den Arm und folgte Pagosch, der uns bis zum Fuß der Treppe geleitete, die aufs Dach führte. Tuli rannte voraus und kam zurück, immer wieder; er war zu aufgeregt, um langsam zu laufen, wollte aber Aset auch nicht aus den Augen lassen.

Die Feuerkugel der Sonne verschwand allmählich hinter den Felsen im Westen, und eine Staubwolke schwebte über dem roten Sand, so daß es aussah, als steige Rauch von der brennenden Wüste empor. Ich setzte sie auf eine Bank unter dem Sonnendach aus Palmwedeln, und wir betrachteten die Aussicht ringsum. Als Kinder hatten Mena und ich die roten Felsen erklettert, die den Ort der Wahrheit bewachen; hoch oben über den Lehmziegelhäusern hatten wir gestanden, über den Fluß zur Östlichen Wüste und zu den Bergen hinübergespäht und uns gefragt, was wohl dahinterliegen mochte. Jetzt schauten wir in die andere Richtung, zu den prächtigen Häusern, die den Palast des Pharaos umstanden, und weiter zu dem Dorf der Arbeiter aus der Nekropolis, das sich zwischen die niedrigen Felsenhügel schmiegt.

»Schau, Tenre.« Sie befreite einen Arm aus ihrer Decke. »Siehst du den Kanal, der zum Haus des Jubels führt, wo der Pharao wohnt? Da wohnt meine Schwester Anchesenpa. Und Meranch.«

Ich betrachtete den ausgedehnten Komplex der luxuriösen königlichen Behausungen und verstand zum ersten Mal, was es für sie bedeutete, wenn sie Tuli versprach, ihn nicht zu verlassen, nicht einmal um mit ihrer Frau Mutter über den Fluß zu fahren. »Anchesenpa?« wiederholte ich. Sie hatte den Geburtsnamen der Königin in einer Form benutzt, die man geändert hatte, nachdem sie den Bruder ihrer Mutter, Tutanchamun, geheiratet hatte.

»Sie ist die Große Königliche Gemahlin des Pharaos. Jetzt, wo ich wieder gesund bin, muß ich sie besuchen, denn sie muß sehr traurig sein. Ihr kleines Kind kam schlafend auf die Welt, und keiner von den Ärzten des Pharaos hat es wecken können. Anches ist diejenige, die mir beigebracht hat, Stoffpuppen zu machen. Für Tuli. Wenn er eine Puppe hat, ist er vielleicht nicht so einsam, wenn ich zur Schule gehe.«

»Und Meranch, wer ist das?«

»Tutanchamuns Jagdhund. Er bellt, wenn er es nicht soll, und verscheucht die Vögel, bevor mein Onkel einen Pfeil abschießen oder einen Stock werfen kann. Manchmal fegt er mich um mit seinem Schwanz, aber das meint er nicht so.«

Eine Zeitlang saßen wir still da und schauten zu, wie Res Boot auf den westlichen Horizont zusegelte. Es war, als hielten alle Lebewesen im Land den Atem an und warteten darauf, daß die Göttin zu weinen anfing. Alle bis auf Tuli, dem die Zunge seitlich aus der Schnauze hing, während Aset ihn mit dem bloßen Fuß streichelte.

Ich durchstöberte mein Gedächtnis nach einer Geschichte, die sie unterhaltsam finden würde, als mein Blick auf einen von Lotosblättern bedeckten Teich in den Feldern fiel. Er war eingedämmt, um das Wasser zu halten, das durch einen Kanal aus einem Speicherbecken geflossen kam, und so enthielt er auch jetzt noch eine dünne Schicht Wasser, obwohl die Zeit der Ernte allmählich dem Ende zuging.

»Weißt du, was das ist?« fragte ich sie und zeigte hinüber.

»Ich glaube ...« Sie reckte den Hals und flüsterte dann so leise, daß ich sie kaum verstand. »Ja, aber woher können sie kommen?« Und mit einer Stimme voller Aufregung fuhr sie fort: »Es ist eine große Elefantenherde! Siehst du, wie sie mit den großen Ohren wedeln, um sich in der Hitze Kühlung zuzufächeln?« Sie sah mich an. »Siehst du sie denn nicht, Tenre?«

Ich drehte mich zu ihr um und sah, daß sie mich mit dem unbeirrten Blick eines Kindes anschaute, das niemals genug zu essen bekommt. »Doch, natürlich. Ich wollte nur sichergehen. Ich glaube, es sind welche von der allerseltensten Sorte: die mit den blauen Augen.«

»So blau wie meine?« Sie wandte den Blick nicht von mir.

»Äh ... nicht ganz so blau«, antwortete ich und spähte wieder hinüber. Die großen grünen Blätter sahen in der Tat wie Elefantenohren aus. »Aber so blaue Augen wie deine habe ich noch nie gesehen. Nicht einmal bei einem Äffchen.« Sie lachte entzückt, ein sanft perlendes Geräusch, das aus ihrer Kehle plätscherte. Um sie noch einmal zum Lachen zu bringen, erzählte ich ihr von der grünen Meerkatze, die Chary darauf abgerichtet hat, die Früchte von den Maulbeerfeigenbäumen zu pflücken, und die für jede Feige, die sie in ihren Korb legt, zwei andere frißt.

Als ich fertig war, war der Himmel von Farben überflutet, und die Schatten am Fuße der roten Felsen schoben sich durch das Tal wie Finger, die den schmalen Streifen des Flusses ergreifen und festhalten wollten.

»Wußtest du, daß es vor Anbeginn der Welt nichts als Wasser gab, überall? Bis eines Tages eine blaue Lotosblume aus dem Wasser wuchs.« – Sie schien zu glauben, daß es nun an ihr war, mir eine Geschichte zu erzählen. – »Als sich die Blüte öffnete, saß ein wunderschöner Gott in ihrem goldenen Herzen – der, den wir Re nennen. Licht strahlte von seinem Körper und vertrieb die Dunkelheit. Aber er war einsam, und so stellte er sich all die anderen Götter und Göttinnen vor und rief sie ins Leben, indem er ihnen einfach Namen gab. Nut, die Mutter Himmel. Geb, die Erde, und Schu, die zwischen den beiden liegt.« Sie schwieg kurz. »Wußtest du, daß die Lotosblume jeden Abend ihre Blütenblätter schließt und im Wasser untertaucht? Eines Tages wird sie vielleicht gar nicht mehr zurückkehren, und dann gibt es nie wieder etwas anderes als Dunkelheit.«

Ich sah, daß ihre Decke auf die Bank gefallen war; ich hob sie auf, legte sie ihr um die Schultern und stopfte die Ecken fest. »Ungefähr sechs oder sieben Tage lang öffnet die Lotosblüte sich morgens und schließt sich abends, bevor sie im Wasser versinkt. Und dort gebiert sie ein Samenkorn. Es gibt also keinen Grund, sich Sorgen zu machen oder traurig zu sein.«

»Wie kannst du das wissen?«

»Als Junge habe ich viele Stunden dabei zugesehen, wie die Blüten sich öffneten und schlossen.«

»Warum?« Ich nahm Aset auf den Schoß und drehte mich so, daß ich sie vor der Brise schützte. Re schob sich zwischen die Felsen, um der Mutter Fluß einen Abschiedskuß zu geben, und ließ den Himmel mit roten und goldenen Streifen aufflammen. Wind erhob sich und wehte die Hitze der Sonne fort. »Mein Vater ließ mich die Lotosblumen in unserem Teich zählen, damit ich die Zahlen lernte. Oft habe ich gesehen, wie winzige Luftbläschen ein Samenkorn an die Wasseroberfläche trugen, wo es dahintrieb, bis die Blasen platzten. So sinkt das Samenkorn an einer anderen Stelle wieder auf den Grund, schlägt Wurzeln und läßt eine neue Pflanze heraufwachsen.«

»Ich wünschte, ich hätte dabeisein können.« Sie seufzte und war dann so lange still, daß ich schon glaubte, sie sei eingeschlafen. Ich wollte sie nicht stören und schaute zu, wie Re ein gleißendes Orangegelb über den stillen Wasserspiegel des Nil ausbreitete, als sie sich plötzlich umdrehte und mich anschaute. »Muß ich immer krank sein, damit du mich besuchen kommst?« Da wußte ich, daß mir die Entscheidung abgenommen worden war. »Ich werde bald jeden Tag hiersein, oder zumindest ganz in deiner Nähe, denn ich soll Arzt im Haushalt deines Vaters werden. Vielleicht wirst *du* mich dann besuchen kommen.« Ein strahlendes Lächeln ließ ihre blauen Augen aufleuchten, und gern wollte ich ihr meinerseits etwas geben. »Beim nächsten Mal nehme ich die Hunde, und du spielst mit den Schakalen.«

VI

Denver, 21. November

Taschat lag auf dem Tisch vor dem großen weißen Zylinder mit dem Kopf in der Öffnung wie ein antikes Opferwesen, das gleich in den klaffenden Rachen eines hungrigen Ungeheuers gesaugt werden würde.

»Lassen Sie es uns mit fünf Millimetern versuchen«, schlug Max vor, zu Phil Lowenstein gewandt, der am Steuerpult saß. »Vom Scheitel bis zum Hals-Brustwirbelübergang.« Alle vier – Kate und Cleo, Max und Phil – drängten sich in einer der zwei Seitenkammern, die einen Blick hinaus auf den großen weißen Zylinder boten.

»Sie sagen, wie das Lied heißt, und ich spiel's Ihnen.« Phils lange Finger bewegten sich über die Tasten und schickten Befehle an den Scanner. Er war groß und von schlaksiger Gestalt; seine Füße waren doppelt so groß wie Kates, aber seine Art, sich zu bewegen, hatte nichts Ungelenkes.

Nachdem er seine Aufgabe vorläufig erfüllt hatte, schwang Phil sich auf seinem Drehstuhl herum. Er konnte den Blick kaum von Cleo wenden. Sie war zu dem Anlaß konservativ gekleidet: Zu einem hautengen Strickkleid trug sie einen dazupassenden Dreiecksschal, einen Blickfänger aus den Zwanzigern, der ihr fuchsrotes Haar zur Geltung brachte. Der Fransenschal fiel hinten bis zu ihren Kniekehlen hinunter; die beiden anderen Ecken des Dreiecks jedoch hatte sie mit Markasitringen an beiden Zeigefingern befestigt, so daß die Seide sich bei jeder Bewegung wie ein Segel blähte.

»Hat sie wirklich so ausgesehen?« fragte Phil. »Oder hatte der Bestattungsunternehmer solche gemalten Masken einfach am Lager?«

»Wer idealisiert die Toten nicht?« fragte Cleo und zuckte die Achseln. »Aber sie glaubten, daß der Geist den Körper jeden Morgen verließ und abends zu ihm zurückkehrte; da mußte er ja erkennen können, wohin er gehörte.«

»Hier kommt Nummer eins«, bemerkte Max und trat vom Monitor zurück, damit Kate und Cleo besser sehen konnten. »Denken Sie daran, daß das, was Sie hier links sehen, Taschats rechte Seite ist. Der geschwungene Schatten ist der Umriß von der Kartonage, und das hier«, er beugte sich vor und zeigte auf verschlungene graue Linien, »sind die Schichten der Binden. Diese dicke Linie ist der Schädel, der weiß aussieht; das liegt daran, daß die Kontrastdichte des Knochens hoch ist, verglichen mit dem weichen Gewebe.«

Neue Bilder kamen in ziemlich flottem Tempo, und immer wieder mußten ihre Augen ein Stück der Aufnahme verarbeiten und freigeben – meistens bevor Kate damit fertig war. Max ließ mehrere passieren, bevor er wieder etwas sagte. »Erinnern Sie sich, was ich Ihnen über die Suturen oder Schädelnähte gesagt habe, die sich in verschiedenen Altersstufen schließen?« fragte Max Cleo. »Die erste schließt sich mit zweiundzwanzig, die zweite mit vierundzwanzig, die dritte mit sechsundzwanzig. Sehen Sie diese Linie?« Er zeigte mit dem Finger darauf. »Das ist die zweite Sutur. Sieht verschwommen aus, nicht wahr? Weil die Ränder nämlich anfangen auszufasern, und das bedeutet, daß sie anfängt, sich zu schließen.«

»Wollen Sie damit sagen, Taschat war so alt wie Kate?« fragte Cleo mit sichtlicher Skepsis.

Max warf Kate einen verwunderten Blick zu. »Wenn das heißen soll, zwischen vierundzwanzig und sechsundzwanzig Jahren – jawohl«, bestätigte er. »Ich sehe keinerlei Anzeichen dafür, daß die letzte Sutur sich schließt, aber ich werde abwarten, bis ich gesehen habe, wie die Epiphysen aussehen, bevor ich mein endgültiges Urteil fälle.«

»Die Epiphy...?« Cleo schaute Kate hilfesuchend an.

»Die wachsenden Enden der langen Knochen in Armen und Beinen, Händen und Füßen, wo der weiche Knorpel schließlich verknöchert.«

»Okay, wenn die letzte im Alter von sechsundzwanzig Jahren anfängt, sich zu schließen, woher wissen Sie dann, daß jemand, sagen wir mal, so alt war wie Sie?« fragte Cleo, um unmißverständlich klarzumachen, was sie meinte.

»Die Schließung der Suturen wird in derselben Reihenfolge erreicht, mit fünfunddreißig, zweiundvierzig und siebenundvierzig Jahren. Wir würden also mehr oder weniger auf die gleiche Weise extrapolieren. Im allgemeinen haben wir die besten Erfolge bei einem Alter zwischen zwanzig und fünfundfünfzig, da sich zwischen Pubertät und Alter andere Veränderungen abspielen. Bei Frauen zum Beispiel schließen sich die Epiphysen drei oder vier Jahre nach der Menarche.«

»Ja, das Schlüsselbein gehört zu den letzten, die sich verfestigen«, ergänzte Phil, »am medialen Ende. Also da, wo es ans Brustbein anschließt.« Er wandte sich an Cleo. »Das geschieht meistens irgendwann im Alter zwischen dreiundzwanzig und fünfundzwanzig.«

»Wie ist es mit Rassenunterschieden?« fragte Cleo. »Muß man die nicht auch berücksichtigen?«

Max schüttelte den Kopf. »Die Unterschiede zwischen Männern und Frauen sind größer als die zwischen den Rassen, möchte ich meinen. Aber zuverlässige statistische Differenzen haben wir in beiden Fällen nicht, weder für die Rasse noch für das Geschlecht. Ich vermute, daß auch unterschiedliche Ernährung hier und da zu Abweichungen führen kann. Aber die Abweichungen werden im Ergebnis nicht neun oder zehn Jahre betragen.«

»Warum nehmen Sie so viele Messungen vor?« Cleo hatte immer neue Fragen. »Die meisten Physioanthropologen behaupten, sie können diskriminante Funktionsanalysen mit nur acht Messungen durchführen.« Cleo hatte keinen blassen Schimmer von Statistik; deshalb fragte Kate sich, worauf sie wohl hinauswollte.

»Natürlich, wenn Sie nichts weiter ermitteln wollen als Geschlecht und Rasse«, sagte Phil. »Da kommen Sie sogar mit fünf Messungen aus, wenn Sie sich auf die entscheidenden beschränken: Gesichtshöhe, Nasenhöhlenbreite, Breite des Gesichts in Höhe der Kinn- und Wangenknochen aus einer Posterior-Anterior-Aufnahme plus ein Maß aus einer Lateralaufnahme. Aber Leute wie der berühmte Dr. Snow, die tatsächlich die Knochen in die Hand bekommen, die man so ausgräbt, haben's leicht im Vergleich zu dem, was wir tun.«

»Mit der diskriminanten Analyse wird das Geschlecht in fünfundneunzig Prozent der Fälle richtig bestimmt«, sagte Max. »Bei der Rasse sinkt die Erfolgsquote schon auf achtzig Prozent, und auch das nur im allerbreitesten Sinne – kaukasoid, negroid, mongoloid – und ohne verläßliche ethnische Aufschlüsselung.«

Wenn Cleo nach einer Möglichkeit suchte, um Max für den Fall zu diskreditieren, daß er etwas zutage förderte, das Dave als »ungeeignet« bezeichnen würde, so war sie hier auf dem falschen Dampfer, dachte Kate, als Max einen raschen Schritt auf den Monitor zu machte.

»Moment mal, Phil. Können Sie anhalten, bevor es weitergeht?« Er winkte Kate heran, zog sie zu sich und streckte den Zeigefinger aus. »Sie wollten wissen, ob ich etwas sehe, was anders ist als die Beschreibung, die Sie mir gestern gegeben haben. Schauen Sie zwischen die Augenhöhlen.«

Kate starrte die dünnen spinnwebzarten Linien an. Sie war es nicht gewohnt, den Schädel im Querschnitt zu betrachten. »Sieht aus wie eine Art Schwamm.« Dann dämmerte es ihr. »Ethmoidale Luftzellen?«

»Ganz recht. Das Siebbein ist intakt. Also sind sie nicht in die Schädelhöhle eingedrungen.«

»Manchmal sind sie durch ein Loch in der Schädelbasis hineingegangen«, gab Cleo zu bedenken. »Aber erst ein paar hundert Jahre später ... nehmen wir an.«

»Wir werden danach Ausschau halten, wenn wir zum Foramen magnum kommen, wo das Rückenmark ins Hirn mündet.« Max drückte Kates Schulter und ließ seine Hand dann sinken. Das Gespräch um sie herum plätscherte weiter, aber Kate konzentrierte sich auf den Wechsel der Bilder.

»Ziemlich gute Zähne, wenn man's bedenkt«, bemerkte Max einmal. »Man hat bei allen Mumien sehr wenig Karies gefunden, aber Sand im Essen hat ihre Zähne abgeschliffen und eine Menge Abszesse verursacht, die sie mit Terpentin und gemahlener Alraunwurzel behandelten.« Er legte Phil eine Hand auf die Schulter. »Was halten Sie vom dritten Backenzahn?«

»Ich würde sagen, er ist ausgewachsen.«

Max wartete ein paar weitere Bilder ab. »Am weichen Gewebe um die Halswirbelsäule ist nichts Ungewöhnliches.« Er schwieg kurz. »Okay, machen wir ein zusammengesetztes Bild vom ganzen Kopf.« Kate schaute weg, als der Computer Phils Befehle ausführte. Sie wußte, was kam, und ihr graute davor: Taschat, wie sie jetzt aussah, unter den Binden und dieser Maske.

»Ansicht schräg links von vorn kommt«, verkündete Phil.

Das Bild traf sie wie ein Schlag ins Gesicht – eine geisterhaft weiße Erscheinung, die im schwarzen Raum schwebte, mit zurückgezogenen Lippen, eingefallenen Wangen, ausgeprägten Wangenknochen und dem sichtbaren Unterkiefer unter dem

Leichentuch aus ledriger Haut. Kate starrte das Bild fasziniert und abgestoßen zugleich an. Die Querschnitte lagen übereinander wie geologische Schichten, und Taschats Kopf sah kaum menschlich aus.

Dann wurde Kate bewußt, was in ihrem Kopf vor sich ging, und sie schloß die Augen; sie wollte das Gesicht nicht vergessen, das vor ihrem geistigen Auge lebte, denn sie fürchtete, sie würde es dann nie zurückholen können. In der Dunkelheit hinter ihren Lidern bemühte sie sich, ihr Gedächtnis von den makabren Bildern zu befreien, die sie gegen ihren Willen anzogen wie ein Magnet, und sie öffnete die Augen erst wieder, als Max etwas zu Phil sagte. »Okay, gehen wir wieder auf einen Millimeter und fahren wir durch den Thorax. Mal sehen, ob wir Kallusbildung erkennen können.« Er warf einen Blick zu Cleo und Kate. »Ich werde für Sie zusammenfassen, was ich kann, während wir den Scan machen, aber ich werde bei diesem schnellen Durchgang nicht alles mitbekommen, zumal da die verschobenen Rippen aus allen möglichen Winkeln ins Bild kommen.«

Eine Zeitlang sagte niemand etwas; dann stellte Max fest: »Glatter Bruch des Schlüsselbeins.« Er legte einen Finger auf die helle Stelle über Taschats Herzen. »Ungefähr hier war auf der alten Röntgenaufnahme das Amulett zu sehen.«

»Wahrscheinlich ein Herz-Skarabäus«, warf Cleo ein. »Grün, entweder Serpentin oder Jaspis. Das Herz verzeichnete alle guten und bösen Taten der Toten. Wenn ihm etwas passierte, würde sie nicht vor Osiris' Richterstuhl treten können, und damit bestände keine Aussicht auf ein Leben nach dem Tod.«

»Unter den äußeren Binden sind ihre Arme noch einmal gewickelt«, fuhr Max fort. »Der rechte liegt quer über der Brust, was wir ja schon von der Röntgenaufnahme her wissen. Sagen Sie mal, ist das nicht ein Zeichen für königliche Würde?«

»Falscher Arm«, antwortete Cleo. »Aber selbst wenn es der richtige wäre, wäre es nach der Mitte der Achtzehnten Dynastie nicht mehr zwingend. Es sind zu viele weibliche Mumien mit angewinkeltem linken Arm aufgetaucht, als daß sie alle Royals sein könnten. Irgendein geiler alter Pharao hat seinen Lieblingen wahrscheinlich ein entsprechendes Privileg gewährt, und die Praxis hat sich eingebürgert.«

»Sie meinen, der König hatte eine richtige Ehrenrolle wie Königin Elisabeth, in die er seine bevorzugten Bettgenossinnen eintrug?«

Cleo schaute ihn nachsichtig an. »Ich habe nur vermutet, wie diese Praxis begonnen haben könnte.« Max warf Kate einen Seitenblick zu. Eine Schlußfolgerung aufgrund von Indizien zu akzeptieren, wenn es noch andere Möglichkeiten gab, paßte ihm ebensowenig wie ihr, zumal wenn er recht hatte, was Taschats Alter anging. Diese eine Diskrepanz genügte, um alles in Frage zu stellen, was sie über sie wußten.

»Die Fingerspitzen der rechten Hand sind eingepackt«, sagte Max, als ein neues Bild erschien. »Etwas von ziemlich hoher Kontrastdichte.«

»Öle und Klebstoffe haben bei Tutanchamun so ziemlich alles bis auf das Gesicht, die Finger und die Zehen zerstört«, erklärte Cleo, »aber diese waren durch Hülsen aus Goldfolie und diese massivgoldene Maske geschützt.«

»Hey, Max, was sagen Sie denn dazu?« Phil deutete auf eine matte graue Linie. »Warten Sie auf das nächste. Sehen Sie, da ist es wieder. Und da wieder.«

»Ja. Da liegt etwas Dünnes zwischen den Schichten der Bandagen. Ich werde nachher versuchen, die Bilder zusammenzufügen; mal sehen, was wir dann kriegen.« Er sah Kate an. »Versuchen können wir's ja. Mal sehen, ob etwas darauf geschrieben steht.«

»Die Tinte müßte dann aber merklich dichter sein als das, worauf man damit geschrieben hat«, warnte Phil.

»Kohlenstoff. Sie haben Ruß benutzt«, erklärte Kate. »Und Eisenoxid für Rot.« Jetzt waren sie im Brustkorb, und niemand sprach ein Wort, bis Phil leise »Oha!« hauchte.

»Ja, zwei Rippen sind eingedrückt«, bestätigte Max. »Da ist ein Knochenfragment in ein anderes getrieben«, erläuterte er für Cleo, ohne den Blick vom Monitor zu wenden. »Halten Sie's an, Phil, genau hier, und verstärken Sie den Kontrast, wenn es geht. Und dann vergrößern Sie diesen Bereich hier.« Er legte den Finger auf den Monitor und zog mit der anderen Hand eine Lesebrille aus der Tasche.

»Das Alter ist ein Faktor in der Knochenheilung, aber selbst bei Kindern sieht man Kallusbildung selten nach weniger als zwei Wochen. Sehen Sie hier? Und hier? Primärkallus. Wie lang, Phil?«

»Drei Wochen maximal. Eine der Rippen könnte die Lunge punktiert oder die Leber zerrissen haben, vielleicht sogar die Milz, aber als Todesursache läßt sich das nicht schlüssig nachweisen.«

»Ganz im Gegenteil, wenn sie noch lange genug gelebt hat, um Kallus zu bilden.« Max sah Kate an. »Meinen Sie nicht auch?«

Sie nickte und fühlte unsagbare Traurigkeit. Daß Taschat noch so lange gelebt hatte, mußte bedeuten, daß sie wahrscheinlich eines langsamen und qualvollen Todes gestorben war, entweder durch Ersticken oder durch eine unaufhaltsame Infektion.

»Das muß nicht heißen, daß die übrigen Schäden nicht großenteils *post mortem* eingetreten sind«, erinnerte Max sie. »Okay, Phil, weiter.«

Mehrere Bilder gingen ohne Kommentare durch. In Kates Magen spielten sich seltsame Dinge ab, aber erst als sie ein Kribbeln in den Fingern spürte, wurde ihr klar, daß Max ihr den Nacken massierte. »Ist alles in Ordnung?« fragte er.

»Ich habe zu lange stillgestanden. Ich glaube, ich mache mich mal auf die Suche nach der Toilette.«

Phil hörte, was sie sagte. »Es ist sowieso Zeit für eine Mittagspause«, sagte er. »Warum geht ihr Mädels euch nicht die Nase pudern, während wir hier unten zumachen? Ein paar Türen weiter unten, auf der rechten Seite.« Cleo warf Kate einen Blick zu; grimassierend formte sie mit übertriebenen Lippenbewegungen das Wort »Mädels?« und verdrehte die Augen nach oben.

»Schade«, tuschelte Cleo, als sie den Gang hinuntergingen. »Er hat einen fantastischen Hintern.«

Kate stieß die Tür mit der Aufschrift LADIES auf und verschwand in einer Kabine. »Er ist auf jeden Fall interessiert, falls du das noch nicht bemerkt hast«, sagte sie durch die Trennwand.

»Ich hab's bemerkt.«

»Zumindest hat er noch alle seine Haare. Du beklagst dich ja immer, daß du auf irgendeine Glatze hinuntergucken mußt.« Sie drückte auf den Spülknopf und ließ das Wasser rauschen, um dieses Gespräch zu beenden.

»Und was meinst du, Katie?« fragte Cleo, als sie nebeneinander an den Waschbecken standen.

Diese Eröffnung war zu gut, um sie sich entgehen zu lassen. »Ich meine, daß du dich von Dave zu einer Sache hast beschwatzen lassen«, sagte Kate, »und jetzt weißt du nicht, wie du da rauskommen sollst, ohne deinen Job zu verlieren.«

Ihre Blicke trafen sich im Spiegel. »Okay, ich gebe ihm eine Chance bis nach dem Mittagessen«, sagte Cleo. »Aber länger nicht.«

Max führte das Tischgespräch an, bis Cleo erfuhr, daß Phil geschieden war. Danach lieferten sie einen von Balanchine choreographierten Pas de deux; Cleo stellte seinen Intellekt und seine Toleranz für das Unerhörte auf die Probe, und Phil konterte mit einem Humor, der sogar Max überraschte. Als Phil schließlich eine Kreditkarte auf die Rechnung legte und alles dem Kellner reichte, dachte Kate, daß ihre alte Zimmergenossin es sich vielleicht doch anders überlegt hatte.

»Es wird fast den ganzen Nachmittag dauern, bis wir fertig sind«, sagte Phil. »Wenn's euch beiden Mädels langweilig wird, könnt ihr nach Hause gehen. Max und ich können uns später mit euch treffen und Bericht erstatten.«

Cleo zuckte nicht mit der Wimper. »Langweilig? Das soll wohl ein Scherz sein. So etwas Aufregendes habe ich seit meiner letzten Ausgrabung in Westanatolien nicht mehr erlebt.«

»Ach ja? Wo denn da?« Phil hatte den Köder sofort geschluckt. Kate warf einen Blick zu Max hinüber und wußte, was er dachte: Der Tanz war noch nicht zu Ende.

»Im Land der Hethiter. In Kleinasien.«

»Und was haben Sie da so Interessantes gefunden?«

»Einen Mann und eine Frau *in flagranti* mit eingeführtem Penis, gut erhalten in einem Torfmoor ... fast tausend Jahre alt. Können Sie sich das vorstellen?« Cleo schaute ihn mit großen, unschuldigen Augen an. »Sie trug eine schwere goldene Fußkette, primitiv, aber absolut prachtvoll.« Phil fing an zu grinsen. »Was nun ein späteres Treffen angeht – ich möchte wirklich nicht aufdringlich sein, nachdem Sie schon so viel getan haben, aber ich bin sicher, daß sich noch Fragen ergeben werden. Vielleicht könnten wir gelegentlich drüber reden. Über die Scans, meine ich.«

»Gern, jederzeit.« Phil nickte. »Ich habe mittwochs nachmittags frei. Wie wär's, wenn ich diese Woche mal im Museum vorbeikäme? Sie führen mich herum, und ich könnte Ihnen alle Fragen beantworten, die Ihnen bis dahin einfallen.« Er zog seine Brieftasche hervor, nahm eine Karte heraus, drehte sie um und kritzelte etwas auf die Rückseite. »Meine Privatnummer. Sie steht nicht im Telefonbuch. Für den Fall, daß Sie mich nach Feierabend erreichen müssen.«

Als sie zum Parkplatz gingen, bemerkte Phil: »Tausend Jahre, hm?« Er warf Cleo einen prüfenden Blick zu. »Diese Goldkette muß ein tolles Ding gewesen sein.«

»Von jetzt an befinden wir uns auf Phils Fachgebiet«, sagte Max, als sie weitermachten.

»Nun, als erstes haben wir hier eine Fraktur des rechten Azetabulums, der Oberschenkelgelenkpfanne. Das könnte zu einer Dislokation führen oder winzige Knochenpartikel im Hüftgelenk verteilen, was vermutlich den Schatten auf der Röntgenaufnahme verursacht.« Er zeigte auf einen leuchtend gelben Fleck auf dem Monitor. »Das ist die Symphysis pubica, die Schambeinfuge, wo die Knochen zusammenkommen und das Becken bilden. Die Einkerbung da bedeutet, daß sie mindestens ein Kind bekommen hat. Außerdem ist sie ohne Zweifel über achtzehn.«

Kate fühlte sich wie eine Voyeurin, als Taschats intimste Geheimnisse millimeterweise vor ihren Augen enthüllt wurden. Sie holte tief Luft, atmete bewußt langsam und wartete ab.

»Was zum Teufel ist das?« rief Phil.

Max warf Kate einen raschen Blick zu. »Es sieht aus, als ob die ganze Hand in irgend etwas eingehüllt wäre, nicht nur die Fingernägel. Könnte sie eine Art Handschuh tragen?« Kurz darauf stieß er einen Seufzer aus. »Du lieber Gott!«

Kate brauchte nicht zu fragen, warum. Sie hatte ebenfalls die unzähligen Frakturen gesehen, aber die hellen Ringe um jeden Finger änderten sich von einem Axialbild zum nächsten fast gar nicht. Das konnte nur eins bedeuten. »Auch als das passiert ist, hat sie noch gelebt«, murmelte sie, fast ohne zu merken, daß sie sprach. »Denn in dem goldenen Handschuh ist nicht einmal die Andeutung einer Beule. Deshalb trägt sie ihn: um ihre zerschmetterte linke Hand zu schützen.«

Phil nickte und sagte etwas zu Cleo, aber Kate war zu sehr ins Nachdenken vertieft, um darauf zu achten. Taschat war aus Verhältnissen gekommen, die alles andere als arm gewesen waren. Die Qualität der Malerei auf ihrer Kartonage bewies das, selbst wenn sich herausstellen sollte, daß ihr Sarg eigentlich für jemand anderen gedacht gewesen war. Wieso hatte sie also außer dem Skarabäus keinen Schmuck?

Max zog das Jackett aus und legte es ihr um die Schultern, als wisse er, was sie empfand. Wenig später sagte er leise: »Da ist der zweite Schädel, Kate, genauso kunstvoll eingewickelt wie Taschat selbst.«

»Und alt genug, um ihr Vater zu sein«, warf Phil ein. »Die zweite Sutur ist anscheinend vollständig geschlossen, aber die letzte ist – was würden Sie sagen, Max? – halb zu?«

»Ich bin nicht gerade erpicht darauf, allein anhand der Schädelsuturen das Alter zu bestimmen. Aber die erste ist fast verschwunden. Damit ist er über vierzig, aber noch keine siebenundvierzig. Ein ziemlicher Greis.« Max schenkte Cleo ein wissendes Grinsen, das sie fröhlich erwiderte.

»Er hat nicht bloß Zähne im Mund«, bemerkte Phil. »Die Kontrastdichte ist sehr viel höher als bei den drei Bündeln, die wir in der Thoraxhöhle gefunden haben. Sieht für mich eher nach Knochen aus. Eine Ahnung, was das sein könnte?« Er sah Cleo an, und sie schüttelte den Kopf.

»Ich werde mich später damit beschäftigen«, sagte Max. »Mal sehen, was sich ergibt. Stirnwülste und Processus mastoideus bestätigen die Geschlechtsbestimmung, ebenso die Form des Kieferbogens und die Größe der Zähne. Seine Zahnhöcker sind auch stärker abgenutzt als ihre, was zu seinem Alter paßt.«

Phil winkte Cleo mit einem Finger heran. »Ich zeige Ihnen etwas. Knorpel ist für Röntgenstrahlen undurchsichtig; deshalb sieht er so aus. Die Wachstumszonen bestehen eigentlich nur aus Bindegewebe, das die langen Knochen wachsen läßt. Wenn ein Kind aufhört zu wachsen, bedeutet das, aus dem Knorpel hat sich Knochen gebildet, und der ist poröser. Zuerst passiert das in den Händen und Füßen, als letztes am Schlüsselbein, und bei Mädchen passiert es früher als bei Jungen. Worauf ich hinaus will: Max hatte recht. Von den Epiphysen der Mittelhand- und Fingerknochen bis zu den distalen Enden von Oberarm und Schienbein deutet alles darauf hin, daß sie ihr Wachstum abgeschlossen hatte. Sie muß mindestens zwanzig gewesen sein.«

»Großartig«, sagte Cleo. »Ich kann kaum erwarten, das Dave zu erzählen.«

Max sah auf die Uhr. »Ich würde gern noch ein zusammengesetztes Bild machen, um zu sehen, was sich unter der Fußmaske befindet.« Nur wenige Sekunden, und eine neue Geistererscheinung nahm in der schwarzen Leere des Monitors Gestalt an.

»Sie müssen sehr fest umwickelt sein«, mutmaßte Phil und manipulierte das Bild so, daß man Taschats Füße und Knöchel erst von vorn, dann von hinten, dann von beiden Seiten sah, und schließlich die Fußsohlen. »Glauben Sie, diese Linien sind Falten in der Haut?« fragte er Max.

Max tat, als wickele er sie mit den Händen ein, erst rechts herum, dann links herum und dann schüttelte er den Kopf. »Sie verlaufen beinahe rechtwinklig zu der Faltenbildung, die man erwarten müßte. Außerdem sehen die Ränder wie geschnitten aus.«

Die plötzliche Stille klang wie die tosende Brandung an einer Steilküste, bis Kate merkte, daß es das Blut war, das in ihren Ohren rauschte.

»Ich würde sagen, wir haben soeben erfahren, warum sie gestorben ist, auch wenn Sie die medizinische Todesursache noch nicht bestimmen können«, folgerte Cleo.

»Wie kommen Sie darauf?« wollte Phil wissen.

»Der Kopf zwischen den Beinen und die zerschnittenen Füße ergeben zusammengenommen die untreue Frau. Einer Frau, die fremdging, die Fußsohlen zu zerschneiden, war jahrhundertelang eine verbreitete Praxis im Nahen Osten und im Maghreb. Sogar in China.«

Wie ein Blitz, der so schnell kommt und geht, daß er nur die Erinnerung an das Licht auf der Netzhaut hinterläßt, sah Kate einen bemalten Turm in einen strahlend blauen Himmel ragen. »Nein!« rief sie, und der Schmerz überwältigte sie. »So war es überhaupt nicht!«

Sie spürte die Blicke aller auf sich, aber sie wußte nicht, wie sie erklären sollte, was sie soeben gesehen hatte. Nicht, ohne sich anzuhören wie eine Verrückte.

»Ich dachte, Ehebrecherinnen hätte man gesteinigt«, sagte Phil und kam ihr zu Hilfe. »Ich glaube vor ein paar Jahren gelesen zu haben, daß es einer Prinzessin in Saudi-Arabien so ergangen ist. Oder ihrem Liebhaber?«

»In der Türkei soll es immer noch vorkommen, daß einer Frau die Füße aufgeschnitten werden«, sagte Cleo, ohne etwas von Kates akutem Unbehagen zu merken. »Sie wird in einen Jutesack gesteckt und in den Bosporus geworfen.«

»Warum ihr die Füße zerschneiden, wenn man sie dann ertränkt?« fragte Max.

»Damit sie nicht weglaufen kann, auch nicht im Jenseits. Nehmen wir doch mal für einen Augenblick an, Taschat war eine heiratsfähige junge Frau, vermählt mit einem reichen Mann, der wahrscheinlich ein gutes Stück älter war als sie und reich genug, um mehr als eine Frau zu haben. Angenommen, er muß sich auf so viele verteilen, daß sie nicht genug sexuelle Aufmerksamkeit findet, um sich befriedigt zu fühlen, selbst wenn sie teilweise beschnitten ist. Auf wen würde ihr suchender Blick dann fallen? Auf Diener, Verwandte, Freunde ihres Mannes, vielleicht einen gelegentlichen Geschäftspartner – solche Leute. Ehefrauen, Konkubinen und Kinder wohnten alle zusammen im Harem, aber sie waren nicht eingesperrt. Frauen konnten Besitz haben, und sie konnten sich frei in der Stadt bewegen. Bei gesellschaftlichen Anlässen aßen Männer mit Männern und Frauen mit Frauen, aber alle aßen im selben Raum.« Sie legte eine dramatische Pause ein. »Nehmen wir an, sie betrügt ihren Mann mit jemandem, den er kennt – ein noch schlimmerer Betrug. Er sorgt dafür, daß der Übeltäter seine verdiente Strafe bekommt: Er läßt seinen Kopf zwischen ihre Beine legen und den Rest den Krokodilen vorwerfen.«

»Warum wirft man ihn nicht einfach den Krokodilen vor, und Punkt?« fragte Phil.

Cleo schüttelte den Kopf. »Das wäre nicht die ägyptische Art. Nein, ihren Liebhaber dahin zu tun, wo ihr Ehemann ihn gefunden hat, aber ohne die nötige Ausrüstung, um ...« Sie brach ab und schnippte mit den Fingern. »Seine Genitalien! Das muß es sein, was sie ihm in den Mund gestopft haben, damit er sich nicht ins Jenseits lügen konnte.«

»Erzähl mir einer was von ewiger Verdammnis«, knurrte Phil.

»Aber wie erklärst du dir dann die Gerichtsszene auf ihrer Kartonage?« wandte Kate ein. Sie war nicht bereit, Cleos kleines Szenario zu akzeptieren, ebensowenig wie das Indiz, das sie mit eigenen Augen vor sich sah: Taschats aufgeschnittene Fußsohlen. »Ein Ehemann, der so schreckliche Rache üben will, würde doch darauf bestehen, daß die Waage sich in die andere Richtung neigt«, gab sie zu bedenken, »um die Götter und alle Welt wissen zu lassen, daß sie sein Vertrauen verraten und Schande über seinen Namen gebracht hat.« Ein nachdenkliches Lächeln umspielte Max' Lippen, und mehr Ermutigung brauchte sie nicht. »Statt dessen aber bezahlt er einen begabten Künstler für ein Porträt, das so natürlich und lebensecht ist, daß er ihr damit eine ganz andere Art von Ewigkeit verschafft. Für mich ist diese Maske das Vermächtnis einer Liebe, nicht von Verrat und Rache.«

Max, der neben ihr stand, schob seine Finger zwischen ihre, um sie wissen zu lassen, daß er auf ihrer Seite war. »Hielten die Ägypter nicht den Kopf für den Sitz der Auferstehung?« überlegte er. »Bei der sie ins Licht eines neuen Tages schreiten würden? Und war das offene Auge im ägyptischen Lexikon nicht das Synonym für Wissen?« Er wartete, bis Cleo nickte. »Nun, vielleicht liegt's an meinem fortgeschrittenen Alter, aber gerade fällt mir noch etwas ein, was ich vorhin vergessen habe zu erwähnen. Man hat unserem anonymen Freund die Augen nicht geschlossen. Er reist durch die Ewigkeit mit weit offenen Augen.«

Mein Körper wird genährt von den Dingen der Erde,
mein Geist von den Dingen des Herzens ...
Was man benennen kann, das kann man wissen,
was man aber nicht benennen kann,
das muß man leben und glauben.
Totenbuch der Ägypter

VII

JAHR ACHT DER HERRSCHAFT TUTANCHAMUNS

(1353 vor Christus)

Elfter Tag,
dritter Monat des Pflanzens

Der Sohn der Korbflechterin trug eine rauhe Tunika über seinem Lendenschurz, und daran sah ich, daß er nicht mehr vom Fieber glühte. Aber aus der Haut an seinem geschwollenen Knöchel quoll eine Flüssigkeit, die einen Schwarm Fliegen angelockt hatte. »Es tut weh«, wimmerte er.

»Dann weißt du jetzt, wie der Esel sich gefühlt hat, als du ihn mit dem Stock geschlagen hast«, sagte ich. Als ich alle Egel angesetzt hatte, wo sich das Blut im Fleisch staute, war er ruhiger – weil die Neugier sein Selbstmitleid besiegt hatte, vermutete ich, aber da irrte ich mich: Es war der Anblick des Mädchens, von dem er wußte, daß es die Tochter seines Herrn war.

»Ich heiße Aset«, sagte sie mit scheuem Lächeln und deutete auf ihren treuen Begleiter. »Und das ist Tuli.« Der Hund wedelte mit dem Schwanz, als sie seinen Namen nannte. »Möchtest du ein Kunststück von ihm sehen?« Ipwets Sohn konnte kaum nicken, geschweige denn reden. Die beiden waren etwa gleichaltrig, aber Ruka war doppelt so groß und hatte breite, rauhe Hände und Füße.

Aset berührte Tulis Schnauze, und als er den Kopf hob, malte sie rasch drei Kreise in die Luft. Der Hund ließ sich auf den harten Lehmboden fallen, wälzte sich dreimal herum, rappelte sich wieder auf und drückte seine Nase in ihre Hand.

»Wie hast du ihn dazu gebracht?« wollte Ruka wissen.

»Erst habe ich ihm gezeigt, wie er es machen soll, und immer wenn er es richtig macht, bekommt er eine Belohnung.«

»Ich habe aber nicht gesehen, daß du ihm etwas gegeben hast.«

Sie legte Tuli eine Hand auf den Rücken, und als er aufschaute, zeigte sie auf Ruka, auf Ipwet, auf mich und schließlich auf sich selbst. »Zähle die Leute, Tuli. Wie viele sind's?«

Anders als die meisten Straßenhunde konnte Tuli sprechen. Und das tat er jetzt auch, viermal. Dann schaute er Aset an. Als sie nickte, wedelte er mit dem Schwanz und leckte ihr wieder die Hand. Sie umarmte ihn und flüsterte ihm etwas ins Ohr.

»Er versteht, daß du ihm einen Knochen versprochen hast«, entschied Ruka.

»Es ist die Art, wie ich ihn anfasse und mit ihm spreche, die Tuli glücklich macht. So ist das zwischen Freunden, und er ist mein bester Freund auf der ganzen Welt, neben Tenre. Möchtest du auch mein Freund sein?«

Jetzt war mir klar, daß sie ihm nicht nur eine Lektion über den Umgang mit Tieren erteilen wollte; ihr Vater verweigerte ihr die Gesellschaft anderer Kinder, selbst ihresgleichen.

Ich nahm die Egel ab, betupfte Rukas Knöchel mit saurem Wein und schmierte eine Salbe aus Gänsefett und gemahlener Alraunwurzel darauf, um den Schmerz zu lindern. Ipwet war so fasziniert von dem Mädchen und dem Hund, daß sie kaum darauf achtete, was ich tat, bis ich ihr sagte, daß ich am nächsten Tag zurückkommen würde.

»Mußt du auch fort?« Ruka schaute Aset an.

»Ja, aber wir kommen morgen auch wieder, wenn deine Mutter es erlaubt.« Sie sah Ipwet an. »Könntest du mir nicht zeigen, wie du die Palmwedel für deine Körbe vorbereitest?«

»Du bist jederzeit willkommen, aber meine Arbeit darfst du nicht machen.«

»Also bis morgen, Aset, und vergiß es nicht«, rief Ruka uns nach, als wir gingen.

Auf dem Weg in die Stadt lief Tuli im Kreis um uns herum, blieb zurück, um am Fuße einer *doum*-Palme zu schnuppern, kam dann wie der Wind hinter uns her, nur um sich gleich wieder von einer Brotkrume ablenken zu lassen, die ein Vogel hatte fallen lassen. Wir begegneten zwei Gläubigen, die ihr Opfer zum Tempel des Re-Harachte brachten, und ich sah, daß die Umfriedungsmauer rissig war und der Lehmziegelkern zutage trat. Auch von den steinernen Torpfeilern, auf denen Nofretete über die neun Feinde der Zwei Länder hinwegschreitet, blätterte die Farbe ab. Auf ihnen sieht man sie mit einem Krummsäbel in der Hand, während ihr einstiger Gemahl Krummstab und Dreschflegel bevorzugt, die Symbole des Friedens. Aber wenn Aset in der Gestalt ihre Mutter erkannte, ließ sie sich nichts anmerken; vielleicht war sie zu aufgeregt, weil wir jetzt Chary und seinen Affen besuchen würden.

Pagosch erwartete uns am Stadtrand, um Tulis Abenteuern ein Ende zu machen. »*Muß* er denn an die Leine?« protestierte Aset. »Er kommt doch immer, wenn ich ihn rufe.«

»Zu viele von seinen Brüdern streunen durch die Straßen, die zusehen müssen, daß sie genug zu fressen finden. Woher, glaubst du, hatte er die Wunde an seinem Bauch?« fragte er und band einen Riemen aus gedrehtem Leder an Tulis Halsband.

Wir gingen am Rand des Marktes entlang, und Pagosch mußte den Hund festhalten, damit er nicht die rotohrigen Paviane angriff, die die Polizei zum Schutz vor Dieben Streife laufen ließ. Als einer von ihnen uns zähnefletschend anstarrte, schob

Aset ihre Hand in meine. »Haben wir etwas getan, was ihn wütend macht?«

»Er will uns warnen, damit wir uns fernhalten. So hat man es ihm beigebracht. Wir brauchen nur Abstand zu halten.«

»Die Paviane meines Onkels stehlen Lebensmittel aus der Küche.«

»Nun, wer einen Dieb fangen will, sollte eben selbst einer sein«, sagte ich.

Nofret erwartete uns mit einem Korb Honigkuchen, die sie am Morgen frisch gebacken hatte, und nahm Aset mit in den Garten, während ich in mein Arbeitszimmer ging. Dies war der Tag, an dem ich die Rechnungsbücher überprüfte und Bestellungen für alles unterschrieb, was wir nicht selbst anbauten: Myrrheharz aus Nubien, rotes Sandelholz aus Kusch, Olivenöl aus Mykene, Safran und Salbei aus Kreta, Zimt und Ingwer von jenseits des Roten Meeres. Als ich damit fertig war, spazierte ich in den Garten hinaus und genoß das Gefühl der Zufriedenheit, das ich dort stets verspürte, vielleicht weil ich ihn ganz nach meinem Geschmack angelegt habe. Chary und Aset saßen mit gekreuzten Beinen im Schatten eines alten Akazienbaumes und formten Brotteig zu kleinen Kugeln; sie kümmerten sich nicht um mich, als ich mich neben ihnen im Gras ausstreckte und den Unterarm über die Augen legte, um mir zu überlegen, ob ich noch einen Mann einstellen sollte, vielleicht damit er die Rosinen und Datteln hackt, aus denen Chary dann süß schmekkende Arzneien macht.

»Woher weißt du, welche Medizin in den Pillen ist, wenn du sie erst gebacken hast?« fragte Aset ihn.

»Die Pillen für Kinder, die Würmer haben, wälze ich in Sesamsaat. Die da markiere ich mit einem Kreuz so.« Er ritzte eine der winzigen Kugeln mit einer Elfenbeinnadel. »Wenn ich meine Zweifel habe, kann ich sie immer noch kosten, aber ...« Bevor er sich's versah, hatte Aset eine Pille in den Mund gesteckt. Einen Augenblick später spuckte sie sie wieder aus.

»Iiiiih!« Sie rieb sich mit dem Handrücken über den Mund. »Ist es der bittere Geschmack, was die Krankheit vertreibt?«

»Du darfst niemals Medizin in den Mund nehmen, wenn Tenre es dir nicht sagt«, warnte Chary. »Und diese hier soll man schlucken und nicht kauen, wegen des Geschmacks. Ich wünschte auch, sie schmeckten anders, denn die meisten kleinen Kinder lutschen sie, bis sie weich sind, und dann tun sie, was du getan hast: Sie spucken sie aus.«

Aset hörte auf mit dem Pillendrehen; sie saß da und blinzelte, ein sicheres Anzeichen dafür, daß sie nachdachte. »Ich habe eine Idee.« Auch das war nichts Neues. Ich hatte die halbe Nacht bei einem alten Mann gewacht und seine Hand gehalten, bis er schließlich hinübergegangen war, und so schloß ich jetzt die Augen und dachte nur daran, ein Weilchen zu dösen.

». . . und ich würde gern Umrißzeichnerin werden«, sagte sie, als ich aufwachte, »aber nicht, wenn ich das Auge eines Esels *so* malen muß.« Sie hatte mit einem Stock etwas auf den Boden gezeichnet und deutete jetzt darauf.

»Dann tu, was ich getan habe«, schlug Chary vor. »Ein alter Schreiber hat mir das Schreiben beigebracht, mir und noch ein paar anderen Jungen, die zum Unterricht in sein Haus kamen. Der Holzkohlenhändler hat im Winter sein Kohlenbecken gefüllt, der Weber hat ihn gekleidet, und mein Vater hat ihm Fayence-Amulette und *uschabti* gemacht, die ihm im Jenseits nützlich sein würden. Aber ich hatte keine Lust, den ganzen Tag mit gekreuzten Beinen im Staub zu sitzen und für die Steuereinnehmer des Pharaos Weizenscheffel zu zählen. Deshalb beschloß ich, soviel zu lernen, wie ich konnte, damit ich bereit wäre, wenn der Tag käme, da ich meinem Herzen folgen müßte. Damals wußte ich es noch nicht, aber es hat mich hierher geführt, zu deinem Freund.« Ich spürte seinen Blick auf mir und hoffte, er würde nicht merken, daß ich zuhörte.

»Aber warum mußtest du schreiben lernen, wenn du Gärtner werden wolltest?« fragte sie.

»Ich wollte Heiler werden, aber mein Vater war ein Anhänger Atons und glaubte wie der Sohn des Horus, der aus den Zwei Ländern floh, daß sein Gott alle Krankheiten heilen werde. Ich meine es nicht unehrerbietig, aber ich glaube, daß die Götter – ob es einen gibt oder viele – keine Zeit haben, sich um jeden einzelnen von uns zu kümmern. Deshalb habe ich beschlossen, alles zu lernen, was der alte Schreiber mir beibringen konnte, und meinem *ka* die Treue zu halten. Und vielleicht könntest du es auch tun.«

Ich ließ noch ein paar Augenblicke verstreichen, und dann reckte und streckte ich mich und tat, als wachte ich auf; ich beschirmte meine Augen vor dem grellblauen Himmel, als ich mich langsam aufsetzte. Ich schaute in das Binsensieb auf dem Boden und sah, daß es mit Pillen gefüllt war, die aussahen wie kleine Vögel und Fische.

Dreiundzwanzigster Tag,
zweiter Monat der Ernte

Menas Wurfstöcke sind wunderbar anzusehen, bemalt mit leuchtend bunten Krokodilen und Nilpferden und anderen wilden Tieren, wie es sich für den Oberarzt der Palastgarde des Pharaos gehört; meine dagegen sind die schmucklosen Werkzeuge eines gemeinen Arbeiters, die er von eigener Hand gemacht hat. Aber ich habe sie für geleistete Dienste von ihm bekommen, und deshalb sind sie mir genauso teuer wie Mena die seinen, und unsere Freundschaft ist ohne Neid, weil wir aus freien Stücken verschiedene Leben führen.

Wir trieben still dahin, statt mit unseren Stöcken zu klappern, um die Vögel aufzuscheuchen; lieber wollten wir unseren Verstand mit ihrem messen und abwarten und die Augen offenhalten. Die Welt um uns herum war blau, sowohl über als auch unter dem Schwarzen Land, aus dem wir unsere Nahrung bezogen, so als habe Mutter Himmel sich mit der Unterwelt gepaart und jene dunkle Region zu einem Ebenbild ihres himmlischen Hauses gemacht. Natürlich spiegelte sich nur der wolkenlose Himmel im Fluß, und darunter lag dicker Schlick, aber die tägliche Auferstehung des Lebens hat eine magische Wirkung auf mich und erneuert meinen Geist auf eine Weise, die ich weder erklären noch verstehen kann. Als Re-Harachtes Antlitz die Spitze von Hatschepsuts Silbernadel küßte, daß ein gleißender Lichtpfeil über das friedliche Wasser schoß, ahmte Mena den Schrei eines Kormorans nach, der sein Weibchen im Nest ruft. Ich krümmte den Arm, hielt mich bereit für den ersten Vogel, der sich aufschwänge, und lauschte nach dem Klatschen der Flügel. Aber kaum hatte ich die Ente erblickt, die sich aus dem Schilf erhob, da spürte ich, wie unser Boot sich unter meinen Füßen neigte, und ich wußte, daß Mena mir zuvorgekommen war. Dennoch ließ ich den Stock einen Augenblick später fliegen; ich hörte, wie mein Stock traf, und sah, wie der Vogel taumelte, bevor er im Sturzflug herabsauste.

Mena stakte uns durch das Schilf. Beide behielten wir die Stelle im Auge, wo unser Vogel heruntergekommen war, und zugleich suchte ein jeder nach seinem Stock. Nun, da wir nicht mehr still zu sein brauchten, nahm ich mir vor zu erkunden, ob er sich vielleicht doch noch würde überreden lassen, mit seinem General auf einen weiteren Feldzug zu gehen. »Befürchtest du nicht, daß dieser junge Gehilfe, von dem du in so hohen Tönen sprichst, dich aus Haremhabs Gunst verdrängen könnte?«

»Senmut mag es an Erfahrung auf dem Schlachtfeld fehlen, aber sein Blick geht bis zum Knochen. Und wie er mit dem General zurechtkommt ...« Er zuckte die Achseln und ließ das Boot gleiten. »Wenn du glaubst, es wird mir langweilig, dich bei der Vogeljagd immer wieder zu übertreffen, und ich möchte deshalb gern fortgehen, dann glaubst du es nur, weil du nicht ahnst, wieviel Glück ich bei Tetischeri und Nebet finde.«

Mena war nun seit zwei Jahren wieder in Waset, und er hatte das große Glück, eine Frau gefunden zu haben, deren Witz und Zauber ihrer Schönheit in nichts nachstanden. Außerdem hatte er eine Tochter namens Nebet, die in seinen Augen leuchtete wie Gold, auch wenn sie mit einer verwachsenen Hüfte zur Welt gekommen war.

»Unsere Zeit auf dieser Welt ist kurz«, warnte er mich, »und achtundzwanzig Jahre davon sind schon dahin – auch für dich, mein Freund. Warte nicht zu lange, bis du eigene Kinder bekommst.«

Äußerlich erscheinen wir wie zwei Fremde, aber in anderer Hinsicht sind wir wie Zwillinge; deshalb bin ich nie überrascht, wenn ich höre, daß er meine Gedanken ausspricht. Aber er weiß nicht, daß ich eine junge Witwe namens Amenet besuche, die mir in Gestalt und Wesen sympathisch ist. Und sie ziert sich auch nicht, mir ihren Körper ebenso anzubieten wie dann und wann eine Mahlzeit.

»Wie kommt Nebet mit der neuen Schiene zurecht?« erkundigte ich mich. Als seine Tochter anfing zu krabbeln, suchten wir mit vereinten Kräften nach einer Möglichkeit, um die Kugel des Oberschenkelknochens in der Gelenkpfanne zu halten, ohne ihr die Beweglichkeit zu nehmen. Seit ihrem zweiten Geburtstag kann Nebet nun ein paar Schritte gehen und braucht mehr Bewegungsfreiheit, damit ihre Muskeln stark genug werden, um den Platz der Schiene einzunehmen. Unser neues Gerät ist deshalb leichter und flexibler als das vorige.

»Sie erprobt sich bereits an der Treppe, die zu unserer Schlafkammer hinaufführt. Mit unserem ungestörten Dasein dort oben hat es also bald ein Ende.« Er grinste mich schief an. Ich wußte von seiner unorthodoxen Gewohnheit, die ganze Nacht hindurch das Bett mit seiner Frau zu teilen. Er langte ins Wasser, packte die Ente bei den Beinen und band sie mit einer Schnur zusammen. Dann warf er den Vogel zu den anderen in den Bug des Bootes. »Der General ist auch ganz einverstanden damit, daß ich hierbleibe, damit ich mich um seine Gemahlin kümmern kann, sollte sie schwanger sein. Nachdem die Königin noch ein totes Kind zur Welt gebracht hat, will er jemanden in ihrer Nähe haben, dem er vertrauen kann, denn er glaubt, daß die Schuld bei ihren Ärzten liegt. Ich bin da nicht so sicher.« Er spielte darauf an, daß Anchesenamun ihr erstes Kind von ihrem Vater hatte, mit dem gleichen Erfolg.

Wir paddelten da hin, wo mein Vogel liegen mußte, und fanden ihn nach einer Weile zappelnd im Wasser. Er war nur betäubt. Ich schenkte ihm das Leben und winkte Mena, er solle uns in den Strom des Hauptkanals staken, wo wir ein weiteres Mal warteten. »Weißt du, daß die Königin wieder schwanger ist?« fragte er nach einer Weile. Er sprach mit leiser Stimme, um unsere Beute nicht zu verscheuchen. Ich nickte und sah zu, wie das Schilfdickicht wogte wie ein reifes Weizenfeld im kühlen Morgenwind. »Vielleicht wird es diesmal bessergehen. Wie ich höre, hat Ramose dem Pharao die Dienste seines eigenen Arztes angeboten; er schwört, wenn irgend jemand sie von einem lebenden Kind entbinden kann, dann ist es dieser Mann.«

»Ich habe nicht zu beurteilen, wen Ramose beliebt zu ...«

»Er nennt den Arzt Senachtenre. Hat er dir nichts davon gesagt?«

»Mich? Ich soll die Königin behandeln?« stammelte ich. Ich war nicht sicher, daß ich ihn richtig verstanden hatte. »Scheri sagt, Anchesenamun habe schon nach dir fragen wollen, bevor der Priester sich meldete. Ihre kleine Schwester habe sie dazu gedrängt.«

»Aset?« Offenbar hörte ich mich an wie ein Dorftrottel, denn er bog sich derart vor Lachen, daß unser Schilfboot ins Schaukeln geriet. So ein Boot ist ideal, um damit Teiche und Sümpfe zu befahren, aber weil es keinen Kiel hat, ist es nicht sehr stabil. »Der Dumme wirst du sein, wenn du unseren Fang ins Wasser kippst«, erinnerte ich ihn; ich wußte, daß er seine Lieblingsspeise nicht würde verlieren wollen.

»Scheri besteht darauf, daß du zu dem Bankett kommst, das wir für den General geben wollen, um ihm für seinen bevorstehenden Feldzug alles Gute zu wünschen.«

Menas Haus steht am Rande des Palastbezirks, in einer Gegend, die mir so fremd ist wie die Länder jenseits des Roten Meeres. »Ich danke dir, wirklich. Aber ich fühle mich mit hochstehenden Leuten nicht wohl, und die sich mit mir auch nicht.«

»Dann versteck dich in der Menge, wenn es sein muß, bis die Königin und Tutanchamun uns mit ihrer Anwesenheit beehren – es sei denn, du möchtest lieber zwischen ihren Beinen hocken, wenn du sie das erste Mal begrüßt. Außerdem könntest du mir einen Gefallen tun und ein Wort mit meiner Frau sprechen. Auf ihren Vater und auf mich will sie nicht hören. Sie glaubt immer noch, Nebets Hüftleiden oder Schlimmeres wird auch über das nächste Kind kommen.«

»In seinem eigenen Haus gilt selbst der Weise nicht mehr als ein Grünschnabel«, sagte ich und dachte dann über seinen Vorschlag nach. »Also schön, ich kommte zu eurer feinen Veranstaltung.« Damit er nicht allzu selbstzufrieden wurde, fügte ich hinzu: »Aber es ist kaum wahrscheinlich, daß Haremhab seine Mutnedjemet schwängert, solange sie ein Pessar aus gemahlenen Akaziendornen benutzt.«

Sein Gesichtsausdruck entschädigte mich für den Spott, den ich von ihm hatte erleiden müssen. »Woher im Namen Thots kannst du denn das wissen?«

»Sie schickt einen Diener zum Auge des Horus, damit er ihr holt, was sie braucht. Chary hat unsere Apotheke so genannt. Jedes Päckchen mit Pulver und Kräutern trägt jetzt dieses Zeichen.« Ich zog meine Geschichte absichtlich in die Länge. »Sein mitfühlendes Ohr und seine hilfreichen Vorschläge lockern die Zunge so manches Dieners. Wenn ich dir also irgendwann einmal behilflich sein kann« – ich verzog keine Miene, während er anfing zu grinsen – »die richtige Behandlung für einen deiner reichen Patienten zu finden, so werde ich es mit größtem Vergnügen tun. Zu einem gewissen Preis natürlich.« Nur bei Mena wagt der kleine Junge, der ich einst war und der immer noch irgendwo in mir lebt, sich noch dann und wann zu zeigen.

»Bete zu Thoth, daß du bei der Königin Erfolg hast, wo andere gescheitert sind, wenn du deine kleine Göttin vor den Klauen der Geier bewahren willst. Es macht nichts, wenn es wieder ein Mädchen wird, Tenre. Die Hautsache ist, daß das Kind am Leben bleibt.«

VIII

Denver, 18. Dezember

Die gewebetiefen Blöcke saßen an Ort und Stelle, und Kate war dabei, schmale Streifen aus Plastikmodelliermasse dazwischenzulegen und so ein Muster zu bilden, das dem Gitterwerk einer geodätischen Kuppel glich. »Selbst wenn die Juden die Praxis der Beschneidung aus Ägypten mitbrachten«, gab sie zu bedenken und sah Cleo kurz an, »weist doch nichts darauf hin, daß sie jemals Klitoridektomien an ihren Frauen durchgeführt haben, weder partiell noch total, auch wenn ein spezieller *Stil* der Genitalverstümmelung das pharaonische Etikett bekam.«

»Herodot sagt, sie haben es doch getan«, entgegnete Cleo. »Und moderne sudanesische und somalische Frauen – selbst solche, denen die Klitoris vollständig entfernt wurde – behaupten, daß sie immer noch etwas fühlen.«

Kate blickte nicht einmal auf. »Wie dem auch sei, ich hab's ja nur ins Spiel gebracht, um Phil auf Touren zu bringen.« Sie sah zu, wie Kate einen Streifen Modelliermasse an seinen Platz drückte und die Naht glattstrich. »Wie geht's weiter, wenn du alle diese Streifen angebracht hast?«

»Vor allem werde ich die Leerräume füllen, mit Ausnahme von Mund und Augen, wo ich die Muskulatur modellieren werde. Gewisse Muskeln bestimmen, in welchem Winkel die Augen zueinander stehen – also wie schräg sie erscheinen und wie die inneren und äußeren Augenwinkel aussehen. Das ist der eigentlich knifflige Teil – die Umgebung der Augen und des Mundes.«

»Okay, angenommen, sie *ist* dreiundzwanzig oder vierundzwanzig. Dann ist sie immer noch jung genug, um mehr Sex zu wollen, als sie kriegt. Es ist unnatürlich, das *nicht* zu wollen, weißt du.«

»Laß es gut sein, Cleo.« Kate hatte keine Lust auf weitere Vorträge darüber, daß ein mönchischer Lebensstil bei Tieren, die von Geburt an soziale Lebewesen sind, gegen die Natur ging.

Cleo wartete ab, während sie schabte und maß und wiederum schabte, um der Beschichtung des einen Oberaugenwulstes exakt die richtige Dicke zu geben. »Es ist nur ... es wäre mir ein Graus zu sehen, wie du dich mit einem älteren Mann einläßt. Mag sein, daß er jetzt noch halbwegs in Form ist, aber gib ihm noch zehn Jahre, und er hat sein Pulver verschossen – gerade wenn du deine Spitzenform erreicht hast.«

»Ich habe seit zwei Wochen nichts von ihm gehört. Klingt das nach ›einlassen‹?« Nachdem Max abgereist war, hatte er fast jeden Tag angerufen, und dann – peng! – kein Wort mehr.

»Das ist es also, was dich plagt. Ich rufe ihn an, wenn du willst. Ich muß sowieso mit ihm reden; ich will wissen, ob er dazu gekommen ist, die Papiere seiner Großmutter nach irgendwelchen Unterlagen über die Halskette zu durchsuchen.«

»Er wird's uns wissen lassen«, beruhigte Kate sie, »und ich habe einstweilen reichlich zu tun.« An der zerstreuten Art, wie Cleo von einem Thema zum andern sprang, erkannte Kate, daß sie aufgeregt war, wahrscheinlich eine Mischung aus freudiger und banger Erwartung: Sie würde das Wochenende mit Phil in

Aspen verbringen. »Ich habe Sarg und Kartonage mit der Lupe untersucht und beides in jeder erdenklichen Hinsicht miteinander verglichen. Ich bin sicher, beides stammt von derselben Hand. Daß der Sarg ausgewechselt wurde, ist ausgeschlossen. Es muß eine andere Erklärung für die Diskrepanz zwischen der Inschrift und ihrem wahren physischen Alter geben.«

»Derselbe Künstler hat wahrscheinlich Hunderte von Masken und Särgen gemalt, Katie, wenn er damit seinen Lebensunterhalt verdient hat!«

»Ich glaube außerdem, daß beides von einer Frau gemalt wurde.« Das war reine Intuition. Kate hatte keine Erklärung dafür, ebenso wie sie sich die Bilder nicht erklären konnte, die sie im Geiste gesehen hatte: schwarze Fliegen, die auf dem aufgerissenen Bauch eines kleinen Hundes krabbelten, weißgewandete Männer, die vor einen großen Schlitten gespannt waren und ihn mühsam durch eine unfruchtbare Wüste zogen.

Cleo blies genervt die Backen auf. »Du weißt, daß Frauen an den Bestattungsritualen nicht beteiligt waren, Katie.«

»Sollten wir uns nicht wenigstens bemühen, ein bißchen sorgsamer vorzugehen als diese Trottel bei der Mumie aus Grab fünfundfünfzig? Zuerst ist es Königin Teje, weil der linke Arm angewinkelt ist und sie Grabbeigaben mit ihrem Namen gefunden haben, bis zufällig ein Professor der Anatomie vorbeikommt, der sie darauf hinweist, daß es sich um einen männlichen Leichnam handelt. Daraufhin kommt alles über Nacht zu dem Schluß, daß es sich um Echnaton handelt, bis Dave darauf hinweist, daß der Leichnam dann älter sein müßte. Es bleibt also nur eines übrig: der schwer nachweisbare Semenchkare. Und der wird nicht ohne Grund so bezeichnet. Die Hälfte der ägyptischen Altertümer ist noch nicht erforscht. Warum sollte es also nicht jemand ganz anderes sein können?«

»Zugegeben«, sagte Cleo und nahm Kate den selbstgerechten Wind aus den Segeln. »Hast du sonst noch was auf dem Herzen?«

»Ich wollte nicht die Oberlehrerin spielen. Ich möchte nur nicht erleben, daß du mit Dave zusammen den Bach runtergehst.«

»Ich habe Larry gebeten, in der Literatur nach Belegen für angewinkelte Arme vor der Brust zu suchen, angefangen mit Amenhotep III.« Larry Gammage war Cleos Assistent, und Kate hatte vom ersten Tag an versucht, die beiden zusammenzubringen. Er war – nahmen die Wunder kein Ende? – heterosexuell, siebenundzwanzig und unverheiratet.

Cleo warf einen Blick auf die Uhr. »Ich muß mich beeilen. Phil holt mich um drei ab.« Kate winkte und rief »Hals- und Beinbruch!«, als Cleo zur Tür hinausstürmte.

Als sie gegangen war, wanderte Kates Blick immer wieder zu dem bemalten Boden von Taschats Sarg. Ptah war der Schutzpatron der Künstler und Handwerker; man sagte, er habe die Welt durch sein Denken erschaffen, und das machte ihn zum Gott der Fantasie. Die andere Gestalt war Chnum, die widderköpfige Gestalt von Re, die Leib und Seele des Menschen aus Ton geschaffen hatte. Aber wenn Taschat eine gebildete Frau gewesen war, wie die Inschrift es behauptete, warum dann Ptah und nicht Thot, der Gott der Gelehrsamkeit und Weisheit? Gab es vielleicht einen Zusammenhang zwischen Taschats gebrochenen Fingern und dem, wozu sie ihre Hände benutzt hatte? Die Frau eines Aristokraten konnte keine Töpferin sein, aber wie war es mit einer Umrißzeichnerin? Das wäre einer Malerin bei den Ägyptern am nächsten gekommen.

»Was dagegen, wenn ich zuschaue?« Erschrocken fuhr Kate zusammen und stach ein Loch in den Plastikstreifen, den sie gerade glättete. »Sorry«, murmelte Dave. »Ich dachte, Sie hätten mich gehört, als ich hereinkam.«

»Schon gut.« Sie kniff ein Bröckchen Modelliermasse ab, um das Loch damit auszubessern.

Er schaute ihr eine Weile bei der Arbeit zu und fragte dann: »Woher wissen Sie eigentlich, welche Form und Länge ihre Nase haben muß, wenn Sie nur von einem Loch im Schädel ausgehen können?«

»Bei Kaukasoiden beträgt die Breite der Knochenöffnung ungefähr drei Fünftel der Nasenbreite in Höhe der Nasenflügel. Und die Projektion der Nase ist etwa das Dreifache der Länge der *spina nasalis*, gemessen vom unteren Rand der knöchernen Nasenöffnung bis zur Spitze der *spina nasalis*. Über die genaue Form der Nase kann man immer nur spekulieren, auch wenn Länge und Breite feststehen.«

»Und ihre Lippen?«

Kate ahnte, worauf er hinauswollte. »Die Breite des Mundes hängt von der Position der Eckzähne ab, und auch vom Abstand zwischen den Irisrändern. Der Mundschlitz liegt etwa auf dem unteren Drittel der oberen Schneidezähne, aber über die Lippen selbst – das Rote – kann man nur Vermutungen anstellen. Dabei werde ich natürlich alles andere berücksichtigen.«

»Und woher wissen Sie, ob sie dick oder dünn war?«

»Eine Vermutung auf der Grundlage von Alter und Skelettgröße. Wenn die Person nicht dermaßen fett war, daß es sich auf die Krümmung der Wirbelsäule oder auf die Kniegelenke ausgewirkt hat.«

»Aber sie könnte schwarz gewesen sein.«

»In dem Fall wäre die Nasenöffnung herzförmig. Und das ist sie nicht.«

»Und der zweite Schädel ist ebenfalls kaukasoid?« fragte er und sah zu, wie sich ein Streifen der Modelliermasse vor der Drahtschlaufe ihres Werkzeugs aufkräuselte. Kate nickte.

»Und kein Zweifel am Geschlecht?«

»Männer sind im allgemeinen dickschädeliger«, sagte sie, ohne eine Miene zu verziehen. »Und dieser Schädel liegt jenseits der Grauzone, wo beides möglich ist. Die Wahrscheinlichkeit, in diesem Bereich noch eine Frau zu finden, ist extrem gering.«

»Selbst wenn das so ist, meinen Sie nicht, wir sollten eine zweite Meinung heranziehen?« Er klang besorgt, vielleicht auch nervös, und sie fragte sich, ob es stimmte, was man munkelte – daß das Orientalische Institut an der University of Chicago ihm ein Angebot machen wollte.

»Wenn Sie möchten. Ich habe nichts dagegen«, sagte sie. »Aber nicht einmal Cleo konnte Max dazu bringen, sich ohne ein weiteres zusätzliches Indiz festzulegen.«

»Sie wissen wohl nicht, wo sie ist? Die Sekretärin sagt nur, sie ist früher gegangen.«

Kate tat, als spähe sie mit einem Auge an einem der Modellierstreifen entlang. Sie wollte nicht gerne lügen, auch nicht Cleo zuliebe. Sollte er die Art, wie sie dabei den Kopf neigte, als Antwort deuten, war ihr das nur recht. Sie beschloß, das Thema zu wechseln. »Hören Sie, ich würde Sie gern etwas fragen, wenn Sie noch einen Moment Zeit haben.« Sie zeigte auf den Deckel, der neben dem offenen Sarg stand, die Innenseite nach vorn gewandt. Die Bemalung schien eine einzelne, blumengesäumte Straße dazustellen: das traditionelle Zeichen für eine spirituelle Reise. »Was halten Sie von diesen beiden Kartuschen? Sie sehen aus wie zwei Fußabdrücke, die Seite an Seite diese Straße entlanggehen. Enthalten Kartuschen nicht immer die Namen von Pharaonen?«

»Und die von Hatschepsut, Nofretete und Kleopatra«, ergänzte Dave. »Aber diese Mumie ist *nicht* Nofretete, falls Sie darauf hinauswollen.« Er ging näher zum Sargdeckel. »Cleo sagt, Sie haben sich das Hieroglyphenlesen beigebracht. Wie deuten *Sie* sie denn?«

»Der kleine Topf ist n-w«, vermutete Kate; sie nannte die Lettern lieber einzeln, statt zu versuchen, sie zusammen auszusprechen. Die geschriebene Sprache der Ägypter enthielt keine Vokale, und deshalb wußte niemand mit Sicherheit, wie man die Worte aussprach. »Der Pfeil über dem Topf macht daraus s-n. Oder s-w-n. Zusammen mit dem sitzenden Mann ergibt sich s-w-n-w. Arzt.« Dieses Zeichen bestimmte, ob die anderen Zeichen für Medizin standen oder für die Person, die sie verabreichte, und da Ärzte schreiben können mußten, deutete der sitzende Mann – ein Schreiber – eher auf die Person als auf die Krankheit oder ihre Behandlung hin.

»*Sunu*«, bestätigte Dave und fügte die Vokale hinzu, vor denen sie zurückgescheut war. »Ein gewöhnlicher Laienarzt ohne priesterliche Würden oder königliche Ehrentitel.«

»Und die Kartusche mit dem Brotlaib anstelle des Pfeils?«

»Dasselbe, nur anders geschrieben.«

»Kann es nicht Schuh bedeuten ... oder Sandale?« Sie stocherte im Nebel herum, aber die Kartuschen sahen aus wie Fußabdrücke, Taschats Kartonage war mit Palmwedelsandalen ausgestattet gewesen, und man hatte ihr die Fußsohlen aufgeschnitten.

»Ich sagte *sunu*. Schuh heißt *senu*, aber im Akkadischen, einer frühen Form der Keilschriftsprache aus Assyrien und Babylonien. Haben Sie etwa auch die versucht zu lernen?« Er schien diesen Gedanken erheiternd zu finden.

»Aber wie erklären Sie sich das Wort ›Arzt‹? Und wieso steht es in einer Kartusche?« Sie erzählte ihm nicht, daß es ihr leicht fiel, Sprachen zu lernen, und daß sie ein Seminar über Keilschrift an der Denver University belegte. »Selbst wenn es symbolhaft so gemeint ist, daß ein Arzt als König in ihrem Herzen regierte, ergibt es doch immer noch keinen Sinn. Es ist ausgeschlossen, daß ihr Ehemann als gewöhnlich gelten könnte. Oder ihr Vater.«

»Der Papyrusexport war ein lukratives Geschäft. Deshalb erließ Echnaton die Anweisung, daß jedermann die hieratische Schrift zu benutzen habe, um Papier zu sparen. Von da an wurden die Hieroglyphen nur noch für heilige Schriften benutzt. Und deshalb müssen Sie das hier in einem religiösen Kontext sehen. Pharaonen ernannte man zu Söhnen des Amun-Re, wenn sie den Thron bestiegen; also wurden sie selbst zu Göttern. Echnaton sah sich selbst als Sohn des Aton und trug ein goldenes Armband mit dem Namen seines Vaters in der Doppelkartusche eines Pharaos. Außerdem glaubte er, daß Aton der oberste Heiler sei. Deshalb ging es mit der medizinischen Praxis während seiner Herrschaft bergab. *Sunu* ist eine Art generische Bezeichnung für ›Arzt‹. Mit einer Kartusche umgeben, bedeutet es vermutlich so etwas wie ›Gott ist der Arzt, der alle Krankheiten heilt‹.«

»Ja, das klingt plausibel«, räumte Kate ein; wo Dave recht hatte, hatte er recht.

Zu ihrer Überraschung antwortete er im gleichen Sinne. »Lassen Sie sich nicht entmutigen, McKinnon. Sie machen Ihre Sache gar nicht schlecht für eine Anfängerin.«

In meine Hand nahm ich das Schwert,
das mir gegeben, und ich lernte,
es zu benutzen.
Totenbuch der Ägypter

IX

JAHR ACHT
DER HERRSCHAFT TUTANCHAMUNS

(1353 vor Christus)

Vierzehnter Tag,
vierter Monat der Ernte

Der Priester hat sie dabehalten«, sagte Pagosch, bevor ich fragen konnte, weshalb Aset aus dem Unterricht im Tempel so spät nach Hause kam. An der Art, wie er die Zähne zusammenbiß, sah ich, daß ihn etwas bedrückte.

»Was war es denn diesmal?«

Er zuckte die Achseln. »Danach mußt du Tuli fragen. Aber als ich im Tempelhof auf sie wartete, habe ich den Jungen aus ihrer Klasse beim Spielen zugesehen. Dem einen hatten sie den linken Arm an den Leib gebunden, und die anderen lachten und johlten wegen irgend etwas, das er mit einem Stock auf den Boden zeichnete.«

»Diesmal wird sie mir die Wahrheit sagen«, schwor ich. Aber Pagosch rührte sich nicht von der Stelle. »Was denn noch?«

»Warum darf sie dich nicht begleiten, wenn du die Kranken

im Fellachendorf ihres Vaters besuchst. Sie durfte es doch sonst immer.«

»Nicht alle Krankheiten sind gleich. Manche begnügen sich damit, nur einen Mann, nur ein Kind anzugreifen. Andere befallen viele Leute, wie Flöhe. Wie das kommt, weiß ich nicht. Aber die Krankheit, die jetzt unter den Feldarbeitern und ihren Familien wütet, habe ich schon gesehen, und ich weiß, sie verläuft ebenso kurz und schmerzhaft wie tödlich.«

»Und warum springt der Floh nicht auf dich?«

»Ich habe gelegentlich ähnliche Krankheiten gehabt.« Ich konnte nicht erklären, was nur ein vager Verdacht auf der Grundlage meiner beschränkten Erfahrung war. »Die Wahrheit ist, ich weiß es nicht, trotz deiner hohen Meinung von meinen Fähigkeiten.«

»Mag sein«, räumte er widerwillig ein, »aber das beweist nur, daß du klüger bist als die meisten. Ich werde darauf achten, daß sie nicht hingeht, weder mit dir noch ohne dich.«

Später, als Aset mit mir zu Ramoses Töpferwerkstatt ging, erzählte sie mir: »Ein Junge in meiner Klasse, er heißt Mahu, hat gesagt, meine Mutter war einmal ein Mann, und deshalb kann sie unmöglich meine richtige Mutter sein.« Sie mußte hüpfen, um mit mir Schritt zu halten, während Tuli hinter uns zurückblieb, um an einem Baum zu schnuppern. »Er sagt, mein Vater erzählt nur überall, daß sie meine Mutter ist, damit er mich zur Königlichen Prinzessin ausrufen kann. Stimmt das, Tenre? Du mußt das doch wissen!«

»Du bist das Kind ihres Leibes«, versicherte ich ihr.

»Wie kann sie Mutter werden, wenn sie einmal ein Mann war?«

Ich dachte mir, daß sie vielleicht nach einer Erklärung dafür suchte, weshalb ihre Mutter keine Zuneigung zu ihr empfindet, aber eine solche Erklärung konnte ich ihr nicht geben. »Deine Mutter war einmal die Königin der Zwei Länder. Und dann, als ihr erster Mann, der Pharao Echnaton, sie zu seiner Mitregentin ernannte, tat sie eine Zeitlang so, als wäre sie ein Mann, so wie du dich manchmal als große Dame verkleidest.«

»Oh.« Das schien sie zu akzeptieren, denn sie wandte sich einem anderen Thema zu. »Mahu kennt viele Geheimnisse, und er erzählt sie nur Jungen. Aber heute konnte niemand das Zahlenproblem lösen, das der Priester uns gegeben hat, und da hat Mahu sich bereit erklärt, mir eines zu verraten, wenn ich ihnen die Lösung sagen würde. Er hat behauptet, ich soll die Frau eines Amunpriesters werden, damit der Hohepriester und sein Heiliger Rat einen der ihren auf den Thron des Horus setzen können.«

Eine kalte Faust spannte sich um mein Herz, aber ich ging unbeirrt weiter. »Wessen Sohn ist Mahu, daß er tratscht wie ein altes Weib?«

»Sein Vater ist Neterhotep, der Bürgermeister von Theben. Warum?«

»Der Bürgermeister sollte seinen Sohn lehren, seine lose Zunge im Zaum zu halten und sich um seine Zahlen zu kümmern. Darum. Warum bist du heute wieder zu spät nach Hause gekommen?«

»Der Priester hat mich dabehalten, weil ich ins Allerheiligste gegangen bin, das nur der Pharao und der Hohepriester betreten dürfen.«

»Warum betrittst du das Allerheiligste, wenn du doch weißt, daß du es nicht darfst?«

»Ich wollte ja nur den Zoo sehen, von dem Mahu mir erzählt hatte; er soll in einer Kammer hinter dem Allerheiligsten sein. – Mein Lehrer sagt, ich stelle zu viele Fragen. Stimmt das?«

Ich antworte ihr immer, wenn sie mich fragt, warum ich ihr dieses Kraut und jene Pille gebe, aber die Priester glauben, daß jemand, der Fragen stellt, gegen das Hergebrachte rebelliert, und ich wollte nicht, daß sie für etwas bestraft wurde, das ich ihr beigebracht hatte. »Es kommt darauf an, wonach du fragst und warum. Wenn du fragst, warum du Sandalen tragen sollst, so fragst du nach einem guten Grund: Du sollst lernen, dich zu schützen. Aber für manche Dinge gibt es keinen Grund; man tut sie aus Gewohnheit oder Tradition, und zwar schon so lange, daß niemand mehr weiß, warum. Und dann gibt es noch Privatangelegenheiten, die dich nichts angehen.«

»So wie das, was Pagosch im Dunkeln zu Merit sagt, wenn er ihr erzählt, wie er in seinem Herzen empfindet?« Ich nickte. »Heißt das auch, daß ich niemandem erzählen darf, was mein *ka* und ich miteinander reden?«

»Das ist eine Frage, die du besser deinem Vater stellst.«

»Er sagt, wir alle haben eine Stimme in uns, die nur wir selbst hören können, und wir dürfen sie niemals mißachten, weil wir sonst vielleicht etwas tun, was nicht *maat* ist. Als der *sunu* nicht einmal versuchen wollte, Tulis Verletzung zu behandeln, da fragte mein *ka* mich, warum. Also ist es mein *ka*, das die Fragen stellt, nicht ich.«

»Versuche nicht, die Schuld für das, was aus deinem Munde kommt, woanders hinzuschieben. Ganz gleich, was die Stimme in dir sagt: Du und dein *ka*, ihr seid eins.« Ich schaute zu ihr hinunter. »Was hat der *sunu* denn gesagt, als er sich weigerte, Tuli zu behandeln?«

»Daß er sowieso sterben würde und ...« Sie stieß mit dem Zeh irgendwo an und fiel aufs Knie. Tuli hörte ihren Schrei und kam zurückgelaufen. »Das sind die verfluchten Sandalen, die mich stolpern lassen, *senu*«, murrte sie.

Als sie mich das erste Mal so nannte, dachte ich, sie habe sich nur versprochen und habe *sunu* sagen wollen, aber das war, bevor ich herausfand, daß sie viele Wörter der Sprache kennt, die von den Akkadiern gesprochen wird. Deshalb wußte ich, daß sie mich absichtlich »Schuh« nannte und dachte, ich wüßte nichts von ihrer Absicht. »Wir kehren um und waschen dir den Schmutz von deinem blutigen Knie. Das Wasser wird ...«

Sie riß sich los. »Ich bin kein Säugling, und wir brauchen nicht umzukehren. Ipwet wohnt da drüben.«

Im selben Augenblick kam Ruka aus dem Haus gestürmt. »Hast du dir weh getan?« rief er. Sie wohnt in einer Welt, von der er sich kein Bild machen kann, und doch fließt sein Herz über vor Liebe, weil sie ihn ihren Freund nennt.

Nachdem Ipwet den Schmutz von Asets Knie abgewaschen hatte, zeigte Aset auf eine längliche Form aus schmal gefalteten Palmblattstreifen, offensichtlich der Anfang eines Korbes. Ramoses Korbflechterin reichte ihn ihr und sah zu, wie Aset das Stück hin und her drehte und es von allen Seiten gründlich betrachtete.

»Könntest du eine Sandale flechten, die so geformt ist, aber wo die Wand nach innen statt nach außen geneigt ist, damit sie meinen Fuß daran hindert, seitwärts zu verrutschen? Das wäre bestimmt besser als diese alten Dinger da.« Sie zog eine Grimasse und schaute zu ihren weggeworfenen Sandalen hinüber.

»Das ist im Handumdrehen geflochten, ein so kleines Stück.« Ipwet brannte darauf, Aset ihre Freundlichkeit gegen ihren Sohn zu vergelten. »Aber ohne Riemen steigst du ja gleich wieder heraus.«

»Kann sein«, stimmte Aset zu. »Aber ich will keinen Riemen, der mir die Zehen wundscheuert. Ich werde darüber nachdenken und dir sagen, wie ich mich entschieden habe ... morgen.«

Sechzehnter Tag,
vierter Monat der Ernte

Hat sie wenigstens zugegeben, was sie getan hat?« fragte Ramose.

Ich nickte und berichtete ihm von dem Jungen, der Aset von den bemalten Wänden in der Kammer hinter der großen Festhalle des Thutmosis erzählt hatte. Dort hatten Umrißzeichner alle Arten von exotischen Vögeln und fremden Tieren gemalt.

»Ich vermute, sie wollte sich anschauen, wie die Tiere gezeichnet sind.«

»Der Priester, der sie unterrichtet, sagt, sie ist sehr begabt im Zeichnen«, gab Ramose zu. »Aber er beschwert sich, daß sie die Saat der Aufsässigkeit unter den anderen verstreut, indem sie sich weigert, die Figuren auf die richtige Art und Weise zu malen.«

»Pagosch erzählt, die Jungen in der Schule ahmen die Priester nach, wie sie ihr den linken Arm an den Leib binden, damit sie ihn nicht benutzt. Offensichtlich erheitert es sie, wenn man Aset demütigt.«

Er lief rot an. »Ich werde ...«

Die schrille Stimme eines Kindes hallte aus dem Korridor herein, gefolgt von einem scharfen Klatschen und einem katzenhaften Aufschrei. Einen Augenblick später kam Nofretete in Ramoses Bibliothek gestürmt und zerrte ihre Tochter hinter sich her. Sie riß so heftig an Asets Arm, daß diese strauchelte und vor Schmerz aufschrie. »Sieh nur, was für eine diebische kleine Bettlerin deine kostbare Prinzessin geworden ist!« spie sie ihrem Mann entgegen. »Da genügt es nicht, daß sie mir meinen Schmuck und meine Perücke stiehlt. Nein, sie muß sich auch noch anmalen wie eine Straßendirne.«

»Hat es nicht genügt, was du gestern getan hast?« fragte Ramose Aset und gab ihr damit zu verstehen, daß er von ihrem Verstoß im Tempel wußte. Sie hob das Kinn und begegnete tapfer seinem Blick. »Du bist in die Gemächer deiner hohen Mutter gegangen, obwohl du wußtest, daß du es nicht darfst?«

»Ja, weil alle zu Menas Bankett gehen, außer mir. Da haben Tuli und ich beschlossen, selbst ein Fest zu feiern.« Ihre Stimme bebte. »Ich wollte mir die Kette von meiner Mutter nur borgen – für heute abend.«

»Du enttäuschst mich, Tochter.« Ramoses Worte schnitten tiefer als jedes Messer, und Aset schossen die Tränen aus den Augen.

Ramose konnte sich nicht länger bezähmen. »Nie wieder sollst du unter Tränen vor mich treten. Ich ertrage ein solches Chaos in meinem Hause nicht!«

»Jawohl, Vater. Das verspreche ich.« Aset machte große Augen ob dieses Wutausbruchs und warf einen panischen Blick zu mir herüber.

Nofretete trat zu Ramose und begann seinen Arm zu streicheln – um seinen Zorn zu besänftigen, wie ich annahm. Als sie aber die Hand unter seinen Arm und an seine nackte Brust schob, wurde mir klar, daß sie etwas ganz anderes vorhatte.

»Dann geh in dein Zimmer«, sagte er und beherrschte sich wieder, zumindest soweit es Aset betraf. »Aber ich möchte, daß du dein Herz nach dem wahren Grund dafür durchforschst, daß du immer wieder dahin gehst, wo du nichts zu suchen hast.« Er winkte mir, ich solle sie hinausbringen. Ich verbeugte mich rasch, erst vor ihm, dann vor seiner Gemahlin, die sich bereits abgewandt hatte, und nahm dann Aset bei der Hand. Als wir zur Tür hinausgingen, warf ich noch einen Blick zurück und sah, wie Ramose von hinten an die Schöne herantrat, ihre beiden Brüste mit den Händen umfaßte und sie an seinen erregten Leib zog.

Im Flur verlangsamte ich meinen Schritt und hätte sie auf den Arm genommen, wenn ihr Gesichtsausdruck nicht gewesen wäre. Aber als wir ihr Zimmer erreicht hatten, kniete ich vor ihr nieder, um ihr die Halskette und die Perücke abzunehmen. Dann faßte ich ihren Arm und bewegte ihn vor und zurück, um mich zu vergewissern, daß kein Schaden angerichtet worden war. Wir gingen in ihr Badezimmer, und sie ließ sich das Gesicht waschen und das Henna von Handflächen und Fußsohlen schrubben. Sie vermied die ganze Zeit, mir in die Augen zu schauen; der Schmerz war immer noch zu groß.

»Erinnerst du dich an das kleine Mädchen, von dem ich dir erzählt habe? Das nicht laufen und nicht springen kann, weil es eine Schiene am Bein tragen muß?« Sie schaute schnell zu mir auf. »Nebet wird heute abend niemanden zum Spielen haben, wenn ihre Eltern die Gäste bewirten.«

»Willst du mich mitnehmen?« Ich nickte. »Tuli auch?«

Ich nickte wieder und versuchte mir nicht anmerken zu lassen, daß ich mir seinetwegen Sorgen machte. »Weißt du, wo er ist?«

»Meine hohe Mutter hat Paga befohlen, ihm die Kehle durchzuschneiden und ihn auf den Müllhaufen zu werfen, weil er versucht hat, sie zu beißen. Aber Paga läßt nicht zu, daß Tuli etwas passiert.« Immer noch betrachtete sie forschend mein Gesicht. »Ich kann wirklich mitgehen ... wirklich ...?«

Das Wort besiegelt mittlerweile unsere Abmachungen, und wenn es einmal gegeben wurde, kann es nicht mehr zurückgenommen werden. Ich zögerte nur, weil der Ungehorsam gegen den Willen ihres Vaters ebenfalls etwas ist, das ich nicht ungeschehen machen kann. Aber Ramose hatte mich damit beauftragt, auch auf ihr *ach* achtzugeben, auf den Lebensfunken, der ihr allein gehört. Und im Grunde meines Herzens wußte ich, daß es *maat* war, was ich tat. »Es sei denn, du fändest Nebet zu jung. Sie nähert sich ihrem dritten Geburtstag, und bei dir ist ja der sechste schon längst vorbei.« Sie schüttelte schon den Kopf, bevor ich zu Ende gesprochen hatte.

Unversehens verwandelte sie sich in einen Kobold mit funkelnd blauen Augen und hüpfte auf den Zehenspitzen auf und ab. »Hat Nebet auch keine Geschwister?«

»Noch nicht. Ich werde jetzt Merit rufen, damit sie dir beim Anziehen hilft und dir das Haar bürstet. Ich kann ja nicht zulassen, daß du mich vor meinen Freunden beschämst.« Das sagte ich nur, um ihr einen Vorwand zu geben, sich etwas Besonderes anzuziehen. Als sie zu ihrer Kleidertruhe ging, sah ich, daß sie den linken Arm an den Körper gedrückt hielt. »Eines noch, bevor ich gehe.«

Sie wandte sich um. »Ich verspreche dir, daß ich bei Nebet bleiben werde, damit mein Vater mich nicht sieht«, sagte sie.

Ich sah, daß sie mehr verstanden hatte, als ich beabsichtigt hatte.

»Komm her.« Als sie wieder vor mir stand, nahm ich ihre linke Hand in die meine. »Wenn die Priester diese Hand wieder festbinden, mußt du es mir sofort sagen.«

»Aber es ist unrecht, wenn ich die heiligen Zeichen für die Sprache der Götter mit der linken Hand mache«, wandte sie ein. »Oder nicht?«

»Ist es unrecht, daß Tuli ein blaues und ein gelbes Auge hat?« Ich zuckte die Achseln. »Wer sind wir Sterblichen, daß wir verleugnen, wie die Götter uns geschaffen haben?«

Sie bemühte sich, ein Kichern zu unterdrücken, aber Tuli erwählte sich ausgerechnet diesen Augenblick, um quer durch den Raum herbeigesaust zu kommen, und beide rollten in einem Gewirr von Gliedmaßen auf dem Boden herum. Als ich mich umdrehte, stand Pagosch in der Tür. »Ich fahre euch über den Fluß, aber erst, wenn es dunkel ist«, sagte er, als ich auf meinem Weg nach draußen an ihm vorbeiging. »Ramose wird nicht damit rechnen, daß du gegen seine Anweisungen handelst, aber seine Gemahlin hat Augen im Hinterkopf.«

Merit hatte Asets kurze Locken gebürstet, bis sie glänzten, und ihr das jugendliche Haar mit einem gelben Band und einem *tjet* aus Karneol zusammengebunden, das zu ihrem safrangelben Leinenkleid paßte. Sie trug Sandalen aus Gazellenleder, die in den Farben ihres Perlenkragens bemalt waren; sie sah in jeder Hinsicht aus wie eine hochgeborene Dame; nur der grobleinene Beutel, der an ihrer Schulter hing, wollte nicht recht dazupassen. Heute abend enthielt er nicht nur die elfenbeinerne Palette des Schreibers, die ihr Vater ihr zum fünften Geburtstag geschenkt hatte, und den kleinen Löwen aus Papyruswurzel, sondern außerdem eine geflochtene Strohschachtel mit kandierten Früchten.

Als wir uns dem Eingang zu Menas Anwesen näherten,

schlug ich den Weg zur Nebenpforte und zu Nebets Gemächern ein. Als Aneksi, ihre Amme, an die Tür kam, sagte ich, ich hätte eine Überraschung mitgebracht: »Die Gesellschaft eines anderen Kindes, die sich womöglich noch als die beste Medizin für unsere kleine Freundin erweisen wird.«

Als wir Nebet fanden, zog sie gerade ein kleines Holzkrokodil über den Fliesenboden; mit einer Hand hielt sie sich an der Kante der Sitzbank fest, mit der andern riß sie an der Schnur, die das langgestreckte Maul öffnete und schloß.

»Paß auf, daß es dich nicht in die Zehen beißt«, rief ich.

»Tenre!« quiekte sie. Ich beugte ein Knie und breitete die Arme aus. Aset hielt sich mit Tuli im Hintergrund und schaute zu, wie das kleine Mädchen das geschiente Bein vom Boden hob und nach vorn schwenkte. Dann ließ Nebet die Sitzbank los und kam geradewegs auf mich zu; bei jedem Schritt mußte sie um ihr Gleichgewicht kämpfen, während sie das geschiente Bein hob und vor das andere setzte. Dieses Spiel habe ich angefangen, damit ich zusehen konnte, wie sie allein geht und wie die Schiene ihr hilft, sich zu bewegen, aber inzwischen ist viel mehr daraus geworden. Sie war noch ein Stück weit entfernt, als sie die Arme ausstreckte und darauf vertraute, daß ich sie auffangen würde, was ich auch tat, und dann wirbelte ich sie im Kreis herum.

»Du hast mir gefehlt, kleine Lotosknospe«, flüsterte ich ihr ins Ohr. »Du wächst so schnell, daß du bald so groß sein wirst wie deine Mutter, und genauso schön.« Sie preßte ihr Gesicht an meinem Hals – und erblickte Aset.

Die beiden starrten einander an, bis ich Nebet auf den Boden stellte und sie bei der Hand nahm, damit sie ihr Gleichgewicht finden konnte. Ein *wah*-Kragen aus Blüten lag um ihren Hals, wie ihre Eltern ihn zu einer solchen Gelegenheit den weiblichen Gästen schenken, aber darunter trug sie nur einen Lendenschurz und eine kurze Tunika, so daß Aset die Schiene mit den Gelenken sehen konnte. Sie reichte vom Knöchel bis zur Hüfte und bestand aus einem dünnen Schilfbündel, das Mena mit harzgetränktem Leinen zusammengebunden hatte, damit es leicht und biegsam war.

»Ich heiße Aset, und das ist Tuli.« Aset schnippte mit den Fingern, und der Hund erhob sich auf die Hinterbeine. Nebet legte eine Hand vor den Mund, um ihr Lächeln zu verbergen. Aset wühlte in ihrem Beutel nach dem Papyruslöwen. »Möchte dein Krokodil vielleicht mit meinem Löwen spielen?« fragte sie und streckte der Kleinen das Tier entgegen. Nebet war immer schon schüchtern gegen Fremde, und ich war nicht sicher, daß sie das Angebot der Freundschaft annehmen würde. Aber Aset schien zu spüren, daß sie lediglich schüchtern war, und so ließ sie ihr Zeit.

Als Nebet schließlich die Hand nach dem Löwen ausstreckte, bot Aset ihr den Arm. »Hier, du kannst dich an mir festhalten.« Nebet ist groß für ihr Alter, während Aset eher klein ist; der Größenunterschied war also nicht nennenswert. »Ich verspreche dir, daß ich dich nicht hinfallen lasse. Und um deine Hüfte darfst du dir keine Sorgen machen. Tenre wird sie in Ordnung bringen. Er hat mir das Leben gegeben, als es niemand sonst konnte. Sogar Paga sagt, es gibt in den Zwei Ländern niemanden, der ihm das Wasser reichen kann. Außer deinem Vater natürlich. Tenre sagt, *er* ist der beste Arzt der Welt. Und wenn du besser laufen kannst, machen wir alle möglichen Ausflüge. Wollen wir so tun, als ob Tuli unser kleiner Bruder wäre? Wir könnten ihm dieses Stück Stoff um den Bauch binden, als Schurz. Und wenn er brav ist, kannst du ihm vielleicht ein Stück von den kandierten Früchten geben, die ich dir mitgebracht habe.«

Ich ließ die beiden also allein und begab mich außen herum zu Menas Garten, wo seine anderen Gäste sich bereits versammelt hatten. Sie standen in kleinen Gruppen beieinander, Frauen mit Frauen und Männer mit Männern, tranken Wein und plauderten. Menas Gemahlin ist außergewöhnlich groß;

den meisten Männern kann sie geradewegs in die Augen blikken, und sie entwaffnet sie mit ihrem durchdringenden Verstand ebenso wie mit ihrer Schönheit. Heute abend trug sie ein langes weißes Gewand mit blauen Fransen, eine goldene Halskette mit eingefaßten Lapislazuli und einen Blumenkranz wie Nebet.

»Es ist zuviel Zeit vergangen seit dem letzten Mal, Tenre«, sagte sie. Sie legte ihre Wange an die meine und flüsterte: »Jetzt, wo du da bist, um die Hyänen zu vertreiben, damit sie mir nicht in den Rücken fallen, kann ich mich entspannen und den Abend genießen.«

»Keine Angst, Scheri. Es war dein Mann, der die Krokodile gehindert hat, mich zu fressen, als wir klein waren.« Ich nahm sie in den Arm und berichtete ihr von Aset.

»Verführst du meine Frau jetzt vor meinen Augen?« rief Mena. Er schlug mir auf die Schulter und schlang den anderen Arm um Scheri. Daß sie sich für ihn entschieden hat, kann er immer noch nicht fassen, glaube ich; es hat ihn jedenfalls auf eine Weise verändert, die keiner von uns hat voraussehen können.

Ich tat, als müsse ich ihn gründlich mustern, von den goldenen Armreifen bis zum Saum seines Faltenschurzes mit dem purpurnen Gürtel, dessen Enden mit Türkisklumpen beschwert waren. »Sieh dich vor, mein Freund, damit keiner von deinen Soldaten dich für ein Weib hält«, riet ich ihm.

Er lachte und schlug mir auf die Wange, eine Vertraulichkeit, die er sich bei niemand anderem herauszunehmen wagt. »Komm, ich will dir einen Becher Wein eingießen und dich unseren Gästen vorstellen.« Er führte mich zu drei hohen Tonkrügen, die wie Soldaten in Reih und Glied standen. Ihre spitzen Enden waren in ein Bett aus feuchtem Sand gebohrt. »Da ist antyllischer, wenn du willst, aber der Ymet ist besser. Ein sehr gutes Jahr.«

»Ich habe die Zunge eines Bauern; deshalb überlasse ich die Wahl dir.« Ich sprach im Scherz, aber dann wurde mir klar, daß es stimmte. »Ich gehöre nicht hierher, Mena. Ich bringe dich nur in Verlegenheit.«

»Was Ramoses Aufmerksamkeit erregt hat, waren deine Ehrlichkeit und dein Verstand, nicht dein Weingeschmack.« Er grinste, denn er wußte, daß er mich wieder um den Finger gewickelt hatte. »Ymet also, das weiße Gold vom Mareotis-See.«

Mehrere Männer umstanden den Ehrengast des Abends, aber Mena zögerte nicht, das Gespräch zu unterbrechen. »Es ist mir eine Freude, General, dir meinen Freund Senachtenre vorzustellen, Arzt aus Waset wie sein Vater vor ihm.« Dann begann Mena, mir Haremhabs Titel aufzuzählen. »Haremhab, der Oberbefehlshaber des Pharaos über seine Armeen im Norden und im Süden, Erster ...«

Ich bemerkte, daß der General Augen wie ein Vogel hat. Die Lider sind weit offen, und die Iris ist eins mit der Pupille, so daß die Augen ohne Tiefe zu sein scheinen. Er ist groß und hat die scharf umgrenzte Muskulatur, an der man die Anatomie gut studieren kann. Nur einer überragte ihn. Der Nubier.

»Du bist zu klein«, stellte Haremhab fest. »Unser Gastgeber spricht in so hohen Tönen von deinen Fähigkeiten, daß ich einen Mann erwartet habe, der mindestens doppelt so groß ist.«

Ich riskierte einen Blick zu Mena, der wie ein Idiot grinste. »Wenn das so ist, General«, erwiderte ich, »hat er uns beide in die Irre geführt. Das letzte, was ich bei dir erwartet hatte, war Sinn für Humor.« Der Oberbefehlshaber über die Armeen des Pharaos warf den Kopf in den Nacken und trompetete wie eine Gans.

Menas rötliches Gesicht war noch dunkler geworden, und er fuhr schnell mit der Vorstellung fort. Schließlich blieb noch der Nubier übrig. »Und mein Adjutant, Prinz Senmut, Sohn des Königs von Aniba.«

Wenn er von seinem jungen Assistenten gesprochen hatte, war nie die Rede davon gewesen, daß Senmut von königlichem Geblüt war oder aus der Provinz oberhalb des Ersten Kataraktes stammte. Das Haar reichte ihm bis zum Unterkiefer und war nicht kurz über den Ohren abgeschnitten wie sonst bei seinen Landsleuten. Seine Haut war nicht braun, sondern schwarz wie die Nacht, seine Lippen waren nicht voll, sondern schmal, und sein Mund war breit. Die Nase war so schmal und gerade wie seine Gestalt, und dies alles ließ vermuten, daß seine Vorfahren aus Punt stammten, dem Land an der Mündung des Roten Meeres.

Mena führte mich weiter durch den Garten zu einer Gruppe von Leuten, die um den Hohenpriester herumstanden, darunter auch Ramose. »Du hast mich schon von meinem Arzt Senachtenre sprechen hören«, sagte dieser zu Paranefer.

»Sunu«, intonierte der Hohepriester und wies mir damit meinen Platz zu. Kleine, vom Blut geblähte Gefäße schlängelten sich unter der Haut seiner fleischigen Nase, und seine gelben Fingernägel rollten sich über die Fingerspitzen – beides ein sicheres Anzeichen dafür, daß seine Zeit auf dieser Welt knapp wurde.

Als wir weitergingen, sprach Mena von dem Grab, das Paranefer sich am Platz der Wahrheit erbauen läßt. »Eine richtige Pyramide, wenn sie auch winzig ist, verglichen mit denen der Alten. Er behauptet, es gehe ihm nur um den Blick auf Amuns nördlichen Tempel, aber ich sage, er will diejenigen, die Amuns Macht an sich reißen wollen, daran erinnern, daß er derjenige ist, der Menschen zu Göttern machte.«

»Er könnte hinübergehen als Bruder des Pharaos, der über die Mauern nicht nur eines Tempels hinwegschreitet; also hat er vielleicht Gründe, die Alten nachzuäffen.«

»Du findest genausoviel Geschmack an der Intrige wie wir anderen, Tenre, auch wenn du das Gegenteil beteuerst.« Wir sahen beide, daß Scheri seine Aufmerksamkeit suchte. »Und das bedeutet, daß du allein auf dich achtgeben kannst, während ich nachsehe, was meine Frau von mir will. Geh und unterhalte dich mit Senmut. Er langweilt sich bei all dem Gerede über Politik und ist zu den Tänzerinnen gegangen, um ihnen zuzuschauen.«

Eine Rasenfläche jenseits des fliesenumsäumten Teiches war mit Kordeln abgesperrt worden und nur den Tänzerinnen und Musikern vorbehalten. Auch die Fackelflammen tanzten zu der Musik, und die Palmwedel bewegten sich träge wie Fächer im Abendwind. Selbst die Dienerinnen, die sich zwischen Menas Gästen umherschlängelten, taten es im Takt der Musik. Sie boten zimtbestreute Datteln an, Spieße mit Lammfleisch und kleinen Zwiebeln, Trauben und Melonenscheiben oder gebratene Kugeln aus Bohnenpaste.

Senmut schien sich für eine Tänzerin besonders zu interessieren, die den anschwellenden Rhythmen mit immer erotischeren Bewegungen folgte. »Siehst du das Bein?« fragte er, als er mich sah.

Das Mädchen, auf das er zeigte, trug ein tätowiertes Bild der Göttin Bes auf dem Oberschenkel, aber sonst sah sie aus wie alle andern, fand ich, mit ihrem roten Stirnband und der Kette aus hohlen Perlen an den Hüften. »Ein Glücksbringer«, sagte ich und sprach damit nur aus, was offenkundig war.

»Den wird sie nötig haben. Sieh dir ihre Wirbelsäule an. Gleich links neben dem Grübchen im Kreuz. Das Bein mit der Tätowierung ist kürzer als das andere, auch wenn sie das jetzt mit den schmiegsamen Muskeln der Jugend ausgleicht. Noch ein paar Jahre, und sie ist krumm wie ein altes Weib.« Ich schaute genauer hin und sah, daß er recht hatte. »Was würdest du tun, um das zu verhindern?« fragte er mich.

Als er sich zu mir umdrehte, fiel mir wieder die Schönheit seiner Züge auf. »Wenn man ihr etwas unter den Fuß setzt, lenkt man nur die Aufmerksamkeit auf ihr Gebrechen, und mit ihrem Tanzen ist es zu Ende«, antwortete ich. »Kein Freudenhaus würde sie nehmen und kein Mann sie zur Frau haben wollen, weil er weiß, daß sie ihr Leiden vielleicht an seine Kinder weitergeben würde. Wovon sollte sie leben?«

»Bald wird sie kaum noch humpeln können«, fauchte er. »Wovon wird sie dann leben?«

»Wenn ich an ihrer Stelle wäre, würde ich lieber Freude suchen, solange ich noch kann, auch wenn es nur für ein paar Jahre ist, als mir jetzt die Beine anpassen zu lassen und sofort zu verhungern. Was meinst du?« Ich schaute ihm fest in die Augen und forderte ihn heraus zuzugeben, was er nicht zugeben wollte: daß es hier keine zufriedenstellende Lösung gab.

»Vielleicht würde ich es auch so machen«, brummte er. »Aber deine Entscheidung gefällt mir nicht. Sie ist nicht *maat.*«

»Ganz recht«, pflichtete ich ihm bei und schlug alle Vorsicht in den Wind, denn jetzt begriff ich, daß es Senmuts rastlose Neugier und seine Ungeduld gegenüber der Unwissenheit waren, was ihn für Mena so liebenswert machte. »Und eine bessere Antwort finden wir nur, wenn wir lernen, die richtigen Fragen zu stellen.«

Seine Lippen entspannten sich zu einem betretenen Grinsen. »Ich wollte dich nur einmal mit eigenen Ohren argumentieren hören. Dein Name ist wie Honig auf Menas Zunge, besonders wenn er von deinen Experimenten spricht.« Daß Mena ihm solche Geheimnisse anvertraute, war eine Überraschung für mich. »Ich bin heute abend nur hergekommen, um dir zu sagen, daß es mir eine Ehre wäre, dir zu helfen. Sag mir nur, was du wissen möchtest oder was ich tun soll.«

»Ich habe gehört, die Hethiter reinigen ihre Hände mit Pflanzenasche, die sie in Wasser aufgelöst haben; die Babylonier dagegen kochen Olivenöl, Asche und Natron zusammen, um eine Waschpaste herzustellen. Vielleicht begegnest du jemandem, der weiß, was besser ist und warum.«

Er nickte und wartete ab. »Du kannst mir vertrauen, Senachtenre. Wirklich.«

Da hätte ich beinahe kapituliert, aber er war ein Fremder, und die Vorsicht ist eine alte Freundin. »Welcher Lehrer im Haus des

Lebens hat dich am meisten gelehrt?« Ich wollte sehen, ob er politische Spiele mit mir spielte.

»Chaymin, der Oberste Arzt des Südens. Er ist ebenso begabt dazu, mit der Hand Untersuchungen zu machen, wie er mit seiner Tochter gesegnet ist.« Er drehte sich um und zeigte auf Scheri. »Aber weit mehr noch habe ich von Mena gelernt.«

»Wer hat dich gelehrt zu entscheiden, was am unnützesten ist?« Das war eine Fangfrage: Er würde sein wahres Gesicht zeigen müssen, wie immer er antwortete.

Er schaute sich suchend um. »Der da, der dort bei Neterhotep und Aperia steht und den Pavianen zuschaut. Der, der sich kleidet wie ein Pfau, ist Neterhotep, der Bürgermeister von Waset. Ich meine den Mann neben ihm: Bekenchons. Er beaufsichtigt die Beschneidung der Knaben, die Priester werden sollen.«

»Aber dann ist er ein *ka*-Priester, kein Arzt im Haus des Lebens«, wandte ich ein, »und kann mit deiner Ausbildung nichts zu tun gehabt haben.«

»Er war bei uns, um vorzuführen, wie man Labia und Klitoris beschneidet, eine Kunst, die er an den Frauen in seinem Harem übt. Er glaubt, es macht sie fügsamer, aber er findet auch Lust an der Verstümmelung, denn er vergoß seinen Samen, als er bei uns das Messer führte. Bei manchen Frauen schneidet er alles weg und verschließt die Vagina; er läßt dann nur eine Öffnung, die so groß ist wie ein dünner Halm, damit Urin und Blut abfließen können. Dic Frau muß dann von ihrem Gemahl gewaltsam geöffnet werden. Keine angenehme Aufgabe außer für diejenigen, die seine Neigungen teilen.«

»Du scherzt doch sicher. Niemals würde Mena einen solchen Mann in sein Haus einladen.«

»Er ist im Gefolge des Hohenpriesters mitgekommen. Ihn selbst hat man nicht eingeladen.«

Weibliches Gelächter lenkte unsere Aufmerksamkeit auf eine Gruppe von Frauen.

Nofretete hatte ihren Körper verschleiert; sie trug ein Gewand, das Schatten hervorrief und ihre Brüste, ihren Bauch und ihre Schenkel in Umrissen sehen ließ, wenn sie sich bewegte. Die Frau neben ihr hatte eine Brust entblößt. Sie mußte die Gemahlin des Generals sein, denn Mutnedjemet ist dafür bekannt, daß sie stets zwei Zwerginnen an ihrer Seite hat. Ihretwegen munkelt man, sie sei die *tahut*, die am Grab eines kürzlich verstorbenen Adligen an der Wand abgebildet ist. Aber sie war nicht die einzige, die den beiden rotohrigen Pavianen zujubelte, die immer wieder miteinander balgten, während bald dieser, bald jener versuchte, sich mit dem dritten Tier zu paaren, einem Weibchen mit leuchtend rotem Hinterteil.

»Neterhotep und Bekenchons sind nicht die einzigen, die Spaß an Haremhabs Pavianen haben«, bemerkte Senmut. »Der General hat sie heute abend zur Unterhaltung hergeschickt, denn das Weibchen ist heiß.« Während wir noch zuschauten, drehte Nofretete sich um und suchte Ramose mit den Augen. »Die da atmet Feuer, wenn sie den Priester auch nur anschaut«, sagte Senmut leise. »Du kannst also sicher sein, daß man sie nicht beschnitten hat. Ruhig und heiter wirkt sie nur an der Oberfläche. Aber darunter glüht ein verdecktes Feuer, in dem man nur ein bißchen zu stochern brauchte, damit die Flammen wieder lodern.«

»Kein Zweifel, daß Ramose ein williger Komplize bei den Komplotten der Priester ist, was immer sie für Ränke schmieden«, sagte Mena. Bei diesen Worten lief es mir eiskalt über den Rücken. Ich mußte daran denken, was der Sohn des Bürgermeisters zu Aset gesagt hatte – daß der Heilige Rat den Plan habe, »einen der ihren« auf den Thron zu setzen. »Wenn ihr beide eine eigene Frau hättet«, schalt Mena, »dann brauchtet ihr euch nicht den Kopf darüber zu zerbrechen, was andere Männer mit der ihren anstellen. Kommt, der Gänsebraten erwartet uns drinnen.« Er drückte mir die Schulter. »Aber Scheri bittet dich, vorher nach einer der Dienerinnen zu sehen, die in den Wehen liegt.«

Ich lud Senmut ein, mich in meinem Haus in der Stadt zu besuchen, wenn Mena das nächstemal dorthin käme, und dann machte ich mich auf die Suche nach Tetischeri. Ein köstlicher Duft erfüllte das Haus, besonders als eine Dienerin mit einer gebratenen Gans an mir vorbeihuschte. Eine zweite folgte mit Honigkuchen, die mit Nüssen und allerlei Samen bestreut waren, und mit kleinen Broten, gefüllt mit gekochten Eiern. Scheri war nirgends zu sehen; also ging ich zu Nebets Zimmer und hörte die beiden Mädchen schon plaudern und kichern, bevor ich die Tür erreicht hatte. Als ich hereinkam, saßen sie auf dem Boden, und flache Kalksteinplättchen waren überall verstreut. Aset war offensichtlich dabei gewesen, Nebet mit ihren Bildergeschichten zu unterhalten, wie sie es in letzter Zeit immer öfter tut, wenn sie mit mir zu einem kranken Kind geht.

Als Aset mich erblickte, sprang sie auf. »Es ist doch bestimmt noch nicht Zeit zu gehen.«

Bevor ich antworten konnte, kam Scheri herein, dicht gefolgt von Pagosch. »Es handelt sich um die Königin, Tenre. Es darf niemand anders gerufen werden, bevor du sie untersucht hast, um festzustellen, ob das Kind noch lebt. Danach müssen die Priester und die andern kommen. Mena muß hierbleiben, damit niemand Verdacht schöpft; deshalb wird Pagosch dir den Weg zu ihren Gemächern zeigen.«

Meine galoppierenden Gedanken eilten voraus, und ich fragte mich, was die nächsten Stunden wohl bringen würden – nicht nur für mich, sondern für alle Menschen in den Zwei Ländern. Aber zuerst kniete ich mich vor Aset. »Du mußt bei Nebet bleiben, bis Pagosch zurückkommt und dich nach Hause bringt.«

»Ist es denn soweit? Bekommt meine Schwester ihr Kind?« fragte sie mit ernstem Blick. Ich nickte. »Dann mußt du Mena bitten, dir seine Medizintasche zu leihen, nur für heute abend.« Bis zu diesem Augenblick war mir gar nicht eingefallen, daß ich mit leeren Händen erschienen war. »Und vergiß die Isatinsalbe nicht.«

Ich nickte; ihr Vertrauen machte mir Mut. »Was würde ich ohne dich anfangen?« flüsterte ich und wartete auf das Lächeln, das ihre Augen zum Leuchten bringen würde. Aber statt dessen warf sie mir die Hände um den Hals und umarmte mich wild. Dann trat sie ebenso schnell zurück, damit ich aufstehen konnte.

Und weil ein kleines Mädchen ein so unerschütterliches Vertrauen in mich hatte, geschah es, daß ich mit aufrechtem Rükken und erhobenem Kopf zum Palast ging – wie es sich gehört für den Leibarzt der Anchesenamun, Königin der Zwei Länder und Große Königliche Gemahlin des Neb-chepru-re Tutanchamun, des Herrn über das Obere und Untere Kemet, der Sohn ist des Horus auf Erden.

X

Denver, 18. Dezember

Kate war keine zwei Straßen weit gegangen, als es anfing zu schneien, kleine, eisige Flocken, die auf ihrem Gesicht brannten wie vom Wind verblasener Sand. Mit jedem Schritt, den sie machte, kam ihr die Jacke, die sie trug, kürzer und dünner vor, so daß sie sich gezwungen sah, immer wieder in einen halbherzigen Laufschritt zu verfallen. Als sie an ihrer Straßenecke ankam, konnte sie die Hand nicht mehr vor Augen sehen, und ihre Schuhe machten bei jedem Schritt schmatzende Geräusche.

Sam hörte sie auf der Veranda stampfen und sprang gegen die Tür. Als sie drinnen war, vergrub sie die kalten Finger in seinem seidigen Fell und schmiegte sich wärmesuchend an ihn; dann ging sie durch das Haus und schaltete überall das Licht ein. Im Badezimmer schälte sie die nasse Strumpfhose herunter, knüllte sie zu einer Kugel zusammen und warf sie ins Waschbecken. Dann ging sie in die Küche. »Komm, Sam, laß uns ein paar Crunchies in deinen Napf schütten, damit ich eine heiße Dusche nehmen und mich wieder aufwärmen kann.« Wie immer sprang er ihr voraus.

Sie ließ sich noch immer das heiße Wasser wie spitze Nadeln

auf den Rücken prasseln, als sie den Hund bellen hörte. Ihr fiel ein, daß sie ihn noch nicht hinausgelassen hatte. »Hör auf, Sam«, schrie sie, aber sie drehte doch das Wasser ab und fing an, sich abzutrocknen. Im nächsten Moment läutete es an der Tür. Sie griff nach ihrer Uhr. Zwanzig nach zehn! Cleo war in Aspen, und sie konnte sich nicht denken, wer so spät noch vorbeikommen könnte, aber sie schlüpfte doch in ihren Bademantel, tappte barfuß durch das Wohnzimmer und spähte durch den Türspion.

»Still, Sam«, wisperte sie. Eine jungfräulich weiße Schneedecke lag auf allem, was sie sehen konnte – bis auf den dunklen Schatten in der Zufahrt. Ein Auto mit Standlicht. Aber dann sah sie eine Gestalt, die sich mit hochgezogenen Schultern und aufgeklapptem Mantelkragen von der Veranda entfernte. Sofort nestelte sie am Türriegel, um ihn aufzubekommen, ehe die Gestalt das Auto erreichen und wegfahren konnte. »Max?« rief sie und trat hinaus auf die eisige Veranda.

Sam schoß an ihren Füßen vorbei, verlor unten auf der schneebedeckten Stufe den Halt und rappelte sich wieder hoch, während Max sich bückte, um ihn aufzufangen. »Entschuldige die Aufregung, alter Junge.« Es war die richtige Stimme; Sam wedelte wie wild mit dem Schwanz und ließ den Neuschnee in alle Himmelsrichtungen fliegen. Kate blieb stehen, wo sie war, und fragte sich, ob sie halluzinierte. Als Max sich aufrichtete und auf sie zukam, lag ein entschuldigendes Lächeln auf dem fremd wirkenden Gesicht. »Also wissen Sie, ich wollte Sie nicht stören. Ich dachte nur, ich komme kurz vorbei, auf dem Weg zum Hotel« – er spähte immer wieder über ihre Schulter zu ihrem hellerleuchteten Haus – »und schaue mal, ob Sie zu Hause sind; ich wollte nur sagen, daß ich wieder da bin.«

»Ich habe Sie erst gar nicht erkannt, ohne den Bart«, sagte sie und wünschte, er würde sie umarmen, wie er Sam umarmt hatte.

»Ich hätte Sie anrufen sollen, statt zu kommen. Es war ein blöder Einfall.«

»Es war kein blöder Einfall. Sie haben mich nur unter der D-dusche erwischt« – ihre Zähne fingen an zu klappern – »weil ich wieder warm werden mußte. Ich bin gerade zwei Meilen durch den Schnee gelaufen.«

Unversehens stiegen ihr die Tränen in die Augen, weil Max auf ihrer Veranda stand und sich aufführte wie ein Fremder. »Wenn Sie jetzt nicht das Licht an Ihrem Wagen ausmachen und ins Haus kommen, hole ich mir eine Lungenentzündung und sterbe. *Das* wäre blöd.«

»Soll ich wirklich?« Ein vertrautes Lächeln erwachte in seinen Augen. Kate fand, daß er ohne Bart jünger aussah. Nicht so selbstsicher. Sie nickte und ging ins Haus. Sam folgte Max zum Auto.

Ein paar Augenblicke später kamen Mann und Hund zusammen zur Tür hereingepoltert und grinsten wie zwei Kinder. Max stellte seinen Aktenkoffer auf den Boden, schälte sich aus seinem Allwettermantel und warf ihn über eine Stuhllehne. Als wäre das ein Signal, stürmte Sam davon, als wäre der Teufel hinter ihm her, und rannte quer durch das Wohnzimmer und in die Küche, wo sie ihn gegen einen Stuhl krachen hörten. Dann kam er zurück und galoppierte geradewegs auf Max zu. Dieser breitete die Arme aus, aber im letzten Moment schwenkte Max ab und rannte in die Küche zurück, ohne sein Tempo zu verringern. Verwirrt schaute Kate zu. Das hatte Sam bisher immer nur mit ihr gemacht.

Max spielte das Spiel noch ein paarmal mit, aber dann sah er ihre bloßen Füße. »Gehen Sie sich was Warmes anziehen, während ich mit Ihrem Hund spiele.«

Kate hatte tausend Fragen, und so machte sie die Sache kurz: eine verblichene blaue Jogginghose und ein passendes Sweatshirt. Dann raffte sie die Sachen zusammen, die sie auf den Boden geworfen hatte, und fuhr sich mit der Bürste durchs Haar, solange es noch feucht war, um nicht auszusehen wie Shirley Temple. Schließlich vergewisserte sie sich mit einem Blick in den Spiegel, daß sie Max nicht in die Irre geführt hatte, was den Grund für die Einladung zum Eintreten anging.

Sie fand ihn in der Küche, wo er sich mit Sam unterhielt. »Wo hat Kate denn wohl die Zutaten für eine heiße Schokolade – vorausgesetzt, daß sie überhaupt welche hat?«

»Geradewegs vor Ihnen«, sagte Kate. »Auf dem Regal mit dem Kaffee. Wenn Sie hungrig sind, mache ich Ihnen ein Sandwich oder ein paar Rühreier. Wenn Sie mir vorher gesagt hätten, daß Sie ...« Sie brach ab; erschrocken hörte sie, wie sie den alten Refrain ihrer Mutter nachplapperte.

»Sie brauchen etwas Heißes«. Max sah Sam an. »Wir wollen ja nicht, daß sie Lungenentzündung kriegt und stirbt, mein Alter, oder?« Max nahm einen Holzlöffel aus dem Korb, der neben dem Schrank hing, und gab die Kakaomischung in die Milch, die er auf dem Herd heiß gemacht hatte. »Ich sollte eigentlich an diesem Wochenende Rufbereitschaft haben, aber ich habe einen meiner Partner zum Tauschen überreden können; deshalb hat es erst in letzter Minute geklappt. Ich bin kaum rechtzeitig zum Flughafen gekommen. Könnten Sie wohl zwei Tassen herausholen?«

Kate nahm zwei Steingutbecher aus dem Schrank, öffnete eine Tüte Marshmallows, warf zwei Stück davon in jeden und stellte die Becher auf den Herd. Danach ließ sie Sam hinaus; sie wollte Zeit schinden, damit sie nicht allzu eifrig wirkte. Oder zu besitzergreifend.

»Heiße Schokolade mit Marshmallows habe ich nicht mehr getrunken, seit ich klein war«, bemerkte Max und reichte ihr einen vollen Becher. »Jedenfalls, in Lubbock saßen wir drei Stunden auf dem Flughafen fest und mußten warten, bis Denver die Landebahn geräumt hatte. Ich wußte nicht, ob ich überhaupt noch hier ankommen würde.« Er nahm vorsichtig einen kleinen Schluck und sah sie dann mit durchdringendem, vorwurfsvollem Blick an. »Wieso zum Teufel spazieren Sie denn alleine draußen im Dunkeln herum?«

»Ich habe erst spät Feierabend gemacht.« Das Bild in ihrem Kopf kämpfte gegen sein bartloses Gesicht.

»Hätten Sie nicht Cleo anrufen können oder sonst jemanden?«

»Cleo ist nach Aspen gefahren. Phil bringt ihr das Skilaufen bei.«

»Das überrascht mich seltsamerweise überhaupt nicht ...«

»Haben Sie die Scans fertig analysiert?«

»Ja, die Unterlagen sind in meinem Aktenkoffer. Die Todesursache habe ich allerdings immer noch nicht.« Nach einer kurzen Pause fragte er. »Wie kommen Sie mit dem Kopf weiter?«

»Je näher ich ihr komme, desto schwieriger wird es, nicht weiterzuarbeiten.« Er nickte und ließ die Marshmallows in seinem Becher kreisen, als wisse er nicht, was er sagen sollte. »Möchten Sie ein paar Bilder sehen?«

Er hielt sie am Arm fest, als sie sich dem Wintergarten zuwandte. »Moment. Ich muß Ihnen noch etwas erklären.«

Entschuldigungen waren das letzte, was sie hören wollte. »Nicht nötig. Wir haben nicht erwartet ...«

Er legte ihr die Hand auf die Schulter und schüttelte sie sanft. »Fangen Sie jetzt nicht an, vor mir zu kneifen, Katie. Sie waren immer ganz offen zu mir; das ist eines der Dinge, die ich an Ihnen ... Aber beim letzten Mal klangen Sie irgendwie distanziert, als ob ich Sie zu sehr bedrängte. In Wirklichkeit habe ich Ihnen bloß nicht gesagt, daß ich komme, weil ich Ihnen keine Gelegenheit geben wollte zu sagen: ›Schicken Sie's einfach mit der Post.‹«

»Dave war da, als Sie anriefen.«

»Oh. Daran habe ich nicht gedacht.« Er schüttelte den Kopf und sah ihr dann in die Augen. »Ich bin gut fünfzehn Jahre älter als Sie, Kate, und außerdem ...«

»Ich bin sechsundzwanzig. Bald siebenundzwanzig.«

»Okay, dreizehn. Immer noch ein großer Unterschied.«

»Ich bin nicht abergläubisch. Wieso haben Sie sich den Bart abrasiert?«

»Sie haben mich einen Barbaren genannt.«

»Da habe ich Spaß gemacht, und das wissen Sie auch. Und da wir gerade vom Kneifen reden: Haben Sie denn nicht vorhin den Rückzug angetreten« – sie winkte zur Tür –, »ohne den Feind zu Gesicht bekommen zu haben?«

Er fing an zu lachen wie an jenem ersten Tag im Museum. »Ich hätte den Bart behalten sollen. Ihre verdammten Katzenaugen sehen einfach zuviel.«

»Haben Sie das Gefühl, Sie müßten sich verstecken?«

Er hob eine Hand zu ihrer Wange und ließ sie dann wieder sinken. »Haben Sie Erbarmen, ja? Mit jemandem wie Ihnen hatte ich noch nie zu tun.«

»Dann sind wir ja quitt.« Sie schauten einander an und ließen die Worte nachklingen, bis Sam an der Tür kratzte. Kate wandte sich ab, um ihn hereinzulassen, und Max spazierte hinaus in den Wintergarten und zu ihrem Arbeitstisch.

»Wo sind denn die Zeichnungen, die Sie mir zeigen wollten?«

»Bilder. Fotos. An der Wand.«

Er drehte den Schalter an der schwenkbaren Lampe, streckte den Lampenarm fast gerade und richtete das Licht auf das riesige Mosaik, das die Wand zu beiden Seiten des Tisches bedeckte, Farbvergrößerungen von Taschat in all ihren Formen – die Kartonage von oben und von unten gesehen, die Außen- und die Innenseite ihres Holzsarges und des Deckels. »Junge!« Er trat einen Schritt zurück. »So sieht ihr Sarg aus?«

Kate nickte. Er hatte die übliche Mumienform bis auf den Bereich, wo Taschats Gesicht und ihre Perücke in Gips geformt worden waren; außerdem war die vorherrschende Farbe hellblau. Die Farbe der Königsfamilie. »Links ist die Bemalung der Deckelunterseite. Die beiden Figuren, Ptah und Chnum, befinden sich auf dem Sargboden.«

Er beugte sich vor, um einen kleinen Ausschnitt zu betrachten, den sie über den Tisch gepinnt hatte. »Sagen Sie's mir nicht ...« Er hob eine Hand und ließ den Blick zwischen den rosafarbenen Blüten, die sie aus einem Samenkatalog ausgeschnitten hatte, und dem auf die Innenseite des Deckels gemalten Garten hin- und herwandern. »Das ist eine der Pflanzen in dem Garten, stimmt's?«

»Fingerhut. Sie nannten es Hyänenzunge.«

»Wahrscheinlich wegen der gelb umrandeten braunen Tupfen, die aus dem Schlund der Blüten hervorkommen. Nicht, daß ich je eine Hyänenzunge gesehen hätte. Sind das alles Arzneipflanzen?«

Es war allgemein bekannt, daß Fingerhut Digitalis enthielt, ein Herzstimulans; deshalb überraschte es sie nicht, daß er den Zusammenhang erkannte. »Sagen Sie's mir.« Sie deutete auf ein grau-grünes Beet. »Das ist Mohn.«

»Opium. Morphin oder Kodein, zur Beruhigung oder zur Schmerzbetäubung.«

Sie ließ den Finger zu ein paar gelben Blüten wandern. »Die gegabelte Wurzel macht es in diesem Fall leicht. Alraune.«

»Hyoscyamin, oder Scopolamin. Fast dasselbe. Betäubt das zentrale Nervensystem.«

»Die Christuspalme. *Rizinus communis.*«

»Das Öl aus den Samen dient als Abführmittel. Aber sie enthalten auch Rizin, eines der tödlichsten Gifte, die wir haben.«

Kate nickte. »Sie haben das Öl für ihre Lampen benutzt. Aber sie müssen über die Samen Bescheid gewußt haben.« Sie ließ den Finger weiterwandern. »Knoblauch.«

»Wiederum gegen Herzprobleme?« überlegte Max.

»Insektenbisse, Bandwürmer. Und das hier, mit den durchbrochenen Blättern und den winzigen weißen Blütendolden, ist eine Akazie.«

»Empfängnisverhütend.«

»Nein. Darmwürmer.«

»Wenn Sie es sagen. Aber die Stacheln enthalten *Gummi arabicum.* Und fermentiertes *Gummi arabicum* ergibt Milchsäure, und die wiederum immobilisiert Spermien. Azeton- oder Tanninsäure ist zwar wirkungsvoller, aber …«

»Wo in Thots Namen haben Sie das gelernt?«

»In irgendeiner Zeitschrift gelesen. Gibt es noch mehr?«

»Gegen Durchfall haben sie Zwiebeln verordnet, aber die Arbeiter wurden mit Brot, Bier und Zwiebeln bezahlt; also …« Sie zuckte die Achseln und deutete auf einen dunkelgrünen Bereich. »Petersilie gegen Harninkontinenz. Lauch gegen die Blutung nach Fehlgeburt oder Entbindung. Salbei für den wunden Hals. Safran und Ingwer gegen Magenbeschwerden. Kohl zur Vorbeugung gegen Kater, und Salat zur Anregung des sexuellen Verlangens. Ich weiß«, fuhr sie fort, bevor er etwas sagen konnte, »er sieht nicht aus wie der Salat, den wir kennen. Zu hoch.«

»Noch seltsamer wäre, wenn er sich wirklich auf die Libido auswirkte.« Er drehte sich um. »Sagen Sie nicht, das war ein alltäglicher ägyptischer Garten.«

»Wohl kaum. Salbei und Safran kamen von Kreta, Ingwer von jenseits des Roten Meeres.«

»Interessant. Aber wie bringt uns das weiter? Es sei denn, Sie wären sicher, daß der Sarg nicht eigentlich für jemand anderen bestimmt war …« Er brach ab, gewarnt durch das rätselhafte Lächeln, das er schon einmal gesehen hatte: als sie ihn mit Sam hereingelegt hatte. »Was denn? Zeigen Sie's mir.«

Kate richtete die Lampe nach unten, wo die blumengesäumte Straße begann. »Dieser Weg symbolisiert die Straße in die Ewigkeit, und dies ist der Anfang. Hier entspringt die Straße einem See mit blauen Lotosblüten – dem Symbol für Wiedergeburt. Sehen Sie, wie Taschat mit einem Stock oder einem Rohr in den Sand malt? Sie benutzt die linke Hand.«

Als nächstes zeigte Kate auf den Mann und die Frau, die Seite an Seite saßen und eine entrollte Schriftrolle über den Schoß gebreitet hatten. »Ihre Beine sind nach Indianerart gekreuzt: die traditionelle Art, einen Schreiber darzustellen. Wieder benutzt sie die Linke; es muß also dieselbe Person sein.«

»Es sei denn, es wären ihre Eltern«, wandte Max ein.

Kate holte erschrocken Luft. »Ich hatte vergessen, daß Linkshändigkeit in der Familie liegen kann.«

»Manchmal. Öfter ist sie die Folge von Geburtsstreß.«

»Vielleicht ist es überinterpretiert, aber ich denke, die Lotosblüte in ihrem Haar steht für einen Neuanfang: ihren Eintritt ins Erwachsenenleben. Der Lotos ist das Symbol für Wiedergeburt, und von hier an werden sie immer nebeneinander dargestellt. Die malerischen Konventionen erforderten aber, daß eine Frau, sogar eine Königin, hinter ihrem Mann dargestellt werden mußte, meistens kleiner als er, und ihre Kinder wiederum hinter ihr, kleiner als sie. Die einzige Ausnahme, die wir kennen, zeigt Nofretete, die neben Echnaton steht und einen Arm um seine Schulter gelegt hat.«

»Glauben Sie, Taschat ist Nofretete?«

»Nein. Das hier bedeutet nur, daß jemand die beiden als gleichrangig betrachtet hat. Cleo meint, die beiden sind wahrscheinlich Isis und Osiris – wegen des kleinen, treppenähnlichen Throns im Kopfputz der Frau. Das ist die Hieroglyphe für Isis, erinnern Sie sich? Nur daß die Ägypter sie Aset nannten. Aber er hat nichts an sich, was auf Osiris hindeutet – kein grünes Gesicht, keinen eng umwickelten Körper, keinen Kopfschmuck aus Weizenähren. Aber das ist noch nicht alles.« Sie zeigte auf die Kartuschen und erzählte ihm, wie Dave die Hieroglyphen darin interpretiert hatte. »Aber *sunu* ist ein Titel oder ein Beruf, kein Name. Und warum in zwei verschiedenen Formen?«

»Hatten die Pharaonen nicht zwei Namen, einen, den man ihnen bei der Geburt gab, und einen, den sie bei der Thronbesteigung bekamen?« Kate nickte. »Dann gibt es zwei Möglichkeiten. Entweder sind die Wörter nicht wirklich identisch, oder dasselbe Wort steht für zwei verschiedene Personen – sagen wir, für zwei Ärzte mit verschiedenen Spezialgebieten.«

Mit Max ein Rätsel zu lösen war wie Bockspringen: Der eine konnte einen Sprung nach vorn tun, weil der andere vor ihm gesprungen war. »Aber die neuere Forschung sagt, daß sie zur Zeit der Achtzehnten Dynastie keine Spezialgebiete kannten«, gab Kate zu bedenken, »anders als im Altreich, wo sie noch Titel wie ›Hirte des Anus‹ hatten.« Sie grinste. »Ich schätze, das macht die Proktologie zum zweitältesten Gewerbe der Welt.«

Max lächelte. »Okay, angenommen, sie war Linkshänderin. Was sagt uns das?« Kate schien ihn nicht zu hören und wühlte in dem Durcheinander auf ihrem Schreibtisch nach einem Blatt Papier, auf das sie schreiben könnte. »Was ist? Ist bei Ihnen ein Groschen gefallen?« fragte er.

»Und nicht nur einer«, brummte sie und kritzelte *swnw* oben auf ein Blatt. »Das ist das Wort für ›Arzt‹.« Darunter schrieb sie *swnw.t.* »Das *t* ist das weibliche Partikel; das wäre also eine Ärztin. Die Ägyptologen haben immer behauptet, es habe keine gegeben. Nur Hebammen. Das zusätzliche Zeichen sei ein ›Schreibfehler‹. Dann brachte ein französischer Doktor in Kairo es mit einem Arzt in Verbindung, von dem er aufgrund anderer Indizien wußte, daß er in Wirklichkeit weiblich war.« Sie schaute Max an. »Was ist, wenn der Pfeil männlich und der Brotlaib weiblich ist?«

»Zwei Ärzte, ein Er und eine Sie?«

Sie nickte. »Wer immer die Gesichtsmaske gemalt hat, muß jemand gewesen sein, der sie gut genug kannte, um zu wissen, daß in ihrer Vorstellung der Himmel ein Garten voller Arzneipflanzen war. Weil sie eine Heilerin war. So könnte man doch anfangen, oder? Es wäre eine Arbeitshypothese.«

»Warum nicht? Ich würde sagen, spielen Sie's durch; mal sehen, wohin es Sie führt.«

Sie merkte, daß sie den Atem angehalten hatte, und lachte. »O Max, ich bin so froh, daß Sie gekommen sind. Sonst hätte ich vielleicht nie ...« Sie warf alle Bedenken über Bord und schlang ihm die Arme um den Hals. Sam fing an zu bellen und sprang auf; er wollte mitspielen, und so ließ sie Max wieder los und packte Sam bei den Vorderpfoten. »Crunchytime für dich, Samson, mein Schatz.« Sie hielt ihn aufrecht auf den Hinterbeinen und tanzte mit ihm in die Küche. »Und Max und ich feiern mit einem Glas Wein.«

Max' Augenwinkel kräuselten sich belustigt, bis sie Sam losließ und sich mit erschrockenem Blick zu ihm umdrehte. »Wenn Taschat die Kartusche mit dem Brotlaib ist, dann ist die Kartusche mit dem Pfeil der Kopf zwischen ihren Beinen. Sie reisen zusammen auf der Straße in die Ewigkeit. Aber einen ehebrecherischen Geliebten hätte man ihr nicht auf den Sarg gemalt.«

»Wenn Sie recht haben und er Arzt ist, wer könnte er dann sonst sein? Ihr Vater? Ich weiß, daß es Priester-Ärzte gab, aber warum zum Teufel sollte ihr jemand den Kopf ihres *Vaters* zwischen die Beine legen?« Er sah sie an und wartete auf eine Antwort. Dann schüttelte er den Kopf. »Mein Gott, und ich dachte schon vorher, es hätte mich erwischt.«

Er meinte es ernst, erkannte Kate. Sie war nicht die einzige. Taschat hatte ihn wirklich und wahrhaftig »erwischt«, auch wenn es bei ihr schon fast eine Obsession war. Sie konnte inzwischen kaum noch etwas anderes denken, geschweige denn tun, ganz gleich, was sie dabei von Dave hinnehmen mußte. Sie lachte und ließ ihre gute Stimmung übersprudeln.

»Genug für heute«, entschied Max, legte Kate einen Arm um den Nacken und nahm sie mit in die Küche. »Lassen Sie uns diesen Wein trinken.«

Drei gottähnliche Sperlinge
schwirren und kreisen über den Ufern.
Sogar die Frösche tanzen.
Totenbuch der Ägypter

XI

JAHR NEUN
DER HERRSCHAFT TUTANCHAMUNS

(1352 vor Christus)

Fünfzehnter Tag,
zweiter Monat des Hochwassers

Das Antlitz Re-Harachtes barst mit einem Überschwang über den Horizont, der meinem eigenen entsprach, als fühle auch er die Aufregung, die mein Herz gegen meine Rippen pochen ließ. Der heutige Tag markiert den zweiten Monat des Lebens für den jungen Sohn des Pharaos, an dem dieser diejenigen ehrt, die ihm vor allen andern gedient haben, und der, dessen Name ganz oben auf der Liste steht, ist ein gewisser Senachtenre, Arzt aus Theben.

Mena begleitete mich – auf Befehl des Pharaos, wie er betonte. Als wir uns dem Palastbezirk näherten, versuchte er mich zu beruhigen. »Dein Ruhm wird dir bei Ramose nicht schaden, denn der Ruhm seines Arztes bescheint auch ihn. Außerdem glaube ich auch nicht, daß du den Pharao davon hättest abbringen können. Abgesehen davon, daß er seinen Sohn der Öffentlichkeit präsentiert, zeigt er, indem er mit den Fähigkeiten eines gewöhnlichen *sunu* prunkt, daß er die Zügel der Macht selbst in die Hand nimmt und sich nicht länger darauf verläßt, daß die alten Männer in seiner Umgebung ihn in allen Dingen führen.«

Für mich war im Augenblick allerdings vor allem wichtig, wie ich mich vor dem Pharao zu benehmen hätte. »Bist du sicher, daß ich so, wie ich bin, vor ihm erscheinen kann?« fragte ich, als wir uns dem Palastbezirk näherten. Ich trug eine Tunika aus feinem Leinen über einem kurzen Faltenschurz und bemalten Ledersandalen, den besten, die ich habe, aber ich befürchtete doch, es könnte nicht gut genug sein.

»Du wirst weder deinen König noch deinen Arbeitgeber beschämen, wenn es das ist, was du wissen willst«, versicherte Mena mir. »Ich habe allerdings den Verdacht, daß zwei kleine Mädchen dir viel mehr Sorgen machen. Wenn es nach ihnen ginge, könntest du dich in Lumpen kleiden, und wir andern wären aus der Mode.« Ich warf ihm einen Seitenblick zu, und er fuhr fort: »Nicht, daß ich zur Eifersucht neige, wenn es um meine Tochter geht. Aber kannst du das gleiche auch von deinem Priester sagen?«

Wenn er mir noch mehr Grund zur Besorgnis geben wollte, so wäre ihm das fast gelungen, aber jetzt betraten wir den Palastbezirk, und meine Gedanken eilten uns voraus zwischen exotischen Bäumen, duftenden Büschen und leuchtenden Blumen hindurch. Ich konnte mir nicht vorstellen, daß der Palast des Pharaos noch großartiger sein sollte als die Gemächer der Königin, wo die Marmortreppen von rosaroten und schwarzen Streifen funkelten und auf den Wänden nicht die Stille der Ewigkeit, sondern die Bewegung des Lebens dargestellt war – winzige Vögel, die zwischen fruchttragenden Bäumen hin und her schwirren, eine Katze, die ihre Kätzchen säugt, eine galoppierende Gazellenherde. Aber eine ehrfurchterregende Majestät erfüllte alle meine Sinne, als wir den gewaltigen Thronsaal betraten.

Am hinteren Ende standen lauter Säulen, so daß die riesige Halle eins war mit dem Hof davor, wo ein leiser Wind in den Blättern von Ahorn und Akazien raschelte. Eine wimmelnde Menschenmenge war bereits zusammengeströmt. Ringsum säumten allerlei prunkvoll geschnitzte, intarsienverzierte Stühle den Saal, und dazwischen lagen schwere Teppiche, die unsere Schritte und unsere Stimmen dämpften, während auf den Wandbildern ringsum Jäger in der Wüste ihrer Beute nachpirschten oder mit wurfbereiten Stöcken ein Ruderboot durch den Sumpf steuerten.

In diesem Augenblick neigten die versammelten Gäste sich wie ein Weizenfeld im Wind, und wir taten es ihnen nach. Nofretete und Mutnedjemet näherten sich der Estrade und nahmen ihre Plätze ein, gefolgt von den Frauen aus dem Harem des Pharaos. »Die Schwestern des Pharaos sind in letzter Zeit viel zusammen«, flüsterte Mena hinter vorgehaltener Hand.

Als nächstes kamen die königlichen Ehrenzeichen und seine Günstlinge mit Kronen aus blauen Lotosblüten – alle bis auf Aset und Nebet, die sich mit Girlanden aus blauen Kornblumen und weißen Gänseblümchen behängt hatten. Aset war nach wie vor klein für ihr Alter, und so wirkten die Mädchen, die Schulter an Schulter standen, fast wie Zwillinge in ihrem gleichen weißen Kleid. Sie trugen beide die Palmblattsandalen, die Ipwet nach Asets Anweisungen angefertigt hatte. Wie sich gezeigt hat, ist der hochgezogene Rand rings um die Sohle genau das, was Nebet braucht, weil bei ihrem unebenmäßigen Gang der eine Fuß sonst immer zur Seite wegrutscht. Beide Mädchen spähten auf der Suche nach uns in die Menge und wollten schon winken, aber Tetischeri legte beiden eine mahnende Hand auf die Schulter und schaute lächelnd zu Mena. Sie teilte sein Entzücken über ihre Tochter.

»Siehst du, wie gut sie mit der neuen Schiene geht?« flüsterte Mena; nur mit Mühe hielt er den Kopf gesenkt, denn seine Augen lechzten nach Frau und Tochter. »Und es geht noch besser, wenn sie neben ihrer Freundin läuft. Zusammen sind sie mehr als eins plus eins; es ist, als füge jede der anderen etwas hinzu. Was immer das für ein Zauber sein mag, der da hinter diesen blauen Augen wohnt, ich beginne zu verstehen, weshalb dein Herz voll ist von ihr – obwohl sie das Kind eines anderen Mannes ist.« Er lehnte sich zu mir. »Und nicht nur das, seit dem Abend, da du Aset in unser Haus brachtest, kommt auch Scheri wieder mit größerem Eifer zu mir. Auch dafür werde ich dir danken bis ans Ende meiner Tage.«

Eine Parade von Jünglingen schlängelte sich durch die Menge und nahm ihren Platz unterhalb der Estrade ein. »Kinder des *kap*«, erklärte Mena mir, »geführt von Hiknefer, dem Kronprinzen von Aniba, Tutanchamuns Freund seit Kindertagen.« Er spielte auf den Brauch an, demzufolge die Söhne unserer ausländischen Vasallen zusammen mit den Kindern des Pharaos und den Söhnen und Töchtern adliger Günstlinge die Palastschule besuchen. Was mich aber am meisten interessierte, war, daß Senmuts Bruder Wildkatzenschwänze an den Armen trug und Straußenfedern in seinem weißen Stirnband und daß an seinen Ohren troddelgeschmückte Goldringe baumelten. Außerdem hatte er sein krauses Haar über den Ohren abgeschnitten.

»Der ist aber Holz von einem anderen Stamm als sein Bruder«, stellte ich fest.

»Derselbe Vater, verschiedene Mütter«, sagte Mena. Im selben Augenblick hoben die Herolde ihre Hörner, um die Ankunft des Pharaos anzukündigen.

»Neb-chepru-re, der Lebendige Sohn des Amun-Re«, rief der oberste Herold aus. »Tutanchamun, Sohn des Horus auf Erden, Geliebter der Maat, König des Oberen und Unteren Kemet, Herr von Ipet-isut und Beherrscher von Theben.« Wir fielen auf die Knie und drückten die Stirn an den Boden, als der Pharao und seine Königin auf die Estrade zuschritten. Tutanchamun hielt sich sehr gerade und hatte die Arme vor der Brust gekreuzt; er hielt den Krummstab des Südens in der einen und den Dreschflegel des Nordens in der anderen Hand. Seinen Kopf krönte die blaue Lederkrone mit der Schlangengöttin des Oberen Kemet, und er trug einen *nechbet*-Brustschild; die Federn waren mit Lapislazuli-Intarsien verziert, und goldene Lotosknospen beschwerten den Gürtel seines Hüftschurzes. Aber es war das wahrhaft prachtvolle Armband, das sein linkes Handgelenk umschloß, an dem mein Blick hängenblieb – ein großer grüner Edelstein, eingefaßt von Hunderten winziger Silberkörner, die flimmerten wie Glühwürmchen in der Nacht.

Der oberste Herold begann mit seiner Litanei der Titel für die Königin: Große Königliche Gemahlin, Geliebte des Nebchepru-re Tutanchamun, Herrin der Zwei Länder und so weiter. Die Königin trug ihren Sohn auf den Armen, aber ich erkannte die zarten Züge unter der wohlfrisierten Perücke nicht wieder: Hunderte von dünnen Zöpfen endeten in Röhrchen aus Gold, die glockengleich klingelten.

»Bisher ist die Königin selten bei offiziellen Zeremonien erschienen«, flüsterte Mena. »Das sollte deutlich machen, daß der Pharao zu den alten Bräuchen zurückgekehrt ist. Ihre bloße Gegenwart ist also wieder ein Zeichen.«

Mein Blick wanderte von Tutanchamun zu Mutnedjemet und Nofretete und wieder zurück zu dem jungen König, und ich bemerkte, daß ihre Augen ähnlich geformt waren. Darüber hinaus ließ wenig erkennen, daß sie von denselben Eltern abstammen. Plötzlich winkte der König mich heran. »Deine Zeit ist gekommen, mein Freund«, murmelte Mena. »Er wartet nicht ab, bis sein Hofmeister die Reihenfolge der Aufwartungen ankündigt.«

»Willst du mich denn allein den Wölfen vorwerfen?« zischelte ich, dann schritt ich auf den Thron zu und ließ ihn nachkommen. Als ich vor dem Pharao auf die Knie sank, sah ich aus dem Augenwinkel, daß Mena hinter mir das gleiche tat.

»Ich erlaube dir, in meiner Gegenwart zu stehen, Senachtenre, zum Zeichen unserer Hochachtung für dich.« Ich beeilte mich zu gehorchen, aber ich fühlte mich wie ein Paar Ledersandalen, die von zuviel Farbe ganz starr sind. Tutanchamun reichte Krummstab und Dreschflegel an Eje weiter, einst Stallmeister des Prächtigen Amenhotep und jetzt Wesir dessen Sohnes, und tauschte sie gegen einen geschnitzten Holzstab. Dann schaute er über die Menge hinweg und hob die Stimme. »Wie die Fellachen ihre Saat in den schwarzen Boden der Zwei Länder säen, so hat der Pharao seinen Samen in seine königliche Gemahlin gelegt. Und beizeiten brachte sie reiche Ernte hervor, einen Sohn, den sie Thutmosis genannt hat – möge er weise sein wie Thot und seinem Namenspatron Ehre machen, dem Erbauer eines großen Reiches. Jetzt ehre ich den Arzt, der meinen Sohn begleitete auf der gefahrvollen Reise durch die dunklen Wasser des Chaos und ihn wohlbehalten ans Licht des Amun-Re führte, des Königs der Götter, von dem alles Leben fließt.«

Im Gegensatz zu dem, was der junge König sagte, glaube ich, daß im Organ des Lebens kein Chaos herrscht, sondern daß sich dort Ebbe und Flut abwechseln, so regelmäßig und vorhersehbar wie das Zunehmen und Abnehmen des Mondes. Aber es kam mir nicht zu, einen Gott zu verbessern, und wäre es auch ein sterblicher. Der Mann, der da vor mir saß, hatte nicht die geringste Ähnlichkeit mit dem Jüngling, den ich vor der Tür seiner Gemahlin angetroffen hatte. Dort hatte er gezittert unter den Last der Entscheidung: Hätte er mir den Zutritt verwehrt, so hätte dies für ein weiteres Kind seines Leibes den Tod bedeuten können. Mich aber allein eintreten zu lassen, widersprach dem Brauch seines Vaters und dessen Vaters vor ihm, denn dieser verlangte die Anwesenheit eines Priesters oder einer Priesterin neben dem, der zum Leibarzt der Königin ernannt war.

Eje trat an die Seite des Pharaos; er hielt ein kleines Bronzetablett, auf dem eine Halskette aus Gold und blauen Perlen lag. Ich senkte den Kopf und wartete.

»Von diesem Tag an«, verkündete der Pharao, als er mir den

Perlenkragen um den Hals legte, »soll das ganze Volk der Sonne wissen, daß Senachtenre, Arzt aus Waset, ernannt wurde zum Besonderen Gefährten Der Im Palast Ein- Und Ausgeht.« Dieser Titel verleiht mir das Privileg, den Palast nach meinem Belieben zu betreten, ob die Amme des Kindes mich ruft oder nicht. Auf diese Weise gab der junge König aller Welt kund und zu wissen, daß ich über das Wohlergehen seines Sohnes zu wachen habe, auch wenn ich weiterhin als Leibarzt in Ramoses Haus bleibe. Diese Regelung paßt uns beiden, und wir wecken keine Feindseligkeit bei den Palastärzten.

Ich verbeugte mich und murmelte jedes Dankeswort, das mir einfiel, aber statt mich zu entlassen, zog der Pharao den Dolch hervor, den er unter dem Gürtel seines Schurzes trug. »Die Göttin Maat befiehlt mir, dir auch diese mächtige Klinge zu geben, denn kein anderer kommt der Weisheit deines Herzens und der Sanftheit deiner Hände gleich.« Er zog die Klinge halb aus der Scheide und legte mir den Dolch quer auf die flachen Hände. Der Griff war aus Elfenbein mit einem Knauf aus Kristall; auf der goldenen Scheide prangte eine geprägte Szene mit Hunden und Löwen, die eine Bergziege anfallen. Aber es war die Klinge, die daraus einen unbezahlbaren Schatz machte, denn Eisen behält eine scharfe Schneide, während Bronze immer wieder geschliffen werden muß.

Ich war wie vom Donner gerührt ob der Größe dieses Geschenks, und meine Gedanken stoben auseinander wie verwelkte Lotosblütenblätter vor dem Wind. Ehe ich mich's versah, stand Aset vor mir; das Lachen tanzte in ihren Augen, die so blau waren wie die Kornblumen um ihren Hals. »Die Königin wünscht, dir ebenfalls ihren Dank abzustatten«, verkündete Tutanchamun, »und zwar mit einem Geschenk, das ihre kleine Schwester ausgewählt hat.«

Aset drückte mir eine goldene Schatulle in die Hände. »Mach auf.« Ich klappte den Deckel hoch, und einen Augenblick lang dachte ich, ich sähe eine Rauchwolke, gefangen in einer Schachtel, aber dann erkannte ich die getrockneten Blüten einer Pflanze, von der ich nur gelesen hatte.

»Von unserer kleinen Schwester hören wir«, erklärte der Pharao, »daß man im Lande jenseits des Roten Meeres glaubt, die Pflanze *Chatun* enthalte große Zauberkraft.«

»Ich stehe voller Demut vor der Großzügigkeit Deiner Majestät«, murmelte ich und bemühte mich dabei, meine Unkenntnis des Hofprotokolls zu verbergen, um Mena und Aset nicht in Verlegenheit zu bringen. Aset beobachtete mich, und ein siegesstolzes Lächeln strahlte in ihren Augen. Woher sie ihre Kenntnisse von dieser Pflanze hatte, konnte ich nur vermuten – wahrscheinlich aus einer der Schriftrollen ihres Vaters. Aber es genügte, daß sie verstand, weshalb mir solche Dinge teurer sind als Gold und Juwelen, und dieser Gedanke erwärmte mein Herz mehr als alle Reichtümer oder Titel, die der Pharao mir verleihen konnte. Ich versuchte, ihr dies durch mein eigenes Lächeln zu sagen.

Als ich wieder zu Tutanchamun blickte, hatte dieser sich Mena zugewandt. »Ich freue mich darauf, euch beide zu bezwingen, wenn Hiknefer und ich in zwei Tagen unsere Falken gegen eure fliegen lassen«, sagte er leise. Dann trat er zurück und winkte auch Aset wieder an ihren Platz.

Mena und ich verbeugten uns und wichen rückwärts gehend von der Estrade zurück, bis wir von denen umdrängt waren, die nach vorn wogten, um zu sehen, wer als nächster an der Reihe wäre.

»Wo muß ich das zurückgeben?« fragte ich, als wir uns aus dem Gedränge befreit hatten.

»Zu ... zurückgeben?« stammelte Mena.

»Dieser Teil der Zeremonie war doch gewiß nur symbolisch. Was soll jemand wie ich mit so einem kostbaren Teil anfangen?«

»Diese Schatulle willst du wohl nicht zurückgeben – so, wie du sie umklammert hältst«, bemerkte er, ohne auf meine Frage einzugehen. »Wenn man bedenkt, unter welchen Kostbarkeiten sie hat wählen können, sagt dieses Wölkchen Nichts mehr als tausend Worte. Deine kleine Göttin kennt dich in der Tat sehr gut.« Er schaute mich abschätzend an. »Genügt dir das denn? Der Vater für das Kind eines anderen Mannes zu sein?«

»Wenn ich es nicht tue, wer wird sie dann durch die Stromschnellen und Untiefen leiten, die das Licht in ihren Augen zu trüben drohen? Wenn ich mich dafür an ihrem Feuer wärmen kann ...« Ich zuckte die Achseln. »Es ist wie zwischen ihr und Nebet: Wir geben einander, was uns fehlt und was wir brauchen.«

Er nickte, und ich dachte, damit sei es erledigt. Ich irrte mich.

Als wir den Palast verließen, sagte er: »Jetzt, wo du reich bist, kannst du dir wenigstens ein paar neue Kleider leisten, vielleicht etwas Gewagteres. Einen roten Gürtel für deinen Schurz, oder einen Fransenmantel, der deinen Leibesumfang und damit deine Bedeutung vergrößert.« Daß er sich trotz meines neuen Status immer noch über mich lustig machte, freute mich sehr. Und daß ich an ihm gezweifelt hatte, beschämte mich.

»An dem Tag, da du mich in einem solchen Mantel siehst«, antwortete ich mit zusammengebissenen Zähnen, »kannst du sicher sein, daß böse Geister in meinen Körper gefahren sind und die Herrschaft über meine Gedanken an sich gerissen haben.«

XII

Denver, 19. Dezember

Von der Entfernung der Eingeweide abgesehen, kommt mir ihr Leichnam ziemlich unbeschädigt vor«, sagte Max zu Dave, der sich zu einem Treffen im Museum bereitgefunden hatte, obwohl er normalerweise samstags nicht kam. »Wir erkennen Ansammlungen von weichem Gewebe in den Augenhöhlen mit linearen Verdichtungen, die rückwärts zum Foramen opticum reichen. Wahrscheinlich die Überreste von Augapfel, Sehnerven und Muskulatur.«

»Konnten Sie bestimmen, was das kanopische Bündel in seinem Mund enthält?« fragte Dave.

Max blätterte in den Plastikhüllen und suchte die entsprechende Aufnahme. »Ich habe die hier meinen Partnern in Houston gezeigt, aber keiner konnte etwas dazu sagen. Vielleicht erkennen Sie, was es ist.« Max klemmte die Aufnahme vor den erleuchteten Betrachter; dazu waren sie alle in Kates Arbeitsraum gegangen. »Das ist die Basis der Maxilla, und hier ist der fehlende Backenzahn, von dem ich sprach. Und hier, mitten im Kieferbogen, liegt ein rechteckiges Objekt. Sehen Sie, wie die Form von einem Bild zum nächsten unverändert bleibt? Die

Umhüllung ist den Konturen der Mundhöhle angepaßt, aber das Rechteck darin hat die Kontrastdichte von Knochengewebe. Und es ist etwas Hohles drin, wie ein Rohr.« Er deutete auf den grauen Kreis im weißen Rechteck. »Ich kann mir nur denken, daß es eine Art Schachtel ist.«

Kate hatte eine Ahnung, um was es sich bei diesen beiden Objekten handeln konnte – falls der Durchmesser des Rohres überhaupt auf der ganzen Länge gleich bliebe –, aber sie wollte Max' Vortrag nicht unterbrechen.

»Könnte es ein Penis sein?« fragte Dave.

»Ich möchte ungern irgend etwas ausschließen, aber – nein, ich bezweifle es.«

»Dachte ich mir. Sonst würde Cleo hier herumstolzieren wie ein Pfau.«

»Messen Sie der Tatsache, daß ihr Kind in der Inschrift nicht erwähnt wurde, eine Bedeutung bei?« fragte Max.

»Wenn Sie meinen, der Grund dafür ist, daß es von ihrem Geliebten war, so wäre das eine gewagte Hypothese. Es kann im Säuglingsalter gestorben oder ein Mädchen gewesen sein. Von ihrer Mutter ist auch keine Rede. Das liegt daran, daß Frauen nur geringe Bedeutung hatten, wenn sie nicht von königlichem Blut waren.«

»Nun, ich denke, das wär's ungefähr«, sagte Max und schaltete die Beleuchtung des Bildbetrachters aus. »Wir schätzen, daß sie ungefähr einen Meter fünfundvierzig groß gewesen ist. Offenkundige Skelett-Abnormitäten weist sie nicht auf – es sei denn, Sie hielten Linkshändigkeit für eine Abnormität.«

Es traf Kate wie ein Donnerschlag, ein Schock, der in ihrem ganzen Körper vibrierte: Er hatte die ganze Zeit den skelettalen Nachweis dafür gehabt, daß Taschat Linkshänderin gewesen war! Wieso hatte er sie dann auf der dünnen Grundlage der gemalten Figuren darüber spekulieren lassen?

»Elle und Speiche sind im bevorzugten Arm zumeist ein bißchen länger«, erklärte er Dave. »Der Oberarmknochen ebenfalls. Außerdem ist die Gelenkkugel des Oberarms eher ein bißchen runder.« Endlich schaute er doch Kate an; er konnte nicht mehr ernst bleiben. Da ging ihr ein Licht auf: Er zahlte ihr heim, daß sie ihn mit Sam aufs Glatteis geführt hatte!

»Was gibt's zu lachen?« fragte Dave griesgrämig.

»Kate ist auf anderem Wege zum selben Ergebnis gekommen, weiter nichts«, sagte Max. »Damit wäre eine Unklarheit beseitigt: die Möglichkeit nämlich, daß der Sarg für jemand anderen gedacht gewesen sein könnte.«

»Inwiefern?« wollte Dave wissen.

»Das Mädchen und die spätere Frau, die auf der Innenseite des Sargdeckels abgebildet wurde, ist Linkshänderin«, erklärte Kate.

Dave ging steifbeinig zur Wand, wo der Deckel lehnte, und hockte sich davor nieder. Als er sich wieder aufrichtete, hatte sein Gesicht eine ungesündere rosarote Farbe angenommen; nur seine Lippen waren von einem bleichen Ring umgeben. »Das muß man Ihnen lassen, McKinnon – ziemlich gute Detektivarbeit. Trotzdem sind Sie hier nur eine angestellte Kraft. Erwarten Sie also nicht, daß auf irgend etwas von dem, was bei diesem Projekt herauskommt, Ihr Name steht.«

»Müssen Sie sich dauernd solchen Mist von ihm anhören?« Max explodierte, als sie vom Museumsparkplatz fuhren. »Oder habe ich etwas an mir, was Dave veranlaßt, sich von seiner schlechtesten Seite zu zeigen?«

»Ich glaube, er hat den Verdacht, daß etwas im Gange ist – mit Cleo, wissen Sie. Er kommt jeden Tag an meinem Arbeitsraum vorbei. Meistens wirft er nur einen Blick herein und geht wortlos wieder hinaus. Mir wäre schrecklich zumute, wenn er sich über irgend etwas ärgert, was ich tue oder nicht tue, und es dann zum Vorwand nimmt, um *sie* hinauszuwerfen. Museumsjobs sind rar heutzutage – selbst wenn man promoviert hat. Was bei ihr nicht der Fall ist.«

»Mir ist aufgefallen, daß Sie da drin ziemlich still waren.«

»Es war ja Ihre Show. Ich habe aber auch nicht gut geschlafen. Wollte nicht riskieren, daß ich mich in die Nesseln setze.«

»Zuviel durch den Arzneipflanzengarten spaziert?«

Sie schüttelte den Kopf. »Verrückte Träume. Teils im Schlaf, teils halb wach, wenn Sie verstehen, was ich meine. Sie sind der Arzt – sagen Sie mir, was los ist, wenn so was passiert.«

»Meistens zuviel.« Sie waren ein, zwei Blocks weit gefahren, bevor er wieder etwas sagte. »Was machen Sie über die Feiertage? Besuchen Sie Ihre Familie?«

Sie zuckte die Achseln. »Das habe ich mir noch nicht überlegt. Cleo und Phil haben mich eingeladen, Weihnachten bei ihnen zu essen. Sie machen einen Truthahn.«

»Wo wohnt Ihre Familie denn?« fragte er neugierig.

»Meine Eltern haben sich scheiden lassen, als ich aufs College ging; ich sehe sie deshalb nicht oft. Mom ist nach Kalifornien gezogen. Mein Vater wohnt in Ohio und hat zwei Söhne aus seiner zweiten Ehe.«

»Vermutlich fühlen Sie sich an beiden Orten nicht zu Hause.«

»Nein.« Sie hatte eigentlich die Absicht gehabt, das alte Ägypten ein Weilchen ruhen zu lassen, aber in einem Sturm war jeder Hafen recht. »Wie war es wohl damals, wenn man linkshändig war, als die Menschen an Zauberei und böse Geister glaubten? Meinen Sie, das könnte der Grund sein, weshalb man ihr die Finger gebrochen hat?«

»So, wie man einem Vampir einen Pflock durchs Herz stößt oder eine Hexe auf dem Scheiterhaufen verbrennt? Wäre möglich. Viele Linkshänder sind auf eine Weise gekennzeichnet, die mit der Linkshändigkeit scheinbar in keinem Zusammenhang steht.«

»Wie meinen Sie das?«

»Ein Syndrom beinhaltet zum Beispiel Alkoholismus, Epilepsie und Autoimmunstörungen, wahrscheinlich die Folge einer gestreßten Geburt, bei der die linke Gehirnhälfte betroffen ist. Oder nehmen Sie George Bush. Das hohe Auftreten von Lese-Rechtschreibschwächen bei Linkshändern könnte der Grund für seine Syntaxprobleme sein. Außerdem hat er die Graves'sche Krankheit, eine Autoimmunstörung.« Er machte eine kurze Pause. »Wie lange haben Sie denn Urlaub?«

»Eine Woche. Aber ich werde wahrscheinlich hierbleiben und arbeiten.« Sie konnte nicht gut sagen, daß Weihnachten etwas war, was man irgendwie hinter sich brachte – eine Zeit für Leute mit Kindern und Familien. Oder daß sie Taschat nicht unvollendet lassen wollte. Allein. »Ich kann es nicht erwarten zu sehen, wie sie wirklich aussah. Vielleicht fange ich sogar mit dem männlichen Schädel an.«

»Wie wär's, wenn Sie für ein, zwei Tage nach Houston kämen? Ich könnte Ihnen ein paar Sachen zeigen, die Sie nur in einer großen Uniklinik zu sehen bekommen. Ein Freund von mir hat ein Computerprogramm, mit dem er die Schädelveränderungen an Patienten mit Gesichtsentstellungen plant. Wir brauchten nur unsere Meßergebnisse in seine Software einzulesen, und Sie könnten mit Gewebsdicketoleranzen herumspielen, verschiedene Wimpern und Augenbrauen, Haaransätze, Lippenformen ausprobieren – an beiden Köpfen, wenn Sie möchten.«

In ihrem Kopf begannen Bilder zu kreisen, als sie daran dachte, Max in seinem Element zu sehen, aber dann leuchtete eine Warnlampe auf. Was wäre, wenn ihr nicht gefiel, was sie sah?

Seine Stimme brachte sie wieder zu sich. »Sie brauchen sich nicht sofort zu entschließen. Aber überlegen Sie sich's doch mal, ja?«

Sie nickte und ließ den Kopf gegen die Kopfstütze sinken; erleichtert, daß er sie nicht bedrängte. Erleichtert auch, weil die Sitzung mit Dave vorüber war. Sie brauchte eine Atempause, was Ägypten und Taschat anging, aber bisher schien nichts von dem, was sie probierte, zu funktionieren. In der Woche zuvor war sie sogar mit Cleos Assistenten in eine Neil-Simon-Aufführung gegangen. Sie waren über Nebenstrecken nach Boulder gefahren, durch weite Felder mit einer feinen Schneedecke. Die Flatirons waren vor ihnen aufgeragt, scharf umrissen wie ein Scherenschnitt vor der Milchstraße, und sie hatte den Himmel begafft und die gewaltige Ansammlung flimmernder Sterne bestaunt, während eine gedämpfte Stille die Fahrgeräusche des Autos zugedeckt hatte. Und ohne Vorwarnung hatte der glitzernde Schnee sich in Sand verwandelt. Wohin sie auch geschaut hatte, überall war Wüste gewesen. Nur geradeaus vor ihr hatten wuchtige rote Felsen über den Ort der Wahrheit gewacht.

Jetzt lag die gleiche gedämpfte Stille auf den Geräuschen um sie herum. Kates Herz fing an zu rasen, und Speichelfluß zwang sie, wieder und wieder zu schlucken. Sie wartete, aber es kamen keine Bilder, weder imaginäre noch reale. Auch keine besonders gescheiten Ideen. Nur das unbestimmte Gefühl, daß irgend etwas passieren würde. Sie hielt den Atem an und wartete ab. Und dann wußte sie, daß sie nach Houston fliegen würde.

»Kate? Was halten Sie davon?«

»Hm?« Sie merkte, daß sie nicht zugehört hatte. »Sorry. Ich glaube, ich war gerade woanders.«

»Ich dachte, wir könnten Sam abholen und in die Berge fahren, wo der frische Wind uns Dave aus dem Kopf pustet.«

»Ja, das würde ihm Spaß machen«, sagte sie, und dann fiel ihr ein: »Mir auch.«

»Ich bin Horus«, ruft er.
»Aus dem Land der Könige komme ich geritten
durch den heißen Wind
auf dem Rücken eines Schakals.«
Totenbuch der Ägypter

XIII

JAHR NEUN DER HERRSCHAFT TUTANCHAMUNS

(1352 vor Christus)

Zweiundzwanzigster Tag,
zweiter Monat des Hochwassers

Der Pharao führte uns von der Palastkaserne nach Süden, vorbei an der Reihe von Palmen, die die Grenze markierten zwischen dem offenen Weideland, wo seine Rinder die letzten Halme abgrasten, und der unfruchtbaren Wüste dahinter. Hiknefer hielt sich fast Achse an Achse neben ihm, während Mena und ich in einigem Abstand und ein Stück weit links von ihnen fuhren, um dem Staub zu entgehen, den ihre ratternden Räder aufwirbelten. Hinter uns kam Eje mit einem halben Dutzend weiteren Beamten, gefolgt von einem Trupp der Palastgarde und den Vogelträgern mit unseren Vögeln.

Bis zum Fest der Opet ist es noch eine Woche, aber das fruchtbare Wasser scheint bereits zurückzugehen, und die Rücken der alten Lehmdeiche ragen wie die Rippen eines verhungerten Hundes aus dem Wasser. Als wir an dem großen Steinlöwen vorbeikamen, der den westlichen Horizont der Stadt bewacht, hallten Hammerschläge durch das Tal; sie kamen von dort, wo die Nekropolenarbeiter das Grab für den Pharao aus dem Felsgestein schlugen. Trotz dieser Erinnerung an seine eigene Sterblichkeit schien er allerbester Stimmung zu sein, und als die weite Sandebene sich vor uns auftat, ließ er seinen Pferden die Zügel schießen. Gleich darauf gab Hiknefer den seinen die Peitsche und jagte ihm nach, und beide jauchzten wie kleine Jungen, als sie über den Sand dahinrasten.

Mena schrie »Festhalten!« und setzte ihnen nach. Ich feuerte ihn an. Sein Gespann ist wie die der andern auf Schnelligkeit und Kraft gezüchtet, und so hatten wir keine Mühe, sie einzuholen. Als der Pharao sich umdrehte und sah, daß wir den Abstand verringerten, winkte er seinem Kindheitsfreund, er solle ausscheren; damit zwang er uns, eine weitere Bahn zu fahren, falls wir versuchen sollten, sie zu überholen, und das würde uns natürlich Zeit kosten. Statt dessen schlang Mena die Zügel straffer um die Faust und wartete auf seine Gelegenheit, um schließlich durch den engen Zwischenraum zwischen den beiden königlichen Wagen zu fahren. Als sie begriffen, was geschah, waren wir in Führung gegangen und gaben ihnen *unseren* Staub zu kosten. Aber beinahe sofort bremste Mena seine Pferde und ließ Tutanchamun wieder überholen; er ließ es aussehen, als ob die Tiere erschöpft seien.

Als wir später in langsamen Tempo durch einen Engpaß zwischen einigen flachen Sandhügeln hindurchfuhren, hob Eje eine Faust, um Mena zu seinem Fahrgeschick zu beglückwünschen. Wir konnten einander jetzt verstehen, ohne zu schreien, und ich bemerkte mit Blick auf die beiden Nubier – Senmut und den Kindheitsfreund des Pharaos –: »Hiknefer spielt das Schoßhündchen im Palast, während sein Bruder draußen steht, ein Beobachter mit einer Leidenschaft für die Heilkunst. Sie unterscheiden sich nicht nur durch ihre Mütter.«

»Tutanchamuns Freund ist im Palast zum Mann heranwachsen; er war das Unterpfand für die Bündnistreue seines Vaters zum alten Pharao«, rief Mena mir in Erinnerung. »Senmut dagegen war ein Jüngling von etwa fünfzehn Jahren, als er in Waset ankam. Und er kam nur zu einem einzigen Zweck.«

»Er wollte ins Haus des Lebens?« riet ich.

Er nickte. »Beim Volk seiner Mutter ist es Brauch, den Mädchen die Klitoris und die inneren Schamlippen zu beschneiden. Danach scheuern sie die äußeren Schamlippen mit einem Stein wund und durchstechen sie mit Dornen, so daß sie zusammenwachsen. Damit ist die Frau nicht nur schwer zu penetrieren, sondern viele ihrer Kinder ersticken auch, bevor sie hervorkommen können, und oft nehmen sie ihre Mütter gleich mit in den Tod.«

»Seine Mutter ist bei der Geburt gestorben?«

»Nein, seine kleine Schwester, nachdem sie sie beschnitten hatten. Er liebte sie mehr als alle andern. Er konnte es nicht verhindern und konnte auch die Blutung nicht zum Stillstand bringen.«

»Kein Wunder«, sagte ich leise; ich mußte an seine bitteren Worte über Bekenchons denken.

Unser Ziel lag am Rande der weiten freien Ebene von ausgebleichtem Sand, wo die Zugvögel tief herangeflogen kommen, um in den Bäumen und Gärten gleich dahinter Ruhe und Erholung zu suchen. Kleine Nagetiere und Schlangen verbergen sich im Gebüsch zwischen steinigen Hügelchen, um Schutz vor der Sonne zu finden. Zwar bevorzugen die Falken Enten und Wildhühner – und lieber fangen sie ihre Beute aus der Luft –, aber sie stellen auch Kleintieren am Boden nach, um ihre Herzen zu fressen, die sie ihnen bei lebendigem Leibe herausreißen. Ausgestattet mit einem scharfen Gehör und Augen, mit denen er besser und weiter sehen kann als jedes andere Tier, vermag der Falke ein Tier von der Größe eines Schakals zu betäuben, vor allem sein Weibchen, das noch einmal um die Hälfte größer ist als das Männchen und auch stärker als dieses.

Tutanchamun zügelte sein Gespann, sprang von seinem Wagen und schlug sich mit dem Griff der Peitsche auf den Schenkel; ungeduldig wartete er darauf, daß wir übrigen eintrafen. Er trug einen kurzen Schurz und ein gestreiftes *nemset* mit einem Falken aus Blattgold auf dem Kopf; der Schnabel deutete auf sein Gesicht herab, und die Flügel breiteten sich von einem Ohr zum andern aus. Ansonsten trug er keinen zeremoniellen Schmuck, sondern nur ein Armband mit dem eisernen Auge des Horus und einen Dolch in der Scheide an seiner Hüfte. Er reichte die Zügel einem Gardesoldaten und ging den Vögeln und ihren Pflegern entgegen, die eben anhielten.

Menas Pferde sind darauf abgerichtet, stehenzubleiben, wenn er die Zügel ans Geländer seines Wagens bindet. Wir ließen sie also stehen und gingen zu unseren Falken, um sie aus den Käfigen zu nehmen. Meiner war frisch geschlüpft aus dem Nest genommen und in Gefangenschaft aufgezogen worden, aber die besten Jäger werden wild gefangen, nachdem sie das Fliegen und das Jagen gelernt haben: Man lockt sie in die Gefangenschaft, indem man eine Taube opfert, die nicht mehr wert ist als ein Paar Papyrussandalen. Infolgedessen zeigen sie mehr Begeisterung, wenn es auch eine Weile dauert, bis man die natürliche Angst des Vogels vor dem Menschen überwunden hat. Am Ende lernt der Falke, dem Menschen zu vertrauen, der ihn abrichtet, und es kommt selten vor, daß einer in die Wildnis zurückkehrt.

Mena schob die Hand in den dicken Handschuh aus Pferdeleder und nahm seinem Falkner den mit einer Haube verhüllten Vogel ab. Der Klang seiner Stimme beruhigte das Tier. »Siehst du, wie sie in Erwartung des Tötens die Federn sträubt? Sie riecht, daß er bevorsteht, jener erhebende Augenblick, da sie auf der Suche nach Beute durch die Luft fliegt. Dafür lebt sie, selbst wenn sie den Rest ihres Daseins in der Dunkelheit der Haube fristen und warten muß, selbst wenn sie hungern muß und nur fressen darf, wenn sie mit dem Federspiel zu mir zurückkommt.«

»Ist es denn wahr«, fragte ich, da er mir die Gelegenheit bot, »daß es Männern Freude macht, das Falkenweibchen ihrem Willen zu unterwerfen, weil sie darin eine wilde, ungezähmte Frau sehen?«

»Vielleicht«, meinte er, während wir unsere Vögel zu den andern trugen, »aber die faszinierendste von allen Frauen ist zugleich wild und scheu. Und die Wahrheit, mein abstinenter Freund, ist dies: Die lange Untätigkeit wird dir die Nüsse schrumpfen lassen, wenn du nicht bald anfängst, solche Dinge selbst herauszufinden.« Inzwischen waren wir den andern zu nah, als daß ich es hätte wagen können, ihm mit gleicher Münze zu erwidern. Also hielt ich den Mund und verschob das Bedürfnis, die Stichelei zurückzugeben.

Meranch, der große Jagdhund des Königs, stand an seiner Seite; der lange Schwanz bewegte sich träge hin und her, wenn Tutanchamun seine Schlappohren kraulte. Er brauchte keine Leine, weil er auf die Stimme seines Herrn abgerichtet war. »Ich komme gern hierher«, sagte der Pharao zu einem Mann, den ich nicht kannte. »Dort zu jagen, wo das Wild weder reichlich noch für sie besonders schmackhaft ist: das ist eine Herausforderung für meinen Horus des Himmels. Um diese Jahreszeit fallen natürlich die Zugvögel in unsere Felder ein.« Er warf mir einen Blick zu und fing an zu lächeln; ich sah mich daran erinnert, daß Aset mit ihm verwandt ist. »Ich will euch einen Vorsprung lassen und bis zehn zählen, bevor ich meinen Horus des Himmels fliegen lassen.«

»Das will ich auch«, erklärte Hiknefer.

Mena wollte protestieren, aber Tutanchamun hob die Hand. »Nein, es ist nur *maat*. Unsere Vögel sind mit dem Gelände vertraut, eure nicht.« Mit der freien Hand befingerte er die Riemen an den Beinen seines Falken, so daß der goldene Vogel voller Erwartung zu tänzeln begann. »Was wollen wir wetten – daß derjenige, dessen Vogel als erster lebende Beute bringt, einen Krug vom besten Wein an die andern verliert?« So maskierte er seine anerzogene Arroganz mit seiner angeborenen Großzügigkeit, und zum ersten Mal sah ich den Gott in diesem Mann.

Ich lächelte. Ich wagte zu glauben, ich könnte ihm etwas so Kostbares geben, wie es seine Geschenke für mich waren – die Kameraderie der Freundschaft. »Und der, dessen Falke als erster seine Beute dem Pfleger bringt?« fragte ich und deutete an, daß die Leistung seines Vogels möglicherweise unvollkommen ausfallen könnte. »Verliert der das gleiche?«

Er lachte. »Einverstanden.« Er wartete, bis Mena und Hiknefer ebenfalls zugestimmt hatten. Dann stellten Mena und ich uns auf, um unsere Falken gleichzeitig steigen zu lassen, während Tutanchamun und Hiknefer ein kleines Stück weit beiseite gingen, um das gleiche zu tun. In dem Augenblick, da wir die Hauben abnahmen, begann Tutanchamun inmitten von ekstatischem Gekreisch und Geflatter zu zählen.

Einen Augenblick später nahm auch er seinem Vogel die Haube ab, und wir alle standen ehrfürchtig staunend da und sahen zu, wie sein Falke in den blauen Himmel hinaufstieg. Denn was in den Augen des Menschen wie rückhaltlose Preisgabe aussieht, ist die perfekte Beherrschung auf seiten des Falken, der von Natur aus dazu gerüstet ist, auf den Wogen des Windes und seinen wechselnden Wirbeln höher und höher zu steigen.

Die Stille war beinahe gespenstisch; nur in der Ferne hörte man die Ledergeschirre unserer Pferde knarren, während unsere Vögel nacheinander ihre Schleifen durch die Luft zogen und sich übereinander tummelten, mit einer Eleganz und Anmut, wie sie kein anderes Tier je zeigen kann. Und auch kein Mensch, dessen Füße an die Erde gefesselt sind, wenn er den Weg in die Ewigkeit geht.

Menas Schöne Dame war die erste, die aus einer weiten Schleife herabstieß und einem kleinen Reiher nachstellte, einem Vogel, der leichtere Knochen hat und deshalb in kleineren

Kreisbahnen emporsteigen kann – ein würdiger Gegner also, denn der Falke muß in weiteren Bahnen und mit höherer Geschwindigkeit steigen, um über den anderen Vogel zu kommen und auf ihn herabstoßen zu können.

Der Pharao stand abseits von uns anderen; ein banger Ausdruck lag auf seinem Antlitz, und er atmete erst wieder leichter, als Menas Dame ihre Beute überflog und mit leeren Klauen erneut aufstieg. Inzwischen flog Tutanchamuns Horus des Himmels so hoch, daß er nur noch ein dunkler Punkt im strahlenden Himmel war. Eine Zeitlang schwebte er dahin und wechselte je nach Luftstrom die Richtung. Plötzlich aber legte er die Flügel an und senkte sich herab, als verbeuge er sich vor dem Herrn der Zwei Länder, und dann schoß er mit spektakulärer Geschwindigkeit und Kraft zur Erde. Ich hörte, wie der Wind die Federn zauste, und plötzlich änderte sich der Winkel dieses Sturzflugs, und der Falke kam geradewegs auf uns zu und wurde dabei immer noch schneller. Als ich sah, daß er sich bereitmachte, die Beute zu schlagen, hielt ich es erst für eine Täuschung, verursacht durch das Sonnenlicht auf den goldenen Federn. Aber im nächsten Augenblick hörte ich einen lauten Schlag; ich fuhr herum und sah, wie der junge Pharao taumelte wie ein Vogel, den ein Wurfstock getroffen hat. Seine Lider flatterten kurz, dann verdrehte er die Augen und sackte zu Boden wie eine Lumpenpuppe.

Mena und ich liefen gleichzeitig los; die andern blieben starr vor Schrecken stehen, vielleicht auch starr vor Unglauben. Nur Hiknefer stieß ein Schmerzensgeheul aus und fiel neben seinem Freund auf die Knie. »Rühr ihn nicht an!« schrie Mena. Ich riß mir den Rock herunter und knüllte ihn zu einem Bündel zusammen; dann kniete ich nieder und drückte den Stoff an die blutende Wange des Pharaos, während Mena die Finger in das Grübchen an der Kehle legte. »Flach. Und zu schnell.«

Er sah sich um und suchte nach Eje, der wie angewurzelt dastand, wo wir ihn hatten stehenlassen. »Bringt seinen Wagen«, schrie er. »Wir müssen ihn in den Palast zurückschaffen.« Der alte Mann drehte sich um und lief durch den Sand. Meranch leckte seinem Herrn das Gesicht, um ihn zu sich zu bringen. Mena mußte den Hund beiseite schieben, um das Kopftuch zu lösen. Darunter kam eine Schwellung, so groß wie ein Gänseei, zum Vorschein.

»Vielleicht hat der Schlag ihn nur für kurze Zeit bewußtlos gemacht«, murmelte er. Aber keiner von uns konnte das Geräusch der Falkenklauen vergessen, als sie den Schädel des jungen Königs getroffen hatten – wie ein Stein auf einen hohlen Kürbis trifft. »Heb du ihn bei den Schultern hoch, und ich stütze den Kopf. Hiknefer kann die Beine nehmen.« Dem nubischen Prinzen rannen die Tränen über die braunen Wangen. Er konnte nur nicken. »Faß ihn unter Knien und Oberschenkeln«, befahl Mena, »damit der Unterkörper Halt hat.«

Eje kam in einer Staubwolke herangefahren, wendete Tutanchamuns Gespann und lenkte es rückwärts heran. »Einer von uns muß ihn festhalten«, sagte ich zu Mena. »Den Göttern sei Dank, daß sein Wagen größer ist als die meisten, denn sonst würden zwei stehende Männer keinen Platz darauf haben, geschweige denn noch ein dritter. Jemand muß ihn halten, und im Palast wird keiner Anweisungen von mir entgegennehmen. Also fährst du voraus und läßt eine Trage bereitstellen.«

Ich drängte mich an ihm vorbei, stemmte mich mit einem Fuß gegen den Rand des Wagens und hielt Tutanchamuns Kopf und Schultern vor meine Brust. Meranch wollte auch hereinspringen, aber Mena stieß ihn beiseite und schlang ein Seil von Geländer zu Geländer um den offenen Wagen, so daß ich mich daran festhalten konnte. »Fahr auf der Rennbahn zurück. Da schüttelst du ihn nicht so sehr durch«, befahl er Eje. »Und verschwendet keine Zeit mehr.« Schon war er fort und lief auf seine Pferde zu.

Die Fahrt kam mir endlos vor. Ich bemühte mich, den Pharao ruhig zu halten, indem ich Stöße und Unebenheiten mit meinem eigenen Körper abfing. Und die ganze Zeit achtete ich auf irgendwelche Bewegungen, die er vielleicht selbst machte – eine Arm- oder Beinbewegung, oder auch nur das Flattern eines Augenlids. Aber meine Gedanken kehrten immer wieder zu dem Moment zurück, in dem Tutanchamun seinem goldenen Horus des Himmels die Haube abgenommen hatte. Meine Blicke verfolgten den Vogel, als er höher und höher stieg und dann pfeilschnell herabgesaust kam. Und ich wußte, die Wahrheit lag in jenem Moment, da ich nicht hingeschaut hatte. Ich versuchte die Augen zu schließen und mich mit den Ohren an das zu erinnern, was meine Augen nicht wußten – und ich hörte die Stille der Wüste, unterbrochen vom Knarren der Geschirre, dem Wispern des Gefieders im Wind und einem leisen, kaum hörbaren Pfiff. Nicht hoch und schrill, sondern sanft wie das Schnurren einer Katze. Das Zeichen, das ein Falkner seinem Vogel geben würde – nicht so laut, daß das Tier erschrak, während es schlang, aber laut genug, um ihm beizubringen, daß dieses Geräusch sich mit dem Fressen verband. Oder war es nur eine Täuschung, ein Geräusch des Windes in einer Felsenspalte?

Als ich dem jungen König wieder ins Gesicht schaute, sah ich, daß seine Augen offen waren. »Bleib, wie du bist«, sagte ich mit dem Mund dicht an seinem Ohr, damit er mich auch hörte. »Du warst eine kurze Zeit ohnmächtig; das ist alles. Wir bringen dich zurück in den Palast.«

»In ... guten Händen. Geschenk der ... Götter.« Seine Worte kamen stoßweise, und dann erschlafften seine Lippen, und die Lider schlossen sich. Sein Gesicht nahm einen heiteren Ausdruck an, wie ich ihn noch nie zuvor gesehen hatte, und zum ersten Mal in den neunundzwanzig Jahren meines Lebens fand ich einen Mann schön.

Einige Zeit später sprach er noch einmal, diesmal ohne die Augen zu öffnen. »Beine ... kalt.«

Es lief mir kalt den Rücken hinunter, obwohl die Sonne heiß brannte. »Versuche, dich nicht zu bewegen«, warnte ich. »Mena wartet im Palast. Er weiß mehr als sonst ein Arzt in den Zwei Ländern über die Verletzungen, die ein Mann in der Schlacht davontragen kann.«

»Ich ... Schlacht? Anubis?«

»Mit deinem Horus des Himmels«, antwortete ich, aber seine Augen waren wieder geschlossen.

Bei der Kaserne wartete Mena mit sechs Gardesoldaten und einer Trage aus Ochsenleder. Eje warf die Zügel einem der Soldaten zu und eilte davon, wahrscheinlich um die Palastärzte zu rufen. Die Garde begleitete ihn, und Mena folgte ihm. Ich ging mit.

»Er wacht ab und zu auf«, teilte ich ihm leise mit. »Aber er bewegt nur Augen und Mund und kann immer nur ein, zwei Wörter sprechen. Klagt über Kältegefühl in den Beinen.« Mena warf mir einen scharfen Blick zu und betrat den Vorraum zu den königlichen Gemächern. »Ich warte hier draußen, falls du mich brauchst«, sagte ich.

»Nein, ich brauche dich sofort, und niemand kann dir den Zutritt verwehren, solange Tutanchamun lebt.«

Die Nachricht von dem Unfall verbreitete sich wie ein Lauffeuer. Wir hatten kaum Zeit, ihn auf sein Bett zu legen, als wir schon beiseite geschoben wurden: Dschehuti, der Oberarzt im Palast, und Kemsit, der Leibarzt des Pharaos, waren erschienen. Hinter ihnen kamen Eje und Nachtmin, der Fächerträger und Oberste Schreiber Tutanchamuns, gefolgt von einer Schar minderer Priester-Ärzte. Sofort wurde das Zimmer verdunkelt, und in Wandnischen zündete man Weihrauch an, während alle die Köpfe zusammensteckten und miteinander debattierten.

Bevor sie entscheiden konnten, wie sie ihn behandeln wollten, begann Tutanchamun am ganzen Körper zu zittern, und die singenden Priester stoben auseinander, da sie fürchteten, daß böse Geister sonst auch von ihnen Besitz ergreifen könnten. Niemand kam auf den Gedanken, daß er frieren könnte, oder was es bedeuten mochte, wenn dem so war. Am Ende war es die Königin, die befahl, man möge eine Decke bringen und ihren Gemahl damit einhüllen. Dann saß sie an seiner Seite und hielt seine kalte Hand in der ihren, während Meranch hin und her tappte und vergebens nach der Berührung seines Herrn winselte. Schließlich befahl Anchesenamun ihm, sich zu ihren Füßen hinzusetzen. Er gehorchte winselnd und stupste mit der Nase gegen die umschlungenen Hände.

Ein paar Augenblicke später begab sich einer der Ärzte ans Fußende des Lagers, hob die Decke von den Füßen des jungen Königs und stieß eine lange Nadel in den großen Zeh. Tutanchamun bewegte sich nicht.

Mena winkte mir, ihm zu folgen, und glitt wie ein Schatten um die Ecke auf einen Balkon hinaus, der einen Blick über den Privatgarten des Königs bot und so lag, daß er in den Genuß des Nordwinds kam. »Sie nimmt es zu leicht«, stellte ich fest. Ich war erleichtert, die Sprechgesänge und schwitzenden Körper der Priester hinter mir zu lassen.

»Kann sein«, sagte Mena und kam dann gleich zum Kern der Sache. »Glaubst du, er hat sich das Genick gebrochen?«

Ich zuckte die Achseln. »Wer kann das sagen, ohne ihn zu untersuchen? Es könnte sich auch um eine Hirnverletzung handeln. Du hast die Prellung gesehen.«

Er sah mir ins Gesicht, senkte dann den Blick und nickte einmal. »Was erwartest du von der Königin?« fragte er verzweifelt. »Soll sie schreien und ihre Gewänder zerreißen? Wird ihn das aufwecken? Wird es ihn wieder lachen und gehen lassen?«

Ich starrte über die Dächer der Prachtvillen rings um den Palast hinweg zu den Felsen im Westen, die schwarz vor dem rot leuchtenden Himmel standen. Re starb. Und er nahm seinen Sohn mit sich.

»Du kannst dem Vogel nicht verdenken, wenn er tut, wozu man ihn abgerichtet hat«, ermahnte ich Mena.

»Nicht hier, du Dummkopf!« zischte er und stieß mich gegen

die Schulter. Ein klagendes Geheul zerriß die Stille, gefolgt von einem schrillen, durchdringenden Schrei.

Wir stürzten ins Zimmer, und ein Chor von Stimmen scholl uns entgegen. Priester sangen ihre Gebete, Frauen schrien, und Anchesenamun lag quer über der reglosen Gestalt ihres Mannes. Schon quoll das Blut aus ihren zerkratzten Armen. Wir warfen uns zu Boden und berührten mit der Stirn die Fliesen, und ich mußte an Menas Prophezeiung denken, daß die Macht schon bald den Starken gehören werde.

Es war Meranch gewesen, der als erster gespürt hatte, daß das *ka* seines geliebten Herrn den irdischen Körper verlassen hatte, und der dieses lange Klagegeheul ausgestoßen hatte, um bei seinem Bruder Anubis zu protestieren. Und die Göttin Maat – was war mit ihr? Drückte sie einfach die Augen zu, als der Vogel die Schwingen zum Sturzflug anlegte?

Jetzt werden die Priester im Haus der Toten Tutanchamun noch einmal verwandeln und ihn ausweiden wie ein bewußtloses Tier, um ihn eins zu machen mit Osiris. Was mich angeht, so werde ich ihn in Erinnerung behalten, wie er war, als dieser Tag begann, wie er lachte, als er durch die Wüste jagte – und nicht als steinernes Standbild. Denn die Götter haben mir das Privileg geschenkt, die Freude in seinen Augen gesehen zu haben, aber auch die Angst, die ihn erfüllte, als er zu seinen Ahnen gehen mußte. Ich weiß, daß er nicht nur die Arroganz der Jugend kannte, sondern auch Großzügigkeit und Liebe. Und darum weine ich in meinem Herzen um den Knaben, dem so wenig Zeit gegeben war, um zu lernen, wie man lebt, ehe er sterben mußte.

Ich bin der Hüter des Buches dessen, was ich werde:
Was war, was ist, was sein wird. Ich bin ein Kind,
erinnere mich meines Vaters, stets sich wandelnd,
ewig wie ein Tag, dauerhaft wie die Nacht.
Kann man es klarer sagen? Leben und Tod sind eins.
Totenbuch der Ägypter

XIV

OSIRIS TUTANCHAMUN

Dreizehnter Tag,
dritter Monat des Hochwassers

Die Minister und Ratgeber des Pharaos gehen unrasiert in den bläulich-weißen Gewändern des Todes umher, und selbst die, welche an gutes Essen gewöhnt sind, bekommen jetzt Brot aus Gerste und nicht aus Weizen. Alle Schenken und Freudenhäuser in der Stadt haben ihre Pforten geschlossen, und Paranefer und sein Rat beten darum, daß dem Pharao eine sichere Reise in die Ewigkeit beschieden sein möge. Majas Umrißzeichner plagen sich Tag und Nacht, um das aufgegebene Grab der Nefer-nefe-ru-aton Semenchkare zu vollenden, ein Geschenk an ihren Bruder in der Not. Und im Tempel wird kein Unterricht stattfinden, bis die siebzig Tage der Trauer vorüber sind.

Eine unnatürliche Stille hat von Aset Besitz ergriffen, seit Meranch, der täppische Hund mit dem *ach* eines Welpen, sich zu Tode getrauert hat, um seinem Herrn nachzufolgen. Sie fährt jeden Tag über den Fluß, um die Melancholie ihrer geliebten Schwester zu lindern, aber in ihrer Abwesenheit bin ich ohne Plan und Ziel. Heute morgen war ich in der Töpferwerkstatt, um die Schüsseln abzuholen, die ich letzte Woche bestellt habe, und Resch gab mir eine kleine Flasche, geformt wie ein Granatapfel, »für die Tochter des Herrn«.

»Hat sie sie bestellt?« fragte ich. Der Granatapfel ist ihre Lieblingsfrucht. Er hatte das Gefäß in der Farbe des Tons belassen, abgesehen von den Stellen am schlanken Hals, wo die sahnig weiße Glasur, die das Innere überzog, über den Rand gelaufen war.

»Nein, aber sie sieht gern zu, wenn ich an der Töpferscheibe arbeite.« Sein schüchternes Lächeln offenbarte eine Seite, die ich an ihm noch nicht kannte. »Sie glaubt, ich habe Zauberkraft in den Händen, wie Chnum, der das Volk der Sonne schuf. Ich dachte nur, weil sie eine so große Vorliebe für Dinge hat, die vom Feuer geküßt wurden ...«

»Habt ihr Aset gesehen?« schrie Pagosch schon aus einiger Entfernung.

»Hast du sie nicht über den Fluß gefahren?«

»Ich habe sie vor mehr als einer Stunde hierhergebracht«, pustete er, atemlos vom Laufen. Oder vor Angst? »Das Kind der Königin ist zu Osiris gegangen.«

Seine Worte trafen mich wie ein Schlag von einem hinterhältigen Angreifer. »Prinz Thutmosis? Was ist denn passiert?«

»Seine Amme fand ihn, als Re-Harachte über den Horizont im Osten stieg; sie wollte ihm die Brust geben. Ich habe gehört, wie eine Dienerin sagte, seine Zunge sei zu groß für seinen Mund geworden. Andere tuscheln, er habe mit den bösen Geistern gekämpft, die im Dunkeln kamen, um ihn zu holen, und davon sei sein Gesicht von einem großen Bluterguß entstellt.« Er behielt mich im Auge, um zu sehen, wie ich es aufnehmen würde.

»Die Zunge des Kindes quoll aus dem Mund?« fragte ich.

Er nickte. »Aset erlaubte niemandem, ihn zu nehmen; sie sagte, sie vertrete die Königin.« Dann hatte sie das Kind mit seinem schwarz verquollenen Gesicht gesehen. Wer auf diese Weise erstickt, bietet keinen schönen Anblick. »Ich habe sie fortgebracht, obwohl sie ihre Schwester nicht verlassen wollte und mich der Treulosigkeit bezichtigte.« Er bemühte sich, die Kränkung in seinem Blick zu verbergen, aber ich kenne ihn zu gut. »Wir müssen sie finden, *sunu*, bevor ...«

»Sieh im Vogelhof und bei den Volieren nach. Heute ist der Tag, an dem der Imker den Honig einsammelt; Resch kann also dort nachschauen, während ich in der Scheune suche. Wir treffen uns dann wieder hier.«

Als ich mich den Ställen näherte, bemerkte ich Ruka, der sich dort herumtrieb, aber ich nahm kaum Notiz von ihm, bis ich sah, daß er mit verdrehten Augen zum geschlossenen Ende der Scheune hindeutete, wo Sepi Ramoses Pferde untergestellt hat. Drinnen blieb ich stehen, damit meine Augen sich an das Halbdunkel gewöhnen konnten. Ich hörte ein Murmeln aus dem letzten Stall und schlich mich hin wie ein Dieb in der Nacht. Sie hockte auf dem Boden wie ein Schreiber, der sich die Rolle über die Knie gebreitet hat, und Tuli schmiegte sich eng an sie. Von Zeit zu Zeit reckte er den Hals, um ihr das Gesicht zu lekken und ihre Wangen zu trocknen.

»Ich bin sieben Jahre alt und brauche keine Amme mehr, die auf mich aufpaßt«, sagte sie zu ihrem Hund. »Außerdem tun Merit und Paga nur, was man ihnen sagt – wie andere Diener auch.«

Sie muß etwas gespürt haben, denn plötzlich blickte sie auf. Dann verhüllte sie ihr Gesicht und begann zu schluchzen. Ein leises Knurren kam aus Tulis Kehle, bis er mich erkannte. Dann fing er an zu winseln und flehte mich an, ich möge doch in Ordnung bringen, was immer hier nicht stimmte. Ich trat um die Trennwand herum, ließ mich auf den heubedeckten Boden sinken und hob sie auf meinen Schoß.

»Die D-dämonen k-kamen im Dunkeln«, stammelte sie und

bekam kaum Luft. »Sie haben ihm die L-luft weggenommen. Sie sind rückwärts in seine Nase eingedrungen; sie haben die Gesichter abgewandt, damit er sie nicht erkannte, und so getan, als wollten sie ihn küssen. Oder ihn beruhigen, weil er weinte.« Vermutlich fand sie keine andere Erklärung für das, was mit dem Kind geschehen war, das sie liebte wie ihren kleinen Bruder.

»Wo hast du denn solchen Unsinn gehört?« fragte ich. »Thutmosis war ein kräftiges Kind. Vielleicht hat er sich in seine Dekke verwickelt.«

Sie bewegte den Kopf an meiner Brust. »Ich habe aber keine Decke gesehen.«

»Seine Amme wird versucht haben, ihn daraus zu befreien«, sagte ich, aber das glaubte ich selbst nicht – ebensowenig, wie ich Thutmosis' Hinscheiden für einen Unglücksfall von der Art halte, wie sie manchmal geschehen, ohne daß eine Absicht oder ein Grund dahintersteht. Ich verstehe nur nicht, weshalb ich nie auf den Gedanken gekommen war, daß sein Sohn der nächste sein könnte.

»Ich sehe sein Gesicht vor mir, selbst wenn ich die Augen schließe ... wie der blinde Mann meinen Löwen sehen konnte. Bestimmt wird es meiner Schwester das Herz brechen, genau wie Meranch. Und wie mir.«

»Ich weiß«, sagte ich leise und schmiegte die Wange an ihren Scheitel. »Mir auch.« Tränen brannten unter meinen Lidern; ob ich aber um das Kind der Königin oder um ihre kleine Schwester weinte, das kann ich nicht sagen. Bevor ich die Tränen fortblinzeln konnte, wandte sie den Kopf und schaute mich an.

»O Tenre, es tut mir leid. Ich habe nur an mich gedacht. Ich habe vergessen, daß du es warst, der Thutmosis als erster begrüßte, als er in diese Welt kam.« Sie schlang mir die Arme um den Hals und drückte mich so fest an sich, daß ich nicht mehr schlucken konnte. »Tuli findet, wir sollten weglaufen«, flüsterte sie mir ins Ohr, »aber ich würde dich niemals verlassen.«

»Wo würdest du denn hinlaufen?«

»Irgendwohin, wo niemand weiß, wer wir sind. Er meint, ich sollte auch einen neuen Namen annehmen. Taschat vielleicht. Wie findest du das?« Jetzt begriff ich, daß sie für ihr eigenes Leben fürchtete. »Die arme Anches hat niemanden, der mit ihr weint, damit *sie* sich besser fühlt.«

»Gewiß ist doch deine Mutter bei ihr.«

Sie schüttelte den Kopf, wollte mir aber nicht in die Augen schauen. »Sie ist zu General Haremhab in die Villa gegangen, um bei ihrer eigenen Schwester zu sein. Ich habe gehört, wie sie zu meinem Vater sagte, Anches muß sich damit abfinden, daß sie niemals ein Kind bekommen wird, das am Leben bleibt, weil das königliche Blut meiner Schwester verunreinigt ist durch das Blut ihrer Großmutter, Osiris Amenhoteps Großer Königlicher Gemahlin, der Israelitin. Das bedeutet, daß Anches nicht vollständig von königlichem Blut ist, nicht wahr?« Endlich wagte sie, mich anzusehen. »Bedeutet das, daß ich auch verunreinigt bin und nie ein Kind bekommen kann, das am Leben bleibt, weil mein Vater nicht aus königlicher Familie ist?«

Es fiel mir schwer, ihr nicht zu sagen, was ich von einer Mutter hielt, deren Herz so verhärtet ist, wenn die eigene Tochter ihr Kind betrauert. »Das weißt du doch besser«, sagte ich. »Ich werde über den Fluß fahren und sehen, was ich herausbekomme.« Ich wollte nicht zugeben, daß ich ihre Befürchtung teilte, und so stellte ich sie mit bloßen Füßen auf den gestampften Lehmboden. »Aber ich nehme dich mit zu Nebet, wenn du mir versprichst, dort zu warten und keine Dummheiten zu machen.«

»Du vergißt, daß ich fast acht Jahre alt bin.«

»Nein, du bist diejenige, die hier etwas vergißt. Merit weiß, was es heißt, ein Kind zu verlieren, aber du hast dich nicht um ihre Weisheit oder ihre Liebe bemüht. Pagosch hat dich fortgebracht, weil er in den Gemächern der Königin nicht auf dich achtgeben konnte. Er ist mehr ein Vater als ein Diener für dich, und das weißt du auch.« Neue Tränen begannen ihr über die Wangen zu laufen, und ich mußte mich zwingen, weiterzusprechen. »Er und Resch haben dich überall gesucht, und sie warten jetzt bei der Töpferwerkstatt auf mich. Nicht, weil dein Vater es ihnen befohlen hat, sondern weil du ihnen am Herzen liegst. Also wirst du erst mit ihnen Frieden schließen, bevor du zu Merit gehst.«

»Ja, ich verspreche es. Es tut mir leid, Tenre, wirklich.«

»Dann sag ihnen das. Und vergiß deine Sandalen nicht, und nimm auch ein warmes Tuch mit, denn es wird dunkel sein, wenn wir zurückkommen.« Ich winkte sie hinaus in den Gang zwischen den Ställen.

»Würdest du Anches etwas von mir bringen?« fragte sie, als wir losgingen. »Als sie die Sandalen gesehen hat, die Ipwet für mich gemacht hatte, konnte sie kaum noch von etwas anderem reden. Da habe ich eine von ihr anprobiert, als sie nicht hinschaute, um zu sehen, wie weit sie über meine Zehenspitzen hinausragt; so konnte ich Ipwet sagen, wie lang sie sie machen sollte.«

Siebzehnter Tag,
vierter Monat des Hochwassers

Wenn ich bedenke, was sie mitgemacht hat, wundert es mich, daß Anchesenamun nicht schon früher versucht hat, ihr Schicksal selbst in die Hand zu nehmen. Wer kann es ihr verdenken, wenn sie glaubt, daß ihre Kinder alle gestorben sind, weil sie zuerst von ihrem eigenen Vater und dann vom Bruder ihrer Mutter gezeugt worden waren? Auf alle Fälle würde eine Allianz mit einer anderen mächtigen Herrscherfamilie kräftiges Blut ins Königshaus bringen.

Aus welchem Grund auch immer – die Königin hat heimlich

eine Botschaft an Suppiluliuma, den König der Hethiter, geschickt und darum gebeten, daß einer seiner Söhne an ihrer Seite auf dem Thron des Horus Platz nehme. Daß sie es für möglich hielt, diese Botschaft geheimzuhalten, ist schon naiv genug, ganz zu schweigen von der Vorstellung, Eje oder Haremhab würden eine solche Vermählung zulassen. Oder der Hohepriester werde einen Hethiter als Sohn des Amun-Re akzeptieren. Mena glaubt, der Schreiber, der die Botschaft niedergeschrieben hat, habe die Königin an Nofretete verraten, und diese habe die Geschichte zu Ramose und wahrscheinlich auch zu Mutnedjemet weitergetragen. Wie es auch immer geschehen sein mag – jedenfalls wartete Ramses, der Haremhabs Stellvertreter im Norden und Befehlshaber der Militärfestung in Sile ist, als Prinz Sannansa den Fuß auf unseren Boden setzte, und machte den Träumen des jungen Hethiters von Ruhm und Reichsherrschaft ein Ende. Jetzt marschiert Suppiluliumas Armee mit zwei Legionen auf die Grenze von Kanaan zu, und die arme kleine Anchesenamun ist in ihre eigene Grube gefallen.

Zweiter Tag,
erster Monat des Pflanzens

Ein Chor von Priestern sang Gebete an Amun, während der oberste Lektorpriester die goldene Maske auf Tutanchamuns Gesicht legte und ihn so als Sohn des Re kennzeichnete. Es war ein matt poliertes Ebenbild des jungen Mannes, den ich liebgewonnen hatte, mit Augen aus Quarz und Obsidian. Die Lider und Brauen waren mit Lapislazuli eingelegt, und die Streifen seines goldenen *nemset* ebenfalls. Die gewundene Schlange und der Geier des Oberen und Unteren Kemet auf seiner Stirn schützten ihn vor seinen Feinden. Unter dem falschen Bart des

Gottes Osiris lag ein breiter Kragen aus Lapislazuli und grünen Feldspatperlen. Aset kam mit einem Kranz aus blauen Kornblumen, drapierte ihn um die Schultern ihres Onkels und ehrte ihn mit einer letzten Verbeugung. Dann befahl der Lektorpriester, die beiden goldenen Hände des Pharaos, die Krummstab und Dreschflegel hielten, an das Leinen auf seiner Brust zu nähen, und damit waren die Riten im Palast zu Ende.

Der Bestattungszug wurde angeführt von den Neun Freunden des Königs, gefolgt von seinem Ministerrat, seinem Fächerträger und seinen Wesiren des Nordens und des Südens. Danach kamen die Priester, die die Verschönerung seines Körpers beaufsichtigten, gefolgt von Paranefer und Ramose; sie gossen im Gehen Milch auf den Boden, um ihn für die sechs roten Ochsen zu bereiten, die den Schlitten mit der leintuchumhüllten Gestalt des Königs zogen. Hinter diesem ersten, mit einem Baldachin beschirmten Schlitten kam ein zweiter mit einer vergoldeten Holztruhe, in der die vier Alabastersärge mit Leber, Lunge, Magen und Eingeweiden des Königs enthalten waren; dieser zweite Schlitten wurde von acht weißgewandeten Priestern gezogen.

An den Ecken der goldenen Truhe standen vier goldene Statuetten der Göttin Selket; ihr Gesicht hatte einen so zärtlichen Ausdruck, daß der bloße Anblick mir die Tränen in die Augen trieb. Vielleicht war es der sanft geneigte Kopf und die Haltung der Arme, die sie ausstreckte, um ihre kostbare Fracht zu beschützen – aber eine so exquisite Arbeit konnte nur aus den Werkstätten von Achetaton kommen, jener Stadt, die Echnaton seinem Gott geweiht hatte: wo der Abfall aus allen Häusern und Geschäften gesammelt und verbrannt wurde, wo öffentliche Bäder und schattige Gärten jedermann offenstanden, und wo jede Mauer weiß gekalkt war. Diesen Ort hatte ein Mann ersonnen, von dem behauptet wurde, er leide an einem Fieber des Gehirns.

Hinter dem zweiten Schlitten kamen die Königin und ihre

Mutter und dann Haremhabs Frau mit Aset. Ihnen folgten Tutanchamuns niedere Frauen und Konkubinen, darunter auch die ausländischen Prinzessinnen, die von ihren Vätern geschickt worden waren, um sich beim Herrn der Zwei Länder beliebt zu machen. Alle trugen das gleiche schlichte Trauergewand, das sie zerrissen und mit Straßenstaub bestreuten. Dahinter schlängelten sich die Ratgeber des toten Königs und andere hohe Beamte, und schließlich kamen seine Höflinge und Edelleute, unter denen durch den Titel, den er mir vor gerade zwei Monaten verliehen hatte, auch ich meinen Platz hatte.

Eine Menschenmenge hatte sich am Flußufer versammelt, um zuzuschauen, wie wir uns auf die symbolische Pilgerfahrt zu den vier heiligen Städten begaben – eine lange und anstrengende Reise an beiden Flußufern hinauf und hinab.

Als wir Tutanchamuns halbvollendeten Grabtempel schließlich erreichten, wo Aset, Nebet und Tetischeri warteten, stand die Sonne senkrecht über uns und verschluckte alle Schatten, die der Erde Tiefe und Form geben. Nach einem kurzen Imbiß aus Obst und Brot brachen wir wieder auf; Menas Frau und Tochter ließen wir zurück, damit Scheris ungeborenes Kind oder Nebets empfindliche Hüfte nicht durch eine so beschwerliche Reise Schaden litten.

Als wir das Dorf der Grabstättenarbeiter hinter uns gelassen hatten, begann der lange Marsch über das unvergängliche Plateau aus Fels und Sand zum Ort der Wahrheit. Das Gelände war mit Kalksteinsplittern von den Steinblöcken übersät, die man für Tutanchamuns Grabkapelle behauen hatte – und nun war sein Leben zu Ende, bevor der Bau vollendet war. Als wir dort ankamen, wo er die Ewigkeit durchleben wird, hatte man mehrere Zelte errichtet: für die königliche Familie und für Paranefer und seine *sem*-Priester, die die letzten Zeremonien vollziehen würden. Diener breiteten in dem wenigen Schatten, den sie finden konnten, Binsenmatten aus, damit die Frauen die Zeit plaudernd und dösend verbringen konnten, während die Männer die Grabbeigaben des Pharaos in die kühlen, fackelbeleuchteten Kammern trugen.

Ich nahm einen holzgeschnitzten, bemalten Kopf, der ihn als Kind darstellte, einen Kasten, auf dem sein Geburtsname stand, und eine Spielzeugschachtel mit einem Geheimschloß – lauter Familienerinnerungsstücke aus seiner Kindheit, wie es das Ritual verlangte, und dazu einen Krug mit süßem Wein aus Atons Weingärten in Sile. In einer Kammer befanden sich bereits seine beiden totgeborenen Kinder, und ich fand ein wenig Trost in dem Wissen, daß er bald mit dem Sohn zusammensein würde, der ihm so viel Freude gebracht hatte: So wäre er nicht allein an diesem stillen Ort. Ich blieb stehen, um einen letzten Blick auf die Wände in seiner Kammer zu werfen; ich übersprang die Darstellungen des Osiris und der anderen Götter und Göttinnen und wandte mich gleich dem lebenden Mann zu, der im Schilfboot durch den Sumpf glitt, die Gemahlin zu seinen Füßen. In einer anderen Szene jagte er mit seinem treuen Hund Meranch Löwen in der Wüste, und dann ruhte er in einem goldenen Sessel und genoß die Aufmerksamkeiten seiner Königin. Solche Darstellungen stehen oft in Widerspruch zur Wahrheit, aber ich glaube, sie haben einander wirklich in Ehren gehalten. Wenn es zwischen ihnen nicht das gab, was ich bei Mena und Scheri sehe, so liegt das sicher daran, daß sie bei der Wahl nicht mitzureden hatten. Aber wer weiß schon, was noch hätte werden können, wenn sie mehr Zeit gehabt hätten?

Die Gäste versammelten sich, als Osiris Tutanchamun, der jetzt mit Girlanden aus Kornblumen, Olivenblättern und blauen Perlen geschmückt war, zur letzten Zeremonie aufrecht vor den Eingang zu seiner ewigen Heimstatt gestellt wurde. Ein Chor von Priestern begann mit einem Gesang der Unterwerfung vor Osiris. Aber als ein Mann in der Maske des Anubis vortrat und einem mächtigen weißen Stier die Kehle durchschnitt, senkte sich ehrfürchtiges Schweigen über die Menge der Trauernden. Ich schaute zu Aset hinüber und sah, wie ihre

Augen sich vor Angst und Schrecken weiteten, als der Mann, in dem sie ihren Vater erkannt haben mußte, den Kopf des Stiers in den Nacken riß und ihm mit einem Schnitt die Kehle öffnete. Heißes Blut spritzte aus der Wunde, und der Stier fiel auf die Knie. Noch einmal schwang der Anubis-Priester sein Messer, und einen Augenblick später präsentierte er dem toten Pharao den Vorderfuß und das noch zuckende Herz des Tiers. Mehrere Frauen erbrachen den Inhalt ihres Magens auf den Boden. Der saure Geruch des Erbrochenen und der scharfe Dunst des heißen Blutes genügten, um auch den stärksten Magen mit einem flauen Gefühl zu erfüllen, aber Aset blickte nur starr und mit ungläubig geweiteten Augen auf das, was sie sah – als wäre die Szene so grauenvoll, daß sie nicht mehr die Willenskraft aufbrachte, die nötig war, um wegzuschauen.

Als nächster kam Nachtmin und sprach die Worte, die dem Namen seines Herrn zu ewigem Leben verhelfen würden, eine Ehre, die für gewöhnlich dem ältesten Kind des Pharaos zufällt. Dann trat Eje im Leopardenfell des *sem*-Priesters vor, um die heilige Geste der Mundöffnung vorzunehmen – was stets die erste Handlung des neuen Pharaos ist –, und ein leises Raunen ging durch die Menge.

So geschickt Ramose es auch verstanden hatte, den früheren Reichtum der Priester Amuns zurückzugewinnen, sie verfügten doch noch nicht über die Unterstützung aller Nomarchen, Bürgermeister und Richter in den Provinzen, während der grauhaarige alte Hofstallmeister die Statthalter jetzt allesamt in der Hand hatte, weil er in den siebzig Trauertagen die Aufsicht über die königliche Schatulle und die Speicher hatte. Als die Militärs sich hinter Eje stellten, um General Haremhab den Thron zu sichern, der noch immer gegen die aufsässigen Syrer kämpfte, da hatte der Hohepriester mit seinem Heiligen Rat kaum eine andere Wahl. Eje mag einmal dem Ketzer und seinem Gott gedient haben, aber er hatte keine Kinder, die ihm nachfolgen könnten, und mit zweiundsechzig Jahren war es kaum noch wahrscheinlich, daß Anchesenamun ihm welche schenken würde. Nofretete platzte fast vor ohnmächtiger Wut darüber, daß sie den Gang der Ereignisse nicht beeinflussen konnte, und das bedeutete, daß auch sie beim Tode Tutanchamuns die Hand nicht im Spiel hatte. Damit blieb nur einer übrig: der Mann, der seinen Platz einnehmen würde.

Jetzt sprach Eje den Thronnamen des toten Königs, gefolgt von seinem Geburtsnamen. Dann hob er das Breitbeil mit dem kurzen Griff, berührte damit den Mund des Toten und rezitierte dabei die Worte, die der Hohepriester ihm gesagt hatte. »Du lebst wieder, jung und in Ewigkeit.« Auf diese Weise gab er Tutanchamuns jetzt unvergänglichem Körper Sprache und Sehvermögen zurück und vereinte die sechs Teile eines ganzen Menschen wieder miteinander.

Ich dachte daran, wie ich ihn das erste Mal gesehen hatte, als neunjährigen Knaben, der am Tage seiner Krönung vor dem großen Tor von Ipetisut stand, nackt bis auf einen gewöhnlichen Lendenschurz, schon da beladen mit den Sünden seines Halbbruders, des Ketzers. Dennoch schritt er ohne Furcht durch das kupferbeschlagene Holztor in den Hof des Tempels, wo die als Götter maskierten Priester ihn erwarteten, um ihn ins Heiligtum zu führen. Dort führte man ihn in die Mysterien ein, die ihn zum Sohn Amun-Res auf Erden machen würden, und als er schließlich hervorkam, war seine menschliche Erscheinung durch die Abzeichen und Gewänder der Königswürde für allezeit verwandelt worden. Eine schwere Last für jedermanns Schultern, schon gar, wenn einer so jung war. Aber der Knabe hatte im Manne weitergelebt; er hatte über die verspielten Possen seines täppischen Hundes gelacht und mit der tödlichen Gewandtheit seines Horus des Himmels geprahlt. Wo ist er jetzt? fragte ich mich. Steht er vor Osiris und seinen zweiundvierzig Richtern und gibt seine Erklärung der Unschuld ab? *»Ich sprach kein Falsch, beraubte keinen Menschen. Niemals tötete ich, noch gab ich den Befehl zum Töten.«*

Als die Priester mit den Göttermasken ihn schließlich in sein ewiges Heim trugen, war Re schon hinter den Felsen verschwunden. Er hatte nur einen goldenen Lichtschein auf seinem Weg hinterlassen und tiefe, schmale Schluchten geschaffen, die fast bis zu uns heranreichten. Aset schob die Hand in die meine, als die Königin versuchte, die Priester aufzuhalten, und dabei die Worte benutzte, die man sie gelehrt hatte: »Ich bin deine Gemahlin, o Großer, verlasse mich nicht! Ist es denn dein Wunsch, mein Gemahl, daß ich fortgehe? Wie kann es sein, daß ich allein gehe? Gern will ich dich begleiten, doch du schweigst und antwortest nicht!« Nur Anchesenamun durfte den Priestern nachgehen bis zu dem goldenen Sarkophag, in den ihr Mann gelegt werden würde. Daß der junge Pharao jetzt von drei fest verschlossenen Särgen beschützt sein würde, ließ die Heuchelei des Mannes, der für sein Ende verantwortlich war, in meinen Augen noch größer erscheinen.

Aset sprach kein Wort, als wir uns dem Zug der Trauernden anschlossen, der sich zu seinem Grabtempel zurückbewegte, und sie ließ auch meine Hand nicht los. Vielleicht fürchtete sie sich vor der herankriechenden Dunkelheit der Nacht in der Westlichen Wüste, dachte ich, und ich erinnerte mich, wie sie einmal eine Zeile aus einer Hymne des Ketzers an Aton zitiert hatte: *»Wenn alle Schlangen beißen und alle Löwen ihr Nest verlassen.«* Wenn man durch diese erbarmungslose Landschaft stapfte, umgeben von einem ungeheuren Nichts, unveränderlich und ewig, dann klangen diese Worte nicht halb so fantastisch wie damals, ebensowenig wie die Zeile, die ihnen folgt: *»Und die Erde ist stumm wie der Tod.«*

XV

Denver, 21. Dezember

Cleo tauchte am Montag kurz vor Mittag auf; ihre Wangen waren noch gerötet von Sonne und Wind. »Du hattest recht, als du sagtest, ich sei ein Gewohnheitstier. Skilaufen ist das aufregendste, was ich je getan habe – sogar auf dem Anfängerhügel.«

»Bist du sicher, daß es nicht an der Gesellschaft lag?«

»Doch, daran auch.« Sie warf ihren Mantel über einen Stuhl. »Hast du das Blut schon weggewischt?« fragte sie scherzhaft.

»Was hat Dave dir erzählt?«

»Daß Max ein paar Filme und so was dagelassen hat.« Sie ging um den Kopf herum und betrachtete ihn kurz. »Außerdem hat er was davon gebrummt, daß der gute Doktor auf seinem eigenen Gebiet bleiben sollte.« Sie sah Kate an. »Und – hast du mit ihm geschlafen?«

»Ist das alles, woran du denken kannst? Nein. Nicht, daß dich das etwas anginge.«

»Was habt ihr denn gemacht?«

»Nichts besonders Exotisches. Sind in die Berge bei Nederland gefahren und haben Sam ein bißchen Auslauf verschafft.« Sie ließ die Kleinigkeiten aus, auch wenn sie bei dem Gedanken daran immer noch lächeln mußte: wie sie mit Sam auf einer von frischem Schnee bedeckten Hochwiese Ball gespielt hatten, und wie Max in dem Restaurant, wo sie zu Mittag gegessen hatten, einen Hamburger für den Hund bestellt hatte. »Hör mal, Cleo, wenn du's dir noch nicht anders überlegt hast, was das Heimfahren zwischen Weihnachten und Neujahr angeht ... hättest du was dagegen, Sam für ein paar Tage zu nehmen?«

»Gern. Wo willst du denn hin?«

»Nach Houston. Max will mir ein paar Apparate zeigen, die sie dort im Medical Center haben ...«

»Darauf wette ich.« Cleo schaute sie wissend an. »Du kannst Sam mitbringen, wenn du Weihnachten zum Essen kommst. So können er und Bastet sich aneinander gewöhnen, bevor du ihn allein lassen mußt.« Sie wußte, daß Sam für ihre Katze nicht viel übrig hatte – aus gutem Grund. Bastet war weit mehr als nur unabhängig. Sie war regelrecht antisozial eingestellt.

Cleo war gerade hinausgegangen, als das Telefon klingelte. »Wissen Sie, wie es kommt, daß der Krug mit den zwei Henkeln zur Hieroglyphe für ›Herz‹ wurde?« Max machte sich nicht erst die Mühe, seinen Namen zu sagen.

Kate antwortete ohne Zögern. »Das hat sich mit der Zeit entwickelt, und zwar aus einer Zeichnung des Herzens mit den anhängenden großen Gefäßen. Genauso wie das Zeichen für ›Geburt‹. Das war zuerst eine Frau, die auf zwei Ziegelstapeln kniet, wobei Kopf und Arme eines Kindes aus ihr heraushängen. Das wurde dann zu drei abwärts gekrümmten Linien vereinfacht, die Kopf und Armes des Kindes darstellen sollten, und darunter blieben zwei offene Vierecke.«

»Ach ja?« näselte er. »Interessant. Danke. Ich melde mich später.« Es klickte in der Leitung, und sie hatte den Eindruck, daß er an irgend etwas arbeitete. Aber woran?

Sie dachte an das Blatt aus seinem Notizbuch, das sie auf ihrem Arbeitstisch gefunden hatte. Darauf hatte das Wort HUND gestanden, und darunter eine Liste – als habe er eine Idee gehabt und festzustellen versucht, wohin sie führen könnte.

1) Erscheint 13mal. Zahl von Bedeutung?
   Was ist Zeichen für »viele?«
2) Anubis (Hund) = Sohn des Osiris mit Nephthys
   (O.s Schwester) = Ehebruch *und* Inzest?
3) Mögliche Parallele zu Taschat?

Am Abend rief Kate ihn an. »Das Zeichen für ›viele‹ ist die Eidechse.«

»Hallo, schön, daß Sie anrufen.« Er klang wirklich erfreut. »Ich sitze hier und versuche zu lesen, aber ich bleibe immer wieder in derselben Zeile hängen. Als das Telefon klingelte, war ich gerade dabei, mir ein neues Spiel für Sam auszudenken. Ich wünschte, ich könnte sehen, was Sie heute mit dem Kopf gemacht haben.«

»Ich habe Fotos von jedem Arbeitsschritt gemacht, von Anfang an. Die können Sie sich ansehen.«

»Ist nicht dasselbe, aber ... ja, ich würde sie gern sehen. Was haben Sie da von einer Eidechse gesagt?«

»Das ist die Hieroglyphe für ›viele‹.«

»Oh. Das bedeutet wohl, daß es viele Eidechsen gegeben haben muß. Sagen Sie, was ich noch fragen wollte: War es eigentlich koscher, wenn man damals einen gewöhnlichen Menschen nach einer Gottheit benannt hat?«

»Schon, aber Kombinationen waren üblicher. Amenhotep zum Beispiel. Das bedeutet: Amun ist zufrieden. Thutmosis bedeutet ›Sohn des Thot‹.«

»Moses ist Ägyptisch für ›Sohn‹?«

»Oder ›Erbe‹; es kann männlich und weiblich gebraucht werden.«

»Dann ist der biblische Moses schon durch seinen Namen als vaterlos gekennzeichnet.«

»Vielleicht. Ich weiß es nicht.« Ohne nachzudenken, fragte sie: »Haben Sie Ihre Lesebrille auf?«

»Ja.« Er klang amüsiert. »Warum?«

»Ich versuche gerade, Sie mir vorzustellen, während wir sprechen. Was lesen Sie denn?«

»Einen Artikel von einem Archäologen, der im Nildelta dort gegraben hat, wo die Städte liegen sollten, die von den Juden in der pharaonischen Gefangenschaft erbaut wurden. Er behauptet, zur Zeit des Exodus existierten solche Städte oder Siedlungen dort nirgends.«

»Ah, aber wann war der Exodus?« Kate seufzte. »Wer war der Pharao, der sie gefangenhielt? Einer Theorie zufolge erklärt ein Vulkanausbruch auf der Insel Santorin im Jahre 1483 vor Christus die Teilung des Wassers und die Feuersäule, die die Israeliten auf ihrer Wanderung durch die Wildnis sahen. Eine andere Theorie verlegt den Exodus bis vor die Achtzehnte Dynastie, als die Hyksos, die ausländischen Besatzer – vielleicht –, die den zusammengesetzten Bogen und – ein weiteres Vielleicht – das Pferd nach Ägypten brachten, vertrieben wurden. Wieder andere sagen, es sei dreihundert Jahre später passiert, unter Ramses II. oder unter seinem Enkel. Könnte Echnaton Moses gewesen sein? Freud hat es angenommen. Oder zumindest einer seiner Anhänger.«

»Ich ergebe mich! Ich hab's ja verstanden!« schrie Max, und sie mußte lachen. »Ägyptologie und Medizin haben viel miteinander gemeinsam: Es gibt zuviel, was wir nicht wissen. Dabei fällt mir ein: Sagt Ihnen eigentlich das Muster der Binden, mit denen die Priester ihren Leichnam einwickelten, irgend etwas?«

»Nicht, daß ich wüßte. Aber sie kannten alle Muster, die wir heute auch kennen – Methoden des Bindens, von denen Ihre Kollegen annehmen, sie seien entstanden, um sich an eine spezielle Verletzung oder an einen Körperteil anzupassen.«

»Aber läßt das nicht vermuten, daß es mehr als bloß eine dekorative Sache war?«

»Ja und nein. Die Toten zu bandagieren, das war mit dem zentralen Mythos ihres Lebens verbunden. Osiris wurde von seinem Bruder Seth ermordet, der den Leichnam in Stücke zerhackte und nilaufwärts und nilabwärts verstreute – bis auf den Penis, den er an die Fische verfütterte. Isis, die sowohl Osiris' Schwester als auch seine Gemahlin war, suchte die einzelnen Stücke, bis sie alle gefunden hatte, und dann verband sie alle miteinander. Danach verwandelte sie sich in einen Vogel, um mit ihren Flügeln den Odem in den Körper zu fächeln. Osiris nahm ebenfalls die Gestalt eines Vogels an und schwängerte sie, ehe er in die Unterwelt zurückkehrte. Darum hat ihr Sohn Horus einen Falkenkopf. Die Wiederauferstehung des Osiris wird durch die neue Ernte versinnbildlicht, die auf das alljährliche Hochwasser folgt; dieses wiederum gilt als die Tränenflut der Isis, die um ihren Gemahl trauert. Isis wurde zur Göttin der Liebe: eine nährende Gottheit mit magischen Heilkräften.«

»Frauen mit magischen Kräften gibt es wirklich schon verdammt lange.« Ein Lächeln klang in seiner Stimme durch.

»Medizinmänner auch«, gab Kate zurück. »Und die Priester hielten die medizinische Ausbildung und Praxis unter Verschluß.«

Er lachte. »Haben Sie in letzter Zeit mal Ihren Blutdruck messen lassen? Wie es sich anhört, läuft Ihre Maschine ja auf Hochtouren.«

»Ich weiß. Deshalb kann ich auch nicht schlafen. Noch eine Frage, dann lasse ich Sie in Ruhe. Ist Ihnen an dem kleinen Hund auf der Kartonage etwas aufgefallen?«

»Nur, daß er überall vorkommt, wie Sie schon sagten.«

»Ich glaube, der Grund dafür, daß er sie überallhin begleitet hat, ist der, daß er ihr Hund war.«

»Wieso glauben Sie, es ist derselbe Hund? Warum sind es nicht mehrere von der gleichen Rasse?«

»Zum einen sind es lauter Rüden.«

»Einleuchtend«, sagte er, »aber nicht zwingend. Sie tragen

auch bunte Halsbänder, aber verschiedene. Das deutet darauf hin, daß es mehr sind als nur einer.«

»Sie müssen wirklich gut in Ihrem Job sein«, stellte sie fest; es beeindruckte sie, daß er solche winzigen Details nicht nur bemerkte, sondern sogar im Kopf behielt. »Es könnte aber auch bedeuten, daß es ein Hund mit mehreren Halsbändern ist, denn auf allen steht etwas geschrieben. Ein Wort – ein Name, glaube ich. Tuli. Das bedeutet: der Tapfere.«

»Ich habe auf den Halsbändern aber keine Hieroglyphen gesehen.«

»Weil es keine sind. Es ist hieratische Schrift, eine abstraktere Kursivschrift. Mir ist es auch entgangen, bis ich über das nachdachte, was Dave gesagt hat: daß Echnaton befohlen hat, alle müßten die hieratische Schrift verwenden, weil sie ökonomischer ist. Ausnahme waren nur Denkmäler und heilige Texte, die von den Bestattungspriestern abgeschrieben wurden, um sie den Toten mit ins Grab zu legen.«

»Okay, aber wie bringt uns das weiter?«

»Es bringt uns vom Heiligen zum Weltlichen. Dave sagt, man muß diese Kartuschen in einem religiösen Kontext sehen, aber der Name des Hundes ist hieratisch geschrieben. Das wirft ein entschieden weltliches Licht auf die Sache. Vielleicht sollten wir alles einmal so sehen. Die meisten Götter und Göttinnen hatten nicht nur ein Gesicht, sondern auch eine Tiergestalt. Hathor war eine Kuh, Thot ein Ibis, Amun ein Widder. Aber lassen wir den religiösen Aspekt einmal beiseite, dann sehen wir eine Menagerie in einem Heilkräutergarten – einen Zoo.« Sie schwieg und hörte ihren eigenen Herzschlag in den Ohren. »Ich habe für Montag nach Weihnachten einen Flug nach Houston reserviert, aber noch nicht gebucht. Ich kann es noch ändern, wenn es Ihnen dann nicht paßt.«

»Nein, das ist in Ordnung«, sagte er, ohne zu zögern. »Marilou kann die paar Termine, die ich habe, ändern. Wie lange können Sie bleiben?«

»Zwei Tage. Ich hoffe, ich bekomme den Kopf diese Woche fertig. Je näher ich dem Ende komme, desto schwieriger wird es, noch irgend etwas anderes zu tun, selbst wenn es nur darum geht, Sam mittags ein bißchen hinauszulassen.«

»Bringen Sie die Fotos mit, wenn Sie kommen. Auch ein paar Zeichnungen, die ich dem Chirurgen zeigen kann, von dem ich gesprochen habe.« Kate überlegte, ob sie ihn bitten sollte, ihr ein Motelzimmer zu besorgen, oder ob sie es selbst tun sollte, als er sagte: »Und ich habe massenhaft Schlafzimmer; deshalb habe ich den Mädchen gesagt, sie sollen eins für Sie zurechtmachen – für alle Fälle.«

»Den Mädchen?« wiederholte sie ungläubig. Mehrere? Wieso brauchte er mehr als eins?

»Ja. So nennt sich die Firma. ›Mädchen für alles.‹ Ein, zwei Leute – sie kommen einmal in der Woche, meistens wenn ich nicht da bin. Welcher Flughafen? Welche Zeit?«

»Hobby. Vierzehn Uhr fünfundzwanzig, aber ...«

»Ich bin da«, sagte er und schnitt ihr das Wort ab. »Sind Sie schon mal mit einer Frage eingeschlafen, die Sie nicht klären konnten, und dann mit der Antwort aufgewacht?«

»Passiert das nicht jedem mal? Manchmal ist es der *einzige* Grund, überhaupt ins Bett zu gehen.«

Er lachte, und es klang, als schüttele er nachsichtig den Kopf. »Tja, genau das gedenke ich jetzt zu tun. Wird Zeit, daß Sie auch in die Federn kriechen. Wir unterhalten uns morgen.«

Unter den Lilien regt
Ammit sich – lauter Fleisch und Zähne und Hunger.
Gelbe Flammen schießen aus ihren Mundwinkeln.
Hüte dich vor dem Fresser der Herzen. Hüte dich vor Krokodil,
Nilpferd, Löwe. Hüte dich vor der Schlange
unter den weißen Lilien.
Totenbuch der Ägypter

XVI

JAHR DREI DER HERRSCHAFT EJES

(1349 vor Christus)

Einundzwanzigster Tag,
zweiter Monat des Pflanzens

Mit ihren fast sieben Jahren scheint Nebet nur aus Armen und Beinen zu bestehen – wie ein Junge, der so schnell wächst, daß er nicht mehr weiß, wo seine Zehen aufhören. Vielleicht kommt es mir auch nur neben Aset so vor, die sich als Zehnjährige so zielstrebig und anmutig bewegt. Daß sie trotz des Altersunterschiedes so enge Freundinnen bleiben, liegt sicher an der Verwandtschaft des einen lebendigen Verstandes mit dem anderen – daran und an dem natürlichen Mitgefühl, das Aset veranlaßt hat, sich dem jüngeren Mädchen überhaupt zuzuwenden und deren Geist von den Fesseln zu befreien, die der Körper ihm auferlegt hat.

Aset war es auch, die Nebets Begabung zum Zeichnen gefördert hat – eine so einzigartige Begabung, daß Tetischeri schon befürchtet, es könne zu Rivalitäten zwischen den beiden kommen und ihrer Freundschaft ein Ende machen. Aber Aset zeichnet mit einem Ziel – sie will eine Geschichte erzählen –, während Nebet eine unfruchtbare Wüste in einen geheimnisvollen Ort voll unsteter Formen und Farben verwandelt, die nur sie sehen kann. Deshalb mache ich mir keine Sorgen, denn ich glaube, daß der Fels, auf dem ihre Freundschaft steht, ihr angeborenes Verständnis für ihr jeweiliges Bedürfnis ist, über die Grenzen dessen hinauszustoßen, was die Dinge sind und immer waren. Genauso war es ja immer schon bei Mena und mir.

Nofret hat einen Teller Kuchen mit Nuß- und Dattelstückchen herausgebracht, eine Leckerei, die sie schon bereitet hatte, als sie unsere Ankunft erwartete; Mata, Charys Gehilfe, kam mit einem Krug Bier und einem Obstkorb hinterher. Als Pagosch sich zu uns unter das Sonnensegel im Garten setzte, hörte auch Chary auf, die Blätter einer jungen Weide zu ernten, und die Mädchen ließen sich neben dem kleinen Tisch ins Gras fallen und nahmen sich von dem Kuchen.

»Setz dich hin und schone deinen Rücken, Weib«, befahl Chary meiner verwitweten Tante, deren Gelenke inzwischen vom Alter schmerzen. »Sonst weckst du mich wieder mitten in der Nacht und willst einen von meinen Zaubertränken.«

»Die Suppe muß noch ein bißchen kochen«, sagte Nofret und ließ ihr ausladendes Hinterteil neben ihn auf die Bank sinken. »Zeit genug für eine von Asets Geschichten.« Sie winkte Mata. »Bring ein paar Tafeln und ein Stück Holzkohle vom Feuer.« Dann sah sie Aset an. »Sicher hast du uns doch etwas Neues zu erzählen, mein Schatz.«

»Laß mich überlegen«, sagte Aset und schob das letzte Stück von ihrem süßen Kuchen Tuli zu, während sie darauf wartete, daß Mata ihr die Kalksteinplättchen brachte, auf denen Chary unsere Buchhaltung ausrechnet, bevor er alles auf Papyrus schreibt. Dann nahm sie ein Stück Holzkohle und fing an, einen Hund zu zeichnen, einen Mastiff in jeder Hinsicht, bis auf die kurzen Beine.

»Wackers Eltern waren Nomaden, die über die Ebenen und Berge wanderten und ihren Schafen folgten. *Manche* Leute nannten sie ›Straßenhunde‹, ich nehme an, weil sie kein Land ihr eigen nennen konnten.« Pagosch grinste mich schief an; er wußte, daß dieser Seitenhieb ihm galt, weil er eine so schlechte Meinung von ihrem Gefährten mit der zweifelhaften Herkunft hatte. »Aber sie lernten vieles auf ihren Reisen und wurden davon sehr weise, und als sie sahen, wie fruchtbar unser Schwarzes Land ist, da beschlossen sie, sich hier niederzulassen und eine Familie zu gründen.

Wacker war der Kleinste aus ihrem ersten Wurf. Seine Beine waren zu kurz, seine Ohren zu groß, aber niemals ließ er zu, daß ein Schaf seines Vaters sich verirrte. So kam er zu seinem Namen.« Sie legte ihre Steintafel auf den Boden, damit wir alle sehen konnten, was sie gezeichnet hatte. »Wie sein Vater vor ihm, war Wacker der beste Hütehund in den Zwei Ländern. Seine hochgeborenen Herren belohnten ihn gut für seine treuen Dienste, und nach einer Weile durfte er sogar ein goldenes Halsband tragen.« Sie malte dem Hund ein Halsband. »Aber seine liebe Frau konnte ihm keine Kinder schenken, und das machte ihn sehr traurig.« Sie setzte Tränen unter seine Augen. Zuvor, als die Rede davon gewesen war, daß Wackers Eltern weise wurden, war ihre Stimme tief geworden, und jetzt bogen sich ihre Mundwinkel herab. »Sein Fell wurde struppig und seine Schnauze grau. Schließlich begannen Haare wie wilder Weizen aus seinen Augenbrauen und Ohren zu sprießen, so daß er aussah wie ein Reiher, der sich in die Luft erheben will. Alle fingen an, ihn ›Alter Wacker‹ zu nennen.«

Sie griff zu einem neuen Täfelchen und fing wieder an zu zeichnen. »Und dann eines Tages fiel sein Blick auf eine von Tulis Cousinen, ein Hundemädchen namens Nordwind – ein schönes junges Ding mit einem Fell, das die Farbe von Marmor aus Assuan hatte.« Der Hund, den sie jetzt zeichnete, war zartgliedrig und von zierlicher Gestalt, und er ging auf wohlgeformten Hinterbeinen aufrecht. »Wackers Frau war inzwischen zu Osiris gegangen, und da machte er Nordwind zu seiner Gemahlin – denn bei ihr fühlte er sich wieder jung und stark. Er machte ihr viele wunderbare Geschenke, und so beschlossen die Götter, ihm das Kind zu gewähren, das er sich schon so lange wünschte.«

Sie zeichnete Nordwind ein verschlungenes Halsband und ließ eine runde Scheibe an ihrem linken Ohr baumeln, von der Linien ausstrahlten. Auch ohne Hände an den Enden der Strahlen konnte man das Symbol des Aton nicht verkennen. Und in dem Augenblick, da sie von den Haaren gesprochen hatte, die aus Ohren und Brauen sprossen, zweifelte keiner von uns mehr daran, daß mit dem Alten Wacker nur Eje gemeint sein konnte – der einstige Hofstallmeister mehrerer »reicher Herren«, der ihnen schließlich auf den Thron gefolgt war. Und wir wußten, daß Anchesenamun »Nordwind« war, der beständige Wind, der unseren Schiffen ermöglicht, nilaufwärts gegen den Strom zu navigieren: die königliche Hand, die den Zwei Ländern ihren Weg weist.

»Ein Hund kann unmöglich ein so hohes Alter erreichen, ohne viele Freunde zu finden. Unter ihnen war auch eine Katze namens Bastet, ein majestätisches Tier mit der Erscheinung einer vornehmen Dame. Ja, so schön war sie, daß die Götter, welche sie geschaffen hatten, sich immer stritten, ob sie da nicht versehentlich eine neue Göttin geschaffen hatten und keine Miezekatze. Sie war zwar nicht mehr jung, aber ihr braunes Fell verhüllte die spitzen Knochen, und mit ihren großen gelben Augen und der zierlichen rosaroten Zunge lockte sie die Männer an wie der Honig die Bienen.« Sie legte die dritte Tafel neben die beiden andern. »Eines Tages, als Bastet zu Besuch kam, beschloß der Alte Wacker sie wegen seiner Frau zu Rate zu ziehen, denn Bastet war schon viele Male Mutter geworden, und er hielt sie in Frauendingen für weise. Seine Geliebte nämlich spuckte jeden Bissen, den sie zu sich nahm, wieder aus, so daß er schon fürchtete, sie werde demnächst sein Kind erbrechen.« Zum ersten Mal schaute Aset jetzt mich an. »Tenre und Mena wissen es natürlich besser, aber der Alte Wacker dachte, Bastet würde ihm vielleicht zum Dank für seine jahrelange Treue irgendeinen geheimen Zauber offenbaren, den nur Mütter kennen.«

Sie schwieg, und wir mußten warten, bis sie ein paar Striche gezogen hatte. »Ihr könnt euch also vorstellen, was für ein furchtbarer Schreck es für ihn war, als Bastet ihm sagte, der Grund für die Krankheit seiner Gemahlin sei der, daß Nordwind anderen Hunden erlaubt habe, sie zu besteigen.« Nofret schnappte nach Luft und beugte sich eifrig auf ihrer Bank nach vorn, um zu erfahren, wer denn wohl der Liebhaber der jungen Königin sei, aber Aset hatte gleich drei verspielte kleine Hunde gezeichnet. Einer war ein kleiner Nordwind, der zweite sah aus wie Wacker, und der dritte glich Tuli mit seinem gefleckten Fell.

»Wenn seine Frau gefleckte Welpen zur Welt brächte, würde jedermann in den Zwei Ländern wissen, daß der Alte Wacker nicht der Vater von Nordwinds Kindern war, sagte Bastet. Sie riet ihm, Nordwind weit wegzuschicken, oder er würde Schmach auf sich häufen.«

»Und der Alte Wacker war einverstanden?« vermutete Nofret und kam ihr zuvor.

»Erst wollte er es nicht glauben; ja, er schimpfte sogar mit Bastet, weil sie ihn mit solchem Straßenklatsch behellige. Aber da sagte sie, sie habe Nordwind und ihren Geliebten dabei beobachtet, wie sie kleine Hunde machten.« Sie schaute Nebet an, dann mich. »Bastet ist eine geborene Jägerin, müßt ihr wissen, denn mit ihren gelben Augen kann sie im Dunkeln sehen.« Auf dem nächsten Bild sah man Wacker und Bastet auf den Hinterbeinen, wie sie mit den Vorderpfoten aufeinander einschlugen. »Der Alte Wacker verlangte, daß Bastet ihm den Namen des Verräters nennen solle, der es gewagt habe, seine Frau zu besteigen. Aber das wollte sie nicht, sondern sie erbot sich statt dessen, an Nordwinds Stelle mit ihm zu leben, aus Zuneigung und Respekt vor seinem Alter. Und um ihn vor der öffentlichen Demütigung zu bewahren. Alle Leute würden ihn dann beneiden, sagte sie, denn die Götter würden sie bald zu einer der ihren machen.« Aset stöberte unter den Kalksteinplättchen nach einem besonders glatten. »Ihr werdet nie erraten, was der Alte Wacker da tat. Er ...« Sie brach ab, schüttelte den Kopf und lächelte bei sich.

»Was denn? Mach schon, Kind!« platzte Mena heraus, obwohl er wußte, daß sie es absichtlich tat, um uns in der Hand zu haben.

»Zunächst glaubte Bastet, die Vorstellung, bei ihr zu liegen, sei einfach zuviel für sein altes Herz, denn ein Schicksalsschlag hatte ihn ja schon getroffen: daß nämlich Nordwinds Welpen nicht von ihm waren. Aber der Alte Wacker lachte nur, und zwar so sehr, daß ihm die Tränen die Wangen herunterliefen und er fast keine Luft mehr bekam.« Sie verstummte und zeichnete ein paar Linien. »Als er schließlich wieder sprechen konnte, schaute er sie mit seinen wäßrigen Großvateraugen an und sagte: ›Du hast zu lange gewartet, Bastet. Meine Zeit ist jetzt da, nachdem ich jahrelang am Ufer der Mutter Fluß gesessen und zugesehen habe, wie die anderen kamen und gingen in ihren prachtvollen Feluken. Mein Platz ist mir sicher, von welcher Farbe Nordwinds Nachwuchs auch sein mag: Die königlichen Schreiber werden die Kinder mein nennen.‹« Und das letzte Steintäfelchen zeigte den Alten Wacker mit einem breiten, zufriedenen Lächeln. »Und dann sagte er noch etwas, das ich wirklich sehr sonderbar fand. ›Du vergißt, daß Nordwinds Kinder das Blut *meines* Vaters in sich tragen, ganz gleich, wer ihr Vater ist. Und bei dir könnte ich mir da nie sicher sein.‹«

Inmitten des ausgelassenen Gelächters und der Fragen, die jetzt folgten, lehnte Mena sich zu mir herüber und erzählte mir, daß der Pharao eine Botschaft aus Sile erhalten habe: Haremhab würde zurückkommen.

»Hat er die Hethiter denn schon nach Hattusa zurückgejagt?« fragte ich.

»Nur bis zum Euphrat, obwohl er zwei ganze Regimenter gegen eine sehr viel kleinere hethitisch-syrische Streitmacht verloren hat. Und schlimmer noch: Als er mit seinen Truppen über Land marschierte, schlichen sich die diebischen Mykener nach Ugarit und segelten mit seinem großen neuen Schiff davon.«

»Was ist mit Senmut?«

»Der fährt mit dem General nach Waset.« Er schwieg und beobachtete Nebet und Aset, die inzwischen an meinem Gartenteich saßen und die Füße hineinhängen ließen. »Es paßt nicht zu Haremhab, daß er seine Rückendeckung so sehr vernachlässigt. Die Notwendigkeit, hierher zurückzukommen, ehe Osiris seinen alten Mentor zu sich holt, scheint ihn zu plagen wie ein fauler Zahn.«

»Was wird er tun, wenn er hört, daß die Königin in Umständen ist?«

Er zuckte die Achseln, und dann kräuselte ein verschmitztes Lächeln seinen Mund. »Hast du sie gesehen? Ich hätte nicht gedacht, daß Eje so lange verhindern kann, daß es sich herumspricht.«

»Vielleicht hat er befürchtet, Haremhab könnte mit Truppen hinter sich zurückkommen«, erwog ich. Wenn es um Palastintrigen geht, fühle ich mich stets auf unsicherem Gelände.

»Wieso sich wegen eines Mannes in Kanaan oder Syrien den Kopf zerbrechen, wenn Paranefer und sein Heiliger Rat auf der anderen Seite des Flusses lauern wie ein hungriger Geierschwarm? Vor über einem Monat hat Scheri angefangen, mich mit Geschichten über den Pharao zu unterhalten, und wie er jede Nacht den Nektar aus einer anderen Blüte in seinem Harem trinkt. Ich dachte immer, sie malt nur anzügliche Bilder, um mein Blut in Wallung zu bringen, was ihr damit auch gelang. Als ich schließlich sagte, sie solle aufhören, weil ich mich sonst versucht fühlen könnte, mir selbst ein paar exotische Blüten zu besorgen, da mußte ich feststellen, daß meine Frau dieses Thema sehr ungnädig aufnimmt, selbst im Scherz. Sie gab mir zu verstehen, ich könne es mit der Ausdauer des Alten sowieso nicht annähernd aufnehmen, von seinem Erfindungsreichtum ganz zu schweigen – er kenne nämlich viele Arten, eine Frau zu erfreuen, nicht bloß zwei oder drei.« Dies zu erzählen bereitete ihm schon sichtlich Verdruß. »Ich habe den Schwanz eingekniffen und sofort ein Friedensangebot gemacht. Später erfuhr ich, daß die Geschichten von zwei der bevorzugten Zierdamen der Königin stammen, die ihr Gesellschaft leisten. Aber nach dem, was Aset uns erzählt hat, nehme ich an, daß der Pharao diese Geschichten selbst in Umlauf gebracht hat, damit niemand daran zweifelt, daß das Kind von ihm ist. Er ist fünfundsechzig, vergiß das nicht. Das ist ein Alter, in dem die meisten Männer nicht mehr die Spannkraft haben, einer Frau zu Diensten zu sein.«

Siebter Tag,
vierter Monat des Pflanzens

Mena ist ein häufiger Gast in meinem Haus in Waset, wenn ich dorthin komme, um meinen Arzneivorrat aufzufüllen. Aber Senmuts unangemeldetes Erscheinen veranlaßte Nofret, sich Hals über Kopf um die entsprechende Bewirtung des königlichen Gastes zu kümmern.

»Ich habe den Fehler gemacht, ihm von unserer Karte zu erzählen«, erklärte Mena und konnte dabei sein treuherziges Lächeln kaum verbergen. »Da hat er darauf bestanden, mitzukommen, um sie einmal selbst zu sehen.«

»Dabei verschweigt er, daß er selbst von nichts anderem reden kann, bis er sich wiederholt wie ein schwachsinniger alter Großvater«, gab Senmut zurück. Mena und ich zwinkerten uns zu, denn es war ersichtlich, daß nicht nur Senmuts Augen und sein Lächeln unverändert geblieben waren.

»Wir haben viel gelernt, während du fort warst«, sagte ich, um ihm Appetit zu machen. »Das hier zum Beispiel.« Ich nahm Menas Unterarm, drehte seine Handfläche nach unten und hielt die Hand auf gleicher Höhe mit der meinen. Dann drückte ich mit dem Zeigefinger auf ein Blutgefäß, das dicht unter der Haut liegt, zwischen Zeige- und Mittelfinger. Als es sich mit Blut füllte, begann das Gefäß zu schwellen, aber nur auf der seinen Fingerspitzen zugewandten Seite. Zum Handgelenk hin wurde es flacher und war mit jedem Augenblick weniger deutlich sichtbar.

»Er hat keinen Schnitt an Hand oder Arm, durch den das Blut hinausfließen kann?« fragte Senmut. Ich schüttelte den Kopf. Auch Mena hielt den Mund, denn wir prüften uns jetzt selbst. »Anders als Urin oder Kot will das Blut nicht heraus. Dennoch scheint es wie ein Fluß zu fließen«, murmelte Senmut. »Wohin also fließt es?« Er hob den Kopf. »Das ist die Frage, nicht wahr?«

Ich lachte, weil seine Antwort mir über die Maßen gut gefiel. »Ja, aber ...«

»Zeig ihm die Karte«, sagte Mena, und wir gingen in mein Untersuchungszimmer, wo ich eine lange Rolle ausbreitete. Die Idee, eine Karte aller Gefäße anzufertigen, die Blut enthalten – nur Blut, nicht Luft, Urin oder sonst etwas –, stammte von Aset. Aber sie in den Umrissen der menschlichen Gestalt an ihren richtigen Platz zu setzen, das erforderte alle Notizen und Skizzen, die Mena und ich im Laufe der Jahre angefertigt hatten nach den Leichen im Per Nefer und den Wunden, die wir behandelt hatten.

»Nur in den roten Gefäßen hören wir die Stimme des Herzens«, sagte Mena und erläuterte damit, warum Aset manche Blutgefäße rot und andere blau gemalt hatte. Senmut schnitt ihm mit erhobener Hand das Wort ab; er zog es vor, sich allein zurechtzufinden. Zunächst verfolgte er mit dem Zeigefinger den Weg vom Herzen durch den Hals hinauf ins Gehirn, dann den vom Herzen hinunter zur Leiste und in ein Bein. »Die *metu*, die ihr rot gemalt habt, enthalten das hellrote Blut, das aus einer Wunde spritzt«, entschied er, über meinen Tisch gebeugt.

»Und sie haben dickere und härtere Wände«, fügte Mena hinzu.

»Die blauen dagegen sind weich und enthalten das dunklere ...«

»Tenre?« rief Aset aus dem Garten, bevor sie in der Tür erschien. »Paga ist da; er will mich über den Fluß bringen.« Sie erblickte Senmuts Rücken. »Oh, Entschuldigung.«

Ich winkte sie herein. »Das ist Prinz Senmut.«

Sie faltete die Hände und verbeugte sich. »Bist du der Arzt, der mit General Haremhab zurückgekommen ist?«

Senmut nickte. Ihre strahlend blauen Augen erfaßten ihn mit ihrer ganzen Wucht, und er antwortete mit einem Lächeln, das auf seine Art ebenso überwältigend wirkte, weil seine Zähne neben der schwarzen Haut so weiß wirken.

»Ich heiße Aset«, sagte sie leise und erwiderte sein Lächeln.

Etwas an dem Blick, den die beiden wechselten, erinnerte mich daran, daß es nicht mehr lange dauern wird, bis ihre Monatsblutung einsetzt. Sie hat von den Veränderungen gelesen, die in ihrem Körper stattfinden, aber Pagosch sagt, sie stellt Merit auch Fragen von der Art, wie sie nur eine andere Frau beantworten kann – zum Beispiel, wie es sich anfühlt, wenn das Glied eines Mannes in ihren Körper eindringt. Ich habe nicht die Sorge, daß Merit sie mit den Schreckensgeschichten ängstigen könnte, die manche Frauen in der Gewalt brutaler Männer erleben, denn Pagosch liebt seine Frau mit einer Zärtlichkeit, die ich bei Männern selten finde; ich habe aber vor, Aset darin zu unterweisen, wie sie es vermeidet, schwanger zu werden, damit sie wenigstens in dieser Hinsicht halbwegs selbst über ihr Geschick bestimmen kann. Aber welchen großmächtigen

Herrn ihr Vater ihr auch als Gemahl bestimmen wird, ein nubischer Prinz wird es wohl nicht sein – so schön er in ihren Augen auch erscheinen mag.

Um ihn abzulenken, deutete ich auf unsere Karte. »Das war Asets Idee.«

»Aber ... aber s-sie ist doch noch ein Kind«, stammelte er.

Aset schaute mich an. »Meine Schwester will, daß ich wiederkomme und die Nacht bei ihr verbringe.«

»Schon wieder?« Es gefällt mir nicht, wenngleich ich nicht sagen könnte, warum nicht. »Pagosch ...«

Sie fiel mir ins Wort. »Du weißt, daß er ihre Privatgemächer nicht betreten darf, Tenre. Das darf kein Mann. Nur der Pharao.« Ihre Augen funkelten boshaft. »Und du.«

»Dann lauf zu, aber ich muß mit deinem Vater sprechen, wenn du weiter deinen Unterricht versäumst. Vielleicht möchte er statt dessen einen Hauslehrer einstellen, der hierherkommt.«

»Warum kann sie nicht mit Nebet in die Palastschule gehen?« schlug Mena vor.

»Darüber hat meine Mutter bereits mit meinem Vater gesprochen«, sagte Aset. Das war mir neu. »Aber er sagt, seine Tochter wird keine königliche Zierdame, die andere bedient.« Das wiederum überraschte mich nicht. »Er fürchtet, sie könnten mir irgendwelche gottlosen Ketzereien beibringen, obwohl er weiß, daß ich nicht alles glaube, was meine Lehrer mir erzählen. Und ich brauche keinen anderen Hauslehrer als dich, Tenre.« Sie warf Senmut einen Blick voll mädchenhafter Unschuld zu. »Natürlich haben nicht alle soviel Glück; deshalb müssen sie noch viel lernen, besonders über Mädchen!« Sie faltete die Hände und verbeugte sich erst vor Senmut, dann vor Mena und mir.

Senmut wartete, bis sie weit genug weg war. »Das ist die Tochter der Königin des Ketzers? Die, deren Namen Nebet beständig auf der Zunge trägt? Ist sie immer so ...?«

»Wie?« fragte Mena.

»Einfach, glaube ich. Durchsichtig.«

»So durchsichtig wie der Nil bei Hochwasser«, stimmte Mena zu und sah mich an. Ein Lächeln zupfte an seinem Mundwinkel. »Angenommen, unser weltgewandter Freund hier sollte es je schaffen, in ihrer Gegenwart die Sprache wiederzufinden, Tenre – wie lange würdest du ihm geben, bevor er sich in Grund und Boden geredet hat?«

Ich tat, als müsse ich ernsthaft nachdenken. »Zwei Minuten höchstens. Weniger, wenn er sie und Nebet zusammen trifft.«

Senmut nahm unsere Späße mit Humor auf. Ich stieß ihn freundschaftlich zur Tür. »Du mußt von Charys neuestem Gebräu kosten. Es wird einen Mann aus dir machen.«

Achter Tag,
vierter Monat des Pflanzens

Ich fuhr von meinem Lager hoch wie eine zustoßende Kobra und sah einen Schatten, der erschrocken zurücksprang. Im selben Augenblick erkannte ich die Gestalt und flüsterte: »Sieh dich vor, mein Freund. Es könnte die Nacht kommen, da mein Herz bei deinem Anblick stehenbleibt. Was gibt es diesmal?«

»Die Königin«, flüsterte Pagosch. »Aset ruft dich.«

Erst jetzt fiel mir ein, daß sie ja in den Palast gegangen war. Ich sprang auf, raffte meinen Schurz vom Schemel und schlang ihn um meine Hüften. »Blutet sie?« fragte ich und sah mich im Zimmer nach meiner Arzneitasche um.

»Aset sagt nur, sie kann ihre Schwester nicht wecken.«

Ich schaute zu den Fenstern unter der Decke hinauf. »Warum will sie sie um diese Nachtzeit wecken?«

»Ich habe nicht lange gefragt, *sunu.*« Jedesmal, wenn er mich so nennt, läuft es mir eisig den Rücken hinunter. »Ich habe Ramose gewarnt«, fuhr er fort, »aber er kann ihr nichts abschlagen. Die Katze, die ihr das Leben gegeben hat, bringt Abstand zwischen sie, nur um ihm zu verstehen zu geben, wer die Zügel in der Hand hält.«

Als wir zum Palast kamen, war der unklare Argwohn, der meine Träume nährte, zu einer furchtbaren Vorahnung erblüht. Jedes Fenster, jeder Balkon strahlte im Licht, und schwarze Zungen leckten über den Weg, der durch den Hof führte – die Schatten, die von den Fackeln geworfen wurden, zahlreich genug, um eine königliche Prozession zu beleuchten. »Wenn es zutrifft, was ich denke«, sagte Pagosch, als wir uns den Gemächern der Königin näherten, »dann schicke sie heraus, und ich bringe sie zum Haus deines Freundes, denn sie wird die Arme einer wirklichen Mutter brauchen, um in dieser Nacht nicht vom Weg abzukommen.«

Es überraschte mich nicht, daß ich die Ärzte der Königin zusammengedrängt in ihrem Schlafgemach antraf, wo sie ihre Schriftrollen konsultierten, während drei Priester am Fußende ihres Bettes standen und Gebete sangen. Anchesenamun lag wie schlafend auf dem Rücken; ein weißes Leintuch bedeckte ihre Beine und den runden Bauch, während die kleinen Brüste entblößt waren. Als ich das Mückennetz zur Seite zog, bemerkte ich eine Decke, die säuberlich zusammengefaltet quer über dem Fußende lag. Alles wirkte betont sauber und ordentlich, auch die Königin.

Ich legte zwei Finger in das Grübchen an ihrer Kehle. Aber sie fühlte sich schon kühl an. Als ich ein Augenlid hochzog, sah ich bestätigt, was ich schon wußte.

Stumm starrte ich auf ihr Antlitz, und im Geiste hörte ich wieder das knarrende Geschirr der unruhigen Pferde und dann das gedämpfte Pfeifen irgendwo hinter mir, bevor Tutanchamuns Horus des Himmels pfeilschnell zur Erde heruntergeschossen kam. Meine Augen brannten vom Salz der Tränen, und mein Herz schrie zu den Göttern. Wie konnten Isis und

Hathor zulassen, daß einer der ihren so schmerzlich mitgespielt wurde? War es nicht Strafe genug – was immer ihre Sünden sein mochten –, daß sie ein Kind nach dem andern verloren hatte, dann ihren jungen Gemahl und schließlich ihren einzigen Sohn?

Ich sah, daß ihr Gesicht die Farbe von Elfenbein hatte, nur nicht an den Rändern der Nasenlöcher, wo winzige rote Gefäße unter der Haut lagen. Bevor jemand mich hindern konnte, untersuchte ich die zarte Innenhaut ihrer Unterlippe – und fand weitere winzige Gefäße, die von Blut geschwollen waren. Ich fühlte, wie sich mir die Nackenhaare aufstellten.

Immer noch befragten die Leibärzte ihre Schriftrollen. Sie wußten also, daß ihr *ach* ihren Körper verlassen hatte; vielleicht versuchten sie noch, das Kind zu retten, dachte ich und legte ein Ohr an ihren Bauch. Dann betastete ich ihn mit der flachen Hand. Aber am Ende spürte ich nichts als eine überwältigende Traurigkeit.

»Meine Schwester ist zu Osiris gegangen?« fragte Aset. Sie stand auf der anderen Seite des Bettes. Als ich gekommen war, hatte ich sie nirgends gesehen. Ich nickte. »Ihr Kind auch?« Ich nickte wieder. »Das dachte ich mir, aber ich habe dem Pharao gesagt, er soll auf dich warten, wenn er sicher sein will.« Sie sprach mit der Ruhe eines verwundeten Tieres, das seinem Jäger mit resignierter Ergebenheit gegenübersteht.

Ich ging um das königliche Bett herum und streckte die Hand aus; mehr wagte ich in Gegenwart der Priester nicht zu tun. Ich sah, daß das Kind in ihr weinte, auch wenn die Frau, zu der sie allmählich wurde, die Tränen zurückhielt. »Pagosch wartet. Er bringt dich zu Nebet und Scheri.« Sie stieß einen schaudernden Seufzer aus, als wir, gefolgt von Tuli, hinausgingen. Nur noch einmal drehte sie sich um und warf einen letzten Blick auf ihre Schwester, als wir den Raum verließen.

Wir waren im Korridor zu den Vorzimmern ihrer Schwester, als wir ein Geflüster hörten: Das Nahen des Pharaos wurde angekündigt, und alle berührten mit der Stirn den Boden. Einen

Augenblick später war er, von der Prozession seiner Ratgeber gefolgt, bei uns. Als er Aset sah, blieb er stehen. »So, kleine Schwester. Ich höre, daß dein Arzt endlich gekommen ist.« Zum ersten Mal seit der Falkenjagd, an deren gewaltsamem Ende ich den sterbenden Tutanchamun in den Armen gehalten hatte, schaute ich ihm ins Gesicht. Die Falten, die sich von seinen Nasenflügeln zu den Mundwinkeln zogen, hatten sich vertieft, und aus seinen Ohren sprossen weiße Haare. Der Alte Wacker. »Sprich, *sunu*. Wie steht's mit meinem Sohn? Kannst du nicht wenigstens ihn retten?«

»Es tut mir leid, daß ich dir weitere schlechte Neuigkeiten eröffnen muß, Majestät, aber er ist zusammen mit der Königin durch das Schilf gegangen.« Er zuckte nicht einmal mit der Wimper. »Das Kind wäre auch zu klein gewesen, um schon außerhalb ihres Leibes zu leben.«

»Das haben die andern auch gesagt.« Er seufzte, als er die letzte Hoffnung auf die Ewigkeit fahrenließ. »Ich hatte mehr von dir erwartet, nachdem ich all die Geschichten gehört habe, die unsere kleine Schwester von deinen Wundertaten erzählt.«

»Ich kann nichts dazu, Majestät Großvater, wenn du Weisheit mit Wunderkraft verwechselst.« Ich wünschte, sie würde den Mund halten, denn ich wollte fort von diesem Ort.

»Gesprochen wie eine echte Prinzessin.« Ein Lächeln huschte über die Lippen des Alten, und er schien sie aus Zuneigung mit großer Nachsicht zu betrachten. »Diese Nacht verändert alles, kleine Schwester. Für dich wie für mich. Deshalb rate ich dir, dich von diesem Ort fernzuhalten. Hier wirst du nur Trauer finden.« Er bückte sich, um Tulis Ohr zu streicheln, aber als er sich wieder aufrichtete, war alle Milde aus seinem Gesicht verflogen. »Du aber wirst mit mir kommen, *sunu*, denn ich brauche einen, der unterscheiden kann zwischen dem Rauch der Illusion und dem Versagen des Fleisches.«

Neunter Tag, vierter Monat des Pflanzens

Ich ging zuerst zu Nebets Gemächern, doch dort erhob sich sofort Tetischeri wie eine Geistererscheinung von einem Stuhl neben der Tür. »O Tenre«, wisperte sie und legte ihre Wange an meine, »mein Herz weint um sie. Sie hält Tuli so fest, daß er fast keine Luft mehr bekommt.«

»Hat sie dir etwas erzählt?« Ich sprach mit gedämpfter Stimme, denn der Vorhang zu Nebets Schlafkammer war nicht geschlossen.

»Nur, daß sie hier auf dich warten soll.«

Ich nickte und trat durch die Tür. Eine abgeschirmte Lampe brannte in einer Wandnische; ich sah, daß sie im Bett lag und Tuli an sich gedrückt hatte.

»Bist du das, Tenre?« flüsterte sie.

»Ich dachte, du schläfst.« Ich strich ihr die Locken aus dem Gesicht, als ich mich neben sie hockte. »Bist du bereit, nach Hause zu gehen?«

»Muß ich?« Sie setzte sich auf und ließ Tuli auf den Boden springen. Er trabte zur Tür hinaus, wahrscheinlich um draußen das Bein zu heben. Ich winkte sie beiseite und setzte mich neben sie auf das Bett. »Wo warst du, als ich bei deiner Schwester ankam?«

»Hinter dem Vorhang in dem kleinen Alkoven, wo Anchesenamun und ich miteinander spielten. Sie hatte es gern, wenn ich nachts in ihrer Nähe blieb, auf einer Matratze, die ihre Zofe für mich zurechtmachte.«

Ich umfaßte ihre Hand mit meinen beiden Händen. »Warum wolltest du sie denn mitten in der Nacht wecken?«

»Tuli hat mich mit seiner kalten Nase gestupst, und das tut er nur, wenn ... Anches mußte nachts immer zur Latrine, und ich dachte, sie hätte mich vielleicht gerufen, oder sie brauchte irgend etwas. Als ich sie sah, lag sie ganz krumm, und Thutmosis' Decke war halb über ihr Gesicht gezogen; ich zog die Decke weg, aber ich hörte sie nicht atmen – nicht mal, als ich mein Ohr an ihre Brust legte. Ich habe sie auch geschüttelt, aber nur sehr sanft.«

»Wo waren ihre Zofen?«

»Anches hat es nicht – sie hatte es nicht gern, wenn jemand in ihrem Zimmer ist. Sie sagte, das Geschnarche hält sie wach.«

»Hast du die Decke zusammengefaltet und über das Fußende gelegt?«

Sie nickte. »Ich habe ihr auch den Finger in den Mund gesteckt, wie du es mich gelehrt hast – so, daß ich ihr nichts in den Hals stoße.« Sie hob den Kopf, um mir im Halbdunkel ins Gesicht zu schauen. »Sie atmete nicht, aber ihr Herz sprach zu mir, durch das große Gefäß an der Seite ihres Halses, Tenre – wirklich – obwohl ich nicht begreife, wie das sein konnte.« Der Schmerz in ihrer Stimme zerriß mir das Herz. »Ich überlegte noch, was ich tun sollte, als es ... es hörte einfach auf.«

»Hast du sie noch anderswo angefaßt?«

»Ich habe sie auf die Seite gedreht und ihren Rücken getätschelt, während eine der Zofen den Palastarzt holen ging. Sie sollte wissen, daß jemand bei ihr war. Habe ich etwas Schlimmes getan?« Jetzt enthüllte sie die lähmende Angst, die von ihr Besitz ergriffen hatte: daß sie auf irgendeine ungeahnte Weise das Ende ihrer Schwester besiegelt haben könnte.

»Ich hätte alles genauso gemacht. Es kann sein, daß ihr Herz durch die Bürde des Kindes zu schwach geworden war. Ich werde Mena fragen, was er davon hält, aber du mußt jetzt schlafen. Scheri bleibt in der Nähe, nebenan.« Ich versuchte sie durch die Berührung meiner Hände zu beruhigen, als ich sie sanft aufs Bett hinunterdrückte, und dann streifte ich ihre Wange mit meinen Lippen. »Ich habe schon viele Ärzte gesehen, die den Verstand verloren, wenn sie in eine solche Lage gerieten. Du hast deine Sache gut gemacht.«

»Wirklich?« wisperte sie und umklammerte meinen Arm, um mich festzuhalten.

»Wirklich«, bekräftigte ich, ohne zu zögern, und es war die Wahrheit. Unvermittelt richtete sie sich wieder auf, schlang mir die Arme um den Hals und ließ den Tränen in ihrem Herzen freien Lauf. Ich drückte die kleine Gestalt an mich und strich ihr über den Rücken, während sie unter Schluchzen einen Strom von kaum verständlichen Worten hervorstammelte und von den Göttern redete, die »jeden holen« – sonst verstand ich nur hier und da einen Namen, unter anderem auch meinen eigenen. Als Tuli zurückkam, war sie erschöpft. Ich gab ihm das Zeichen, er solle zu ihr heraufspringen, und dann deckte ich beide zu. Ich blieb stehen, betrachtete sie und ließ mir alles durch den Kopf gehen, was in dieser Nacht passiert war. Ich sah, wie sie Tuli an sich zog; selbst im Schlaf mußte sie sich vergewissern, daß die Götter ihn nicht auch noch holten.

Als ich kurze Zeit später zu Mena in seine Bibliothek kam, saß er auf der Sitzbank an der Wand, und Pagosch ging auf und ab wie ein Löwe im Käfig.

»Nimm Platz und erfrische dich«, lud Mena mich ein und deutete auf Persea-Früche, Datteln und Brote auf dem Tisch neben ihm. Eine Karaffe mit Wein und zwei leere Becher standen auch da. Ich füllte beide und reichte Pagosch den einen.

»Nun, hast du herausbekommen, wie die schmutzige Tat vollbracht wurde?« fragte er leise.

Ich berichtete ihnen, was ich gesehen hatte, und wiederholte dann, was Aset mir erzählt hatte. Während sie daran kauten, tat ich das gleiche mit einem Stück Brot.

»Aset bestreitet, daß sie etwas gesehen hat«, sagte Pagosch, »aber ich weiß es besser.«

»Hast du jemanden in das Schlafgemach der Königin gehen sehen?« Mena sprang von seiner Bank, als hätte ihn ein Skorpion gestochen. »Wieso im Namen Seths hast du das nicht gesagt?«

Pagosch achtete nicht auf ihn. »Sie hat nie dazu geneigt, sich zu verstellen, und deshalb verrät sie sich gleich, wenn sie es einmal versucht. Vielleicht will sie aber auch nur nicht sehen, was sie nicht ertragen könnte zu wissen.« Er hatte recht, und es gab nur einen einzigen Menschen, über den sie je die Unwahrheit sagte, sich selbst wie auch anderen. Aber ich wollte es von ihm hören.

»Um Thots willen, Mann, spuck es schon aus!« rief Mena voller Ungeduld über die geheimnisvolle Rede.

»Ihre Mutter«, sagte ich und beobachtete Pagosch, der mich beobachtete. Er nickte.

Mena sah mich an. »Nofretete oder ...?«

Ich nickte. »Jemand hat der Königin eine Decke auf Mund und Nase gepreßt. Ich habe einen Faden von der Decke, die Aset auf ihrem Gesicht fand, unter dem eingerissenen Nagel an ihrem Zeigefinger entdeckt.«

Pagosch wandte den Blick seiner müden Augen ab. »Die arme Anchesenamun war sicher, solange Asets Mutter glaubte, sie könne nur tote Kinder zur Welt bringen. Aber dann brachte Tenre ihren Sohn lebend zur Welt ...« Er brach ab und ließ uns unsere eigenen Schlüsse ziehen. Ich fragte mich, ob Ramose nicht mit seiner Frau unter einer Decke steckte.

»Wußte ihr Vater, daß Aset über Nacht bei ihrer Schwester war?«

»Ich habe sie auf seinen Befehl hin gebracht. Und die Botschaft kam von der Königin, nicht von ihrer Mutter.«

»Konnte Nofretete also nicht wissen, daß Aset dasein würde?«

Bevor Pagosch antworten konnte, drehte Mena sich um. »Wie weit vertraust du diesem Mann?« stieß er hervor. »Asets Augen sind von der Liebe blind, aber deine nicht. Vergiß nicht, daß er Ramose genauso dient wie dessen Tochter.«

Jeglicher Ausdruck verschwand aus Pagoschs Gesicht, als befürchte er, daß all die Jahre, die wir uns zum selben Zweck miteinander verschworen haben, in Anwesenheit meines Kindheitsfreundes für mich nichts mehr zählen könnten. Ich nahm mir Zeit und suchte nach den richtigen Worten, und ich erinnerte mich, wie Pagosch das erste Mal an meine Tür gekommen war, das Herz zerfressen von der Trauer über den Verlust seines Sohnes, des Kindes seiner Lenden. Und dann dachte ich an den Tag, fast fünf Jahre später, als wir mit Osiris um Asets Leben kämpften – das Kind seines Herzens. »Ich glaube, er weiß alles über das, was ich tue oder denke«, sagte ich zu Mena. »Und trotzdem schlafe ich wie ein Säugling, wie er selbst bezeugen kann.«

»Das dachte ich mir. Aber ich mußte mich vergewissern.« Mena winkte Pagosch zu dem Schemel an meiner Seite und langte nach der Weinkaraffe, bevor er sich ebenfalls setzte. »Nofretete nutzt ihren Vorteil, wo sie ihn findet. Sie hat Anchesenamuns Botschaft an die Hethiter genutzt, um Ejes Gunst zu gewinnen – um ihn in ihre Schuld zu bringen.«

»Aset hat versucht, uns zu sagen, was da vorgeht«, erinnerte ich mich. »Wißt ihr noch, was der Alte Wacker sagte? ›Meine Zeit ist jetzt da, nachdem ich jahrelang am Ufer der Mutter Fluß gesessen und zugesehen habe, wie die anderen kamen und gingen in ihren prachtvollen Feluken.‹«

»Jetzt ißt er die Früchte seiner eigenen Arroganz«, stellte Pagosch fest, »denn er hat nicht nur Nordwind verloren, sondern auch die Möglichkeit, eine königliche Familie zu begründen.« Er seufzte. »Der Heilige Rat wird nicht länger warten.«

»Worauf?« fragte Mena.

»Sie werden sich in eine bessere Stellung bringen, um Anspruch auf den Thron des Horus zu erheben. Was sonst?«

Das ließ Mena aufspringen. »Das kann nicht dein Ernst sein!«

»Amun besitzt jetzt schon mehr Land als zu der Zeit, bevor der Ketzer ihnen Felder und Reichtümer nahm – dank der führenden Hand Ramoses. Aber das bedeutet nicht, daß sie nicht noch einmal wie Dung auf die Straße geworfen werden können. Um das zu verhindern, müssen sie den Thron in ihren Besitz bringen. Und das werden sie tun. Warum sonst sollte Ramose sich mit der Königin des Ketzers verbünden?«

»Wenn sie schon hatte, worauf sie zusammen mit dem Priester aus war«, wandte Mena ein, »warum versuchte sie dann, ein Bündnis mit dem Alten Wacker einzugehen?«

Pagosch zuckte auf seine unbeteiligte Art die Achseln; ich wußte inzwischen, daß dies nur eine Fassade war. »Vielleicht hat sie gewittert, daß irgendwo etwas faul war, denn die Priester vertrauen ihr nicht und werden es auch niemals tun – nicht, solange Echnaton lebt.« Er sah mir nicht in die Augen, was mich befürchten ließ, daß weitere Katastrophen bevorstanden. »Darum wird Ramose sie beseitigen und seine eigene Tochter zur Frau nehmen.«

Seine Worte fielen wie Steine in einen stillen Teich und sanken auf den Grund meiner Seele. Wie aus weiter Ferne hörte ich Asets Stimme: »Mahu sagt, ich soll die Frau eines Amunpriesters werden, auch wenn ich nicht von reinem königlichem Blut bin.«

»Möge Osiris sein Ohr vor Thot verschließen!« fluchte Mena. »Falls ihre Mutter davon Wind bekommt – und du recht hast mit dem, was Anchesenamun zugestoßen ist –, dann ist Aset die nächste!«

»Nicht falls. Wenn«, knurrte Pagosch und starrte auf seine Füße. »Die Katze hat mehr Spitzel als Tuli Flöhe.«

Ich fühlte mich, als reiße eine Flutwelle mir den Boden unter den Füßen weg. »Aber warum ihr eigener Vater? Er ist doch sicher nicht der einzige unter Paranefers Getreuen, der noch Manns genug ist, sie zu schwängern!« Daß Ramose seine Tochter womöglich tatsächlich begehrte, stand im Widerstreit mit der Erkenntnis, daß er mir lieber war als irgendein anderer Priester – er war doch wenigstens stolz auf ihre Liebe zur Gelehrsamkeit.

Da kam mir eine Idee; ich sah einen möglichen Ausweg aus dem Dilemma. »Ich habe einen Plan«, sagte ich. »Aber wir müssen rasch handeln.« Ich sah Mena an. »Bist du sicher, daß der Alte kein Kind hat, das sein Nachfolger werden könnte? Auch nicht mit irgendeiner anderen seiner Frauen?«

»Danach habe ich Scheri schon gefragt. Sie sagt nein.«

»Dann müssen wir dafür sorgen, daß Nofretete vom Plan des Priesters erfährt, damit sie die Waffe bekommt, die sie braucht, um ihn zu zwingen, ihren Forderungen entgegenzukommen, denn sonst wird sie Haremhab oder dem alten Pharao alles offenbaren.«

»Aber das wird ihr nur noch mehr Grund geben, sich Asets zu entledigen«, wandte Mena ein.

»Nicht, wenn wir die Waffe unseren Absichten entsprechend formen«, sagte ich. »Wir wissen, daß die Priester nichts mit dem Tod von Tutanchamuns Sohn zu schaffen hatten. Auch nicht mit dem der Königin. Da Anchesenamun Nofretetes eigenes Kind war, vermuten sie wahrscheinlich hinter beiden Freveltaten die Hand Haremhabs. Darum muß Ramose die Wahrheit erfahren – daß seine eigene Frau ihrem Kind und Enkelkind das Leben nahm – und daß *seine* Tochter die nächste sein könnte.«

»Aber wird er es glauben?« Mena war immer noch skeptisch.

»Wenn er es von jemandem erfährt, dem er vertraut«, sagte Pagosch.

»Von mir«, sagte ich. »Ramose wird wissen, daß ich heute nacht in den Palast gerufen wurde. Er wird aus meinem eigenen Munde hören wollen, was ich dort erfahren habe. Wenn er nicht selbst auf den Gedanken kommt, werde ich vorschlagen, Aset für eine Weile fortzuschicken, vielleicht flußabwärts zu den Priesterinnen der Hathor. Wenn er dann fragt, warum – und das wird er tun –, werde ich es ihm sagen.«

»Und Nofretete?« fragte Mena. »Wem wird sie glauben?«

»Ihren Zofen«, meinte Pagosch. »Sie halten meine Frau für einfältig und machen sich deshalb nicht die Mühe, in ihrer Gegenwart die Zunge zu hüten. Nie kämen sie auf den Gedanken, daß Merit sie für ihre Zwecke einspannt.«

Dritter Tag,
erster Monat der Ernte

Mena kam mit Senmut während der Stunden, in denen ich die Kranken unter Ramoses Arbeitern empfange; er müsse mir etwas erzählen, das nicht warten könne, sagte Senmut.

»Auf der Ebene bei Kadesch«, begann er, »wurde ich Zeuge eines Kampfes, der damit endete, daß ein Mann einem anderen den Garaus machte.« Er warf Mena einen Blick zu. »Verteilt der General vor einer Belagerung immer *kat*-Blätter unter seinen Leuten?«

Mena nickte. »Eine Gewohnheit, die er von deinem Volk gelernt hat; bei euch glaubt man, es gebe Menschen die Kraft von Göttern.«

»Aber in Wirklichkeit läßt es sie nur vergessen, daß sie nicht mit den Falken fliegen können. So ziehen sie ohne die Furcht in die Schlacht, welche die Menschen vorsichtig sein läßt. Ich sage nur, es könnte das *kat* gewesen sein, aber sein Herz sprach noch in den großen Gefäßen am Hals. Ich dachte, er fängt vielleicht wieder an zu atmen, aber nach ein paar Minuten wurde es langsamer, und dann hörte es auf.« Mena und ich wechselten einen Blick. »Wollt ihr beide mir vielleicht sagen ...?« begann Senmut, aber da zerriß ein schriller Schrei die Morgenstille, gefolgt vom wütenden Gekläff eines kleinen Hundes.

Senmut sprang auf und stürzte hinaus; ich folgte ihm auf dem Fuße. Wir ließen uns von unseren Ohren leiten und liefen auf die Brauerei zu; durch einen schmalen Durchgang zwischen ihr und dem Gärschuppen des Bäckers gelangten wir zu einer alten Hütte. Ein nubischer Schamane stand vor dem mit Fetzen verhängten Eingang und stach mit einem langen Stock nach Tuli. Der Hund sprang hin und her, versuchte dem Alten die Zähne in die Waden zu schlagen und kläffte die ganze Zeit.

Senmut schleuderte den Alten zu Boden, daß Muscheln und Tierzähne in alle Himmelsrichtungen flogen, und stürmte dann durch den Fetzenvorhang. Ich befahl Tuli, den Mann am Boden zu bewachen, und folgte Senmut hinein. Eine blakende Öllampe warf flackernde Schatten über das Gesicht einer alten nubischen Vettel. In der knorrigen Faust hielt sie ein scharfgeschliffenes Stück Feuerstein, das sie in einer gespenstischen Begrüßung hin und her schwenkte.

»Die alte Nanefer weiß schon, wie man sie in Ordnung bringt, seht ihr«, schnarrte sie, ohne auf das Blut zu achten, das von ihrer Steinklinge tropfte. »Es ist die Wurmkrankheit, die sie daran hindert, eine Frau zu werden.« Zwei jüngere nubische Frauen knieten auf Asets Schultern und hielten ihre Hände fest, während zwei andere ihre Beine auseinanderspreizten.

»Bitte mach, daß sie aufhört«, flehte Aset in kläglichem Ton. Ich stieß die beiden Frauen zur Seite, die ihre Arme festhielten, und Senmut schob die nubische Hexe weg und nahm ihren Platz zwischen Asets Beinen ein. Aset richtete sich auf, so gut sie konnte, und umschlang meinen Hals. Ein Schluchzen schüttelte ihren ganzen Körper. Ich war hin und her gerissen; ich wollte sehen, was die alte Hexe ihr angetan hatte, aber zugleich war es nötig, sie zu trösten. Ich drückte meine Lippen auf ihr Haar.

»Ruhig, *meri*, ruhig. Sie wird dich nie wieder anrühren, das verspreche ich dir. Und Senmut wird alles in Ordnung bringen, was immer sie getan hat.« Nur in einem konnte ich sicher sein, daß ich die Wahrheit sagte, nämlich als ich sie »Liebste« nannte.

Senmut beschimpfte die Vettel in ihrer Muttersprache; seine Stimme klang rauh vor Wut. Mena jagte die anderen Frauen aus der Hütte und verfluchte sie und den Mann draußen.

Als ich meinen Arm unter ihre Knie schob, erstarrte Aset vor Schmerz. Ich bebte vor Zorn am ganzen Leib, so daß ich sie fast hätte fallen lassen.

Ruka kam uns entgegengelaufen, als wir den Hof überquerten. Sein Gesicht war vor Angst und Sorge verzerrt. »Ist sie schlimm verletzt? Bitte, Amun, mach, daß es nicht schlimm ist. Oder doch, Tenre?«

Ich überging seine Frage. »Hast du Pagosch gesehen?«

»Er bringt die Gemahlin zum Vater des Gottes auf die andere Seite des Flusses.«

Da wurde mir alles klar. Als Nofretete erfahren hatte, daß der Hohepriester plante, sie kaltzustellen, da wußte sie, daß die Priester sie in ihrem eigenen Spiel besiegt hatten, nämlich Ramose zu benutzen, um den Thron zurückzuerobern. Statt dessen hatten die Priester *sie* benutzt, um eine Enkelin des Prächtigen Amenhotep zu zeugen, und sie hatten von vornherein vorgehabt, sie zu beseitigen, wenn der richtige Zeitpunkt gekommen wäre. Und da sie aus Erfahrung wußte, was ihr Mann bei einer Frau am meisten begehrte – daß nämlich das Feuer in ihrem Leib ebenso heiß brenne wie das, welches sie in ihm entfachte –, da hatte sie für eine Strafe gesorgt, die seinem Verbrechen entsprach.

»Bleib bei der Wächterpforte«, befahl ich Ruka, als wir durch das Tor in meinen Garten gingen, »und schicke ihn zu mir, sobald er zurückkommt.«

Ich legte Aset auf meinen Untersuchungstisch und wandte mich an Senmut. »Sag mir, was du brauchst.«

»Wasser und den ältesten Wein, den du hast. Und Olivenöl. Weiche Tücher, die in der heißen Sonne getrocknet wurden.«

»Sonst noch etwas?« Er würde wissen, was ich meinte.

»Sie blutet so sehr, daß man es nicht mit Sicherheit sagen kann, aber anscheinend hat die alte Hexe nur einen kleinen Teil der inneren Labia weggeschnitten.« Ich nickte und beeilte mich, zu holen, was er brauchte. Mena blieb bei ihr; mit einer Hand hielt er ihre Schulter, mit der anderen streichelte er die zerzausten Locken. Danach hielt ich ihre Hand, aber so sehr ich mich bemühte, ich konnte mich den Visionen nicht verschließen, die hinter meinen geschlossenen Lidern Gestalt annahmen. Mit ihnen kam ein Verlangen nach Rache, so überwältigend, daß ich es fast schmecken konnte: die süße Ambrosia, die einen Mann dazu treiben kann, jemanden zu verstümmeln oder zu töten.

»Es wird alles wieder gut werden«, murmelte Senmut so leise, daß ich nicht sicher war, ob sie ihn gehört hatte. »Die Wunde wird rasch verheilen. Ein bißchen empfindlich die nächsten Tage, und beim Wasserlassen wird es brennen, aber das ist beides leicht zu behandeln. Und was das andere angeht ...« Er sah mich an und zuckte die Achseln.

»Was meint er?« flüsterte Aset und schaute mich flehentlich an.

»Wenn du nicht bloß ihren Körper heilen willst«, sagte ich zu ihm, »dann mußt du ihr alles sagen. Was du tust, und warum.« Er zog eine Braue hoch; er war nicht sicher, ob das klug war – aber er kennt sie nicht so gut wie ich. Ließe man im dunkeln, was die Alte ihr angetan hatte, würde es schwären wie eine eiternde Wunde.

»Ich gieße sauren Wein auf die Wunde, um sie zu säubern«, sagte er also zu ihr.

»Ich will wissen, was sie mit mir gemacht hat.«

»Eine Frau ist beschaffen wie eine Blume. Nimmt man nur ein Blütenblatt fort, so ist der Schaden gering. Aber die kleine Knospe in der Mitte ist für eine Frau der Sitz der Lust.«

Sie drehte den Kopf zu mir. »Warum steht davon nichts in den Schriftrollen?«

»Vielleicht, weil die Priester im Haus des Lebens dieses Thema nicht für schicklich halten.«

Als nächstes beschrieb er, wie sie das rohe Fleisch behandeln mußte. »Das Öl wird es geschmeidig halten und verhindern, daß die offenen Ränder zusammenwachsen. Eine Narbe dehnt sich nicht; du mußt dich deshalb mehrmals am Tag mit warmem Wasser waschen und dann wieder Öl auftragen.« Er schwieg kurz. »Weißt du, warum wir wollen, daß es dehnbar bleibt?«

»Damit ein Kind hindurchkann?« vermutete sie.

»Ja, und auch, damit das Glied deines Mannes in deinen Leib

eindringen kann, ohne dir weh zu tun. Im Schmerz liegt wenig Lust, weder für dich noch für ihn, es sei denn ...«

»Ich weiß schon. Ich habe von Männern gelesen, denen es Lust bereitet, Schmerzen zuzufügen oder welche zu erleiden.« Es machte sie nicht verlegen, über Dinge zu reden, über die die meisten Frauen nicht einmal mit ihren Ehemännern reden. »Aber Tenre hat mir nie erzählt ...«

»Was erzählt?« fragte ich. Sie hob die Schultern und wich meinem Blick aus. Ich sah zu, wie Senmut feingesiebtes Mehl auf die Wunde streute, um die Blutung zu stillen. Dann kam er um den Tisch herum und hockte sich neben sie, um seine Augen auf eine Höhe mit ihren zu bringen.

»Im Lande Punt und in manchen Gegenden meiner eigenen Heimat ist es Brauch, die jungen Mädchen zu beschneiden, bevor ihre Monatsblutung einsetzt. Warum?« Er zuckte die Achseln. »Die Gründe sind unterschiedlich, aber sie werden von der Mutter zur Tochter weitergegeben, von Generation zu Generation. Im westlichen Kusch, wo dieses alte Weib herkommt, sagen sie, ein Mädchen, das für sein Alter zu klein ist, könne nicht wachsen, weil es einen Wurm habe. Deshalb schneiden sie die weiblichen Teile weg, um den Wurm freizulassen, damit sie ein Kind empfangen kann. Aber du bist kein unwissendes Stammesweib, daß du solchen Unsinn glaubst.«

Sie schaute ihn forschend an. »Lernen die Frauen in deinem Land denn nicht schreiben?«

Er schüttelte den Kopf.

»Würdest *du* eine solche Frau zur Gemahlin haben wollen?«

Er lächelte zum ersten Mal und schüttelte wieder den Kopf. »Bevor eine Woche vergangen wäre, müßte ich sie aus meinem Haus verbannen und würde so den Zorn ihres Vaters auf mein Haupt beschwören.«

Sie erwiderte sein Lächeln. »Ich verstehe allmählich, warum Nebet so große Stücke auf dich hält. Sie besteht sogar darauf, daß du eines Tages mit Tenre auf einer Stufe stehen wirst – als

Arzt, meine ich.« Sie zog meine Hand über ihre Lippen – vielleicht um vor ihm zu verbergen, daß sie scherzte. »Aber niemals kannst du hoffen, ihrem Vater in Weisheit gleichzukommen. Niemals.«

Da wußte ich, daß sie wieder heil war. Als ich einen Blick zu Mena hinüberwarf, grinste er wie ein Trottel. Aber das tat Senmut auch. Seine Erziehung geht also weiter. Und ihre auch.

Vierzehnter Tag,
zweiter Monat der Ernte

Re segelte den Felsen im Westen entgegen, als ich mich im Dorf, in dem Ramoses Fellachen wohnen, auf den Heimweg machte. Erst als ich einer Kolonne von Pflückern begegnete, die aus dem Garten kamen, wo zwischen den Bäumen die Reben wachsen, wurde mir klar, daß die Zeit des Kelterns begonnen hat. Und bald hörte ich auch den Lärm der klappernden Stöcke, in den sich Gesang und Gelächter mischten, heitere Klänge, die mich an die Zeit erinnerten, da ich als Kind den Weinberg meines Großvaters besuchte. Meine Vettern und ich sprangen dort in die großen Steinbottiche, um auf den Trauben herumzutrampeln, während unsere Eltern, Tanten und Onkel mit hölzernen Händen den Takt schlugen. Ich beschleunigte meinen Schritt und brannte darauf, diese glücklichen Tage noch einmal zu erleben, und sei es nur als Zuschauer. Kaum war ich durch die Mauerpforte gekommen, sah ich Aset in einem der Bottiche. Sie hielt Rukas Arm fest, um nicht auszurutschen, während sie im Takt der Klappern stampfte.

Der Anblick trug ein Lächeln in mein Herz. Wie die Jungen hatte sie nur einen Lendenschurz an, dessen Spitze zwischen den Beinen hindurchgezogen und an der Hüfte festgestopft worden war. Wie sehr hatte sie sich seit ihrem letzten Geburtstag verändert! Ihre Hüften und Schenkel werden runder und weicher, ihr Gesicht dagegen wird schmaler, so daß die Wangenknochen und ein kräftiges Kinn hervortreten. Auch darin ähnelt sie ihrer Mutter. Nur die Augen bleiben unverändert – so durchscheinend, daß das Licht ihres *ach* von innen hervorstrahlt.

Ich trat näher heran und fing an mitzuklatschen, um mit denen zu verschmelzen, die sich ringsum drängten.

Aset schaute lachend zu Ruka auf, und in meinem Herzen schwoll das Bedauern darüber, daß dies vielleicht ihre letzte Gelegenheit war, sich so kindlicher Ausgelassenheit hinzugeben.

Als ich meinen Blick über die Menge schweifen ließ, sah ich auf dem Dach von Ramoses Villa die Umrisse eines Mannes, der herüberschaute. Vor Schreck ging mein Atem schneller, denn ihr Vater hat ihr immer verboten, sich in die Gesellschaft der Kinder seiner Knechte zu begeben. Jetzt hätte er den Beweis dafür, daß sie sich auf niedrigste Weise mit ihnen gemein machte und noch dazu ihre knospenden Brüste entblößte, so daß alle Welt sie sehen konnte. Dennoch stand ich da wie ein dummer Ochse – bis Pagosch gegen meine Schulter stieß. »Ramose erwartet dich in seinem Lustgarten«, knurrte er so leise, daß nur ich es hören konnte. »Bastet hat ihn bei den Eiern gepackt. Und jetzt drückt sie zu.«

Wir schlenderten beiseite und legten dabei eine Gelassenheit an den Tag, die keiner von uns beiden empfand. Er flüsterte: »Er schickt Aset weg – aber nicht zu den Priesterinnen der Hathor. Statt dessen kommt sie in den Harem eines reichen Edelmannes.« Das Herz schlug mir jäh bis zum Hals, und ich schnappte nach Luft. Aber als ich mich zu ihm umwandte, um Fragen zu stellen, schüttelte er nur warnend den Kopf, und dann verschwand er in der Menge, wahrscheinlich um ein Auge auf Aset zu haben.

Ramose saß an seinem gekachelten Teich und starrte ins Wasser. Sein Aussehen hat sich im Laufe der Jahre wenig verändert; bei seinem ausrasierten Schädel würde man es allerdings auch nicht sehen, wenn sein Haar schlohweiß geworden wäre. Das gleiche läßt sich von seinen wahren Motiven sagen, und deshalb vertraue ich ihm heute nicht mehr als damals.

»Hast du einen Freund, dem du alles anvertrauen würdest, was du besitzt, selbst dein Leben, Senachtenre?« fragte er mich, als ich neben ihm Platz nahm.

Ich habe schon vor langer Zeit gelernt, auf der Hut zu sein, wenn Priester sich an ein Thema heranschlängeln und das, was sie eigentlich meinen, mit einem Schleier von Andeutungen und Geheimnissen umgeben. Deshalb erzählte ich ihm nur das, was er sowieso schon wußte. »Ich bin in der Tat vom Glück gesegnet, Herr. Mein Vater war ein solcher Freund für mich. Und Mena ist es noch.«

Er warf mir einen Blick zu und nickte. »Wenn man sich vorstellt, daß ich einmal die Kühnheit hatte zu glauben, ich wüßte alles über dich, was es zu wissen gibt.« Kleine Fältchen kräuselten sich an seinen Augenwinkeln, als mache er sich lustig über seine eigene Naivität. »Ich versuche nicht, dich zu überlisten, damit du über deine eigene Zunge stolperst, Tenre. Ich muß nur die Antwort auf eine Frage finden. Die richtige Antwort – denn wenn meine Zeit kommt, da ich Osiris und seinen Richtern gegenübertrete, da wird das, was ich hier und jetzt entscheide, für ihr Urteil von großem Gewicht sein.« Er sah mich an. »Die Frage lautet: Kann ich dir einen Schatz anvertrauen, der mir teurer ist als alles Gold in Nubien? Ganz gleich, aus welcher Richtung der Wind in den kommenden Monaten wehen wird?«

»Wahrscheinlich nicht«, sagte ich, denn ich würde jeglichen Reichtum, den er mir anvertraute, nur dazu benutzen, seine Tochter zu beschützen – wenn es sein mußte, auch vor ihm. »Ich bin ein gewöhnlicher Mensch, Herr – in mancher Hinsicht stärker als andere, aber in vielem auch schwächer als die meisten.«

»Manchmal, *sunu*, sehe ich in meiner Tochter zuviel von dir«, knurrte er. »Auch sie versteht es, einen mit ihrer Ehrlichkeit zu entwaffnen.«

»Ich bitte um Vergebung, wenn ich Anstoß erregt habe.« Meiner Verschlagenheit fehlt die Finesse, die mit der Übung kommt; die Reumütigkeit indessen ist eine alte Gewohnheit.

Er schüttelte den Kopf. »In einer Welt voll selbstsüchtiger Leute, Tenre, wirst du zu einem Meister der Verwirrung, indem du einfach die Wahrheit sagst. Bevor das Wasser unserer Zeit in dieser Welt verflossen ist, wird uns beiden eines Tages vielleicht noch der Luxus vergönnt sein, die Klingen des Geistes wirklich miteinander zu kreuzen. Einstweilen muß ich mich mit den Hinweisen begnügen, die ich habe – von meiner Tochter, der ich mehr vertraue als irgend jemandem sonst. Sogar mehr als meinem Gott.«

Ich hätte kein Wort hervorgebracht, selbst wenn mein Leben davon abgehangen hätte.

»Auch ich habe einen Freund wie deinen Vater«, fuhr er fort. »Er ist jetzt alt, aber er liebt mich immer noch, und ich ihn auch. Deshalb wird Aset seine Zweitfrau werden ...«

»Aber sie hat noch nicht einmal ihre Monatsblutung«, protestierte ich und hob meine Stimme, um das dumpfe Dröhnen in meinen Ohren zu übertönen; mich kümmerte es nicht, wenn mein Schädel sich spaltete, wenn die Götter mich nur lange genug leben ließen, um einen Ausweg zu finden.

»Das ist für ihn ohne Bedeutung, und ich tue, was ich tun muß, um sie in Sicherheit zu bringen. Nach der Episode mit der alten Nubierin ...« Er hob die Hand, um weiteren Einwänden zuvorzukommen. »Der Vertrag ist bereits unterschrieben.« Am liebsten hätte ich ihm die Zunge aus dem Mund gerissen. »Du hast ihr gut gedient, mein Freund.« Er schaute mir in die Augen. »Das bist du doch, Tenre. Oder nicht?«

Ich wußte, jetzt waren wir bei der entscheidenden Wendung angelangt. »Ich habe versucht, es zu sein, aber ich muß zugeben, es ist vorgekommen, daß ich gegen deine Anweisungen gehandelt habe. Nicht allerdings gegen das, was ich für deine wahre Absicht hielt: daß ich ihr *ka* so gesund erhalten sollte wie ihren Körper.«

Sein Mund entspannte sich. »Dank sei Amun, daß ich wenigstens in einem recht hatte.« Er wandte sich ab und ging am Rande seines Teiches entlang. »Was ich jetzt von dir erbitte, könnte dich teuer zu stehen kommen – teurer vielleicht, als dir lieb ist. Wenn das zutrifft, werde ich deine Entscheidung nicht in Frage stellen, weder jetzt noch in Zukunft. Und ich werde tun, was immer erforderlich sein mag, um dir eine Stellung zu sichern, die es dir ermöglicht, die oberste Sprosse der Leiter zu erklimmen, wenn das dein Wunsch ist.«

»Hör auf, mich auf die Folter zu spannen, und komm zur Sache.«

»Der Freund, zu dem ich sie schicke, ist großzügig und weise, aber er ist auch alt. Aset muß für eine Weile verschwinden, aber ich ertrage den Gedanken nicht, daß sie mit seiner unverheirateten Tochter und seinen beiden Schwestern eingesperrt sein soll, die im günstigsten Fall einfältig zu nennen sind. Deshalb dachte ich mir – nun, vielleicht könnte sie in dein Haus in der Stadt ziehen, wenn ihre Anwesenheit in Usahors Harem erst vollzogen ist. Könnten wir ihr Aussehen nicht verändern, so daß niemand etwas merkt?« Die Worte flossen aus seinem Mund wie das Wasser aus einem hochgestellten Schaduf. »Indem Merit ihr die Haare schneidet, so daß sie aussieht wie ein Junge, der bei einem Arzt in die Lehre geht?«

»Oder bei dem Mann, der meine Apotheke führt«, schlug ich vor und schloß mich seinem Plan an. »Was ist mit Pagosch? Und Merit?«

»Sie werden eine Wohnung in der Villa ihres Gemahls beziehen. Aset muß von Zeit zu Zeit mit großem Aufsehen dort erscheinen, damit ihr Mann vor seinen Freunden mit ihr prahlen kann. Aber ihre Mitgift wird dir durch seinen Agenten zur Verfügung gestellt werden. Du kannst damit dein Haus um ein Zimmer erweitern, Diener einstellen oder dir anschaffen, was du sonst brauchst. Ipwet und ihr Sohn wären bereit, in deinem Haushalt in Dienst zu treten.« Er wußte also schon, daß Aset sich mit seinen Arbeitern angefreundet hatte.

»Pagosch ist einverstanden?«

»Es war seine Idee. Sieh zu, daß Tuli in deinem Hause bleibt. Das wird es leichter machen, sie ebenfalls dort zu halten.« Offenbar hatte er die Absicht, jedes Loch zu verstopfen, das ich in seinem Plan entdeckte.

»Ihr neuer Gemahl hat keine Einwände gegen eine solche Regelung?«

Ramose schüttelte den Kopf. »Er tut es ja für mich. Aus keinem anderen Grund.«

Ich war skeptisch, aber ich hatte keine Wahl. So folgte ich Ramose zum Seiteneingang seiner Villa; er winkte mich vor sich durch die Tür. »Pagosch sollte sie in meine Bibliothek bringen.«

Als wir eintraten, sprang Aset auf. »Tenre! Ich dachte, du bist in ... Stimmt etwas nicht?«

»Wir haben über deinen Unterricht gesprochen«, sagte Ramose. »Pagosch soll uns erst etwas Kühles zu trinken bringen, und dann reden wir darüber.«

»Ich helfe ihm«, erbot sie sich und lief hinter Pagosch her. Sie hatte eine kurze Tunika übergeworfen, die aber ihre weinroten Füße nicht verhüllte.

Als sie zurückkamen, teilte Ramose ihr ohne Umschweife mit was sie wissen mußte, aber nicht mehr.

»Aber warum muß ich Usahors Frau werden?« fragte sie.

»Damit du nach Recht und Gesetz unter seinem Schutz stehst, falls mir etwas passiert. Und weil deine Mutter findet, daß es an der Zeit ist.«

»Wenn Tuli mit mir zu Tenre kommen kann, wieso nicht auch Paga und Merit?«

»Weil alle denken sollen, daß du bei Usahor und seiner Familie bist.« Pagosch hörte wortlos zu, auch wenn ich den Verdacht habe, daß sein Herz verzagen wollte. »Du wirst morgen aufbrechen und wirst dort bleiben, bis die Klatschweiber etwas Neues haben, worüber sie sich das Maul zerreißen können.«

Als sie mich ansah, konnte ich nichts anderes tun, als zu nikken.

»Dann gehe ich jetzt besser zu Merit und helfe ihr beim Pakken, wenn wir fertig sein sollen, sobald Re-Harachte erscheint.«

»Wie du willst«, sagte Ramose. »Aber erst mußt du mir dein Wort geben, daß du tun wirst, was Tenre sagt – in allen Dingen, nicht nur in deinen Studien.«

»Nur wenn er meine Fragen beantwortet wie früher.« Ich durchschaute sie: Ein tapferes Gesicht sollte ihre Angst verbergen.

»Einverstanden«, sagte Ramose. »Und du wirst mit niemandem darüber reden. Mit *niemandem.*«

»Ich muß es Tuli sagen; sonst wird er nicht verstehen, warum er mit mir hinter Tenres Mauern leben muß.«

Ein Lächeln trat in Ramoses Augen. »Tuli – aber sonst keinem.« Er beugte das Knie und breitete die Arme aus. »Komm her.« Aset lief zu ihm und schlang ihm die Arme um den Hals. »Du wirst mir fehlen, du kleine Nilgans«, flüsterte er und drückte sie an sich. »Und jetzt geh.«

»Mehr wolltest du mir nicht sagen?« fragte sie, als er sie von sich schob. »Hast du meine Füße nicht gesehen?«

»Doch, ich habe sie gesehen, gerade so, wie du es wolltest.« Genau wie Aset bemerkte ich das Lächeln um seine Mundwinkel.

Später berichtete mir Pagosch, daß Ramose sich ein Vergnügen daraus gemacht hatte, Nofretete mitzuteilen, daß es ihre eigene Vergangenheit mit dem Ketzer und den Priestern des Aton sei, die ihre Tochter mit einem Makel versehen habe, der es nun unmöglich mache, irgendeinen Mann zu finden, der bereit sei, sie wenigstens als mindere Frau zu akzeptieren.

»Aber das Biest ist noch nicht fertig. Sie muß sicher sein, daß der Hohepriester Haremhab den Thron verweigert, und sie kann nicht mehr warten, bis die Uhr des alten Pharaos ausgelaufen ist. Das bedeutet, daß Paranefer der nächste sein wird.«

Allmählich verstehe ich, daß Pagosch beständig im Zustand gezügelter Wut lebt, denn auch ich schmecke allmählich eine bittere Wahrheit, die ich lange Zeit verleugnet habe: meine eigene Hilflosigkeit. Nicht, weil ich die Katastrophen nicht verhindern kann, die uns die Götter zuweisen, sondern auch die nicht, die Menschen anrichten. Und diese eine Frau.

XVII

Denver, 22. Dezember

Cleo schlug vor, am Dienstag zum Lunch zu Vince's zu gehen, aber Kate mußte nach Hause, um nach Sam zu sehen. »Er hat heute morgen seine Frühstücksflocken nicht gegessen, und ich habe Angst, er könnte krank sein. Komm doch mit. Wir könnten uns Sandwiches machen.«

Eine Viertelstunde später trafen sie Sam an der Haustür; er zappelte vor Aufregung, weil er mehr als ein Paar Schritte hörte. Cleo nahm ihn bei den Vorderpfoten und tanzte mit ihm herum, aber Kate sah, daß er nicht mit dem Herzen dabei war. Er hatte gehofft, es wäre Max.

»Phil sagt, ich habe den Körperbau und die Koordination, um eine richtig gute Skiläuferin zu werden«, plapperte Cleo, als sie Kate in die Küche folgte. »Du solltest ihn wirklich mal sehen, Katie – sein fabelhafter Hintern auf der Piste.«

Kate ließ Sam zur Hintertür hinaus, wusch sich die Hände und holte die Zutaten für die Sandwiches heraus. »Und was hast du Dave erzählt?«

»Er hat während der Feiertage immer familiäre Verpflichtungen. Deshalb bin ich vorläufig ungebunden.«

»Das meinte ich nicht.«

Cleo zuckte die Achseln. »Ich kann ja wohl nicht ohne jeden Grund davonspazieren.«

»Soll das heißen, du machst weiter mit ihm? Warum denn, um Gottes willen?«

»Du weißt, wie rachsüchtig Dave sein kann. Ich werde mir demnächst etwas überlegen. Nach Weihnachten.« Cleo sagte nichts mehr, bis sie sich zum Essen hinsetzten. »Max hat heute morgen angerufen. Er sagt, der Anwalt hat noch ein paar von den Papieren seiner Großmutter, aber er hat alles durchgesehen, was er hat, einschließlich der Sachen aus dem Bankschließfach.«

»Und er hat nichts gefunden?«

Cleo schüttelte den Kopf. »Ich habe ihm gesagt, ich halte es für ein richtig wichtiges Stück, wie du es schon sagtest. Museumsqualität. Hauptsächlich wegen dieses Widderkopfverschlusses. Nicht nur, weil er älter ist, sondern auch wegen der Vermischung einer Ikonographie mit einer anderen – mit einer, die ich noch nicht gesehen habe. Assyrisch vielleicht.«

»Könnte das Stück von anderswoher nach Ägypten gebracht worden sein, als Handelsware?« fragte Kate. »Assuan war eine Förderstätte für Marmor und vor allem eine bedeutende Etappenstadt für den Handel nilaufwärts.«

»Ich weiß es nicht. Da ist zum einen die Funktionalität: die Notwendigkeit, das eine Ende über den Widderkopf zu streifen, und die Bereitschaft, die Form den Erfordernissen der Funktion anzupassen. Das ist sehr unägyptisch. Dachten wir wenigstens, bis jetzt«, räumte Cleo mit wissendem Lächeln ein. »Trotzdem fühlt es sich ägyptisch an, beeinflußt von etwas anderem, wenngleich höchst subtil. Deshalb sagte ich ›vielleicht‹, als ich von assyrischem Einfluß sprach.« Sie stellte ihr Geschirr zusammen und trug es zur Spüle. »Ich habe ihm gesagt, was es meiner Meinung nach bei einer Versteigerung bringen würde, falls er es verkaufen wollte, und daß er uns hoffentlich Gelegenheit für ein erstes Angebot geben würde. Rate mal, was er geantwortet hat.«

»Daß es unverkäuflich ist – zu jedem Preis.«

Cleo zwinkerte und nickte. Während sie im Bad verschwand, ließ Kate den Hund herein und gab ein bißchen Cottage Cheese in seinen Napf, und erstaunt erkannte sie, daß sie eine Stunde lang kein Wort über Taschat geredet hatten. Aber für Kate stand sie immer in den Kulissen und wartete.

»Ich bin fast fertig mit ihr«, erzählte sie Cleo auf dem Rückweg zur Arbeit. Das Museum würde am Freitag für die Weihnachtstage schließen, aber bis dahin würde sie hoffentlich fertig sein. »Ich hole heute nachmittag die Perücken ab, die ich für sie habe machen lassen. Komm vorbei, bevor du nach Hause gehst, dann zeige ich sie dir.«

»Okay. Dann bringe ich dir auch Max' Halskette, damit du sie nach Houston mitnehmen kannst. Am besten tust du sie in deine Handtasche, oder du trägst sie. Sie ist zu wertvoll, um sie im Gepäck zu transportieren.«

Eine Stunde später rief Max mit einer neuen Frage an. »Wußten Sie, daß es im Ebers-Papyrus eine Beschreibung von Angina gibt, einschließlich der Schmerzen im linken Arm? Da fragt man sich ... ob sie wußten, daß der Ursprung dieses Schmerzes im Herzen liegt? Und wie zum Teufel konnten sie glauben, daß dieselben Gefäße alles transportieren, von Blut, Luft und Speichel bis zu Urin und Kot? Es fällt mir ziemlich schwer, mich an ihre Stelle zu versetzen, ohne Mikroskop – wenn man nur das bloße Auge zur Verfügung hat, die Nase und die Finger.«

»Hippokrates hat tausend Jahre später gelebt und immer noch geglaubt, daß Luft und Blut in denselben Gefäßen transportiert werden«, erinnerte Kate ihn.

»Ja, aber die Ägypter haben ihre Toten doch ausgeweidet.«

»Aber nicht seziert. Die Priester, die diesen Teil des Rituals vollzogen, waren Ausgestoßene und mußten abseits der übrigen Gesellschaft leben; sie machten nur einen Schnitt und tasteten dann mit der linken Hand im Innern herum.« Erst als sie sich selbst reden hörte, wurde ihr klar, was das bedeutete. »O Gott, Max, glauben Sie ...?«

»Hören Sie, rechts und links hatte immer auch eine zweite Bedeutung: recht und unrecht. Aber selbst wenn Linkshänder ausgegrenzt wurden, muß ihr Vater in der Lage gewesen sein, sie zu schützen, wenn es ihm gelang, sie mit einem thebanischen Adligen zu verheiraten.« Er schwieg kurz. »Mal sehen, was Cleo denkt«, sagte er dann. »Ich muß los. Wir sprechen uns später.«

»Später« erwies sich als kurz vor Mitternacht. Als das Telefon klingelte, raste Sam zur Haustür, knurrte und bellte, als glaube er, jemand habe versucht einzubrechen.

»Wieso ist Sam so aufgeregt?« fragte Max.

»Er hat tief geschlafen. Wahrscheinlich hat er das Telefon mit der Türglocke verwechselt.«

»Und was tun Sie noch so spät?«

»Ich versuche Nofretetes blaue Kriegskrone nachzubilden.«

»Wieso?«

»Ich kann nicht schlafen. Mir ist, als liefen zehn Leute in meinem Kopf herum, die alle durcheinanderreden. Diskutieren. Ich dachte mir, ich mache ein bißchen Handarbeit, bis ich schläfrig werde.«

»Worüber diskutieren sie?«

»Wie weit meine Gefühle beeinflussen, was ich getan habe. Es hat mit Taschats Gesicht zu tun. Aber ich kann nicht genau sagen, was und warum. Deshalb versuche ich es mit umgekehrter Psychologie und hoffe, daß es mir einfällt, wenn ich nicht darüber nachdenke.«

»Okay, dann erzählen Sie mir von der Krone, die Sie da machen.«

»Erinnern Sie sich an die geradlinige Krone, die Nofretete auf dem bemalten Kopf trägt? Da sieht sie schwarz aus, aber vermutlich war sie mit emaillierten Scheiben bedeckt. Sie hat sie selbst entworfen, wahrscheinlich weil die traditionelle Form nicht sehr schmeichelhaft war. Zu birnenförmig. Wie auch immer – ich mache jetzt eine aus Bristolkarton; das ist eine Pappe, die man mit den Fingern formen kann. Im Augenblick beklebe ich sie über und über mit blauen Papierpunkten, um die gleiche Wirkung zu erzielen.«

»Wenn Sie meinen ... Aber wahrscheinlich werden Sie schneller müde, wenn Sie die Zeitung von heute lesen.«

»Wenn Sie darauf hoffen, einen Hinweis auf das Konzept einer Pumpe zu finden, so werden Sie im Ebers-Papyrus nichts dergleichen finden.« Das Schweigen, das auf diese Worte folgte, deutete sie als Verdruß. Oder Überraschung.

»Woher zum Teufel wissen Sie das?« Er klang ehrlich verblüfft. Nicht überrascht und auch nicht verärgert, weil sie ihm zuvorgekommen war.

»Weil es nicht plausibel ist, daß Leute, die an einem Fluß lebten und sahen, wie er anstieg und abschwoll, und die den Schaduf benutzten, um Wasser von einer niedrigen zu einer höheren Ebene zu befördern – was bedeutet, daß sie das Prinzip des Hebels kannten –, und die Teiche anlegten, um das Wasser zurückzuhalten, und Kanäle, um es zu leiten –, daß diese Leute nicht auf den Gedanken der Rezirkulation stoßen sollten. Vielleicht ist es wie mit dem Ausweiden und dem Sezieren. Wie weit ist das eine vom anderen entfernt – Rezirkulation und das Konzept der Pumpe –, und was ist erforderlich, um hinzukommen?«

»Ich wußte, ich sollte so spät nicht mehr anrufen.«

Sie hörte das Lächeln in seiner Stimme und wußte, daß er Spaß machte. »Lassen Sie Ihr Gehirn daran arbeiten, während Sie schlafen«, schlug sie vor. »Wir sprechen uns morgen.«

Es war noch dunkel, als Kate am Mittwoch morgen erwachte. Sie lief mit Sam um den Block, frühstückte schnell und fuhr dann ins Museum, das erst in drei Stunden für den Publikumsverkehr öffnen würde. Sie betrat es durch den Nebeneingang und lief im Laufschritt durch die dunklen Korridore, um den Blutkreislauf im Gehirn in Gang zu bringen.

In ihrem Arbeitsraum legte sie Material und Pinsel zurecht, füllte ein paar Gläser mit Wasser und machte sich an die Arbeit. Wie Flußkiesel, die der Luft ausgesetzt sind, werden Acrylfarben stumpf, wenn der Glanz des Nassen verschwindet; eine der Vermutungen, die sie deshalb beim Mischen immer anstellen mußte, war die, wie stark sich der Farbton beim Trocknen verändern würde. Und Hauttöne waren schwerer vorherzubestimmen als andere. Zuviel Weiß machte sie undurchlässig, und sie hatten nicht diese durchscheinende Beschaffenheit, wie sie bei lebendiger Haut natürlich ist. Manchmal fügte sie Gel-Extender hinzu, um die Transparenz zu erhöhen, aber zuviel davon brachte einen Glanz, der ebenso unnatürlich aussah; sie mußte sich also beständig anpassen, wenn das Licht sich im Laufe des Tages veränderte.

Als das Museum schloß, ging sie nach Hause, um Sam zu füttern und selbst eine Kleinigkeit zu essen. Danach unternahmen sie einen längeren Lauf – bis zum Museum, wo sie ihn durch den Nebeneingang hineinschmuggelte. Er war schon einmal hiergewesen und ließ sich gleich an der Tür nieder. Er bewacht die Toten wie sein Bruder Anubis, dachte Kate, und dann schalt sie sich, weil sie sich allzusehr hinreißen ließ. Eine Dosis Realität würde das reparieren. Sie schaltete den Bildbetrachter ein und schaute die Röntgenaufnahme an. Konnte es sein, daß Taschat nicht nur Ehebruch, sondern Inzest begangen hatte? Genauer gesagt: Weshalb fiel es ihr so schwer, das zu glauben? Wegen der zerschmetterten Hand – deshalb, erkannte sie, aber ihr Gehirn fühlte sich inzwischen ganz verschlissen an, nachdem sie sich wochenlang bemüht hatte, Zusammenhänge zu finden, wo es keine gab. Sie mußte eine Zeitlang Abstand nehmen.

Drei Stunden später hatte sie Taschats Gesicht so weit fertiggestellt, daß nur noch die letzten Ausschmückungen fehlten. Als sie die Pinsel auswusch und sich auf den Feierabend vorbereitete, empfand sie ein zunehmendes Gefühl der Erleichterung: Sie wußte, daß sie im Begriff war, etwas zu vollenden, so daß die ständigen Fragen und Spekulationen aufhören konnten.

Auch wenn nicht alle ihre Fragen beantwortet waren.

24. Dezember

Nach einer unruhigen Nacht stand Kate wieder in aller Frühe auf, aber sie zwang sich, nicht zu hasten. Sie frühstückte im Pyjama und versuchte die Morgenzeitung zu lesen. Das einzige, was sie registrierte, war das Datum. Der 24. Dezember. Heiligabend. Der Tag, an dem Taschat wieder zum Leben erwachen würde.

Eilig zog sie sich an, stopfte einen Becher Joghurt in ihre Handtasche und umarmte Sam heftig. »Du mußt noch einen Tag Geduld haben, Schatz. Ich komme zurück, sobald ich kann – also keine Dummheiten, okay?« Sie hatte ihm ein paar Crunchies in den Napf geschüttet, aber das würde er noch früh genug entdecken.

Es wurde gerade erst hell, als sie das Haus verließ. Draußen war es kalt wie am Nordpol; sie fuhr mit dem Auto zum Museum, statt zu Fuß zu gehen oder zu joggen, auch wenn ihr die Bewegung gutgetan hätte. Als sie angekommen war, schälte sie sich aus Mantel und Handschuhen und richtete die drehbare Plattform dann so aus, daß Taschat zu den Fenstern an der Ostseite des Arbeitsraumes schaute – damit sie Re-Harachte begrüßen könnte, wenn er aus der Unterwelt emporkäme. Dann setzte sie sich auf einen Schemel und wartete ab.

Als das weiße Licht der Morgendämmerung den Arbeitsraum erhellte, wandte sie den Blick nicht mehr von Taschats Gesicht, um die subtilen Variationen der Hauttöne auf Taschats Nase und ihren Wangen zu verfolgen. Zufrieden sah sie, daß sie alles richtig hinbekommen hatte. Sie nahm einen gläsernen Augapfel, kippte den Kopf zur Seite, um die Hand durch die Halsöffnung hineinzuschieben, und setzte das Auge an seinen Platz. Dann nahm sie sich die andere Augenhöhle vor, setzte das zweite Glasauge ein und trat so weit zurück, daß sie die beiden Augen ausrichten konnte, damit die Blickrichtung genau stimmte und die Augen scharf blickten.

Irgendwann hörte sie draußen vertraute Geräusche und wußte, daß das Museum zum Leben erwachte. Die Aufregung, die sie auf der Zielgeraden befiel, ließ ihre Hände zittern, und so wandte sie sich ab und ging davon, ohne sich umzusehen. Sie brühte sich eine Kanne Kräutertee auf. Sie stand noch an der Spüle, als Elaine den Kopf zur halboffenen Tür hereinstreckte.

»Bist du gestern abend nicht nach Hause gegangen?« fragte sie und kam ganz herein, um sich Kates Werk anzuschauen.

Kate nickte. »Schlafen konnte ich allerdings nicht.«

»Sie ist viel besser als die Köpfe, die die Polizei macht, aber echt sieht sie noch nicht aus, oder?«

»Ich weiß nicht, was dich dazu bringt, so etwas zu sagen«, erwiderte Kate scherzhaft, »außer daß sie keine Augenbrauen und Wimpern und überhaupt keine Haare hat.« Die Perücken warteten auf ihren Ständern.

»Ich glaube, es ist, weil sie keine Falten hat. Ich weiß, daß sie jung war, aber ...«

»Ich bin noch nicht so weit. Ich dachte mir, als erstes bringe ich die Augen an, damit sie nicht ganz so ... so leer aussieht.«

»Ich frage mich sowieso, woher du weißt, wo die Falten sein müssen. Das ist vermutlich die Kunst dabei, was?«

Die Bemerkung ging Kate gegen den Strich. Gewiß, die forensische Rekonstruktion war eine Zeitlang in Mißkredit geraten, als die angenommenen Gewebetiefen noch auf der Grundlage von Messungen an Leichen beruhten. Aber das war seit dem Ende der achtziger Jahre anders, nachdem ein deutscher Forscher namens Richard Helmer Ultraschall an lebenden Subjekten eingesetzt hatte, um präzisere Durchschnittswerte zu erhalten.

»Ich werde Lachfältchen an Augen- und Mundwinkel malen«, erklärte sie – zum Teil, um dem, was sie hier tat, Glaubwürdigkeit zu verleihen. »Wegen der trockenen Luft und der heißen Sonne. Wenn man die Maske auf der Kartonage ernstnehmen kann, dann hat sie gern gelacht.«

»Wenn du es sagst.« Elaine hob den mit Folie bedeckten Topf, den sie in den Händen trug. »Vergiß die Mitarbeiterparty heute nachmittag nicht. Um drei Uhr. Du kannst sie mitbringen; dann trinken wir auf euch beide.«

Als sie gegangen war, wandte Kate sich den Augenlidern zu und umrandete sie nach der kosmetischen Konvention, die von Männern, Frauen und Kindern gleichermaßen befolgt wurde; damit schützten sie die Augen vor dem grellen Licht der Sonne. Frauen, die es sich leisten konnten, strichen sich manchmal eine Paste aus Manganoxid auf die Lider, so daß sie einen leicht purpurnen Schimmer bekamen, oder sie tönten sie mit pulverisiertem Malachit grün. Aber Schwarz war am meisten verbreitet. Bei der Arbeit hatte Kate ein Buch mit einem Farbfoto der Nofretete aufgeschlagen neben sich liegen. Als sie aber zu Taschats Augenbrauen kam, hielt sie sich nicht länger an die Vorlage des Bildhauers, sondern ließ die geschwungenen Linien fedrig ausfächern, damit sie natürlicher aussahen, vor allem wenn man sie aus ein paar Schritten Entfernung betrachtete, wie es die Museumsbesucher tun würden. Als sie auch die künstlichen Wimpern angeklebt hatte, trat sie zurück, um zu sehen, ob die Brauen dicker sein mußten.

Die Zeit verging unbemerkt; nur einmal rumorte ihr Magen protestierend und zwang sie, die Arbeit lange genug zu unterbrechen, um den Joghurt zu löffeln. Trotzdem war es schon kurz nach zwei, als sie soweit war, daß sie eine der Perücken ausprobieren konnte. Sorgfältig rückte sie sie zurecht; sie wollte den ersten Anblick ihrer Taschat nicht dadurch verderben, daß die Ponyfransen schief oder zu hoch über der Stirn lagen. Schließlich saß die lange, glatte Perücke genauso wie auf der Kartonage. Kate wandte sich ab, ging drei, vier Schritte, holte tief Luft und schloß die Augen, um alles Bisherige auszuwischen, bevor sie sich umdrehte und den ersten richtigen Blick auf ihr Werk warf.

Sie war wie vom Donner gerührt, und die Tränen stiegen ihr in die Augen, als eine Flut von widerstreitenden Empfindungen über sie hinwegbrandete, noch während im Geiste ein Lächeln aufblühte, noch ehe es ihre Lippen erreichte – Empfindungen, die aus der Genugtuung des Wissens erwuchsen, daß Taschat nun nicht länger im Dunkeln ruhte. Taschats Mund war kleiner als Nofretetes, aber ihre Lippen erschienen ihr ebenso sinnlich, zum Teil, weil sie sich an den Mundwinkeln ebenso zur Andeutung eines Lächelns emporkrümmten. Etwas an den Konturen ihres Unterkiefers deutete auf Kraft oder Starrsinn – beides vielleicht –, aber das war es nicht, was Kate am meisten betörte. Es waren die Widersprüche, die Taschat eine Persönlichkeit verliehen, die ganz anders war als die der Nofretete – trotz aller Ähnlichkeiten der Schädelstruktur. Sie war in der Tat eine junge Frau von Intelligenz und unwiderstehlichem Charme. Ihre klaren blauen Augen reflektierten das Licht von den Fenstern genauso, wie es ein lebendiges Auge tat.

Kate war wie hypnotisiert von dem, was sie sah – es war der Widerhall von etwas Vertrautem, etwas, das sie schon einmal gesehen hatte, fast als höre sie die Harmonien eines reinen Tons.

Getrieben von dem unbestimmten Gefühl, sie habe Taschat gekannt – oder jemanden, der ihr sehr ähnlich sah –, ging sie zum Spiegel über dem Waschbecken in der Ecke, um ihr eigenes Gesicht zu betrachten. Als sie zurückkam, zitterte sie wie das sprichwörtliche Espenlaub.

Kate trat an ihre Werkbank, wo das Buch lag, um die beiden noch einmal miteinander zu vergleichen. Der Berliner Nofretete-Kopf trug eine hohe, geradlinige Krone, die Nofretete selbst entworfen hatte, und eine Amarna-Halskette aus Glasperlen, die wie Blüten und Blätter geformt waren. Im Sand von Zentralägypten, wo der Kopf gefunden worden war, hatten nur die Ohren leichte Beschädigungen davongetragen, und in einem Auge fehlte die braune Iris. Aber der bemalte Kopf wies – vor allem an Unterkiefer und Kinn – genug Ähnlichkeit mit Taschat auf, um vermuten zu lassen, daß die beiden zur gleichen ethnischen Gruppe gehörten. Dieser unerwartete Zufall brachte Kate auf den Gedanken, daß Taschats Haut in Anbetracht der blauen Augen nicht dunkler, sondern vielleicht sogar noch heller gewesen sein könnte. Nofretetes mandelförmige Augen waren an den inneren Winkeln leicht von den Lidern überschattet, was ihr einen etwas melancholischen Ausdruck verlieh; Taschats dagegen waren nicht nur blau, sondern auch runder, was ihr einen offeneren, geradlinigeren Ausdruck verlieh. Den Ausdruck einer Frau, die bereit war, viel zu wagen.

Bisher war Kate der Auffassung gewesen, daß allein schon die Existenz zweier Stücke gegen die verbreitete Überzeugung spreche, daß die ägyptische Kunst konventionell gewesen sei und individuell eher uninspiriert: Das eine war die bemalte Büste der Nofretete, das andere ein kleiner hölzerner Kopf, der Königin Teje darstellte. Jetzt zählte sie ein drittes dazu: das Porträt auf der Kartonage der Taschat – denn es fing den Humor ein, den Intellekt, oder was immer sonst der Quell für Taschats unglaubliche Vitalität sein mochte. Wer immer Kartonage und Sarg entworfen und bemalt haben mochte, war ein Künstler von seltener Hellsichtigkeit gewesen, der nicht nur ihre physische Erscheinung, sondern auch die Essenz ihres Geistes hatte erfassen können.

Eine Zeitlang sonnte Kate sich im Glanz dieser Entdeckungen und genoß die Genugtuung zu wissen, daß sie gute, ja vielleicht sogar inspirierte Arbeit geleistet hatte – nicht, daß sie so etwas je irgend jemandem sagen würde. Sie holte die Kamera hervor, um Taschat mit der zierlich geflochtenen Zopfperücke aus verschiedenen Blickwinkeln festzuhalten. Dann tauschte sie die Perücke gegen die mit den kurzen Locken und tat das gleiche noch einmal. Als sie fertig war, sah sie, daß sie noch zwei Aufnahmen übrig hatte; sie setzte Taschat die blaue Kriegskrone der Nofretete auf und machte zwei Bilder davon, eines von vorn und eins im Profil. Für Max.

Eine Bewegung am Rande ihres Gesichtsfeldes ließ sie aufblicken. Dave Broverman stand ein paar Schritte weit entfernt. Wie man einen Autounfall kommen sieht und nichts tun kann, um ihn zu verhindern, wußte sie jetzt, daß er das aufgeschlagene Buch auf ihrer Werkbank gesehen und die falschen Schlüsse gezogen hatte.

»Herrgott, McKinnon!« explodierte er. »Wenn Sie glauben, daß ich Ihnen Ihre Fantasien abkaufen werde ... daß Sie mich davon überzeugen können, daß dieses unbedeutende Stück Mist« – er fuhr herum und richtete einen vorwurfsvollen Finger auf die Mumie – »Nofretete ist, dann haben Sie Ihren Baumwollpflückerverstand vollends verloren!«

»Es ist nicht so, wie Sie ...« begann sie besänftigend. »Ich glaube ja gar nicht, daß sie ...«

»Verdammt richtig. Sie ist es nicht. Ich müßte doch ein Trottel sein – aber das denken Sie ja vielleicht? Sie und Cleo.« Mit zwei schnellen Schritten war er da, und er holte aus und schlug Taschat die blaue Kriegskrone vom Kopf. Sie flog quer durch den Raum, fiel zu Boden, hüpfte einmal und rollte dann in einem wackligen Bogen hin und her. Kate war wie vom Donner gerührt ob dieser bösartigen Attacke. Dennoch empfand sie den verrückten Drang zu lachen – vielleicht über dieses überraschende »Baumwollpflücker«, wenn nicht gar über seinen infantilen Wutanfall.

»Verdammt, Sie haben nicht ein einziges Mal zugehört, nicht wahr? Immer nur der eigenen bornierten Nase nach. Hat sich als feiner Experte entpuppt, Ihr Doktorfreund.«

Kate rechnete damit, daß er sich beruhigen würde, wenn er ein bißchen Dampf abgelassen hätte, und sie nahm an, daß sie alles nur noch schlimmer machen würde, wenn sie mit ihm diskutierte.

»Allerdings, wenn ich mir's recht überlege, sind Sie viel zu lahmarschig, um sich solchen Kram allein auszudenken. Glauben Sie, ich habe nicht bemerkt, wie Sie und Cleo herumschleichen und sich mittags zusammen zum Lunch verdrücken –«

Jetzt reichte es. »Ich glaube *nicht*, daß Taschat Nofretete ist. Und wir haben uns *nicht* herumgeschlichen. Wenn Sie mich nur einmal erklären lassen ...«

»Ich habe genug von Ihnen, McKinnon. Sie stehen mir bis *hier.*« Er hob die flache Hand an die Nase, und sein Blick huschte hin und her – nur Kate sah er nicht an. »Wenn Feierabend ist, will ich, daß Sie endgültig von hier verschwinden. Und lassen Sie sich ja nicht einfallen, irgend etwas mitzuschleppen, was Ihnen nicht gehört. Ich weiß, daß Sie Material für Ihre Schwarzarbeit beiseite schaffen.« Er stürmte zur Tür, drehte sich dann noch einmal um und feuerte einen letzten Schuß ab. »Und erwarten Sie keinen weiteren Gehaltsscheck. Sie können schon von Glück sagen, daß ich nicht zur Rachsucht neige, verdammt. Sonst würde ich Sie auf jeden Penny verklagen, den wir Ihnen gezahlt haben.« Er schlug die Tür hinter sich zu, daß die Erschütterungswellen den ganzen Raum vibrieren ließen.

Kate ließ sich langsam auf einen Hocker sinken. Ihre Wangen brannten vor Scham, und sie war entsetzt über den nackten Wahnsinn seines Überfalls. Außerdem war sie wütend auf sich selbst, weil sie ihm nicht widersprochen, ihn nicht gezwungen hatte, zuzuhören. Aber was hätte sie ihm zu erklären gehabt? Es war *sein* dummer Irrtum gewesen, *sein* vernagelter kleiner Verstand. Sie dachte daran, ohne anzuklopfen in sein Büro zu marschieren und ihn wissen zu lassen, daß sie über jedes Stück Papier, jede Farbtube, die sie dem Museum in Rechnung gestellt hatte, auch Rechenschaft ablegen und daß sie anhand von Skizzen und Fotos belegen könne, wozu sie alles verwendet habe; es sei also völlig ausgeschlossen, daß er vor Gericht gegen sie gewinnen könne.

Aber er hatte recht, sie war nur eine angestellte Kraft. Eine Aushilfe. Cleo würde sich wahrscheinlich für sie einsetzen, aber das wollte sie nicht. Sie hatte Cleo im Stich gelassen, so wie sie ihre Eltern im Stich gelassen hatte, bis die sich einfach dafür entschieden hatten, sich aus ihrem Leben zu verabschieden. Und schlimmer noch, sie war bei einer Sache gescheitert, die ihr wirklich am Herzen lag. Wieder einmal.

Wenn sie nur daran dachte, Max zu erzählen, daß alles umsonst gewesen war ... Sie schaute zu Taschat hinüber. Plötzlich wußte sie, daß das einfach nicht stimmte, und dann schwirrten ihr alle möglichen widerstreitenden Gedanken durch den Kopf. Sie erinnerte sich daran, daß sie von fast allem, was sie gemacht hatte, Duplikate zu Hause hatte, und außerdem hatte sie ihre ganze Arbeit fotografisch dokumentiert. Zumindest konnte sie alles, was sie für das Museum gemacht hatte, noch einmal machen, auch wenn sie ohne Daves Erlaubnis nichts damit anfangen durfte. Die würde er ihr allerdings kaum geben, dachte sie, als sie anfing aufzuräumen.

Als erstes setzte sie Taschat die Zopfperücke auf den Kopf und stellte den hölzernen Dreifuß in eine Ecke. Dann setzte sie sich hin, um Skizzen und Aquarelle zu sortieren; sie wollte sicher sein, daß alles so mit ihrer Signatur – *KmcK* – versehen war, daß man sie nicht abschneiden konnte. Einen Stapel ließ sie auf der Werkbank liegen, den anderen steckte sie in einen übergroßen braunen Umschlag. Dann marschierte sie durch den Korridor zum Versandzimmer, um sich einen Pappkarton zu holen, den sie mit ihren persönlichen Sachen füllte: Töpferwerkzeug, Pinsel, ein paar Bücher, ihre Kamera und das kleine Radio, eine fleckige Porzellanteekanne. Schließlich hob sie die blaue Krone vom Boden auf, stellte sie oben auf den Karton, zog den Mantel an und legte ihren Schlüssel mitten auf den leeren Tisch. Sie nahm den Karton auf den Arm und ging zur Tür. Dort drehte sie sich noch einmal um und warf einen letzten Blick auf Taschat, bevor sie das Licht ausknipste und die Tür hinter sich schloß.

Als sie durch den Empfangsbereich zum Haupteingang ging, warf sie einen Blick zur Cafeteria, wo ein paar Freiwillige gerade die Weihnachtsfeier vorbereiteten. Aber sie verhielt nicht einmal ihren Schritt.

Als sie zu Hause war, sagte sie als erstes den Flug nach Houston ab. Dann hinterließ sie zwei Telefonnachrichten – die eine auf Max' Anrufbeantworter zu Hause, die andere auf Cleos. Die erste formulierte sich absichtlich vage: »Ich kann leider doch nicht nach Houston kommen, Max. Es ist etwas vorgefallen. Ich rufe Sie nächste Woche an.« Die zweite Nachricht war bündiger. »Dave ist soeben ausgerastet und hat mich gefeuert. An deiner Stelle würde ich mich für ein paar Tage bedeckt halten, 'ne Grippe kriegen oder so was, bis er sich wieder abgekühlt hat. Ich bin jedenfalls erst mal weg, und Sam nehme ich mit. Ich weiß noch nicht, wie lange, aber ich rufe dich nächste Woche an. Versprochen. Oder übernächste Woche.« Danach zog sie den Telefonstecker aus der Wand, schenkte sich ein Glas Wein ein und aß ein Sandwich; dann räumte sie den Kühlschrank aus und fing an zu packen.

Bei Sonnenaufgang am nächsten Morgen waren sie und Sam auf der Interstate in Richtung Süden: unterwegs zum blauen Himmel des Georgia-O'Keefe-Landes. Ins Rote Land von New Mexico.

Ich rieche das Nahen eines Wandels;
eine Gestalt wendet die Blätter im Wind.
Totenbuch der Ägypter

XVIII

JAHR VIER DER HERRSCHAFT DES EJE

(1348 vor Christus)

Dreizehnter Tag, erster Monat des Hochwassers

Die Sorge um das Wohlergehen meiner erweiterten »Familie« liegt schwer auf meinen Schultern, zumal Charys Frau im Begriff ist, schon wieder niederzukommen. Um dem Staub und dem Lärm der Maurer, die meinem Haus neue Räume anfügen, zu entkommen, mußte ich mich in meine Schlafkammer zurückziehen. Aber ich war nicht überrascht, Aset mit gekreuzten Beinen auf meinem Bett sitzen zu sehen, als ich aufblickte. Tuli lehnte an ihrem Bein, und sie wartete darauf, daß ich zu Ende geschrieben hatte. Sie hatte eine Schriftrolle in der Hand; also legte ich meine Feder zur Seite, um zu hören, was sie wollte.

»Ich habe an einem Gedicht gearbeitet, einem Geschenk für meinen Vater, aber da versiegte der Fluß meiner Gedanken«, sagte sie. »Ich dachte, vielleicht kannst du mir sagen, was ich falsch gemacht habe.« Ich nickte, und sie fing an zu lesen. *»Ne-*

ben dem Brunnen erhebt sich die Sykamore. Neben dem Brunnen wachsen leuchtende Kornblumen. Erheben sie sich aus eigenem Willen auf schlankem Stiel? Oder ist es die Macht der Liebe, die sie herauftreibt? Ich erwache im Dunkel, weil die Vögel sich regen, weil es murmelt in den Bäumen, weil Flügel flattern. Ich bin Fleisch vom Fleische meines Vaters. Sein Leid ist das meine, seine Freude auch und sein Mut. Und meine Gedanken liegen bei den seinen, in Frieden.«

In Wahrheit kann ich mit Gedichten wenig anfangen, aber ihre Art, mit Worten umzugehen, macht mich oft sprachlos, denn bei ihr sind sie wie Spielsachen, die erst einen Sinn bekommen, wenn sie sie zusammenfügt. »Nun, habe ich dich eingeschläfert?« fragte sie ungeduldig, weil ich nicht gleich antwortete.

»Solche liebevollen Gedanken würden jeden Vater erfreuen. Vielleicht bist du am naturgemäßen Ende angekommen, ohne es zu merken.«

»Ich habe es für *meinen* Vater geschrieben, *sunu*, nicht für jeden Vater!« fauchte sie, und es war ein Widerhall des Tons, auf den ihre Mutter sich so gut versteht.

»Laß deine Unzufriedenheit oder deine Laune nicht an mir aus. Die gute Meinung des begabtesten Poeten ist ohne Bedeutung, wenn sie dir mißfällt.« Tuli stellte ein Ohr auf und legte den Kopf schräg; er hörte an meinem Tonfall, daß etwas nicht stimmte.

»Vielleicht, wenn du mir etwas von dir vorlesen könntest ...« begann sie.

»Verseschreiben ist etwas für Leute mit müßigen Händen oder für einen Mann, den die Liebe närrisch gemacht hat.«

»Mein Vater sagt, ein Mann, der sich weigert, sein *ka* sprechen zu lassen, ist entweder ein Feigling, oder er schämt sich dessen, was er im Herzen trägt. Aber ich weiß, daß beides bei dir nicht der Fall ist.«

»Vielleicht ist dein *ka* schlecht informiert.« Tuli sprang zu Boden, setzte sich vor mich hin und flehte mich an, meinen Ton zu ändern.

»Wenn ich meinem *ka* nicht vorwerfen kann, was ich sage oder tue, wie kann ich dann denen einen Vorwurf machen, die mich informieren?« Boshaft kräuselte sich ihr Mund, als sie mit einer Neigung des Kopfes auf Tuli deutete.

»Schreibt Tuli jetzt Verse?« fragte ich. Ihre blauen Augen verdunkelten sich, wie wenn ein Windstoß die Flamme von einer Lampe löscht; sie schnippte mit den Fingern und rief Tuli damit an ihre Seite.

»Er zeigt mir auf andere Weise, daß er mich liebt, auch wenn ich ihm mißfalle. Nicht, daß ich denke, dir liegt nichts an mir, Tenre, aber ich verstehe nicht, weshalb du nicht das Verlangen hast, unsere Gefühle ebenso zu untersuchen wie unsere Körper.«

»Ich sagte doch, blumige Phrasen kommen mir nicht leicht über die Lippen.«

»Nicht einmal, als du ein grüner Jüngling warst, der von den reifenden Brüsten irgendeines Mädchens schwärmte?« Sie blieb beharrlich. »Dann sag mir doch: Wie kommt es, daß mir die Trauer, die ich empfinde, wenn ich meinen Vater enttäusche, die Tränen in die Augen treibt? Was verursacht das Pochen in meinen Ohren, wenn ich allein im Dunkeln bin? Warum werden meine Wangen heiß, wenn ich mich für etwas schäme, das ich gesagt habe?« Wie ein Stein, der einen Hang hinunterrollt, kann sie erst aufhören, wenn sie unten angekommen ist.

»Vielleicht sind das alles nur Zeichen, die deine Namenspatronin dir gibt, um dich wissen zu lassen, daß sie über dich wacht, selbst im Dunkeln«, erwog ich, da ich ihr keine andere Antwort zu geben wußte.

»Du machst dich über meine Fragen lustig?« Ich wagte nicht, zu lächeln; also schüttelte ich den Kopf. »Wenn es, wie du sagst, einen Unterschied zwischen Glauben und Wissen gibt, und wenn der Weg zur Ewigkeit im Wissen besteht – im geöffneten Auge –, dann bedeutet es, die Augen zu schließen, wenn man *keine* Fragen stellt. Und dennoch stellen die Priester niemals etwas in Frage, obwohl sie die Sonne anbeten, den Ursprung des Lichts und des Lebens. Das ist doch sicher nicht *maat.*«

Ich erkenne ein theologisches Argument, wenn ich es höre. »Ist es das, was dahintersteckt – du vermißt deinen Vater?« fragte ich, denn in den Monaten, bevor wir sein Anwesen verlassen hatten, war es den beiden zur Gewohnheit geworden, einander auf die Probe zu stellen, um zu sehen, wie gut der andere eine Auffassung zu verteidigen wußte.

Ihre Finger spielten mit Tulis Ohr. »Natürlich vermisse ich ihn, aber ...«

»Dann denke darüber nach und sieh zu, ob du nicht einen Weg findest, zu erkennen, was das Rauschen in deinen Ohren hervorruft. Und was die Verse angeht, so könnte ich es versuchen, wenn du die Geduld aufbringst, mich anzuleiten.« Wenn sie befürchtet, sie könnte mir einmal nicht mehr am Herzen liegen, werde ich so viele Verse schreiben, wie sie will, unbeholfen oder nicht. Und wenn sie etwas anderes auf dem Herzen hat, so hat sie damit wenigstens einen Vorwand, zu mir zu kommen.

»Wir könnten uns demselben Gegenstand widmen«, schlug sie vor.

»Und dann lesen wir uns unsere Verse gegenseitig vor«, ergänzte ich. »So könntest du mich durch dein Beispiel unterweisen.«

Entzücken sprudelte aus ihr hervor. »Worüber wollen wir schreiben?«

»Hm, laß mich überlegen, was denn ... eine Möglichkeit wäre.«

»Möglichkeit? Oh, das gefällt mir schon.« Sie entflocht ihre Beine und rutschte vom Bett herunter. Tuli sprang zu Boden. Aber als ihre nackten Füße die kühlen Fliesen berührten, erstarrte sie pötzlich, obwohl Tuli schon in den Gang hinausgelaufen war.

»Laß deine Schriftrolle hier; ich sorge dafür, daß dein Vater sie bekommt«, sagte ich und ignorierte ihre bloßen Füße. »Aber du mußt mir ein paar Tage Zeit geben. Ich bin nicht so schnell wie du.«

Vierter Tag,
zweiter Monat des Hochwassers

Die lebenspendenden Wasser der Mutter Fluß steigen schneller, als sie es seit Menschengedenken jemals getan haben, und banges Unbehagen lastet wie ein Schatten auf uns allen. Aasgestank hängt über der Stadt wie ein tödliches Miasma; er kommt von den Leichen, die sich vor dem Haus der Verschönerung stapeln. Wo ich hinkomme, verbrenne ich Schwefel, um die Geister der Toten zu vertreiben, und mit ihnen die Ratten, die in ihre jämmerlichen Hütten einfallen. Für diejenigen, die trotz all meiner Arzneien sterben werden, entzünde ich Weihrauch und rufe die Göttin an: *»O Isis, du große Zauberin, erlöse mich von allem, was böse ist, schlecht und ruchlos. Vom Leiden, das ein Gott oder eine Göttin zugefügt, von toten Männern und Frauen, von männlichen und weiblichen Feinden, wie du erlöst hast deinen Sohn Horus.«*

Manchmal umklammert die Angst mit kalten Fingern mein Herz, wenn ich aufblicke und sie plötzlich da ist wie jetzt, im weißen Nachtgewand, das ihre Knöchel umweht.

»Du kannst nicht schlafen?« fragte ich und winkte sie herein.

»Ich dachte, wir könnten uns vielleicht unsere Gedichte vorlesen«, sagte sie.

»Vielleicht sollte ich anfangen«, sagte ich und wühlte in den Blättern auf meinem Tisch, »damit mein kläglicher Versuch nicht noch bescheidener klingt, wenn er nach dem deinen kommt.« Sie nickte mir ermutigend zu, und ich holte tief Luft und begann. *»Wie ein Kind im Bauch seiner Mutter bin ich bei euch, aber nicht unter euch. Ich bin das Wasser, das aus einer Quelle sprudelt. Ich bin das Lachen in zwei Krügen Wein. Eine Kaulquappe, die* *schwimmt in einem flachen Teich aus den Tränen einer Göttin. Immer war ich da, ein Kind in der Stille der Dinge, denn ich bin die Möglichkeit.«* Ich hob den Blick nicht von meinem Papyrusblatt. Ich erwartete Gelächter, Nachsicht, ja Mitleid, aber nicht Schweigen. Die Neugier trieb mich schließlich, den Kopf zu heben, und da sah ich, daß sie so vertieft in ihre eigenen Verse war, daß sie mir gar nicht zugehört hatte. »Ich habe dir ja gesagt, ich habe kein Talent zum Dichten. Ich habe versucht, Dinge zu beschreiben, die mich als Jungen fasziniert haben, die ich vergessen und dann mit dir wiederentdeckt habe.«

Sie sah mich ratlos an. »Ich habe nicht ... was meinst du damit?«

»Die Götter haben mir ein rares und kostbares Geschenk gemacht: Sie haben mir erlaubt, noch einmal mit den Augen eines Kindes zu sehen.«

»Mit meinen?«

Ich nickte.

»Wirklich?«

»Wirklich«, antwortete ich und rief damit dieses strahlende Lächeln hervor, welches für mich das größte Geheimnis von allen ist, denn ich weiß nicht, wo solches Licht herkommen kann, und kann mir die Wirkung, die es auf mich ausübt, nicht erklären.

»Das muß der Grund sein, weshalb unsere Gedanken demselben Weg folgen.« Sie war zu aufgeregt, um stillzusitzen, und kam an meine Seite. »Ich hatte Angst, es würde nach Eigenlob klingen, wenn ich dir sagte, wie gut mir deins gefällt. Aber ich müßte bei meinem nur hier und da ein Wort verändern, und es würde sich anhören, als wäre es ein Teil von deinem. Lies es noch einmal vor.« Ich tat es, und als ich geendet hatte, fing sie an: *»Ich bin die Welt vor ihrer Äußerung. Ich bin der Gedanke und das Verlangen. Eine Idee. Das Vorzeichen unmöglicher Träume. Ich kenne kein Ende, denn ich habe keinen Anfang. Denn ich bin die Möglichkeit.«*

Einundzwanzigster Tag,
dritter Monat des Hochwassers

Nur die Lagerhäuser, die Ramose abseits vom Flußufer hat bauen lassen, enthalten noch Eßbares. Alles andere, selbst das Korn in den königlichen Speichern, wurde vom rasenden Strom fortgeschwemmt oder liegt unter dem Schlamm begraben, was Anlaß zu Gerüchten gibt, daß der Pharao den Unwillen der Götte erregt habe, weil er keinen Erben benennen wollte. Aber so, wie der Fluß mit dem Hochwasser seine Ufer beraubt, wird das Land seinerseits das Wasser berauben – ein niemals endender Kreislauf, den Sterne und Mond und Sonne wiederholen, wenn sie sich gegenseitig ihrer Plätze am Himmel berauben. Wessen irdischer Stern wird aufgehen und Paranefers Platz einnehmen, frage ich mich. Sicher wird uns das mehr sagen als all der Tratsch über die Vermutungen, wer es denn wohl war, der den Hohenpriester ins unterirdische Haus der Nacht geschickt hat.

Sechzehnter Tag,
vierter Monat des Hochwassers

Scheri, Nebet und Mena waren hier, um Asets elften Geburtstag zu feiern; Nebets kleinen Bruder haben sie zu Hause bei seiner Amme gelassen. Wir haben im Garten gegessen, und dann haben Mena und ich uns im Gras ausgestreckt, um uns zu entspannen, und Scheri half Ipwet und Tamin, Charys Frau, die leeren Schüsseln und Teller in Nofrets Küche zu tragen.

»Der arme Tuli ist es nicht gewöhnt, daß so viele Leute in sein Revier eindringen«, bemerkte ich mit einem Blick auf den Hund, der im Schlaf mit den Pfoten zuckte. Nebet, Aset und Ruka ließen die Beine in den Teich baumeln; sie kicherten und schwatzten.

»Ich wette, Asets neue Palette kommt zu den anderen Schätzen, die sie in dieser verschlissenen Tasche mit sich herumträgt«, sagte Mena. »Siehst du, wie sie immer eine Hand auf dein Geschenk legt, als befürchte sie, daß es sonst davonlaufen könnte? Andere Mädchen in ihrem Alter hätten lieber einen Bronzespiegel oder ein buntes Röhrchen für ihre Augenschminke. Was glaubst du – liebt sie das Ding, weil es ist, was es ist, oder weil es von dir kommt?«

»Du kennst sie nicht, wenn du danach fragen mußt.«

»Vielleicht kenne ich sie besser, als du glaubst«, knurrte er.

»In letzter Zeit sitzt sie stundenlang über meinen medizinischen Schriften; sie will wirklich und nicht nur dem Namen nach meine Gehilfin werden, und außerdem hilft sie Chary. Es ist, als versuchte sie, zwei Lebenstage in einen von unseren zu stopfen.«

»Sie versucht dich einzuholen.«

»Fang nicht damit an«, sagte ich nur halb im Scherz. »Sie hat mir mein vorgerücktes Alter bereits schmerzlich zu Bewußtsein gebracht. Heute morgen kam sie als erstes mit einem mathematischen Rätsel zu mir. Wie ist es möglich, daß ich jetzt dreimal so alt bin wie sie, da ich dreiunddreißig bin und sie elf ist, und nur noch zweimal so alt wie sie, wenn sie zweiundzwanzig ist?« Er lächelte mit geschlossenen Augen. »Außerdem nimmt sie jetzt einen Klumpen nassen Ton mit, wenn wir die Kranken besuchen, und dann knetet sie daraus Tiere für ihre Geschichten. Ein Schwein, das glaubt, es könne fliegen, weil es von einer Gänseherde aufgezogen wurde, und dem am Ende wirklich Flügel wachsen. Ein Krokodil, dessen Schnauze so lang ist wie sein Schwanz, so daß es immer vergißt, wo vorn und wo hinten ist.« Ich beobachtete die drei am Teich und wurde neugierig. »Worüber in Amuns Namen können sie da reden, daß Ruka plappert wie eine Taube? Wenn ich dabei bin, stolpert er immer über seine eigene Zunge.«

»Aset versteht es, ihm Glauben an sich selbst zu geben. Ich

wünschte, die Götter hätten uns allen diese Fähigkeit verliehen, denn ohne Zweifel hat sie Nebet auf eine Weise geheilt, an der du und ich keinen Anteil hatten.« Seine nächsten Worte wehten auf einem Seufzer zu mir herüber. »Wie sehr meine Tochter unter der nährenden Sonne ihrer Freundin aufgeblüht ist!«

»Als Junge habe ich auch mehr gebraucht als die stützende Hand meines Vaters. Jemanden, der meinem Alter näher war. Ohne dich hätte ich nie den Mut gefunden, zu werden, was ich bin, so unwichtig das für andere auch erscheinen mag.« Er sah mich mit hochgezogener Braue an und fragte sich vermutlich, ob ich zuviel Wein getrunken hatte. »Wenn ich dir zu unverblümt rede, dann liegt das daran, daß Aset mich immer wieder ermahnt, mein *ka* sprechen zu lassen. Ich führe ein Experiment durch, um zu sehen, ob ihre Argumente etwas für sich haben.«

»Wird es nicht Zeit, daß du dich nach einem größeren Grundstück umsiehst?« fragte er und wechselte das Thema. »Der Anbau an deinem Haus verkleinert den Garten, während du zugleich mehr Platz zum Pflanzen brauchst – dank dem Auge des Horus. Du hast doch inzwischen sicher genügend Kredit bei der Finanzkanzlei des Pharaos.«

»Erinnerst du dich an meinen Nachbarn zu dieser Seite dort, der wenig anderes tat, als sich beim Magistrat über den nächtlichen Lärm vor meiner Tür zu beschweren?« Er nickte. »Nun, jetzt hat er soviel Ruhe, wie er will, und seiner Witwe habe ich einen so großzügigen Preis für das Grundstück gezahlt, daß sie genügend bemittelt ist, um einen viel jüngeren Mann anzuziehen – einen, der mehr Zähne im Mund hat als der alte Großvater, den sie vorher hatte.« Ich brach einen Zweig von einem nahen Busch ab und sah mich nach einem freien Stück Erde um. »Ich gedenke, die Mauer einreißen und das alte Haus für Chary und Tamin instand setzen zu lassen; sie bekommen wieder ein Kind. Das neue Grundstück bepflanzen wir mit Kräutern und Arzneisträuchern, und für Ipwet und Ruka lasse ich ein neues Haus bauen – hier, wo jetzt Salbei und Thymian wachsen. Da wir jetzt alle so etwas tragen« – ich hob einen Fuß, um ihm meine Palmblattsandalen zu zeigen – »und Nofret von ihren Freunden immer neue Bestellungen anbringt, muß ich vielleicht bald jemanden einstellen, der Ipwet hilft. Außerdem will ich eine Tamariske, zwei Sykomoren und ein paar Palmen pflanzen – um sie abzuernten und um Schatten zu haben.«

Ich hörte ein Geräusch an der Seitenpforte und wußte sofort, wer es war, obwohl keine Lampen den hinteren Teil meines Gartens erleuchten. Auch Aset wußte es, denn sie sprang noch vor mir auf. Pagosch breitete die Arme aus und fing sie im vollen Lauf auf; dann wirbelte er sie im Kreis herum, während sie die Arme um seinen Nacken schlang.

»Ich bin ja so froh, dich zu sehen!« Sie wich ein Stück weit zurück, um ihm ins Gesicht zu spähen. »Aber ich wünschte, Merit hätte auch kommen können.«

Wortlos stellte er sie auf den Boden und wandte sich um: Im Dunkeln hinter ihm stand Merit, halb verhüllt unter dem dünnen Schleier, den sie sich um den Kopf gewunden hatte. Aset stürzte ihr entgegen, und sie lachten und weinten und redeten durcheinander, während wir andern stumm dastanden. Pagosch nickte mir knapp zu, und ich fragte mich, ob es ihm die Kehle ebenso zusammenschnürte wie mir. Das wiederum erinnerte mich an Asets Frage: Wieso können unsere Gedanken und Gefühle, die unseren Körper im Tode verlassen und somit ohne physische Substanz sind, uns dennoch Tränen in die Augen treten lassen?

Pagosch brachte Geschenke von ihrem Vater: einen kleinen Holzkasten und eine mit purpurnem Band umwickelte Schriftrolle. Der Kasten allein war schön genug, denn er war mit seltenen Hölzern und Elfenbein aus Kusch eingelegt, aber er enthielt eine goldene Halskette, welche mich an die erinnerte, die Aset einst von ihrer Mutter »geborgt« hatte: gewiß eine Botschaft ebenso wie ein Geschenk. Nofret und Scheri machten viel Aufhebens um die zart gearbeitete Goldschmiedearbeit, aber es war die Schriftrolle, die Aset für den Rest des Abends fest in der Hand hielt.

Als er sie so sah, kam Mena zu einem Schluß, auf den ich niemals verfallen wäre. »Sie übt sich in der Kunst, die allen Frauen naturgegeben ist: Sie bedient sich der Vorfreude, um die Lust am Ende noch zu vergrößern.« Ich tat diese Hirngespinste verächtlich ab und erklärte ihm, sie warte nur auf den Augenblick, daß sie Ramoses Brief allein und ungestört lesen könnte.

»Sie sieht ihn so selten, selbst bei ihren monatlichen Besuchen in der Villa ihres Gemahls, nachdem er doch das Amt des Hohenpriesters übernommen hat.« Tatsächlich bemühte ich mich, Ramose nicht zu verurteilen, denn ich hätte, vor dieselbe Wahl gestellt, wahrscheinlich genauso gehandelt, wenn es die einzige Möglichkeit gewesen wäre, Aset nicht zu gefährden.

Pagosch glaubt, es ist Nofretetes Plan, daß sie und Ramose die Zwei Länder zusammen regieren wie zwei Pferde, die vor denselben Wagen gespannt sind: sie vom Palast und er vom Tempel aus. Vielleicht hat er recht. Aber heute abend, da all die, die ich am meisten liebe in dieser Welt, sich zwischen den duftenden Büschen und Blumen meines Gartens bewegten und ihre Stimmen im Abendwind an mein Ohr wehten, da trat der Fluß des Glücks, der mich bei Tage durchströmt, über seine Ufer und überschwemmte mein Herz.

Zweiter Tag,
zweiter Monat des Pflanzens

Senmut kam zu der eine Woche zuvor vereinbarten Stunde, aber ohne Mena, und er kam durch Charys Apotheke und nicht durch den Garten. »Mena wurde in den Palast gerufen«, erklärte er, als wir uns in meinen privaten Arbeitsraum begaben. Mein Untersuchungszimmer und die Apotheke sind nicht mehr mit dem Raum verbunden, in dem ich meine Experimente durchführe, und auch nicht mit dem Garten, in dem Aset jeden Tag stundenlang sitzt und liest oder die Menagerie ihrer Tiere beobachtet.

»Was gibt es diesmal?« fragte ich, denn mehr als einmal haben wir schon die Köpfe zusammengesteckt und uns über Ejes nachlassende Gesundheit beraten, stets in der Hoffnung, daß Haremhab noch Zeit finden möge, seine Basis im Rat der Weisen zu konsolidieren.

»Der Alte wird die wenigen Zähne, die er noch hat, überleben. Es sickert so viel faulige Substanz aus seinem Zahnfleisch, daß die schmerzstillende Salbe nicht mehr wirkt; man ist gezwungen, ihm Alraune in immer höherer Dosierung zu verabreichen, was ihn dermaßen benommen macht, daß er nicht einmal mehr befehlen kann, ein Dokument aufzusetzen. Das bedeutet, Haremhab führt nicht nur die königliche Korrespondenz, sondern trifft auch sämtliche Entscheidungen für den Pharao.«

Ich zog einen Schemel für ihn an den Schreibtisch in meinem Arbeitszimmer, in dem jetzt Packtruhen für Material und Gerätschaften stehen; außerdem habe ich hier ein Bord für Tränke und Salben und für meine Schriftrollen.

»Aber ich bringe noch andere Neuigkeiten«, sagte er. »Aus Aniba ist ein Bote gekommen; er meldet, daß mein Vater zu Osiris gegangen ist. Ich werde sofort den Fluß hinauffahren, zusammen mit meinem Bruder, der den Platz meines Vaters einnehmen soll. Ich bin hier, um mich von dir zu verabschieden und dir für deine Großzügigkeit und deine Weisheiten zu danken.«

»Mein Beileid«, sagte ich, obwohl sein Gesicht nicht erkennen ließ, daß er trauerte. »Aber ich bin es, der dir danken sollte.«

»Wofür? Dafür, daß ich dir erlaubt habe, dir meine törichten Fragen anzuhören?« Sein Lächeln ist flink und jungenhaft wie Menas.

»Für deine scharfsinnigen Beobachtungen und für deine Bereitschaft, sie mitzuteilen, und sogar für deine Hartnäckigkeit, mit der du auf einem Standpunkt beharrst«, antwortete ich und wurde mit einem weiteren Lächeln belohnt. »Aber sicher wirst du bald zurückkehren können.«

»Nachdem mein Vater dahingegangen ist und die alten Bräuche mit ihm, ist die Zeit für mich gekommen, meinem eigenen Volk zu dienen. Der Gouverneur des Pharaos in Kusch sieht mit wohlgefälligem Auge auf Hiknefer, weil mein Bruder mit Osiris Tutanchamun befreundet war. Deshalb neigt Hui dazu, seine Wünsche zu erfüllen. Das bedeutet, daß die Zeit auch für mich reif ist.«

»Reif wozu?« Die Erben von Kemets Vasallen kommen zur Ausbildung an den Hof des Pharaos, nicht nur um die Bündnistreue ihrer Väter unter Beweis zu stellen, sondern auch um zu lernen, was sie brauchen werden, wenn ihre eigene Zeit kommt. Aber Senmut ist nicht der Erbe seines Vaters, und er ist mit dem Heer des Pharaos nur gereist, um Erfahrungen zu sammeln.

»Es muß ein neues Haus des Lebens gegründet werden«, antwortete er, und seine weißen Zähne blitzten. »Eines, das ich hoffentlich bekannt machen werde vom Oberlauf der Mutter Fluß bis hinunter zum Großen Grünen Meer und noch darüber hinaus, denn durch seine Fenster soll ein frischer Wind wehen.« Seine Augen funkelten vor Begeisterung. »Es soll ein Ort sein, wo gelehrte Männer zusammenkommen, um ihre Ideen auszutauschen, ob es nun darum geht, wie man das müde Herz eines alten Mannes behandelt, oder um die Methoden eines Bildhauers zum Formen eines Stücks Stein, oder um die Frage, wie man die Erträge der Felder steigert. Vielleicht würdest sogar du dich bereit finden, einen solchen Ort mit deiner Weisheit zu beehren.« Ich schüttelte den Kopf bei dem Gedanken an einen solchen Plan. »Ich erwarte jetzt keine Antwort von dir, Tenre; du sollst es dir nur merken. Aus welcher Richtung der Wind in den kommenden Jahren auch wehen mag, du wirst immer einen Ehrenplatz finden in meinem Hause – unter Hethitern und

Syrern, Kanaanitern und Babyloniern, glattrasiert und bärtig: unter Männern, die Fragen stellen wie du.«

»Frauen nimmst du nicht?« Aset stand in der Tür, und Tuli kam hereingeschossen und prallte gegen Senmuts Knöchel, daß dieser auf die Knie fiel. Nofret sorgt dafür, daß Asets Haar kurz geschnitten ist, und sie läuft in Schurz und ärmelloser Tunika herum und hält sich bereit für den Fall, daß ich in meinem Untersuchungszimmer Hilfe brauche. Nur die Farbe ihrer Augen kann man nicht verbergen; allenfalls kann sie den Blick gesenkt halten, wenn sie mein Haus verläßt. Aber Senmut hat nie gefragt, warum sie hier ist, und er nennt sie Wenis – das ist der Name, den sie als mein Lehrling trägt.

»Irgendwann vielleicht.« Er hörte auf, Tuli zu streicheln, und dieser drückte seine Nase in meine Hand, um mich wissen zu lassen, daß seine Zuneigung zu mir vielleicht nicht so überschwenglich, dafür aber beständig ist.

»Mena wurde in den Palast gerufen«, erklärte ich, »aber Senmut ist gekommen, um uns Lebewohl zu sagen. Sein Vater ist durch das Schilf gegangen, und er erzählte mir gerade vom Haus des Lebens, das er in Aniba errichten will.«

»Wir werden dich vermissen, Herr.« Sie war rot – ein Knabe, den ein solches Eingeständnis verlegen macht. »Aber du wirst doch sicher zurückkommen.«

»Nicht für immer, aber ich will meine Freunde besuchen, wenn ich kann.«

»Nebet?« fragte sie und beobachtete ihn genau. Besaß er für sie immer noch den Reiz des Neuartigen, oder war ihre Faszination mehr als bloße Neugier, wo ihr doch die Gesellschaft gleichaltriger Jungen verwehrt war?

»Natürlich. Ich habe auch Tenre eingeladen, in meinem Haus des Lebens zu lehren. Vielleicht wird er dich mitbringen, damit du anderen zeigen kannst, wie du die Karten skizzierst, die du zeichnest.«

»Ich heiße nicht wirklich Wenis, aber das weißt du, nicht

wahr?« Ihre Lippen veränderten sich, als Senmut nickte. »Dann schadet es nicht, wenn ich dir noch einmal danke – dafür, daß du mich vor dieser alten Nubierin gerettet und mir ... alles erklärt hast.« Ihre Augen sehen immer größer und runder aus, wenn sie sich mit Tränen füllen. »Das mit deiner kleinen Schwester tut mir leid. Nebet hat mir von ihr erzählt.«

»Dann erinnere dich daran, daß dir an diesem Tag nichts Wichtiges genommen wurde. Du bist so heil und ganz wie ich.« Er grinste plötzlich. »Oder wie Nebet.«

Aset lächelte. »Du würdest wirklich eine Frau in dein Haus des Lebens einladen?«

»Das habe ich soeben getan.«

»Dann würde ich es als eine Ehre betrachten, wenn du mich Schwester nennen wolltest.«

Ausnahmsweise hatte Senmut Mühe, die passenden Worte zu finden. »Die Ehre ist ganz auf meiner Seite, edle Aset. Ja ich würde mich als einen Erwählten Amuns sehen, wenn du mich dafür Bruder nennen wolltest.«

Ihre Augen strahlten erfreut. »Gilt deine Einladung auch für Mena?«

»Nur, wenn er seine Familie mitbringt«, erwiderte Senmut. Jetzt dämmerte mir, daß ihre Worte den beiden mehr sagten als mir, als wüßten sie etwas, was ich nicht wußte. Ich fühlte mich wie ein Vater, dessen Kinder aus seiner Reichweite hinausgewachsen sind – nicht, was die räumliche Entfernung, sondern was das Verständnis betrifft. Zum ersten Mal beneidete ich einen anderen Mann, einfach nur, weil er zweiundzwanzig Jahre alt war. »Bis dahin«, fuhr er fort, »würde es mir gefallen, hin und wieder einen Brief mit Neuigkeiten von meinen Freunden zu erhalten.«

»Von deiner ... Schwester?« Weiße Zähne blitzten in seinem schwarzen Gesicht. Aset wartete, bis er nickte, bevor sie sich abwandte und ohne ein weiteres Wort, aber mit einem zufriedenen kleinen Lächeln das Zimmer verließ.

Solches Benehmen ist für mich ein Rätsel, aber ich kann niemanden um Hilfe bitten außer Scheri. Und dazu habe ich nicht immer Gelegenheit, bevor ich eine Reaktion zeigen muß, angemessen oder nicht; ich kann mir Aset immer noch nicht als verheiratete Frau vorstellen oder sie mit dem Anstand behandeln, welcher der Gattin eines anderen Mannes zukommt. Selbst wenn ihre Ehe nicht vollzogen wurde. Aber das Feuer, das in meinem Bauch brennt, kommt von der Frage, wie lange das noch so sein wird, nachdem nun ihre Monatsblutung begonnen hat.

Als ich zu Senmut hinüberschaute, zog er eine dünne Rolle aus der Tasche, die er über der Schulter trug. »Mena hat mich gebeten, dir das hier zu geben.«

Ein Blick reichte. Asets Tiere sind immer in Bewegung – wie das Schwein, das mit den Ohren flattert, als es vom Bienenstock springt, weil es glaubt, es könne fliegen. Und es gibt keine Linien, die ein Bild vom anderen trennen. »Warum schickt er mir das?«

»Ich habe es in der Latrine der Kaserne gefunden, in der ich untergebracht bin. Gewiß erkennst du ihre Hand. Sie erzählt hier in Bildern, wie der Hohepriester sein Ende fand, während er zwei seiner Lieblinge beobachtete, Knaben von der Tempelschule. Siehst du die Tontafeln, die ihnen auf den Rücken gebunden sind?« Ich nickte. »Am Anfang laufen die scheuen jungen Fohlen zum Teich, wo das alte Krokodil auf der Lauer liegt – im schlammigen Wasser verborgen bis auf die Nasenlöcher und die Augen. Ein Fohlen wendet sich ab und will aus dem Teich nicht trinken, aber die andern trinken nicht nur, sondern tollen auch im Wasser umher. Nur die beiden hier nicht – sie verlassen den Teich, um etwas anderes zu spielen« – er deutete auf die Stelle, wo ein Fohlen das andere von hinten besprang –, »und das vor den Augen des alten Krokodils. Und hier verwandelt sich seine Farbe von Grau in Schwarz, die Farbe des Todes. Die Aufregung war zuviel für sein altes Herz. Sicher siehst du doch die Ironie des Ganzen: wie Paranefer durch die Verderbtheit seines eigenen *ka* zugrunde geht.«

Er umfaßte meine Schultern in einer freundschaftlichen Geste. »Für mich, Tenre, bist du der hellste Stern am nächtlichen Himmel, und das wirst du bleiben, ganz gleich, wie viele Monate oder Jahre zwischen diesem Tag und dem liegen, da wir uns wiedersehen.«

Es war ausgeschlossen, daß ich die Anmut dieser Worte auch nur annähernd erreichte; also umarmte ich ihn nur wie einen Bruder. Ich versuchte auch nicht, die Tränen in meinen Augen zu verbergen, als ich ihn zum Tor begleitete, um den Augenblick des Abschieds weiter hinauszuzögern; in Wahrheit widerstrebte es mir ebensosehr, ihn gehen zu lassen, wie damals, als ich Mena in die Morgensonne davonsegeln lassen mußte.

Einundzwanzigster Tag, vierter Monat der Ernte

Wie die letzte Figur in einem *senet*-Spiel konnte sich der alte Stallmeister nun nirgends mehr hinwenden. Aber daß er in Frieden durch das Schilf ging, war mehr, als er verdient hatte. Chary nahm die Neuigkeit mit gewohnter Gleichmut auf und wies darauf hin, daß eine der himmlischen Freuden beim Abschied aus diesem Leben darin bestehe, daß der Pharao sich jetzt die Frau eines anderen Mannes nehmen kann, wenn er will – ein Privileg, das ihm verwehrt war, solange er auf dem Thron saß.

Chary war in sein eigenes Haus zurückgekehrt, als Mena durch den Hintereingang in meinen Garten kam, und Aset war drinnen und las. Also setzten wir uns mit einem Krug Bier unter das Sonnensegel und konnten frei über das reden, was uns am meisten Sorgen machte.

»Der General wird mit Ramoses Segen die Stufen zum Thron erklimmen«, prophezeite er. »Die Priester wissen, daß er in den letzten zwei Jahren an Gunst eher gewonnen als verloren hat, dank Ejes benebeltem Verstand. Gemeinsam gebieten Haremhab und Ramses über die Gefolgschaftstreue der Regimentskommandeure mit Ausnahme der wenigen, die über jeden murren, der über ihnen steht. Auch Amuns Heiliger Rat weiß, daß der nächste Pharao das Militär hinter sich haben muß, und sei es nur zum Schutze unserer Grenzen und Goldtransportwege. Haremhab hat mehr Regierungserfahrung. Eje war es, der Tutanchamuns Hand führte, nicht Nofretete.«

»Aber der auch sein Ende verfügte«, erinnerte ich ihn. »Erfahrung hat ohnedies keinen Einfluß auf die Frage, wer König wird.«

»Ich weiß, daß du ihm immer noch mißtraust, Tenre, aber Ramose hätte niemals zugelassen, daß Haremhab den Priestern und Anhängern Atons das Leben zur Hölle macht und sich damit bei den hohen und niederen Amunpriestern einschmeichelt, wenn es ihm nicht in den Kram gepaßt hätte. Niemand führt den Hohenpriester am Nasenring. Aber jetzt wird jeder Priester in den Zwei Ländern wissen, daß Haremhab befohlen hat, Atons Tempel und andere Besitztümer mit Steuern zu belegen. Wen hätten sie auch sonst?«

Aset, hätte ich fast gesagt, aber ich wollte die Götter nicht in Versuchung führen, indem ich die Antwort auf ihr Dilemma lieferte. »Wenn es so offenkundig wäre, wie du sagst, daß Ramose es ist, der Haremhab am Nasenring herumführt, und nicht anders herum«, gab ich statt dessen zu bedenken, »dann hätte Nofretete schon längst eine Möglichkeit gefunden, dem ein Ende zu machen.«

Er leerte seinen Becher und langte nach dem Krug, um uns beiden nachzuschenken. »Schon für die bloße Möglichkeit des Scheiterns ist sie blind. Überlege doch, womit sie schon durchgekommen ist, Tenre. Hat ihrem Enkel und dann der Königin selbst, dem Kind ihres Leibes, mit eigener Hand den Garaus gemacht.« Er schüttelte den Kopf. »Aber hat Hathor den Zorn der Götter auf ihr Haupt beschworen? Nein. Statt dessen hat Amun-Re sie zu seiner Hohenpriesterin gemacht, zur Obersten Konkubine des Gottes.«

Was er da sagte, klang wahr. Ich habe Nofretetes Arroganz mit eigenen Augen gesehen, obwohl Anubis ihr über die Schulter atmete. Aber ich konnte nicht vergessen, daß der Heilige Rat sich einmal geweigert hat, Amenhoteps Schasu-Königin als Gefährtin des Amun zu akzeptieren, und daß er ihren Sohn nicht als Sohn des Amun anerkannt hatte, wodurch er Echnaton am Ende dazu provozierte, seinerseits ihn, den Rat, zu verwerfen. »Ich glaube immer noch, daß die Priester deinen General ablehnen werden, um nicht die Saat für ihren eigenen Untergang zu legen. Niemand kann bestreiten, daß in Nofretetes Adern das Blut des Prächtigen Amenhotep fließt.«

»In Asets auch«, antwortete er.

»Das ist es, was mir Sorgen macht. Zumindest Ramose macht sich nichts vor. Er mag den Befehl gegeben haben, jede Erwähnung der Verantwortung der Priesterschaft für die Katastrophe mit dem Ketzer aus den Tempelschriften zu tilgen, aber seine eigene Bibliothek hat er nicht gesäubert.«

»Noch mehr Grund zu der Annahme, daß er seiner Gefolgschaft klarmachen wird, wie klug es ist, sich für Haremhab zu entscheiden und Nofretete da zu lassen, wo sie ist. Warum einer Frau, der sie schon mißtrauen, noch mehr Macht in die Hände legen?«

»Bist du denn sicher, daß niemand im Heiligen Rat genug Einfluß hat, um den Wünschen des Hohenpriesters in die Quere zu kommen?«

Er schüttelte den Kopf und zuckte dann die Achseln. »Die siebzig Tage der Trauer enden pünktlich zum Fest der Opet: ein günstiger Zeitpunkt, Amuns frisch adoptierten Sohn vorzustellen. Außerdem müssen die Priester dieses Jahr wegen des wütenden Hochwassers ein besonderes Spektakel zu Amuns Besuch in seinem südlichen Tempel veranstalten.«

»Ramose riskiert eine Menge, wenn er sich wirklich dafür entscheidet, seine Frau zu verraten.«

»Nicht, wenn er verlangt, daß Haremhab die Verehrung Atons unter Strafe stellt«, entgegnete Mena. »Damit wären der Katze die Klauen gestutzt, und sie hätte genug damit zu tun, ihren eigenen Rücken zu decken; da wird sie nicht angreifen können, wenn er ihr einmal den seinen zuwendet.«

Auch da bin ich nicht so sicher, aber ich wollte nicht, daß Mena glaubt, ich widerspreche nur um des Widersprechens willen. Also begnügte ich mich damit zuzuschauen, wie die Sterne den Himmel erhellten, während mein Herz langsam von der Dunkelheit verschlungen wurde. Denn Ramose, der Mann, ist mir lieb geworden, auch wenn ich seinen priesterlichen Motiven mißtraue. Pagosch sagt, der Hohepriester teilt immer noch das Lager mit seiner Gemahlin – zumindest gelegentlich, wenn auch nicht mehr so häufig wie früher. Damit wird es sicher ein Ende haben, sollte er für ihren Rivalen eintreten. Und schlimmer noch, es wird ihn zur Zielscheibe ihrer Rachsucht machen. Und das ist ein hartes Los für jeden Mann.

XIX

Houston, 30. Dezember

Kate erreichte die Stadtgrenze gegen halb fünf und fuhr an mehreren Ausfahrten vorbei, bis sie abbog und dem Zubringer bis zu einer Tankstelle folgte. Das Münztelefon stand ein Stück weit abseits der Zapfsäulen; sie steuerte geradewegs darauf zu, stellte den Motor ab und wühlte in ihrer Handtasche nach Kleingeld. Dann drehte sie das Fenster herunter, damit Sam die Nase hinausstrecken konnte, und befahl ihm sitzenzubleiben. Als sie die Nummer der Klinik wählte, fühlte sie das Pochen ihres Herzens im Kopf.

»Röntgen-Station.«

»Hier ist Kate McKinnon. Ist Doktor ...?«

»Bleiben Sie bitte dran, Miss McKinnon.« Sie vermutete, die Telefonistin habe jemanden in der anderen Leitung. Wenn Max beschäftigt wäre, würde sie einfach eine Nachricht hinterlassen, sich einen Stadtplan besorgen und allein herumgondeln; vielleicht würde sie sich ein Zimmer in einem Hotel suchen, in dem Hunde erlaubt waren.

»Kate?« Er klang atemlos. »Ist alles in Ordnung? Wo haben Sie gesteckt?«

»Was? Entschuldigung, der Verkehr hier ist ziemlich laut.«

Er wiederholte seine Frage.

»Oh. Im Norden von New Mexico. Im Roten Land. So nannten die Ägypter die Wüste. Das kam mir in dem Augenblick passend vor.«

»Ich habe im Museum angerufen. Und als sich am Donnerstag abend bei Ihnen zu Hause niemand meldete, habe ich es bei Cleo versucht. Ich dachte mir, Sie wären vielleicht dort. Aber ich konnte sie erst Weihnachten erreichen. Wieso zum Teufel sind Sie nicht hergekommen, wie wir es geplant hatten?«

»Jetzt bin ich ja hier.«

Kurzes Schweigen. Dann fragte er: »Wo?«

»Äh, Moment ...« Sie lehnte sich zurück, um das Straßenschild zu lesen. »An der Ecke Voss und I-10.«

»Wieso zum Teufel haben Sie nicht Bescheid gesagt?« polterte er.

»Ich dachte, ich rufe erst mal an und sehe, ob Sie überhaupt in der Stadt sind.«

»Ich bin in zehn Minuten bei Ihnen. Spätestens in fünfzehn. Rühren Sie sich nicht von der Stelle, okay?«

»Ja, bloß – ich meine, darf ich Sam aus dem Wagen lassen, damit er ...?«

»Das ist nicht komisch.« Er legte auf, und Kate kehrte zum Wagen zurück, legte Sam die Leine an und ließ sich von ihm zu einem verdorrten Rasenfleckchen ziehen.

»Ist das zu fassen, so ein Wetter?« fragte sie den Hund. »Als ob wir auf einem anderen Planeten wären, nicht mehr auf der windigen Mesa, wo wir fast erfroren wären. Wir sollten uns tunlichst von unserer besten Seite zeigen, wenn er herkommt, sonst sind wir morgen wieder unterwegs. Es sei denn, ich suche mir hier einen Job. Könnte ich ja machen, solange ich hier bin – vorausgesetzt, ich kann irgendwie vermeiden, daß jemand Kontakt mit meinem letzten Arbeitgeber aufnimmt.«

Es schienen nur wenige Augenblicke vergangen zu sein, als

sie Reifenquietschen hörte und einen grauen Mercedes sah, der keine zehn Schritte vor ihr anhielt. Als die Fahrertür aufflog, fing Sam an zu bellen und an der Leine zu zerren. Kate ließ ihn los, und sofort raste er davon und krachte mit vollem Tempo gegen Max' Beine.

»Ich freue mich ja auch, dich zu sehen«, hörte sie ihn sagen. Max zauste dem Hund das Fell und versuchte gleichzeitig, das lose Ende der Leine zu erwischen, während Sam ihm das Kinn leckte. Kate blieb, wo sie war, und bemühte sich, in seinem Gesicht zu lesen, als er auf sie zukam. Einen Schritt vor ihr blieb er stehen und schaute sie nur an.

»Machen Sie das nie wieder.« Dann kam er ganz heran und schloß sie in die Arme, am hellichten Tag. »Ich habe seit einer Woche nicht mehr richtig geschlafen. Habe dauernd ein kleines rotes Auto plattgequetscht zwischen zwei Sattelschleppern vor mir gesehen. Ich weiß, daß Sie mir nichts schuldig sind, aber ...«

»Doch, bin ich doch«, flüsterte sie zu ihrer eigenen Überraschung.

»Ich meinte nicht den Scan.«

»Ich auch nicht.« Sie hatte sich benommen wie ein Kind, ohne Rücksicht auf irgend jemanden, aber sie hatte zwei Tage in der klaren Bergluft verbringen müssen, bis sie das eingesehen hatte. »Ich habe nicht klar gedacht. Ich glaube, ich hatte ein schlechtes Gewissen.«

Er trat zurück. »Weshalb denn, um Gottes willen?«

»Weil ich Sie im Stich gelassen habe. Sie und Taschat. Es war nicht das erste Mal, daß ich bei etwas versagt habe, das mir wirklich am Herzen lag. Vorher hat es mir immer geholfen, zu verschwinden und allein zu sein. Nur, daß ich diesmal nicht wirklich allein war. Sam und ich haben vier volle Tage oben auf einer Mesa verbracht, wo weit und breit keine Menschenseele zu sehen war – nichts als jungfräulich weißer Schnee überall, wohin man auch schaute. Ich habe mir immer wieder gewünscht, Sie wären auch da. Es war ...« Sie zuckte die Achseln. »›Schön‹ trifft's nicht mal annähernd. Es war so still, daß man sich selbst denken hören konnte.«

Ein Lächeln blitzte in seinen Augen auf, und er strich ihr eine Haarsträhne aus dem Gesicht, die ihr die samtweiche Brise vom Golf über die Augen geweht hatte. »Ich habe einen eingezäunten Garten voller Eichhörnchen für Sam, eine Kiste Rotwein, speziell für Sie abgefüllt, und eine Gefriertruhe voller Steaks. Vielleicht erlaube ich Ihnen sogar, Ihre alten Sweatshirts zu tragen, wenn Sie mir versprechen, daß es keine Gewohnheit wird. Keine weiteren Bedingungen.«

Kate grinste. »Das hatte ich befürchtet.«

Nun lächelten auch seine Lippen. »Diesmal fahren Sie hinter mir her.«

Sie fuhren durch ein Wohnviertel, vorbei an einem kleinen Shopping-Center und am Rice Stadium. Zwei Ecken weiter bog Max nach links in eine von mächtigen alten Bäumen überschattete Straße ein, die aussah, als gehörte sie zu einem der älteren – und besseren – Stadtviertel. Als er in die Zufahrt eines halb aus Fachwerk gebauten Tudorhauses einbog, wurde Kate bewußt, daß sie mit einem so traditionellen Haus bei ihm nicht gerechnet hatte. Ein Tor an der Seite schwang auf, und sie folgte ihm nach hinten zu einer Dreifachgarage mit einer Wohnung darüber.

Sie hatte noch nicht den Motor abgeschaltet, da war Max schon ausgestiegen, und ehe sie sich's versah, raste Sam quer über den Rasen hinter einem grauen Eichhörnchen her. Hohe Fichten und Büsche umsäumten den Garten und verbargen fast vollständig den massiven Holzzaun, der als Lärmbarriere diente. Das alles verwandelte den Garten in eine Insel der Ruhe im Ozean des großstädtischen Chaos. Eine ziegelgepflasterte Terrasse an der Rückseite des Hauses grenzte an einen blauen Pool mit einem Warmwasserbecken am einen Ende und einem Wasserlilienteich am anderen.

»Lilien sind so eine Art Hobby von mir«, erklärte Max, der allerdings mehr Augen für Kate als für die Blumen hatte.

Kate glaubte mehr und mehr, daß einige Dinge einfach so sein mußten. Nach Denver zu gehen und an Taschat zu arbeiten etwa. Und nun diese Wasserlilien, die zur Familie der Lotospflanzen gehörten. Sie bemerkte einen umzäunten Tenniscourt, der die Hälfte der Rasenfläche beanspruchte. »So also halten Sie sich in Form«, bemerkte sie.

Er winkte sie ins Haus. »Das ist die Küche«, erklärte er überflüssigerweise. »Aber wir können heute abend auch draußen grillen, wenn Sie wollen. Vielleicht möchten Sie auch das Wetter nutzen und eine Runde ins Wasser springen, um sich zu entspannen. Das Becken ist beheizt, aber der Januar ist ziemlich unberechenbar.«

Daß er beim Wetter Zuflucht suchte, bedeutete zumindest, daß er nicht darin geübt war, eine Frau im Haus zu haben. Als sie ihm die Treppe hinauf folgte, drehte er sich sogar um und entschuldigte sich dafür, daß es im Haus so dunkel war. »Deshalb dachte ich, das gelbe Schlafzimmer ist Ihnen vielleicht lieber.« Das Zimmer hatte zwei schmale Fenster, ein mittelgroßes französisches Bett, und eine ganze Wand bestand aus Einbauschränken und Schubladen. Durch eine Tür zur Rechten schaute Kate in ein verspiegeltes Ankleidekämmerchen und ein Bad, beides ebenfalls leuchtend gelb.

»Hübsch«, sagte sie. Wenn es nach ihr gegangen wäre, hätte man die schmalen Fenster herausgeschlagen und durch Glas vom Boden bis zur Decke ersetzt – sofern sie es sich hätte leisten können. Und Max konnte es offensichtlich.

»Das Haus hat meinen Eltern gehört. Ich bin in das Apartment über der Garage gezogen, als ich nach Houston zurückkam. Meine Mutter mußte sich einer Chemotherapie wegen Brustkrebs unterziehen, und ich wollte in ihrer Nähe sein. Es ist zu groß für mich, aber als sie dann gestorben war ...« Er hob die Schultern. »Die Lage ist günstig.« Er sah sie an. »Ich kann Ihnen ein T-Shirt und Shorts leihen, wenn Sie keinen Badeanzug mitgebracht haben.«

»Doch, hab ich – falls ich in einem Motel Glück hätte.«

Nach ein paar Runden im Pool, gefolgt von einem geruhsamen Bad in der gelben Wanne, kam sie zu Sam und Max auf die Terrasse hinaus. Sam lag ausgestreckt da, den Kopf auf den Vorderpfoten, und behielt das Feuer im Auge. »Kann ich helfen?«

»Die Kohlen sind gleich so weit, daß wir anfangen können zu grillen, und den Salat habe ich fast fertig. Will's aber mit dem Grünzeug nicht übertreiben, während Sie hier sind.« Lachfältchen kräuselten sich an seinen Augen. »Oder finden Sie's zu kühl, um draußen zu essen?«

»Nein.« Drinnen ließ sie sich von Max Sets und Besteck geben und ging damit hinaus zu dem Glastisch auf der Terrasse. Max folgte ihr mit zwei Gläsern und einer Flasche Wein und ließ sich neben ihr in einem Liegestuhl nieder. Sam tat einen tiefen Seufzer der Erleichterung.

»Der arme alte Sam ist erledigt«, flüsterte Max.

Sie saßen eine Zeitlang schweigend da, aber Kate spürte, daß er wartete. Das Gefühl von Zorn und Demütigung war unter dem klaren blauen Himmel inmitten der alten roten Felsen fast völlig vergangen und hatte sie mit neu geöffneten Augen zurückgelassen, wie die alten Ägypter es ausgedrückt hätten. Sie würde eine neue Arbeit suchen müssen, daran war nicht zu rütteln, aber Taschat brauchte sie deshalb nicht aufzugeben. »Haben Sie mit Dave gesprochen?« fragte sie.

»Das kann man wohl sagen. Der paranoide Mistkerl behauptet, Sie und Cleo hätten versucht, ihn lächerlich zu machen. Ich habe gesagt, dabei benötige er keine Hilfe; das schaffe er ganz gut allein. Außerdem habe ich gesagt, er sei ein Esel, weil er sich von seinem aufgeblasenen Ego blind machen lasse für das, was er an Ihnen habe; er solle Sie eigentlich auf den Knien anflehen, zurückzukommen.«

»Das haben Sie alles gesagt? Wirklich?« Er nickte, und sie beschloß, ihm alles zu erzählen. Die meiste Zeit hörte er kommentarlos zu, bis sie geendet hatte.

»Was für ein Trottel«, knurrte er dann und stand auf, um die Poolbeleuchtung einzuschalten. Dann breitete er die Kohlen auseinander, legte die Steaks auf den Grill und setzte sich ihr gegenüber auf die Kante seines Liegestuhls. »Haben Sie Bilder vom fertigen Kopf gemacht, bevor Dave ...?«

»Ich habe mich nicht lange genug aufgehalten, um sie entwikkeln zu lassen, aber ich habe einen ganzen Film verschossen. Von vorn, von hinten, im Profil, mit verschiedenen Perücken, einer kurzen lockigen und einer langhaarigen mit feinen Zöpfen, wie sie die beiden Holzfiguren im Museum tragen, die aus derselben Periode stammen. Isis und Hennutta, Töchter der Strahlenden Sonne Ägyptens.«

»Ich dachte, Echnatons Töchter ...«

Kate schüttelte den Kopf. »Nicht Echnaton. Sein Vater, Amenhotep III.« Und nach einer kurzen Pause: »Ich bin übrigens ziemlich sicher, Max, daß jemand versucht hat, Taschat umzubringen, aber nicht aus dem Grund, den Cleo anführt. Nennen Sie es von mir aus Intuition, aber Cleos Erklärung überzeugt mich nicht. Ich fühle, daß sie nicht stimmt. Aber sie ist nicht sofort gestorben, vielleicht wegen des anderen *sunu*, der da neben ihr auf der Straße zur Ewigkeit geht.«

Max stand auf, um die Steaks umzudrehen. »Könnte er es getan haben, indem er versuchte, sie am Leben zu erhalten?«

»Vielleicht, wenn die konventionelle Ansicht stimmt, daß ein Arzt damals den Patienten untersuchen und dann seine Schriften konsultieren mußte, bevor er sein Urteil verkündete: Behandlung oder keine Behandlung. Wenn die Aussicht hoffnungslos war, mußte er gehen. Außerdem hatte er sich an die Lehren der medizinischen Schriften zu halten; sonst konnte man ihn wegen Kunstfehlers vor den Rat der pharaonischen Ärzte zitieren. Die Frage ist, ob es dafür auch die Todesstrafe geben konnte.«

»Ich bezweifle, daß sie lange genug gelebt haben könnte, um Primärkallus zu bilden, wenn nicht jemand zumindest *versucht* hätte sie zu behandeln.«

Kate stand auf und trat zu ihm an den Grill. »Vielleicht ist er ein doppeltes Risiko eingegangen – indem er beschloß, sie überhaupt zu behandeln, und dann durch die Art und Weise, *wie* er sie behandelte, wenn es so nicht in den Schriften stand.«

»Haben Sie sich überlegt, was Sie jetzt machen wollen?«

»Mir einen Job suchen« – sie warf einen Blick zu Sam hinüber –, »damit ich diese rasende Bestie mit Crunchies versorgen kann. Und dann da weitermachen, wo ich aufgehört habe. Ich schätze, es ist wie Camus sagt: ›Im tiefsten Winter erfuhr ich schließlich, daß in mir ein unbesiegbarer Sommer wohnt.‹«

»Ich kenne jemanden an der Universität, der einen Illustrator für ein Lehrbuch sucht – zumindest suchte er einen, als ich ihn das letzte Mal sah. Houston platzt vor lauter medizinischen Hochschulen und Kliniken aus den Nähten, aber er behauptet, Leute mit Ihren Fähigkeiten seien eine aussterbende Rasse. Er beschwerte sich darüber, daß alle Welt nur noch dieses computergenerierte Zeug benutzt. Ich könnte ihn mal anrufen und fragen, ob er schon jemanden gefunden hat.«

»Es ist nett, daß Sie mir das anbieten, Max, aber ich bin nicht hergekommen, um aufdringlich ...«

»Hören Sie, wir wollen eins klarstellen.« Er spießte die Steaks auf und legte sie auf eine Platte; dann winkte er Kate zum Tisch und wartete, bis sie sich gesetzt hatte. »Sie und ich, wir haben das Nettsein doch längst hinter uns. Mike Tinsley braucht medizinische Illustrationen, und Sie gehören zufällig zu den Besten auf diesem Gebiet. Vielleicht sind Sie überhaupt *die* Beste. Wenn ich ihn anrufe und frage, ob er immer noch jemanden sucht, ist das keine große Sache. Und wenn ich Ihnen sagen kann, mit wem Sie an der Uni Kontakt aufnehmen sollten, will ich Sie damit noch lange nicht zu irgend etwas drängen. Aber ich möchte gern, daß Sie so lange hierbleiben, wie Sie wollen oder müssen. Sie können Sam doch nicht in irgendein Flohmotel sperren, und ich werde hier tun, was ich tun muß, ob Sie da sind oder nicht. Vergessen Sie also das mit der Aufdringlichkeit. Verstanden?« Er wartete, bis sie genickt hatte. »Und was den Rest angeht, so habe ich Ihnen gesagt, daß ich mir schon lange wünsche, meinen Horizont zu erweitern. Ich wünschte also, Sie würden verdammt noch mal akzeptieren, daß ich an Taschat genauso interessiert bin wie Sie.«

»Interessiert« beschrieb die Sache nicht einmal annähernd, aber dies war nicht der Augenblick für semantische Haarspaltereien. »Glauben Sie, ich könnte tatsächlich *die* Beste sein?«

Er lachte. »Mühelos.« Kate erinnerte sich an den Tag, als er ins Museum spaziert war und einen Humor mitgebracht hatte, der wie ein frischer Wind durch einen schon ziemlich stickigen Ort geweht war. Jetzt half ihr sein Vertrauen in sie, an sich selbst zu glauben, allen Dave Brovermans, vergangenen wie zukünftigen, zum Trotz.

»Jetzt hab ich den Salat vergessen«, besann er sich. Er sprang auf, um ihn zu holen, und machte einen Umweg, um ihr einen kurzen Kuß zu geben. »Zum Teufel damit, die Steaks sind wahrscheinlich sowieso schon kalt«, murmelte er und ließ seine Lippen über ihre Wange zu ihrem Mundwinkel wandern.

XX

31. Dezember

Max führte sie an mehreren offenen Türen vorbei den breiten Gang hinunter; meist sah man dahinter Labortische, Zentrifugen und andere Apparate sowie die üblichen Techniker in weißen Kitteln. Er hatte ihr nicht sagen wollen, wohin sie gingen – außer daß es sich um ein Zentrum für Medizinische Wissenschaften handelte –, und als er sie schließlich durch eine Tür zur Linken bugsierte, war Kate nicht vorbereitet auf das, was sie sah: eine Reihe Computermonitore, Bildbetrachter, die sich an den Wänden entlangzogen wie eine Kette von Fenstern, und eine Sammlung von Schädeln, aufgereiht auf dem langgestreckten Labortisch, in allen Größen und Formen, jeder auf seinem eigenen Sockel. Körperlos. Manche deformiert. Bizarr.

»Kate, das ist Tom McCowan, der vortreffliche Kraniofazialchirurg«, sagte Max hinter ihr. »Tom, das ist Kate McKinnon.«

Jetzt dämmerte ihr, daß der Beruf des Mannes in dem grünen OP-Hemd mit dem V-Ausschnitt darin bestand, Gottes Fehler zu korrigieren: Er ordnete die Knochenstruktur eines mißgebildeten Gesichts neu, indem er beispielsweise die Augenhöhlen eines kleinen Mädchens dichter zusammenrückte, um ihr eine gewisse Tiefenwahrnehmung zu verschaffen, statt daß sie sah und aussah wie ein Vogel, oder indem er ein Stück aus der übermäßig gewölbten Stirn eines Teenagers herausnahm und ihm daraus ein Kinn formte. Magie dieser Art rettete mehr lebende Seelen aus der Hölle, als es ein Prediger jemals vollbringen könnte.

»Tom ist der Mann mit der Software, von der ich dir erzählt habe«, sagte Max. »Er arbeitet damit seine Rekonstruktionen aus – welche Schritte im einzelnen unternommen werden müssen und in welcher Reihenfolge.« Kate begriff, daß er mit ihr redete, aber im selben Augenblick sah sie Nofretetes Kopf, und in ihrem eigenen war sofort Tohuwabohu.

»Sie haben es ihr nicht gesagt?« fragte der Chirurg.

Max ginste. »Ich dachte, ich überlasse Ihnen den ganzen Ruhm.«

»Okay.« McCowan setzte sich auf einen Hocker und rollte damit vor den Computer. »Schauen Sie auf den Monitor da drüben.« Er zeigte auf den Bildschirm, auf dem soeben eine Frontalansicht von Nofretetes Gesicht erschien. »Als erstes haben wir das Gewebe von ihrem Schädel entfernt, und zwar aufgrund derselben Maße, mit denen Sie es aufgebaut haben.« Eine unsichtbare Hand schälte das Fleisch von den Stellen, wo Kate die Leitpunkte an Taschats Schädel angebracht hatte.

»Das ist fantastisch«, hauchte sie und konnte den Blick nicht vom Monitor wenden. Als der Schädel freigelegt war, begann er aus der Frontalansicht in eine Ansicht schräg von vorn zu rotieren, weiter ins Profil links und schließlich ganz herum bis zur neuerlichen Frontalansicht.

»Dann haben wir die Meßresultate, die Max von Taschats Schädel mitgebracht hatte, in das Programm eingegeben.« McCowan deutete auf den Bildschirm links von dem ersten. »Und dann haben wir das hier erhalten. Kommt Ihnen das bekannt vor?«

Kate schaute zwischen den beiden Schädeln hin und her und

verglich den Schwung einer Linie hier mit der Linie dort, die Größe einer Öffnung mit der gleichen Öffnung am anderen Schädel. Bis auf die Größe sahen sie einander so ähnlich, daß sie beschloß, lieber nach Unterschieden als nach Ähnlichkeiten zu suchen.

Max langte um sie herum und zeigte auf den Monitor. »Siehst du die Form des Nasenbeins? Und die Wangenknochen?« Etwas lauter fuhr er fort: »Können wir beide mal im Profil sehen, Tom?« Taschats Schädel rotierte als erster, dann Nofretetes. »Ich erinnere mich, daß du gesagt hast, ihr Unterkiefer erinnert dich an Nofretete. Sieh dir die Krümmung des Kieferknochens und den Vorsprung des Kinns an. Das ist der Grund.« Während ihr langsam dämmerte, was es bedeutete, was Max da sagte, wartete Kate darauf, daß er eine explizitere Schlußfolgerung zog. Statt dessen aber bat er Tom McCowan, den Blickwinkel noch einmal zu ändern, so daß sie jetzt bei beiden Schädeln von oben auf die Schädeldecke schauten.

»Hier hatten wir ein kleines Problem«, bekannte McCowan. »Bei Nofretete konnten wir die Tiefe der Schädeldecke nicht messen, weil die Krone im Weg ist. Bei Taschat wissen wir, daß die Abmessung von vorn nach hinten länger ist als von einer Seite zur anderen. Aber wir können die Wangenknochen vergleichen. Bei Mongoloiden sind sie eher vorspringend und nach hinten abfallend, wodurch das flache Gesicht des Asiaten zustande kommt. Bei den beiden hier ist die Neigung fast identisch, und das sagt uns, daß sie *beide* entweder negroid oder kaukasoid gewesen sein können – oder eine Mischung aus beidem.«

»Zeig ihm deine Bilder«, schlug Max vor. Kate erschien es wie eine Unterbrechung, aber sie holte die großformatigen Farbabzüge aus der Tasche und reichte sie McCowan. Max hatte ihren Film in aller Frühe zum Entwickeln gebracht; er könne nicht länger warten, hatte er gesagt. Jetzt wußte sie, warum.

McCowan nahm sich Zeit und schob jedes Bild nach dem Anschauen unter den Stapel, um Ordnung zu halten. Kate sah seine flachen, breiten Fingerspitzen und fragte sich, warum so viele Chirurgen solche Finger hatten. Konnte es sich um eine exotische Kombination von Genen handeln?

Als er zu dem Bild kam, auf dem Taschat die blaue Kriegskrone trug, sagte er leise: »Wow!« Ehe sie sich's versah, ging er quer durch den Raum, um die Büste der Nofretete so weit zu drehen, daß die Ablenkung durch das fehlende linke Auge eliminiert war. Dann hielt er Taschats Bild daneben.

»Die Ähnlichkeiten sind frappant«, sagte Kate, bevor er es konnte. »Aber wir wissen nicht, ob Ihre Nofretete ein exaktes Duplikat des Kopfes in Berlin ist oder ob das Original überhaupt wirklichkeitsgetreu ist.«

»Der deutsche Konsul in Houston hat für uns in Berlin angerufen«, berichtete Max, »und hat per Overnight-Kurier eine exakte Kopie herschicken lassen, und dazu die Abmessungen des Originals. Und einen Bericht über die Anfertigungsmethode der Kopie.« Erstaunt sah Kate ihn an. »Das war auch Toms Idee.«

»Ihre Frage, ob der antike Bildhauer nach der Wirklichkeit gearbeitet hat, kann ich nicht beantworten«, sagte Tom McCowan. »Aber sehen Sie sich das hier an.«

Das Bild von Taschats Schädel verschwand und erschien dann auf dem ersten Monitor wieder, überblendet mit dem Schädel der Nofretete. »Die Wahrscheinlichkeit, so viele Ähnlichkeiten bei zufällig ausgewählten Subjekten zu finden, ist unendlich gering«, fuhr McCowan fort. »Wenn diese beiden Frauen etwa um dieselbe Zeit in derselben Gegend gelebt haben, ist die Wahrscheinlichkeit einer familiären Verwandtschaft noch größer. Wie gesagt: Es kommt auf die kraniofaziale Konfiguration an, nicht auf die Körpergröße.«

»Wir wissen nur von einer Schwester Nofretetes, nämlich Mutnedjemet; sie heiratete Haremhab, den letzten Pharao der Achtzehnten Dynastie«, sagte Kate. »Aber vielleicht wissen wir auch nur aus diesem Grund von ihr.«

»Wie wär's mit ihrer Mutter?«

Kate schüttelte den Kopf. »Im achtzehnten Jahr der Regierung Echnatons – dem Datum auf Taschats Sarg – war Nofretete mindestens vierunddreißig.« Max unterbrach sie und erläuterte McCowan die drei Daten und weshalb zwei davon nicht mit der allgemeinen Auffassung von der Regierungsdauer dieses Pharaos übereinstimmten. »Versuchen wir es andersherum: Könnte Taschat Nofretetes Tochter gewesen sein?«

Max sah Kate an. »Dann wäre sie halb von königlicher Abstammung; das würde den blauen Sarg erklären, von dem über der Brust gefalteten Arm nicht zu reden.« Er hob die Hand, um ihrem Einwand zuvorzukommen. »Ich weiß, aber denk nur an die zerschmetterte linke Hand.«

»Ich weiß nicht. Nofretetes sechs Töchter mit Echnaton sind gut dokumentiert, und Taschats Vater war ein Amunpriester.« Sie war jetzt so aufgeregt, daß sie kaum noch stillstehen konnte. Sie ging zur Tür und wollte auf den Korridor hinaus, um dort auf und ab zu spazieren und über das Wenn und Aber nachzudenken. »Ich muß mir das alles überlegen.«

»Hey«, protestierte McCowan, »Sie können jetzt nicht einfach weglaufen und mich in der Luft hängenlassen! Außerdem sind wir noch nicht fertig. Sie haben den anderen Kopf noch nicht gesehen.«

»N-nein, nicht«, stammelte sie und wandte sich von den Monitoren ab. »Ich habe schon mit ihm angefangen, zu Hause.« Sie wußte nicht, wie sie es erklären sollte, ohne daß Tom McCowan sie für eine abergläubische Idiotin hielt. »Ich weiß, es klingt verrückt, aber wenn ein Bild in meinem Kopf anfängt Gestalt anzunehmen, dann entwickelt es sich mit der Zeit – wenn ich nichts dazwischenkommen lasse.«

McCowan warf einen Blick zu Max hinüber. »Ich weiß, was sie meint. Manchmal, wenn ich so ein armes Kind untersuche, erlebe ich eine Art Phantomeffekt – ich sehe einen Schimmer des Gesichts, wie es sein könnte. Wenn das passiert, will ich den Patienten erst wiedersehen, wenn sich dieses Bild bei mir in der Vorstellung verfestigt hat. Das passiert meist erst, wenn ich es im Computer ausarbeiten und alles mögliche hierhin und dahin verschieben kann, bis es zu dem Bild in meinem Kopf paßt.«

»Ja«, flüsterte Kate und merkte, daß ihr die Tränen in die Augen stiegen. Als sie McCowans verständnisvolles Lächeln erwidern wollte, waren ihre Lippen so steif, daß sie wußte, sie würde sich und ihn in Verlegenheit bringen. Aber er wandte sich ab, um die Bilder der beiden Schädel für sie auszudrucken.

»Versprechen Sie mir, mich auf dem laufenden zu halten?« fragte er, als er ihr die Ausdrucke reichte. »Ich habe vielleicht noch ein oder zwei Tricks auf Lager, und wir könnten verschiedene Gesichter auf ihrem Schädel ausprobieren oder Varianten ein und desselben Gesichts. Dank des Computers brauchen Sie nichts zu rekonstruieren.«

Kate nickte. »Ich bin Ihnen wirklich dankbar für all das.« Sie deutete auf die beiden Monitore hinter ihm.

»Wissen Sie, als Max mir von dem Kopf zwischen ihren Beinen erzählt und mir beschrieben hatte, was die Tomographie ergeben hat, da hing ich an der Angel. Rufen Sie mich also an, wenn Sie eine zweite Meinung zu irgendeinem Punkt einholen möchten.«

Kate nickte und dankte ihm noch einmal. Sie waren schon fast an der Tür, als McCowan noch etwas sagte.

»Kate?« Sie drehte sich um. »Der Typ in Denver muß ein echtes Arschloch sein.«

Als sie vor dem Aufzug standen, grinste Max wie die Cheshire-Katze aus »Alice im Wunderland«.

»Du bist wohl sehr zufrieden mit dir, was?« bemerkte Kate.

»Darauf kannst du wetten.«

»Laß uns mal vergessen, daß wir je Dave Brovermans Monographie gelesen haben«, sagte Max, als das Zentrum für Medizinische Wissenschaften hinter ihnen lag. »Spuren vom Namen Semenchkares finden sich überall auf den kanopischen Krügen mit Tutanchamuns Eingeweiden und auf den goldenen Bändern, die sein Leichentuch umgeben. Und warum? Weil Nofretete noch lebte, als er starb, zehn Jahre nach Echnaton.«

»Sogar Dave glaubt, Echnaton habe Semenchkare nach Theben entsandt, um die Amunpriester zu besänftigen. Angenommen, Semenchkare *war* Nofretete, und sie stellt fest, daß sie nichts tun kann, daß die Priester Echnatons Blut sehen wollen. Da beschließt sie, die Seiten zu wechseln, um sich selbst zu retten. Vielleicht hat sie sich auch einfach nur in einen anderen Mann verliebt – in einen Priester.«

»Könnte sein«, pflichtete Max bei. »Aber ich halte es für wahrscheinlicher, daß sie einen Handel mit den Priestern schloß. Sie kriegen ein halbkönigliches Kind, und Nofretete kommt mit dem Leben davon.«

»Aber Nofretete war eine Erbprinzessin«, widersprach Kate. »Ich kann mir nicht vorstellen, daß Taschats Vater in der Inschrift erwähnt wird und eine königliche Mutter nicht.«

Max bog auf den Parkplatz eines Shopping-Centers ein und hielt vor einer Cafeteria. »Eine Erbprinzessin. Das bedeutet, daß Nofretetes Vater von königlichem Geschlecht war. Nach allem, was ich gelesen habe, weiß man nicht genau, wer ihr Vater war. Eje vielleicht. Aber der war ein Gemeiner wie seine Schwester, Königin Teje. Er kann es also nicht gewesen sein. Wer bleibt dann noch übrig?«

»Amenhotep III. – es sei denn, sie war die Tochter eines ausländischen Regenten. Aber wir können nicht sicher sein, daß es nicht ein Ehrentitel war.«

»Vielleicht nicht. Aber wenn sie nun Amenhoteps Tochter war?« antwortete er. »Angenommen, wir könnten die Wahrscheinlichkeit einer Verwandtschaft zwischen einem der Pharaonen und einem oder beiden Schädeln nachweisen? Dazu brauchen wir doch nur unsere beiden mit der kraniofazialen

Konfiguration und dem Zahnbestand der Königsfamilie zu vergleichen, nicht wahr?«

Kate versuchte seine galoppierende Begeisterung zu bremsen. »Wir wissen nicht, welche künstlerischen Freiheiten sich der antike Bildhauer herausgenommen hat, und deshalb können wir immer noch nicht mit Sicherheit sagen, daß Tom McCowans computergenerierter Schädel die reale Nofretete darstellt.« Max nickte und wartete, was noch käme. »Außerdem haben Röntgenaufnahmen einige Zweifel an der tatsächlichen Identität zweier königlicher Leichen geweckt. Dem Textmaterial zufolge sind zwei der königlichen Mumien Vater und Sohn, aber die Röntgenaufnahmen deuten darauf hin, daß es nicht so ist.«

Max ließ sich nicht beeindrucken. »Aber wenn wir eine positive Korrelation nachweisen können, dann müßte jemand, den wir beide kennen, alles zurücknehmen, was er über Taschats Bedeutungslosigkeit gesagt hat.«

»Ein Stück Mist – das ist ein Zitat«, sagte Kate.

»Vielleicht können wir ihn noch zwingen, es zu fressen«, schlug Max vor und lächelte grimmig.

Sie hatten ihren Lunch fast beendet, als Max sagte: »Ich habe mit dem Chirurgen telefoniert, von dem ich dir erzählt habe – heute morgen, als du beim Anziehen warst. Er heißt Mike Tinsley. Er hätte mir fast den Kopf abgerissen, als ich ihm sagte, daß wir heute beschäftigt sind. Du sollst ihn morgen oder übermorgen anrufen.«

»Ein Auftrag würde mir schon helfen, bis ich etwas anderes finde«, räumte Kate ein. »Aber ich habe nichts mitgebracht, was ich vorzeigen könnte, außer ein paar Zeichnungen von Taschat.«

»Hast du schon mal daran gedacht, dich selbständig zu machen? Ich wette, wenn es sich einmal herumspricht, hast du so viele Aufträge, wie du nur bewältigen kannst, dazu flexible Arbeitszeiten und sehr viel mehr Freiheit. Und mehr Geld.«

»Ich habe schon mal mit dem Gedanken gespielt. Aber ich habe einfach nicht geglaubt, daß ich genug Arbeit finden würde, um meine Rechnungen bezahlen zu können.« Sie hatte auch nicht genügend Ersparnisse, um über die Runden zu kommen, wenn etwas Unerwartetes passierte – eine größere Autoreparatur oder eine Auftragsflaute. Aber das würde sie Max nicht erzählen.

»Nun, Mike hat mir auch seine Privatnummer gegeben, falls du ihn in seinem Büro nicht erreichst. Er schien sich Sorgen zu machen, als hätte er Angst, du könntest ihm ausreißen. Daran kannst du ermessen, wie erpicht er auf dich ist, und das wiederum könntest du im Gedächtnis behalten, wenn du dir überlegst, wieviel du ihm berechnest.«

Manche Dinge bleiben immer wahr.
Leben und Tod. Erde und Himmel.
Die Geschenke der Göttin:
Intuition und Liebe.
Totenbuch der Ägypter

XXI

JAHR ZWEI
DER HERRSCHAFT HAREMHABS

(1346 vor Christus)

Siebenundzwanzigster Tag, erster Monat der Ernte

Es stank im Haus nach Schafsurin und faulen Eiern; der *sesch per anch* war also schon vor mir dagewesen, um Amun ein Opfer dazubringen und das gelbe Pulver zu verbrennen, das die bösen Geister vertreibt. Asets Ehemann mußte mindestens Ende sechzig sein, aber er sah viel älter aus, besonders mit geschlossenen Augen – wie ein Mann auf dem Sterbebett. An jeder Ecke von Usahors Bett hatte man eine Lampe aufgestellt; alles andere blieb im rauchverhangenen Schatten, und ein alter Priester sang trübselige Bittgebete an die Götter der Schöpfung. Die Frauen der Familie saßen mit gekreuzten Beinen auf dem Boden, die Gesichter halb hinter weißen Tüchern verborgen; ich vermutete Aset bei ihnen, denn sie hatte mein Haus vor zwei Nächten verlassen. Ein paar Männer standen abseits und redeten gedämpft miteinander, aber Ramose war der einzige, den ich erkannte.

Tuli kam mir entgegengelaufen, um mich zu begrüßen; er bleckte wie lächelnd die Zähne und stieß mit der Nase gegen meine Hand. Er trug ein neues Halsband; der weiße Lederstreifen war mit tänzelnden roten Pferden bestickt. Ich begrüßte erst ihn, dann die Familie, doch Ramose winkte mich bereits ans Bett des alten Mannes. »Du brauchst nur zu sagen, was du benötigst, und ich werde dafür sorgen, daß du es sogleich bekommst«, sagte er ohne Umschweife und befahl mir, seinen alten Freund zu behandeln, koste es, was es wolle.

»Ich muß die Stimme seines Herzens hören und ihn mit den Händen betasten.« Usahors knochige Brust hob und senkte sich schnell; schon daran sah ich, daß er nur mit Mühe atmen konnte. »Klagt er über Schmerzen?«

»Seine Gemahlin sagt, der linke Arm läßt ihm seit Tagen keine Ruhe.« Welche Gemahlin mochte das sein? »Als ich vor ein paar Stunden kam, fand ich, daß er blaß aussah, aber er sagte, er sei müde, sonst fehle ihm nichts.«

»Ist sein Zustand schlimmer geworden, seit die Priester das gelbe Pulver verbrannt haben?«

»Nein.«

Ich nahm die Hand des Alten, um mir seine Fingernägel anzusehen. Sie waren ebenso farblos wie sein Gesicht.

»Hatte Aset denn recht?« fragte Ramose. »Daß der Schwefel Krankheiten ebensogut verursachen wie verhindern kann?«

»Ja, wenn die Dämpfe giftig werden.« Ich legte die Finger unten an Usahors Kehle, um mich davon zu überzeugen, daß sein Herz flach und schnell schlug. Dann beugte ich mich über ihn, um an seinem Mund zu riechen; ich erwartete den sauren Fruchtgeruch der Krankheit, die einen Menschen in einen unnatürlichen Schlaf fallen lassen kann. Aber ich roch kaum etwas anderes als den Gestank fauler Eier. Als nächstes entblößte ich den Leib des Alten und tastete nach Verhärtungen oder Schwellungen seiner lebenswichtigen Organe. Dabei überlegte ich mir, wie ich frische Luft in diesen Raum bringen könnte, ohne den Vater des Gottes vor seinen Untergebenen in Verlegenheit zu bringen. »Was sagt sein eigener Arzt?« fragte ich.

»Daß der Körper eines Menschen verschleißt wie eine Sandale.«

»Ist er hier?«

Ramose schüttelte den Kopf. »Mein ...« Er warf einen Blick auf Usahors Gesicht. »Er liebt mich zwar, aber mein alter Freund spricht lieber selbst mit den Göttern, als daß er die Vermittlung eines Priesters bemüht. Er hat seinen Arzt in den Tempel geschickt, um eine Botschaft an das Hörende Ohr zu übermitteln, kurz bevor er dann in diesen tiefen Schlaf verfiel, in dem du ihn jetzt siehst. Wahrscheinlich hat er den armen Mann weggeschickt, um seinen Stolz zu retten. Er ist kein schlechter Arzt, nur ein selbstgefälliger.«

Für mich war das ein und dasselbe, aber ich hielt den Mund und entblößte Usahors Füße.

»Manchmal erinnerst du mich an meinen alten Freund«, fuhr Ramose fort. »Vielleicht war ich deshalb bereit, mehr denn je aufs Spiel zu setzen, als ich dich aufforderte, in meinen Haushalt einzutreten – als du die Kühnheit besaßest, mit mir zu feilschen.«

Es paßt nicht zu Ramose, so vor sich hin zu reden – falls es wirklich das war, was er hier tat – oder offen seine Gefühle zu zeigen. Aber er ist mir schon seit langem ein Rätsel, und deshalb bildete ich mir vielleicht nur ein, daß seine Gedanken in die Vergangenheit wanderten, weil ihn die Aussicht, den Freund zu verlieren, traurig machte.

Ich drückte auf die Haut über Usahors Zehen und am Fußknöchel und stellte fest, daß die Schwellung dort und an den Beinen nicht wie das Öl in einem Ziegenlederschlauch unter dem Finger nachgibt und zurückfedert. Zwei Zehennägel fehlten, die anderen waren kalkig weiß. Ich deckte seine Beine wieder zu, legte ein Ohr an seine Brust und vernahm den Klang einer fernen Trommel, gedämpft durch wechselnde Luftströme, und es war ein Geräusch mit jenen weichen Konturen, die mir sagten, daß der Mann in seinen eigenen Flüssigkeiten ertrank. »Wir müssen seine Füße hochlegen.«

»Pagosch!« rief Ramose.

Ein gespenstisches Gefühl der Vertrautheit überkam mich – auch so ein Geheimnis, das ich nicht erklären kann. »Bring mir Kissen, die ich unter seine Beine legen kann.«

Er sah mich an. »Sonst noch etwas?«

»Seine Gemahlin ...« Ich besann mich. »Seine Hauptfrau?«

»Sie heißt Sati.« Er winkte einer der Frauen, und sie kam sofort heran. Trotz der Wolke von weißen Haaren, die ihren Kopf umschwebte, spiegelte sich die Anmut ihres Körpers in ihrem Gesicht wider, wo die Wasser des Lebens lautlos, aber tief flossen. Nicht, daß ich den Fehler beging, sie für eine friedfertige Kuh zu halten. Tatsächlich war sie das Gegenteil davon, nach ihren schwarzen Augen zu urteilen, die im unsteten Licht der Lampen zu atmen schienen wie Kohlen in einem glühenden Feuer. Und sie wich meinem Blick auch nicht aus, bis ich die Hände faltete und das Kinn in einer flüchtigen Verbeugung senkte.

»Willkommen, Senachtenre. Möge der große Gott dich segnen und beschützen«, sagte sie murmelnd und erwiderte meine Geste. »Das Haus meines Herrn Usahor ist geehrt durch deine Gegenwart. Wie kann ich dir zu Diensten sein?«

»Können wir die andern hinausschicken? Mit Ausnahme von Aset, falls ich sie als Gehilfin brauche?« Ich sah, daß Ramose jemand anderem ein Zeichen gab. »Vielleicht könntest du die anderen bitten, sich zum Schrein des Gottes zu begeben, der dieses Haus beschützt, und ihn zu bitten, deinem Gemahl seine Gesundheit wiederzugeben. Und dann öffne die Fenster, um frische Luft hereinzulassen.«

Als ich mich umwandte, schaute ich in ein Paar blaue Augen – Augen, die ich überall erkennen würde, in dieser Welt wie in der nächsten. Sonst hätte ich sie vielleicht gar nicht erkannt, denn sie trug eine lange schwarze Perücke aus vielen feinen Zöpfen, deren jeder mit einem winzigen Knoten der Isis aus Karneol gebunden war. Um ihren Hals lag ein breiter Kragen aus stäbchenförmigen Türkis- und Lapislazuli-Perlen, der meinen Blick zu ihren Brüsten unter dem weißen Schleiergewand hinunterlenkte, das nur wenig tat, um die Konturen ihres reifenden Körpers zu verhüllen. Ich zwang mich, die flachen Hände zu falten, aber sie zitterten so sehr, daß ich den Kopf auf sie herabsenken mußte, damit niemand auf den Gedanken kam, wir seien mehr als nur ein Lehrer und seine einstige Schülerin.

Als ich sie wieder anschaute, sah ich ein boshaftes Funkeln in ihren Augen, als mache es ihr Spaß, mich so zu verwirren. »Wir müssen ihn hochheben«, sagte ich zu ihr. Wortlos lief sie zur Sitzbank an der Wand und griff mit jeder Hand nach einem Kissen. Ramose trat an die andere Seite des Bettes, um mir zu helfen, den Kranken anzuheben, während sie ihm die Kissen unter Kopf und Schultern schob. Bei jeder ihrer Bewegungen spielten die kleinen Karneol-Amulette ein leises Lied. Ich roch den Duft von Mandelöl, gewürzt mit Zimtblüten, Ingwer und Pfefferminz, und wußte, daß sie das Parfüm trug, das ich eigens für sie gemischt hatte, um den Tag zu bezeichnen, an dem sie die Kindheit hinter sich ließ. Es paßte zu ihr, dachte ich nicht zum erstenmal: Etwas Scharfes und Bitteres bändigte seine Süße und erinnerte an die Kraft, die sich hinter der weichen, weiblichen Fassade verbarg.

»Hyänenzunge?« flüsterte sie, als ich den alten Mann aufgerichtet hatte. Sie wartete, bis ich nickte, und dann nahm sie, was sie brauchte, aus meiner Ziegenledertasche und verschwand damit. Mein Blick folgte ihr und kollidierte mit Pagoschs finsterem Stirnrunzeln. Kurz darauf kam sie mit dem angewärmten Trank zurück; ihre Hände zitterten – vielleicht, weil sie mit ihren vierzehn Jahren schon so viel vom Tod gesehen hat. Jetzt war Anubis wieder auf der Pirsch und wollte jemanden rauben, der ihr am Herzen lag.

»Ich habe ein bißchen Ingwer dazugetan, um seinen Magen zu besänftigen.« Sie versuchte, Usahor so weit zu sich zu bringen, daß er schluckte, was wir ihm in den Mund löffelten, aber ein großer Teil rann ihm doch übers Kinn herab. Danach zog sie sich aus Respekt vor Satis höherem Rang hinter ihren Vater zurück, der dasaß und seinen alten Freund mit traurigen Augen beobachtete.

»Jetzt bleibt uns wenig anderes übrig, als zu warten«, sagte ich – hauptsächlich um Satis willen, die eine Hand auf die Hand ihres Mannes gelegt hatte. Tuli sprang auf das Bett und leckte Usahors andere Hand; dann ließ er sich in Reichweite nieder, falls der alte Mann erwachen sollte. Alle wurden still und warteten. Ich hob den Kopf und betrachtete das Bild an der Wand: Ein einzelner Jäger zielte mit dem Pfeil auf seine Beute, eine wildäugige Gazelle mit erhobenem Kopf und aufgerichteten Ohren, vibrierend von der Erregung der Jagd. Ich erkannte es als das, was es war: ein Bild der sexuellen Erregung. Mein Blick kehrte zu Aset zurück.

Sie hatte ihre Augen schwarz umrandet und die Lider mit gelbem Ocker bestäubt, was mich an all die Stunden erinnerte, die wir in meinem Garten verbracht haben, wo wir irgendeine Behandlung erörterten, während sie ihre Farben zubereitete – die gelbe Erde vom Fuße der Felsen zermahlte, die verbrannten Mandelschalen, die ein dunkles, purpurn schimmerndes Schwarz ergeben. Nachher schüttete sie das feine Pulver in ein Stück hohles Schilfrohr, das sie mit Papyrusmark verstopfte und in ihren Beutel tat, in dem sie den kleinen Löwen aus Papyruswurzel mit sich herumträgt – immer noch ihr kostbarster Besitz, was ich nie begriffen habe. Er ist für niemanden viel wert, außer für die Kinder, die sie mit Geschichten von seinen Heldentaten in der Westlichen Wüste unterhält, wo er jeden Jäger überlistet, mag er noch so geschickt oder tapfer sein.

»Er atmet ein bißchen leichter«, flüsterte sie. Ich nickte und ließ meinen Blick an den Falten von Satis Gewand entlang zu

Boden wandern, um festzustellen, daß sie ein Paar von Ipwets Sandalen trug. Schließlich begannen Usahors Lider zu flattern: ein Zeichen dafür, daß er aufwachte. Aber ich habe schon oft gesehen, wie ein alter Mann aus einem solchen Schlaf an einen Ort zurückkehrte, den er nicht wiedererkannte. Es dauerte eine Weile, bis er Sati matt zulächelte und etwas zu sagen versuchte. Sie legte ein Ohr an seine Lippen, und dann ging sie zu einer Holztruhe mit gekreuzten Klauenfüßen und kam mit einer elfenbeinernen Schreibtafel zurück.

»Aset«, röchelte Usahor. Tuli spitzte die Ohren.

»Ja, mein Herr und Gemahl, ich bin hier.«

»Für dich.« Er schob den schmalen Federkasten zu ihr hinüber. An der einen Seite war eine Jagdszene abgebildet, im lebensechten Stil einer vergangenen Zeit, der inzwischen verboten ist – dank Ramose und seinen engstirnigen Genossen.

»O nein, Herr«, protestierte Aset. »Dies hat der Prächtige Amenhotep dir zum Zeichen seiner Hochachtung geschenkt. Eines deiner Kinder muß es bekommen.«

Usahor tastete nach ihrer Hand. »Du ... sende mir ... Botschaft.«

»Das werde ich tun, Herr, ich verspreche es.« Sie lächelte unter Tränen. »Ich werde mich in Ewigkeit an deine Großzügigkeit erinnern, so wie mir auch die Güte kostbar ist, die du mir in dieser Welt erwiesen hast. Du und Sati.«

Usahor richtete den Blick seiner blassen, wäßrigen Augen auf mich, und sie sagte: »Das ist der Arzt, von dem ich dir erzählt habe. Senachtenre.« Er starrte mich eine Weile an, tat dann einen müden Seufzer und schloß die Augen. Aber beinahe sofort erwachte er wieder, und ein panischer Ausdruck trat in sein Gesicht, als suche er etwas oder jemanden, den er nicht finden konnte.

»Mose ... Ramose«, rief er mit ersterbender Stimme, und sein Flehen klang so herzzerreißend, daß sich mein Magen vor Mitleid zusammenkrampfte.

Der Hohepriester sprang auf und ergriff Usahors zerbrechliche Hand mit beiden Händen. »Ich bin hier. Und ich werde dich nicht verlassen. Den Verstoß beging ich, nicht du. Und doch hast du bei allem deine Treue zu mir bewahrt, selbst auf die Gefahr hin, daß du mit einem Makel auf dem Herzen zu Osiris gehen müßtest.« Ramose ließ sich auf die Bettkante sinken und lächelte den alten Mann an. »Du hattest recht. Ich kann dem Knaben, der ich einst war, nicht entrinnen, und so habe ich ständig Krieg gegen mein eigenes *ka* geführt, bis ich der Schlachten müde war. Aber dich kann ich nicht belügen und sagen, ich würde bereitwillig all die Jahre noch einmal durchleben, um anders zu handeln.«

Blicklos starrte er in die Vergangenheit; was er dort sah, konnten nur er und sein Freund wissen. Mit dem Daumen streichelte er Usahors Handrücken. »Daß ich mich niemals mit ihrem flinken Verstand gemessen hätte? Nie gesehen hätte, wie ihre Augen erstrahlen, wenn sie lacht? Nie die Berührung ihrer Hand gespürt, vertraulich, liebevoll? Den Rausch der Freude, der mich überkommt, da ich weiß, sie ist mein?« Ramose schüttelte den Kopf. »Der bloße Gedanke bringt die Kälte des Todes in mein Herz.«

Mit diesen Worten bekannte der Hohepriester, wie besessen er war von der Frau, die ihm seinen freien Willen gestohlen hatte. Aber Usahor lächelte, als vergebe er ihm den Verstoß, auf den Ramose angespielt hatte.

»Die Schakale des Königs werden nicht in deine Nähe kommen«, versicherte Ramose ihm, »weder jetzt noch in den kommenden Jahren. Also ruhe in Frieden. Sati hat eine kräftige Brühe aus der Küche kommen lassen, auf daß du wieder stark wirst wie ein Stier.« Dasselbe kleine Lächeln lag noch immer auf Usahors Antlitz, als er in einen scheinbar natürlichen Schlaf versank.

Ich wies Pagosch an, Usahors Familie und seine Dienerschaft ins Bett zu schicken, und Sati ließ sich auf seinem Fußende nieder, um bei ihm zu wachen. Aber unvermittelt richtete der alte Mann sich mühselig auf und streckte die dürren Arme in die Höhe.

»Aton kommt!« rief er, und ein freudiges Lächeln zerfurchte sein verwittertes Gesicht. Und als habe diese Anstrengung ihm die letzten Kräfte geraubt, entwich sein Atem aus dem geöffneten Mund und nahm sein *ka* mit, und die Hülle des Mannes, der er gewesen war, sank zurück in die Kissen.

Tuli heulte langgezogen und traurig und fing dann an, die Hand des Alten zu lecken. Ich lauschte an seinem Herzen und bekam bestätigt, was ich schon wußte. Satis Miene verriet mir, daß sie es ebenfalls wußte; also schloß ich Usahor die blicklosen Augen, zog seine Decke zurecht und faltete sie ordentlich über seiner Brust, um seiner Gemahlin Zeit zu geben, sich zu fassen. Sie fiel neben dem Bett ihres Mannes auf die Knie, nahm seine leblose Hand und drückte sie an ihre Stirn, während der alte Priester mit seinem Gesang an Osiris begann. *»Gesegnet sei Osiris. Gesegnet sei der Sohn der Erde, der entschlüpfte dem Ei der Welt. Gesegnet sei der Sohn des Himmels, der fiel aus dem Bauch des Firmaments. Gesegnet sei der Gott in seinem Namen, das Heil der Priester und der Ziegenhirten, der König der Könige, der Herr der Herren. Priester und Mann, so schimmert sein Körper grün wie Türkis.«* Als er fertig war, drückte Sati ihre Lippen ein letztes Mal auf Usahors Hand; dann erhob sie sich und hüllte sich in ihre Würde wie in ein Tuch. Und sie ging hinaus, um den anderen, die im Vorzimmer wachten, Bescheid zu sagen.

Ob Ramose gewußt hatte, daß sein Freund den Gott des Ketzers anbetete, auch nachdem Haremhabs Proklamation dies zum Verbrechen erklärt hatte? Warum sonst hätte der Alte zu Aton rufen sollen und nicht zu Amun-Re oder zu Osiris? Es sei denn, er war in seine Jugend zurückgekehrt, wie es so viele alte Leute tun, in die Zeit des Prächtigen Amenhotep, der Aton vor alle Götter gestellt hatte. Als Amenhoteps Sohn, der sich zum Auserwählten Atons ernannt hatte, den Thron verließ, dürfte

Usahor mindestens fünfzig Jahre alt gewesen sein, alt genug also, um fest in seinen Gewohnheiten zu wurzeln.

Aset nahm Tuli in den Arm, damit er zu winseln aufhörte, und ging zu ihrem Vater, aber Ramose starrte unverwandt die verbrauchte Hülle seines geliebten Freundes an. Als draußen die Klageweiber zu heulen anfingen, raffte er sich auf und befahl ihr: »Zieh dir gleich an, was du als Arztbursche trägst. Pagosch wird an der hinteren Pforte warten, um dich wegzubringen. Sprich unterwegs mit niemandem, und halte den Blick gesenkt.«

Sie umarmte ihn und warf mir dann mit großen Augen einen Blick zu. Ramose schaute ihr nach, als sie ging; dann wandte er sich mir zu. »Er wußte, daß seine Zeit nahe war. Es war sein Wunsch, nach Abydos zurückzukehren, an den Ort, wo er in diese Welt kam. Wer ihn kannte, hielt ihn für verschroben – zum Teil, weil er es vorzog, mit einer Frau statt mit mehreren zu leben.« Fast lächelte er wieder. »Er hat immer behauptet, die geschlechtliche Lust sei dadurch um so größer, aber ...«

»Wie hat er dann erklärt, daß er sich eine zweite Frau nahm?«

»Indem er die Wahrheit seiner Einsicht und Erfahrung den Spötteleien seiner Freunde opferte – aus Liebe zu mir.« Ramose betrachtete das leblose Gesicht. »Er hat immer seinen eigenen Weg gefunden. Seit er Aset kannte, noch mehr. Sie sei mein größtes Werk, sagte er einmal, ganz gleich, wieviel Ansehen und Reichtum ich noch erringen würde.« Ein bittersüßes Lächeln kräuselte seine Lippen. »Nur zu wissen, daß er da war ...« Mühsam schluckte er an seiner Trauer, und so bezähmte ich meine neugierige Zunge und fragte ihn nicht, was er nun plane. Statt dessen blieb ich stehen wie ein Angeklagter vor den Richtern des Pharaos und wartete auf das Urteil; ich rechnete damit, ins Exil geschickt zu werden.

»Jetzt muß ich allein vor dem Sturmwind segeln«, murmelte er, als er seine Stimme wiedergefunden hatte. Dann richtete er den Blick seiner blauen Augen auf mich.

»Ich werde tun, was nötig ist, um sie zu beschützen«, sagte ich und kleidete mein Versprechen in eine Warnung.

»Wenn ich daran je gezweifelt habe, Tenre, so ist es lange her. Aber wir müssen rasch handeln. Seine Tochter soll nach Memphis, wo eine Heirat arrangiert ist. Sati wird ihn nach Abydos begleiten und in dem Haus leben, das seiner Familie seit der Zeit des großen Thutmosis gehört. Solange wir um ihn trauern, wird niemand in diesem Hause von Aset reden, aber du mußt einen Wächter einstellen, der dafür sorgt, daß sie deine Mauern nicht verläßt.«

»Dazu genügt ihr Wort«, sagte ich, und dann wagte ich noch mehr. »Hatte Usahor keine Söhne?« Er starrte mich kurz an und schüttelte dann den Kopf.

»Merit und Pagosch müssen hierbleiben«, sagte er. »Zumindest vorläufig.«

»Und später?«

»Willst du deiner Menagerie noch zwei hinzufügen?«

Ich nickte.

»Dann überlasse ich es ihnen. Pagosch wird ihr Kleider bringen, sobald er kann – wahrscheinlich wenn es dunkel ist. Wenn du irgendwann witterst, daß etwas faul ist, dann benachrichtige mich durch deinen Gehilfen Chary; so weiß ich, daß deine Nachricht keine Falle ist.«

Ich hätte nicht überrascht sein dürfen. Es war nicht das erstemal, daß Ramose mich mißtrauisch machte, während er mich zugleich verschonte; es ist ja eine Sache, zu wissen, daß Chary meine Apotheke verwaltet, und eine andere, ihn deshalb auch persönlich zu erkennen – selbst für einen Priester, der mit dem König der Götter auf du und du steht.

Vierter Tag,
zweiter Monat der Ernte

Ich beendete eben mein Mittagsmahl, als ich aufblickte und Chary sah, der den Weg von seinem eigenen zu meinem Garten entlanggeeilt kam, gefolgt von einem Mann, der einen großen Korb auf der Schulter trug; ich nahm an, daß es ein Händler sei. Als sie näher kamen, sah ich, daß Tuli ihnen schwanzwedelnd vorauslief, und es durchzuckte mich unbehaglich zu sehen, daß er diesen Fremden akzeptierte, der ein gestreiftes *nemset* trug und einen schmutzigen Lumpen über ein Auge gebunden hatte.

»Wohin willst du es haben?« fragte Chary, als hätte ich bestellt, was der Mann da brachte.

»Woher in Gottes Namen soll ich das wissen?«

Der Einäugige hob den Korb von der Schulter und stellte ihn auf den Boden. Der Gestank seines ungewaschenen Körpers senkte sich auf mich wie ein Fliegenschwarm auf einen frischen Misthaufen. Ich kannte das kreuz und quer liegende Reisig nicht, das er da mitbrachte; also nahm ich ein Stückchen und hielt es mir unter die Nase. Er aber bückte sich und schob alles beiseite. Ein zusammengefaltetes Stück ungebleichtes Leinen kam zum Vorschein. Ich zuckte die Achseln und fragte mich, warum Chary mich mit einer Lieferung von neuem Verbandmaterial behelligte, aber bevor ich etwas sagen konnte, hob er das Tuch hoch und offenbarte etwas Blaues. Lapislazuli, wie es aussah. Und Türkis! Ich packte den Mann beim Arm und drehte ihn zu mir herum, bis ich das zufriedene Grinsen auf seinem bronzefarbenen Gesicht sah.

»Bei Thot, du stinkst vielleicht, Pagosch.« Ich hatte ihn in finsterer Nacht erwartet, nicht wenn Re-Aton hoch am Himmel stand. Chary fing an zu lachen, und Tuli rannte im Kreis um uns herum, während Pagosch sich den schmutzigen Lumpen vom Kopf zog und darauf wartete, daß der Aufruhr sich legte. »Dein Humor wird mit dem Alter immer kecker«, sagte ich.

»Es war nicht komisch gemeint, *sunu*«, sagte er. »Aber wenn ich dich täuschen kann, dann brauche ich mir keine Sorgen zu machen.«

»Ich wette, an Aset bist du nicht vorbeigekommen.«

Er zuckte die Achseln und wich meinem Blick aus.

»Du hast sie doch sicher gesehen? Sie paßt morgens auf Charys Sohn auf, wenn Tamin zum Markt geht, um Ipwets Sandalen zu verkaufen.«

»Wir haben kurz miteinander gesprochen.«

Ich winkte ihm Platz zu nehmen. »Hast du ihre Sachen mitgebracht?«

Er ließ sich auf den freien Schemel fallen. »Ja, und dazu ein Bündel Schriften aus Usahors Bibliothek. Es sind noch mehr da, aber mein Esel besteht ja nur aus Haut und Knochen, und die andern sind bereits auf den Feldern, um Getreide zu transportieren. Ich werde den Weg mindestens noch einmal machen müssen.«

Ich füllte einen Tonbecher mit Bier und reichte ihn hinüber. Er tat gleichgültig, aber die pralle Sonne ließ ja selbst die Dattelpalmen und Weiden langsam welken.

»Ich werde deinem armen Tier den anderen Korb abnehmen«, erbot sich Chary, wahrscheinlich um uns ungestört reden zu lassen. »Und dann lasse ich es in unserem Küchengarten grasen – das heißt in dem, was davon noch übrig ist. Ein oder zwei Büschel Gras werden seine Stimmung verbessern.«

Pagosch kaute auf einem Bissen Brot und Käse und spülte ihn mit Bier hinunter. »Ist Mena diese Woche wie üblich gekommen?«

Ich nickte.

»Hat er am anderen Ufer nichts Ungewöhnliches bemerkt?«

»Haremhab macht sich Sorgen wegen der Hethiter; er weiß nicht, was sie jetzt tun werden, da Mursil auf dem Thron seines Vaters sitzt. Aus Hattusas ist ein Gesandter gekommen und verlangt Wiedergutmachung für das vorzeitige Ende des

Prinzen, den sie Anchesenamun geschickt haben. Anscheinend war er ein Bruder von Mursil.«

»Die Krähe kehrt also auf ihren Baum zurück«, knurrte Pagosch.

»Rechnet Ramose mit Schwierigkeiten aus dieser Richtung?«

»Ist der Pharao entschlossen, die Zwei Länder von den Anhängern des Ketzers zu befreien?« antwortete er. Es ist jetzt verboten, den Namen des Rebellen überhaupt noch auszusprechen, geschweige denn, seinen Gott zu verehren.

»Wer Aton anbetet, muß nicht unbedingt ein Anhänger des Ketzers sein«, sagte ich.

»Das mußt du Haremhab sagen.«

»Sein Reformedikt ist in die Tempelmauern eingraviert worden; Unwissenheit wird also keine Entschuldigung mehr sein, wenn Missetäter vor die Richter des Pharaos gestellt werden. Haremhab muß das Einverständnis des Heiligen Rates gehabt haben; also wollen sie alle Blut sehen. Selbst ein kleiner Dieb fürchtet die Worte, die er nicht lesen kann, wenn er erst einmal gesehen hat, wie einem Mann die Hand abgehackt wurde.« Ich griff zum Krug und füllte seinen Becher neu. »Der Pharao hat nichts gegen Nofretete unternommen; deshalb ist auch Aset nicht in Gefahr, selbst wenn sich die Sache mit Usahor herumspricht. Und wie dem auch sei, der Mann, der den Ehekontrakt unterschrieben hat, ist jetzt ein Hoherpriester des Amun.«

Pagosch blickte unverwandt auf das Beet, wo Fenchel und purpurner Thymian blühten, als wolle er eine schlechte Nachricht hinauszögern.

»Hat Ramose gesagt, welche Pläne er für Aset hat?« fragte ich.

»Ich weiß, daß seine Liebe zu ihr die Liebe eines Vaters ist. Wenn er mehr für sie empfindet, als die meisten Väter für ihre Töchter empfinden – nun, Aset ist auch nicht wie die meisten Töchter.«

Ich erinnerte mich, wie Ramose das gleiche gesagt hatte, aber seitdem ist eine Menge Schlick den Fluß hinuntergetrieben und hat das Wasser trübe gemacht. »Die Frage ist, gibt es jemanden oder etwas, das er mehr liebt.«

»Nach so vielen Jahren in deiner Schule, *sunu*, ist es ein Wunder, daß Aset überhaupt noch jemandem vertraut.«

»Das gleiche könnte ich auch über dich sagen«, entgegnete ich.

»Ramose hat mir von deinem Angebot erzählt«, sagte er und sah mich immer noch nicht an. »Ich danke dir von ganzem Herzen, Tenre, aber es ist besser, wenn wir zu ihm zurückziehen.«

»Wir sind hier nicht ganz mittellos, nachdem so viele Ärzte aus dem Haus des Lebens ihre Gehilfen zum Auge des Horus schicken, um Pillen und Tinkturen zu kaufen – falls du dir deswegen Sorgen machst. Chary hört mehr über das, was so vor sich geht, als eine ganze Armee von Spitzeln – vor allem, wenn es darum geht, welcher Offizier gerade der neueste Günstling des Pharaos ist oder wessen Frau bei einem anderen Mann liegt – oder bei einer anderen Frau.«

Er nahm eine Feige von dem Teller auf meinem Tisch und biß hinein. »In deinem Garten gefangen wie ein Vogel im Netz, könnte ich eine Torheit begehen und euch beide verraten.«

»Du? Eine Torheit?« Verständnislos schüttelte ich den Kopf. »Was ist denn mit Merit? Hast du sie vor die Wahl gestellt?«

Er bückte sich über seinen Korb und nahm ein Stück Papyrus heraus, das er mir reichte. »Das schickt sie dir, um zu zeigen, daß sie übt, was Aset ihr beigebracht hat.«

Ich sah, daß nur fünf Worte auf dem Zettel standen. *Meine Gedanken gehen mit euch.*

»Wenn Aset in Usahors Haus kam, hat sie Merit immer vorgelesen«, fuhr Pagosch fort. »Ein Liebesgedicht aus einer anderen Zeit oder eine Geschichte, in der eine Lehre verborgen ist; so machte sie ein Spiel daraus. Einmal las sie ihr aus dem Tagebuch einer großen Königin vor, deren Herz vom Verlust eines

Kindes zerrissen wurde. Nachher erzählte Merit mir, sie könne den Schmerz der Königin in ihrem eigenen Herzen fühlen. Es ließ sie an die Magie der Worte glauben. Und als sie wußte, daß eine Königin leiden konnte wie sie, fühlte sie sich nicht mehr so allein. Nicht mehr so ... so fehlerhaft.« Er runzelte die Stirn. »Das war ihr Wort, nicht meines, und ich habe ihr verboten, es je wieder zu sagen.« Er schwieg kurz, und ich fragte mich, wie er es schaffte, so viel in so wenigen Worten zu sagen. »Ich glaube, daß Merit keine Kinder mehr bekommen hat, ist der Wille der Göttin gewesen, die uns eine andere Bestimmung zugedacht hat. Also kehrt Merit bereitwillig zum Hohenpriester zurück, um sich unter die Frauen zu mischen, die seinem *tahut* dienen.« Er trank sein Bier aus und stemmte sich hoch. Tuli schrak aus seinem Traum von der Kaninchenjagd hoch. »Meine Frau würde es niemals zugeben, aber nachdem Aset ihr abgenommen war, hatte sie Zeit, sich mit anderen Dienerinnen in der Nachbarschaft anzufreunden.« Er zwirbelte seinen schmutzigen Lappen um einen Finger. »Mit einer jungen Witwe namens Amenet zum Beispiel.«

»Wenn du wissen willst, weshalb ich dort nicht mehr hingehe«, sagte ich, um ihm die Mühe zu ersparen, »so kann ich dir sagen, daß es nichts mit ihr zu tun hat. Amenet ist liebreizend anzusehen und versteht es, einen Mann zufriedenzustellen. Aber es ist nicht *maat*, es immer weiter mit ihr zu treiben, wenn ich nicht die Absicht habe, sie zu meiner Frau zu machen. Schon jetzt habe ich zu viele Frauen in meinem Leben. Nofret und Tamin. Ipwet. Sich damit herumzuplagen, ist doch wohl genug für jeden Mann.«

»Wartest du noch viel länger, *sunu*, wirst du keine Kinder hinterlassen, die deinen Namen aussprechen, wenn du zwischen den Bergen im Westen dahingehst.«

»Wenn das, was ich auf der Welt tue, nicht Grund genug ist, sich an mich zu erinnern, dann verdient mein Name nicht weiterzuleben. Wie du, Pagosch, glaube ich, daß es der Wille der

Götter ist, daß ich für andere Kinder sorge, nicht für meine eigenen.« Er nickte, und ich seufzte erleichtert – zu früh, wie sich zeigte, denn einen Pfeil hatte er noch in seinem Köcher.

»Ich bemerke, daß du Aset nicht nennst, wenn du die Frauen aufzählst, mit denen du dich herumplagen mußt. Wie kommt das wohl?« Er wartete nicht auf eine Antwort, sondern marschierte durch meinen Garten davon und ließ mich stehen und über das nachsinnen, was er nicht ausgesprochen hatte.

Neunundzwanzigster Tag,
dritter Monat der Ernte

Ein Mann, den Chary schon als Junge gekannt hatte, kam in der Nacht zu ihm und suchte Hilfe für seine Frau. Von der Dunkelheit eingelullt, und weil Aset nun seit zwei Monaten nicht mehr aus dem Haus gekommen war, ließ ich sie mitkommen – ein Akt der Gedankenlosigkeit, der sie um Haaresbreite ins Unheil geführt hätte.

Unterwegs erzählte Chary uns, daß Pepi wegen Brotdiebstahls zu zehn Jahren Zwangsarbeit in den Minen des Sinai verurteilt worden war und nach seiner Rückkehr in die Stadt seiner Geburt Arbeit als Steinhauer für den Pylon gefunden hat, den Haremhab vor dem Amuntempel errichten läßt. Die Lehmhütte, zu der Chary uns führte, sah recht sauber aus, von dem Qualm der einzigen Lampe abgesehen. Aber daß ein Arbeiter kein Salz hat, um es in seine Lampe zu schütten, damit sie ihm nicht die Atemluft verpestet, ist nur eine Folge seines schlechten Lohns und bezeichnend für den, der ihn bezahlt.

»Ich habe geglaubt, mein Gott heilt alle Krankheiten, wenn wir nur seinem Beispiel folgen, reinlich sind und alle Dinge mit Liebe behandeln«, gestand Pepi, »aber ich habe es nicht ertragen, nur untätig dazustehen und zu beten.« Ihm fehlten ein paar Zähne, und sein Atem ging rasselnd, ein Zeichen für die Lungenkrankheit, die so viele Männer befällt, die in den Steinbrüchen arbeiten. Aber seine einzige Sorge galt seiner Frau.

»Daß sie blutet, ist kein gutes Zeichen«, stimmte ich zu. Ich fühlte keine Bewegung im Bauch der Frau; also gab ich ihr eine Medizin, die ihr helfen sollte, das Kind herauszudrücken – ob es atmete oder nicht –, während Aset versuchte, sie mit ermutigenden Worten zu beruhigen. Chary war hinausgegangen – aus Achtung vor der Würde der Frau, wie ich dachte, aber jetzt weiß ich, daß er Wache halten wollte.

Als die Wehen heftiger wurden, fing sie an aufzuschreien und sich vor Schmerzen zu krümmen. Als Pepi sie trösten wollte, kam Aset zu mir. Ich kniete zwischen ihren Beinen auf dem Boden. »Ist es schon soweit?«

Ich schüttelte den Kopf. »Aber nicht mehr lange.«

»Hast du das Antlitz des Aton an der Wand über der Lampe gesehen?« flüsterte sie. »Die gelbe Scheibe leuchtet, als lebte die Sonne noch. Und sie heißt Tuja, wie die Mutter der alten Königin Teje.« Ich nickte, ohne zu antworten; wir wußten ja schon, daß Pepi eine Weile unter den Nomaden vom Sinai gelebt hatte, wie der Ketzer es jetzt noch tut, und die Tochter eines Schasu-Hirten geheiratet hatte. Aber indem sie seinen Gott hier verehrten, verstießen sie gegen das Gesetz der Zwei Länder.

»Nimm mich zu dir, mein Gott, ich bitte dich«, rief Tuja auf dem Höhepunkt einer langen Wehe, und ihre Stimme füllte mein Herz mit Tränen. »Laß Moses mein Hirte sein; er soll mir den Weg weisen, denn ich ertrage es nicht mehr.« Seinen wahren Namen zu benutzen ist ebenfalls verboten; also nannte sie ihn so, wie seine Anhänger ihn unter sich nennen, denn für sie ist er immer noch der Sohn und Erbe.

»Atons Antlitz scheint auf dich, Tuja«, versicherte Aset ihr und nahm ihre Hand, »auch jetzt, da du wandelst in den Schatten im Tal des Todes. Fürchte dich nicht, denn er ist bei dir.«

Ihre Worte schienen Pepis Frau zu trösten, aber vielleicht war dies auch der Augenblick, da das Kind mit dem Kopf durch die Barriere drang, die es zurückgehalten hatte.

»Pharaos Wölfe kommen!« Chary kam hereingestürzt. »Pepi, lösch die Lampe!« Der Steinhauer sprang auf, und Chary ergriff Aset und schob sie in eine dunkle Ecke; dann wickelte er seinen Schurz ab, warf ihn ihr über den Kopf und bedeckte sie ganz damit. Erst jetzt bemerkte ich zwei schlafende Kinder auf dem Boden.

»Keinen Laut!« warnte Chary, und zu Pepi gewandt fügte er hinzu: »Tu, was du kannst, um sie ruhig zu halten.«

In der Stille, die jetzt eintrat, verfolgten wir das Nahen der Atonwachen des Pharaos anhand des Hundegebells, das sie hervorriefen, und ich dankte den Göttern, daß wir Tuli nicht mitgebracht hatten. Nur ein Lumpenfetzen vor der Tür beschirmte uns vor neugierigen Augen, und einen anderen Ausweg gab es nicht. Wir saßen wie Ratten in der Falle, im Dunkeln gefangen. Aber ich konnte mit den Fingern tasten und wußte, daß der Kopf des Kindes dabei war, aus dem Leib der Mutter hervorzukommen. Gleich darauf hielt ich den kleinen Kopf in einer gewölbten Hand und tastete mit der anderen nach einer winzigen Schulter. Bedeckt mit dem glitschigen Schleim, der ihm den Weg erleichterte, hätte ich das Kind beinahe fallen lassen, als es mit den Füßen strampelte und ein klägliches Quäken von sich gab, einen Laut der eher von einer Katze als von einem Menschen zu kommen schien.

Ich tat einen Seufzer der Erleichterung, obwohl mir die Hände zitterten bei dem Gedanken, daß sein Weinen die Wachen des Pharaos über uns bringen konnte. Aber ein Säugling, der nachts nach der Brust der Mutter weint, oder eine streunende Katze sind alltäglich genug, um unbemerkt zu bleiben, wenn jemand nur nach dem verräterischen Licht des Aton Ausschau hält. Ich nahm das Kind in den Arm, um es vor der Nachtluft zu schützen, und streichelte ihm mit dem Finger die Wange, während wir darauf warteten, daß sie draußen vorüberliefen. Wir wagten kaum zu atmen.

Es kam uns vor wie eine Ewigkeit, bis das Hundegebell schließlich verhallte. »Bleibt, wo ihr seid; ich will nachsehen, ob sie niemanden zurückgelassen haben«, flüsterte Chary und schlüpfte durch den Lumpenvorhang hinaus. Daß er wieder da war, merkte ich erst, als er sagte: »Ihr könnt die Lampe wieder anzünden.« Niemand rührte sich. »Pepi?« wisperte er.

Ein herzzerreißender Aufschrei gellte durch den dunklen Raum. »Mein Gott hat mich verlassen ...«, schluchzte der Steinhauer. Ich spürte den Luftzug, als Chary an mir vorbeiging, mit der Lampe hantierte, einen Fluch zischelte und schließlich ein Flämmchen in Gang brachte.

Aset sah das Kind in meinen Armen und nahm es mir sofort ab. »O Tuja, was für ein wunderschönes Kind du hast! Sieh doch, Pepi, es ist ein Junge.« Sie sah Pepi an und verstummte; sie spürte, daß hier etwas nicht stimmte. Er hielt seine Frau im Arm, aber die Tränen rannen ihm über die Wangen. »Geliebte meines Körpers, Gefährtin meines *ka*, ohne dich bin ich eine leere Hülse.« Er weinte in ihr Haar. »O Aton, Mächtigster der Mächtigen, von dem alles Leben fließt. Laß dein Licht leuchten auf ihr Gesicht, auf daß sie wieder atmen kann. Komm zurück zu mir, Tuja, komm zurück.« Und er flehte seinen Gott an, ihr das Leben zurückzugeben oder ihn an ihrer Statt zu nehmen, und er rief ihren Namen und bat sie um Vergebung – wofür, danach wagte niemand zu fragen. Ob Pepi seine Frau erstickt hatte, als er versuchte, sie am Schreien zu hindern, oder ob Tuja selbst diesen Ausweg gewählt hatte, um nicht Leid über uns alle zu bringen, vermag ich nicht zu sagen. Die Anhänger des Aton glauben, nur in der Art seiner Bosheit unterscheide sich ein Mensch vom anderen. Aber ist es Bosheit, wenn man einfach nur an den falschen Gott glaubt, ob er nun Amun-Re oder Aton heißt – zwei Seiten derselben Sonne? Ich glaube, hier liegt der Ursprung meiner Abneigung gegen die Priester.

Dreißigster Tag,
vierter Monat der Ernte

Aset macht Kornährenpuppen, eine männliche mit weiblichen Brüsten für den Schrein des Hapi, um das neue Jahr zu feiern und den launischen Flußgott zu besänftigen. Schwärme von weißen Ibissen sind in den gemähten braunen Feldern erschienen, denn wie Thot kennen sie das Geheimnis der Flut, die unseren Boden erneuert, und so sind sie nicht darauf angewiesen, daß der Hundsstern ihnen sagt, wann sie nordwärts fliegen sollen. Gewiß können die schwellenden Wasser der Mutter Fluß nicht weit hinter ihnen sein, aber die Zeit des Wartens – wird es genug sein oder zuviel, wird es unsere Häuser und Tiere in den Kanälen fortschwemmen, die das Wasser zu den höhergelegenen Feldern bringen? – ist für alle voller Unbehagen.

An den meisten Tagen hilft Aset nun bei Chary in der Apotheke, aber unser Alltagsleben ändert sich auch in anderer Weise. Abends legt sie jetzt eines der Schleiergewänder an, die sie als Usahors Gemahlin zu tragen pflegte, bevor sie sich zum Essen zu mir setzt, und heute abend habe ich bemerkt, daß sie sich das Haar wachsen läßt. Als ich es erwähnte, zuckte sie nur die Achseln und lächelte – ein wenig schuldbewußt, wie ich fand. Heute fragte ich sie um Rat wegen eines kranken Kindes, und da sprach sie gleich von dem Mann, dessen Bein sich langsam verkürzt, so daß er den Fuß schon nicht mehr flach auf den Boden setzen kann. »Aber nicht jeder, den das Fieber befällt, hat danach ein verkrüppeltes Bein.« Ich wartete, denn sie hat die Gewohnheit, einen Gedanken an den anderen zu fügen, wie ein Meistermaurer eine Mauer errichtet. »Die Gebärmutter einer Frau spannt sich, wenn sie sich plagt, um das Kind hervorzupressen. Auch das verursacht Schmerzen, aber die Spannung kommt und geht wie die Wellen, die ans Ufer plätschern, wenn ein Schiff vorbeigefahren ist. Was ist mit dem Schmerz in Usahors Arm? Könnte das auch eine Anspannung gewesen sein?«

»Der Schmerz war ein Zeichen dafür, daß das Herz seine Kraft verlor.«

»Dann sitzt die Spannung in der Kardia, nicht in den Muskeln des Arms.«

Ich hörte auf zu essen und wartete neugierig, worauf sie als nächstes verfallen würde.

»In beiden Arten von Gefäßen oder nur in denen, die ich auf deiner Karte rot gemalt habe? Das frage ich mich.«

Mir war, als hörte ich das Echo meiner eigenen Stimme, wie ich zu Senmut sagte, wir müßten irgendwie lernen, die richtigen Fragen zu stellen. Bisher habe ich immer gefragt, welchen Weg das Blut durch den Körper nimmt, aber nicht, wie es dorthin kommt. Aber das, denke ich, könnte am Ende die richtige Frage sein.

XXII

Houston, 31. Dezember

Im Laufe des Nachmittags war es kälter geworden, und so verbrachten sie den Silvesterabend vor dem Kamin in Max' Arbeitszimmer und plauderten über alles und jedes außer Taschat und dem alten Ägypten. Kate bemerkte zwei Fotos unter der dicken Glasplatte auf seinem Schreibtisch. Das eine zeigte sie und Sam beim Spielen im Schnee auf der Hochwiese oben hinter den Flatirons, und auf dem anderen sah man eine dunkelhaarige Frau mit zwei Teenagern, einem Jungen und einem Mädchen, alle in Shorts und mit Tennisschlägern in den Händen.

»Meine Schwester Marty und ihre Kinder«, erklärte Max. »Sie besiegt mich immer noch, genau wie zu Kinderzeiten. Mein Vater ließ uns ziemlich früh mit Tennis anfangen. Er nannte das eine Versicherung für den Fall, daß ihm etwas passieren sollte; wir könnten dann mit einem Tennisstipendium zum College gehen. Ich dachte immer, es steckt mehr dahinter, aber ...?« Er zuckte die Achseln. »Warst du überrascht, als deine Eltern sich scheiden ließen?«

»Eigentlich nicht.« Sie sah zu, wie er ein brennendes Streichholz an die verzwirbelten Zeitungen hielt, die er zwischen

Zedern- und Eichenholzscheite gestopft hatte. »Sie trennten sich, kaum daß ich auf dem College war, verkauften das Haus, in dem ich aufgewachsen war, und verschwanden in entgegengesetzte Richtungen. Ich war sechzehn. Wollte Medizin studieren, aber im Sommer belegte ich Kunstseminare. Ich zeichne, solange ich denken kann, aber ich verstand zu der Zeit nichts von Techniken und Materialien. Eines Sommers bekam ich einen Job als Animationszeichnerin, und das erwies sich als gutes Training für eine medizinische Illustratorin, weil man auch da das Bild in einzelne Schichten auflösen muß. Daran mußte ich denken, als du davon sprachst, die Tomographie-›Scheiben‹ aufeinanderzustapeln und so einen dreidimensionalen Kopf aufzubauen.« Sie hockte sich neben ihn auf den Boden und schaute in die tanzenden Flammen. »Ich weiß, daß meine Eltern außer mir noch andere Probleme hatten, aber so empfinde ich es nicht.«

Er nahm ihre Hand zwischen seine. »Wie empfindest du es denn?«

»Als ob sie mich aufgegeben hätten ... weil ich sie immer wieder enttäuschte.« Das Feuer knackte, und als sie sich umschaute, sah sie, wie Sam sich hinter die Couch verdrückte. »Ich sollte lieber ...«

Max ließ ihre Hand nicht los. »Du wärest eine verdammt gute Ärztin, Kate, mit deinem analytischen Verstand und deinem Blick fürs Detail. Du verstehst das hoffentlich nicht falsch, aber ich habe einen gewissen Einfluß an der medizinischen Fakultät, und ich würde mich sofort für dich einsetzen, wenn du dich entschließen solltest, wieder zurückzukommen. Aber natürlich wäre es mir auch ein Greuel zu sehen, wie du das andere vergeudest, was du hast: die Fähigkeit, eine Idee mit so wunderbarer Vitalität visuell umzusetzen.« Er nahm ihr Gesicht zwischen beide Hände und streifte ihre Lippen mit den seinen. Einmal, zweimal. »Als du einfach so verschwunden bist, habe ich irgendwie die Fassung verloren. Gott, war ich wütend, weil du mich so im Regen hast stehenlassen! Ich fühlte mich so verdammt hilflos. Dann fing ich an, mir Sorgen zu machen um Sam und dich, da draußen, ganz allein. Und jetzt, na ja, jetzt verstehe ich allmählich, was ich vorher nicht verstehen konnte.« Er strich die Fältchen an ihrem Augenwinkel mit den Daumen glatt. »Daß dieses dumme Arschloch dich gefeuert hat, hat alles wieder hochkommen lassen, ja? Nur war diesmal ich derjenige, nicht deine Eltern.«

»So ähnlich«, gab Kate zu, und ihr wurde klar, daß Max wütend über etwas sein konnte, das sie tat oder nicht tat, und daß ihm trotzdem weiter etwas an ihr lag. Genau wie Sam. »Jetzt ist mir etwas eingefallen.« Sie sprang auf und lief die Treppe hinauf, um die kleine Schachtel zu holen, die sie in ihre Kameratasche gestopft hatte; dann setzte sie sich wieder neben ihn auf den Boden und gab ihm die Schachtel.

»Die Kette deiner Großmutter. Cleo hat mich gebeten, sie dir mitzubringen, bevor ... na ja, du weißt schon. Ich habe sie in meine Kameratasche gesteckt, damit ich sie nicht verliere.«

Er öffnete die Schachtel und starrte die Kette so lange an, daß sie sich fragte, woran er wohl dachte.

»Deine Großmutter muß eine interessante Frau gewesen sein«, sagte sie versuchsweise.

Max nickte. Dann grinste er, als ihm etwas einfiel. »Mein Dad sagte immer, sie sei ›anders‹. Für mich klang das immer abträglich, als habe er es nötig, für ihr Benehmen eine Entschuldigung zu finden. Sie war eine Frau mit ausgeprägten Ansichten und Leidenschaften.« Er sah Kate an, und sie hatte den Eindruck, daß er etwas dachte, was er ihr nicht sagte. »Ist dir schon mal aufgefallen, daß die meisten Männer eine Neigung zu Frauen haben, die das genaue Gegenteil ihrer Mutter sind? So war es jedenfalls auch bei meinem Dad. Ich bezweifle, daß meine Mutter jemals eine eigene Ansicht vertreten hat. Nicht, daß sie kein liebevoller Mensch gewesen wäre. Sie hat sich ihm nur immer untergeordnet. Aber vermutlich war sie so erzogen.«

»Vielleicht.« Kate dachte an ihre eigene Mutter, die gelitten hatte, obwohl sie nicht bereit gewesen war, sich gegen ihren Vater zu stellen. »Aber dann muß man das gleiche auch über deinen Vater sagen: daß er dazu erzogen war, der Boß zu sein. Und das war er nicht, nach dem zu urteilen, was du mir über deine Großmutter erzählt hast. Eher im Gegenteil. Viele Männer fühlen sich, aus welchen Gründen auch immer, anscheinend unzulänglich; also geht es wahrscheinlich eher um das Bedürfnis, die Zügel in der Hand zu haben.« In diesem Augenblick ging ihr ein Licht auf. »Du wußtest, daß die erste Kette, die du mir gezeigt hast, nicht alt war, nicht wahr?« Jetzt erschien es ihr so offensichtlich, und doch war ihr der Gedanke bis jetzt noch nicht gekommen. Warum nicht? Weil er in allen anderen Dingen so aufrichtig gewesen war? Sie schaute ihn an und fragte sich, ob er immer noch Spielchen trieb.

Max zuckte die Achseln. »Ja, vermutlich«, gab er zu, ohne sie anzusehen. »Schau, der Champagner dürfte inzwischen kalt sein.« Er sah auf die Uhr und machte Anstalten, aufzustehen. »Oder hättest du lieber ein Glas vom roten Hauswein?« Ein Blick in ihr Gesicht, und er blieb, wo er war. »Wie sollte ich denn sonst herausfinden, ob die Person, die sich die andere Kette anschaute, etwas taugt? Also gut, ja, ich wußte, daß sie nicht alt war und woher sie kam und so weiter. Weil ich es war, der sie ihr geschenkt hat, damals, während meines Studiums. Sie stammte aus einem Altkleiderladen.« Das Ironische an der Sache entging ihr nicht, aber sie war noch nicht bereit, ihn vom Haken zu lassen.

»Dann hatte ich recht, als ich sagte, daß sie ihr viel bedeutete, weil sie ein Geschenk von jemand Besonderem war. Und ich hätte lieber ein Glas vom roten Hauswein, wenn dir das nicht die Party verdirbt.« Grinsend packte er ihre Hand, um sie hochzuziehen. »Ich bin *nicht* mein Vater, Katie – falls du das noch nicht gemerkt haben solltest.«

1. Januar

Etwas berührte Kates Wange und weckte sie so weit, daß sie murmelte: »Hör auf, Sam.« Als es wieder passierte, drehte sie sich um und stieß gegen ein warmes, unbewegliches Objekt. »Runter mit dir. Es ist zu früh.«

»Brennender Weihrauch produziert Phenol.« Eine Hand begann ihren Rücken durch die Bettdecke zu massieren. »Karbolsäure. Glaubst du, die Ägypter wußten das?«

»Sie mochten keine Menschenmengen«, brummte sie ins Kopfkissen. »Konnten die giftigen Ausdünstungen ihrer Körper riechen. Ungesund.«

»Ah ja, die tödlichen Miasmen, die vom menschlichen Körper aufsteigen.« Die Hand bewegte sich zu ihrer Schulter herauf. »Sam hat sich Sorgen gemacht.« Als er seinen Namen hörte, sprang Sam auf das Bett und stupste ihr seine kalte Nase ins Gesicht.

»Unfair. Zwei gegen einen.«

»Es ist fast zehn. Geht's dir gut?«

»Schläfrig«, murmelte sie. »Augen gehen nicht auf.« Sie hatte die halbe Nacht versucht, einem haarsträubenden Erlebnis nach dem andern zu entrinnen – war in einem Kajak mit gefesselten Armen einer Stromschnelle entgegengefahren und hatte gewußt, daß sie umkippen und vielleicht nicht wieder hochkommen würde, war in den gähnenden Schlund eines riesigen Scanners gezogen worden, um am anderen Ende straff umwickelt wie eine Mumie wieder hervorzukommen. Bis sie schließlich vor Müdigkeit nicht länger dagegen hatte ankämpfen können; das Gefühl von Hilflosigkeit und Einsamkeit hatte den Damm durchbrochen, den sie erbaut hatte, um es zurückzuhalten, und es war ihr über die Wangen heruntergeströmt und hatte sie in Salz ertränkt. Oder war es Natron?

»Kalt draußen?« fragte sie.

»Ja. Kalt und regnerisch. Wird Zeit, daß die Show in Gang

kommt, wenn wir vor dem Lunch noch in die Menil Collection gehen wollen.« Sie klappte ein Auge weit genug auf, um sein blaues Baumwollhemd und die verblichene Jeans zu sehen.

Impulsiv richtete sie sich auf und schlang ihm die Arme um den Hals. »Ich bin so froh, daß ich hergekommen bin«, flüsterte sie.

»Ich auch.« Er legte seine Wange auf ihren Scheitel.

»Fast hätte ich's nicht getan. Aber dann dachte ich daran, wie du immer zuhörst und ernst nimmst, was ich sage, statt es durch die persönliche Brille oder mit Vorurteilen zu betrachten. Und daß du nicht versuchst, mich zu beeindrucken oder so was. Es ist einfach die Art, wie du bist.«

»Dieser Saukerl hat dich wirklich fertiggemacht«, knurrte Max.

»Was ich zu sagen versuche, ist: Danke. Für gestern. Für Tom McCowan. Für alles.«

Er drückte sie an sich. »Ich mache uns Rühreier.« Er stand auf, und Sam sprang vom Bett, um ihm zu folgen. »Ich habe übrigens meinen alten Chef in der Radiologie in Michigan angerufen, um mir einen Namen in der Zahnklinik geben zu lassen. Ich dachte mir, ich rufe da mal an und erkundige mich, ob derjenige, der diese alten Filme hat, sich unsere Bilder ansehen will.«

Kate hatte es plötzlich eilig. Sie duschte in Rekordzeit, putzte sich die Zähne und zog eine Jeans an. Dann rannte sie zur Treppe, noch während sie sich das Hemd zuknöpfte.

Als sie das Haus verließen, hatte sich eine Wolke auf die Stadt herabgesenkt und verdeckte die oberen Etagen der Hochhäuser, an denen sie auf der kurzen Fahrt zum Menil Museum vorbeikamen. Dort angekommen, führte Max sie geradewegs in einen Raum abseits der weitläufigen, hohen Eingangshalle, in dem die einzige Beleuchtung aus den Glasvitrinen an den Wänden kam. Aber was sich in diesen Vitrinen befand, legte ein beredtes Zeugnis für Dominique de Menils Blick für das Wesenhafte einer antiken Zivilisation ab. Es waren kleine Sandsteinfiguren der weiblichen Gestalt aus der mesopotamischen Ebene. Sie waren kopf- und fußlos und kaum mehr als zehn, zwölf Zentimeter hoch, aber im Vergleich mit ihnen erschien alles andere unbedeutend. Denn diese paar kleinen Steinobjekte symbolisierten die Kontinuität. Geburt und Wiedergeburt. Etwas Unermeßliches und Unmeßbares.

Als sie zur letzten Vitrine kam und sich umdrehte, um nach Max zu schauen, fand sie ihn nur wenige Schritte weit neben sich; er wartete ab und ließ ihr soviel Platz und Zeit, wie sie wollte oder brauchte. Auch das erschien ihr symbolisch, und sie schüttelte den Kopf. Es war alles zu irre.

»Möchtest du lieber gehen, statt dir die anderen Sachen anzusehen?« fragte er. »Wir können auch ein andermal wiederkommen.«

Kate nickte. »Ich bezweifle, daß irgend etwas hiermit konkurrieren kann.«

Draußen schlug ihnen ein kalter, trockener Wind ins Gesicht, der die Blätter vor ihnen über den Gehweg wirbelte. »Fühlt sich an wie ein Polarwind«, bemerkte Max. Er nahm sie bei der Hand, und sie rannten zum Auto. Er trat aufs Gaspedal, um die Heizung in Gang zu bringen.

Sie fuhren ein paar Straßen weit, ohne zu reden. Dann sagte Max: »Okay, heraus damit. Ich höre doch, wie die Rädchen surren.«

»Erinnerst du dich, daß die Ägypter kleine Nachbildungen von Dingen, die die Verstorbenen vielleicht brauchen könnten, in die Gräber legten? Ein Haus, Ställe mit Rindern und Kleinvieh? Kleine Figuren, die sie *uschebti* nannten und die für den Verstorbenen arbeiten sollten? Ein Arzt würde doch sicher eine Schreibtafel brauchen.« Sie sah ihn an. »Aus Elfenbein.«

»Etwa so kontrastdicht wie Knochen. Glaubst du, das ist es, was er im Mund hat? Eine Schreibtafel?«

»Die hohlen Röhrchen könnten Schreibgeräte aus Schilfrohr sein.«

Max mußte lachen. »Kein Wunder, daß Dave sich in deiner Gesellschaft unbehaglich fühlte ... Aber könnte das wohl eine Möglichkeit sein, dem Toten die Sprache zurückzugeben, wie man die Augen der Mumie mit dem heiligen Stechbeil berührt, um ihm das Augenlicht wiederzugeben?«

»Ich dachte eher, daß er vielleicht für etwas bekannt war, das er geschrieben hatte.«

»Eine medizinische Abhandlung«, mutmaßte Max und ging auf ihr Spiel ein, »die ihn in gewisse Schwierigkeiten gebracht hat.«

»Ein schmaler Zylinder könnte auch eine Papyrusrolle sein und keine Schilffeder.«

»Ich kann mich nicht an Schichten erinnern, aber ich werde mich heute nachmittag vergewissern, wenn du dich mit Mike Tinsley triffst. Du kannst mich an der Klinik absetzen und den Wagen nehmen. Ich werde aus der Mundhöhle herausfiltern, was immer drin ist, und eine 3-D-Darstellung anfertigen. Bis du zurückkommst, dürfte ich damit fertig sein.«

»Kannst du einen bestimmten Teil herausfiltern und immer noch scheibenweise zusammensetzen?«

»Wenn wir einen einzelnen Backenzahn samt Wurzel oder einen Rückenwirbel darstellen können – warum nicht?«

»Wow!« sagte sie scherzhaft. »Das ist ja unglaublich.«

»Findest du? Aber ich dachte noch an etwas anderes. Ist mir heute morgen vor dem Aufstehen eingefallen. Weißt du noch, was ich über seine offenen Augen sagte? Daß Sehen für die Ägypter gleichbedeutend mit Wissen ist? Ohne Licht konnte man nichts sehen. Darum sprechen wir ja auch von Erleuchtung. Vielleicht haben wir hier einen Arzt, der seiner Zeit voraus war und deshalb verurteilt wurde – geradeso, wie die frühen Alchimisten oder Wissenschaftler in Europa als Gehilfen des Teufels verfolgt wurden.«

»Das paßt. O Gott, ja, Max. So muß es sein.«

Das Tomogramm bestätigte Kates Vermutung, aber sie war doch enttäuscht, daß das Bild nur Grauschattierungen aufwies. »Es ist nicht so, daß ich nicht beeindruckt bin. Aber genau wegen solcher Sachen bin ich weniger optimistisch als du, was meine Chancen betrifft, genug Arbeit zu finden, um davon zu leben. Medizinstudenten studieren Anatomie inzwischen mit Hilfe von Computern; männliche und weibliche Leichen werden in Scheiben geschnitten wie Frühstücksfleisch und dann digitalisiert, so daß man sie wieder zusammensetzen und auf jede beliebige Weise betrachten kann. Ich glaube, ich werde schneller überflüssig, als das Spitzmaulnashorn ausstirbt.«

»Darüber rede ich erst, wenn du mir erzählt hast, wie es mit Mike Tinsley gelaufen ist«, sagte Max und sah auf die Uhr. »Es ist stockdunkel, und Sams Abendbrotzeit ist längst vorbei. Dabei fällt mir ein: Marilou hat uns für Sonntag zum Brunch eingeladen. Du sollst Sam mitbringen, damit er ihre beiden Hunde kennenlernt.« Marilou war Max' Vorzimmerdame; Kate hatte mit ihr telefoniert, war ihr aber noch nicht begegnet. »Ich habe ihr gesagt, ich frage dich.«

»Klingt doch nett. Und mit Tinsley ist noch nichts ›gelaufen‹. Er hat mir gesagt, was er braucht und wozu. Ich habe nur ein paar Vorschläge gemacht und ihm Muster versprochen.«

»Für wieviel?«

»Über Geld haben wir uns nicht unterhalten.«

»Warum nicht, zum Teufel?«

»Ich werde ihm bei einem chirurgischen Eingriff zusehen ... falls du nichts dagegen hast, daß ich mich bis Montag bei dir herumtreibe.«

»Hast du die Skizze schon fertig?« Es paßte nicht zu ihm, so ausweichend oder ungeduldig zu klingen. Vielleicht lag ihm etwas auf dem Herzen.

»Fast. Wußtest du, daß die Ägypter einen Kalender mit dreihundertfünfundsechzig Tagen und zwölf Monaten von je dreißig Tagen hatten?«

»Und die fünf Extratage?«

»Das waren Feiertage. Geburtstage der Götter. Osiris, Isis, Horus, die ganze Bande.«

»Tja, in meinen Augen ist es eine ziemliche Heuchelei, wenn Seth seinen Bruder ermordet und wenn Nephtys mit Osiris schläft, obwohl er doch mit ihrer Schwester verheiratet ist, und wenn dann gewöhnliche Sterbliche vor Osiris hintreten und schwören mußten, daß sie niemals einen Mord oder Ehebruch begangen hätten.«

»Yin und Yang«, sagte Kate. »Das Gute gibt's nicht ohne das Böse, Weiß nicht ohne Schwarz, und so weiter. Was hältst du von Mike Tinsley?«

»Er ist okay. Warum?«

»Ach, bloß ... du weißt ja, was man über Chirurgen sagt.«

»Was denn? Daß sie arrogant sind? Von allem anderen nicht die leiseste Ahnung haben?«

Sie hatte ihn da, wo sie ihn haben wollte. »Daß sie noch ungeselliger sind als Radiologen.«

2. Januar

Nach dem Frühstück schlug Max eine Partie Tennis vor, aber Kate entschuldigte sich: Sie müsse arbeiten. »Den ganzen Tag?« drängte er.

»Ich habe seit dem College nicht mehr gespielt.«

»Dann gebe ich dir Unterricht, sobald der Morgennebel verdunstet ist. Vielleicht können wir Sam beibringen, die Bälle zu apportieren.« Er stand auf und stellte seinen Kaffeebecher in die Spüle. »Willst du dich an meinen Schreibtisch setzen?«

Sie schüttelte den Kopf. »Hier ist das Licht besser.«

»Dann werde ich ein Weilchen im Internet herumstöbern und sehen, was die Ägyptologie-Groupies so reden. Sag mir Bescheid, wenn du fertig bist. Oder komm zu mir. Vielleicht kannst du sogar noch was lernen.«

»Was denn? Daß die Sphinx von Aliens von einem anderem Planeten gebaut wurde? Nein danke.« In Kates Augen waren Chat Groups reine Zeitverschwendung und vollgestopft mit Fehlinformationen.

Eine halbe Stunde später kam Max aufgeregt zurück. »Wußtest du, daß der Ebers-Papyrus zwischen den Beinen einer Mumie gefunden wurde? Einer Mumie aus der Nekropolis in Theben!«

»Ich glaube, ich habe so etwas gelesen«, sagte Kate, ohne aufzublicken. »Warum?«

»Sie weiß nicht, warum«, sagte er zu Sam. »Es muß doch einen Grund geben, weshalb sie etwas zwischen die Beine legen. Wie sie den Skarabäus aufs Herz legen.«

»Hast du deine Freunde, die Lehnstuhlarchäologen, nicht gefragt?«

Er ignorierte die Spitze. »Wieso wird ein medizinisches Handbuch mit der Mumie eingewickelt, statt daß man es einfach mit ins Grab legt wie die Lebensmittel und all das andere Zeugs?«

»Ich weiß es nicht. Du könntest Cleo anrufen und sie fragen.«

»Sie ist wahrscheinlich mit Phil in Aspen.« Max sah zu, wie sie den Pinsel in die Farbe tauchte und dann am Rand des Wasserglases in Form drückte. »Hast du schon mal daran gedacht, ein Buch über medizinische Malerei zu machen? Vielleicht deine Zeichnungen und Illustrationen, wie du sie für Tinsley machst, mit MRI oder Tomographie zu kombinieren?«

»Ich bezweifle, daß der Markt für so etwas groß genug ist, um einen Verlag dafür zu interessieren.«

»Auch wenn du es um Taschat herum entwickelst? Du könntest die Sarginschriften beschreiben und darlegen, wie die Röntgenaufnahmen mit diesen Bildern übereinstimmen – insofern, als sie linkshändig war. Du kannst ihre Verletzungen zeigen und den goldenen Handschuh. Die Fotografien der computergenerierten 3-D-Darstellungen, die du mit der Maske auf der Kartonage vergleichst. Stell die unbeantworteten Fragen und biete mögliche Antworten an: Ptah, Chnum, die Pflanzen in diesem Garten …« Er brach ab. »Übrigens, hat Dave eigentlich dazu jemals eine Meinung geäußert?«

Kate schüttelte den Kopf.

»Weiß er, daß es Arzneipflanzen sind?«

»Von mir nicht.«

»Dann hast du praktisch gewonnen.«

»Er würde mir niemals die Genehmigung geben, meine Illustrationen zu benutzen, geschweige denn ein Foto.«

»Okay, dem Museum gehören die physischen Überreste und alles, wofür sie dich bezahlt haben, aber das hast du doch auch alles dort gelassen. Was ist denn mit den Fotos, die ich bei dir zu Hause gesehen habe?«

»Die habe ich gemacht. Mit einem selbstgekauften Film und meiner eigenen Kamera. Dave wollte einen Profifotografen kommen lassen, wenn alles fertig wäre.«

»Besucher dürfen im Museum fotografieren, oder?«

»Die Objekte, die dem Museum gehören, ja. Aber das heißt nicht, daß ich solche Fotos ohne Genehmigung veröffentlichen darf.«

»Er hat es gesagt, Kate: Du warst eine angestellte Kraft. Er hat dich nicht dafür bezahlst, daß du Detektivarbeit leistest. Zum Teufel, er wollte gar nicht hören, was du zu sagen hattest. Phil und ich haben unsere Expertise und den Scan unverbindlich zur Verfügung gestellt. Dave hat uns nie irgend etwas unterschreiben lassen. Ich bezweifle daher, daß er uns verbieten kann, unser Material zu verwenden, aber ich werde mich mit meinem Anwalt beraten.«

»Ich weiß nicht, Max. Vielleicht sollte ich mit Cleo reden.«

»Okay, ich schätze, das bist du ihr schuldig. Wenn du schon dabei bist, kannst du sie fragen, ob sie weiß, was Dave mit dem

Kopf und mit deinen Zeichnungen vorhat.« Er schwieg und warf einen Blick auf die Zeichnung, an der sie arbeitete. »Was ist die Hieroglyphe für Künstler?«

»Gibt's nicht. Sie hatten Bildhauer und Handwerker und verschiedene Arten von Schreibern oder besser Zeichnern. Ein Umrißzeichner war der Chef; er hat sozusagen das Layout an den Grabkammerwänden entworfen und die Figuren gezeichnet, und dann kamen andere und malten sie farbig aus oder meißelten die Linien weg, um Reliefs zu schaffen. Warum?«

»Wir sprechen doch von der Kunst der Ärzte. Ich dachte, sie hätten vielleicht auch eine solche Redewendung. Okay, eine Sackgasse also. Wie sieht das Zeichen für Osiris aus?«

Kate wühlte im Papierkorb nach einem Zettel, zeichnete die Hieroglyphe für Isis – den Stufenthron –, setzte links daneben ein offenes Auge mit einer Braue und rechts einen sitzenden Mann.

»Sein Name ist also von ihrem abgeleitet?« folgerte er.

»Oder er wurde konstruiert, indem ihrem etwas hinzugefügt wurde – wie der menschliche Fötus sich zunächst weiblich entwickelt, bevor er zum männlichen Geschlecht modifiziert wird – wie Sie sehr wohl wissen, Doktor Cavanaugh.«

»Du und Marilou, ihr zielt immer gleich auf die Halsschlagader«, knurrte er kopfschüttelnd. »Muß ein Kurzschluß in den Nervenbahnen sein, den ihr beide gemeinsam habt.«

Sie sah das leise Zucken an seinem Mundwinkel, und lächelnd feuerte sie den zweiten Lauf ab. »Die Ägypter benutzten nicht umsonst die Hornviper für das männliche Pronomen.«

»O Gott!« Lachend ging er zur Tür, machte aber im letzten Augenblick noch einmal kehrt. »Ich weiß, ich fordere das Schicksal heraus. Aber gibt es noch etwas, das du vergessen hast, mir zu erzählen? Abgesehen vom Fundort des Ebers-Papyrus?«

Kate winkte ihn mit gekrümmtem Finger zu sich zurück. Sie tauchte den Pinsel ins Tintenfaß, zeichnete eine geschwungene

Augenbraue, einen Kreis für die Iris und fügte eine Träne hinzu, die innen aus dem Augenwinkel tropfte. »Das ist die Wangenzeichnung eines Falken.« Eine zweite Linie begann an derselben Stelle, führte aber schräg nach außen zum Wangenknochen und endete in einer offenen Schleife. »Und die Tränenzeichnung eines Geparden. Kommt's dir bekannt vor?«

»Das magische Auge des Horus.«

Sie nickte. »Jeder Teil des Auges ist zugleich ein Zeichen für einen Bruch. Das hier steht für ein Halbes, das für ein Viertel, ein Achtel, ein Sechzehntel, ein Zweiunddreißigstel, ein Vierundsechzigstel.« Sie wartete, bis er gemerkt hatte, daß etwas fehlte.

»Das ergibt aber kein Ganzes.«

»Ich weiß. Der Rest steht für die Magie, die dem Auge den Glanz des Lebens verleiht. Ärzte benutzten diese Symbole, um die Menge der jeweiligen Zutaten einer Arznei zu bezeichnen. Darum ist das Auge des Horus das Symbol der Gesundheit, der Ganzheit.«

»Daß ich bloß nie auf die Idee komme, mit dir Trivial Pursuit zu spielen«, knurrte Max und strich ihr spielerisch mit der Hand übers Haar. »Ist das alles?«

Sie klapperte mit den Lidern und tat übertrieben nachdenklich. »Hm, mal überlegen ...« Etwas in ihrem Ton veranlaßte Sam, mit dem Schwanz zu wedeln. »Oh, aber das weiß er doch sicher längst«, sagte sie zu dem Hund.

»Laß es drauf ankommen«, drängte Max.

»Die Ägypter glaubten, daß eine Frau durch den Mund geschwängert werden kann.«

Das langsam aufscheinende Grinsen, von dem sie sich gern vorstellte, daß er es nur ihr vorbehielt, begann in seinen Augen und erreichte dann seine Lippen. Kate wurde rot, aber er sagte es trotzdem. »Ich schätze, das sagt uns auch etwas über ihre sexuellen Praktiken, oder?«

Ich bin eine Idee, in Fleisch gehüllt,
die aus dem Bauch des Himmels entsprang.
Wie ein Falke fliege ich
über das Bekannte hinaus
in das Reich des Unbekannten.
Totenbuch der Ägypter

XXIII

JAHR VIER DER HERRSCHAFT HAREMHABS

(1344 vor Christus)

Dritter Tag, dritter Monat des Pflanzens

Mena sagt, Senmut wird jetzt jeden Tag in Waset erwartet, wo er Ärzte für sein Haus des Lebens anwerben will; er ist auf der Suche nach Männern, die für neue Ideen offen sind.

»Jetzt, da der Pharao den Umrißzeichnern befohlen hat, wieder auf die alte Art zu zeichnen«, meinte Aset, »wird er sich nach Leuten, wie er sie sucht, anderswo umschauen müssen. Haremhab hat sogar die Wände in meines Großvaters Haus des Jubels übermalen lassen.«

Mena schaute mich mit besorgter Miene an; noch nie hatte sie den Prächtigen Amenhotep als ihren Großvater bezeichnet, zumindest nicht in unserer Gegenwart.

»Nicht in den Gemächern seiner Gemahlin«, widersprach Nebet. »Das hat Mutnedjemet verboten.« Menas Tochter ist jetzt in der Ausbildung; sie soll eine der bevorzugten Damen werden, die eines Tages der Königin dienen, und so kommt sie nun nicht mehr so oft wie früher. Mit elf gleicht sie ihrer Mutter, aber sie ist vor allem sie selbst; besonders in ihrem Lächeln mischt sich ein Hauch von Geheimnis mit Sinnlichkeit. Aset sagt, Nebet lebt an einem Ort, den sie sich selbst geschaffen hat, und diese Erklärung ist so gut wie jede andere.

»Der Pharao versucht lediglich, unseren Gesetzen wieder den angemessenen Respekt zu verschaffen«, versuchte Mena zu erklären, »um die Zwei Länder von der Korruption zu befreien, die uns fast an den Bettelstab gebracht hat.«

»Gerechte Gesetze und angemessene Bezahlung für eines Tages Arbeit durchzusetzen, das ist eine Sache«, wandte Aset ein, »aber einem Vogel die Flügel zu stutzen, ist eine andere.«

»Zumindest hat jeder Arbeit.« Wenn Mena in seiner Verteidigung so halsstarrig blieb, so lag es an seiner Loyalität zu seinem alten General, der ihn zum Obersten Leibarzt des Pharaos ernannt hatte. Aber ich kritisiere die Art nicht, wie mein Freund das Spiel der Politik betreibt. Daß er im Kern wahrhaftig bleibt, obwohl in der Umgebung des Throns die Doppelzüngigkeit weit verbreitet ist, halte ich wenigstens zum Teil seiner Frau zugute – ihr und der Liebe, die ich zwischen den beiden immer noch sehe.

»Nur weil er versucht, die Wahrheit zu begraben«, behauptete Aset ebenso unerbittlich. »Er hat befohlen, die Namen der Pharaonen in die Tempelmauer einzumeißeln. Aber der Name des Ketzers fehlt auf dieser Liste. Und Osiris Tutanchamun und Semenchkare läßt er ebenfalls weg. Und wenn *sie* nicht existiert hat, was bin ich dann? Eine Vision, die ein vom Bilsenkraut berauschter Priester heraufbeschworen hat?«

Sechzehnter Tag, erster Monat der Ernte

Ich steckte die Rolle, die ich gestern abend mitgenommen hatte, in den Gürtel meines Schurzes, aber ich mußte warten, bis Nofret uns verlassen hatte, bevor ich zu Asets Bett gehen und sie zur Rede stellen konnte. Dann rollte ich den Papyrus einfach auseinander und fragte: »Wie kommt die über den Fluß? Wenn es eine wäre, die auf irgendeine Weise der Palastgarde in die Hände fällt – das könnte ich als einen Streich der Götter erklären. Aber einer von Senmuts Freunden, die sich im ›Tonkrug‹ versammelt haben, um seine Rückkehr zu feiern, sagt, er erkennt die Handschrift.«

»Woher soll ich das wissen?« fragte sie, ohne mich anzusehen.

»Du willst unaufrichtig zu mir sein – nach all den Jahren?« Ich versagte es mir gerade noch, sie zu fragen, warum unser Verhältnis so steif und unbeholfen geworden ist, denn jetzt schaute sie mir doch noch in die Augen.

»Das will ich nicht sein. Ich will nur nicht, daß du Tamin oder Nofret die Schuld gibst, weil sie sie mit auf den Markt nehmen. Sie tun es nur, um mit ihren Freundinnen etwas zum Lachen zu haben.« Ipwet hat andere Korbflechterinnen eingestellt, um der wachsenden Nachfrage nach ihren Sandalen Herr zu werden, und die Folge davon ist, daß Tamin jetzt eine weitere Gehilfin braucht, um sie auf dem Mark zu verkaufen.

»Ich kann daran nichts Lustiges finden. Die Geschichte ist nicht nur gewalttätig, sondern auch aufrührerisch.«

Das entsprach nicht ganz der Wahrheit, denn Aset versteht es, selbst das bösartigste Tier komisch erscheinen zu lassen, nur weil es sein Bein auf eine bestimmte Weise krümmt oder eine Braue hochzieht. Aber in letzter Zeit ist ihr Witz schärfer geworden, und ihre Bildergeschichten bekommen einen Biß, wie sie ihn früher nicht hatten. Diese hier zeigte einen großen Pavian mit aufgeplustertem Mantel, der die Ohren aufstellte wie die braune Quarzitfigur, die einst vor dem Grab des Prächtigen Amenhotep stand – bis Haremhab sie vor sein eigenes Grab stellen ließ. Daneben stand eine große Ratte auf den Hinterbeinen und ließ die Peitsche über einer Herde Ziegen knallen, deren Füße in Holzblöcken steckten, wie man sie Gefangenen anlegt. Der Pavian bahnte einen Weg mit seiner Axt durch sie hindurch, schlug hier einer Ziege den Fuß ab, da einer ein Ohr, dort einer die Nase, und hinter ihm schwoll ein Fluß von Blut immer mehr an, bis er die grünen Felder zu beiden Seiten überschwemmte.

»Die Leute sehen darin, was sie sehen wollen.«

»Sie sehen genau das, was du ihnen zeigen willst!« Daß ich meine Stimme im Zorn hob, erschreckte mich mehr als sie. Sie jedenfalls verteidigte weiter dickköpfig, was sie getan hatte.

»Es ist der Akt eines Barbaren, einem Mann die Hand abzuhacken, der Brot stiehlt, weil seine Kinder hungrig sind. Und wenn ich das nicht sage, wer sagt es dann? Glattrasierte Männer wie mein Vater?« Sie schüttelte den Kopf. »Wenn man einen solchen Akt im Namen eines Gottes begeht, ist er deshalb noch lange nicht *maat*.«

Ich konnte ihr nicht widersprechen, und das wußte sie, aber das verringerte die Gefahr für sie nicht. »Noch mehr davon, und du verlierst selbst deine Hand«, warnte ich und wollte es dabei belassen. Aber dann übernahm mein verletzter Stolz die Gewalt über meine Zunge. »Hältst du mich denn für so ... so langweilig? In letzter Zeit scheint es mir, als ob du ...«

Sie hob die linke Hand, wie um sie mir entgegenzustrecken, aber dann verharrte sie. »Es ist die Angst, dich zu enttäuschen, die meine Zunge erstarren läßt; ich fürchte, es könnte mir nicht gelingen, so zu sein, wie du es willst – denn ich bin nicht all das, was du in mir siehst, und werde es auch nie sein. Wen siehst du denn, wenn du mich anschaust? Ein unschuldiges junges Mädchen, frei von Arg und bösen Absichten?« Sie schüttelte den Kopf. »Wie könnte ich das sein? Ich bin die Tochter meiner Mutter. Zumindest darin habe ich keine Wahl.«

»Du bist in keiner Weise wie die Frau, die dir das Leben gegeben hat, weder von Natur aus noch mit Absicht«, versicherte ich ihr. »Manchmal glaube ich, dir liegt mehr an anderen als an dir selbst. Ein kleines Mädchen mit einer verwachsenen Hüfte, der täppische Ruka, Resch, der Töpfer – alle öffnen sich wie eine Blume unter den Strahlen deiner Sonne, weil du sie mit Güte und Liebe überschüttest. Sogar ein Straßenhund ...« Bei diesen Worten begann ein Lächeln ihre Mundwinkel zu kräuseln, und das gab mir den Mut, meinen letzten Pfeil abzuschießen. »Vergiß nicht, daß du auch die Tochter deines Vaters bist. Solltest du dafür einen Beweis benötigen, brauchst du nur in den Spiegel zu schauen.« Das Lächeln wuchs von ihrem Mund bis zu den Augen. »Was mag nur das Geheimnis dieser blauen Augen sein?« fragte ich mich, um das Lächeln zu erhalten. Aber statt dessen nahm sie meine Frage ernst.

»Du glaubst doch sicher nicht diesen Unsinn, demzufolge die harten Körperteile vom Vater und die weichen von der Mutter kommen?« schalt sie mich. »Usahor hat mir einmal erzählt, daß die Mutter seines Vaters blaue Augen hatte. Trotzdem hatte keines ihrer Kinder welche, und deren Kinder auch nicht. Wenn meine Augen ein Geschenk meines Vaters sind, warum hatte Usahors Großmutter dann keine Kinder, die Augen hatten wie sie?«

Ich zuckte die Achseln und breitete die Hände aus – ich wußte darauf keine Antwort. Aber die Neuigkeit, die sie mir da so unbedacht zukommen ließ, bestätigte mir, was ich bereits geahnt hatte: Usahor war Ramoses Vater. Das erklärt in der Tat auch, warum Aset nicht nur Usahors gewaltige Schriftensammlung geerbt hat, sondern auch seine Villa im Westen von Theben, so daß sie nun selbst eine reiche Frau ist. Einstweilen steht das Haus leer; es wird von einem treuen Gefolgsmann des Alten gehütet, als beständige Erinnerung daran, daß Ramose keine Mühe haben wird, eine vorteilhafte Heirat für sie zu arrangieren. Lange kann es nicht mehr dauern. Schon liegt ihr fünfzehnter

Geburtstag fünf Monate zurück, und zwei Jahre ist es her, daß Usahor durch das Schilf gegangen ist.

Als wir uns verabschiedeten, berührte sie meine Hand und schenkte mir ein bittersüßes Lächeln. »Was ich am meisten fürchte, Tenre, ist, daß du meine Fragerei eines Tages satt haben könntest – daß du mich kindisch findest.«

Die Überraschung lähmte mir die Zunge und verwirrte meine Gedanken. Sie muß mich doch gut genug kennen, um zu wissen, daß ich ihre Fragen nie als kindisch empfunden habe. Könnte sie so etwas in den Briefen gelesen haben, die Pagosch vom Hohenpriester bringt? Wie könnte sie sonst auf die Idee kommen, ich würde sie vielleicht verlassen, wenn nicht irgend jemand, Pagosch vielleicht, ihr den Floh ins Ohr gesetzt hatte, ich dächte an Heirat?

»Weit wahrscheinlicher ist es, daß *du* mich eines Tages verlassen wirst, gerade weil du kein Kind mehr bist.« Mein betrübtes Lächeln mußte mich verraten haben, denn sie legte mir den Arm um den Hals und schmiegte ihre Wange an die meine, eine Umarmung, die ganz unerwartet kam und anders war als die Liebkosung eines Kindes.

Vermutlich liebt sie mich auf ihre Weise, wie sie auch Pagosch und Mena liebt, oder Chary. Aber die Liebe, die ich zu ihr hege, ist nicht die eines Lehrers oder Vormunds. Wenn ich schlafe, erfüllt sie meine Träume. Bin ich wach, so suchen meine Blicke sie, selbst wenn sie gar nicht da ist, bis ich keinen Frieden mehr finde, weder mit ihr noch ohne sie. Sie braucht nur ins Zimmer zu kommen, und das Blut rauscht mir in die Lenden und ins Gesicht, und das Tosen in meinen Ohren macht mich taub für alles bis auf das, was ich nicht haben kann und nicht einmal in Betracht ziehen sollte. In letzter Zeit fühle ich sogar mitten in der Nacht die Berührung ihrer Lippen und Hände an mir, die mich quälen, bis ich sie vor mir selbst beschützen muß wie vor den Fremden, die an meine Tür kommen.

JAHR FÜNF
DER HERRSCHAFT HAREMHABS

(1343 vor Christus)

Zwölfter Tag,
vierter Monat des Pflanzens

Nie hat mich das Gefühl, daß das Leben sich wiederholt, so stark angeweht wie jetzt, als ich Pagosch über den Hof des großen Amuntempels folgte. Gleichwohl hat sich hier viel verändert. Die schwarze Granitstatue des Tutanchamun, der zwischen Amuns Knien steht, liegt zerschmettert auf der Erde – ein Anblick, bei dem mich Trauer und Sehnsucht nach einer längst versunkenen Zeit der Unschuld überwältigten. Den Atontempel des Ketzers, wo Nofretete einst das Schwert des Krieges über ihr gekröntes Haupt erhob, hat man ebenfalls eingerissen, und nur ein Haufen Schutt bezeichnet die Stelle, wo er einst stand.

»Wäre es nicht klüger, wenn wir uns woanders träfen?« hatte ich eingewandt, als er mich abholte; die Feuerkugel des Re verschwand eben hinter den Felsen im Westen.

»Besser, man trifft sich da, wo er seine Audienz für diejenigen hält, die sich ihm nähern müssen, seien es Abgesandte des Pharaos oder der Hohepriester des Ptah«, hatte Pagosch mit schmallippiger Dringlichkeit gemurmelt. »Überhaupt steht es anderen nicht zu, in Frage zu stellen, wen der Hohepriester sieht.« Aber als wir jetzt am Sockel des neuen Pylon vorbeikamen, den Haremhab erbaut hatte und neben dem selbst das große Tor des Amenhotep winzig erscheint, versuchte er mich zu beruhigen. »Auf dem Weg, den wir nehmen, wird uns niemand sehen, und die Mauern von Ramoses Privatgemächern sind dick wie die Wände eines Grabes.«

Wir näherten uns den Räumen, die das Heiligtum umgeben – ein jeder heiliger als der vorige aufgrund seiner Nähe zur Wohnung des Gottes – und kamen durch eine Arkade, wo die Wandlampen mit duftendem Öl gefüllt waren. In der Ferne hörte ich den leiernden Gesang der Priester, die an den Ufern des Heiligen Sees ihre Waschungen vollzogen, und einen Augenblick später traten wir wieder hinaus ins Freie, in den glorreichen Glanz eines kupferroten Himmels. Ich verlangsamte meinen Schritt, um Res Abschiedsgeschenk zu genießen, ein Schauspiel, das in mir jedesmal das intensive Bewußtsein weckt, daß ich lebe, noch während der große Gott in den Tod geht. Als mein Blick zur Erde zurückkehrte, sah ich einen massigen Steinblock, befleckt mit dem Blut zahlloser Rinder, Gänse und Ziegen – eine grausige Erinnerung daran, wo ich mich hier befand. Und warum. Eilig lief ich Pagosch nach; er wartete an einem kleinen Teich, den wir auf Trittsteinen überquerten. Als wir vor eine schmale Holztür kamen, war ich rettungslos verirrt, und das sagte ich Pagosch.

»Nur die Lehrlinge, deren Aufgabe es ist, Amuns Haus in Ordnung zu halten, kommen hierher«, erklärte er. »Sieh also zu, daß du nicht über die Besen stolperst.« Das Vestibül wurde von zwei kleinen Öllampen erhellt, die auf einer halbhohen Mauer standen. Pagosch nahm eine davon herunter, um uns in dem schmalen Korridor zu leuchten. An den Wänden sah man die bärtigen Feinde der Zwei Länder, deren Hände auf den Rükken gefesselt waren; der Große Thutmosis führte die Parade auf dem Rücken seines Lieblingselefanten an. Pagosch drückte mit der Hand unter den Bauch der mächtigen Bestie, und ein Teil der Wand glitt lautlos zurück.

»Schnell, bevor sie sich wieder schließt«, sagte er, und dann hielt er die Flamme an einen Docht nach dem anderen, bis ein goldener Glanz einen ganzen Raum erfüllte, der von so wunderbarer Lebendigkeit war, daß ich sofort den Zoo erkannte, den Aset einst gesucht hatte, als sie sich in das heilige Haus des Gottes verirrt hatte. »Wie ich sehe, erkennst du es«, bemerkte Pagosch, als ich mich umdrehte, um alles zu betrachten.

»Weiß Ramose ...?«

»Warum würde er sonst diesen Raum zu seinem Zufluchtsort machen? Hier ist sie zumindest im Geiste bei ihm, wenn auch nicht leibhaftig.«

Im selben Augenblick kam Ramose zur Tür herein, und ich fiel auf die Knie, um den Hohenpriester, wenn auch nicht den Mann, zu ehren. »Hoch mit dir, *sunu*«, befahl er, als er an mir vorbeirauschte. »Es hat keinen Sinn, mir jetzt noch ein falsches Antlitz zu präsentieren. Ich kenne dich zu gut.«

Ich erhob mich und sah zu, wie er seine priesterlichen Gewänder ablegte und sie auf eine mit bunten Kissen überhäufte Steinbank warf – erst das weiße *nemset*, dann den fein gefältelten Umhang, gefolgt von zwei goldenen Armreifen und einem schweren Ring, und schließlich den juwelenbesetzten Brustschild. Als er sich wieder zu mir umwandte, trug er nur noch einen gefältelten Hüftschurz mit einem purpurnen Gürtel.

»Was ist – hast du sie nicht mehr in der Gewalt?« Seine Stirn war in Zornesfalten gelegt. »Was muß ich tun? Sie in einem Steintempel begraben, bei einer Schar runzliger alter Weiber, die sie Tag und Nacht im Auge behalten? Ihr jeden Fetzen Papyrus vorenthalten, damit sie keinen Verrat gegen ihren Gott begeht? Von ihrem König ganz zu schweigen?«

Ich hielt den Mund, damit er Gelegenheit hatte, seiner hilflosen Wut Luft zu machen und nicht in der Hitze des Zorns eine Entscheidung traf, an die er später gebunden sein würde.

Als er nach der Schriftrolle auf seinem Pult griff und sie mir klatschend in die Hand gab, drückten mir die kalten Finger der Angst die Luft aus der Lunge. Ich ließ mir Zeit und entrollte den Papyrus Stück für Stück, und dann sah ich einen Widder, der auf den Ziegeln kniete und ein Lamm gebar. Als nächstes wurde das Lamm – eine gelbe Scheibe mit Strahlen, die in menschlichen Händen endeten, leuchtete über seinem Kopf – zu einem großen, rot befleckten Steinblock geführt, wo ein riesiger Widder darauf wartete, dem Gott sein Opfer zu bringen. Ich entrollte den Papyrus weiter und sah, wie mehrere widderköpfige Mäuse, von denen Gold und Edelsteine herabtropften, sich über ein Kohlenbecken beugten und die Dämpfe von einer Schale mit brennenden gelben Körnern einatmeten. Die eine hielt eine gelb leuchtende Kohle zwischen den Fingern. Eine Knochennadel durchstach die heraushängende Zunge einer anderen, und Blut troff von dem Dolch, der in der Wange der dritten steckte. Hände, Ohren, Nasen, sogar eine abgeschnittene weibliche Brust fielen bluttriefend aus einer Rauchwolke über ihren Köpfen. Am Ende stand eine große, widderköpfige Ratte auf den Hinterbeinen und jonglierte mit drei Bällen. Ich fragte mich, wie sie zu dem Vorhergegangenen paßte, bis ich sah, daß sie einen gefältelten Hüftschurz mit einem purpurnen Gürtel trug. Da der Widder das heilige Tier des Amun ist, mußten die widderköpfigen Mäuse seine Priester sein – in diesem Fall Priester von höchstem Rang, die allesamt unter dem Einfluß einer hypnotischen Substanz standen; anscheinend handelte es sich um Weihrauch aus Saba, harzige gelbe Samenkörner von einem bestimmten Busch.

»Nun?« Ramose war mit seiner Geduld am Ende. »Wirst du

jetzt heucheln und sagen, sie wolle nur erheitern? Es sei alles nicht respektlos gemeint? Kein treuloser Akt?«

»Die Bedeutung der Bilder liegt ohne Zweifel im Auge des Betrachters«, sagte ich. Es ist bekannt, daß gewisse Priester und Orakel sich halluzinogener Pflanzen bedienen, um Visionen hervorzurufen, mit deren Hilfe sie dann die Ereignisse deuten; wer aber den Eindruck erweckt, der Heilige Rat werde nicht von Amun geleitet, sondern vom Rauch der Ausschweifung und Habgier, begeht eine Sünde höchster Ordnung. Mancher würde es sogar Verrat nennen.

Ramose lachte, aber er tat es ohne Heiterkeit. »Das hier ist ja nur das Neueste, nicht das Erste. Woanders ist es der Pavian, der solche Angst vor den Lämmern hat, daß er ihnen die schutzlosen Kehlen durchschneidet. Am Ende ist der Boden unter ihm unfruchtbar und braun, während die Erde unter den Lämmern durch ihr Blut fruchtbar geworden ist und grün ersprießt. Aber sie ist nicht damit zufrieden, die Reichen und Königlichen aufs Korn zu nehmen. Jetzt macht sie sich auch über Amuns Heiligen Rat lustig.«

»Deine Tochter ist immer für die Schwächsten eingetreten«, erinnerte ich ihn. »Da kann es doch nicht überraschen, daß sie sich in dieser Weise zu all dem Blutvergießen unter dem Reformedikt des Pharaos äußert.«

Er seufzte, als sei ihm in einer jähen Flaute der Wind aus den Segeln genommen. »Anscheinend glaubt sie, Amun selbst gibt der Herde des Rebellen erst das Leben, indem er versucht, sie auszurotten. Oder habe ich sie mißverstanden?«

Ich schüttelte den Kopf, und er starrte mich eine Weile an.

»Nicht einmal ich kann ihre Sicherheit noch gewährleisten, wenn sie damit weitermacht«, bekannte er schließlich.

Ich konnte ihm nicht gut sagen, daß er sie schon mit dem Akt der Zeugung in Gefahr gebracht hatte. »Aset wird niemals in Sicherheit sein, solange irgend jemand glaubt, daß sie ihm den Weg zum Thron eröffnet«, sagte ich statt dessen. »Aber sie folgt den Lehren von Thot und Isis, wie du es gewollt hast. Sicher bist du doch stolz auf ihr ausgeprägtes Gefühl für das, was *maat* ist.«

»Rede nie wieder zu mir mit öliger Zunge!« donnerte er. »Was immer sie geworden ist, ist gleichermaßen unser beider Schuld wie Verdienst!«

»Aber du bist derjenige, der mich auserwählt hat«, erwiderte ich, »und du bist der feste Fels, auf dem sie ihr Haus gebaut hat, das Licht, welches ihr die Finsternis zähmt. Kein Wunder, daß sie eine so hohe Meinung von dir hat ... eine so hohe Meinung vielleicht, daß nicht einmal der Hohepriester des Amun ihren Erwartungen gerecht werden kann. Wenn du hin und wieder einen der Bälle zu Boden fallen läßt ...« Ich zuckte die Achseln, denn ich zweifelte nicht daran, daß Ramose der Gaukler am Ende ihrer Bildergeschichte war.

Der Handel, den er mit Haremhab geschlossen hat – die Aton-Irrlehre aus der Erinnerung des Sonnenvolkes zu tilgen und gleichzeitig den grenzenlosen Ehrgeiz seiner Gemahlin im Zaum zu halten –, war immer schon ein zweischneidiges Schwert. Das kam daher, daß die Anhänger des Ketzers nicht etwa in alle Winde auseinanderliefen, nachdem Echnaton ins Exil gegangen war, sondern ihrem Gott die Treue hielten, ihm Schreine errichteten und sich selbst an ihn wandten. Auf diese Weise entdeckten sie, daß sie keine Priester brauchten, die in ihrem Namen als Mittler dienten. Sollte diese Praxis sich aber ausbreiten, würde die Macht der Amunpriester bedroht sein wie nie zuvor, schlimmer selbst als zur Zeit des Ketzers. Ramose war ein Risiko eingegangen, und Aset dankte es ihm jetzt damit, daß sie seinen Gott so porträtierte, wie Haremhab ihn gemacht hatte: grausam und so böse, wie nur irgendein Sterblicher jemals gewesen war. Aber davon sagte er nichts. Statt dessen fragte er: »Und ihre Mutter? Was erwartet Aset von ihr?«

»Es ist, als existierte sie nicht – seit jener Nacht, da ihre

Schwester zu Osiris ging.« Ich hielt die Schriftrolle in die Höhe. »Aber auch sie ist hier dabei.« Ich deutete auf die Katze mit den gelben Augen und den gebleckten Zähnen, die hinter einer Lotossäule lauerte.

»Bastet. Natürlich.« Er seufzte. »Kannst du keinen anderen Zeitvertreib für sie finden?«

»Sie ist auch jetzt nicht müßig. Sie hütet Tamins Kinder, wenn sie nicht Chary bei der Arzneizubereitung hilft.«

»Meine Tochter hütet Kinder wie eine Dienstmagd?«

»Darin wie in allem andern folgt sie dem, was ihr *ka* sagt.«

»Zu meiner grenzenlosen Verzweiflung und zur Freude meines Herzens«, bekannte Ramose und warf einen Blick zu Pagosch, der im Schatten an der Wand stand. »Man berichtet mir, daß Haremhab zu dieser Stunde auf dem Weg nach Waset sei. Beschütze sie also gut, auch vor sich selbst. Euch alle beide.« Damit wandte er sich ab und ging zu seinem Schreibpult. Er nahm den Ring, den er sich vom Finger gestreift hatte, und schob ihn über einen stramm gerollten Papyrus. »Sag ihr, ich ... Nein. Sieh nur zu, daß dies in keine fremden Hände fällt; es ist allein für sie bestimmt.«

Als wir den Tempel hinter uns ließen, schaute ich an den Doppelpylonen empor, die hoch in den Sternenhimmel ragten. Fahnen wehten im Abendwind, und ich konnte mein Glück kaum fassen – es sei denn, ich hätte Ramoses Absichten mißdeutet. Wie gewöhnlich holte Pagosch mich auf den Boden der Tatsachen zurück.

»Hoherpriester hin, Hoherpriester her – er tanzt nach ihrer Pfeife.«

Beklommenheit ließ meinen Atem schneller gehen. »Nofretete?«

»Stell dich nicht dumm«, knurrte er.

Ich beschloß den Mund zu halten; ich wollte mir nicht verderben, was ich habe, indem ich mich vor dem fürchte, was vielleicht einmal geschehen wird. Aber ich weiß jetzt, warum manche Leute sich so hartnäckig an diese Welt klammern, statt sich der himmlischen anheimzugeben, die doch gleich hinter dem westlichen Horizont wartet und wo sich alle zu Osiris gesellen, die reinen Herzens sind. Aber ich bin nicht reinen Herzens, und ich werde es auch niemals sein, denn ich betrachte nicht nur mit Liebe, sondern mit Gelüsten die halbkönigliche Tochter des Hohenpriesters des Gottes Amun, eines Gottes, dem ich weder Glauben noch Achtung entgegenbringe. Und weder diese noch jene Sünde kann ich bereuen.

XXIV

Houston, 6. Januar

Kate hatte sich das noch feuchte Haar aus dem Gesicht gebürstet, um die Herkunft des musikalischen Klingens zu offenbaren: einen einzelnen Ohrring mit hundert winzigen Silbersplittern. Tatsächlich war es dieser Ohrring gewesen – ein Souvenir von Cleos letzter Reise nach Istanbul –, der das schwarze Kleid gefordert hatte. Mit beeindruckender Schlichtheit umschloß der weiche Wollcrêpe vorn ihren Hals und umschmiegte ihre Brüste, während über den Rücken ein tiefer V-Ausschnitt reichte.

»Fertig?« Sie reichte Max ihren Mantel und wartete, daß er ihn entgegennahm, bevor sie sich umdrehte. Sie trug keinen BH und wollte, daß er es wußte.

»Mein Gott!« war alles, was er sagen konnte, als er ihr den Mantel um die Schultern legte. Kate drehte den Kopf, um ihn anzusehen, und streifte unabsichtlich mit den Lippen seine Wange, so daß ihr Blutdruck durch die Decke schoß. Max trat einen Schritt zurück und hielt ihr den Mantel, so daß sie die Arme in die Ärmel schieben konnte. Dann drückte er kurz ihre Schultern. Nicht ganz das, was sie sich vorgestellt hatte.

Als sie in dem griechischen Restaurant ankamen, in dem Max

einen Tisch reserviert hatte, spielten drei Musiker die Titelmusik aus »Alexis Sorbas«. Max bat um einen Tisch in einiger Entfernung von der Musik, und während Kate die Speisekarte überflog, ließ er den Kellner die Flasche Wein bringen, die er schon am Telefon bestellt hatte. Als der Kellner ihnen einschenken wollte, winkte Max ab und füllte die Gläser selbst. Dann wartete er, bis sie davon gekostet hatte.

»Anders«, stellte sie fest. »Gefällt mir.«

Zufrieden hob auch er sein Glas. »Ich werde dir was sagen, McKinnon. Und wenn du lachst, bin ich draußen. Weißt du noch, daß ich dir erzählt habe, ich dächte daran, mich auf akademische Medizin zu verlegen, damit ich mehr Zeit für die Forschung hätte?«

Sie nickte.

»Ich hatte das Gefühl, ich brauchte frische Luft, aber irgendwie konnte ich mir den nötigen Ruck nicht geben – weder in dieser noch in anderer Hinsicht. Ich beschloß, irgend etwas zu tun, auch wenn es weit weniger drastisch wäre; also ließ ich mir einen Bart wachsen. Dann spazierte ich in dieses Museum, lief dir und Taschat über den Weg, und plötzlich brauchte ich keinen Ruck mehr.«

Kate lächelte, aber sein Gesichtsausdruck verriet, daß er noch nicht fertig war.

»Ein paar Tage später kam ich das erste Mal aus Denver zurück«, fuhr er, offensichtlich in Erzählerlaune, fort. »Ich bekam einen Anruf von einem Bekannten von der High-School, der heute beim Houston Police Department im Streifendienst ist. Es war schon ziemlich spät, und der Notarzt hatte seinen Vater ins Ben Taub Hospital gebracht. Wir trinken noch ab und zu ein Bier zusammen, und er wußte, daß ich seinen Vater gut leiden kann – vielleicht weil er zu spielen weiß. Ich werde nie vergessen, wie wir drei mal abends zusammen auf ihrer Gartenveranda saßen und Wassermelone aßen, und wie wir dann einen Wettbewerb im Kerneweitspucken veranstalteten – die Idee des

Vaters, nicht unsere.« Er lächelte bei dieser Erinnerung und trank einen Schluck Wein. »Jedenfalls wollte irgendein Idiot ihm Heparin geben, ohne vorher zu ermitteln, ob es sich um eine Blutung oder einen Thrombus handelte. Hank ist nicht blöd. Er wußte, daß ein Anti-Gerinnungsmittel katastrophale Wirkung haben konnte, wenn es sich um eine Blutung handelte. Ich fuhr hin, machte einen MRI-Scan und lokalisierte den Pfropf. Danach blieb ich noch ein Weilchen da, um Hank Gesellschaft zu leisten, und so kam ich erst gegen fünf am nächsten Morgen nach Hause. Ich ging ins Bad, um zu duschen, und beging den Fehler, in den Spiegel zu schauen. Und weißt du, was ich sah?« Kate wartete ratlos. »Fünfundzwanzig Jahre zwischen dir und mir – das sah ich! Und da habe ich den verdammten Bart auf der Stelle abrasiert.«

Die Pointe kam so unerwartet, daß sie lachen mußte. »Hast du immer noch ein Problem mit meinem Alter?«

Er sah sie an, und einen Blick wie diesen hatte sie bei ihm noch nicht gesehen. »Sagen wir mal so. Ich glaube, dieser *sunu*, der sich mit Taschat auf den Weg in die Ewigkeit begeben hat, muß einen verdammt machtvollen Grund gehabt haben, sein Leben zu riskieren. Frag dich doch mal, was das gewesen sein könnte. Gold? Land?« Er schüttelte den Kopf. »Kaum. Seine Chancen, sie zu retten, waren zu gering. Und ich wette, das wußte er. Also mußte er ein sehr viel zwingenderes Motiv haben, sie am Leben zu halten – einen irrationaleren Grund. Aber Taschat war zwischen zweiundzwanzig und fünfundzwanzig, er dagegen vierzig bis achtundvierzig. Also waren mindestens achtzehn Jahre zwischen ihnen, und höchstens sechsundzwanzig.« Jetzt funkelte ein Lachen in seinem Blick. »Ich will nun nicht gleich den Kopf verlieren, aber ich denke, daß ich mit dreizehn doch wohl fertigwerden sollte.«

Kate starrte ihn an, und das Herz klopfte ihr bis zum Hals; sie konnte kaum glauben, was er da anscheinend sagen wollte, und sie wollte sich nicht lächerlich machen. Ohne nachzudenken hob sie ihr Glas und nippte an ihrem Wein, und sie verbarg das Gesicht halb dahinter.

Der Augenblick verging, als der Kellner mit einem Tablett voll kleiner Schüsseln kam; darin waren Hummus, Zaziki, Dolmades und zwei andere Vorspeisen, die sie nicht kannte. Max hatte das Degustationsmenü bestellt, und so verkosteten sie nun ein Weilchen; was immer da zwischen ihnen vorging, mußte warten. Irgendwie brachten sie die Entrées hinter sich; sie plauderten über das Essen und die Musiker.

»Da ist noch etwas, das ich dir nicht erzählt habe«, sagte sie, als der Kellner ihren Teller weggenommen hatte. »Ich hatte sehr viel Zeit zum Nachdenken, als ich in New Mexico war. Vielleicht lag es an der klaren Luft oder an der Zeitung, die ich zufällig mitgenommen hatte – jedenfalls betrachtete ich die Fotos, die ich von den Szenen auf Taschats Kartonage gemacht hatte, und plötzlich fügte sich alles zusammen. Liest du die Comics in der Sonntagsbeilage?«

»Manchmal.«

»Jedes Bild ist von einem Rahmen umgeben, aber so lesen wir sie nicht. Wir ignorieren die Rahmen und lesen die Bilder als fortlaufende Geschichte, nicht wahr?« Er nickte. »Nun, und ich beschloß, die goldenen Streifen zu ignorieren.« Sie wühlte ein Stück Papier aus ihrer Handtasche, faltete es auseinander und reichte es ihm. »Und das habe ich dabei gefunden.«

Er warf einen Blick darauf und las dann laut. *»Trete ein in mich, und ich mache dich zu einem Gott. Zauberin und Gemahlin, sie tanzt und zieht den Himmel herab. In ihrem Bann komme ich zu mir. Unter ihrem Körper erwache ich zum Leben. Ich nehme sie in meine Arme. Ich koste von ihren Lippen. Ich verliere mich in Schönheit und Chaos. Lieben heißt an Göttinnen glauben.«* Er hob den Kopf. »Das hört sich an wie ein Liebesgedicht.«

»Ja, aber das entscheidende Wort ist ›Gemahlin‹. Das bedeutet, der Text wurde von ihrem Ehemann geschrieben, oder von jemandes Ehemann, und er ließ es für sie kopieren.«

»Warum hat dann ...?«

»Ich weiß es nicht.«

Max machte ein frustriertes Gesicht. »Möchtest du ein Dessert?« Kate schüttelte den Kopf. »Kaffee?« Wieder schüttelte sie den Kopf. »Dann laß uns von hier verschwinden.« Er schob seinen Stuhl zurück. »Ich zahle beim Hinausgehen.«

Sie schlüpfte ohne Hilfe von Max in ihren Mantel; er wirkte plötzlich ungeduldig. Als sie zusah, wie er die Rechnung bezahlte, fragte sie sich, ob er das gleiche empfand wie sie: eine Anziehung, die so stark war, daß es schwierig wurde, an etwas anderes zu denken. Und es war nicht nur körperlich. Sie dachte an Cleo, die sich immer bemühte, sich emotional mit jemandem einzulassen, der sie körperlich anzog – Flickschusterei, die nie sehr haltbar war. Was sie für Max empfand, war komplizierter: sexuelles Interesse und intellektuelle Anregung, und das eine nährte das andere. Die Art, wie sein Verstand arbeitete, erregte sie ebensosehr wie die Berührung seiner Hände, und sie wußte jetzt, daß das eine für sie nicht ohne das andere existieren konnte.

Schweigend fuhren sie nach Hause, bis ihr dämmerte, daß Max wahrscheinlich nicht wußte, wie er sie fragen sollte. »Ich hüpfe nicht von Bett zu Bett, Max – falls du dich das fragst. Ich war einmal mit einem Mann zusammen, und das ist lange her, als ich noch jung und dumm war.« Sie versuchte der Sache eine humorvolle Wendung zu geben.

Er warf ihr einen Seitenblick zu und schaute dann wieder auf den Wagen vor ihnen. »Ich dachte nicht, daß du es tust. Von Bett zu Bett hüpfen, meine ich.«

Kate wartete und hoffte, er werde noch etwas sagen, aber statt ihn zu gleicher Offenheit zu ermutigen, schien ihr Bekenntnis die gegenteilige Wirkung zu haben.

Als sie durch die Küchentür ins Haus gekommen waren, brummte Max, er habe noch etwas zu arbeiten, bevor er in die Falle gehen könne. Trotzdem nahm er sie einen Augenblick lang in den Arm, als genieße er es, sie zu fühlen. Dann trat er einen hastigen Rückzug in sein Arbeitszimmer an, und Sam blieb hin und her gerissen zwischen ihnen stehen und wußte nicht, ob er Max folgen oder mit Kate die Treppe hinaufgehen sollte.

Im gelben Zimmer sprang er auf das Bett, ließ sich auf die Kissen fallen und warf ihr einen vorwurfsvollen Blick zu. »Ich weiß, wie du dich fühlst«, sagte Kate und schleuderte ihre Schuhe von den Füßen; dann schälte sie sich das Kleid vom Leib und warf es über einen Stuhl. »Vielleicht wird *er* mit den dreizehn Jahren zwischen uns fertig«, murmelte sie. »Aber ich bin nicht sicher, daß ich dazu auch imstande bin.«

Was war überhaupt los mit ihm? Wieso all diese Berührungen, als könne er kaum die Hände von ihr lassen, wenn er sich nicht im geringsten zu ihr hingezogen fühlte? Vielleicht ging es darum, das Feuer unter allzuviel Brennstoff zu ersticken – mit zuviel Nähe. Sie stapfte ins Bad, und Cleos Warnungen hallten ihr durch den Kopf. Vielleicht führte Max sie die ganze Zeit wie eine Marionette an der Schnur, und sie war nur zu vernagelt, um es zu merken.

Sie schrubbte sich das Gesicht, putzte sich die Zähne und zog ihren Pyjama an. Als sie herauskam, lag Sam auf ihrem Kopfkissen. Er beobachtete sie mit schläfrigen, rot unterlaufenen Augen, bis sie ihm das Kissen wegriß und auf das Fußende deutete. »Dorthin oder auf den Boden.« Er entschied sich für das Bett. Sie türmte die zwei Kissen aufeinander und griff zu *The Cerebral Symphony*, ein Buch, das sie vom Regal in Max' Arbeitszimmer genommen hatte. Der Klappentext nannte es »eine lyrische Dokumentation der inneren Stimme, die unseren Gedanken Form gibt, Urteile fällt, Entscheidungen trifft – des Erzählers unseres geistigen Lebens, der uns davon überzeugt, daß wir als Individuen existieren«. Genau das richtige, um das Blut abzukühlen und den Schlaf herbeizulocken. Aber es funktionierte nicht.

Immer wieder sah sie das Lächeln in seinen Augen, fühlte sie seine Hände auf den ihren und dann in ihrem Nacken. Hatte sie sich dieses Gefühl einer besonderen Intimität eingebildet, das sie empfand, wenn sie sich gegenseitig ihre Ideen zuspielten, wobei sie wußten, daß sie auf unterschiedliche Weise dachten und doch auf eine fundamentale Weise zusammenpaßten? So etwas hatte sie noch nie bei jemandem empfunden. *Wie sind wir nur in diesen Schlamassel geraten?*

Sie warf die Decke zurück; sie konnte nicht länger liegenbleiben. Als sie sich an den kleinen Tisch am Fenster setzte, um zu zeichnen, sprang Sam vom Bett und lief zur Tür. Er wartete kurz, aber dann kratzte er an der Tür, um ihr zu zeigen, daß er hinaus wollte.

»Zum Teufel mit dir, Sam!« explodierte sie und riß die Tür weit auf. Der Hund trottete den Korridor hinunter zu Max' Schlafzimmer. »Verräter!« zischte sie halb flüsternd.

Auf der Treppe war es dunkel, aber sie sah, daß in seinem Schlafzimmer noch Licht brannte, weil er die Tür einen Spaltbreit offen ließ; Sam schaute gern nachts zwischendurch zu ihm hinein. Bevor sie kalte Füße bekommen konnte, marschierte Kate den Gang hinunter, klopfte an die Tür und stürmte sofort hinein.

Max spähte über den Rand seiner Lesebrille, klappte sein Buch zu und schob es unter die Decke, schuldbewußt wie ein Teenager, der mit einem Pornoheft erwischt wurde.

»Was ist denn los?« Er begann aufzustehen.

»Nichts. Ich wollte dir nur sagen, daß – äh, daß ich morgen abreise, wenn ich mit Tinsley fertig bin.«

Er erstarrte mit einem Bein über der Bettkante, und sie sah, daß er ein weißes T-Shirt und Boxershorts anstelle eines Pyjamas trug. »Wieso denn? Warum so eilig?«

»Ich bin schon länger geblieben, als ich geplant habe.«

»Als du geplant hast, hattest du auch noch einen Job.«

»Ich weiß.« Sie sah sich im Zimmer um und wich seinem

Blick aus. »Aber ich muß Rechnungen bezahlen, bei meiner Hauswirtin kündigen und so weiter.«

»Deine Miete mußt du doch bis zum Monatsende bezahlt haben. Und deine Vermieterin kannst du hier genausogut anrufen wie dort. Und Cleo kannst du auch anrufen; sie kann dir deine Post nachschicken.«

Kate tat einen Schritt zurück und trat auf eine weiche Pfote. Sam kläffte schrill auf und strich dann um ihre Waden, den Schwanz eingezogen, aber lächelnd, um ihr zu zeigen, daß er ihr vergab.

»Wovor läufst du diesmal davon?« fragte Max.

Das tat weh – schlimmer, als sie ihm zeigen wollte. »Ich wünschte, du würdest mich nicht behandeln wie ein unfolgsames Kind.«

»Dann benimm dich auch nicht so. Sag mir zumindest, was dir gegen den Strich geht.«

»Daß du Sam verrückt machst!« Bei ihrem Ton flüchtete der Hund sich auf die Steppdecke, die Max für ihn auf den Boden gelegt hatte. »Wie kann es nur sein, daß du dich so toll darauf verstehst herauszufinden, was in den Köpfen anderer Leute vorgeht, und gleichzeitig nicht siehst, daß es ihn schizophren macht, die ganze Nacht zwischen deinem und meinem Zimmer hin- und herzulaufen.«

Heiße Tränen brannten in ihren Augen, und sie bremsten ihre durchgehende Zunge. »Ich danke dir für alles, was du getan hast, wirklich. Daß ich hier wohnen durfte. Tom McCowan. Daß du mich mit Tinsley zusammengebracht hast, mir Houston gezeigt hast. Anfangs hat es mir sogar gefallen ... daß du mich nicht gedrängt hast. Aber ich ... du hast gesagt, du wolltest aufrichtig zu mir sein.«

Die Andeutung eines Lächelns erschien an seinen Mundwinkeln, und vor Wut sah sie rot. »Ich nehme an, ich bin wohl *wirklich* zu jung für dich, denn es stört mich höllisch, daß du deine Spielchen mit mir treibst. Mal machst du mich an, und gleich darauf herrscht eisiges Schweigen. Und da hältst du Dave für machtbesessen! Nicht, daß es nicht meine eigene Schuld wäre, daß ich mich in eine Lage gebracht habe, in der ich dir verpflichtet bin und du die Regeln bestimmen kannst!« Er wollte etwas sagen, aber sie hob die Hand und schüttelte den Kopf. »Spar dir die Mühe. Ich lasse mich nicht mehr von dir vorführen.« Sie wirbelte herum und wollte gehen.

»Komm zurück, verdammt!« brüllte er, und sie blieb wie angewurzelt stehen. Noch nie hatte sie gehört, daß er laut wurde – nicht einmal an dem Tag, als sie aus dem Museum gekommen waren und er Dave verflucht hatte. Als sie sich umdrehte, griff er mit einer Hand in die oberste Schublade seines Nachttischchens und winkte sie mit der anderen zu sich her. Neugierig trat sie näher und sah, daß die flache Schublade mit etwas gefüllt war, das aussah wie einzeln verpackte Bonbons. »Ein dutzendmal am Tag stelle ich mir vor, wie ich mit dir schlafe«, sagte er.

Jetzt sah sie, daß es Kondome waren, einige in glänzende Folie verpackt, andere in buntes Plastik.

»Manchmal wache ich sogar nachts auf und will dich anfassen, nur um zu merken ...« Er sah, daß sie auf die Schublade starrte. »Nun, sagen wir mal, ich habe die irrationale Angst entwickelt, ich könnte ohne die Dinger dastehen. In letzter Zeit verspüre ich jedesmal, wenn ich an einem Drugstore vorbeikomme, den überwältigenden Drang, noch ein paar zu kaufen, nur damit ich auch wirklich vorbereitet bin. Falls es je ...«

Kate bemühte sich, nicht zu lachen, als sie sich vorstellte, wie er im Drugstore um die Ecke seine Vorräte einkaufte und wie sich das herumsprach, zur Empörung seiner Nachbarn in dieser feinen republikanischen Gegend. »Du mußt inzwischen einen Ruf als ziemlicher Schürzenjäger haben.« Sie sah ihn an. »Aber warum ...?«

»Ich habe dir versprochen, keine Bedingungen zu stellen, erinnerst du dich? Mehr als einmal wäre ich fast schwach geworden. Und heute abend ... tja, ich dachte, vielleicht ist es jetzt soweit. Schizophren, sagst du! *Du* bist doch diejenige, die mich gewarnt hat mit dieser kleinen Information, daß du nicht von Bett zu Bett hüpfst! Ich dachte mir, das sollte heißen, daß du nicht interessiert bist oder daß du mich noch nicht gut genug kennst.« Er umarmte sie und drückte sein Gesicht an ihr Haar. »Ich hab's wirklich vermasselt, nicht wahr?«

Kate schüttelte den Kopf. »Nicht nur du. Ich auch.«

»Glaubst du, es ist zu spät?« Er hob ihr Kinn und begann mit quälender Langsamkeit Küsse auf ihren Wangen und Augenlidern und dann auf ihren Mundwinkeln zu verteilen, bis er sich endlich ihrer erbarmte. Und seiner selbst. Kate öffnete den Mund und ließ seine Zunge zwischen ihre Lippen gleiten, und das sehnsuchtsvolle Warten war zu Ende. Dann tasteten beide forschend mit Zunge und Händen von Stoff zu Haut und wieder zu Stoff; ihr Atem mischte sich, und ihre Herzen schlugen gegeneinander.

Irgendwann in den letzten Tagen, als sie zugeschaut hatte, wie seine Hände unsichtbare Gegenstände in die Luft skizzierten oder dem, was er sagte, Farbe verliehen, da hatte sich ihr Bewußtsein von diesen Händen in Verlangen verwandelt. Und jetzt folgten seine ausdrucksvollen Hände den Formen und Konturen ihres Körpers und riefen Empfindungen hervor, die ihr Wissen von sich selbst vertieften, während sie ihn gleichfalls durch Berührungen kennenlernte und im Kopf ein ganzes Skizzenbuch voll neuer Bilder schuf.

»Manchmal, zu Hause, spätabends«, murmelte sie an seinem Hals, »habe ich mich gefragt, ob ich dich aus meiner Fantasie heraufbeschworen habe.«

»Glaubst du, das hier ist nur deine Fantasie?« flüsterte er mit den Lippen an ihrem Mund.

»Das hoffe ich nicht.« Sie lächelte.

»Du klingst aber nicht so sicher. Vielleicht kann ich dir helfen, dir darüber klarzuwerden.« Er ging rückwärts zum Bett und nahm sie mit. Seine Hände glitten nach unten, um die Kurve ihrer Hüften, und drückten sie an ihn, und dann öffnete er die Knöpfte an ihrer Pyjamajacke. Einen Augenblick später liebkoste er mit Zunge und Lippen den Herzschlag an ihrer Kehle, bevor er sich ihren Brüsten zuwandte.

An den Enden des Universums ist eine blutrote Schnur,
die das Leben mit dem Tode verbindet, den Mann mit der Frau,
den Willen mit dem Schicksal. Möge der Knoten dieser roten Schärpe
mich mit den Enden von Leben und Traum verbinden. So wandle ich
in Harmonie, den Himmel in der einen Hand, die Erde in der anderen.
Ich bin der Knoten, wo die beiden Welten aneinandergrenzen.
Totenbuch der Ägypter

XXV

JAHR SECHS DER HERRSCHAFT HAREMHABS

(1342 vor Christus)

Fünfzehnter Tag,
dritter Monat des Pflanzens

Wenn ich beim Aufwachen Pagosch an meinem Bett erblicke, überwältigt mich nicht mehr die Panik. Aber diesmal war er nicht allein. Ein Mann in den schäbigen Gewändern eines Bettelpriesters stand hinter ihm. Ich sprang auf, raffte einen Schurz von der Truhe neben mir und schlang ihn um meine Hüften. Ich war auf alles gefaßt. Im selben Augenblick – war es eine Vorahnung oder lag es an seiner Haltung? – wußte ich, wer er war.

»Wecke Aset und sag ihr, sie soll sich auf eine Flußreise vorbereiten«, sagte Ramose und schob das grobe braune Leinen von seinem kahlrasierten Schädel. »Schnell, denn wir müssen fort sein, bevor Re-Harachte den Morgenhimmel erleuchtet.«

Aus Gewohnheit faltete ich zum Gruß die Hände; dann stand ich wie gelähmt da, als mir klar wurde, daß er sie fortbringen wollte. »Warum?« platzte ich heraus.

»Geh sie wecken, und dann reden wir darüber.«

»Ich kümmere mich darum«, erbot sich Pagosch und blieb nur vor dem Schrein des Thot noch einmal stehen, um sich dort eine Lampe anzuzünden, bevor er im Flur verschwand.

Ich zündete eine zweite Lampe an und führte Ramose in mein Untersuchungszimmer, denn dort bin ich gewohnt, alles zu bestimmen, und ich brauchte jetzt jeden Vorteil, den ich bekommen konnte.

Tuli kam ihr vorausgelaufen, und Ramose beugte ein Knie und ließ sich von dem aufgeregten kleinen Hund sogar das bronzebraune Gesicht lecken. Aset blieb stehen, als sie ihren Vater sah. Verwirrung erschien in ihrem Blick, als ihr Vater sich erhob, um sie zu begrüßen. Dann sprudelte ein entzücktes Lachen aus ihrer Kehle herauf, und ich mußte wider Willen lachen.

»Vater!« Sie schlang ihm die Arme um den Hals und brachte ihn aus dem Gleichgewicht. Ramose hatte anscheinend nichts dagegen; er vergrub das Gesicht in ihrem Haar und freute sich an dem, was ihm so lange versagt geblieben war.

»Ich habe dich so sehr vermißt«, seufzte Aset.

»Ich dich auch, meine kleine Göttin«, flüsterte er.

Pagosch beugte das Knie und kraulte Tuli am Ohr, obwohl er die Zärtlichkeiten des kleinen Hundes noch einen Augenblick zuvor verflucht hatte. Ich wartete ab.

»Der Hohepriester des Ptah reist im Morgengrauen nach Mennefer«, sagte Ramose, »und er hat sich bereit erklärt, dich mitzunehmen. Du wirst dort unter seinem Schutz stehen, nicht weil ich es ihm befohlen habe, sondern weil er ein alter Freund ist. Ich muß jetzt nur noch ein Dokument aufsetzen, mit dem eine Schuldverschreibung in Gold von meinem auf seinen Namen überschrieben wird – zu deiner Verwendung.«

»Aber warum?« Sie schaute ihm unverwandt ins Gesicht und hoffte so, vielleicht mehr zu erfahren, als er ihr bereitwillig sagen würde.

»Weil es hier zu gefährlich für dich geworden ist.«

Sie stellte die Frage anders. »Warum jetzt, nach so langer Zeit?«

Ramose schaute in die falsche Richtung, falls er von mir Beistand erwartete. »Warum?« wiederholte er. »Wegen deiner Bildergeschichten.«

Sie fuhr zurück, als habe er sie geschlagen, und senkte zum ersten Mal den Blick. Dennoch brachte sie keine Ausflüchte oder Entschuldigungen vor. »Haremhab hat mehr Freunde in Mennefer als im Rest der Zwei Länder zusammengenommen«, gab sie zu bedenken. »Er ist dort zur Welt gekommen.«

»Hat jemand herausgefunden, daß Aset nicht nach Abydos gefahren ist?« fragte ich.

»Ich habe erst vor eine Stunde eine Nachricht erhalten. Ein königlicher Gesandter kam nach Abydos; er sollte Aset befehlen, hierher zurückzukehren. Sati hat ihn lange genug aufhalten können, um ihrem Boten einen Vorsprung zu verschaffen, bevor sie ihm sagte, Aset sei auf eine Wallfahrt nach Dendera gegangen, zum Tempel der Hathor. Er wird nicht lange brauchen, um zu merken, daß sie dort nicht ist. Ein oder zwei Tage höchstens, und der Gesandte des Pharaos wird im Tempel auftauchen und wissen wollen, was ich über deine frevlerischen Bildergeschichten weiß.«

Aset errötete, aber sie ließ sich nicht einschüchtern. »Man wird dich im Verdacht haben, was immer du sagst, es sei denn, du zeigst mich an.«

»Ich kann selbst auf mich achtgeben, Tochter. Du bist es, die ich nicht länger schützen kann ... vor deiner Mutter. Sie war es, die den Pharao angestachelt hat, sich in Abydos nach dir zu erkundigen.«

»Oh!« Aset schaute auf ihre Füße, aber sie wollte sich nicht entschuldigen oder um Vergebung bitten. Als sie den Kopf wieder hob, schaute sie mich hochfahrend an. »Ich bin jetzt eine Frau, Tenre. Ganz gleich, was du denkst. Eine Frau von einigem Wohlstand.«

»Als ob man mich daran erinnern müßte«, murmelte ich.

Sie wandte sich an ihren Vater. »Es wäre nicht *maat*, wenn ich dir und Tenre die Folgen dessen aufbürden wollte, was ich wissentlich und mit Absicht getan habe. Ich werde in mein eigenes Haus ziehen, das Usahor mir hinterlassen hat.«

»Wenn du nicht tust, was ich dir sage, ist das gleichfalls nicht *maat*«, entgegnete Ramose und wich der Falle aus, die sie ihm gestellt hatte. »Ich bin immer noch dein Vater.«

Als Aset sah, daß ihre Bastionen einstürzten, nahm sie Tuli auf den Arm, ein Anblick, der mir das Herz zerriß. Denn es bedeutet, was es schon immer bedeutet hat: Sie glaubt, der einzige, bei dem sie sich darauf verlassen kann, daß er sie wirklich niemals im Stich lassen wird, ist ihr struppiger Straßenköter. »Ich werde nicht gehen«, beharrte sie und umfaßte ihr *tjet* aus Karneol, das sie Tag und Nacht trägt, weil sie glaubt, daß der Knoten im Gürtel der Isis die Macht hat, sie zu beschützen, sogar vor ihrer Mutter.

»Es muß nicht für lange sein«, sagte Ramose in der Hoffnung, es könnte ihm gelingen, sie zu überzeugen, statt ihr Gehorsam zu befehlen. »Wenn deine Rollen sein Blut nicht mehr zum Kochen bringen, wird die Aufmerksamkeit des Pharaos von etwas anderem angezogen werden, und dann kannst du zurückkommen.«

»Ich gehe nicht ohne Tenre.« Sie stellte sich neben mich und drückte Tuli an ihre Brust.

Pagosch erschien wie ein Geist aus dem Dunkel. »Wir vergeuden kostbare Zeit«, sagte er zu Ramose. »Schick sie beide weg, aber flußaufwärts nach Aniba. Der Pharao wird nie auf den Gedanken verfallen, sie dort zu suchen, und Prinz Senmut kann dafür sorgen, daß ihr kein Haar gekrümmt wird – besser als jeder Diener des Ptah, ob er Hoherpriester ist oder nicht.«

Ramose öffnete den Mund – um Einwände zu erheben, glaube ich –, aber er schloß ihn wieder, als sie ihm zuvorkam. »O Paga, ja. Was für eine wunderbare Idee!« Sie setzte Tuli auf den

Boden und konnte sich kaum fassen. »Vater, dem Gesandten des Pharaos gegenüber könntest du andeuten, daß ich Sati mit einer Geschichte von einer Wallfahrt überlistet habe. Und im Vertrauen erzählst du ihm, du hättest den Verdacht, ich sei mit einem Liebhaber durchgebrannt. Damit wäre das Problem doch gelöst, oder?«

Ramoses blaue Augen suchten meinen Blick. »Heraus mit der Sprache, *sunu*. Bist du bereit, meine Tochter nach Aniba zu bringen?«

Altes Mißtrauen gegen ihre Gefühle für Senmut grub sich unter meine Haut wie eine Feuerschlange und rief ein Jucken hervor, das dringend nach Kratzen verlangte. »Unter einer Bedingung«, sagte ich und setzte alles auf eine Karte. »Daß du ein Dokument unterschreibst, mit dem du sie mir zur Frau gibst.«

Aset wären fast die Augen aus dem Kopf gefallen, aber der Hohepriester regte keinen Muskel. Ich hielt seinem Blick stand, fest entschlossen, ihn davon zu überzeugen, daß ich von meiner Forderung nicht abrücken würde; er versteht es mit unübertrefflichem Geschick, seine wahren Gefühle zu verbergen.

»Und warum sollte ich das tun?« fragte er, als hätte ich ihm vorgeschlagen, mir für meine Dienste zwei Kühe oder ein Pferd zu bezahlen.

»Damit ich das gesetzlich verbriefte Recht habe, sie zu jeder Zeit bei mir zu haben, um sie zu beschützen.«

»Willst du mich glauben machen, eine Ehe, die lediglich eine rechtliche Formalität wäre, würde dich zufriedenstellen?«

»Nein.« Anscheinend war es mir und ihm von den Göttern bestimmt, immer wieder um seine Tochter zu schachern. Aber diesmal wollte ich etwas *von* ihr, nicht *für* sie. »Außerdem bin ich nicht bereit, eine Vereinbarung mit dir zu treffen, wenn deine Tochter nicht einverstanden ist.«

»Womit einverstanden ist?« fuhr er mich an.

»Hört auf, über mich zu reden, als wäre ich nicht da!« rief Aset erbost. »Du benimmst dich wie eine Katze mit einer Maus«, schalt sie ihn und wandte sich dann zu mir, »und du dich wie eine Schlange ohne Rückgrat. »Mein Vater würde mich ebensowenig wie du mit einem Mann verheiraten, den ich nicht will.« Das war mir neu. »Ich habe zu entscheiden, ob dein Angebot etwas taugt.«

Ich warf einen Blick zu Pagosch hinüber und sah, daß er kurz nickte; sein Blick verriet mir, daß jetzt alles bei mir lag: Meine Zeit war endlich gekommen. »Dann will ich genau darlegen, was ich erwarte. Ich will kein zweiter Usahor sein, dein Großvater in jeder Hinsicht, nur nicht im Namen. Ich will eine Frau, die meine Ideen, Sorgen und Ängste bei Tage teilt, aber auch mein Lager in der Nacht.«

»Die *ganze* Nacht, wie bei Scheri und Mena?« Gewiß fragte sie nur, um sicher zu sein, daß sie mich hier nicht mißverstand, und das gab mir Anlaß zu der Sorge, daß *sie* mich abweisen könnte, nicht ihr Vater. Ich nickte und sagte etwas, das nur sie vielleicht verstehen würde. »Das und sehr viel mehr, wenn wir bereit sind, unseren eigenen Weg zu suchen.«

Sie betrachtete mich forschend – einen quälenden Augenblick lang. »Wirklich?«

Ihre Miene blieb so ernst und feierlich, daß meine Aussichten, dieses Spiel zu gewinnen, nicht allzu gut erschienen, aber ich gab ihr die einzige Antwort, die ich ihr geben konnte. »Wirklich.«

Ihre ganze Erscheinung leuchtete plötzlich auf; ihre Augen funkelten wie Sterne, noch bevor ihre Lippen sich zu einem strahlenden Lächeln teilten. »Ich glaube, es könnte gehen. Das und mehr. Sehr viel mehr.«

Willigte sie ein, meine Frau zu werden, oder ging es hier um etwas ganz anderes, das ich mit meinem tölpelhaften Verstand noch gar nicht begriffen hatte? Ich konnte es nicht sagen, denn manchmal fühle ich mich wie ein dummer Ochse, den sie mit ihrem flinken Witz am Nasenring über ein saftiges Feld führt. Einen Augenblick später stand sie neben mir, hatte ihre Hand in meine geschoben und schaute Ramose an.

»Ich bin bereit, den Arzt Senachtenre zu meinem Gemahl zu nehmen, Vater.«

Irgendwo in meinem Innern erwachte ein Lächeln, während das Herz mir aus der Brust zu springen drohte; dennoch gelang es mir irgendwie, mit beiden Beinen auf dem Boden stehenzubleiben, während ich auf Ramoses Antwort wartete. »Eine so wichtige Entscheidung übereilt zu treffen ...« begann er.

Hätte ich ihm so vorbehaltlos vertraut, wie Pagosch es tat, so hätte ich vielleicht geglaubt, der Hohepriester sei aus Sorge um das Glück seiner Tochter so bedächtig, aber ich hielt es für wahrscheinlicher, daß er dabei war abzuwägen, wie groß sein Verlust an Druckmitteln zum Schachern sein würde, wenn seine Tochter zu mir käme.

»Ich habe lange auf Tenre gewartet, nicht wahr, Paga?« Sie machte fast keine Pause. »Gewiß hat die Göttin uns einander zugedacht – von dem Augenblick an, da wir den Fuß in diese Welt setzten. Sonst hätte Osiris mich in der Nacht, da ich so krank war, gleich zu sich genommen. Und es war Isis, die ihn aussandte, mich aus dem Leib meiner Mutter zu holen. Das hast du mir selbst einmal gesagt!« Ramoses Augen bekamen einen verdächtigen Glanz, als er sie anschaute, bis ich mich fragte, ob er sie jetzt so sah, wie sie damals gewesen war. Aber dann schüttelte er seine Erinnerungen von sich ab und schaute mich durchdringend an.

»Hast du nichts weiter zu sagen? Die Zeit wird knapp, und Pagosch scharrt mit den Hufen.«

»Alles, was gesagt werden muß, ist gesagt«, antwortete ich, »bis auf das, was in den Heiratskontrakt geschrieben werden muß.«

»Du solltest mir die Füße küssen, *sunu*, und nicht um Konditionen feilschen!« knurrte Ramose halb erbost und halb belustigt – dies jedenfalls vermutete ich, als ich sah, daß ein Lächeln seinen Mund umspielte. Aber ich sagte schon, er ist ein Mann von grenzenloser Verstellungskunst.

»Asets bewegliche und unbewegliche Habe sollen weiterhin ihr Eigentum sein«, sagte ich. »Nichts soll auf mich übertragen werden. Und sie behält das Recht, über ihr Eigentum zu verfügen und Neues dazuzuerwerben, ohne daß sie meine Billigung braucht.«

»Wieso überrascht mich das nicht?« fragte er kopfschüttelnd. Aset drückte meine Hand und riet mir, den Mund zu halten. »Was noch?« drängte Ramose. »Spuck es schon aus, damit wir es hinter uns bringen.«

»Sie muß mit allen Rechten und Verpflichtungen, die beide Seiten betreffen, einverstanden sein, aber sollte sie sich – aus irgendeinem oder keinem Grund – von mir scheiden lassen, so soll die gesamte Mitgift, ganz gleich wie klein oder wie groß, ihr zurückgegeben werden, nicht nur der übliche dritte Teil davon.« Die Wahrheit war, daß ich von ihm nichts haben wollte; ich konnte aber die Mitgift nicht ablehnen, denn sonst würde ich damit Asets Wert leugnen.

Ich sah, wie er Pagosch einen Blick zuwarf. »Sonst noch etwas?«

»Es ist außerdem unnötig, irgendwelche Vorkehrungen für den Fall des Ehebruchs zu treffen, und das gilt für beide Seiten. Alles andere liegt jetzt bei Aset. Und bei dir.« Diesmal drückte ich *ihre* Hand.

»Wie großherzig! Der Mann läßt mir Brosamen und erwartet meine Dankbarkeit!« Ramose wandte den Blick zur Decke.

»Thot ist mein Zeuge, Herr«, erkühnte ich mich hinzuzufügen, »daß ich deine Tochter schützen und für sie sorgen werde in kranken und gesunden Tagen, in dunkler Nacht ebenso wie dann, wenn Re in seinem Boot über den Himmel fährt, von dieser Stunde an bis zu meinem letzten Atemzug. Und darüber hinaus, wenn das möglich ist.«

Fast hätte ich noch gesagt, daß ich für seine Tochter bereitwillig jede Hoffnung auf die Ewigkeit aufgegeben hätte, aber er sollte mir nicht noch einmal vorwerfen, ich spräche mit öliger

Zunge. Statt dessen warf ich einen Blick zu Pagosch hinüber und sah, daß er fast lächelte. Da wußte ich, daß ich den Wettstreit gewonnen hatte. Ich und er – denn er ist derjenige, der bei Ramose die Saat des Vertrauens in mich gesät hat.

Ein sanfter Glanz erhellte den Horizont im Osten, als wir uns einschifften. Merit kam zum Fluß, um sich von uns zu verabschieden, und überschüttete Aset mit einem Schwall von letzten Ermahnungen. Dann umarmten sie einander ein letztes Mal. Beide weinten und redeten gleichzeitig, und danach standen sie und winkten, während die Ortschaft am Ufer kleiner und immer kleiner wurde und dann verschwand.

Und mit dem Wind im Rücken brachen wir auf zu einem neuen Leben an einem Ort, den keiner von uns sich auch nur vorstellen konnte. Eine Zeitlang wechselte der Ausdruck in Asets Miene zwischen strahlendem Glück und schrecklicher Traurigkeit; einerseits spiegelte sich in ihrem Gesicht die Begeisterung über das unbekannte Abenteuer, das vor uns liegt, und andererseits die Trauer um all das, was ihr am Herzen liegt und was sie nun zurücklassen muß. Alles außer Tuli. Pagosch soll nach Theben zurückkehren, wenn er uns wohlbehalten in Senmuts Obhut gegeben hat; er hat allerdings versprochen, übers Jahr wieder bei uns zu sein und uns Neuigkeiten von Ramose und Nebet zu bringen. Und von Chary, der das Auge des Horus weiterführen wird, jetzt aber unter Menas Aufsicht.

Wir standen an Deck und betrachteten die vorüberziehende Landschaft. Ein paar Lehmziegelhütten standen am Rand der grünen Felder, Unterkünfte für die Fellachen, die dort arbeiteten. Ein Mann führte einen Pflug, der von einem Ochsen gezogen wurde; die Pflugschar war in spitzem Winkel am Schaft befestigt, damit sie sich tief in die Erde graben konnte. Jenseits des grünen Streifens im Westen erhoben sich felsige Hügel und Schründe, während sich im Osten die weite Ebene der Wüste bis an die Kette der Berge erstreckte, die eine unüberwindliche

Schranke für die Räubervölker jenseits des Roten Meeres bildeten. Aber erst als wir an einer langen Reihe von Frauen und Kindern vorbeikamen, die Mistgabeln und Harken trugen, brach Aset ihr Schweigen.

»Du gibst so viel auf, Tenre. Die Stadt, die du deine Heimat nennst. Deine Freunde. Das Auge des Horus. Den Garten, den du in jahrelanger Arbeit angepflanzt hast. Sogar das Haus, in dem du deine Experimente machst.«

»Meine Freunde sind deine Freunde, und das Auge des Horus wird es auch ohne mich geben. Im Laufe der Zeit wird die Gefahr für dich vorübergehen, sagt dein Vater. Bis dahin werden wir weiter wie früher die Kranken heilen, vielleicht in Senmuts Haus des Lebens.« Ich bemühte mich, den mißtrauischen Gedanken, der in meinem Hinterkopf lauerte, nicht nach vorn kommen zu lassen: daß sie am Ende doch noch einen Weg gefunden habe, ihr Leben mit dem seinen zu verknüpfen.

»Was habe ich denn wirklich riskiert?« sinnierte sie. »Noch einen Monat, noch ein Jahr vielleicht, eingesperrt hinter den Mauern deines Gartens, ein halbes Leben zu führen, meine wahren Gefühle verbergend?« Sie sah zu, wie das Segel sich füllte, statt mir in die Augen zu sehen. Dann sagte sie: »Habe ich dich zu etwas gezwungen, das du jetzt bereust?«

»Glaubst du das?«

»Nein«, gab sie mit einem komischen kleinen Lächeln zu.

»Ooohh?« sagte ich gedehnt. »Warum nicht?«

»Dachtest du, ich sähe deinen hungrigen Blick nicht, wenn du vergessen hast, ihn zu verbergen? Ich sähe nicht, wie du mich beobachtest? Was geschieht mit deinem Körper, wenn du meine Brüste anschaust?« Endlich sah sie mich an. »Ich habe mich bemüht, geduldig zu sein, habe gewartet, daß du als erster etwas sagst, aber ...«

»Ich bin neunundreißig und du siebzehn! Hast du daran gedacht?«

»Zwischen manchen Leuten ist das Alter ohne Bedeutung. Zwischen dir und Senmut zum Beispiel.«

Sie hatte recht. Daß ich einem anderen Weg folge als die meisten Ärzte, hat mehr mit meinen natürlichen Neigungen zu tun als mit meinem Alter oder meiner Erfahrung. Und Senmuts Betrachtungsweise der Krankheitsursachen – nicht nur seine Ungeduld angesichts unbefriedigender Antworten auf uralte Fragen – ist ein Spiegelbild meiner eigenen. Darum fühlte er sich auch zu Mena hingezogen.

»Ich habe von unseren sterblichen Körpern gesprochen, nicht von dem, was wir denken, oder von der Art und Weise, wie wir es tun.« Ich versuchte zu sagen, was mein *ka* mir sagte, auch wenn mein Herz sich weigerte, es zu glauben. »Was ist, wenn ich in fünf Jahren nicht mehr fähig bin, die Gelüste deines Fleisches zu erfüllen?«

»Das wird nicht geschehen, wenn du mich lehrst, dir zu gefallen.«

Pagosch stand im Heck und sprach mit dem Mann, der unser Schiff steuerte; so war niemand in der Nähe, der uns hören konnte. Ich legte ihr einen Arm um die Schultern und zog sie an mich. »Wir werden einander lehren«, flüsterte ich in ihre weichen Locken. Ich trug eine langärmelige Tunika und einen Schurz; sie hatte sich ein Wolltuch um die Schultern gelegt, denn der Wind auf dem Fluß hört niemals auf, und es ist kühl um diese Jahreszeit, selbst wenn Aton hoch am Himmel steht. Daß ich keine nackte Haut berührte, machte mir um so durchdringender bewußt, wie ihre kleine Gestalt sich an meine fügte – wie ihr Kopf unter mein Kinn paßte, wie ihre Brüste sich in die Mulde unter meiner Brust schmiegten, wie mein Geschlecht auf ihrem Becken ruhte.

Aber meine Seligkeit war nur von kurzer Dauer, denn sie löste sich von mir und schaute mir ins Gesicht. »Hast du deswegen darauf bestanden, daß in unserem Ehekontrakt kein Ehebruch erwähnt wird?«

Ich zuckte die Achseln, aber sie wandte den Blick nicht von mir.

»Wir unterscheiden uns nicht nur im Alter, Tenre«, sagte sie. »Und manches kann ich nicht ändern; daher ist es eher wahrscheinlich, daß du mich irgendwann satt hast.«

Ich drehte mich um und nahm sie in die Arme. »Niemals. Ich schwöre dir, dich bei mir zu behalten, bis Re zum letzten Mal über den Himmel segelt oder bis Isis aufhört, um Osiris zu weinen – was immer zuletzt geschieht.«

»Wirklich?« Ihre Lippen bewegten sich an meinem Hals, und ein Schauer lief mir über den Rücken. Und auch anderes regte sich. Ich bewegte meine Hüften an ihren, um sie wissen zu lassen, daß ich sie auch auf diese Weise liebe. Teils tat ich es, um ihre Neugier zu wecken, aber auch, um in ihren Gedanken das Wahrscheinliche an die Stelle des Möglichen treten zu lassen, was wiederum geschlechtliches Verlangen hervorrufen kann. Wenn es ganz dunkel wäre, sollte sie genauso erpicht auf diese Erfahrung sein, wie ich es jetzt schon war.

Unsere Feluke beförderte Ladung unter einem zweiten, erhöhten Deck, das den Bauch des Schiffes überspannte und Schutz vor der Sonne und vor Spritzwasser bot, aber unser Schiff war nicht so groß, daß es Aufmerksamkeit auf uns lenkte, wenn wir vorüberfuhren. Die Ladung bestand aus Körben und Kisten mit Kleidern und anderen Dingen, einem Vorrat an Kräutern und medizinischen Extrakten aus dem Auge des Horus und genug Brot, um uns alle mehrere Tage satt zu machen. Als der Mittag nahte, saßen Aset und ich mit gekreuzten Beinen auf diesem höheren Deck und teilten uns das Essen, das Nofret uns beim Abschied in die Hand gedrückt hatte.

»Das ist zu salzig«, bemerkte ich, als ich von der gebratenen Gans gekostet hatte.

»Wahrscheinlich von Nofrets Tränen«, meinte Aset. »Möchtest du hiervon etwas?« Sie reichte mir einen Korb Datteln, als ein Wasserspritzer sie ins Gesicht traf. Erschrocken riß sie den

Arm zurück, und die Datteln flogen über den Bootsrand in den Fluß. »Hoppla! Jetzt haben wir Hapi ein Opfer gebracht.« Sie lächelte, sah mich an und platzte laut heraus.

»Was ist denn so komisch?«

»Du! Dein Gesicht«, prustete sie.

»Wärest du auf dem Weg nach Norden, wie dein Vater es wollte, so würdest du jetzt mit der Strömung fahren, statt gegen sie anzukämpfen«, gab ich ihr zu bedenken, denn wir mußten uns immer wieder unter dem Gischt ducken, wenn der Kapitän durch die Strömung kreuzte, um das Segel windgefüllt zu halten.

»Ich werde lieber naß, als daß ich zum Hohenpriester des Ptah gehe.«

»Findest du mein Gesicht komisch?«

»Du hast ein wunderbares, schönes Gesicht.« Sie hob die Hand, zögernd erst, und strich die Falten zwischen meinen Augen glatt; dann ließ sie den Finger an meiner Nase herabgleiten, über die Nasenspitze und an die Oberlippe. »Und deine Lippen ...« murmelte sie. »Wußtest du, daß ich an der Art, wie deine Lippen sich fügen, erkennen kann, was du denkst?«

»Wirklich?« flüsterte ich. Ich wagte kaum zu atmen.

Sie nickte, legte die flache Hand an mein Gesicht und streichelte mit dem Daumen meinen Wangenknochen. »Einmal schlug ich morgens die Augen auf, und du warst da; du saßest an meinem Bett und wartetest darauf, daß ich wach wurde. Seit jenem Tag brauche ich, wenn im Dunkeln diese schreckliche Traurigkeit über mich kommt, nur die Augen zu schließen, und dann sehe ich dich, wie du mich anlächelst, genau wie damals.«

Ich drehte den Kopf, bis mein Mund in ihrer Handfläche lag und meine Lippen ihre warme Haut berührten.

Eine Zeitlang unterhielten wir uns über das, was uns in Aniba erwarten mochte. Ich fragte sie, ob sie Senmuts Umrißzeichnern beibringen würde, wie man Karten zeichnet wie die, die sie für mich anfertigt, aber sie zuckte nur die Achseln und betrachtete weiter die vorüberziehende Landschaft. Dennoch hoffte ich, daß dieser Gedanke Wurzeln schlagen und wachsen und vielleicht das Bedürfnis verdrängen würde, mit ihren Bildergeschichten fortzufahren.

Überall sahen wir Männer am Schaduf; sie tauchten die ledernen Eimer an den Enden der hölzernen Stangen – sie ruhen auf einem Dreifuß und lassen sich schwenken – in das Wasser des Flusses. Das steinerne Gegengewicht hilft ihnen, den gefüllten Eimer hochzuheben und ihn in die Kanäle zu entleeren, mit denen das Wasser zu den oberen Feldern gebracht wird. »Seit wir den Schaduf haben, bekommen wir zwei Ernten von den überschwemmten Feldern«, sagte ich und wechselte das Thema, »und mindestens eine in den höhergelegenenen Bereichen, die vom Hochwasser nur selten erreicht werden. So wird jetzt mehr Land bebaut als früher. Wußtest du das?«

Sie nickte. »Es ist so eine einfache Sache. Seit Anbeginn der Zeit leben wir mit Mutter Fluß, aber dieser Einfall kommt von den Leuten, die zwischen Euphrat und Tigris wohnen. Warum, glaubst du, ist es uns nicht eingefallen?« Nie fragt sie nach dem Wie – immer nur nach dem Warum.

»Weißt du noch, wie wir das erste Mal Schakale und Hunde spielten?« fragte ich, denn auf eine solche Frage kann es gewiß keine Antwort geben. Sie nickte. »Und wie wir nachher auf dem Dach der Villa deines Vaters saßen?« Als sie mich anschaute, sah ich das neugierige kleine Mädchen wieder vor mir, das sie damals gewesen war. Hoffnung und Erwartung leuchteten in ihren blauen Augen. »Schon da hast du mein Herz erobert, mit einem einzigen Wort: Warum?«

Sie lachte entzückt; es war der sanfte, plätschernde Klang, der aus ihrer Kehle perlt, und zugleich drückte sie verständnisvoll meine Hand.

Als sie ein wenig später mit Pagosch redete, kehrten meine Gedanken erneut zu jenem Tag zurück, und ich dachte daran, wie sie mich mit den blauen Lotosblumen auf die Probe gestellt hatte. Vieles weist darauf hin, daß sie sich ebensogut wie ihre Mutter darauf versteht, die Männer zu behexen, aber die Augen der Schönen sind von Lidern überschattet und regungslos wie die einer Schlange, während die ihrer Tochter vor Freude und Neugier funkeln. Und mehr als das, Aset empfindet von Natur aus Liebe zu anderen – Tuli, Pagosch, Chary, Ruka, Resch und viele andere wissen das. Sicher sind das die wahren Gründe dafür, daß auch andere Männer meine Frau lieben. Die kleine Göttin mit den schmutzigen Füßen.

Ich schaute nach Westen; plötzlich konnte ich es nicht erwarten, mit ihr allein zu sein. Res leuchtende Scheibe färbte sich nur allmählich orangegelb. Noch mindestens eine oder zwei Stunden, bevor wir zur Nacht irgendwo anlegen würden.

Wenig später kam Pagosch nach vorn, und Aset sprach mit dem Mann, der unser Schiff steuerte. »Es ist noch etwas mehr als eine Stunde bis Edfu«, sagte er. »Dort werden wir übernachten.«

»Ohne Zweifel ein glückverheißender Ort«, sagte ich, »denn dort steht ja der heilige Tempel der Isis, erbaut auf dem Platz, an dem Horus seinen Sieg über Seth erkämpfte – erbaut von Imhotep, dem größten Arzt und Architekten aller Zeiten.«

»Die Bootsleute und ich werden dort an Land gehen, um in der Stadt unsere Wasservorräte aufzufüllen. Danach breiten wir unsere Matten am Flußufer aus. Auf diese Weise können wir im ersten Morgengrauen weiterfahren.« Er warf mir einen Blick zu. »Es sei denn, du hättest Angst, allein auf dem ankernden Schiff zu bleiben.«

»Ich werde ja nicht allein sein.« Er nickte. »Dank dir«, fügte ich hinzu. Die weiße Narbe auf seiner Wange stach von der geröteten Haut ab – vermutlich eine Folge des kalten Windes –, und sein Blick war hart wie immer. Dennoch legte ich ihm die Hand auf die Schulter; ich hatte ihm für vieles zu danken und konnte ihm doch nichts als Worte geben. Und Worte haben bei

Pagosch noch nie viel gegolten. »Ich kann wirklich von Glück sagen, daß ich einen Freund wie dich habe.«

Er blinzelte verblüfft. »Das bist auch du für mich«, brummte er dann. »Aber du mußt deiner Frau dafür danken, daß sie jeden anderen Mann ablehnte, den ihr Vater ihr vorschlug.«

Ohne ein weiteres Wort entfernte er sich, und ich blieb kopfschüttelnd stehen. »Pagosch?« rief ich ihm nach. Er drehte sich um. »Könntest du Tuli überreden, ebenfalls an Land zu gehen?«

Ein humorvolles Funkeln trat in seine Augen. »Das kommt darauf an, ob deine Frau« – er ließ mich einen Augenblick im ungewissen – »ob deine Frau dir so sehr vertraut, daß sie ihn gehen läßt.«

Als wir das Schiff schließlich für uns allein hatten, fehlten mir plötzlich die Worte. Aset machte sich daran, unsere Matten auszubreiten; sie übernahm die Arbeit einer Dienstmagd, als wäre sie dazu geboren. Ich stand da und sah zu, wie sie sie nebeneinander, Rand an Rand, auf die Planken legte – nur so passen sie auf die Fläche vor dem erhöhten Frachtdeck –, und erst dann rührte ich mich, um ihr zu helfen. Zu spät. Aber ich erhielt ein Lächeln für meinen Versuch, und dann eine Einladung. »Komm, setze dich zu mir. Hier ist es windgeschützt, und wir können einen Becher Wein zur Feier dieses neuen Anfangs trinken.«

»W-wein?« stammelte ich.

Sie deutete auf die Tonflasche, die in dem engen Spalt klemmte, wo die Seiten des Schiffes sich zum spitzen Bug zusammenfügten. »Ein Geschenk von Pagosch«, erklärte sie. »Dazu gab er mir einen seiner seltenen Ratschläge.«

Ich kreuzte die Beine, krümmte die Knie und sank neben sie auf die Matten.

»Er meint, wenn wir die wirklich wichtigen Ereignisse in unserem Leben feierlich begehen, wird uns das in späteren Jahren helfen, uns daran zu erinnern und zu erfreuen.«

»Da er ein Mann so weniger Worte ist, neige ich dazu, ihm zuzuhören, wenn er etwas sagt.« Ich sah zu, wie sie sich mit dem Stopfen abplagte. »Oder was meinst du?«

»Ich habe stets gefunden, daß er über die Maßen weise ist.« Sie reichte mir zwei glasierte Becher und neigte die Flasche, um sie zu füllen. Ich reichte ihr den einen zurück. »Möge dein *ka* leben, Tenre, und mögen deine Augen stets nur das Glück sehen.«

»Das wünsche ich dir auch«, flüsterte ich. Wir führten die Becher zum Mund, und jeder schaute auf die Lippen des andern. Ich habe nie sehr schnell die passenden Worte für jeden Anlaß auf den Lippen; ich brauche Zeit zum Nachdenken und Grübeln, und so überlegte ich auch jetzt, wie ich meinen eigenen Beitrag zur Feier dieses Tages leisten konnte. »Ich war auf all das nicht vorbereitet, und so kann ich dir jetzt nicht Gold und Edelsteine schenken. Aber ich komme doch nicht mit ganz leeren Händen.«

Ich erhob mich und ging zu der Truhe, die ich mit medizinischen Schriften gefüllt hatte; es waren auch die dabei, die ich selbst geschrieben hatte. Ich hatte so gefährliches Material lieber nicht zurückgelassen, wo andere es hätten finden können. Die Rolle, die ich suchte, war weich vom vielen Lesen.

»Wertvoll ist es nicht, fürchte ich«, erklärte ich, als ich ihr die Rolle in die Hände legte. »Höchstens als Versicherung dafür, daß ich nicht etwa deiner überwältigenden Hartnäckigkeit zum Opfer gefallen bin.«

Ein Funken Neugier glomm in ihren Augen auf, und ich rechnete damit, daß sie die Schrift sofort entrollen würde. Aber statt dessen fragte sie: »Was ist das?«

»Verse. Von mir.« Sie wartete und schaute mich weiter an. »Ich habe versucht zu beschreiben, auf wieviel verschiedene Arten ich dich liebe – von dem Tag an, da ich Arzt im Hause deines Vaters wurde, bis jetzt.« Ich mußte lächeln, als ich daran dachte, wie sie mich eines Abends gescholten hatte, weil ich mein *ka* nicht sprechen ließ, und daran, wie lange ich an meinem ersten Versuch über die »Möglichkeit« gearbeitet hatte.

»Oh, Tenre, warum hast du mir das nie erzählt?«

»Wie hätte ich das tun können?« Ich hoffte, sie würde verstehen, daß auch ich nur ein halbes Leben gelebt hatte.

Sie streckte wieder die Hand aus und berührte mein Gesicht, und ich legte meine Hand auf die ihre, um sie festzuhalten. »Darf ich jetzt ein bißchen davon lesen, ganz für mich?«

»Wie du willst.« Ich ließ ihre Hand los und griff zur Flasche, um unsere Becher nachzufüllen, während sie die Schriftrolle hob, um das letzte Licht des goldstreifigen Himmels zu nutzen. Ich beobachtete sie und wußte, welches Gedicht sie las; ich sah es daran, wie sie die Brauen zusammenzog, wie dann ein beginnendes Lächeln über ihre Lippen huschte und wie sie schließlich vor unterdrücktem Lachen bebte. Als sie sich unvermittelt aufrichtete, fragte ich mich, ob etwas von dem, was ich geschrieben hatte, sie schockiert hatte.

»Was ist?« fragte ich, aber statt zu antworten, legte sie die Rolle hin und schaute mich an, aber nicht mit der flüchtigen Begeisterung eines Kindes, sondern mit der dauerhaften Freude einer Frau, die sicher weiß, daß sie innig geliebt wird. Mir war es gleichgültig, ob ich mir nur einbildete, daß in ihren wunderschönen Augen die Liebe zu mir leuchtete.

Die Sonne erstarb, und die Nacht kam mit verblüffender Plötzlichkeit. Sterne erwachten in der dunklen Weite des Himmels zum Leben, während wir schweigend dasaßen, an unserem Wein nippten und zuschauten, wie das Mondlicht eine silberne Straße über den Fluß breitete.

»Lieben heißt, an Göttinen zu glauben«, flüsterte sie und wiederholte eine Zeile aus dem Gedicht, das ich erst zwei Nächte zuvor geschrieben hatte. »Vielleicht hast du dir allzulange den Kopf über mein *ka* zerbrochen, Gemahl, und darüber mein *ach* vergessen, den Geist in mir, der jedesmal in Wallung gerät, wenn du hereinkommst. Manchmal, wenn ich aufblickte und dich im Garten auf mich zukommen sah, schlug mir das Herz so laut, daß ich kaum verstand, was du zu mir sagtest. Ich habe das unaufhörliche Bedürfnis, den Blick deiner braunen Augen auf mich zu lenken, damit ich sehen kann, wie er sanft wird von deiner Liebe zu mir. Oder ich muß auf irgendeine Weise das leise Lächeln hervorrufen, das du nur mir schenkst, und so die warme Glut spüren, die meinen ganzen Körper durchflutet und mir sowohl den Verstand als auch den Willen raubt.«

Wie hatte ich so blind sein können?

Lange dachte ich darüber nicht nach, denn ich fühlte mich in diesem Augenblick so lebendig, so sehr erfüllt von Liebe – und Angst –, daß mir war, als platze mir das Herz in der Brust. Ich nahm sie in die Arme und sagte ihr die Wahrheit, wie sie mir in den Sinn kam, und dabei ließ ich meine Hände, meine Lippen und meinen Körper von den Göttern führen.

Nur einmal brachten meine Gedanken das Verlangen ins Stocken, als ich mich nämlich an das Kind erinnerte, dessen fiebernden Körper ich mit Wasser zu kühlen versucht hatte. In diesem Augenblick erschien es mir abartig, daß ich jetzt danach strebte, sie zu erregen, bis sie vor Sehnsucht glühte – einer Sehnsucht, die nur ich erfüllen könnte. Als ich zögerte, wurde auch sie still, und sie flüsterte: »Liegt es an dem, was die alte Hexe mit mir gemacht hat?«

Ich drückte sie an mich, so daß sie die Stimme meines pochenden Herzens fühlen konnte. »Ich bin nur überwältigt vom Verlangen nach dir, das ist alles – und ich habe Angst, daß ich dir weh tun könnte. Und daß ich vor dir zum Ende komme, wenn wir ohne Pause weitermachen.«

»Ich bin kein so zerbrechliches Ding, daß ich vor meiner eigenen Lust geschützt werden muß, Tenre. Wir haben versprochen, uns gegenseitig zu lehren, weißt du noch?«

»Jedes Wort, das du letzte Nacht gesprochen hast, ist in mein Herz eingraviert«, antwortete ich. Und so fuhren wir fort wie zuvor und hielten nur hin und wieder inne, um das Ende desto intensiver zu empfinden, wenn es käme.

Nachher hielt ich sie umschlungen im Arm; noch jetzt widerstrebte es mir, sie von mir zu lassen. Als unsere Körper sich abkühlten, griff ich nach einer Decke und zog sie über uns, und ich sah, daß sie schon schlief. Ich dagegen lag lange wach; ich schaute zu den Sternen hinauf, die die Nacht fast taghell erleuchteten, und versuchte, Traum und Wirklichkeit voneinander zu trennen. Meine Gedanken kehrten zurück in die Zeit, bevor sie in mein Leben getreten war, und mir wurde klar, daß sie meinem ganzen Dasein nicht nur eine Richtung, sondern einen Sinn gegeben hatte und daß diese Welt ohne sie so farblos wäre wie die Wüste ringsum.

Als ich die Augen wieder öffnete, leuchteten die Sterne immer noch hell am dunklen Himmel, und ich fragte mich, ob ich geträumt hatte, daß jemand mir die Brust mit einem Pinsel aus Daunen bemalte. Aber jetzt war ich wach und fühlte immer noch, wie es mir erst über die eine, dann über die andere Brustwarze strich, hin und her, bis sie zu harten Spitzen wurden. Gleich darauf nahm es einen anderen Weg, strich mir über die Rippen und über den Bauch, und zugleich spürte ich eine Anspannung im Leib und ein Schwellen in den Lenden – als gehorche mein Körper den Befehlen eines anderen. Was für eine dunkle Fantasie war das, fragte ich mich, die da im Schlaf zu mir kam, um mich zu foltern?

Ich blieb liegen, tastete nur mit der Hand nach unten und griff in einen Wust von weichen Locken. »Aset?« flüsterte ich und schmiegte sanft die Hand um ihren Kopf; ich war nicht sicher, ob sie wach genug war, um zu wissen, was sie tat.

»Sschh, sei still«, flüsterte sie, ohne ihre liebkosende Erkundung meines Körpers zu unterbrechen. Ihr lebendiges Haar, ihre behenden Finger und die weichen, feuchten Lippen ließen nichts unberührt. Jedesmal, wenn ich die Hand hob, um sie zu berühren oder zu streicheln, hielt sie sie unbeweglich fest und verwehrte mir noch die winzigste Ablenkung von diesem Festschmaus der Sinne, den sie mir hier bereitete – bis mir nichts weiter übrigblieb, als mich ihrer Zärtlichkeit zu überlassen.

Ihr Kopf bewegte sich wieder nach unten, und sic hinterließ eine Spur der Erwartung mit ihren Lippen und einer Zunge, deren Bewegungen bald langsam und sanft wurden. Ein Nebel der Vorfreude umgab mich, und eine unvorstellbare Ekstase erfaßte meinen ganzen Körper, als ihre Lippen sich um mich schlossen. Und gerade als die Lust, die in meine Lenden flutete, hervorzubrechen drohte, wich sie zurück und ließ mich in der Schwebe zwischen dieser Welt und der nächsten, wo es für mich kein Vor und kein Zurück gab.

Im nächsten Augenblick schwang sie ein Bein über mich und kniete rittlings auf meinen Schenkeln. Langsam hob sie sich über mich und neckte und streichelte mich mit den schwellenden Lippen ihrer Scham, bis sie mich schließlich in ganzer Länge in sich aufnahm. Und einen endlosen Augenblick lang verharrte sie völlig still.

Als sie dann anfing, auf und ab zu gleiten, beobachtete sie mein Gesicht mit einem Lächeln voller Genugtuung. Kurz vor dem Ende stieß ich empor, als sie sich herabsenkte; meine Hände umfaßten ihre Hüften und zogen sie hart auf mich herab, so daß sie wissen würde, wann ich mich in sie ergoß. Als ich fertig war, sank sie vornüber auf meine Brust, legte die Wange an mein Herz und lauschte seinem rasenden Galopp.

»Jetzt wirst du mich vielleicht in deinen Gedanken nicht mehr als Kind sehen, Tenre ... oder als Tochter meines Vaters. Heute nacht beginnt für dich und mich eine ganz andere Reise.«

Jetzt liegt sie hinter mir, in den Schlaf gelullt vom sanften Wiegen der Feluke, die vor Anker gegangen ist. Der Mond hängt hell in der kalten, trockenen Luft und übergießt die Landschaft ringsum mit seinem Licht, vom murmelnden Band des Wassers bis zur grasbewachsenen Uferböschung, wo Pagosch und unsere Ruderer für die Nacht ihre Matten ausgebreitet haben. In der Ferne kann ich die Dächer der schlummernden Stadt erkennen, lauter Lehmziegelhütten, die sich dicht an den Boden schmiegen – nur der Tempel der Isis ragt hoch in den Himmel. Vorhin kam ein großer weißer Widder zum Wasser, um zu saufen, doch unwillkürlich frage ich mich, ob die zügellose Lust mich dazu bringt, Traum und Wirklichkeit miteinander zu verwechseln. Ich frage mich sogar, ob ich durch das Schilf gegangen bin, ohne es zu wissen, denn alles ist verändert, nicht nur die Welt um mich herum, sondern auch die in meinem Innern. Ich bin ein erwachsener Mann, und doch sehe ich mit den Augen eines Kindes und stelle mir Abenteuer vor, die erst noch gewagt werden müssen. Nur eines bleibt beständig und real: die Liebe, das Geschenk der Göttin.

XXVI

Houston, 8. Januar

Kate mußte in der Sonne blinzeln, als sie aus dem Krankenhaus kam, und sommerliche Hitze schlug ihr ins Gesicht, als sie die Tür von Max' Mercedes öffnete. Da beschloß sie, einkaufen zu gehen.

Als sie gegen drei durch die Tür der Klinik schwebte, war sie in gewisser Weise so glücklich wie schon lange nicht mehr. Und sie fühlte sich wohl – dank des baumwollenen Outfits, das sie sich gekauft hatte.

Marilou sah sie sofort und winkte sie zur Anmeldung. »Junge, bin ich froh, daß ich Sie sehe. Er macht uns hier ...« Sie brach ab, als der Teufel persönlich erschien.

»Hallo«, sagte Max und nahm sie rasch in den Arm. »Ich habe mir schon Sorgen gemacht. Dachte, du hättest dich verirrt oder so was.«

»Ich war einkaufen.« Sie drehte sich um sich selbst, so daß der Rock um ihre Beine wirbelte, und führte die bestickte Bluse mit der dazu passenden Jacke vor. Alle drei Teile waren von gleicher Farbe – ein staubiger Zimtton, der ihre Augen fast grün erscheinen ließ.

»Schon bemerkt. Heißt das, Tinsley hat einen dicken fetten Scheck herausgerückt?«

»Vor allem heißt es, daß die Sachen, die ich mitgebracht habe, für dieses Wetter einfach zu warm sind«, sagte sie und folgte ihm den Korridor hinunter.

»Also, erzähl schon«, drängte Max, als sie in seinem Büro waren.

Kate breitete die Skizzen, die sie im Krankenhaus angefertigt hatte, auf seinem Schreibtisch aus und zeigte ihm die einzelnen Schritte in Mike Tinsleys neuem Verfahren zur Wiederherstellung einer gesplitterten Kniescheibe. Max überflog die Zeichnungen und nahm dann das Blatt, auf dem Tinsley zu sehen war, die binokulare Vergrößerungsbrille auf die Stirn geschoben.

»Ich dachte, er würde ein Foto benutzen, um die Einrichtung mit allen Geräten an ihrem Platz zu zeigen«, erklärte Kate, »deshalb habe ich versucht festzuhalten, wie ich das alles dort empfand – die aufgeregte Atmosphäre am Anfang, die steigende Spannung, und wie dann die Luft entweicht, wenn das Verfahren den Höhepunkt überschritten hat und alle wieder auf vertrautes Gelände zurückkehren und die Sache zu Ende bringen. Aber das hier schien die Wende zu bringen.« Max wartete auf die Pointe.

»Ich werde das ganze Buch illustrieren, und ich werde selbst beurteilen, was wie illustriert werden muß. Tinsley möchte, daß jedes Verfahren mit atmosphärischen Skizzen wie dieser hier eingerahmt wird, um die Psychologie ins Spiel zu bringen, die alles einfärbt, was ein Student oder Assistenzarzt tut oder nicht tut, ungeachtet des fachlichen Niveaus, das sie erreicht haben – eben das, was wir alle miteinander gemeinsam haben. Den menschlichen Faktor. Es ist eine Sache, eine technisch akkurate Zeichnung zu machen, und eine andere, dabei niemanden vergessen zu lassen, daß sie es mit anderen Menschen zu tun haben. Ich glaube, das hat mich erkennen lassen, daß ich hier die Gelegenheit bekam, etwas wirklich Wichtiges zu tun, nicht bloß irgendeinen Job für Geld.« Und noch während sie dies aussprach, begriff Kate, daß dieses Bedürfnis, den humanen Aspekt der Medizin darzustellen, schon immer die treibende Kraft hinter ihren Illustrationen gewesen war, von dem Augenblick an, da sie ihr Medizinstudium abgebrochen hatte; es hatte nicht nur ihren Zeichenstil beeinflußt, sondern auch die Art, wie sie ihre Sujets präsentierte. Das war es auch, was Max über ihre Zeichnungen hatte sagen wollen, von Anfang an. Sie drehte sich um und wollte ihn küssen, aber ihre Lippen fingen an zu zittern, und so umarmte sie ihn lieber. Er hielt sie schweigend fest und rieb seine Wange an ihrem Haar.

»Ich bin keine Spielerin«, sagte sie, als sie ihre Stimme wiedergefunden hatte. »Vielleicht, weil ich es mir nie habe leisten können. Aber – nun, ich habe mich bereit erklärt, eine unbegrenzte Zahl von Illustrationen zu machen. Ich werde bestimmen, was für welche, nachdem ich Mikes Text gesehen habe, und dazu kommen Vorschläge von ihm. Er hat das letzte Wort, aber mein Name erscheint auf der Titelseite.« Sie wich zurück, damit sie Max ins Gesicht sehen konnte. »Ich habe mir vorgenommen, soviel wie möglich über die neuesten Computergrafikmethoden zu lernen, damit ich alles benutzen kann, was in einer bestimmten Situation am besten funktioniert. Auf diese Weise kann ich auch mein Angebot an potentielle Kunden verbreitern. Nicht, daß ich *ihm* das gesagt habe. Ein Glücksspiel ist es insofern, als ich nicht weiß, ob ich für die Zeit, die das alles in Anspruch nehmen wird, auch genug Geld verdienen werde. Mike meint, was wir da vorhaben, hat das Zeug zu einem Klassiker; also habe ich eine Erlösbeteiligung gefordert und einen Anteil an dem Vorschuß, den er vom Verlag bekommt. Er meint, wenn sie dort meine Illustrationen sehen und wissen, daß ich das ganze Buch machen werde, wird eine Menge mehr herausspringen.«

»Das hat Tinsley dir wirklich gesagt?« Max konnte es nicht fassen. »Kein großer Geschäftsmann, wie?«

Kate griff lachend nach seiner Hand und schwenkte sie zwischen ihnen beiden hin und her. »Komm schon, Max, sag mir, was du davon hältst. Hab ich mich verschenkt, hab ich das Geschäft meines Lebens gemacht, oder was?«

»Es muß das Geschäft deines Lebens sein, Katie, ganz gleich, was du dabei verdienst – wenn es wirklich wichtig für dich ist. Aber ich würde es als Glaubensakt bezeichnen, nicht als Glücksspiel.«

Cleo rief an, als sie nach einem späten Abendessen das Geschirr zusammenstellten, und Max schickte Kate in sein Arbeitszimmer, damit sie dort ungestört telefonieren konnte. Cleo wollte wissen, wann sie zurückkäme, aber Kate wich der Antwort aus, indem sie erzählte, was sie mit Mike Tinsley vereinbart hatte. Als sie sich erkundigte, wie es im Museum gehe, behauptete Cleo, sie habe alles fest in der Hand. »Tut mir wirklich leid, Katie, aber du brauchst dir keine Sorgen zu machen. Ich könnte dafür sorgen, daß Dave nie wieder irgendeinen Museumsjob kriegt, von einer akademischen Position ganz zu schweigen. Und das weiß er verdammt genau.«

»Aber ich dachte ...«

»Das war, bevor ich wußte, was ich jetzt weiß. Ich habe Dave gesagt, wenn ich auch nur den Hauch eines Gerüchts höre – über dich oder über mich –, dann gehe ich geradewegs zum Vorstand und erzähle da mal, wie er eine große Sponsorenspende benutzt hat, um sein Büro zu renovieren.«

»Wow! Und was ist mit Taschat?«

»Sie ist in meinem Büro – ich meine, der Kopf und deine Zeichnungen.«

»Tja, vielleicht solltet ihr noch eine Zeitlang warten, bevor ihr etwas davon ausstellt – falls Dave sich öffentliche Peinlichkeiten ersparen möchte. Wir sind da vielleicht einer großen Sache auf der Spur, Cleo. Ich halte dich auf dem laufenden.«

»Okay.« Cleo schwieg kurz. »Ich wußte, daß du gut bist, Katie, aber – ich weiß, das klingt jetzt kitschig, und vielleicht liegt's auch bloß an der Tageszeit oder an dem Licht, das in mein Zimmer fällt –, aber ich schwöre dir, daß sich ihr Gesichtsausdruck verändert. Manchmal glaube ich, sie beobachtet mich mit so einem kleinen Lächeln, als wüßte sie etwas, das ich nicht weiß.« Kate erkannte in dem gequälten Gedruckse das Kompliment, das Cleo ihr eigentlich machen wollte.

Als sie Max später davon erzählte, wollte er wissen, wie Cleo reagiert habe, als sie von der Ähnlichkeit der beiden Schädel erfahren habe. »Davon habe ich ihr nichts erzählt. Ich habe nur gesagt, daß wir möglicherweise etwas entdeckt haben und ich ihr Bescheid sagen würde.«

»Eine kleine Rache, wie?« Er legte Kate einen Arm um den Nacken und drückte seine Lippen auf ihren Augenwinkel. Sie wandte sich ihm zu, schob die Arme unter seinen durch und verschränkte die Hände auf seinem Rücken; dann beugte sie sich vor und küßte die Kante seines Unterkiefers. Er drehte den Kopf und versuchte, ihren Mund zu erreichen und ihre Lippen sanft zu öffnen, aber sie ließ ihre Zunge hervorschnellen und über seinen Mundwinkel zucken, und dann zog sie sich wieder zurück und lockte ihn unbarmherzig.

Erst als er seine Hände zu ihren Hüften hinunterschob und sie fest an die seinen drückte, merkte sie, daß er eine Erektion hatte, und sie spürte, wie ihre Brustwarzen daraufhin hart wurden. »Ich muß jetzt ins Bett, wenn ich morgen in aller Frühe losziehen soll«, wisperte sie an seinen Lippen. »Muß um sieben im Krankenhaus sein.«

»Dann sollten wir jede Minute nutzen.«

»Die Uhr läuft schon. Merkst du's nicht?«

11. Januar

Kate nahm Sam an die Leine und joggte mit ihm in die Büromaterialhandlung im Rice Village, dem nahegelegenen Einkaufscenter. Wieder zurück, breitete sie alles auf dem Küchentisch aus, der in einem von wandhohen Fenstern umgebenen Alkoven stand, und machte sich an die Arbeit. Als erstes machte sie ein paar Zeichnungen vom menschlichen Knie; dann wählte sie die beiden besten aus und verfeinerte die Linien mit chinesischer Tusche. Dann schob sie die Blätter in eine Mappe, schärfte Sam ein, sich zu benehmen, und lief hinaus zum Wagen.

Als sie drei Stunden später aus dem Friseursalon kam, der ihr von Marilou empfohlen worden war, hatte ein warmer Wind vom Golf die Stadt in ein Treibhaus verwandelt. »Na toll!« knurrte sie; sie war sicher, daß ihr Haar sich in eine feine Krause verwandeln würde, noch ehe sie bei ihrem Wagen wäre. Sobald sie zu Hause war, duschte sie, um die abgeschnittenen Haarspitzen abzuspülen, und ging sorgfältig jedem Spiegel aus dem Weg, bis sie das Bad verlassen und sich angezogen hatte. Dann stellte sie sich vor den mannshohen Spiegel – und konnte es nicht fassen. Und vor allem sah ihre Frisur noch genauso aus wie vorhin, als sie aus dem Salon gekommen war. »Billig ist er nicht«, hatte Marilou sie gewarnt. »Aber das sind die andern auch nicht, und die haben keinen blassen Schimmer vom Haareschneiden.«

Kate sah auf die Uhr, eilte in die Küche hinunter und zog den Korken aus einer Weinflasche, um sie atmen zu lassen. Dann machte sie sich wieder an die Arbeit, und sie versuchte eben, zu entscheiden, welche Sehne sie sich als nächstes vornehmen wollte, als sie Max' Wagen hörte. Sie lief in die Küche und füllte die beiden langstieligen Gläser, dann wartete sie, um Max zu begrüßen.

»Hallo. Entschuldige, daß ich so spät komme.« Er ließ seine Tasche fallen, beugte sich zu Sam hinunter und kraulte ihm die

Ohren. Erst als er die Jacke ausgezogen und über eine Stuhllehne geworfen hatte, sah er den Wein. »Feiern wir etwas?«

»Möglich.« Sie reichte ihm ein Glas. Sie wollte nicht viel Aufhebens um ihre Frisur machen; ihre Haare waren mindestens sieben Zentimeter kürzer als vorher, und zum ersten Mal in ihrem Leben blieben sie in Form, statt zu lauter krausen Löckchen zusammenzuschnurren. Gar nicht zu reden von der Tönung, die das Ganze gesünder und lebendiger aussehen ließ, wie sie fand.

»Dreh dich.« Sie drehte sich einmal schnell um sich selbst und fühlte, wie hinter ihren Augen ein Lächeln begann. »Noch mal. Langsamer.« Diesmal schlang Max von hinten die Arme um sie und legte seine Lippen an ihr Ohr. »Allmählich verstehe ich, weshalb ein Mann für eine Frau seinen Kopf riskiert.«

Das genügte ihr. Sie drehte sich um und schlang ihm die Arme um den Hals. Sie merkte, daß er erschrak, nach ihren Armen griff und sie langsam von sich löste. Sie brauchte eine Sekunde, um zu merken, daß das Weinglas in ihrer Hand jetzt leer war. »O Gott, Max. Das tut mir leid.«

Er knöpfte sich das Hemd auf, zog es aus der Hose, schälte sich heraus und warf das nasse Hemd in die Spüle. »Laß ein bißchen kaltes Wasser drauflaufen; ich dusche derweil und ziehe mich zum Abendessen an. Nachher kannst du mir noch ein Glas einschenken und mir erzählen, was du heute getrieben hast.« Er hob die Hand und zerzauste ihr das Haar. »Außer dem hier.«

Als er hinausgegangen war, zwang sie sich, zu den Illustrationen zurückzukehren, an denen sie gearbeitet hatte, und sie merkte nicht, wie die Zeit verging, bis er sie an der Schulter berührte. »Hör nicht auf.«

»Ich bin gleich fertig.«

Er schenkte ihr nach und stellte das Glas auf den Tisch, wo es sie nicht störte. »Ist das Wasserfarbe?«

»Plaka.«

Er sprach erst wieder, als sie den Pinsel in das Wasserglas tauchte. »Was will Tinsley denn haben?«

»Was du siehst, wenn du ins Knie hineingehst. Es war meine Idee, hier zu ... Warte, ich zeig's dir.« Sie griff nach einer der Tuschezeichnungen. »Das hier habe ich auf transparente Folien kopieren lassen, die alle identisch sind. Jetzt werde ich in Farbe einzeichnen, wo und wie die Sehnen am Knochen sitzen, und zwar auf verschiedenen Folien, die du eine nach der andern aufblättern kannst, um jeweils Form, Farbe und Textur dessen freizulegen, womit du dich chirurgisch befassen mußt.« Sie legte drei der bemalten Klarsichtfolien aufeinander und reichte sie Max. »Glaubst du, das funktioniert?« fragte sie.

»Ich bin sicher«, sagte er. »Du hättest es nicht so weit vorangebracht, wenn es nicht funktionierte.«

14. Januar

Max verbrachte mehr und mehr Zeit in der Klinik, aber nicht annähernd die zwölf bis vierzehn Stunden, die er absolviert hatte, bevor Kate gekommen war. Eines Nachmittags kam er frühzeitig nach Hause, um ihr Tennisunterricht zu geben und danach draußen sein spezielles Brathuhn auf Mesquite-Holz zu grillen. Eigentlich aß sie am liebsten zu Hause; es machte ihr Spaß, bei einem Glas Wein die Ereignisse des Tages zu besprechen, während sie gemeinsam die Mahlzeit vertilgten.

Als sie jetzt sein Auto hörte, empfand sie ein überwältigendes Gefühl von *déjà vu*. Sie war in der Küche auf und ab gegangen und hatte den Alkoven beobachtet, während die Farbe des Lichts sich mit dem Fortschreiten der Sonne veränderte, und sie hatte überlegt, ob sie noch irgend etwas ändern mußte.

Max blieb wie angewurzelt stehen, als er Taschat erblickte. »O Gott! Einen Augenblick lang dachte ich, sie lebt.«

Kate hatte die klaren Plastikblätter so geschnitten, daß sie in die kleinen Glasscheiben paßten, und das große Sprossenfenster so in einen lebensgroßen, vom Tageslicht erleuchteten Bildbetrachter verwandelt. Jetzt, da die Sonne beinahe direkt hinter ihr stand, sah es aus, als ob Taschat ihnen entgegenkäme.

»Es ist auch ihre körperliche Haltung, nicht nur die Augen ... als gäbe es da etwas, das sie unter dem Deckel halten muß. Soviel Energie, soviel ... Leben.«

»Ich habe ein solches Kleid im Petrie Museum in London gesehen«, sagte Kate. »Es ist aus einer viel früheren Periode. Cleo würde mir die Ohren langziehen, weil ich mir solche historischen Freiheiten herausnehme, aber ich fand, es paßte zu ihr.« Schmale gestickte Falten zogen sich über das weiße Schulterteil und an den langen, engen Ärmeln herunter; zwischen Taschats Brüsten bildete das Leinen einen offenen V-Ausschnitt und fiel dann gerade bis zu ihren Knöcheln herab. Ihr Haar war mit einem knotengeschmückten Band gehalten, dessen einzelne Abschnitte mit hellblauen Perlen verziert waren. Der einzige andere Schmuck bestand aus einer Girlande aus roten Beeren und wächsernen grünen Blättern und einem zuziehbaren Beutel, den sie über der Schulter trug.

»Das mit den Beeren ist ein hübscher Touch«, sagte Max. Er zog Kate vor sich, schlang von hinten die Arme um sie und legte die Wange an ihre Schläfe. »Glaubst du, sie hat Medizin in diesem Beutel?«

»Er ist groß genug für alles mögliche, sogar für eine Schreibtafel.«

»Überleg mal, Kate. Sie muß zur Aristokratie gehört haben, denn sonst hätte man sie nicht einbalsamiert und ihre Kartonage so kunstfertig bemalt, wie wir es gesehen haben. Was also ging damals vor sich, daß eine Ägypterin ihrer Klasse in Schwierigkeiten geraten konnte?«

Kate spürte die Anspannung in seinem Körper und wußte, daß er entweder aufgeregt oder aus irgendeinem Grund aufgebracht war, aber sie dachte sich, er werde es ihr schon rechtzeitig erzählen. »Wenn sie nicht während der Herrschaft Tutanchamuns, Ejes oder Haremhabs gestorben ist – das sind die drei Pharaonen, die in der Liste auf ihrem Sarg fehlen –, muß sie entweder vorher oder nachher gelebt haben. Kurz vorher, das wäre unter Echnaton: eine Zeit gesellschaftlicher und wirtschaftlicher Umwälzungen. Wenn sie danach gelebt hat – nun, keiner der drei Pharaonen nach Echnaton hat Erben hinterlassen, und das könnte bedeuten, daß es einen Machtkampf gab, wahrscheinlich zwischen Priesterschaft und Militär.«

»Wenn Taschats Vater Priester war, dann dürfte sie auf seiten der Priester gestanden haben. Vielleicht hat sie sich mit den Verlierern verbündet?«

»Oder ihr Vater hat es getan«, überlegte Kate. »Angenommen, er überwarf sich mit Haremhab und überlebte sie nicht. In Anbetracht des üblichen Verfahrens, eine Person aus der Geschichte zu verbannen, indem man ihren Namen austilgte, könnte es doch sein, daß die Inschrift nicht seinen wirklichen Namen wiedergibt. Nebamun bedeutet ›Liebling des Amun‹ – das könnte eine Gattungsbezeichnung für Priester sein.«

»Dann heißt sie vielleicht auch gar nicht Taschat. Wenn die Inschrift eine Irreführung ist, dann liegt die wahre Identität in ihrem Porträt und in den Szenen auf der Kartonage und denen auf der Innenseite des Sargdeckels.« Er richtete sich auf und drehte sie zu sich herum. »Rasch, aus dem Stegreif – sag mir den ersten Namen, der dir einfällt: Wie heißt sie wirklich?«

»Isis. Aset im Altägyptischen.«

Er nickte. »Ist auch näherliegend als Name für eine königliche Prinzessin.«

»Selbst wenn – wohin führt uns das?«

»Angenommen, sie war wirklich wichtig und kein Nobody. Entweder weil sie etwas Bestimmtes getan hat, oder weil sie jemand Besonderes war. Vielleicht beides. Daß ihre Identität verhüllt werden muß, paßt nicht zu einem ehebrecherischen Akt. Das war es, was ich dir erzählen wollte. Ich habe einen Anruf aus Ann Arbor bekommen. Bill Ragsdale ist endlich dazu gekommen, sich die Akten anzusehen, die ich ihm geschickt habe – und er will wissen, wen wir uns da ansehen.« Er grinste teuflisch. »Ich habe ihm gesagt, das dürfte ich leider nicht verraten – zumindest jetzt noch nicht.«

»Komm schon, Max, was ist die Pointe? Wieso? Was hat er gesagt?«

»Einer unserer Schädel weist ein Bündel von kraniofazialen Eigentümlichkeiten auf, die sie mit der Königsfamilie der Achtzehnten Dynastie identifizieren. Aber von da an wird es kompliziert. Also halte dich zurück, okay?« Kate nickte. »Erinnerst du dich, daß du mir erzählt hast, es gebe da gewisse Zweifel, wer zwei von den königlichen Mumien in Wirklichkeit sind? Nun, es sind mehr als zwei. Ragsdale glaubt, ein paar von ihnen wurden wahrscheinlich schon zur Zeit der Einundzwanzigsten Dynastie falsch identifiziert, als Priester eine ganze Gruppe von ihnen neu einwickelten und wieder bestatteten – in der Kammer mit den königlichen Mumien, die gegen Ende des neunzehnten Jahrhunderts gefunden wurde. Kannst du mir folgen?« Kate nickte abermals; sie wagte kaum zu atmen.

»Jim Harris und Ed Wente, die den *Röntgenatlas* zusammengestellt haben, den du mir in Denver gezeigt hast« – sie wartete, während er ein Blatt Papier aus der Tasche zog –, »sind der Ansicht, daß die Mumie, die ursprünglich als Thutmosis IV. identifiziert wurde, wahrscheinlich Amenhotep III. ist. Wegen der Ähnlichkeit in der kraniofazialen Morphologie bei Tut und dem Schädel, den man in Grab 55 gefunden hat und der mutmaßlich entweder Semenchkare oder Echnaton ist. Was man erwarten könnte, wenn Amenhotep III. ihr Vater ist.« Er zuckte die Achseln. »Nicht, daß es endgültig bewiesen wäre, denn sonst würden sie nicht immer noch jede Bestätigung suchen, die sie kriegen können. Jedenfalls – einer unserer Schädel weist genügend Ähnlichkeiten mit der Mumie auf, die man jetzt für Amenhotep III. hält, daß sie seine Tochter sein könnte.«

»Nofretete!« platzte Kate heraus.

Max nickte. »Dieser Kopf ist keine idealisierte Darstellung. Die wollen so dringend wissen, wer sie ist, daß sie sich fast in die Hose machen, aber ich hab's ihnen nicht erzählt. Noch nicht.«

»Und Taschat?«

»Eindeutig verwandt. Und zwar nah genug, um die Enkelin des Prächtigen Amenhotep zu sein – wenn es sich bei der Mumie wirklich um ihn handelt. Vielleicht war sie eine Gefahr für jemanden, der auf den Thron wollte – durch ihre bloße Existenz.«

»Darum wurde sie umgebracht – um sicherzustellen, daß die Opposition ihren Thronanspruch nicht durch die Heirat mit einer halbköniglichen Prinzessin legitimieren konnte? O Gott, Max, das ist eine schreckliche Vorstellung. Was für eine furchtbare Verschwendung.« Kate fühlte, wie etwas in ihr zerbröckelte.

»Es könnte sein. Nachher etikettieren Freunde sie als Frau und Tochter zweier erfundener Männer – ein Ablenkungsmanöver, um ihren Leichnam zu erhalten, damit sie weiterleben kann.«

Ein neuer Gedanke bahnte sich den Weg durch Kates Bewußtsein. »Glaubst du, wir könnten diesen Ragsdale noch einmal behelligen und ihn dazu bringen, sich den männlichen Schädel anzusehen – um eine zweite Expertise in der Frage einzuholen, ob er ihr Vater sein könnte? Nicht, daß ich bezweifeln möchte, was du ...«

Max hob die Hand. »Ich habe die Filme heute nachmittag schon abgeschickt, per Overnight-Kurier. Aber ich muß ihm noch eine E-Mail schicken, damit er weiß, daß sie kommen.«

Er tippte die Nachricht an Bill Ragsdale in den Computer, als Kate noch etwas einfiel. »Erinnerst du dich an den Gaukler – die Maus, die vor einem Publikum von Tieren Kunststücke macht? Sie trägt eine Widderkopfmaske, und das bedeutet, daß es ein Priester sein soll, denn der Widder war das heilige Tier des Amun. Er muß ihr Vater sein.«

»Wie in Äsops Fabeln oder bei La Fontaine? Wo alle Tiere Kleider tragen und sprechen wie Menschen? Meinst du das?«

»Mehr noch. Was ist, wenn jedes dieser Tiere eine reale Person darstellt? Jemanden, den Taschat wirklich gekannt hat?«

»Ja, und noch etwas. Ich wollte es schon früher erwähnen – erinnerst du dich an die dicke gelbe Katze, halb verborgen hinter einem Busch, so daß man nur ein Auge sieht?« Er griff nach einem Stift und zeichnete das Auge so, wie er es in Erinnerung hatte – mit der Tränenspur eines Geparden, aber ohne die Wangenzeichnung eines Falken. »Wer immer die Katze ist, es fehlt ihr etwas, und das heißt, sie hat einen Mangel. Keine gesunde Person.«

Kate gab ratlos auf. »Mir fällt nichts mehr ein. Laß uns ein bißchen mit Sam laufen.«

Wie sich herausstellte, lief Sam mit ihnen – zu dem Weg an Braes Bayou entlang, wo sie am Tag zuvor mit ihm gewesen waren. »Wenn er so schnell lernt«, fragte Max, »wieso begreift er dann nicht, wie man Tennisbälle in den Eimer wirft?«

»Innerhalb eines Zaunes Bällen hinterherzujagen, das ist keine Herausforderung«, sagte Kate. »Sam hat dir nur ein paarmal den Gefallen getan, weil er dich gern hat und dich nicht kränken wollte.«

15. Januar

Wieder kam Max frühzeitig nach Hause – diesmal mit der Begründung, es sei Freitag, und er wolle den Berufsverkehr meiden. Aber er wirkte abwesend, und nachdem er sich umgezogen hatte, verschwand er in seinem Arbeitszimmer.

Kate beschloß, Sam zu baden. Sie war im Garten und bürstete

ihn, als Max zur Hintertür herausgestürzt kam. »Ragsdale – der Mann in Michigan – hat soeben meine Ansicht über den Kopf zwischen ihren Beinen bestätigt. Er ist nicht mit ihr verwandt, kann also nicht der Vater sein.«

»Dann können wir es endgültig ausschließen – ich hab's allerdings nie angenommen. Hat Ragsdale sonst noch etwas gesagt?«

»Ich habe ihn gefragt, ob bei einer der Mumien in diesem Speicher des Museums in Kairo irgend etwas fehlt. Ein Arm oder ein Bein oder so was.« Max ließ sich auf die Kante eines Liegestuhls sinken und sprang gleich wieder hoch; er war zu aufgeregt, um zu sitzen. »Du wirst es nicht glauben, Kate. Bei einer, sagt er. Einem Arzt.«

Er wartete, bis sie ihn anschaute. »Ihm fehlt der Kopf.«

Es traf sie wie ein Schlag ins Gesicht. Sie ließ die Hundebürste fallen. »Hat er gesagt, wo diese Mumie gefunden wurde?«

»In der Nekropole von Theben. Ragsdale hat mir den Namen eines Professors an der Universität Kairo gegeben; der Mann hat gute Beziehungen zu dem für die Mumien zuständigen Kustos am Ägyptischen Museum. Andernfalls, sagt er, kann man monatelang darauf warten, daß sie einen Brief beantworten.« Er schwieg kurz und sprudelte dann den Rest hervor. »Ich habe ihn angerufen. Er heißt Seti Abdallah, und er spricht Englisch wie ein gebürtiger Engländer.«

»Und?« drängte Kate ungeduldig. Es ging ihr nicht schnell genug.

Irgendwie gelang es Max, sein Lächeln so lange zu bewahren, bis er die Bombe platzen ließ. »Da steht sie herum und vertändelt die Zeit. Nun lauf schon los und pack deinen Koffer.«

Mein Herz schwingt
wie die Bogensehne eines Schützen.
Es summt wie die Saite einer Leier.
Liebe. Liebe. Gib mir Liebe,
sirrende Liebe, donnernde Liebe.
Totenbuch der Ägypter

XXVII

JAHR SIEBEN DER HERRSCHAFT HAREMHABS

(1341 vor Christus)

Sechzehnter Tag, zweiter Monat der Ernte

Meine Tochter hat schwarze Locken und winzige Zehen, wie ihre Mutter. Sie schnappte nach Luft, beruhigte sich aber bald, als spüre sie, daß sie in meinen Händen in Sicherheit war.

»Was ist mit ihren Augen?« wisperte Aset, noch erschöpft von der Entbindung.

»Ich glaube, deine waren nicht so dunkel, aber es ist noch zu früh, um sicher zu sein.«

»Ich habe Amun jeden Tag ein Opfer dargebracht und ihn angefleht, sie braun zu machen.«

Ich brauchte sie nicht zu fragen, warum. Statt dessen reichte ich unser Kind weiter an Kiki, das Mädchen, das Senmut uns aus seinem Haushalt geschickt hat, weil Aset keine Dienstboten haben will – vielleicht weil sie will, daß wir ungestört sind, falls uns aus heiterem Himmel das Bedürfnis überfällt, uns zu lieben. Sogar mein Untersuchungstisch ist Schauplatz von Experimenten geworden, die ich mir niemals hätte träumen lassen, aber das wird jetzt sicher anders werden, denn sie muß jetzt für unsere Tochter sorgen und kann auch nicht mehr ihren Krieg gegen die Frauen von Aniba führen, die die Geschlechtsorgane ihrer Töchter beschneiden. Was sie mit Senmuts Ermutigung getan hat.

Tulis Krallen klickten auf dem Fliesenboden, als er auf der Stelle tänzelte. »Gleich, Tuli«, beruhigte sie ihn, während ich auf ihren Leib drückte, um die Plazenta hervorzutreiben, die ich in einem Tonkrug auffing und beiseite stellte. Als ich noch einmal drückte, quoll ein Schwall Blut aus ihrem Leib.

»Bring das Kind und eine Rolle von dem sauberen Verbandzeug, das du in die Sonne gelegt hast«, rief ich Kiki zu, und dann hob ich Aset aus ihrer knienden Stellung auf und trug sie zu unserem Bett. Sie nahm unsere Tochter in den Arm und schob ihr eine Brustwarze in den Mund. Bald danach fühlte ich, wie ihr Uterus sich straffte, und große Erleichterung überkam mich.

Als ich alles saubergemacht hatte, waren die beiden eingedöst. Ich betrachtete sie eine Zeitlang und prägte mir den Anblick ins Gedächtnis ein, damit ich ihn mir in den kommenden Jahren nach Belieben vor Augen rufen könnte. Dann trug ich die blutige Plazenta in die hintere Ecke unseres Gartens und vergrub sie unter einem mühsam emporstrebenden jungen Tamariskenbaum – und dann endlich ließ ich meinem übermächtigen Bedürfnis, irgend jemandem von meiner neuen Tochter zu erzählen, freien Lauf: Tuli. Danach sah er zu, wie ich mich wusch, eine Tunika über den Kopf streifte und mir meinen besten Schurz um die Hüften schlang, den ich nur zu besonderen Anlässen trug. Daraufhin lief er zu dem Korb mit seinen Spielsachen und Halsbändern, nahm den mit weißen Muscheln verzierten Streifen Krokodilleder zwischen die Zähne und brachte ihn mir.

Mutter und Tochter waren hellwach und schauten einander

an. »Gefällt sie dir?« fragte ich und ließ mich auf das Bett sinken.

»Ich finde sie wahrhaft schön. Du nicht?«

»Fast so schön wie ihre Mutter«, pflichtete ich ihr bei, denn Asets Schönheit bleibt unbeeinträchtigt durch Sonne oder Wind oder die Strapazen des Alltags. Ich hätte noch mehr gesagt, aber eine kalte Nase stieß gegen mein Bein. »Unser Freund wird ungeduldig.«

Als sie ihn beim Namen rief, wurde er still, spitzte die Ohren und wartete auf ein bestimmtes Wort. »Komm.« Er sprang auf das Bett und stolperte in seiner Hast über Asets Beine unter der Decke. »Das kleine Mädchen, von dem ich dir erzählt habe, ist endlich gekommen.« Zappelnd vor Aufregung leckte er an der winzigen Faust, daß meine Tochter mit den Beinchen strampelte.

»Du hast mir gesagt, es sei ein Sohn, den du da im Leibe trugst«, erinnerte ich Aset.

»Weil ich wissen wollte, ob du über eine Tochter enttäuscht sein würdest. Und auch« – ein leises Lächeln umspielte ihren Mund –, »weil ich so gern hörte, wie du zugunsten eines Mädchens argumentiertest.«

Ich drückte meine Lippen auf ihre. »Ich würde jedes Kind von dir lieben. Allerdings füllst du meine Gedanken und mein Herz so sehr aus, daß ich fürchte, es ist kaum noch Platz für jemand anderen.«

Sie legte die Hand an meine Wange. »Das geht mir mit dir genauso, aber schon fühle ich noch eine neue Art Liebe, anders als alles, was ich bisher gekannt habe. In diesen Dingen sind unsere Herzen doch ganz erstaunlich. Das ist noch so etwas, das die Alten in ihren Schriften nicht erwähnen. Hast du Senmut schon benachrichtigt?«

Ich nickte und reichte ihr die Schriftrolle, um die ich ein blaues Band geschlungen hatte. »Aber sie muß einen Namen haben, bevor du sie unseren Freunden vorstellst.« Ich hatte Pagoschs

Rat befolgt und mich beizeiten auf dieses wichtige Ereignis vorbereitet, und so war der Papyrus größer, als er für die paar Worte, die er enthielt, hätte sein müssen, damit es eine Überraschung für sie war.

»Was für ein prächtiges Stück!« rief sie, als ihr Blick auf die Intarsienschatulle fiel. Sie ist aus Eibenholz und fühlt sich so glatt wie Wasser an, selbst da, wo die Dreiecke aus Ebenholz und Elfenbein ins Holz eingelassen sind. »Ich habe Senmut gebeten, mir den kunstreichsten Handwerker in Aniba zu nennen, und es stellte sich heraus, daß es eine Frau ist, die zu dem Assyrer gehört.«

»Diesem Arzt, der die Alten wieder sehen läßt? Er hat mir nicht gesagt, daß er verheiratet ist.« Aset läßt es sich angelegen sein, mit allen zu sprechen, die ins Haus des Lebens kommen, damit sie die Gebräuche der Menschen anderer Länder kennenlernt.

»Ich habe nicht gesagt, daß sie seine Gemahlin ist. Ich habe sie auch noch nicht gesehen. Ich habe ihr über den Assyrer eine Botschaft geschickt und darum gebeten, daß es zum Anlaß passen und groß genug für das sein muß, was darinliegt.«

Bis jetzt hatte Aset geglaubt, das Kästchen selbst sei mein Geschenk, aber darin, auf einem blauen Stück Leinen, lag eine Schnur mit elfenbeinernen Perlen, jede einzelne makellos geformt und poliert. Was das Ganze ungewöhnlich machte, war der Verschluß: ein zarter Ring, der über einen Widderkopf geschoben werden mußte.

Sie starrte die Kette so lange an, daß ich schon glaubte, sie fände sie plump, aber als sie den Kopf hob, sah ich die Tränen in ihren Augen, und dazu die Anfänge dieses herrlichen Lächelns. Ich tat mein Bestes, um es zu erwidern, aber die aufwallenden Empfindungen ließen mir alles vor den Augen verschwimmen. »Der Widder soll Chnum ehren«, sagte ich, »der uns durch all die Katarakte deines kurzen Lebens an diesen Ort des Glücks geführt hat.« Das war eine Anspielung auf die felsige Stromschnelle im Nil, wo Aufruhr und Gefahr herrschen, und an den Gott, der dort Wache hält. Ich will nämlich nicht, daß sie den Widder mit Amun oder ihrem Vater in Verbindung bringt und sich deshalb jedesmal, wenn sie die Kette trägt, daran erinnert, was sie zurückgelassen hat.

»Mach schon – lies, was ich geschrieben habe«, sagte ich und nahm meine Tochter auf den Arm. »Es wird Zeit, daß sie ihren Namen erfährt.« Zwar ist es beim Volk der Sonne Brauch, daß eine Mutter ihrem Kind seinen Namen gibt, aber Aset hatte mich gebeten zu tun, was auch ihr Vater getan hatte.

»Tuli, komm her.« Er stand aufmerksam da, als er seinen Namen hörte, und hielt sich bereit zu tun, was Aset wollte. Aber sie legte sich die Elfenbeinkette um den Hals und schob den Widderkopf über ihr Herz.

»Die Nacht war hell, und Sopdet, der hellste Stern des Abends, war ins Dasein gekreist. Ein weißer Widder kam zum Saufen zum Fluß. In der Ferne hörte ich Männer singen, Wasser rauschen.

Ich hielt die Hand meiner Gemahlin – wir waren ein neues Liebespaar – und erlernte die Kunst der Überflutung. ›Komm in mich, und ich mache dich zum Gott.‹ Ich nehme sie in die Arme, koste von ihren Lippen, verliere mich in Schönheit und Chaos. In ihrem Körper erwache ich zum Leben.

Ich bin der, welcher stand im schwellenden Wasser und sich badete in der Liebe. Ich bin der, welcher hörte durch das Rauschen des Wassers das Lachen derer, die nach neun Monaten seine Tochter wurde. Ich bin der, welcher sie nennt die Geliebte des Flußgottes: Hapimere.«

Zehnter Tag, dritter Monat des Pflanzens

Senmut hat darauf bestanden, daß wir im Palast seines Bruders einen entlegenen Flügel mit einem eigenen Garten bewohnen, den er den Ehrengästen seines Per Anch vorbehalten hat. Die königliche Residenz ist in keiner Weise vergleichbar mit dem Haus des Jubels, in dem der Pharao wohnt; es ist eine Ansammlung von ein- und zweistöckigen Wohnungen, die je nach Bedarf erweitert wurden.

Meris Augen werden allmählich braun, aber sonst ist sie in jeder Hinsicht das Ebenbild ihrer Mutter, sogar in der Art, wie sie mein Gesicht betrachtet, wenn ich sie in den Armen halte – bis ich meinen Blick senke und sie dabei ertappe. Dann strampelt sie mit den Beinen und will, daß ich mit ihren Zehen spiele oder tief in der Kehle knurre, während ich ihre Finger an meine Lippen drücke. Mit ihren drei Monaten reagiert sie ungewöhnlich wach, aber nicht jede Mutter spricht mit ihrem Kind, wie Aset es tut.

Die beiden Umrißzeichner, die Aset unterweist, kommen jetzt in unsere Wohnung, und Senmut kommt alle ein, zwei Tage vorbei – angeblich um zu sehen, wie es meiner Tochter geht, aber ich habe den Verdacht, daß er eigentlich seine »Schwester« besuchen will. Ich weiß jetzt, daß es Eifersucht war, was mich veranlaßte, seine Gefühle für sie zu mißdeuten – zu meiner ewigen Beschämung –, und daß sie nur feststellen wollte, ob er gut genug war für ihre geliebte Freundin. Denn anscheinend hatte Nebet schon in jenem zarten Alter geschworen, daß sie keinen anderen nehmen wolle. Es sieht auch nicht so aus, als wolle Senmut sich mit irgendeiner anderen Frau zufriedengeben. Als Aset ihr schrieb, um ihr die Ankunft unseres Kindes mitzuteilen, hat er ihr auch einen Brief geschickt. Aber er steht an erster Stelle in der Thronfolge, und so kann er nicht um sie werben, solange die Hauptfrau seines Bruders nicht schwanger ist, denn

Mena würde seine Tochter keinem Manne als Nebenfrau geben, nicht einmal einem Prinzen.

Heute saßen wir im Garten und entspannten uns, als Kiki mit der Nachricht angerannt kam, daß ein Gesandter des Pharaos in Aniba eingetroffen sei. »Sein Gefolge ist bereits auf dem Weg zur Halle der Botschafter. Er sagt, er bringe eine Botschaft für König Hiknefer.«

Tuli hob den Kopf und schnupperte; er spitzte die Ohren und lauschte auf irgendein fernes Geräusch, und dann sprang er auf und raste durch den Garten davon. Ich schaute zum Tor und erblickte Pagosch. Aber er winkte mir: Ich solle bleiben, wo ich war. Im nächsten Augenblick sah ich Nebet hinter ihm, und mein Herz tat einen Freudensprung, denn jetzt wußte ich mit absoluter Sicherheit, wer der Gesandte des Pharaos war.

Aset und Nebet umarmten einander, sie lachten und umarmten einander von neuem. Dann ging Aset zu Pagosch und schlang auch ihm die Arme um den Hals. Bevor er protestieren konnte, hatte sie ihn auf die Wange geküßt, und dann flüsterte sie ihm etwas ins Ohr und drückte ihn an sich. Mit Überraschung sah ich, daß er Meri aus ihrem Korb nahm. Sie starrte in sein Narbengesicht, ohne einen Laut von sich zu geben, bis sich ein Lächeln dort Bahn brach und sein Gesicht erstrahlen ließ wie die Sonne.

»Dich hätte ich überall erkannt«, sagte er völlig ernst zu dem Kind. Dann warf er mir einen Blick zu, und ich nickte und gab ihm so zu verstehen, daß auch ich die bestürzende Ähnlichkeit schon bemerkt hatte.

Sie brachten viele Geschenke mit, von Nofret und Tamin, von Scheri und Ramose. Asets Vater schickte ein Stück rosarotes Tuch aus dem Land der Purpurfärber und einen fein durchbrochenen Armreif, mit winzigen Goldkörnern gesprenkelt, passend für das Handgelenk eines Säuglings. Aber nichts bereitete Aset so viel Freude wie der kleine hölzerne Affe mit den beweglichen Armen und Beinen von Merit, der von einem Brief von ihrer eigenen Hand begleitet wurde.

Als Mena seine Pflichten im Palast endlich erfüllt hatte, war ich nicht mehr gesellschaftsfähig. Wir waren ins Haus gegangen, denn die Nächte sind hier kälter als in Waset, gleich wie die Tage heißer sind. Doch als ich Mena leibhaftig vor mir sah, wurde mir von neuem bewußt, wie sehr ich die Stadt meiner Geburt vermisse, obwohl Senmut sich nach besten Kräften bemüht, dafür zu sorgen, daß ich jeden Gelehrten und jeden Würdenträger kennenlerne, der an den Hof seines Bruders kommt. Und es kommen viele, denn Aniba liegt an einer verkehrsreichen Handelsstraße auf halbem Wege zwischen dem Ersten und dem Zweiten Katarakt. Es ist eine Festung, die vor langer Zeit erbaut wurde, um die Mündung eines Wadi zu schützen, welches durch die Wüste zu den Goldminen im Süden und im Osten führt.

Senmut brachte ihn zu uns, denn wir haben genug Zimmer und können alle drei Gäste unterbringen. »Er bringt Chai den Dreschflegel«, platzte Senmut heraus; er konnte die Neuigkeit nicht länger für sich behalten. Aus gutem Grund. Hui, der lange Zeit als Vizekönig des Pharaos in Kusch regiert hatte, ist vor ein paar Monaten in seine ewige Heimat gegangen, aber Chai war sein Stellvertreter. Da Chais Hauptfrau eine nubische Mutter hat, fühlen seine Kinder sich in Wawat heimisch – und Senmut kann sicher sein, daß der Aufseher des Pharaos ihn weiter in seinem Per Anch dulden wird. »Merenptah von Waset, der Hauptarzt des Pharaos, wird ihm den goldenen Ring an den Finger stecken.«

Ich sah Mena an und bemerkte ein widerstrebendes Grinsen in seinem Gesicht. »Ich habe wenig Erfahrung mit solchen Veranstaltungen«, sagte er. »Aber Prinz Senmut wird meine Hand führen, wenn nicht gar meine Zunge.«

»Wirst du Wildkatzenschwänze an den Armen tragen?« fragte Nebet. »Und Straußenfedern im Haar?« Senmut läßt uns übrige im Vergleich zu sich selbst farblos aussehen, denn er trägt die bunten Hemden seines Volkes zu dem weißen Stirnband eines Fürsten.

»Ich werde tun, was ich muß, um dafür zu sorgen, daß Chai zum Sohn des Pharaos in Kusch ernannt wird«, sagte er zu Nebet.

»Und troddelgeschmückte Ohrringe?« Nebet ließ nicht lokker. Mit ihren fünfzehn Jahre vereint sie die erdbraune Hautfarbe ihres Vaters mit einer Aura, die mit der Zeit immer zarter wird.

»Nicht, wenn ich es vermeiden kann«, knurrte er; es verdroß ihn, daß sie sich über ihn lustig machte.

»Oh, das möchte ich um nichts in der Welt versäumen.« Nebet schaute Aset an. »Du etwa?« Aset lächelte und klopfte mit der flachen Hand neben sich auf die Bank. So lud sie Senmut ein, sich neben sie zu setzen – eine Geste, die Nebets Neckereien den Stachel nahm.

Später, als Nebet mit großer Bewunderung die Wiege betrachtete, in der Meri lag, erzählte Senmut ihr, daß sie schon ihm und seiner kleinen Schwester gedient habe. Er konnte nicht nur die zahlreichen Holzarten beim Namen nennen, aus denen sie gefertigt war, sondern zeigte ihr auch die Zahnabdrücke an der Kante, die er als kleiner Junge hinterlassen hatte, als er auf seine Schwester achtgegeben hatte. Nachher trafen die Blicke der beiden sich immer wieder; sie schauten beiseite, nur um gleich wieder hinzusehen, und für den Rest des Abends verhielt sich Senmut in Nebets Gegenwart wie eine Blume unter den Strahlen der Sonne: Seine Blicke folgten ihr, wohin sie auch ging.

Als ich sie so sah, fragte ich mich, ob Mena wohl seine eigenen Gründe gehabt hatte, nach Aniba zu kommen – vielleicht hatte er sich vergewissern wollen, ob der Ort nicht etwa so unzivilisiert war, daß nicht einmal ein Prinz für die Sicherheit seiner Tochter sorgen konnte. Ich könnte es ihm nicht verdenken, denn ich kann nicht sagen, was ich alles tun würde, wenn es um die Sicherheit meiner Tochter ginge.

Als Senmut gegangen war, blieben Pagosch, Mena und ich noch sitzen und plauderten, während Aset und Nebet sich in einen anderen Teil des Hauses begaben. Ich brannte auf Neuigkeiten aus Waset, aber Mena kam mir zuvor. »Was machen deine neuesten Experimente – oder frißt der Unterricht für Senmuts Grünschnäbel deine ganze Zeit auf?«

»Senmut hat auf den Erfahrungen aufgebaut, die er bei dir gemacht hat; Unterricht und Forschung sind daher ein und dasselbe. Jeder Student verbringt drei Monate als mein Gehilfe. Aber das wirst du morgen im Haus des Lebens mit eigenen Augen sehen.« Ich wollte mir alles weitere sparen, bis ich ihm Asets neue Karte zeigen könnte; also erkundigte ich mich nach Chary und dem Auge des Horus.

»Er hat die Vorräte eine Zeitlang allzusehr schwinden lassen; das hat zu einigem Murren geführt, weil er nicht mehr alle Aufträge ausführen konnte. Aber allmählich holt er wieder auf.«

»Hat eine Insektenplage unsere Kräuter vernichtet?«

Mena schüttelte den Kopf und warf Pagosch einen Blick zu. »Die Polizei des Pharaos hat seinen Vater doch noch ereilt. Und auch seinen Freund Pepi. Du erinnerst dich an ihn?« Ich werde wohl kaum die Frau vergessen, die lieber erstickte, als daß sie ihre Familie den Atonwachen des Pharaos verriet. »Tamin und Chary haben Pepis Kinder zu sich genommen, denn die Anhänger Atons werden in den Norden gebracht, wenn man sie faßt. Ramses läßt von ihnen eine neue Speicherstadt in der Festung Sile bauen. Auf diese Weise kosten ihn die Arbeitskräfte nur die Grütze, die sie zum Leben brauchen.«

»Wie hat Chary es aufgenommen?«

»Er und ein paar andere sind im Schutze der Nacht flußabwärts gesegelt und haben zweihundert Sack Hafer und Weizen in das Lager der Gefangenen geschmuggelt.«

»Ist Ramses ein Mann, dem es Befriedigung verschafft, ihre

Nasen in den Staub der Gegend zu reiben, aus der Echnaton kam?« fragte ich.

Mena zuckte die Achseln.

»Wieso muß dein General so geizig sein, daß er Arbeiter entsendet, damit sie die Stadt des Ketzers nach Steinen durchstöbern?«

»Ich will offen sprechen, Tenre, obwohl der Pharao mir befohlen hat, es für mich zu behalten. In Wirklichkeit bin ich hier, um herauszufinden, warum der Strom des Goldes aus den Minen des Pharaos in diesem Jahr geringer ist als im letzten, und warum er letztes Jahr geringer war als in den Jahren davor.«

»Dein General wird wirklich töricht, wenn er einen Arzt beauftragt, die Goldförderung zu beaufsichtigen«, tadelte ich. Die Nubier herrschen mit dem Wohlgefallen des Pharaos nur so lange, wie sie das Volk dazu bringen, einen steten Strom von Gold ins Land des Pharaos fließen zu lassen; insofern wäre es mir plausibler erschienen, wenn der Pharao sich mit seiner Besorgnis an Hiknefer gewandt hätte.

»Er vertraut nur bei wenigen darauf, daß sie ihm die Wahrheit sagen.«

»Wer kann sich schon leisten, ihm die Wahrheit zu sagen, wenn man einen Prozeß wegen Hochverrats riskiert, sobald man etwas sagt, was der Pharao nicht gern hört?«

»Ich sage ihm nicht nur das, was er gern hört, Tenre. Und das habe ich auch noch nie getan.« Mena war empört, daß ich so etwas andeuten konnte.

»Du wendest dich auch nicht ohne guten Grund gegen ihn«, sagte ich. »Aber bei dir fürchtet Haremhab auch nicht, daß du unehrlich gegen ihn sein könntest. Deine Beziehung zu ihm fußt auf Vertrauen, seit du seinen Arm, wenn nicht gar sein Leben gerettet hast.«

Mena milderte seine Worte mit einem Lächeln. »Wir haben dieses Gespräch schon einmal geführt, und ich glaube immer noch, daß du Haremhabs Absichten falsch beurteilst. Er schickt

Chai eine Botschaft, zusammen mit dem Dreschflegel des Amtes: Er weist ihn an, Senmut zu geben, was er für den Fortbestand seines Per Anch benötigt. Willst du ihm auch dafür niedere Beweggründe unterstellen?«

»Er macht dir eine Freude«, vermutete ich, »da er weiß, daß du Senmut mit Wohlwollen betrachtest.«

Mir lag nicht daran, Mena in seiner Meinung zu bestätigen, daß ich in allem, was Haremhab tut und läßt, selbstsüchtige Motive vermute, aber ich finde doch, daß mein alter Freund seinem General gegenüber allzu gutgläubig ist. Haremhab weiß, daß die Saat der Unruhe nicht bei Hiknefer, sondern bei Senmut liegt, und das ist der wahre Grund, weshalb er dafür sorgt, daß der Prinz anderweitig beschäftigt ist.

JAHR ACHT
DER HERRSCHAFT HAREMHABS

(1340 vor Christus)

Einundzwanzigster Tag,
vierter Monat des Pflanzens

Ich blieb an der Schwelle zu unserem Garten stehen und sah zu, wie Meri von Strauch zu Strauch ging und sich hier und dort an Zweigen und Ästen festhielt. Mit zehn Monaten ist sie auf unebenem Boden noch wacklig auf den Beinen, aber es fasziniert mich unendlich, sie zu beobachten, vor allem, wenn ihr Gesicht bei jeder neuen Entdeckung aufleuchtet. Ich versuchte eben, mir vorzustellen, wie es ist, zum ersten Mal an einer Blume zu riechen, als die Blätter, an denen sie sich festhielt, abrissen. Bevor ich mich rühren konnte, plumpste sie auf ihren Hintern und stieß ein empörtes Geheul aus.

»Steh einfach wieder auf, mein Schatz«, sagte Aset irgendwo in der Nähe, hinter einer Reihe von Büschen verborgen. »Tuli hilft dir.« Der arme alte Tuli stupste Meri mit der Nase gegen den Oberschenkel, bis sie sich nach vorn beugte und mühsam das Hinterteil in die Luft hob; dann packte sie ihn beim Ohr, um sich aufzurichten und das Gleichgewicht zu halten. Er folgt ihr immer noch auf all ihren Wegen – erst kroch sie, jetzt läuft sie –, obwohl ihm die alten Gelenke weh tun.

»Bist du so hilflos, daß du abseits stehen und auf etwas warten mußt, was vielleicht nie passiert?« fragte Aset. Ich glaubte, sie spreche mit mir, und so ging ich auf die schattige Laube zu, in der sie oft sitzt, aber dann blieb ich stehen, als ich Senmut antworten hörte.

»Was kann ich denn tun? Sie hat alles versucht, was Tenre vorgeschlagen hat, aber sie empfängt nicht. Hiknefer beschwert sich, sie sei zu anspruchsvoll, und schläft jetzt nachts meist bei einer seiner anderen Frauen.«

Seit Nebet nach Waset zurückgekehrt ist, paßt Senmut überhaupt nichts mehr, und jedermann mißfällt ihm; seine Kollegen im Per Anch haben seine unberechenbaren Launen mittlerweile satt. Aber ich weiß, was es heißt, eine bestimmte Frau zu wollen und nur diese eine; deshalb kann ich nicht umhin, ihn zu bedauern.

»Ich kann meinen Brief an Nebet nicht mehr sehr viel länger hinausschieben«, sagte Aset zu ihm. »Und sie hat mich ausdrücklich nach Neuigkeiten von dir gefragt.«

»Das hat sie getan?« Er zog die Worte in die Länge, als schmeckten sie köstlich auf seiner Zunge.

»Hat dein Bruder denn eine seiner anderen Frauen schon geschwängert?« fragte Aset, und vermutlich schüttelte Senmut den Kopf, denn sie sagte leise: »Dann liegt der Grund bei ihm, nicht bei ihr. Könntest du deinem Bruder nicht helfen?«

»Ich? Wie denn?«

»Schlafe selbst mit ihr. Das Kind hätte das Blut eures Vaters, und dir kann es doch nicht weiter darauf ankommen, mit welcher Frau du schläfst, wenn man bedenkt, wie du deine Nächte verbringst. Oder brauchst du inzwischen mehr als eine?«

»Woher kannst du wissen, wie ich meine Nächte verbringe?« brummte er eher verlegen als zornig.

»Darüber weiß jeder in Aniba Bescheid«, antwortete sie. »Du erwartest doch nicht, daß eine Frau, die mit dem nächsten König von Aniba schläft, nicht vor ihren Freundinnen damit prahlt? Oder ist dir das gleich?«

»Du wirst aber Nebet nichts sagen?«

»Meinem *ka* gefällt es nicht, zwischen euch beiden wählen zu müssen, Bruder.«

Plötzlich wurde mir klar, daß ich meine eigene Frau bespitzelte, aber bevor ich mich beschämt davonschleichen konnte, kippte meine Tochter vornüber und schlug mit der Nase auf den harten Boden. Ihr Geheul ließ uns alle zu ihr hinstürzen.

Erst später, als Aset mir von Senmuts Besuch erzählte, erwähnte sie, daß er die Wände seines großen Gemachs zur Vorbereitung auf Nebets nächsten Besuch neu weißen ließ. Anscheinend ist er so besessen von der Szene, die sie in Meris Zimmer an die Wand gemalt hat – ein Sturm in der Wüste, der alle möglichen Geister und Feen kopfüber durch den Sand purzeln läßt –, daß er seine Privaträume mit ihren Bildern vom Fluß, von den Bergen und den wirbelnden Sanddünen ringsum füllen möchte. Senmut glaubt, die Art und Weise, *wie* wir zu sehen lernen, bestimmt auch, *was* wir sehen, aber ich nutzte die Gelegenheit, um Aset zu fragen, ob sie weiß, wo Nebets einzigartige Visionen ihren Ursprung haben.

»Es gab eine Zeit«, sagte sie, »da erlaubte Nebet sich nicht, einzuschlafen, weil sie fürchtete, daß die bösen Geister, die hinter ihren Augen leben, in der Nacht ihr *ka* stehlen könnten.«

»Das hat Mena mir nie erzählt.«

»Ich bezweifle, daß er davon wußte. Aber Scheri wußte es. Deshalb fing Mena an, sie mitzubringen, wenn er dich besuchte. Erinnerst du dich?« Ich nickte. »Inzwischen wollte Nebet nicht einmal mehr davon sprechen, weil sie Angst hatte, die Dämonen würden sie sonst mit Stummheit schlagen. Ich tat, als merkte ich nicht, wie verängstigt sie war, und zeichnete Bilder, so schnell ich konnte, während ich redete und redete – wie mein *ka* meine Augen dazu bringt, zu sehen, was sie sehen, und dann durch meine Hände spricht.« Sie hob eine Hand und berührte meine Wange. »Du bist es, der mich das gelehrt hat.«

Ihre bloße Berührung hat immer genügt, um meinen Körper zum Leben zu erwecken und jeden anderen Gedanken aus meinem Kopf zu vertreiben. Heute abend war es nicht anders.

Aber wenn ich jetzt daran zurückdenke, beunruhigt mich nicht das, was sie sagte, sondern das, was sie nicht sagte. Denn ich erinnere mich an ein anderes Gespräch, das wir nie geführt haben: warum sie beharrlich bei ihren Bildergeschichten blieb. Aber hätte sie es nicht getan, wäre sie jetzt nicht meine Frau. Wer also bin ich, daß ich in Frage stelle, wie die Götter unsere Geschicke lenken?

JAHR NEUN
DER HERRSCHAFT HAREMHABS

(1339 vor Christus)

Dritter Tag,
zweiter Monat der Ernte

Ich war früh aufgestanden und saß an meinem Schreibpult, als ich Asets Aufschrei hörte. Ich lief erst ins Kinderzimmer, dann in unser Schlafgemach und fand sie dort auf dem Boden sitzend. Die Tränen liefen ihr übers Gesicht. Sie drückte Tuli an ihre Brust, wiegte den leblosen Körper hin und her und flehte die Götter an, ihn noch bleiben zu lassen.

Als ich ihr eine Hand auf die Schulter legte und sie zu mir aufblickte, sah ich den gehetzten Blick, den ich erst einmal gesehen hatte – in der Nacht, als ihre geliebte Anchesenamun von der Hand der eigenen Mutter gestorben war. Ihrer gemeinsamen Mutter.

»Er hat die Augen nicht aufgemacht, a-als ich aufstand, und da d-dachte ich, ich sage ihm, daß ich …« Sie holte tief Luft. »D-da war er schon kalt.«

»Mit seinen schmerzenden Gelenken hat er in den letzten Monaten wenig Ruhe gefunden«, versuchte ich sie zu trösten. »Vierzehn Jahre ist ein hohes Alter für einen Hund.«

»Aber es paßt nicht zu Tuli, daß er geht, ohne mich zu wekken, um ... um mir wenigstens Lebewohl zu sagen.« Der Schmerz in ihrer Stimme ließ mir das kalte Grauen über den Rücken rieseln; ich hatte Angst, ich könnte sie an eine Verzweiflung verlieren, die so tief war, daß sie nicht mehr zurückfände. Natürlich hatte sie Tuli über alle Vernunft hinaus geliebt, und vor ihm hatte sie die Geheimnisse ihres Herzens nicht verborgen gehalten wie vor mir. Sie hätte es sicher abgestritten, aber Tuli kannte sie besser als sie sich selbst.

»Sein *ka* ist in der Nacht davongeschlichen, um dich nicht traurig zu machen«, sagte ich leise und war erleichtert, als ein mächtiges Schluchzen sie am ganzen Körper schüttelte.

Später badete sie ihn mit eigenen Händen, hüllte ihn in feines Leinen und trug ihn ins Haus der Verschönerung, aber vorher noch schickte sie eine Nachricht an Senmut und bat ihn, die Einwände der Priester zurückzuweisen, damit ich derjenige sein könnte, der ihren geliebten Freund ausweidete. Zusammen verpackten wir den Leichnam mit zerdrückten Gewürzen und Kräutern, legten seine Beine so, daß es aussah, als jage er eine Katze, und bedeckten ihn mit Natron. Aber ich kann nichts sagen oder tun, was das Gefühl der Verlassenheit für sie mildern könnte. Sie hat sich an einen Ort zurückgezogen, an dem niemand sie erreichen kann. Nicht einmal Meri.

Elfter Tag,
vierter Monat der Ernte

Aset hat dem *sem*-Priester geholfen, ihn in den Sarg zu legen, den sie eigens aus duftendem Holz hat machen lassen. Ein Gemälde auf dem Deckel zeigt, wie Tulis Herz gegen die Feder der Wahrheit aufgewogen wird und wie die Waage sich zu seinen Gunsten neigt. Nachher trug sie ihren treuen Gefährten in unseren Garten, und Senmut und ich legten ihn in die Erde unter seinem Lieblingsbaum, einer alten Trauerweide. Kiki hielt Meris Hand, während ich die Verse aus dem »Buch des Hervorkommens bei Tage« sprach, die Aset ausgesucht hatte, und dann ließen wir uns bei seiner ewigen Ruhestätte nieder, um zu frühstücken. Als wir unsere Weinbecher hoben, um ihm auf seiner Reise zuzutrinken, fragte ich mich unwillkürlich: Wenn ich ihn noch vermisse, wie er lächelnd die Zähne fletscht, wenn ich in unsere Wohnung komme, wie muß es dann für sie sein?

JAHR ZEHN
DER HERRSCHAFT HAREMHABS

(1338 vor Christus)

Zehnter Tag,
dritter Monat des Pflanzens

Hiknefers Frau hat einen Sohn geboren, und Senmut ist bei Sonnenaufgang nach Waset abgesegelt. Während Aset auf das Ergebnis seiner Reise wartet, beginnt sie mit den Zeichnungen für einen medizinischen Text, den ich über Probleme von Frauen schreiben will; seit einer Weile schon drängt sie mich dazu. Meine übrigen medizinischen Schriften hat sie bereits illustriert – einen Satz für Senmuts Archiv, und einen zweiten für Menas Bibliothek.

Vierzehnter Tag,
vierter Monat des Pflanzens

Heute abend wollte der Schlaf, dessen wir so sehr bedurften, zu uns beiden nicht gleich kommen.

»Du hältst meinen Körper so behutsam«, flüsterte sie an meiner Brust. »Fürchtest du, ich könnte zerbrechen?«

»Ich wollte nur verstärken, was du fühlst. Wenn du willst, können wir beim nächsten Mal ...«

»Weißt du, warum ich wieder nicht empfangen habe?« In diesem Augenblick sah ich, daß Blut aus ihrer Scheide floß, aber ich schüttelte den Kopf. »Sehnst du dich nicht nach einem Sohn, der weiterführen kann, was du begonnen hast?« Sie blieb beharrlich. »Der deinen Namen preist, wenn du nicht mehr bist?«

»Du weißt doch, daß ich mit meiner Tochter glücklich bin – außer wenn sie ihre störrische Laune hat. Ermunterst du sie eigentlich dazu, ihre Sandalen abzustreifen, sobald ich aus dem Haus bin?« Ich scherzte; es freut mich über die Maßen, daß meine Tochter ihren eigenen Weg zu finden sucht. »Wieso kommt es einmal zur Empfängnis und einmal nicht?« fuhr ich fort, »auch wenn Mann und Frau Monat für Monat an denselben Tagen miteinander schlafen – oder wieso kommt es überhaupt nicht dazu, auch wenn keine ersichtliche Krankheit oder Verletzung an Genitalien oder Gebärmutter vorliegt? Du bist einundzwanzig, eine Blume in voller Blüte, während ich ...« Ich merkte, wie sie sich regte. »Nein, laß mich ausreden. Eher liegt es an meinen dreiundvierzig Jahren, als daß es irgend etwas mit dir zu tun hätte.«

Sie schwieg eine Weile, aber ich wußte, daß sie nicht schlief. »Wie kommt es, daß du Nebet ›kleine Lotosblüte‹ nennst?« fragte sie schließlich.

»Ich weiß es nicht mehr. Warum?«

»Ich habe mich gefragt, warum du für *mich* nie einen Kosenamen hattest – ›Staubfuß‹ oder ›Äffchen‹ oder so etwas. Auch jetzt hast du noch keinen.«

»Ich habe im Dienst deines Vaters gestanden; ihrer hingegen ist mein bester Freund. Es ist nur natürlich, daß unsere Geschichte auch unseren Umgang miteinander beeinflußt.«

»Es wäre also nicht schicklich. Ist es das, was du meinst? Muß ich immer darauf verzichten, nur weil das Blut des Prächtigen Amenhotep in meinen Adern fließt?«

Vielleicht offenbarte sie mir nur, was sie noch niemandem außer Tuli anvertraut hatte – nämlich wie tief der Schmerz immer noch sitzt –, indem sie mich daran erinnerte, wie wenig Ähnlichkeit ihre Kindheit mit der meinen gehabt hatte. Sie hatte in einer großartigen weißen Villa einen ganzen Flügel bewohnt und Diener sowie allerlei feine Speisen, Spielsachen und Kleider gehabt, aber die stützende Liebe einer großzügigen Mutter hatte sie nicht gekannt, und auch nicht die Freiheit, nach Belieben umherzustreifen, ohne daß Männer, Frauen und Kinder sich allenthalben ehrfürchtig verneigten vor dem, was sie war.

Ich zog sie näher an mich und drückte meine Lippen auf ihren Augenwinkel. »Worte haben es nie vermocht, meine Gefühle für dich auszudrücken, auch wenn ich es in meinen Versen versucht habe. Und was einen Kosenamen angeht, so liebe ich dich zu sehr, als daß ich Befriedigung darin finden könnte, dich anders zu nennen als das, was du für mich bist: der Grund zum Leben, das Liebste auf der Welt. Du und Meri.«

Sie seufzte, als habe sie den Atem angehalten, und wandte den Kopf ab. »Wenn wir beide unsere Geschichte nicht überwinden können, Tenre, wie kann ich dann darauf hoffen, dem Geschick zu entrinnen, das mein Blut mir auferlegt?«

JAHR ELF
DER HERRSCHAFT HAREMHABS

(1337 vor Christus)

Sechzehnter Tag,
vierter Monat des Hochwassers

Asets Geburtstag erinnert mich immer an die Nacht, da sie auf die Welt kam – wie es plötzlich an meine Tür hämmerte und wie Pagosch mir befahl, auf der Stelle zu kommen, »denn die Dame, die auf den Ziegeln kniet, wird sonst ganz sicher sterben«. Dieser Geburtstag aber – da ich nur noch doppelt und nicht mehr dreimal so alt war wie sie – war der glücklichste Tag, an den ich mich erinnern kann, seit Tuli durch das Schilf gegangen ist. Nebet schnatterte und schnatterte über ihre neue Heimat, und Senmut und ich fanden unsere Befriedigung darin, unseren Frauen zuzuschauen und zuzuhören.

»Glaubst du immer noch, daß du eine kluge Wahl getroffen hast?« fragte ich ihn, obwohl es auf der Hand lag.

»Ich bin kein Dummkopf, Tenre. Ich weiß, daß sie es war, die diese Wahl getroffen hat. So war es bei ihrer Mutter.« Er lächelte spitzbübisch. »Und so wird es bei deiner Tochter sein.«

Neunter Tag,
dritter Monat des Pflanzens

Pagosch kam früher als sonst und brachte die Nachricht, daß Ramose von einer Erkrankung befallen ist, für die seine Ärzte weder Namen noch Heilung wissen; wir sollen binnen einer Woche nach Waset kommen. Diesmal aber fahren wir mit Hiknefers königlicher Feluke, nicht unter der verschlissenen Flagge eines bescheidenen Fischers, um unsere wahre Identität zu verschleiern.

Unser Aufenthalt in Aniba geht also zu Ende: fünf Jahre der Ruhe und des Glücks, geboren aus der Freiheit, mir selbst treu zu sein – und diese Freiheit verdanke ich Senmuts großzügigem Geist. Hier haben auch Aset und ich einander neu kennengelernt: als Liebende, als Mann und Frau – und schließlich als Mutter und Vater, unbelastet von der Bürde dessen, wer Aset ist und wer ich nicht bin. Dafür und für vieles mehr müssen wir Senmut danken.

XXVIII

Kairo, 20. Januar

Von dem erhöhten Gehweg oberhalb des Tahrir Square aus konnten sie die zusammenströmenden Autos und Busse beobachten und mitten im Gewimmel die Esel, die Abfallkarren zu den Müllkippen am Stadtrand zogen. Der Gestank der Auspuffgase im Verbund mit dem unaufhörlichen Geplärr der Hupen trieb Kate zum Laufschritt, bis Max sie an der Hand festhielt und rief: »Langsam, Katie, wir haben reichlich Zeit.«

Kate fühlte sich desorientiert, was nur zum Teil daran lag, daß ihre innere Uhr immer noch die Houstoner Zeit anzeigte. Alles war so schnell gegangen: Ankunft in Kairo am Sonntag, das Treffen mit Seti Abdallah am Montag, der Ausflug hinaus zu den Pyramiden am Dienstag morgen und am Abend zur medizinischen Fakultät, wo Max und Dr. Mahmoud Hamid noch einen Scan vorgenommen hatten, diesmal an dem kopflosen Arzt aus dem Museum. Heute mußte also Mittwoch sein, denn sie trafen sich mit Seti im Museum.

Der Winter war die Hauptsaison für Touristen; die Tagestemperaturen in Kairo stiegen jetzt selten über dreiundzwanzig oder vierundzwanzig Grad, und es war nicht so glutheiß wie im

Sommer. Horden von Reisegruppen umwimmelten den Eingang zu dem großen gelben Gebäude. Gleich hinter dem Eingang sahen sie sich einem liegenden Anubis gegenüber: das erste, was Howard Carter erblickt hatte, nachdem er in das Grab Tutanchamuns eingedrungen war. Er hielt immer noch Wache. Daneben stand ihr Kontaktmann von der Universität Kairo. In seinem englischen Tweedjackett hatte er keinerlei Ähnlichkeit mit seinen antiken Vorfahren. Ziemlich britisch, dachte Kate, wenngleich sein Englisch eher nach Sorbonne als nach Oxford klang. Seine Mutter war, wie er es ausdrückte, eine *force majeure* in der Ägyptischen Antikenverwaltung.

»Haben Sie gut geschlafen?« fragte Seti fürsorglich. Beide nickten lächelnd. »Und die Pyramiden – haben Sie eine angemessene Führung erhalten?«

Wieder nickte Kate unverbindlich; sie wollte nicht undankbar erscheinen, denn Seti hatte den Ausflug für sie arrangiert. Das Problem waren die Menschen. Fünfzehn Millionen – und dazu die wuchernde Stadt, die langsam an die Sandsteinbastionen herankroch wie eine Invasion aus dem Weltraum. Aber in Wahrheit erschienen ihr die Überreste einer Kultur, die zweieinhalbtausend Jahre vor Taschat existiert hatte, einfach irrelevant. Mit jedem Tag, der verging, fiel es ihr schwerer, die siedende Ungeduld, die jeden Augenblick überzukochen drohte, zu beherrschen.

Sie folgten Seti die Treppe hinauf in ein Foyer, in dem die kleineren Meisterstücke ausgestellt waren – darunter Kates Lieblingsstatue, die Holzfigur eines jungen nubischen Mädchens, das einen Korb auf der Hüfte trug. Durch eine Tür mit der Aufschrift PRIVAT gelangten sie in einen halbdunklen Gang, in dem es nach neunzehntem Jahrhundert roch. Im Gänsemarsch kamen sie durch einen schmalen Korridor zu einer Tür mit abblätternden Buchstaben.

Abgesehen von den Leuchtstoffröhren an der Decke war auch das Labor zur Mumienkonservierung von der Atmosphäre des neunzehnten Jahrhunderts erfüllt, vom dunklen Holzwerk bis zu der Glasfront der Wandvitrinen. In der Mitte des Raumes lag die Mumie – der Arzt aus dem alten Ägypten, um dessentwillen sie gekommen waren. Neben ihm standen zwei Männer in weißen Kitteln und mit Gesichtsmasken.

»Kommen Sie herein, kommen Sie herein«, lud Nasri Iskander sie ein; er zog die Maske übers Kinn herunter und streckte ihnen die Hand entgegen. Mit seinem kurzgeschnittenen weißen Haar und dem bronzebraunen Gesicht ließ er alle andern blaß aussehen, auch den Mann neben ihm, der, wie sich herausstellte, der Chefkonservator des Museums war und Hosni Nabil hieß. Nabil war erst leicht ergraut, aber sein Rücken sah aus, als habe er sich sein Leben lang über vergilbten Papyrus gebeugt, und Kate sah sein Alter mit Sorge. Ob er mit den jüngsten Fortschritten in der Erhaltung von Textilien und Papier vertraut war? Während Seti sie alle miteinander bekannt machte, erschien noch ein dritter Mann, der sich als Fotograf erwies.

»Wir können anfangen«, sagte Iskander, und Kate war überrascht. »Aber vielleicht möchten Sie erst sehen, wie er zu uns gekommen ist.« Er winkte sie zu einem Tisch auf der anderen Seite des Raumes und lenkte ihre Aufmerksamkeit auf einen Mumiensarg, der ganz anders aussah als der Taschats.

Der Kopf hatte die Form eines *nemset* – des Kopftuchs, das ägyptische Männer trugen –, und die Augen waren schwarz umrandet. Die Iris war rund und schwarz, was dem Gesicht einen staunenden Blick verlieh. Davon abgesehen zog sich nur ein rotes Band über die Mitte herunter, von vier weiteren Bändern in gleicher Farbe durchkreuzt. Als Kate die weichen Rundungen und das seidenglatte Holz sah, juckte es sie, mit der Hand darüberzustreichen. Das Zeichen eines meisterlichen Handwerkers. Auch eine Paradoxie, dachte sie, denn die Qualität des Holzes ließ auf Geld und eine hohe Stellung schließen, aber das Fehlen von Zierat und Vergoldung kennzeichnete den Verstorbenen als Person von geringer Bedeutung. Die Inschrift ließ nicht erkennen, daß er von herausragender Stellung oder Abstammung gewesen war; sie bestand nur aus einem Wort: *Sunu*.

Mit Sicherheit wußte man nur, daß dieser Leichnam altersmäßig zu dem Kopf zwischen Taschats Beinen paßte. Jetzt würde ein Teil von ihm wieder ans Licht kommen – und zugleich, hoffte Kate, auch das Geheimnis dessen, was ihm zugestoßen war. Und Taschat.

Sie warf einen Blick zu Max hinüber und sah, daß er den streifengezierten Sarg anstarrte – so regungslos, daß es schien, als atme er nicht. Einen panischen Augenblick lang bildete sie sich ein, er sei jemand anderes, aber dann schaute er auf und lächelte sie wehmütig an.

Die Mumie selbst befand sich in einer schlichten braunen Umhüllung wie die, bei denen das Team in Manchester die Autopsien vorgenommen hatte, aber als Iskander an das Kopfende des Tisches trat, um mit einer Schere die ersten Schnitte vorzunehmen, hätte Kate fast aufgeschrien. Sie wollte, daß er aufhörte, aber das Surren eines winzigen Motors, das in dem stillen Raum zu hören war – der Fotograf, wie ihr klarwurde – beruhigte sie ein wenig. Zumindest dokumentierten sie alles.

Sie sah zu, wie Iskander mit einer behandschuhten Hand die Bandagen Schicht für Schicht abschälte und dabei bemüht war, so wenig wie möglich zu schneiden. Dann erreichte er das Leinen, das mit Harz getränkt worden war, um es undurchlässig für Feuchtigkeit, Insekten und Sand zu machen. Er trat kurz zurück, um dem Fotografen Platz zu machen, ehe er nach einem kleinen Meißel und einem Holzhammer griff. Als er eine Miniaturstichsäge zur Hand nahm, zuckte Kate im Geiste jedesmal zusammen, wenn er sie vorandrückte; sie befürchtete, er könne mehr als nur den harzgehärteten Stoff durchtrennen. Nach ein paar letzten kleinen Schnitten mit der Schere hob er den abgetrennten Teil schließlich wie einen Deckel herunter und legte ihn auf die bereitliegenden sterilen Kompressen. Dann nahm er die Taschenlampe, die Nabil ihm reichte, beugte sich über die Öffnung und spähte hinein.

»M-hm«, murmelte er. »Es könnte herauskommen, ohne daß man die Öffnung weiter vergrößert. Einen Versuch wäre es zumindest wert.«

Er wartete, bis der Fotograf einen besseren Blickwinkel eingenommen hatte, und benutzte dann eine lange Pinzette, um das tuchumhüllte Objekt zu fassen, das Max und Dr. Hamid bei ihrem Scan entdeckt hatten. Er zog, bis er auf Widerstand stieß. Sanft zupfte er ein paarmal, um festzustellen, ob das Bündel irgendwo festhing oder ob es auf ein Hindernis gestoßen war; dann bat er um ein anderes Werkzeug, lang und dünn, aber mit stumpfer Spitze. Er tastete um das Bündel herum und versuchte es freizubekommen, indem er mit seiner Zange bald mehr, bald weniger kräftig daran zog. Kate schob eine Hand unter Max' Ellenbogen und an seinem Unterarm entlang; als sie seine Hand ergriff, merkte sie, daß sie feucht war wie ihre eigene. Da haben wir unseren coolen, unbeteiligten Arzt, dachte sie und drückte seine Hand an sich. Seine Finger schlossen sich fest um ihre, aber er sagte nichts. Auch Seti schwieg.

»Aahh, ich glaube, jetzt kommt's«, murmelte Iskander. Endlich.

Einen Augenblick später war das Bündel draußen. Iskander reichte es Nabil, und der hielt es mit beiden Händen vor sich; seine Haltung war die eines antiken Beters, der einem Gott seinen kostbarsten Besitz zum Opfer darbringt.

Der Fotograf hob die Kamera, um Nabil in seiner Gebetshaltung aufzunehmen. Dann trug der ältere Mann das kostbare Paket zu einem anderen Tisch und machte sich daran, mit behandschuhten Fingern an dem Stoff zu zupfen und eine Stelle zu suchen, wo er sich lösen ließe. Die zerrissenen, verfärbten Ränder fielen sofort ab, und eine dicke Papyrusrolle kam zum Vorschein. Er berührte sie mit einem Finger und prüfte ihre

Flexibilität. Dann schob er ein dünnes Stück Plastik unter eine aufgerollte Ecke.

»Scheint in einem sehr guten Zustand zu sein«, schloß er. »Offenbar geringe Brüchigkeit – aber ich muß eine stützende Schicht hinterlegen, bevor ich weitermache. Erst dann kann man die Ecke gefahrlos ein Stückchen weiter anheben, vielleicht weit genug, um zu erkennen, was wir da haben.«

Kate seufzte erleichtert, als Nabil einen Blick zu Iskander warf und auf Anweisungen wartete.

»Unsere Freunde haben dafür einen weiten Weg auf sich genommen«, sagte Iskander. »Vielleicht könnten Sie Ihre andere Arbeit für eine Weile beiseitelegen?«

»Selbstverständlich.« Nabil schien erpicht darauf, ihnen gefällig zu sein. Er wandte sich an den Fotografen. »Ashraf wird alles aufnehmen, wie es sich bei der ersten Sicherung darstellt. Auch als Arbeitsgrundlage.« Er schenkte Kate ein nachsichtheischendes Lächeln. »Die antiken Papyri sind so brüchig, daß man nicht mehr als absolut nötig mit ihnen hantieren darf. Ich kann nicht sagen, auf welche Schwierigkeiten wir stoßen werden, aber ich werde so schnell wie möglich arbeiten.«

Kate dankte Nabil und Nasri Iskander, auch wenn sie bezweifelte, daß all dies ohne Seti Abdallah zustande gekommen wäre – und ohne seine Mutter. Die beiden waren der eigentliche Grund dafür, daß man sie und Max nicht ein oder zwei Wochen hatte warten lassen, bis sie mit irgendeinem niederen Behördenvertreter hätten sprechen dürfen. Aber erst als sie das Museum verließen, fand Kate Gelegenheit, Setis Mutter zu erwähnen – durch die Blume, indem sie ihm dankte.

»Ich habe ihr alles gezeigt«, gestand Seti sofort. »Nicht nur die Fotos von der Kartonage und Ihrem Kopf, sondern auch Ihre Zeichnungen. Ich wußte, daß meine Mutter sich auf der Stelle dafür interessieren würde, wenn sie sie zu Gesicht bekäme. Aber vielleicht haben Sie ihre Arbeit ja schon zur Kenntnis genommen. Ihr Name ist Danielle DuPré.«

Kate blieb wie angewurzelt stehen. Dann stammelte sie etwas davon, daß ihr die Bücher seiner Mutter halbwegs geläufig seien. In Wirklichkeit besaß sie jedes einzelne. Danielle DuPré war eine Autorität auf dem Gebiet antiker ägyptischer Kunst und galt als Einzelgängerin, die nicht mit der Herde lief – einer der Gründe, weshalb Kate sie bewunderte –; sie hatte sich durchgesetzt und trotzdem ihre wissenschaftliche Tugend bewahrt.

»Ja, natürlich, ich kenne sie, aber ich – ich wußte nicht, daß sie hier *wohnt.*«

»Sie kam frisch von der Sorbonne nach Kairo, um bei der Französischen Archäologischen Gesandtschaft zu arbeiten. Sie hatte nicht die Absicht, so lange zu bleiben. Aber einen Monat nach ihrer Ankunft lernte sie meinen Vater kennen.« Er lächelte und hob die Schultern in einer typisch gallischen Geste des Achselzuckens.

»Wie lange, glauben Sie, wird Iskanders Mitarbeiter brauchen, um diesen Papyrus zu entrollen?« fragte Max. Der Small talk machte ihn ungeduldig.

»Das ist schwer zu sagen. Ich werde ihn morgen anrufen und fragen, wie er vorankommt. Aber Sie bleiben doch sicher noch ein paar Tage?«

Max nickte. »Ich denke, wir fahren für zwei Tage nach Luxor, auch wenn Kate befürchtet, daß der Anblick das Bild in ihrem Kopf durcheinanderbringen könnte – ihre Vorstellung von dem Ort, wie er vor dreitausend Jahren war.«

»Der Tempel von Karnak?« Max nickte. »Dann vermeiden Sie es nur, sich abends die Licht-und-Ton-Schau anzusehen«, riet Seti. »In der Antike pflegte Amuns großer Tempel zu schlafen, wenn Re mit seinem Boot unter dem Horizont dieser Welt dahinfuhr. Es dürfte also nicht mehr als hier und da eine Fackel gebrannt haben, um einem Nachtwächter den Weg zu beleuchten.«

Er zog eine Karte aus seiner Brieftasche, schrieb eine Nummer auf die Rückseite und reichte sie Max. »Rufen Sie mich morgen abend zu Haus an. Irgendwann nach sieben. Vielleicht kann ich Ihnen dann schon etwas sagen.« Er wandte sich an Kate, um sich von ihr zu verabschieden. »Florence Nightingale hat empfohlen, sich Ägypten allein und bei Nacht anzusehen, beleuchtet nur von den Sternen. Vor hundertfünfzig Jahren fand Afrikas Engel der Barmherzigkeit ›die Wilden der Gegenwart in den Tempeln der Vergangenheit‹. Aber wer kann sagen, ob es in den Tempeln nicht auch damals Wilde gab, als Ihr antiker Arzt noch lebte? Das ist es, denke ich, was wir herausfinden werden.«

Ich lebe immer
wie ein Kind im Leib der Wahrheit,
ein blaues Ei, das schaukelt im Sturm,
ohne zu zerbrechen.
Totenbuch der Ägypter

XXIX

JAHR ZWÖLF DER HERRSCHAFT HAREMHABS

(1336 vor Christus)

Dreiundzwanzigster Tag,
zweiter Monat des Hochwassers

Daß er den Blick auf meiner Tochter ruhen lassen konnte, hat vielleicht schon genügt, um den Glauben des Hohenpriesters an das ewige Leben – die Verheißung seines Gottes – zu erneuern, denn die welken Muskeln in seinen Beinen werden mit jedem Tag stärker. Pagosch sagt, er überläßt die Leitung des Tempels mehr und mehr seinen Untergebenen, um Zeit mit ihr und Aset zu verbringen.

Während wir fort waren, hat Nofretete auf der anderen Seite des Flusses bei ihrer Schwester Wohnung bezogen. Denn um Macht und Einfluß des Hohenpriesters zu mindern, hatte der Pharao befohlen, Amuns Heiligen Rat neu zu organisieren: ihn zu vergrößern und ihn dann mit Leuten seiner eigenen Wahl zu beschicken.

»Der Krieg zwischen Chaos und Ordnung endet nie, aber

diesmal wird es eine Schlacht um den Thron des Horus geben, wie wir sie noch nie gesehen haben«, weissagte Ramose heute. »Schon das bloße Gerücht, der Pharao sei krank – ob es wahr ist oder nicht –, läßt die Leute voller Panik zum Tempel eilen, weil Haremhab sich weigert, einen Erben zu benennen. ›Soll der Stärkste den Thron an sich reißen, wie ich es getan habe‹, sagt er. Aber was ist, wenn ein Mann dazu seine Seele verkaufen muß?«

»Oder eine Frau«, fügte ich, ihm zur Erinnerung, hinzu.

Sein Blick suchte den meinen. »Das zumindest habe ich mit Haremhab gemeinsam. Sie sind *tahut*, alle beide.« Königin Mutnedjemet ist seit langem für ihr laszives Benehmen bekannt, aber ich hätte nie erwartet, einmal zu hören, daß Ramose auch seine eigene Frau eine Hure nennt, wie Pagosch es tut.

»Meine Mutter hatte auch blaue Augen. Wußtest du das?« fragte Ramose, als wir uns hinsetzten und zuschauten, wie Aset und Meri einander mit Wasser aus dem Gartenteich bespritzten. »Usahor hat nicht oft von ihr gesprochen, aber einmal sagte er, sie waren wie der Himmel, den Re zurückläßt, wenn er sich auf den westlichen Horizont herabsenkt.« Daß wir riskieren, einander zu überraschen, läßt ermessen, wie weit Ramose und ich einander inzwischen vertrauen – jetzt, da ich nicht mehr fürchte, er könnte mir nehmen, was mir teurer ist als das Leben selbst.

»Du selbst hast keine Erinnerung an sie?« fragte ich.

»Sie ging zu Osiris, zwei Tage nachdem sie mir das Leben geschenkt hatte. Ich habe nur eine goldene Halskette und eine Strähne von ihrem Haar.« Er faßte den Karneol-Skarabäus, der an der goldenen Kette an seinem Hals hing, und drückte ihn mit dem Daumen auf, um mir eine rötlich-braune Haarlocke zu zeigen. »Mein Vater sagt, sie war eine Frau von unendlicher Schönheit und von ungewöhnlicher Statur und Färbung.«

»Das glaube ich gern«, sagte ich; Ramose ist immer noch ein gutaussehender Mann. Mit neunundfünfzig Jahren sieht er nicht älter aus als die meisten Männer mit fünfundvierzig, auch wenn seine Lider ein bißchen schwerer sind als früher. Wenn sein Haar und seine Brauen weiß wie Menas geworden sein sollten, so kann man es nicht erkennen, denn sein Körper ist immer noch ebenso glattrasiert wie sein Kopf. Nur wenn er sich vom Stuhl erheben möchte, merkt man ihm sein Alter an.

»Schmeicheleien von dir, *sunu*?« fragte er mit spöttischem Lächeln.

Ich wehrte ab. »Die Wahrheit.«

»Dann sag mir, warum ein Sohn die Sünde des Vaters wiederholt, selbst wenn er gebührend gewarnt ist und selbst sehen kann, wieviel Leid sie in seine Umgebung gebracht hat?«

»Manches lernen wir nur, indem wir es tun – indem wir unsere eigenen Fehler begehen.«

»Du bist schon immer zu großzügig gewesen, Tenre.« Ob das ein Kompliment oder eine Beleidigung sein sollte, weiß ich nicht. »Sie war die Tochter eines Kaufmanns aus einem Land nördlich des Grünen Meeres. Ihre Mutter war gestorben, und ihr Vater ertrug es nicht, sie zu Hause zu lassen; also brachte er sie mit nach Waset, wo ihn irgendeine Pestilenz dahinraffte, so daß sie allein in der Fremde zurückblieb. Ich erzähle dir das jetzt nur, weil das Blut meines Vaters mit dem deines Vaters sich in deiner Tochter vermischt. Und mein Vater war ein Narr! Ob ich auch einer war, das zu beurteilen überlasse ich dir; so jedenfalls beurteilte Usahor sich selbst, weil er meine Mutter im Stich ließ, während sie seinen Sohn im Leib trug.«

Ich hatte also recht mit meiner Vermutung, daß Usahor Asets Großvater gewesen war.

»Ich habe wenig Erinnerungen an meine frühen Kindheitsjahre«, fuhr er fort. »Das ist kein Zufall, nehme ich an, denn das Leben eines Straßenköters vergißt man besser. Aber ich mache ihm keine Vorwürfe. Es gab wenig zu gewinnen durch die Heirat mit einer Frau, die weder Ansehen noch Besitz vorzuweisen hatte, vom Schiff ihres Vaters abgesehen. Warnt man uns nicht: ›Eine Frau aus der Fremde ist von unergründlicher Tiefe wie ein

Strudel im schwarzen Wasser‹?« Ich erkannte die Mahnung aus dem alten Buch der Weisheit. »Also hat er eine andere geheiratet. Man muß ihm zugute halten, daß er sie nicht vergessen konnte. Aber er wartete zu lange. Als er erfuhr, daß sie diese Welt verlassen hatte, machte er sich auf die Suche, diesmal nach einem Knaben von fünf Jahren, der ihr Zeichen trug.« Er schwieg so lange, daß ich glaubte, er sei fertig.

Aber dann fuhr er fort. »Usahor warnte mich; es sei eine Täuschung, sagte er, wenn ich annähme, die Vergeltung für unsere Sünden lasse auf sich warten, bis wir vor Osiris stehen. Er sagte, die Götter bestraften ihn jedesmal, wenn er mich anschaute und in ihre Augen blickte, die ihn an all das erinnerten, was er verloren hatte. Und was hatte er gewonnen? Ein schönes Haus, mehr Gold, als ein Mensch braucht?« Ramose schwieg. Seine Gedanken streiften durch seine Kindheit; die Lektionen, die er dort gelernt hatte, mußten bitter gewesen sein. »Er gab mich in die Obhut eines kinderlosen Freundes, der dafür sorgte, daß ich eine Ausbildung bekam; aber von da an war Usahor anwesend – ein Freund der Familie, dachte ich. Bis zu meinem sechzehnten Geburtstag: Da erzählte er mir von meiner Mutter.« Er tat einen müden Seufzer. »Aber in meinem ganzen Leben hat mich nichts darauf vorbereitet, was ich fühlen sollte, als meine Tochter ihre kleine Hand in meine schob.«

Wie ein Sonnenstrahl fuhr mir die Erinnerung an das Bekenntnis durch den Sinn, das er vor Usahor abgelegt hatte: daß er noch einmal das gleiche tun würde, wenn er Gelegenheit bekäme, sein Leben noch einmal zu leben. *»Daß ich mich niemals mit ihrem flinken Verstand gemessen hätte? Nie gesehen hätte, wie ihre Augen erstrahlen, wenn sie lacht? Nie die Berührung ihrer Hand gespürt, vertraulich, liebevoll? Den Rausch der Freude, der mich überkommt, da ich weiß, sie ist mein?«* Von Aset hatte er gesprochen, nicht von ihrer Mutter.

»Wir sind einander ähnlicher, als du glaubst«, gestand ich. »Ich kann mir nicht vorstellen, wie mein Leben ohne sie verlaufen wäre.« Ich erzählte ihm, wie sie damals mit ihren »Schakalen und Hunden« auf mich gewartet hatte und wie ich nachher mit ihr aufs Dach gestiegen war, um sie zu unterhalten, indem ich ihr die Aussicht ringsum zeigte. »Und anstelle eines Feldes mit blauen Lotosblumen sah Aset eine Herde Elefanten, die sich mit den Ohren Luft zufächelten.«

Er lächelte. »Und du dachtest, das Fieber habe sie um den Verstand gebracht?«

»Nicht, nachdem sie mich beim Spiel zweimal besiegt hatte. Nein – ich überschattete meine Augen und schaute noch einmal hin. Und sie hatte recht. Es hätten ebensogut Elefanten sein können ... mit blauen Augen. Aset war meine Lehrerin, wie ich ihr Lehrer war – von Anfang an. Als wir von deinem Dach herunterkamen, sah ich mich im Netz eines Mädchens gefangen, dessen Augen funkelten wie das Sonnenlicht auf dem fließenden Wasser. Und dazu genügte ein einziges Wort: Warum.« Ramose sah mich verwundert an, und ich erklärte ihm eilig, weshalb ich ihm diese Geschichte erzählte. »Ich dachte, du wüßtest vielleicht gern den wahren Grund, weshalb ich dein Angebot angenommen habe.«

Jetzt mußte er wirklich lachen, und wieder erhaschte ich einen Blick auf den Mann hinter der priesterlichen Fassade.

Achtzehnter Tag,
vierter Monat des Hochwassers

Wenn du nach Aniba zurückkehren möchtest, brauchst du das nur zu sagen.« Ich schaute zu, wie Aset einen hölzernen Kamm durch ihre wirren Locken zog. »Weshalb darum herumschleichen wie die Katze um den heißen Brei?«

»Sag mir, wovon du redest, Tenre. Für Rätsel bin ich zu müde.«

»Hältst du es für ein Abenteuer, daß wir alles zurücklassen müssen, was wir besitzen, und von Glück sagen können, wenn wir mit dem Leben davonkommen?«

»Sarkasmus steht dir nicht.«

Ich verspürte den Drang, sie zu schütteln, um den Schleier der Behäbigkeit herunterzureißen, der sie am Ende auch nicht schützen würde. »Heuchelei dir auch nicht«, versetzte ich. »Tu nicht so ahnungslos. Oder so unschuldig – als hieltest du mich für einen verwirrten alten Narren!«

Sie drehte sich um, und ihr gelbes Gewand öffnete sich über den Schenkeln. »Wenn ich dich irgendwie gekränkt habe, Geliebter, dann tut es mir leid. Wirklich. Ich habe es nicht absichtlich getan.«

»Dann kannst du mir vielleicht erklären, was deine Absicht *ist.*« Ich packte sie bei der Hand und zog sie mit mir zur Tür hinaus. In dem Raum, in dem ich meine medizinischen Schriften aufbewahrte, hielt ich einen Span an die Lampe in einer Wandnische und zündete dann die Stehlampe an meinem Schreibpult an, eine der Lampen, die wir aus Aniba mitgebracht haben. Aset hat sie in allen Räumen aufgestellt; eine fischförmige Bronzeschale steht auf einer hohen Holzsäule, und der gedrehte Leinendocht befindet sich oberhalb der Augenhöhe, so daß die Flamme die Decke beleuchtet und den ganzen Raum mit ihrem Licht erfüllt. Ich deutete auf die beiden Schriftrollen, die ausgebreitet auf meinem Schreibpult lagen. »Sieh dir das an und sag mir dann, es bedeutet nicht das, was es meiner Meinung nach bedeutet.«

Bevor wir nach Aniba gezogen waren, hatte sie alles auf ein einziges Stück Papyrus zusammengedrängt, hatte hier eine Schlange um ein Stuhlbein gewunden, da eine halbe Katze hinter einem Baum versteckt. Aber jetzt folgen die Bilder einander über eine Elle oder mehr, und die Geschichte, die sie erzählen, ist verschlungener. Die eine zeigt eine dicke graugestreifte Katze, die Audienz vor einer Parade von Mäusen hält. Die Mäuse tragen Brot und Früchte, als ob sie einer Göttin ein Opfer darbringen – offensichtlich der Königin, wie man an den beiden identischen Meerkatzen erkennt. Die Mäuse ziehen vor ihr vorbei, und ein jeder Mäuserich stellt sich auf die Hinterbeine, entblößt sich und erbietet sich so, mit ihr zu schlafen, auch wenn er eine Lotosblüte an die Nase hält, um den Gestank abzuwehren, den der Gegenstand seiner Begierden verströmt. Und sollte jemandem entgehen, was gemeint ist, trägt der Stuhl der Katze das Symbol für den Koitus in der heiligen Sprache der Götter: die weibliche Scham, durchkreuzt von einem männlichen Penis und Hoden.

In der nächsten Szene humpelt eine Parade von grauen Katzen auf Krücken umher; von ihren Fußsohlen tropft Blut – eine Folge der Strafe, die nach Haremhabs Edikt ehebrecherischen Frauen zuteil wird. Unter ihnen spaziert wieder die fette, graugestreifte Katze umher. Sie trägt jetzt ein purpurn befranstes Tuch und hat keine Krücken; von ihren Füßen tropft kein Blut.

Auf der anderen Rolle laufen mehrere Mäuse zwischen flauschigen, sich putzenden Katzen umher und bedienen sie. Eine Maus bringt einen Becher Wein, eine andere eine Platte mit gebratener Ente, wieder eine andere eine Perücke oder einen Spiegel. Eine wäscht ihrer Herrin sogar die Füße. In der folgenden Szene ist alles umgekehrt; die Katzendamen knien vor den kleinen grauen Mäusen und bedienen sie.

»Was du hier vorschlägst – die Veränderung der natürlichen Ordnung –, würde nichts als Chaos hervorbringen.«

»Du sprichst gedankenlos, Tenre – du suchst doch auch Dinge zu verändern, die schon immer so waren, indem du erforschst, was die Götter vor unseren Augen verbergen wollen. Warum wirfst du mir dann vor, daß ich versuche, den Menschen meines Volkes solche Ideen einzugeben, damit wir nicht mit der Zeit einem stehenden Tümpel gleichen, der verfault und zu stinken anfängt?«

»Ich will lernen, wie man eine Krankheit heilt oder eine Verletzung behebt«, widersprach ich. »Ich will nicht einfach nur etwas ändern.«

»Müssen wir die Freude in den Augen eines Kindes töten, indem wir es auf die Felder schicken, sobald es gehen kann, nur weil sein Vater und dessen Vater vor ihm es so gehalten haben?« Sie streckte die linke Hand aus. »Sicher haben die Götter mir dies doch mit Absicht gegeben.«

Und so fängt alles von vorn an: ein Feldzug wie der, den sie in Aniba gegen die Beschneidung der Frauen geführt hat. Nur, daß ihr Ziel diesmal sehr viel höher liegt. »Mein Volk.« Das bedeutet, sie strebt nicht weniger an, als die Geschicke der Zwei Länder zu lenken – wie ihre Mutter und der Prächtige Amenhotep es vor ihr getan haben –, gerade so, wie mich ein Dämon treibt, zu erforschen, was das Blut dazu bringt, durch die Adern zu fließen, wenn das Herz ihm einen Stoß gegeben hat.

Fünfundzwanzigster Tag,
vierter Monat der Ernte

Ich habe den Befehl bekommen, vor dem Rat der Ärzte zu erscheinen und mich zu Vorwürfen zu äußern, die ein Arzt namens Herihor gegen mich erhoben hat. Er beschuldigt mich, die Anweisungen nicht zu befolgen, die Imhotep uns in seinen »Geheimnissen des Arztes« überliefert hat, und behauptet, ich unterwanderte die heilige Profession der Heiler, indem ich magische Beschwörungsgesänge offenbare, die nicht für die Uneingeweihten gedacht seien. Mena sagt, der Mann habe das Auge des Horus aufs Korn genommen, und rät mir, ich solle mir keine Sorgen machen, denn er selbst habe den Untersuchungsausschuß eingesetzt. Aber ich habe den Verdacht, daß mehr dahintersteckt – es sei denn, ich höre zuviel auf Pagosch, der in letzter

Zeit brummend behauptet, Nofretete hocke da wie ein Geier und warte nur darauf, daß Haremhab krank wird und stirbt.

Neunundzwanzigster Tag,
vierter Monat der Ernte

Ein Mann kommt mit einer schmerzhaften Schwellung zu dir. Sie fühlt sich warm an, aber du findest keinen Riß in der Haut, sondern nur eine entzündete Rötung. Wie würdest du ihn behandeln? Oder würdest du nichts tun?« Herihor roch durchdringend nach *ladunu*, dem duftenden Öl, mit dem die Babylonier ihre Bärte zähmen; vielleicht überdeckt er damit den Gestank seines Atems, denn seine Zähne sind faul. Er trug einen Brustschild mit dem Bildnis der Sechmet, der löwenköpfigen Göttin der Pestilenz und des Schlachtens, welche das Blut liebt. Das kennzeichnet ihn als Chirurgen.

»Es gibt kein Anzeichen für Eiter unter der Haut?« fragte ich und rechnete mit einer Falle.

Er schüttelte den Kopf.

»Dann würde ich ihn mit warmen Essigumschlägen behandeln.«

»Sonst nichts?« fragte er in der Hoffnung, mein Selbstvertrauen zu erschüttern.

»Wenn die Rötung sich an einem Arm oder einem Bein befindet, würde ich ihm raten, diesen Körperteil hochzulegen; außerdem würde ich ihm einen Aufguß aus gemahlener Weidenrinde zu trinken geben, um die Schmerzen zu lindern.«

»Du würdest nicht den Mann mit dem heißen Eisen dazurufen oder deinen Kalender befragen, ob die Schwellung an einem schädlichen Tag entstanden ist? Warum nicht?«

»Du hast gesagt, es schwärt nicht.«

»Würdest du nicht einmal ein Amulett verschreiben oder eine

Beschwörungsformel sprechen, um den bösen Geist auszutreiben, der den Körper dieses Mannes bewohnt?«

»Doch, vielleicht. Es käme darauf an, ob er an solche Dinge glaubt.«

Daraufhin warf er seinen Kollegen auf der Richterbank einen Blick zu und lächelte verschlagen. Chaymin war unter ihnen, Menas Schwiegervater, der in seinem Alter so rüstig ist, daß er als älterer Bruder meines Freundes durchgeht – vielleicht, weil er die Fragen jüngerer Männer immer eher anregend als bedrohlich empfunden hat.

»Dann hängst du wohl der Vorstellung an, daß ein Mensch seine Krankheit selbst verursacht?« Es klang, als klappe eine Korbfalle über einer gierigen Gans zu.

»Er sagt nur, was jeder hier weiß«, warf Mena ein und kam mir zu Hilfe. »Eine Zauberformel hilft bei manchen Leuten mehr als bei anderen.«

»Es gibt viele Ursachen für Krankheit im Körper«, erklärte ich. »Manches kommt durch Überbeanspruchung – wie das Laufen die Sohlen meiner Sandalen abnutzt. Andere Krankheiten kommen von außen: ein Wurm, der Stachel einer Biene, der in seiner verheerenden Wirkung einem feindlichen Pfeil gleichkommen kann.«

»Ach – du willst also nicht nur als Geburtshelfer kundig sein, sondern auch in der Behandlung von Kampfwunden?« höhnte Herihor.

»Inzwischen hat jeder Arzt in Waset gelernt, solche Wunden zu behandeln.« Mena antwortete, bevor ich es konnte. »Dank dem Reformedikt des Pharaos.« Er sprach nicht zum ersten Mal etwas aus, was sonst niemand auszusprechen wagte, und dennoch bleibt er ein Günstling des Pharaos. Ich vermute, für einen Mann wie Herihor ist dies das größte Geheimnis von allen.

»Dann sag uns doch, *sunu*, warum sollte jemand einen Arzt im Haus des Lebens aufsuchen, wenn er kostenlos allerlei Pillen und Arzneien in deinem Auge des Horus bekommen kann?«

»Die meisten der armen Teufel, die ins Auge des Horus gestolpert kommen, können sich die Dienste eines Arztes nicht leisten«, antwortete ich, »vom Per Anch ganz zu schweigen. Und sie bezahlen – was sie haben und wenn sie können. Wenn nicht ...« Ich zuckte die Achseln. »Dann nicht. Aber vielleicht vertreibt es deine Sorgen, wenn du erfährst, daß mein Gehilfe dort bestimmte Arzneien nur an andere Ärzte ausgibt. Gemahlene Alraunwurzel zum Beispiel, und Teufelsdreck.«

»Ich schicke meinen Gehilfen zuweilen dorthin«, warf ein Arzt namens Irenachti ein. »Ich finde, seine Kräuter sind frischer, weil sie nicht so lange im Regal liegen.«

»Du sorgst dich ohne Grund, Herihor«, fügte Chaymin hinzu. »Tenres Gehilfe verlangt, daß ich eine Liste mit meinem Siegelring stemple, damit er sicher ist, daß die Bestellung von mir kommt.«

»Sein ungebildeter Gehilfe kann lesen?« fragte Herihor spöttisch und schwieg dann, als Chaymin nickte.

»Wie oft will er seine Rechnung beglichen haben?« fragte einer der anderen.

»Jeden Monat«, antwortete wieder ein anderer und offenbarte damit, daß er ebenfalls zum Auge des Horus kommt. »Wenn ich es vergesse, schickt er eine Erinnerung. Einmal waren es ein paar Pillen, geformt wie winzige Vögel, und ein andermal eine Probe von schwarzer Erlenrinde aus Kusch.« Er schaute zu mir herüber. »Ein Mann mit solchen Ideen ist sein Gewicht in Gold wert.«

Was ich am meisten fürchtete – daß sie mich verurteilen würden, weil die Regel meines Berufsstandes lautet: Wenn keiner etwas weiß, dann darf auch niemand trachten, etwas zu wissen –, geschah nicht. So kam ich also mit heiler Haut davon, dank Menas Talent, eine Gruppe von Männern nach seinem Willen zu leiten und sie gleichzeitig glauben zu lassen, die Entscheidung wäre ihre eigene. Gewiß ist es doch widersinnig, daß wir in Aniba, wo Senmut die Ausgestoßenen aus vielen Ländern versammelt hat – aus Ländern, die im Vergleich mit dem Land der Pharaonen großenteils als arm und unzivilisiert gelten –, alle möglichen Ideen und Forschungsergebnisse austauschten und Gewinn daraus zogen. Wie Pflanzen auf dem Felde wuchs und gedieh unsere Gelehrsamkeit, wenn sie dem Tageslicht ausgesetzt war.

Nachher lud ich Mena zu einem Krug Wein in die Schenke ein. Seine Umbekümmertheit war nach dem ersten Becher Bier zu Ende. »Haremhab ist dem Ende näher, als die andern ahnen«, vertraute er mir mit leiser Stimme an. »Aber bevor ich etwas sage, möchte ich, daß du ihn untersuchst. Die Entscheidung liegt zwar bei mir, aber ... vielleicht könntest du ja ein Priestergewand überziehen. Es würde dir den Weg erleichtern.« In seinen Augen funkelte plötzlich der alte Humor. »Vermutlich würdest du nicht in Betracht ziehen, dir den Schädel zu rasieren?«

Dreißigster Tag,
vierter Monat der Ernte

Haremhabs Körper ist ein Schlachtfeld, auf dem aus mehreren Richtungen gleichzeitig angegriffen wird. Aus seinem Darm fließt es Tag und Nacht, bis sein After sich von innen nach außen stülpt, so daß er nur noch unter Schmerzen sitzen und gehen kann. Das meiste von dem, was er ißt, erbricht er; dies und die gelbe Färbung seiner Augäpfel läßt vermuten, daß mit seiner Leber etwas nicht stimmt.

Mena spricht ganz offen vor seinem General; er beschrieb mir, daß er Einläufe mit Honig, Moringa-Öl und süßem Bier verabreicht habe, um den Schmerz im After zu lindern, und ein bißchen Weihrauch zur Beruhigung des Magens beigefügt habe. Ich empfahl Zäpfchen aus Samen und Kapseln von Itasin;

außerdem solle man ihm weißen Lotos und Wacholderbeeren, mit süßem Bier aufgegossen, zu trinken geben. »Und keinen Wein aus Trauben mehr.«

»Aber nur für einen Tag«, knurrte der Pharao. »Um zu sehen, ob du so weise bist, wie er immer tut.« Er winkte Mena, wandte aber den Blick nicht von mir. »Gib mir die Rolle.« Er nahm den Papyrus entgegen, richtete sich auf und legte ihn klatschend in meine Hand.

Ich wußte, was es war, ohne hinzusehen, aber was ich dann erblickte, schockierte sogar mich. Die gelbe Katze entpuppte sich endlich als reißende Wildkatze mit ihren grauen Streifen: Mit ihren Pfotenhieben tötete sie alles auf ihrem Weg und wandte sich schließlich gegen ihre Jungen, um auch sie zu verschlingen, bis am Ende – das Blut tropfte von Schnauze und Pfoten – nichts mehr übrig war als die Doppelkrone der Zwei Länder.

»Sieh dich vor, *sunu*«, warnte der Pharao und fiel in die Kissen zurück, »denn sonst frißt die Katze bald auch dein Kätzchen.«

DREIZEHNTES JAHR DER HERRSCHAFT HAREMHABS

(1335 vor Christus)

Sechzehnter Tag, vierter Monat des Hochwassers

Aset ist es gewohnt, daß ich fortgerufen werde, zumal da die Pestilenz nach dem Hochwasser schlimmer wütet als sonst, und so erweckte mein Fortgehen keine Besorgnis. Meri war damit beschäftigt, Merit beim Schmücken des Gartens für Asets vierundzwanzigsten Geburtstag zu helfen, und Chary, Tamin und ihre Kinder würden in einer Stunde kommen. Daß Nebet und Senmut jetzt jeden Tag erwartet werden, vergrößert die Aufregung nur, denn sie bringen ihren Erstgeborenen mit, damit er seinen Großvater begrüße – einen Sohn namens Senachtenre!

Als ich im Palast ankam, lag der Pharao besinnungslos und starr da; nur ab und zu schrie er auf und versuchte sich aufzurichten, als ob sein *ka* noch immer gegen die Feinde Kemets kämpfte. Einmal beteuerte er: »Wenn ich nicht gewesen wäre, hätten die Syrer und Hethiter uns überrannt!« Er zeigte keine

Neigung zu sexueller Erregung, wie sie Wirbelsäulenverletzungen begleitet; was immer ihn plagte, wütete also in seinen Eingeweiden, in seinen Nieren und der Lunge – eine Schlußfolgerung, die der Gestank nach Kot und Urin, der den Raum durchdrang, bestätigte.

Imhotep, der einzige Mensch, der zu einem Gott wurde, ohne die Stufen zum Thron zu erklimmen, hat das Herz im Zentrum eines Netzes von sechsundvierzig Gefäßen gesehen, deren jedes überfüllt oder verstopft sein kann. Er glaubte außerdem, daß diese Gefäße Blut, Luft, Speise, Sperma, Schleim, Tränen, Urin und Kot befördern, so wie unsere Kanäle das Wasser und den lebenspendenden Schlamm von der Mutter Fluß auf unsere Felder leiten. Aber Mena und ich haben herausgefunden, daß in manchen Gefäßen nur Blut enthalten ist, bei den Lebenden wie bei den Toten – und diese Gefäße hat Aset in unsere Karte eingetragen.

»Sieh gut hin, Tenre«, sagte Mena leise. »Werden wir beide in zehn Jahren so aussehen?« Menas Haar ist so dicht wie eh und je, aber das Weiß beginnt jetzt auch seine Brauen zu erobern, was sein bronzenes Gesicht noch dunkler aussehen läßt. Die Haut unter dem Kinn ist nicht mehr so straff wie früher, aber sein Rücken ist immer noch gerade, vielleicht weil er immer darauf achtet, seiner Frau Auge in Auge gegenüberzustehen. Dies ist sicher ohnehin der Grund, weshalb wir beide uns immer noch blühender Gesundheit erfreuen, während andere Männer am Stock zu welken beginnen.

»Scheri und Nebet«, murmelte ich so leise, daß nur er es hören konnte. »Aset und Meri, geliebt in Wahrheit und im Namen. *Sie* sind es, die das Blut durch unseren Körper rauschen lassen, so daß es Haß, Enttäuschung und Neid fortschwemmt, von denen die Seelen anderer Männer schrumpfen.«

Als die Dunkelheit sich auf die Stadt des Amun senkte, versammelten sich die Minister und Berater des Pharaos mit dem Hohenpriester und seinem Gefolge, um Haremhab mit den entsprechenden feierlichen Gebeten auf seine letzte Reise zu verabschieden. Nofretete erschien kurz, als seine Lebenskraft zusammen mit seinem Urin aus dem Penis sickerte, aber seine Königin kam nicht. Nur einer vergoß ein paar Tränen in der Erinnerung daran, wie er einst mit seinem General in die Schlacht marschiert war. Ich kann es meinem Kindheitsfreund nicht verdenken, wenngleich ich fand, daß Haremhabs Hinscheiden viel zu sanft vonstatten ging, wenn man bedenkt, wieviel Leid und Gewalt er über sein Volk gebracht hat.

Achtzehnter Tag,
vierter Monat des Hochwassers

Senmut und Nebet sind in Waset angekommen, als die Werkstätten und Schenken ihre Türen schlossen. Aber sie haben sich trotzdem über den Fluß setzen lassen, um ihrem Sohn seinen Namenspaten zu zeigen. Mit seinen acht Monaten ist das Kind ebenso fröhlich wie hübsch – nicht so dunkelhäutig wie sein Vater und nicht so hell wie seine Mutter, sondern eine Mischung aus den beiden. Senmut behauptet, er gleiche mir – insofern, als er immer dort seine Forschungen betreibe, wo er nicht erwünscht sei.

Aset sprudelt über vor Lachen, nachdem ihre Freundin gekommen ist; so war sie nicht mehr, seit Tuli zu Osiris ging, und sie ist es trotz der Wolke, die über uns allen hängt, weil niemand weiß, wer der Nachfolger des Generals sein wird. Ramose verbringt seine Tage im Tempel; er betet für die Seele Osiris Haremhabs und beaufsichtigt alles andere, denn hohe wie niedere Priester sind in solchen Zeiten überlastet. Sogar die Priester, die der Jugend Unterricht erteilen, verbringen ihre Zeit jetzt mit dem Abschreiben von Gebeten und Sprüchen für andere, die sich daran erinnert sehen, was die Zukunft für sie bereithält.

Vierundzwanzigster Tag,
vierter Monat des Hochwassers

Ein triefäugiger alter Dochtdreher, der seine Waren auf der Straße feilbot, rief mir heute morgen seine Warnungen zu, als ich an ihm vorbeiging: Der Ketzer werde nach Waset zurückkommen, und zwar mit einer Armee hinter sich. Als ich ihn fragte, was das für eine Armee sei, plapperte er etwas von den Schasu oder Abiru – ihm fehlten so viele Zähne, daß ich es nicht mit Sicherheit sagen konnte. »Die Schasu folgen ihren weidenden Schafen«, sagte ich zu ihm und hoffte, damit wenigstens ein Gerücht aus der Welt zu schaffen, »nicht dem Ketzer. Sie sind ein eng versippter Haufen; da hält dich jemand zum Narren, wenn er dir erzählt, daß Leute, die allen außer ihren eigenen Verwandten mißtrauen, einem Außenseiter nachfolgen. Außerdem haben sie ja keine Waffen außer ihren Hirtenstäben.«

Da erinnerte er mich daran, daß Aton bereits eine Insektenplage geschickt hat, die unsere Ernte gefressen hat. Dann habe er das lebenspendende Wasser der Mutter Fluß zurückgehalten, weil die Priester den rechtmäßigen König aus den Zwei Ländern vertrieben hätten, und jetzt, behauptete er, komme Mose, um seine Rache zu vollenden, ein für allemal.

Fünfter Tag,
erster Monat des Pflanzens

Jetzt dauert es schon zwanzig Tage, ohne daß man etwas gehört hätte. Die Kräfteverhältnisse zwischen denen, die die Entscheidung des Hohenpriesters unterstützen, und denen, die Haremhab in den Rat entsandt hat, sind offenbar ausgeglichen. Chary glaubt, daß die Priester sich nicht gegen die Militärs stellen können und sich daher für Ramses entscheiden werden.

»Das kann sein«, pflichtete ich ihm bei, »aber warum einen Sechzigjährigen wählen?«

»Er war Haremhabs rechte Hand, und er hat Söhne, die selbst schon Söhne haben – ein Beweis dafür, daß die Wurzeln seiner Familie mit dem Alter nicht verdorrt sind.«

»Wie die Wurzeln der Familie des Prächtigen Amenhotep?« fragte ich. Er zuckte die Achseln. »Scheust du davor zurück, meine Gemahlin zu beleidigen? In diesem Fall wäre deine Besorgnis fehl am Platze. Zwischen ihr und ihrer Mutter gibt es keine Liebe.« Er stellte sich weiter ahnungslos, und so machte mir das, was er nicht sagte, mehr Kopfzerbrechen als das, was er sagte. Wir waren dabei, unsere Inventur zu beenden, die wir immer vornehmen, bevor wir Heilpflanzenwurzeln und dergleichen bei dem Händler bestellen, der sie mit Karawanen von den Schiffen herbringt, die das Rote Meer befahren. Da kam eine Frau und bat um einen Zaubertrank, wie Chary ihn ihrer Freundin gegeben habe. Sie sagte, ihr Mann schelte sie, weil sie nicht mehr Kinder zur Welt bringe und er deshalb nicht genug Hilfe auf dem Feld habe. Während Chary zubereitete, was sie haben wollte, unterhielt sie ihn mit einer Geschichte von einer anderen Freundin, die in die Zukunft blicken könne und geweissagt habe, daß der Hohepriester Mitregent seiner Tochter sein werde, denn diese sei von königlichem Blut.

»Aber dieser Eimer hält das Wasser nicht«, sagte Chary zu ihr. »Die Tochter des Hohenpriesters ist erstens verheiratet und zweitens eine Frau von vierundzwanzig Jahren; sie brauchte keinen Regenten, der ihr die Hand führt.«

Ich dachte, mich könnte nichts mehr schockieren, aber die Frau schaffte es doch. »Ihr Gemahl ist ohne Bedeutung«, sagte sie, »ihn kann man leicht beseitigen, denn er ist ein Gemeiner. Und du bist nicht von dieser Welt, wenn du glaubst, der Heilige Rat würde irgendeine Frau allein auf dem Thron sitzen lassen – ganz gleich, wie alt sie ist.«

Zwölfter Tag,
erster Monat des Pflanzens

Glaubst du denn, es ist wahr, daß die beiden Königinnen beieinander liegen?« fragte einer der Männer, die dem Amulettschnitzer über die Schulter spähten. Ich verlangsamte meinen Schritt, und Senmut ebenfalls; wir taten, als seien wir an den Waren interessiert, die er feilbot, und versuchten dabei, einen Blick auf die Schriftrolle zu werfen, die er in den Händen hielt. Aset und Nebet waren zu Ipwet in die Werkstatt gegangen, um Sandalen auszusuchen, die Nebet nach Aniba mitnehmen wollte, und Pagosch bewachte sie, allen Einwänden meiner Gemahlin zum Trotz.

»Wer immer das zeichnet, hat bisher nur die Wahrheit gesagt«, antwortete der Amulettschnitzer. »Warum jetzt daran zweifeln? Statt dessen sollte man sich lieber darüber den Kopf zerbrechen, ob die Königin des Ketzers eine andere Frau zu ihrer Hauptfrau ernennen wird, wenn sie den Thron besteigt. Die einzige, die sowohl die Priester als auch das Militär zufriedenstellen könnte, wäre die Tochter des Hohenpriesters, die Enkelin des Prächtigen Amenhotep. Sie sollten ihren alten Gatten aus dem Weg schaffen und sie mit Ramses' Sohn verheiraten.«

Senmut faßte meinen Arm und schob mich weiter. »Höre nicht auf solchen Unfug!« riet er mir mit gedämpfter Stimme. »Aset versucht, Nofretetes Sache zu schaden, weil sie befürchtet, ihr Vater könne erneut dem Bann ihrer Mutter verfallen.«

Ich zuckte die Achseln, als sei mir das völlig gleichgültig. Aber ihre Bildergeschichten sind in aller Munde, wohin ich auch gehe. Letzte Woche habe ich gesehen, wie ein Hafenarbeiter sie einem Matrosen gab, dessen Schiff seine Waren von einer Stadt zur anderen bringt, sogar bis Nubien. Und jemand zeigte mir eine Rolle, in der sie die Geschichte mit dem Opferlamm wiederholte; diesmal aber setzten die Priester, nachdem sie ihm die Kehle durchgeschnitten hatten, den Kadaver in Brand. Aus dem Rauch aber nahm etwas Neues Gestalt an: Die Ohren des Lammes streckten sich zu Armen, während seine Hinterkeulen sich in die fleischigen Schenkel eines Mannes verwandelten. Am Ende ist sein Kopf eins mit der Sonne, und seine Hände strecken sich den Amunpriestern entgegen, die voller Grauen vor dem zurückweichen, was sie selbst entfesselt haben. Sie hatte die dicken Lippen und baumelnden Ohrläppchen des Mannes so übertrieben dargestellt, daß er traurig aussah. In der nächsten Szene züngeln wütende Flammen aus seinen Augen, als er seinen bronzenen Königsstab hochhebt – den Stab, um den sich die Schlangen winden – und seinen Gott anruft, Pest und Insekten über sie kommen zu lassen.

Weil ich weiß, was ihren Geschichten über die Rückkehr des Ketzers, der Anspruch auf seinen Thron erhebt, Nahrung gibt, schaudert es mich unwillkürlich bei dem Gedanken an das, was sie riskiert.

Siebzehnter Tag,
erster Monat des Pflanzens

Es war schon dunkel, als Ramose uns in seinen hohen Audienzsaal rufen ließ. Ohne es uns zu sagen, hatte er Pagosch bereits ausgesandt, um Mena zu holen. Es lag also etwas in der Luft.

»Die Königin des Ketzers gedenkt den Thron an sich zu reißen«, sagte er ohne Einleitung und beobachtete dabei Aset, um zu sehen, ob diese Neuigkeit sie umwerfen würde. »Und zwar ohne die siebzig Tage Trauerfrist abzuwarten.«

Aset holte tief Luft; es war, wie wenn der Wind ein Segel füllt. »Wie kann sie das, wenn du ihr den Segen Amuns verweigerst?«

»Sie behauptet, sie habe Amuns Segen schon, weil sie sonst

niemals als Ko-Regentin hätte herrschen können. Außerdem hat sie die Unterstützung der räudigen Hunde, die sich darüber beklagen, daß sie immer nur die Brosamen vom Tisch Amuns bekommen.«

»Amunpriester?« fragte ich, um sicher zu sein, daß ich ihn auch richtig verstanden hatte.

Ramose nickte. »Renegaten, darunter der Nomarch von Waset und andere seinesgleichen, die unter dem Edikt des Pharaos gelitten haben, weil es ihre Einkünfte gemindert hat.«

»Wann wird sie handeln?« fragte Mena.

»Meine Leute sind in diesem Augenblick dabei, einen Verräter zu verhören – aber ich nehme an, es wird schon bald sein. Zweiunddreißig der siebzig Tage sind vergangen; wir müssen also handeln.«

»Das ist alles meine Schuld«, murmelte Aset und sackte auf der Kante der Sitzbank zusammen wie eine Lumpenpuppe. Alles Starre war aus ihr gewichen. »Ich bringe dir nichts als Unglück, Vater – von dem Augenblick an, da ich in diese Welt kam.«

Ramose äußert seine Gefühle nur selten, aber jetzt ging er zu ihr und nahm Asets beide Hände in die seinen. »Ich würde dich nicht anders haben wollen, Tochter. Du hast mir immer mehr Freude gemacht als irgend jemand sonst. Ich war es, der vom Wege abgekommen war, bis du kamst.«

Sie starrte auf ihre Hände. »Aber ich habe immer zu viele Fragen gestellt und bin immer dahin gegangen, wohin ich nicht gehen sollte. Das hast du selbst gesagt.«

Seine Lippen zuckten. »Da hatte ich unrecht.« Sie hob den Kopf, warf ihm die Arme um den Hals und umklammerte ihn, wie sie es als Kind getan hatte. »Komm, wir müssen überlegen, was wir tun können.« Sie nickte an seiner Wange und drückte ihn dann ein letztes Mal an sich.

Ramose schaute Mena an. »Wenn du es nicht über dich bringst zu tun, was getan werden muß, dann sag es, und ich werde es verstehen.« Mena nickte. »Jemand muß eine Nachricht nach Sile schicken.« Mena nickte wieder, ohne zu zögern. »Sag Ramses, was nötig ist, um ihn davon zu überzeugen, daß er hier gebraucht wird, und zwar mit so vielen Truppen, daß er den Palast und die Stadt sichern kann.«

»Aber die königliche Garde hält den Palast doch schon«, sagte Mena.

»Aber ihr Befehlshaber steht auf *ihrer* Seite«, erklärte Ramose.

Wenn Mena noch Zweifel hatte, so hielten sie nicht lange. »Ich werde selbst gehen. Wir können es uns nicht leisten, sonst jemandem zu vertrauen. Der Fluß fließt schnell um diese Jahreszeit ...«

Ramose hob die Hand. »Höre mir bis zum Ende zu, bevor du dich entscheidest.« Er wandte sich mir zu. »Kannst du eine Nachricht zum Sinai bringen?«

Da wußte ich, was er vorhatte – und daß auch er Asets Bildergeschichten gesehen hatte. Aber eine solche Waghalsigkeit verschlug mir doch den Atem. »Ich kenne genau den richtigen Mann«, sagte ich und sah, daß ein amüsiertes Lächeln sein Gesicht erhellte.

»Das dachte ich mir.« Er hat es also die ganze Zeit gewußt und die schlafenden Hunde nicht geweckt – für den Fall, daß er eines Tages einen von Echnatons Anhängern brauchen würde.

»Chary sagt, Sile hat sich sehr verändert, seit du mit Haremhabs Armee dort warst«, sagte ich zu Mena. »Also fahrt ihr besser zusammen.« Haremhab hatte Ramses vor langer Zeit den Titel »Zwei Augen des Pharaos im Norden« verliehen und ihn zum Aufseher über die königlichen Felder, Lehen und Kornspeicher im Unteren Kemet gemacht, nachdem er schon die dort stationierten Truppen kommandiert hatte. Mehr als das – Ramses hat so viel Steuern eintreiben können, daß er damit eine großartige neue Stadt in der Nähe der Festung von Sile hat bauen können. »Dort wird Chary jemanden finden, der die Nachricht weiterträgt – jemand, bei dem der Ketzer darauf vertraut, daß er ihm keine Falle stellt.«

»Bist du denn sicher, daß sein Vater nicht zu alt für eine solche Reise ist?« gab Ramose zu bedenken und schlug damit gleichzeitig vor, wen man beauftragen könnte.

»Wie soll die Nachricht lauten?« fragte Aset, die genug hatte von geheimnisvollen Andeutungen.

»Daß wir ihn unter bestimmten Bedingungen wieder als Pharao akzeptieren. Ich werde Tenres Mann alles schriftlich mitgeben.«

»Chary gehört nicht Tenre, sondern sich selbst!« rief sie aus; sie wehrte sich gegen die Hilflosigkeit, die ihr Gefühl für das, was *maat* war, bedrohte. »Ein gelehrsamer und kluger Mann. Und du tätest gut daran, das nicht zu vergessen. Er wird keine Nachricht überbringen, die bei ihm Anstoß erregt, nur weil sie vom Hohenpriester Amuns kommt.« Mit diesen Worten ließ Aset ihn wissen, daß weder sie noch Chary sich allem fügen würde, was er vorhatte, nur weil er war, was er war.

Ramose muß das begriffen haben, denn er beeilte sich, die Bedingungen darzulegen, die er Echnaton zu stellen gedachte: daß er dem Volk der Sonne erlauben müsse, jeden Gott anzubeten, den es anbeten wolle, und daß er alle militärischen Entscheidungen Ramses überlassen müsse. Außerdem dürfe er jedes Jahr nur ein Viertel seiner Mittel zum Ruhme Atons ausgeben. »Wie ich höre, hat der Ketzer es allmählich satt, niemandem Befehle geben zu können außer seiner Frau und den Schafen ihres Vaters«, fügte Ramose hinzu. »Deshalb wird er für solche Forderungen zugänglich sein. Es ist ein Risiko, das gebe ich zu, aber ...« Er zuckte die Achseln.

»Der Heilige Rat ist damit einverstanden?« fragte Aset.

Ramose schüttelte den Kopf. »Das ist meine Sache: den Heiligen Rat *und* den Rat der Weisen davon zu überzeugen, daß uns am besten gedient ist, wenn wir einen Präzedenzfall schaffen, indem wir dem nächsten Pharao Bedingungen auferlegen – was ja immer unser Ziel gewesen ist. Sie glauben bereits, daß die Königin des Ketzers eigene Pläne verfolgt und die Zwei Länder in die Knie zwingen könnte, so daß sie den Hethitern wie eine reife Frucht in die Hände fallen – oder Schlimmeres.«

Einst hatte Ramose auf die Gelegenheit verzichtet, sich anstelle seiner Tochter auf den Thron zu setzen, und diesmal riskierte er sein Leben für sie. Und das wußte Aset. »Gibt es denn nichts, was ich tun kann?«

»Nein!« riefen Mena und ich gleichzeitig, aber es war ihr Vater, der unsere Gedanken zum Ausdruck brachte – in schroffen Worten, geboren aus der Angst um sie.

»Du hast genug getan, Tochter. Ich spreche jetzt so unverblümt zu dir, wie du zu mir gesprochen hast. Indem du dem Weg folgtest, den du für *maat* hieltest, hast du da einmal innegehalten und an den Mann gedacht, der dich mehr liebt als das Leben? Oder an Meri? Willst du, daß sie ohne Mutter zur Frau heranwächst, wie du es mußtest?« Aset errötete, und ich fühlte den Drang, zu ihr zu gehen, aber ich blieb, wo ich war. »Vielleicht erwarte ich zuviel von dir«, fuhr Ramose fort. »Wenn ja, dann hast du mir Grund dazu gegeben – nicht nur mit deiner schnellen Zunge und deinem flinken Verstand, sondern auch mit deinem Mitgefühl für andere. Einst fühltest du dich zu denen hingezogen, die durch das Leben hinken wie der arme Ruka. Jetzt redest du von ›meinem Volk‹ – eine Anmaßung, die dir nicht steht.«

»Genug«, sagte ich; ich konnte nicht länger dastehen und zuschauen, wie er ihr das Herz zerriß. »Mehr als genug.« Ich sprach mit leiser Stimme: eine Warnung an sie beide. »Es gibt Dinge, die man, sind sie einmal ausgesprochen, nie mehr ungesagt machen kann, selbst wenn man einander liebt.«

Mena tat einen tiefen Seufzer und stand auf, um zu gehen. »Ich muß fort. Chary soll sich bei Tagesanbruch mit mir an der Stelle treffen, wo wir unser Boot zu Wasser lassen. Sagt ihm, er soll kommen, als wollte er auf Entenjagd gehen – falls uns jemand sieht.«

»Ich werde in die Stadt gehen, sobald die Nachricht an Echnaton fertig ist«, sagte ich und sah Ramose an. »Ich werde dafür sorgen, daß Chary sich einprägt, was darinsteht, damit er die Nachricht notfalls mündlich weitergeben kann.«

Aset ging zu Mena, um sich von ihm zu verabschieden. »Soll ich Pagosch zu Scheri schicken, damit er auf sie achtgibt, während du fort bist?« fragte sie leise; noch immer schmerzten die Worte ihres Vaters wie Peitschenhiebe.

»Senmut und Nebet sind da. Aber ich danke dir, daß du daran gedacht hast.« Und er tat etwas, was ich ihn noch nie hatte tun sehen: Er schlang beide Arme um meine Gemahlin und zog sie an sich. »Dein Vater liebt dich nur zu sehr«, flüsterte er. »Ich kenne diese Krankheit, denn ich leide selbst daran.« Dann sah er mich mit seinem jungenhaften Grinsen an. »Nicht, daß Tenre irgend etwas davon versteht.«

Ich begleitete ihn zum Tor, um ein paar Worte mit ihm unter vier Augen zu wechseln. »Der Ketzer ist nicht einmal eines der weißen Haare auf deinem Kopf wert; also trenne dich von Chary, wenn ihr euch Sile nähert, falls man gesehen hat, wie er mit den Ausgestoßenen verkehrt.«

»Wird er bereitwillig in die Höhle des Löwen laufen?«

»Falls nicht, werde ich es sein, den du bei Tagesanbruch am Flußufer siehst. Zumindest wird er mir einen Namen nennen und mir sagen, wie man zu ihrem Lager findet.«

Er nickte. »Hüte deine Göttin wohl, mein Freund. Die Katze wird versuchen, sich von allem zu befreien, was ihr goldenes Kleid beschmutzen könnte, denn sonst werden selbst die Straßenköter, mit denen sie sich herumtreibt, noch finden, daß sie allzuviele Flöhe hat.«

Ich beherzigte seinen Rat und ermahnte Pagosch, er solle Aset nicht aus den Augen lassen. Dann machte ich mich allein und im Dunkeln auf den Weg in die Stadt, und die ganze Zeit wünschte ich, Tuli wäre bei mir, um die marodierenden Straßenköter zu verscheuchen. Auch hätte ich gern mit jemandem geredet. Wie ich es erwartet hatte, nahm Chary den Auftrag, nach Sile zu reisen, ohne Zögern an; seine Augen funkelten eifrig bei der Aussicht auf dieses Abenteuer. Ich ermahnte ihn indessen, vorsichtig zu sein, damit seine Kinder nicht vaterlos aufwachsen müßten, und dann rieb ich noch Salz in die Wunde, indem ich ihn daran erinnerte, daß Tamin immer noch eine reizvolle Frau ist und es desto mehr wäre, wenn sie seine beträchtlichen weltlichen Besitztümer erben sollte.

Aset war noch wach, als ich nach Hause zurückkehrte, und sie brannte so sehr darauf, mit mir zu schlafen, daß ihr einmal nicht genügte. Als ich beim zweiten Mal nicht gleich in Erregung geraten wollte, nahm sie mein Glied in den Mund, um es mit Lippen und Zunge zu locken, und dann hob sie ihre Hüften empor und kam meinen Stößen mit einer Wildheit entgegen, die mein Blut entflammen und eine Wolke von hellen Sternen hinter meinen Lidern aufbersten ließ. Eine Zeitlang trieb ich mit ihnen durch den Nachthimmel, bis Aset mich so verzweifelt an sich preßte, daß ich wie ein Stein zur Erde sauste.

Ich rollte zur Seite, um sie wissen zu lassen, daß ich nicht mehr konnte, aber sie klammerte sich weiter an mich. »Glaubst du, ich würde dir etwas vormachen und doch mit Mena gehen?« fragte ich.

Sie schüttelte den Kopf.

»Du hast Angst?«

»Eigentlich nicht. Es ist nur ...«

»In diesen Mauern bist du sicher, aber ich werde dafür sorgen, daß noch ein paar Männer am Tor wachen.«

»Das ist es nicht«, flüsterte sie tränenerstickt. »Das einzige, was ich wirklich fürchte, ist, daß du mich zurücklassen könntest. Wie Tuli.«

XXX

Luxor, 21. Januar

Den Donnerstag nachmittag verbrachten Max und Kate mit einem Spaziergang um den großen Tempel des Amun-Re mit seinem Heiligen See und der prächtigen Säulenhalle, die zu Taschats Lebzeiten noch nicht dagewesen war. Als der Himmel von Rot und Gold überflutet wurde, kehrten sie zu den Resten einer antiken Steinmauer zurück und schauten zu, wie die Sonne hinter den verwitterten Felsen versank, die das Tal der Könige begrenzten.

»Liest man Hieroglyphen von links nach rechts oder von rechts nach links?« fragte Max.

»Beides«, antwortete Kate. »Und von oben nach unten. Aber der Papyrus wird mit hieratischer Schrift beschrieben sein.«

»Ja, stimmt. Das hatte ich vergessen.« Er schwieg kurz. »Warum zum Teufel haben sie keine Vokale geschrieben?«

»Bestimmte Laute hatten magische Wirkung und galten deshalb als heilig. Weißt du noch, wie du mich eine Zeichnerin mit vollendeten Kenntnissen und Begabung nanntest? Nenne es, wie du willst, aber das hat alles für mich verändert, auf irrationale und unerklärliche Weise.«

Max lächelte und hob ihren Handrücken an seine Lippen.

Eine halbe Stunde später waren sie auf dem Rückweg zum Hotel. Er bestellte beim Zimmerservice eine Flasche Wein und getoastete Sandwiches; er behauptete, er sei zu müde, um noch einmal auszugehen. Aber Kate wußte, daß er mit den Hufen scharrte und unbedingt in der Nähe eines Telefons sein wollte, wenn es schließlich sieben Uhr würde. Er wartete bis Viertel nach sieben, bevor er anrief.

»Nabil hat festgestellt, daß es zwei Rollen sind, die eine in die andere gerollt«, berichtete Seti ohne lange Vorreden. Darüber hinaus blieb er ziemlich wortkarg und sagte nur, Hosni werde wahrscheinlich noch einen ganzen Tag brauchen, vielleicht mehr, um beide Papyri aufzurollen und zu fotografieren. »Bleiben Sie ruhig noch ein paar Tage. Nabil will das Wochenende durcharbeiten, aber ich kann nicht sagen, ob er Montag schon fertig ist.«

»Weiß man denn schon, was es ist?« fragte Max.

»Es sieht aus wie eine anatomische Zeichnung, aber das ist etwas, das Sie besser erkennen dürften als ich – Sie und Kate.«

»Okay, dann sehen wir Sie am Montag im Museum.« Max legte auf.

22. und 23. Januar

Freitag morgen fuhren sie mit der Fähre über den Fluß und wanderten in die Wüste zu den Kolossen von Memnon, zwei riesigen, fälschlich so bezeichneten Figuren, die einst vor dem Grabtempel Amenhoteps III. gestanden hatten – der Strahlenden Sonne Ägyptens. Von dort aus konnten sie die sandigen Ausläufer der Berge sehen, wo die vornehmen Familien von Theben ihre Gräber angelegt hatten.

Weil sie überall zu Fuß hingingen, dauerte es länger und war am Ende sehr anstrengend, aber offenbar spürte Max, daß sie versuchte, ein Gefühl dafür zu bekommen, wie es gewesen war, durch die staubige Stadt zu gehen oder mit dem Boot über den Fluß zu fahren, um mit einer Begräbnisprozession in die Wüste zu wandern. Zuweilen lieferte sie einen Begleitkommentar, der die meisten Fremdenführer beschämt hätte. Manchmal aber verfiel sie auch in Grabesstille.

Das Ägyptische Museum hoben sie sich für den Sonntag auf. Sie stellten fest, daß es intimer war als das in Kairo; vor allem die Räume mit den kleineren Artefakten leuchteten wie Edelsteine.

Am Abend nach dem Essen nahmen sie noch einen Kaffee; sie ließen sich Zeit, denn sie hatten keine Lust, den Tag zu beschließen. Kate brachte das Gespräch auf etwas, das mit Ägypten nichts zu tun hatte. Das dachte Max wenigstens.

»Was heißt es eigentlich zu vergessen, Max? Ich meine, etwas zu vergessen, das uns erinnerlich war, es aber nicht mehr ist. Sind die Sachen, die wir vergessen, in unserem Gehirn noch vorhanden, und wir haben nur vergessen, wie wir sie finden?«

»Ich wünschte, ich könnte es dir sagen. Aber die Gehirnzellen sitzen nicht müßig herum und warten darauf, daß etwas von außen sie stimuliert, wie man früher dachte. In Wirklichkeit herrscht da ein Treiben wie in einem Bienenkorb, und überwiegend werden Karten angefertigt. Manchmal werden unsere mentalen Landkarten so verzwickt, daß wir uns in der Tat zu verirren scheinen. Wenn wir dann schlafen und kein sensorischer Input stattfindet, wird der Weg klar. Die meisten von uns träumen zum Beispiel tagsüber, aber auf eine begrenzte Weise, weil unsere Sinne die Typen von Bildern, die wir generieren können, beschränken. Aber manchmal erleben wir eine Art Nachglanzeffekt – das Echo von etwas, das wir in der Nacht geschaffen haben. Warum? Hast du etwas vergessen, an das du dich erinnern müßest?«

»Ich weiß nicht.« Sie griff nach dem Stift, den der Kellner auf den Tisch gelegt hatte, damit Max den Kreditkartenbeleg abzeichnen konnte, und fing an, auf die Rückseite der Rechnung zu kritzeln. »Manchmal kommt es mir so vor. Und dann wieder – dann erinnere ich mich an Dinge, an die ich mich nicht erinnern dürfte. Gestern zum Beispiel, in Karnak, im Tempel. Da wußte ich, was sich hinter der nächsten Ecke befand, in der nächsten Kammer, in der übernächsten – alles. Die ganze Zeit, während wir dort waren, hatte ich das Gefühl, ich stände kurz davor, mich an etwas zu erinnern – wie wenn einem ein Wort auf der Zunge liegt. Ich muß noch einmal dorthin zurück. Hast du etwas dagegen?«

Max sah, daß sie einen Affen zeichnete – mit der linken Hand –, und es rieselte ihm kalt den Rücken herunter. »Weißt du, alle Welt glaubte immer, daß Schimpansenweibchen nur mit den Männchen ihrer Umgebung verkehrten. Und wenn eines es mal zufällig mit einem Außenseiter trieb, würden die Männchen der Horde den Nachwuchs umbringen. Dann entwickelte man die DNS-Untersuchung – und was glaubst du? Es stellte sich heraus, daß weibliche Schimpansen sich immer schon zu fremden Kerlen geschlichen haben, denn man fand eine ganze Menge außerehelicher Babys, und alle quicklebendig.« Ein Lächeln ließ seine Augen leuchten. »Jeder, der glaubt, wir haben schon alles zu säuberlichen Päckchen verschnürt, sollte sich den Kopf untersuchen lassen. Und dazu bin ich genau der Richtige.«

24. Januar

Sie gingen durch den Pylon, das Tor, das der letzte Pharao der Achtzehnten Dynastie erbaut hatte, als Kate etwas hörte, das wie ein langgezogener, gespenstischer Schrei klang. Sie blieb stehen und zögerte weiterzugehen. Max brauchte ihr nur ins Gesicht zu sehen und wußte, daß etwas nicht stimmte. »Was ist?«

»Hast du das nicht gehört?«

»Was denn?«

»Ich weiß es nicht. Ein Vogelschrei vielleicht.«

»Komm, wir setzen uns in den Schatten«, schlug er vor und deutete auf eine nahe Bank.

»Nicht hier, bitte. Ich muß ... ich brauche ... kann nicht atmen ...« Sie ließ ihn verdattert stehen und lief den Weg zurück, den sie gekommen waren. Als er sie eingeholt hatte, ging sie wieder langsamer und sah sich nach ihm um.

»Wo bist du hingegangen?« Sie war den Tränen nahe. »Ich konnte dich nicht finden ...«

Max führte sie zu einer Mauerruine, die dem Tempel abgewandt war, und zog sie neben sich herunter. »Ich bin nirgends hingegangen, Katie. Du bist weggelaufen. Ist alles in Ordnung?« Sie nickte. »Dann laß uns ein Weilchen hier sitzenbleiben und verschnaufen.«

»Da hinten ist etwas Schreckliches passiert«, flüsterte Kate, ohne ihn anzuschauen. »Nicht ... vorhin. Vor langer Zeit. Es fühlte sich an, als ob ... ich weiß es nicht.« Sie zog eine Grimasse, schüttelte den Kopf und zog die Arme dicht an den Körper.

Eine Gruppe älterer Frauen in Shorts und mit breitrandigen Hüten warf neugierige Blick zu ihnen herüber. Kein guter Ort zum Reden, aber das kümmerte Max nicht. »Ich bezweifle, daß die menschliche Natur sich in den Äonen der menschlichen Geschichte stark verändert hat, Katie. Vielleicht wissen wir eine Menge mehr als sie damals, Katie, aber wir lieben unsere Hunde deshalb nicht weniger. Und noch immer treibt uns die Habgier und die Gemeinheit und die Liebe. Seti hat mir erzählt, daß das Museum in Kairo ein paar antike Flöten restauriert hat, und dann kamen ein paar Berufsmusiker und spielten darauf. Und weißt du was? Es stellte sich heraus, daß die alten Ägypter die gleiche Tonleiter hatten wie wir.« Jetzt hörte Kate aufmerksam zu. »Wir wissen, daß Gene infolge von Umweltkarzinogenen mutieren können«, fuhr er fort. »Es kann ja auch sein, daß Erfahrungen sich auf irgendeine Weise, die wir noch nicht kennen, in unseren Genen niederschlagen. Was ist mit den Chemikalien, die unser Organismus bei extremer Angst oder bei Schmerzen produziert? Können sie Veränderungen hervorbringen, die dann von Generation zu Generation weitergegeben werden? Da ist dir vorhin etwas Unerklärliches passiert. Lassen wir es einstweilen dabei« – er drückte ihr die Hand –, »aber halten wir die Augen weit offen.«

Zu seiner völligen Verblüffung stand sie auf und zog ihn an der Hand hoch. »Sitz nicht da herum und verschwende die Zeit, Max. Zeit zum Packen. Das Flugzeug nach Kairo geht um Viertel nach sieben, erinnerst du dich?«

Im Hotel packte Kate ihre Reisetasche, spazierte auf den Balkon hinaus, um einen letzten Blick über den Fluß zu werfen, und hob die Kamera vors Auge. Sie zoomte auf Königin Hatschepsuts Grabtempel; auf diese Weise konnte sie so tun, als ob Autos und Touristen nicht existierten. Nur die brütende, wartende Wüste und die vom Wind zerfressenen Felsen.

Sie schwenkte nach links und erfaßte die Überreste der von der Zeit zernagten Pylone, die einst dreißig Meter oder höher in den wolkenlosen blauen Himmel emporgeragt hatten; dahinter standen massige Säulen, geformt wie Bündel von Papyrushalmen. Amuns großer nördlicher Tempel war – mit einem Wort – gewaltig, als Konzept wie in der Wirklichkeit. Aber wie bei einem *work in progress* sahen die verfallenen Mauern, Stelen und Tore unvollendet aus, als erwarteten sie ihre Fertigstellung durch den nächsten sterblichen Gott, der auf dem Thron des Horus sitzen würde.

»Wir kommen wieder her, Katie«, sagte Max hinter ihr. »Beim nächstenmal chartern wie eine Feluke und fahren den Fluß hinauf bis Edfu; dann lagern wir unter den Sternen und besuchen den Ort, wo Horus über das Böse triumphierte.« Er trat neben sie und lehnte sich ans Geländer. Mit einer ausladenden

Bewegung deutete er auf die Szenerie, die sich vor ihnen ausbreitete. »Es packt einen und läßt einen nicht mehr los, nicht wahr?«

Kate ließ die Kamera sinken. »Eine Überdosis an Sinneseindrücken. Der Himmel hier ist blauer, als ich es irgendwo gesehen habe, selbst in Colorado. Und das Grün ist grüner, vielleicht durch den Kontrast mit der Wüste. Aber die Sonne fühlt sich auch heißer an, und die Nächte kälter. Dunkler. Wie der Tod. Kein Wunder, daß die Ägypter von der Sonne besessen waren und daß in ihren Köpfen herumspukte, was sie nicht sehen konnten – was im Schatten lag.«

Widerstrebend wandte sie sich ab, um ins Zimmer zu gehen, aber Max war noch nicht fertig. Er faßte sie beim Arm und legte dann seine Handfläche an ihre Wange. »Erinnerst du dich, wie du mich fragtest, wieso ich nie geheiratet hätte? Und wie ich sagte, meine Arbeit hätte immer zuviel Zeit in Anspruch genommen?«

Kate nickte.

»Tja, das war gelogen. Das heißt, vielleicht wußte ich es nicht. Aber jetzt weiß ich es. Ich habe auf dich gewartet.«

Er wühlte in seiner Tasche herum und zog die Elfenbeinkette heraus. Eine Sekunde lang liebkosten seine Finger sie, und dann hakte er den Verschluß auf und ließ ihr die Kette um den Hals gleiten; dabei behielt er den ovalen Ring vorn, damit er beim Schließen besser sehen konnte. Als er die Hande sinken ließ, lag der Widderkopf da, wo er hingehörte, fand Kate: Er berührte ihre Brust.

Von ihren Gefühlen überwältigt, hätte sie am liebsten gleichzeitig gelacht und geweint. »Ich bin so froh, daß du das Warten nicht satt bekommen und dich mit einer älteren Frau eingelassen hast. Sie wäre niemals das richtige für dich gewesen.«

Ein Mensch, der sein Ende kennt,
spürt das Leid von morgen, aber die Freude von heute.
Er schaut zum Himmel und lebt ohne Reue.
Er trauert, denn deshalb ist er ein Mensch.
Er wird das Herz und die Zunge Gottes.
Aus der Sterblichkeit schafft er etwas Unsterbliches.
Totenbuch der Ägypter

XXXI

OSIRIS HAREMHAB

(1335 vor Christus)

Dritter Tag,
zweiter Monat des Pflanzens

Pagosch fand ich zuerst. Er lag mit dem Gesicht nach oben in einer Blutlache, den einen Arm ausgestreckt. Seine andere Hand umklammerte die klaffende Kehle, als habe er versucht, sie zusammenzuhalten, damit das Blut nicht aus seinen Körper entweichen könnte – und mit ihm sein *ka*.

Ich begriff, daß er tot war, und im selben Augenblick spähte ich den Weg hinauf und hinunter und suchte nach Aset. Wahrscheinlich – ich weiß es nicht – erwartete ich, sie genauso vorzufinden. Aber ich fand nicht einmal einen Fußabdruck im sonnengehärteten Boden, der mir verraten hätte, in welche Richtung sie gelaufen waren. Es mußte mehr als einer nötig gewesen sein, um Pagosch zu überwinden. Ich schaute noch einmal zu ihm hin und sah, daß das Blut noch nicht in die Erde eingesickert war. Das bedeutete, daß der Mord kurz vor meiner Ankunft stattgefunden haben mußte. Nicht, daß es etwas geändert hätte, wenn ich eher gekommen wäre; eine solche Bluttat kann niemand überleben, nicht einmal Pagosch.

Ich wußte, er hätte mich jetzt schon gedrängt fortzulaufen, aber ich wunderte mich noch über seinen ausgestreckten Arm – als habe er ihn hilfesuchend zu Amun erhoben. Aber das paßte nicht zu diesem Mann. Also hockte ich mich nieder, um an dem Arm entlangzuspähen, und als ich den Kopf hob, sah ich die bunten Fahnen, die auf dem Doppelturm von Haremhabs massigem Pylon flatterten. Angst stieg mir wie Galle in die Kehle, ich sprang auf und rannte los, und unterwegs beschwor ich Thot, er möge mir erlauben, sie zu finden, bevor es zu spät wäre. Ich wollte sie nicht finden, wie ich ihn gefunden hatte.

Ich verlangsamte meinen Lauf nicht, als ich endlich in Sichtweite des Tempels kam. Der Platz vor dem großen Tor war leer, und die ganze Anlage kam mir gespenstisch still vor. Dann erscholl in der Ferne, wie ein Echo von jenseits des Tales, ein langgezogener, klagender Schrei. Trauernde am Ort der Wahrheit, dachte ich. Oder ein verletztes Tier.

Ich schaute hoch, als ein Schatten über mich hinwegstrich. Etwas, das ausah wie ein riesiger Vogel hob sich vom Himmel ab, die Flügel wie im Fluge ausgebreitet. Aber statt emporzuschweben, kam es auf mich zu, so, wie Tutanchamuns Horus des Himmels an jenem Tag vor so langer Zeit zur Erde herabgeschossen war.

Und auch diesmal konnte ich nicht verhindern, was geschah.

Mit der Körpermitte schlug sie auf die steinerne Brüstung des Balkons auf, wo der Gott an besonderen Festtagen zu erscheinen pflegt. Es schien, als hüpfte sie noch einmal in die Höhe, ihre Beine peitschten in die Luft, und dann verschwand sie hinter der Brüstung.

Wie ich in den Pylon gelangt bin, weiß ich nicht mehr, aber die Soldaten, die dort Wache stehen, müssen bestochen worden sein, denn sie waren nicht da. Jetzt weiß ich, daß dies der Grund war, weshalb der Platz mir so still vorkam. Im Innern rannte ich die Wendeltreppe hinauf und hatte die halbe Strecke bis zum Balkon zurückgelegt, als zwei Priester von oben herunterkamen, und zwar so schnell, daß sie mich beiseite stießen und ich das Gleichgewicht verlor.

Als ich mich aufgerappelt hatte, schaute ich in die braunen Augen einer Frau, die einen Schleier vor dem Gesicht trug. »Du kommst zu spät, *sunu*. Das Spiel, das er gespielt hat, ist zu Ende.«

Das Blut gefror mir in den Adern, aber ich drängte mich an ihr vorbei; ich wollte Aset erreichen, bevor es zu spät war. Als ich durch die Tür stürmte, die zum Balkon des Gottes führte, sah ich, daß sie auf der Seite lag. Die rechte Schulter war nach vorn gefallen, und beide Knie waren angezogen. Ihre Fußsohlen bluteten, aber ich legte die Hand zuerst an ihren Hals, um festzustellen, ob sie noch lebte. Mein Herz tat einen Freudensprung.

Ich zerrte mir den Schurz vom Leib, riß ihn in Streifen und wickelte sie um ihre Füße, um die Blutung zu stillen. Als ich sie umdrehte, legte ich die Hand unter ihren Kopf, um den Hals geradezuhalten. Ich sah Blut auf ihrer Tunika, unterhalb der Brust. Vorsichtig nahm ich sie auf die Arme. Ein paar gebrochene Rippen sicher, dachte ich; ich richtete mich auf und trug sie die Treppe hinunter, und sorgfältig achtete ich darauf, in dem engen Raum nicht mit ihren Füßen anzustoßen.

Erst als ich wieder ins Helle kam, bemerkte ich ihre linke Hand. Sie war blutig und zermalmt, und die Finger standen in unnatürlichen Winkeln ab. Zwei Fingernägel waren abgerissen, und die anderen waren so stark blutunterlaufen, daß sie purpurn aussahen, als habe ein Elefant auf die Hand getreten, das Fleisch zerquetscht und jeden Knochen zersplittert.

Ich versuchte zu laufen, aber rosaroter Schaum quoll bei jedem qualvollen Atemzug, den sie machen mußte, aus ihren Mundwinkeln. Mindestens ein Lungenflügel mußte also zerrissen sein. Aber sie lebte!

Bei Ramoses Tor schickte ich den Torwächter zu Ruka; er war der einzige, bei dem ich mich darauf verlassen konnte, daß er Senmut und Mena unverzüglich holen würde. Dann wies ich ihn an, mit ein paar Männern loszulaufen und Pagosch nach Hause zu bringen.

Merit kam mir an unserer Haustür entgegen. Sie warf nur einen Blick auf die Last in meinen Armen und fragte: »Mein Mann ist bei Osiris?« Ich nickte nur, denn ich brachte kein Wort heraus.

»Schnell«, drängte sie und lief mir voraus in unsere Schlafkammer. Ich legte Aset aufs Bett und versuchte, dort Kissen unterzulegen, wo Knochen gebrochen waren. Ich betete zu Thot, daß sie erst aufwachen würde, wenn ich die Brüche gerichtet hätte. Bei Rippen geht das natürlich nicht, aber ich mußte eine Möglichkeit finden, ihr das Atmen zu erleichtern.

Merit brachte Decken, um ihr zu helfen, die Körperwärme zu erhalten, die zum Leben notwendig ist. Dann holte sie Wasser und saubere Tücher, um das getrocknete Blut abzuwaschen. Ihr mühsames Atmen machte mir Sorgen, und ich fürchtete, Ruka würde Senmut vielleicht nicht finden. Senmut ist erfahrener als ich, wenn es darum geht, die Zeichen innerer Verletzungen zu deuten, die durch einen Schlag im Körper verursacht werden, und meine chirurgischen Fähigkeiten sind auch geringer als die seinen.

Merit badete die zerschnittenen Füße, während ich an ihrer Hand arbeitete; ich legte eine Schiene aus getrockneter Ochsenhaut an. Zuerst richtete ich die Finger gerade, so gut es ging, obwohl sie schon zu ihrer doppelten Größe angeschwollen waren und da, wo die Nägel gesessen hatten, immer noch bluteten. Dann nahm ich Leinenstreifen, die ich mit Hufleim getränkt hatte, und band damit die ganze Hand fest an die Ochsenhaut.

Als Senmut kam, brachte er Nebet mit, und ich erzählte den beiden alles: wie und wo sie auf die Brüstung aufgeschlagen war und alles andere. Nur von meiner Begegnung mit der Frau, die sie auf die Welt gebracht hatte, sagte ich nichts, denn diese Rechnung kann niemand begleichen. Nicht einmal Asets Vater.

Senmut zog die Decken weg und legte sein Ohr auf Asets Brust, erst links, dann rechts. Von ihrem Keuchen abgesehen, war es so still, als hielten wir alle den Atem an. Auch Nebet und Merit weinten und jammerten nicht, wie manche Frauen es oft tun.

»Ist sie überhaupt nicht aufgewacht?« fragte Senmut.

Ich schüttelte den Kopf. »Nicht einmal, als ich die Fingerknochen gerichtet habe.«

»Wahrscheinlich, weil sie nicht genug Luft bekommt. Die Flüssigkeit in ihrer Brust verhindert, daß die Lunge sich richtig füllen kann. Die einzige Möglichkeit, ihr Erleichterung zu verschaffen, besteht darin, daß man ein hohles Rohr einführt, aber ich will ehrlich sein, Tenre: Nicht einmal das ist immer erfolgreich. Blut und Schleim können das Rohr verstopfen, oder die Lunge ist so zerfetzt, daß sie keine Luft mehr halten kann.«

»Dann verschwenden wir unsere Zeit mit langen Reden.«

Merit brachte neue Tücher und Wasser, damit Senmut sich die Hände waschen konnte, während ich die dünne, schmale Klinge, die er selbst entworfen hatte, in der Flamme einer Lampe ausglühte.

Er stach an der rechten Seite hinein, fünf oder sechs Fingerbreit unter der Achsel, und hielt das dünne Rohr ein Stück weiter unterhalb der Spitze fest an die Klinge gedrückt; auf diese Weise schob er es gleich beim Schneiden mit hinein. Sie schrie einmal auf; es war ein Laut, der eher katzenartig als menschlich klang und mir die Tränen in die Augen trieb. Als er in den Brustraum eingedrungen war, lief sogleich ein Strom von blutiger Flüssigkeit aus dem Ende des Rohrs in die Schüssel, die ich bereithielt.

Senmut zog seine Klinge heraus und ließ das Rohr in ihrer Seite stecken. Mit einer Handbewegung bedeutete er mir, ich solle es festhalten. Dann ging er um ihren ausgestreckten Arm herum, stellte sich an ihren Kopf und drückte auf die Wangen, um ihren Unterkiefer herunterzuklappen und ihren Mund zu öffnen. Er drückte seine Lippen auf die ihren und blies in ihren Mund, um so für sie zu atmen, wieder und wieder, bis ich nicht mehr mitzählte.

»Hier ist ein leichter Widerstand«, meldete ich. Er wies mich an, das Rohr Stück für Stück herauszuziehen, während er weiter in ihren Mund blies. Als das Rohr ganz herausgezogen war, atmete sie nicht mehr so geräuschvoll.

Er drückte eine Kompresse auf den Schnitt, um die Blutung zu stillen, und ich mußte mich hinsetzen, weil meine Beine mir den Dienst zu versagen drohten. Kurze Zeit später half er mir, ihren Brustkorb straff zu umwickeln, um weiteren Schaden zu verhindern, und dann krochen die Stunden so langsam dahin, daß ich mich allmählich fragte, ob Re mit seinem Boot etwa vor Anker gegangen sei.

Als sie sich schließlich rührte, bewegte sie lediglich die linke Hand, was zu einem weiteren erstickten Aufschrei führte. »Ein gutes Zeichen«, bemerkte Senmut, aber ich nahm es mit gemischten Gefühlen zu Kenntnis. Ihre Lider flatterten, und dann schlug sie die Augen auf.

Sie starrte zur Decke und versuchte herauszufinden, wo sie war. Dann wollte sie Luft holen. Ihr Gesicht verzerrte sich vor Schmerzen, und eilig nahm ich ihre rechte Hand. Ich sprach leise, um sie nicht zu erschrecken. »Bleib ruhig. Es ist alles gut.« Sie wandte mir den Kopf zu. »Senmut hat dir den Brustkorb bandagiert – falls du dich fragst, warum du dich so beengt fühlst. Versuche lieber nicht, allzu tief durchzuatmen.«

Ich merkte, daß sie versuchte, mir die Hand zu drücken.

»Nebet ist auch hier«, sagte ich. »Und Merit.«

»Meri?« Sie formte den Namen mit den Lippen.

»Sie ist bei Chary und Tamin.« Angst überlief mich kalt, und die Haare in meinem Nacken sträubten sich, denn bis zu diesem Augenblick hatte ich meine Tochter vergessen.

»Ich werde sie holen gehen«, erbot sich Senmut, »damit du weißt, daß sie in Sicherheit ist.«

»Und ich kümmere mich um sie, bis du wieder gesund bist«, sagte Nebet mit tränenerstickter Stimme.

Asets Blick suchte nach mir. »Du mußt ... einen Weg finden ... sie in Sicherheit bringen«, wisperte sie. »Vor ...« Der Schmerz schlug ganz unverhofft zu, als sie die Hand heben wollte, und ein wilder Ausdruck trat in ihren Blick. Sie machte eine Bewegung, als wolle sie sich aufrichten und nachsehen, was da nicht stimmte, und ein Schrei drang aus ihrer Kehle. Sie sank zurück und schloß die Augen. Hastig legte Senmut ihr ein Ohr auf die Brust.

»Wir müssen ihr etwas gegen die Schmerzen geben, aber nicht soviel, daß es ihre Atmung verlangsamt. Eine Kinderdosis Alraune – bis wir sehen, wie sie darauf reagiert.«

Ich war froh um seinen Rat und verließ sie gerade so lange, wie ich brauchte, um das Nötige zu holen. Als Aset wieder zu sich kam, sagte ich ihr, daß nicht nur ihre Rippen, sondern auch ihre Finger gebrochen seien. Aber sie wollte keine Alraune zu sich nehmen, solange sie nicht wußte, ob Meri in Sicherheit war.

Kurze Zeit später gingen Nebet und Merit hinaus in den Garten, um uns allein zu lassen. Aber ich brachte es nicht über mich, Aset zu befragen, da ich befürchtete, ich könnte Erinnerungen wiederbeleben, die besser begraben blieben – zumal wenn sie erführe, was man mit Pagosch gemacht hatte. Ich hielt also ihre gesunde Hand und streichelte mit dem Daumen ihren Handrücken, die einzige Liebkosung, die ich ihr geben konnte, ohne ihr noch mehr Schmerzen zuzufügen.

Bald kam Meri. Mit großen, feierlichen Augen trat sie an unser Bett. »Mutter?« Ich sah, daß Senmut sie auf das, was sie hier vorfinden würde, vorbereitet hatte, und warf ihm einen dankbaren Blick zu. Er nickte und ging für eine Weile hinaus.

»Komm her ... mein Schatz.« Aset zog ihre Hand aus meiner

und streckte sie Meri entgegen. »Ich muß nur ... ein paar Tage ... ausruhen. Du gehst ... Nebet ... bis –«

»Bis ich dich holen komme«, vollendete ich. »Du darfst mit niemand anderem Menas Haus verlassen, hörst du?«

»Nicht mal mit Paga?« fragte Meri und sah mich an.

»Paga ist bei Osiris«, flüsterte Aset. Sie wußte es also.

»Wirklich?« Als ihre Mutter nickte, strömten die Tränen über das kleine Gesicht. Ganz unverhofft stiegen auch mir die Tränen in die Augen, und ich mußte mich abwenden, denn plötzlich ging mir auf, daß ich sein unerschütterliches Gesicht nie wiedersehen würde, daß ich niemals mehr würde erraten müssen, welche Bedeutung sich hinter seinen rätselhaften Worten verbarg. Der Fels, auf den ich mich so lange gestützt hatte, war aus dieser Welt verschwunden.

»Es ist ... keine Schande ... wenn wir weinen ... um die, die wir lieben. Ich habe es auch getan. Schon ... oft.« Sie meinte mich ebenso wie Meri. Ich drehte mich um, damit sie sah, daß auch ich ihn betrauerte.

Nebet und Senmut brachten Meri fort, und dann nahm Aset ein paar Schluck Alraunensud und schlief schließlich ein. Ich aber hielt weiter ihre Hand, damit sie wußte, daß ich da war, auch wenn sie schlief. Vielleicht glaubte ich auch wirklich, ich könnte Osiris von ihr fernhalten, sollte er in dieser Nacht noch einmal kommen.

Danach sind meine Erinnerungen verschwommen, aber irgendwann in der Nacht drehte ich mich um und sah, wie Ramose auf ihr fahles Gesicht starrte. Die Wut, die in seinen Augen brannte, ließ die Adern auf seiner Stirn schwellen und pulsieren. Ich wußte gleich, daß er Pagoschs Leichnam gesehen hatte.

»Sie haben einen Beweis für ihre Feigheit hinterlassen«, sagte er und betrachtete dabei ihre zerschmetterte Hand. »Einen Stein, so groß wie ein Männerkopf. Haben sie sich auch mit dem Rasiermesser an ihr vergangen?«

Ich berichtete ihm, was sie mit ihren Füßen gemacht hatten, und bereute es gleich, als er das Blut erblickte, das bereits durch die Verbände sickerte. Einen Augenblick später wandte er sich ab und stürmte hinaus.

Als Re im Westen in den Tod ging, brachte Merit mir eine Karaffe Wein und dazu Brot und Datteln; sie weiß, daß ich nicht schlafen werde. Sie vermutlich auch nicht; also bat ich sie, sich eine Zeitlang zu mir zu setzen. »Dein Mann hat versucht, sie zu retten, als sein *ka* schon aus seinem Körper entwich«, sagte ich und erzählte ihr, woher ich gewußt hatte, daß ich im Tempel suchen mußte.

Sie nickte. »Aset hat ihn verändert, ihn sanfter gemacht.«

»Nicht nur Aset«, sagte ich. »Sogar seine Stimme klang anders, wenn er von dir sprach.«

»Er hat mir einmal erzählt, daß er niemandem je vertraut hat, bevor er dich kennenlernte.«

»Möchtest du, daß ich ihn zum Per Nefer begleite?«

»Ramose hat ihn vor einer Stunde dort hingetragen, aber ich bitte dich um deinen Rat, Tenre. Mein Herr hat uns einen Platz in seiner ewigen Heimstatt angeboten. Und mit dem Hohenpriester Amuns zusammen zu ruhen, ist in der Tat eine große Ehre. Aber ... nun, wir haben unser eigenes Grab geplant, damit wir für alle Zeit zusammensein können, wenn es für mich soweit ist.«

»In diesen Dingen mußt du tun, was du willst, Merit – oder das, was Pagosch wollte. Nicht das, was jemand anders will.« Da ließ sie ihren Tränen freien Lauf, zum ersten Mal, aber nicht lange. Und sie gab ihrer Angst um Aset keinen Ausdruck, aus Rücksicht auf mich.

»Ich bleibe in der Nähe«, sagte sie und erhob sich von ihrem Stuhl, aber dann verharrte sie, um mir noch etwas zu sagen. »Der Hohepriester hat vier Mann seiner Wache oben auf das Tor des Gottes bringen lassen; dort hängen sie jetzt an den Füßen zur Warnung an andere, die vielleicht daran denken, ihren

Posten zu verlassen. Die Geier haben ihnen bereits die Augen ausgehackt.«

Es hat also angefangen. Ramose muß wissen, wer das alles eingefädelt hat. Es trägt ja auch ihr Zeichen. Sie hat mit gleicher Münze vergolten: hat Asets Füße zerschneiden lassen, wie man eine Ehebrecherin brandmarkt, um sich für die Bilder zu rächen, in denen sie Haremhab beschuldigte, über die Untreue seiner Frau hinwegzusehen. Sie hat die Hand zerschmettert, die Nofretete als Mörderin ihres eigenen Kindes und Enkelkindes offenbarte, damit Aset nie mehr zeichnen wird, nicht in diesem und nicht im nächsten Leben. Und schließlich hat sie Aset von dem Pylon geworfen, den Haremhab erbaute – der Pharao, dessen Edikt Aset als grausam und ungerecht brandmarkte.

Vierter Tag,
zweiter Monat des Pflanzens

»Die ersten zwanzig Stunden sind immer die schlimmsten«, erinnerte Senmut mich.

»Es ist nicht nur der Schmerz. Sie erlebt den Fall in die Tiefe immer wieder von neuem.«

»Es hängen jetzt zwei weitere Männer an Haremhabs heiligem Tor.«

»Rachedurst treibt Ramose voran, aber die Spur wird enden, wo sie immer endet: am Fluß.« Senmut sah mich scharf an. »Es ist doch geschehen. Was kann es jetzt noch schaden, die Wahrheit zu sprechen?«

Sechster Tag,
zweiter Monat des Pflanzens

Sie hat immer noch Blut im Urin, und sie ißt auch nicht, so sehr Merit sich bemüht, sie mit süßen Kuchen und Obst in Versuchung zu führen. Das könnte an der Alraune liegen, aber in der Nacht wird sie von Visionen gepeinigt, die sie trotz ihrer leidenden Lunge laut aufschreien lassen. Nur wenn ich ihr die heißen Wangen und den Nacken mit einem kühlen Tuch wasche, scheinen ihre Schmerzen Linderung zu erfahren.

Achter Tag,
zweiter Monat des Pflanzens

Nofretete hat einen so großen Teil der königlichen Garde davon überzeugen können, daß das Glück auf ihrer Seite liege, daß diese Leute alle andern in der Palastkaserne eingesperrt haben. Jetzt hat sie nicht nur den Palast, sondern auch die Schatzkammer, und sie hat sich selbst zum Horus auf Erden erklärt, zum Sohn des Amun und Herrn der Zwei Länder. Semenchkare.

Ich streiche getrockneten Honig auf die Schnittwunden an Asets Füßen und wasche ihn dann mit Wasser wieder ab, aber jetzt klagt sie über Schmerzen in der linken Schulter. Vielleicht spürt sie, was in ihrem Innern nicht stimmt, zumal da ich ihr die Droge gebe, die Seher verwenden, um Einblicke in die Mysterien zu erhalten. Ich habe einmal zugehört, wie mein Vater einen alten Priester befragte, der behauptete, wenn er den Rauch von Teufelsdreck einatme, dann könne er sehen, was er sonst nur hören könne. Ich würde gern von Ramose erfahren, was er über solche Dinge weiß, aber ich bezweifle, daß er in nächster Zeit aus dem Tempel kommen wird – oder daß irgendein Priester heute nacht ein Auge zutun wird.

Neunter Tag,
zweiter Monat des Pflanzens

Sie nimmt nichts als Fruchtsaft oder ein bißchen Ziegenmilch zu sich. Aber inzwischen ist eine ganze Woche vergangen. Gewiß ist doch das an sich schon ein Grund zur Hoffnung. Senmut hat einen Brief von Mena gebracht. »Gute Ärzte sind zu selten«, schreibt er, »als daß ein Feldherr es darauf ankommen lassen könnte, einen den Krokodilen vorzuwerfen.« Also hat er seine Mission erfolgreich beendet. Aber ich fürchte, daß er Nofretetes Zorn über seine Familie bringen könnte, denn Ramses ist ein ehrgeiziger Mann, und es würde mich nicht überraschen, wenn er seinen Vorteil in einer Einigung mit der Frau fände, die sich hier zum Pharao aufschwingt.

Elfter Tag,
zweiter Monat des Pflanzens

Ramose ist abgesetzt, und eine Marionette der Katze sitzt an seinem Platz. Als Re hinter den Felsen im Westen verschwand, ging ich zu einem Kapitän, der sich anschickte, flußabwärts zu fahren, und der bereit war, eine Nachricht an Mena mitzunehmen. Ramose versteckt sich wie ein verwundeter Löwe – sogar vor seiner Tochter, die irgendwie spürt, daß etwas nicht in Ordnung ist. Sie wird von Stunde zu Stunde unruhiger, so daß ich mich gezwungen sehe, zu versuchen, seinem Selbstmitleid ein Ende zu machen. Aber sein Herz ist so voll von Vorwürfen gegen sich selbst – weil er sie im Stich gelassen hat –, daß er sich bestraft, indem er ihr fernbleibt. Trotzdem will ich es morgen wieder versuchen, denn er braucht sie ebensosehr wie sie ihn.

Dreizehnter Tag, zweiter Monat des Pflanzens

Es war kurz nach Mittag, als Aset mich näher zu sich heranwinkte; sie kann immer noch nicht tief genug einatmen, um Kraft zum Sprechen zu finden. Den Alraunentrank will sie nicht mehr; sie sagt, es sei ihr lieber zu wissen, daß sie noch auf dieser Welt ist.

»Soll ich Senmut sagen lassen, daß er Meri nach Hause bringen soll?« Ich ahnte, was sie wollte.

»Bald. Noch nicht.« Sie schaute zur Tür. »Garten ... Sonne fühlen ...«

Ich rief Merit und ließ sie am Teich ein Lager herrichten und auch Datteln und *persea* bringen, denn ich hoffte, dies bedeute, daß sie auch wieder anfangen werde zu essen. Aber als ich sie von unserem Bett hob, färbte die Haut um ihre Lippen sich weiß, ein Zeichen dafür, daß ich ihr qualvolle Schmerzen bereitete, obwohl ich mir alle Mühe gab, behutsam mit ihr umzugehen.

»Wo ... mein Vater?« fragte sie und schaute mir dabei ins Gesicht, um zu sehen, ob ich die Wahrheit sagte.

Ich nahm ihre gesunde Hand und erzählte ihr alles; ich endete mit der Nachricht von Mena. Sie schloß die Augen, und ich dachte, sie wolle ein Weilchen schlafen, aber dann sah ich eine Träne aus ihrem Augenwinkel rinnen. Ich sprang auf, entschlossen, Ramose aus seinem Bau zu zerren.

Sie hielt mich mit einem Kopfschütteln auf. »Hol mir ... meine Ziegenledertasche. Ich komme ... zurecht. Nicht allein. Tuli ... bei mir.«

Es überlief mich eisig, aber ich tat, was sie verlangte, und kam eilig zurück, denn mir lag daran, sie aufzumuntern. »Vielleicht sollte ich deinen kleinen Papyruslöwen einmal waschen«, scherzte ich, als ich den Schnürriemen öffnete und ihn herausholte.

Sie schob die gesunde Hand hinein und tastete umher. »Bring mir ... Kette mit dem Widderkopf«, flüsterte sie. Überglücklich, daß sie danach verlangte – denn Eitelkeit ist bei einer Frau ein sicheres Zeichen für die Wiederkehr der Gesundheit –, holte ich ihr die Halskette, die ich ihr zur Geburt unserer Tochter geschenkt hatte. Aber ich durfte sie ihr nicht um den Hals legen. Sie steckte sie in ihre Tasche und sah mich dann an.

»Hör gut zu, Gemahl. Dies ... mein Vermächtnis ... an Meri. Löwe und ... Elfenbeinkette. Nicht die goldene ... von meinem Vater. Schreibtafel ... von meinem Großvater. Amenhotep. Gedichte, die du mir gegeben ... erste Mal, als wir ... zusammen ... Mann und Frau. Nichts sonst. So kann niemand ... erfahren ... wer sie ist. Jetzt nicht ... und in Zukunft nicht. Den Rest gib ... Merit.«

»Von solchen Dingen sollten wir reden, wenn du wieder gesund bist«, protestierte ich.

»Versprich es mir. Bitte ... Geliebter.«

»Natürlich. Ich wollte doch nur ...«

Sie hob ihre Fingerspitzen an meinen Mund. »Noch nicht ... fertig.«

Ich nickte, und ich hielt ihre Finger an meinen Lippen fest, so sehr lechzte ich nach ihrer Berührung.

»Du. Meri. Zurück nach ... Aniba. Und wenn die Zeit kommt ... da du mir folgst –« Sie schnappte nach Luft. »Vertrag mit Nebet. Ich sorge für ihre ... und sie für meine ...« Sie lächelte bei irgendeiner Erinnerung. »Nebet ließ ... in Ehevertrag schreiben.«

»Aber dein Vater wird doch sicher ...«

Sie drehte den Kopf hin und her. »Thron des Horus ... wirft einen langen Schatten. Sieh zu ... daß er nicht auf sie fällt ... wie er auf mich gefallen ist.«

»Senmut sagt, Meri wird unruhig. Ich werde sie morgen nach Hause holen. Dann kannst du selbst mit ihr sprechen.«

Wieder schüttelte sie den Kopf. »Besser, sie erinnert sich an mich ... wie ich war. Nicht so wie jetzt.« Ihre Augen schlossen sich und öffneten sich wieder, und sie schaute mir ins Gesicht. »Das kann nicht alles sein für uns, Tenre. Es wäre nicht ... *maat.*«

Ist es maat, *mich allein zum westlichen Horizont gehen zu lassen?* wollte ich schreien, um sie von dem Weg abzuhalten, den sie da beschreiten wollte.

»Laß das Blut ... auf meinen Lippen ... süß schmecken ... wie Beeren. Gib mir die Macht ... den Zauber ... gut zu leben«, wisperte sie. Ob sie mit mir sprach oder mit einem der Götter, werde ich nie erfahren.

Ich lebe immer
wie ein Kind im Leib der Wahrheit,
ein blaues Ei, das schaukelt im Sturm,
ohne zu zerbrechen.
Totenbuch der Ägypter

XXXII

Kairo, 25. Januar

Seti Abdalla wartete schon, als sie am Freitag morgen zum Museum kamen. Er saß an dem langen Tisch in der Mitte des Raumes, wo Iskander den Papyrus zutage gefördert hatte. Der Tisch war jetzt leer bis auf einen Stapel Papier unter seiner Hand. Höflich wie immer erhob er sich, um sie zu begrüßen und sich zu erkundigen, wie ihr Ausflug nach Luxor verlaufen war. Aber Kate merkte, daß er nicht mit dem Herzen dabei war; irgend etwas lastete auf seiner Seele.

»Ich fürchte, ich war am Telefon nicht ganz aufrichtig zu Ihnen«, bekannte er, zu Max gewandt, als sie sich hinsetzten. »Der Papyrus war nämlich in einem so guten Zustand, daß Hosni ihn binnen weniger Stunden fast vollständig entrollen konnte. Als sie mich erreichten, hatte ich bereits die ersten Fotos in Händen und wollte mit der Übersetzung anfangen. Sie müssen mir diese kleine Täuschung verzeihen, aber ich hatte gehofft, bis Sie nach Kairo zurückkämen, würde ich zumindest in der Lage sein, Ihnen zu sagen, daß dies Ihr Mann ist.« Er lächelte. »Daß es zwei Rollen sind, habe ich Ihnen gesagt« Kate und Max nickten sofort.

»Vielleicht ist es am einfachsten, wenn ich Ihnen zeige, welche Illustration ich meinte.« Er fing an, mehrere großformatige Fotos Rand an Rand auf den Tisch zu legen, zwei nebeneinander, vier untereinander. Als eine Form erkennbar wurde, stand Kate auf, weil Lichtreflexe auf den Hochglanzabzügen sie störten. Der Schock des Wiedererkennens erschütterte sie bis auf den Grund ihrer Seele. Es war der Umriß einer menschlichen Gestalt, in dem verschlungene rote und blaue Linien wuchsen wie die kahlen Zweige eines Baumes. Eines Baumes, den Kate schon gesehen hatte.

»Vielleicht, Dr. Cavanaugh, könnten Sie Ihre professionelle Ansicht dazu äußern?« fragte Seti.

Max konnte den Blick kaum abwenden, aber schließlich hob er doch den Kopf und sah erst Kate, dann Seti an. »Ich würde sagen, es ist ein Diagramm des Kreislaufsystems. Und ein verdammt gutes, wenn man alles bedenkt.«

»Ja. Wenn man bedenkt, daß die ganze Welt glaubt, bis ins vierte oder fünfte Jahrhundert unserer Zeit habe kein Mensch einen Unterschied zwischen Venen und Arterien gemacht«, erklärte Kate.

»Das ist nicht alles«, fuhr Max fort. »Es zeigt auch, daß das Blut von einer Seite des Herzens zur anderen durch die Lunge fließt. Ich kann mir Daten immer schlecht merken, aber ich würde sagen, bis jemand diesem Sachverhalt auf die Spur gekommen ist, sind noch einmal« – er sah Kate an – »wie viele Jahre vergangen? Tausend?«

»Fünfzehnhundert. Vesalius.« Kate sah Seti an.

»Also ...« Er blies die Backen auf. »Die Medizingeschichte muß neu geschrieben werden.« Lächelnd rieb er sich die Hände. »Dann haben wir eine Menge Arbeit vor uns; wir müssen herausfinden, welchen Weg dieses Wissen genommen haben kann, von meinen Vorfahren bis zu den Griechen.«

»War der andere Papyrus ein medizinischer Text, wie wir es angenommen haben?« wollte Max wissen.

Seti schüttelte den Kopf. »Ich habe keine Rezepte oder Zaubersprüche zur Behandlung von Krankheiten oder Verletzungen gefunden, wenn Sie das meinen. Es ist eher eine Art persönliches Tagebuch, geführt von dem Arzt namens Senachtenre, diesem *sunu*, der Ihre Taschat auf ihrer Reise durch die Ewigkeit begleitet.« Er schwieg kurz. »Nur heißt sie Aset. Isis, wie wir heute sagen würden.«

Kate und Max wechselten einen Blick. »Warum sind Sie so sicher, daß er unser Mann ist?«

»Weil er in diesem Journal oft von einem Hund spricht. Von einem kleinen weißen Hund namens Tuli.«

Kate fühlte, wie ihr die Tränen in die Augen stiegen, Tränen der Erleichterung, gemischt mit einer schrecklichen Traurigkeit. Solange sie es nicht sicher gewußt hatten, war es möglich gewesen, die schreckliche Gewißheit von Asets Tod irgendwie zu verdrängen, obwohl der Beweis ihr vor Augen gestanden hatte: die Mumie selbst. Viel Sinn ergab das nicht. »Erwähnt er sie?« fragte sie.

»Ich glaube, sie ist der Grund, weshalb er überhaupt anfing, dieses Tagebuch zu führen.« Seti machte eine kurze Pause, um seinen nächsten Worten den Nachdruck zu geben, den sie verdienten. »Es kann jetzt kein Zweifel mehr daran bestehen, daß Ihre Taschat – seine Aset – die Tochter der Königin des Ketzers und eines Amunpriesters war.«

»Nofretete«, murmelte Kate.

Seti nickte. »Aber da ist noch mehr, noch viel mehr.« Er klopfte mit der flachen Hand auf den Stapel Durchschlagpapier.

»Wenn es ein Tagebuch ist, muß es doch datiert sein«, sagte Max. Er hoffte auf eine Erklärung für die drei Daten auf dem Sarg, aber Seti wehrte ab.

»Am besten lesen Sie es selbst. Ich muß jetzt zur Universität, aber ich lasse Ihnen alles hier. Zum Abendessen seien Sie bitte meine Gäste. Meine Mutter möchte Sie gern kennenlernen.« Er sah Kate an. »Sie weiß alles darüber ...« Er wedelte mit der

Hand, um ihr zu bedeuten, daß er damit alles, was geschehen war, meinte. »Seit ich ihr Ihre Fotos und Zeichnungen gezeigt habe, spricht sie nur noch von dem Buch, das Sie schreiben müssen.«

Max schaute immer wieder zu Kate hinüber, und sein Blick schien zu bedeuten: »Hab ich's nicht gesagt?« Er ließ sich den Weg zu Setis Haus erklären. Bevor der Linguist ging, deutete er noch einmal auf die verknüllten Blätter. »Denken Sie daran, es ist alles rückwärts. Am Anfang steht das, was erschien, als Hosni den Papyrus entrollte – eine Sektion in einer anderen Handschrift, die an das Ende des Tagebuchs angeklebt war. Danach kommt das Ende des eigentlichen Tagebuchs – soweit mir meine Zeit erlaubt hat, es zu übersetzen.«

Als die Tür sich hinter ihm geschlossen hatte, kehrte Kate zum Tisch zurück und setzte sich. »Willst du es mir nicht vorlesen?« schlug sie vor; sie wollte es in einer Männerstimme hören, als ob der Arzt aus der Vergangenheit selber spräche.

Max nickte und setzte sich ihr gegenüber. »Das Datum lautet: Achter Tag, vierter Monat des Pflanzens im Jahr eins der Herrschaft Ramses'.« Sie schauten einander an und dachten beide das gleiche: Das war das wichtigste Datum.

Ich spreche zu den Göttern, die da richten über Senachtenre, Arzt aus Waset, mein Freund und Bruder vierzig Jahre lang: Mögen Thot und Osiris das Mitgefühl und die Ehrlichkeit des Mannes erkennen, der da vor sie tritt, und mögen sie versichert sein, daß er nicht verantwortlich ist für das, was andere getan haben.

In Sile fand ich Ramses magerer und ungeduldiger, als ich ihn in Erinnerung hatte, aber er begrüßte mich als alten Freund und führte mich gleich durch die Stadt, die er dort baut. So fanden wir erst am Abend Gelegenheit, miteinander zu sprechen. Auch da aber war sein Sohn Seti zugegen, wie er es schon den ganzen

Tag über gewesen war, denn sein Vater hat ihn zum Bürgermeister und zu seinem Stellvertreter im Norden ernannt. Als ich ihnen sagte, warum ich gekommen war, teilte Ramses mir mit, seine Leibgarde sei schon dabei, sich auf die Reise nach Waset vorzubereiten, um dort dem Hohenpriester und seinem Heiligen Rat entgegenzutreten; seine Offiziere und seine Soldaten hätten ihm bereits ihre Unterstützung zugesagt. Haremhabs alter Freund mußte also nicht lange überredet werden, schnell etwas zu unternehmen, um Nofretete daran zu hindern, ihre Stellung auszumauern, indem sie sich die Unterstützung der Nomarchen verschaffte sowie der Sicherheits- und der Justizbehörden, die das Recht im Land wahren. Ich wußte nicht, daß sie sich da bereits zum Horus auf Erden erklärt hatte – oder daß Ramose nicht mehr Amuns Hoherpriester war.

Als Tenres Brief mich erreichte, kam es darauf auch nicht mehr an, denn Echnaton kampierte bereits mit seiner bunt zusammengewürfelten Horde von Jüngern vor dem Haupttor der Festung und verlangte nicht nur Einlaß, sondern alle Ehren als rechtmäßiger Herr der Zwei Länder. Tag für Tag kam er vor das Tor, eiferte und fuchtelte mit seinem Stab mit den verschlungenen Schlangen, jenem Stab der Königswürde, den die Priester ihm gaben, als sie ihn in die Rituale einweihten, die nur dem Sohn Amuns bekannt sein dürfen. Ich nehme an, er stände dort noch immer, wäre nicht ein Steinblock von einer der Baustellen gefallen und hätte den Aufseher zermalmt, der unten stand.

Da die Maurer zur Strafe dafür, daß sie Aton verehrten, zur Zwangsarbeit verurteilt waren, liefen bald Gerüchte um, denen zufolge der Ketzer den Zorn des Gottes erregt habe und dieser deshalb den Stein habe herabstürzen lassen. Diese Geschichte verbreitete sich wie ein Feuer im trockenen Heu und wurde auch immer wundersamer, als sie so von Mund zu Mund ging. Und während dicke schwarze Wolken sich über den Himmel wälzten, sammelte sich eine Menschenmenge auf dem Marktplatz, und andere Geschichten fügten sich an die erste. Es hieß, der Gott des Ketzers habe eine Pest über das Volk der Sonne gebracht, welche die Kinder dazu bringe, alles zu erbrechen, was sie zu sich nähmen, bis sie inmitten des Überflusses verhungern würden. Das konnte doch nur das Werk eines rachsüchtigen Gottes sein!

Am Ende forderte das Volk von Sile, Ramses solle Echnaton und seine Brüder zurück zum Sinai schicken, bevor alle seine Kinder dahingerafft würden. Er zögerte immer noch, denn er wußte nicht, wie er mit diesem neuen Rivalen im Kampf um den Thron fertigwerden und zugleich nach Waset marschieren sollte, um der einstigen Königin des Ketzers die Macht zu entreißen, bevor es zu spät wäre. Es war Seti, der sie schließlich nach Hause schickte – Seilspanner, Maurer und gemeine Wasserträger mitsamt ihren Frauen und Kindern. Er befahl ihnen, verschwunden zu sein, wenn Re-Harachte das nächstemal sein Gesicht zeige, sonst werde nicht einmal der Donner ihres neuen Gottes seinen Soldaten in den Arm fallen können. Als wir am nächsten Morgen auf die Mauer stiegen, waren ihre gestreiften Zelte verschwunden. Nur der Staub, den sie mit ihrem Abzug aufgewirbelt hatten, hing noch in der Luft. Seti erklärte, es sei kein großer Verlust; es seien nicht mehr als fünfzig Mann gewesen, die ihre Fähigkeiten außerdem längst auch denjenigen beigebracht hatten, die an ihrer Seite geschuftet hatten. So war die Sache also erledigt, und am nächsten Morgen in aller Frühe segelten wir nach Waset.

Als ich nach Hause kam, fand ich die Nachricht, die Tenre auf dem Schreibpult in meiner Bibliothek hinterlassen hatte: ein einzelnes Blatt Papyrus, beschwert mit dem Eisendolch, den Osiris Tutanchamun ihm geschenkt hatte. Der Anblick trug Furcht in mein Herz.

Osiris hat das Spiel gewonnen, das wir zwanzig Jahre lang gespielt haben. Ich habe das Zusammentreffen erst beschleunigt, als ihre Augen mich anflehten, sie von den unerträglichen Schmerzen zu befreien. Ich habe sie auch für die Ewigkeit bereitgemacht und den Schlüssel zu ihrem Aufenthalt bei der hinterlassen, die in den Armen des Flußgottes gezeugt wurde. Gott weiß, daß ich versucht habe zu bleiben, obwohl die Sonne für mich vom Himmel verschwunden ist. Es ist besser, wenn Meri im Frieden ohne mich statt mit mir in Angst lebt. Wisse aber auch, mein Freund und Bruder meines Herzens, daß ich ohne Dich nicht der Mann wäre, der ich bin. Was immer geschehen mag, sei versichert, daß ich Dich liebe und Dir vertraue, jetzt und in Ewigkeit – falls es so etwas gibt. Falls nicht, bin ich noch immer der glückseligste unter den Menschen.

Eisig überlief es mich, als ich seine Worte las, und dann überkam mich ein schreckliches Gefühl des Verlustes, denn ein großes Loch klafft in meinem Herzen. Als Senmut kam, sah ich seinem Gesicht an, daß auch er einen Teil seiner selbst verloren hat. Aber er hat gesehen, wie es geschah.

Sicher wußte Tenre, daß die einzige Gelegenheit, nah genug heranzukommen, sich am Eingang zu Haremhabs ewiger Heimstatt bieten würde, wo sie im Leopardenfell des neuen Pharaos erscheinen sollte. Wie er die Willenskraft aufbrachte, der Frau ins Gesicht zu schauen, die seiner Geliebten das Leben schenkte und dann wieder nahm, das weiß ich nicht. Aber während aller Augen sie dabei beobachteten, wie sie mit dem heiligen Breitbeil den Mund des einst mächtigen Generals berührte, schlüpfte er unbemerkt durch die Menge, und ein schneller Stoß mit der dünnen Klinge seines Seziermessers durchtrennte die große Ader in Nofretetes schönem Hals.

Tenre dürfte genau gewußt haben, wo er zustoßen mußte – und daß eine solche Wunde den sicheren Tod bedeutete. Es ist nur eine Frage der Zeit, bis der Körper von allem Blut entleert ist. Es mußte also seine Absicht gewesen sein. Hingegen konnte er nicht damit rechnen, daß er eher tot sein würde als sie, während hundert Trauernde in ungläubiger Fassungslosigkeit zuschauten, denn niemand konnte vorhersehen, daß ein heißblütiger junger Offizier ihrer Garde herwumwirbeln und Tenre mit einem einzigen Schwertstreich den Kopf vom Körper trennen würde.

Ich danke Thot jeden Morgen und jeden Abend dafür, daß er mir diesen Anblick erspart hat. So ist meine Erinnerung an ihn nicht besudelt mit Blut und Gemetzel. Noch jetzt, während ich hier schreibe, blicke ich unversehens auf und erwarte sein nüchternes Antlitz vor mir zu sehen, wie es in einem plötzlichen Lächeln erstrahlt, oder zu sehen, wie langsam ein Scherz in seinem Auge aufblüht – zumeist ein Scherz auf meine Kosten.

Niemand hätte ihn retten können, aber diese Feststellung hilft Senmut nicht, seine Schuldgefühle zu verwinden, weil er dabeistand wie alle andern, gelähmt vom Anblick dessen, was sich da vor ihrer aller Augen abspielte. Zumindest gelang es ihm, das zu retten, was übrig war von dem Mann, den er als Vater und als Freund geliebt hat und den man in den Staub getreten hatte, damit er dort in der Sonne verfaulte. Erst als es dunkel war, wagte er Tenres Leichnam ins Haus der Toten zu tragen, wo Nebets Gemahl fast so bekannt ist wie der Mann, den er brachte. Auch ist Senmut nicht ohne Vermögen, und so kann er die Hände beglücken, die sich ihm entgegenstrecken. Andernfalls hätte man ihn wohl abgewiesen, denn man nimmt dort niemanden, der getötet hat – niemanden außer den sterblichen Göttern, die auf dem Thron des Horus sitzen.

Drei Pharaonen also bestiegen den Thron des Horus in rascher Folge – fast gleichzeitig, könnte man sagen: Semenchkare, Echnaton und dann Ramses. Drei Daten also und der Name, unter dem sie reist – das sollte jeden verwirren, der sie ein zweites Mal zu vernichten sucht. Aber Nebet hat es unternommen, die Bandagen ihrer geliebten Freundin zu bemalen: So wird Asets Seele trotz des falschen Namens ihren Körper wiedererkennen.

Was meinen Teil angeht: So, wie mein Freund diese Welt vom Bösen befreite, um seine Tochter zu retten, so habe ich das Jenseits von einer Mutter gesäubert, die mindestens zwei von ihren eigenen Töchtern ermordete, denn ich entwendete Nofretetes Leichnam bei Nacht und trug ihn zum Flußufer, wo die Krokodile ihre Eier legen. Ich will auch noch bekennen, daß ich nicht allein handelte, wenngleich es mir nicht zukommt zu offenbaren, wer es war, der mir half. Das überlasse ich ihm, wenn die Zeit kommt. Aber ich gebe freimütig zu, daß es uns Freude machte, was wir taten, wohl wissend, daß die Katze ihr letztes Opfer geschlagen hat, in dieser Welt und in der nächsten.

Tenre hat mir einmal gesagt, daß er ohne Aset nie mehr vollständig sein könne. Und ich glaube, sie war es auch nicht ohne ihn. Also habe ich dafür gesorgt, daß der Teil, den er für den wirklichen Sitz unserer Gedanken und Gefühle hielt, zusammen mit seiner Göttin auf die Reise in die Ewigkeit geht. Er geht mit weit offenen Augen, denn er glaubte auch, der Weg zum ewigen Leben liegt in dem, was wir lernen und anderen hinterlassen, auf daß sie darauf aufbauen können, und nicht in unseren verschlissenen Körpern, die mit der Zeit zu Staub werden. Aber wer kann das mit Sicherheit wissen? Und was nützt ein offenes Auge ohne Werkzeug, um aufzuzeichnen, was es sieht? Also habe ich auch dafür gesorgt.

Jetzt trage ich das Geschriebene zum Per Nefer, damit es mit seinem Körper eingewickelt werde. So werden Osiris und seine Richter die Wahrheit über das Leben meines Freundes erfahren. Wenn Tenre recht hatte, dann werden sein Tagebuch und ihre Karte die Stelle seines Kopfes einnehmen, zusammen mit seinem Herzen. Die Karte zeigt die Lage der Gefäße, die nur Blut enthalten. Diejenigen, die sie rot gemalt hat, transportieren das Blut stoßweise weg vom Herzen. In den blauen strömt das Blut dunkler und nicht so schnell, und das erklärt vielleicht, warum es nicht so gefährlich ist, in eines davon hineinzuschneiden. Tenres medizinische Schriften bleiben bei mir – ein Geschenk, kopiert von dem begabtesten Schreiber, der je die Zwei Länder bewohnte, denn es war Aset, die die Schriften mit allerlei bunten Tieren ausschmückte, die ihre eigene Geschichte erzählen,

Vignetten, die dem, was Tenre in seinen Experimenten herausfand, eigene Einsichten hinzufügen.

Nebet und Aset haben vieles miteinander abgesprochen: Hapimere wird mit Senmut und meiner Tochter nach Aniba fahren, wie ihre Eltern es wollten. Merit kommt ebenfalls mit. Mit der Zeit, so hoffe ich, wird Asets Amme meinen Enkel ebenso lieben, wie sie seinen Paten liebte.

Senachtenre. Mein Vater, mein Bruder und mein Sohn zugleich. Der Gefährte meiner Jugend, der Anker, an dem mein Boot die rauhen Strömungen des Lebens überstand, das Spiegelbild meines *ka*. Wie fremd und leer ist die Stadt meiner Geburt ohne ihn. Aber nicht so leer wie mein Herz.

Max saß da und starrte auf das Papier, ohne es zu sehen. Nach einer Weile schien er sich wieder zu erinnern, wo er war, und er fügte hinzu: »Unterzeichnet ist es mit Merenptah, einst Oberster Leibarzt des Pharaos und Meisterarzt für die Armee des Nordens, jetzt Arzt der Menschen von Waset, wie mein Kindheitsfreund es vor mir war.«

Er schaute zu Kate hinüber und war nicht überrascht, als er sah, daß ihr die Tränen über die Wangen liefen. Sie schien es gar nicht zu merken – als wäre die Kate, die er kennen und lieben gelernt hatte, ganz woanders. Unvermittelt packte ihn eine schreckliche Angst, deren Tentakel in jeden Winkel seines Gehirns vordrangen, und er hob die Hand, um sie zu berühren. Sie schaute ihn mit einem traurigen, bedauernden Lächeln an und wischte sich die Tränen ab.

Max war erleichtert. »Möchtest du den Rest lieber ein andermal lesen?«

Kate schüttelte den Kopf. »Ich muß wissen, was aus ihr geworden ist. Du nicht?«

Er nickte und blickte auf das nächste Blatt.

»›Pagosch fand ich zuerst …‹«

Kate saß da wie erstarrt, und ihr Herzschlag donnerte ihr in den Ohren, als Tenre in die Höhe schaute und Aset mit ausgebreiteten Armen vor dem blauen Himmel erblickte. Sie fühlte, wie der Aufprall Asets Körper über die Brüstung schleuderte, und dann sah sie den blutigen Schaum auf ihren Lippen.

»Milzriß«, murmelte Max, als Tenre später den Schmerz in ihrer linken Schulter erwähnte. Als er über den Tisch langte und seine Hand auf ihre legte, wußte sie, daß sie sich dem Ende näherten.

Zwanzigster Tag,
zweiter Monat des Pflanzens

Es ist, als bewohnte sie zwei Welten zugleich, zwischen denen sie nun hin und her wandert. Immerhin erkannte sie ihren Vater, obwohl er jetzt aussieht wie ein alter Mann. Eine Zeitlang saß Ramose da und schaute zu, wie sie mühsam atmete; von Zeit zu Zeit sprach er mit ihr und wartete dann auf eine Antwort. Ich war zu weit entfernt, um zu hören, was sie sagten; nur einmal schrie sie mit kindlicher Stimme: »Ich will nie wieder ... die Schminke meiner Mutter ... borgen. Ich versprech's dir ... Vater.« Bilder aus der Vergangenheit blitzen vor meinem Auge auf, und ich habe kein Mitleid mit dem Mann, der sie auf eine Weise verletzt hat, gegen die ein Arzt machtlos ist. Sie schniefte und versuchte ihre Tränen zu unterdrücken. »Wirst du mich dann liebhaben – *bitte*?«

Ramose sprang auf, und mit wildem Blick rannte er hinaus. So bestraft Sechmet ihn dafür, daß er so lange fortgeblieben ist, dachte ich, denn nur ein einziger Mensch hat ihn je im Innersten berührt. Und jetzt liegt sie da und leidet die Qualen der Verdammten, und er ist außerstande, ihr zu helfen.

Als Re uns verlassen hatte und Dunkelheit sich über das ganze

Land legte, rief ich Merit, damit sie sich zu Aset setzte, und ich ging zu ihm, denn wir haben seit unserer Rückkehr aus Aniba gelernt, miteinander zu reden. Ich verstehe jetzt, daß Ramose sein Vertrauen nicht so sehr auf ein goldenes Götzenbild setzt als vielmehr in die Notwendigkeit von Struktur und Ordnung. Diese aber, so glaubt er, erfordert höhere Wesen, die als überlebensgroße Eltern den Weg bestimmen, dem ihre Kinder zu folgen haben, um zu zivilisiertem Benehmen zu gelangen. Denn sonst versänke alles im Chaos.

Ich fand ihn am Tisch in seiner Bibliothek, wo er in letzter Zeit oft die ganze Nacht verbrachte und theologische Abhandlungen schrieb, die er vor seinen Priesterkollegen verbirgt, wie ich es auch mit meinen Schriften tue. Das Kinn war ihm auf die Brust gesunken, und ein Arm lag quer über dem Papyrus, an dem er geschrieben hatte. Ich zögerte kurz, weil ich glaubte, er sei bei der Arbeit eingeschlafen, aber dann sah ich, daß der andere Arm seitlich herabhing – und in der Stille der Nacht hörte ich das langsame *Tropf . . . tropf . . . tropf . . .* seines Lebensblutes, das in die Schüssel auf dem Boden unter seiner jetzt leblosen Hand rann. Da wußte ich, daß Ramose Rache an dem genommen hatte, den er am unbarmherzigsten verurteilte – sich selbst –, noch ehe er vor Osiris trat.

Einundzwanzigster Tag,
zweiter Monat des Pflanzens

Ich darf nicht riskieren, bei den Göttern Anstoß zu erregen; also rezitiere ich jeden Zauberspruch genau so, wie er in den Schriften der Priester-Ärzte verzeichnet ist. *»O Isis, große Zauberin, erlöse sie von allem Schlechten und Bösen und Ruchlosen. Von allem Leiden, verursacht durch Göttin oder Gott. Von toten Männern und Frauen. Von Widersachern und Widersacherinnen. Wie du erlöst* hast deinen Sohn Horus. Vertreibe die Krankheit in ihrem Körper, das Leiden in ihren Gliedern. Osiris, rufe fort deine Schlange. Schütze die, die da leidet und doch reinen Herzens ist.« Ich verbrannte sogar die gelben Harzkörner aus dem Lande Punt, die jenen hypnotischen Duft verströmen, von dem ich hoffte, er werde mich fühlen oder sehen lassen, was sie fühlt und sieht – damit ich in ihren Körper schauen und auf diese Weise einen Weg finden kann, sie zu heilen. Doch es nützte alles nichts.

Zweiundzwanzigster Tag,
sechster Monat des Pflanzens

Weil sie mich lehrte, wie ich sie lehrte, wuchsen wir im Verständnis füreinander und in der Liebe. Habe ich dieses Wort je benutzt, ehe sie kam? Von ihr lernte ich auch, was es heißt, tapfer zu sein. Damit hatte Pagosch recht, wie er mit so vielen Dingen recht hatte.

Es ist also geschehen.

Als ihr Atem langsamer wurde, nahm ich sie in die Arme, um auf Osiris zu warten. Als ich das nächstemal aufblickte, sah ich, wie seine starre grüne Gestalt im Schatten erschien, um Anspruch zu erheben auf das, was ihm einst verweigert worden war.

»Diesmal magst du sie holen, denn diesmal kannst nur du sie wieder gesund machen«, sagte ich zu ihm, und ich fühlte, wie ihr *ka* über meinen Handrücken strich, als es verschwand. Eine letzte Liebkosung.

Eine Zeitlang blieb ich reglos sitzen und ließ mir das Wissen, daß sie nun fort ist, bis ins Mark dringen. Daß meine Gedanken nun nie wieder von ihrem flinken Verstand erhellt werden. Daß ich nie wieder spüren werde, wie das Feuer in meinem Körper bei der Berührung ihrer Lippen unbeherrschbar auflodert. Und meine Ohren werden nie wieder hören, wie sie mich zur Ordnung ruft, indem sie mich einfach »Gemahl« nennt.

Und als Re-Harachte über den westlichen Horizont heraufstieg, hüllte ich sie in ein weiches Leinentuch und trug sie zum Per Nefer, um zu tun, was ich einst auf ihren Wunsch mit ihrem geliebten Tuli getan hatte. Als ich sah, wie zerrissen und zerschlagen sie innerlich war – nicht nur an Rippen und Lunge, sondern auch an Leber und Magen –, da fragte ich mich, wie sie so lange hatte am Leben bleiben können, ungeachtet ihres starken Willens. Hernach trug ich sie mit dem Namen ein, den sie einmal hatte annehmen wollen, um zu verbergen, wer sie war, und um sie noch im Tode zu beschützen, falls mir nicht gelingen sollte, was ich vorhabe.

Aber während Senmut und die anderen den langen Weg zu Haremhabs ewiger Heimstatt antreten, will ich zuvor bei Mena vorbeigehen und Asets Ziegenledertasche für unsere Tochter bei ihm lassen. Ich habe mein Vermächtnis dem ihren hinzufügt – Asets Karte von den Gefäßen, die das Blut enthalten, und dieses Tagebuch –, damit Meri ihre Mutter eines Tages wird kennenlernen können, wie ich sie kannte, und damit sie versteht, was mit ihr geschehen ist und warum es geschehen ist. Ich möchte auch, daß sie weiß – sollte ich nicht zurückkehren –, daß ich tue, was ich tun muß, um dafür zu sorgen, daß es ihr nicht genauso ergeht. Wie Aset es wollte.

Und so sage ich dir einstweilen Lebewohl, meine Tochter, gezeugt im Glück, du Günstling des Flußgottes, Geliebte meines Herzens. Mögest du aufgehen wie die Sonne, dich verjüngen wie der Mond und dein Leben wiederholen wie die Fluten der Mutter Nil, für immer und ewig.

ANMERKUNG DER VERFASSERIN

Die Mumie einer Frau Taschat existiert tatsächlich. Sie befindet sich in der Sammlung des Minneapolis Institute of Art. Die Inschrift an dem einen ihrer beiden kunstvoll bemalten Särge offenbart lediglich, daß sie mit fünfzehn Jahren starb, daß sie die Tochter eines Schatzkämmerers im Tempel des Amun zu Karnak und die Ehefrau eines thebanischen Adligen war.

Eine 1975 angefertigte Röntgenaufnahme zeigt ein zerbrochenes, verrenktes Skelett und einen zweiten Schädel zwischen ihren Beinen. Die Kustoden erklärten sich den zweiten Schädel zunächst mit einem Versehen des Einbalsamierers, aber eine von Dr. Derek Norman durchgeführte Computertomographie zeigte, daß es sich um den Schädel eines erwachsenen Mannes handelte, der sorgfältig einbalsamiert und in Leinen gepackt wurde, bevor er mit der Mumie eingewickelt wurde. Der Hinterkopf war »eingeschlagen«, die Knochensplitter waren mit einem lehmartigen Füllmaterial wieder an ihren Platz gesetzt worden. Da Taschats äußere Bandagen unberührt zu sein schienen – jede Schicht der Binden ist in den Axialscans sichtbar –, muß der Kopf mit Absicht und zur Zeit der Mumifizierung dort plaziert worden sein; die Möglichkeit, daß es sich um das Werk von Vandalen oder Grabräubern handeln könnte, ist ausgeschlossen (*New York Times*, 22.11.1983).

Ob Taschats Verletzungen vor oder nach dem Tod entstanden sind, bleibt ein Rätsel ebenso wie die Identität ihres Gefährten und die Frage, wie sein Kopf dahin kam, wo er jetzt ist.

HISTORISCHE ANMERKUNG

Als Herodot seine Geschichte des pharaonischen Ägypten schrieb (um 450 v. Chr.), konnten seine ägyptischen Zeitgenossen, denen er begegnete, die Hieroglyphen ihrer Vorfahren nicht mehr lesen. Erst in jenem Augenblick im Jahr 1822, als Jean François Champollion den Schlüssel zur Entzifferung des Steins fand, den die napoleonischen Truppen bei Rosetta entdeckt hatten, und als er damit die Tür zu jener lange verlorenen Sprache aufschließen konnte – erst in diesem Augenblick wurde die moderne Ägyptologie geboren. Andere Türen blieben aber noch verschlossen, bis die Paläopathologie entstand: Sie vermählte die Geschichts- mit der Naturwissenschaft und vermischte so die verschiedensten Typen von Gelehrten, was mit der Zeit zu einer exakteren Wissenschaftskultur führte. Und jetzt haben sich mit den nichtdestruktiven Techniken weitere Türen aufgetan: Computertomographie, Endoskopie und DNS-Analyse können die »Geheimnisse« einer Mumie offenbaren und diese Artefakte der menschlichen Geschichte gleichzeitig intakt für noch ausgefeiltere Technologien der Zukunft bewahren.

Aber ein paar verschwundene Teilchen jenes Puzzles, in dem sich das alte Ägypten verbirgt, sind doch unwiederbringlich verloren – dank der Habgier antiker *und* moderner Grabräuber wie auch der Grabräubermentalität früher Ausgrabungsforscher sowie dem weitverbreiteten Glauben, »pulverisierte Mumien« seien ein Heilmittel für alles – von der Gicht bis zur Impotenz (ein Glaube, der zufällig zur Verbreitung der Pest im

Europa des 16. Jahrhunderts beitrug). Nicht zu vergessen der allgegenwärtige Tourist auf großer Fahrt – wenngleich nicht alle Souvenirs, die er nach Hause schleppte, im Mülleimer der Zeit landeten. Die Mumie der Tahathor, die 1856 von einem gewissen George H. Errington aus Colchester, England, für den Betrag von elf Pfund erworben wurde, gelangte schließlich als Schenkung in das Museum seiner Heimatstadt, und etliche solche Erinnerungsstücke haben ihren Weg auch in größere Museen der Vereinigten Staaten gefunden, wo sie heute mit nichtdestruktiven Techniken untersucht werden.

Die Geschichte der alten Ägypter wird also immer noch geschrieben. Und umgeschrieben.

Noch in unserem Jahrhundert zum Beispiel wurde Amenhotep III. die meiste Zeit hindurch als liebenswerter, aber träger Gatte der Königin Teje betrachtet; seinen Ruhm verdankte er, soweit davon die Rede sein konnte, seinem Sohn, dem Ketzer Echnaton, der vielleicht die erste monotheistische Religion der Geschichte begründete. Heute jedoch gilt die achtunddreißig Jahre währende Herrschaft des Prächtigen Amenhotep – der »Strahlenden Sonne Ägyptens« – als ein Höhepunkt der antiken Kultur; die Malerei begann das Leben und nicht mehr den Tod abzubilden, die Literatur beschrieb menschliche und nicht mehr göttliche Erfahrungen, und ägyptische Ärzte waren im gesamten Nahen Osten gesucht. Tatsächlich hat es heute den Anschein, als sei das wahre Vermächtnis Amenhoteps III. der Individualismus und der Naturalismus im künstlerischen Ausdruck – das Fundament, auf dem das klassische Griechenland erbaut wurde.

Es deutet auch einiges darauf hin, daß er den Gott Aton dem Amun schon vorzog, ehe sein »ketzerischer« Sohn den Thron bestieg; immerhin wissen wir mit Sicherheit, daß er den Thron symbolisch und physisch vom König der Götter distanzierte, indem er seinen Palast dem großen Amuntempel gegenüber am anderen Ufer des Nil erbaute (Karnak). Sicher hätte der große

Amenhotep einen solchen Umzug nicht ohne Grund vorgenommen – nicht, wenn die einzigen Bewohner des Landes an der Westseite des Nils zu jener Zeit die Toten waren. So ist es also wahrscheinlich, daß Echnaton – zumindest am Anfang – von derselben politischen Erfordernis angetrieben wurde: von der Notwendigkeit, die wachsende Macht der Amunpriesterschaft zu bändigen.

Aber der Vater fiel keinem religiösen Fanatismus zum Opfer, wie es dem Sohn widerfuhr, der schließlich alle anderen Götter verbot und ihren Besitz und ihre Reichtümer beschlagnahmte – ganz so, wie Heinrich VIII. achtundzwanzig Jahrhunderte später mit dem Besitz der katholischen Kirche in England verfuhr. Dabei aber fegte Echnaton die Organisationsstrukturen und den Lebensunterhalt seines Volkes hinweg – die Arbeit auf den Feldern und in den Werkstätten Amuns und Ptahs sowie einer ganzen Schar von minderen Göttern überall im Land – und stürzte es so in ein gesellschaftliches und wirtschaftliches Chaos. Nach seinem Tode brachte die zurückwogende Macht des Amun eine Rückkehr zu Tradition, Unterdrückung und Konformität, die zum Verfall des künstlerischen Ausdrucks und der Wissenschaft führte – trotz eines hohen Entwicklungsstands der Einbalsamierungstechniken und der Grabkunst. Magische Beschwörungsgesänge begannen medizinische Praxis zu verdrängen und an die Stelle der rationalen Medizin zu treten: eine Umkehrung dessen, was bisher galt, eine Regression, wie wir sie heute im Aufstieg des moslemischen Fundamentalismus oder in der Forderung, in amerikanischen Schulen »Schöpfungswissenschaft« zu unterrichten, sehen können.

Niemand weiß, was aus Echnatons Königin, der schönen Nofretete, wurde; man weiß nicht einmal, wann oder wo sie starb. Auch sind die Historiker sich über ihre Herkunft nicht einig, und das betrifft übrigens auch Tutanchamun – man weiß nur, daß sowohl Nofretete als auch Tutanchamun und Echnaton von Amenhotep III. gezeugt worden sein *könnten.* Die

Ägyptologen J. R. Harris, Julia Sampson und andere vertreten auf der Grundlage einer Ansammlung von physischen Indizien die Ansicht, daß Nofretete sich während der letzten drei Jahre von Echnatons Regierungszeit in Waset (Luxor) in der Öffentlichkeit als Mann habe darstellen lassen; sie habe mit ihrem Gemahl als Ko-Regent geherrscht: als Semenchkare. Wie plausibel die Existenz einer politischen Karikaturistin zur Zeit der Pharaonen ist – nun, die sogenannten satirischen Papyri im Britischen Museum und die zahlreichen cartoonhaften Skizzen auf Kalksteintäfelchen, die überall im Niltal gefunden wurden, lassen vermuten, daß es so jemanden nicht nur möglicherweise, sondern höchstwahrscheinlich gegeben hat.

Eine Liebe für die Ewigkeit spielt in der Zeit unmittelbar nach der Herrschaft Echnatons – in den letzten fünfundzwanzig Jahren der Achtzehnten Dynastie.

DIE WICHTIGSTEN GÖTTER DES ALTEN ÄGYPTEN

ISIS, OSIRIS UND HORUS

In einer Version des Osiris-Mythos wurde der antike Herrscher Ägyptens von seinem eifersüchtigen Bruder Seth ermordet, der den Leichnam in vierzehn Stücke schnitt und in den Nil warf. Isis, die Schwester und Ehefrau des Osiris, suchte, bis sie alle diese Stücke (bis auf den Penis, der von einem Fisch gefressen wurde) wiedergefunden hatte, und band sie zusammen. Dann verwandelte sie sich in einen Vogel und fächelte dem Leib mit ihren Flügeln Atem ein. Osiris nahm daraufhin ebenfalls die Gestalt eines Vogels an und schwängerte sie, bevor er in die Unterwelt zurückkehrte, um dort über die Toten zu herrschen. Frucht ihrer Vereinigung war der falkenköpfige Horus, der den Tod seines Vaters schließlich rächte und zum Bindeglied zwischen den Lebenden und den Toten wurde. Der Pharao galt als sein Stellvertreter auf Erden, halb Mensch, halb Gott.

Amun siehe *Re*

Anubis Der Gott des Einbalsamierens, der die Bestattungsriten beaufsichtigte, und Beschützer der Toten. Dargestellt als schwarzer schakalähnlicher Hund ohne Geschlecht.

Bes Zwergengottheit, die den Frauen bei der Geburt half.

Chnum Widderköpfiger Schutzgott des Ersten Katarakts, sorgte für den rechtzeitigen Beginn und die Höhe des Nilhochwassers, einer von mehreren »Schöpfergöttern«, der dem Glauben nach Leib und Seele des Menschen aus Lehm geformt hatte.

Hapi Nilgott, dargestellt als Mann mit weiblichen Brüsten.

Horus Der falkenköpfige Sohn von Isis und Osiris, Bindeglied zwischen den Lebenden und den Toten. Der Pharao galt als Reinkarnation des Horus.

Isis Schwester und Ehefrau des Osiris, heilende Gottheit, Herrin der Magie und Beschützerin der Kinder. Die frühen Ägypter wußten keine Erklärung für das Nilhochwasser und schrieben es deshalb den Tränen der Isis zu, die um ihren verlorenen Gemahl Osiris trauerte. Meist mit einem Thron auf dem Kopf dargestellt, der Hieroglyphe für ihren Namen. Der altägyptische Name für Isis lautete Aset.

Maat Die Göttin von Wahrheit, Ordnung und Gerechtigkeit, abgebildet mit einem Federkopfschmuck.

Min Einer von mehreren Göttern, die mit der Fruchtbarkeit in Verbindung gebracht wurden, eine mumienförmige Gestalt auf einem Podest, dargestellt mit erigiertem Penis, manchmal mit Amun in Verbindung gebracht.

Osiris Gott der Unterwelt, der Wiedergeburt und ewiges Leben verhieß. Symbol der Fruchtbarkeit (seinen Tod symbolisierte die jährliche Trockenheit, seine Auferstehung das Hochwasser und die darauf folgende Wiedergeburt des Getreides). Dargestellt als grüne, mumienförmige Gestalt mit gekreuzten Armen, die Krummstab und Dreschflegel als Zeichen der Königswürde hielt.

Ptah Schutzgottheit der Handwerker und Künstler. Man nahm an, er habe die Welt durch sein Denken erschaffen. Hauptgott von Mennefer (Memphis).

Re oder *Ra* Vater der ganzen Schöpfung, der erste universale Gott der Ägypter. Mehrere »Aspekte« der Sonne wurden in ihm verehrt:
Re-Harachte (der aufgehende Horus), die Frühmorgensonne.
Aton, das volle Antlitz der Sonne (im Zenit), verehrt durch Echnaton, am Ende unter Ausschluß aller anderen Götter.
Re-Aton, der spätnachmittägliche oder abendliche Aspekt der Sonne.
Amun, die mitternächtliche (verborgene, unsichtbare) Sonne, später Amun-Re, König der Götter.

Sechmet Löwenköpfige Göttin der Pestilenz und des Schlachtens, die Seuchen über das Land brachte. Wahrscheinlich auch Schutzgöttin der Chirurgen.

Thot Der Gott des Wissens und der Weisheit, der die Sprache und die Schrift erfunden hatte und versuchte, die Dunkelheit durch die Gelehrsamkeit zu vertreiben; Schreiber der anderen Götter und Messer der Zeit.
Dargestellt als ibisköpfiger Mann oder als Pavian.

GLOSSAR

Achetaton Die Hauptstadt, die Echnaton zu Ehren seines Gottes Aton am Ostufer des Nil auf halber Strecke zwischen Kairo und Luxor erbaute; heute Tell el-Amarna.

Achtzehnte Dynastie Die Periode, die als Goldenes Zeitalter des pharaonischen Ägypten gilt; das Reich erreichte seinen Zenit an Größe und regionalem Einfluß unter den Königen Hatschepsut, Thutmosis III., Echnaton und Tutanchamun (allesamt Mitglieder der Thutmosiden-Familie). Ihre Herrschaftsdauer wird unterschiedlich angesetzt: Harris und Wente datieren sie von 1579–1320 v. Chr., Osman von 1490–1333 v. Chr.; sie ist der Anfang dessen, was Ägyptologen als das »Neue Reich« bezeichnen, die Zeit, nachdem Ahmosis I. die Hyksos besiegte und Ober- und Unterägypten vereinigte.

Akkad Antike Zivilisation (Babylon), deren Hauptstadt in der Nähe des heutigen Bagdad lag.

Akkadisch Sprache Mesopotamiens seit dem 3. Jahrtausend v. Chr.; fand in der diplomatischen Korrespondenz der Achtzehnten Dynastie Verwendung (s. Keilschrift).

Chepresch Die Krone der Pharaonen im Neuen Reich (Achtzehnte bis Zwanzigste Dynastie, ca. 1600–1085 v. Chr.) aus geformtem Leder, verziert mit Goldplättchen und umschlungen vom Uräus, der heiligen Kobra.

Elle Maßeinheit, basierend auf der Länge des Unterarms von der Spitze des Mittelfingers bis zum Ellenbogen: 52,36 cm. Eine Elle ist nicht in Zoll oder Millimeter, sondern in Fingerbreiten unterteilt.

Haus des Jubels Der Palastkomplex, den Amenhotep III. am Westufer des Nil bei Waset (Luxor) erbaute. In moderner Zeit Malkata genannt.

Hethiter Das Volk aus dem Land Chatti, das zur Zeit der Achtzehnten Ägyptischen Dynastie den größten Teil der anatolischen Halbinsel (der heutigen Türkei) beherrschte; ihre Hauptstadt war Hattusas.

hieratische Schrift Eine Kursiv- oder Schreibschrift, von Buchhaltern verwendet, im Gegensatz zur »heiligen« Bilderschrift der Hieroglyphen. Echnaton verfügte, daß diese Schrift für alle nichtreligiösen Dokumente zu verwenden sei – eine ökonomische Maßnahme, da die hieratische Schrift weniger Platz beanspruchte als die Hieroglyphen; Papyrus war zu jener Zeit nicht nur teuer, sondern als Handelsware sehr gesucht. Geschrieben mit schwarzer und roter »Tinte«: Rot markierte den

Anfang eines neuen Absatzes, die Summen bei der Buchführung sowie die Namen böser Figuren. Die weitverbreitete Verwendung der hieratischen Schrift gab der künstlerischen Illustration eines Textes zur Anleitung der Leserschaft neuen Aufschwung; von dieser Zeit an begann das Alphabet sein bildhaftes Erscheinungsbild zu verlieren. Um 800–700 v. Chr. wurde die hieratische durch die noch schneller zu schreibende demotische Schrift verdrängt.

Hochwasser Die Jahreszeit der Überschwemmung durch den Nil. Das Aufgehen des Hundssterns Sirius (Sopdet) am östlichen Horizont nach seiner durch die Corona der Sonne verursachten Unsichtbarkeit signalisierte den Beginn des Nilhochwassers. Dies wiederum bezeichnete den Anfang des neuen Jahres, gefolgt vom Frühling, der Jahreszeit des Pflanzens, und dem Sommer, der Jahreszeit des Erntens. Die Ägypter folgten einem Kalender mit 365 Tagen mit drei Jahreszeiten von jeweils vier Dreißig-Tage-Monaten. Die fünf Tage am Ende des Jahres waren Festtage, an denen man den Geburtstag der Götter Osiris, Isis, Seth, Nepthys und Horus feierte.

Horus-Auge Ein Schutzsymbol, entstanden aus dem Mythos, nach dem Horus den Tod seines Vaters rächt; Amulette wurden als Glücks- und Gesundheitsbringer getragen.

Hyksos Kleinasiatisches oder syrisch-semitisches Volk, das während der Dritten Zwischenperiode vermutlich Unterägypten beherrschte und von Ahmosis, dem ersten Pharao der Achtzehnten Dynastie, vertrieben oder unterworfen wurde, womit die Periode begann, die von den Historikern als Neues Reich bezeichnet wird (ca. 1600–1085 v. Chr.). In letzter Zeit ergaben sich Zweifel daran, daß die Hyksos tatsächlich »Ausländer« waren; womöglich handelte es sich eher um eine interne Gruppierung, die den alten Herrschern für einige Zeit die Macht entringen konnte.

Imhotep: Arzt und Architekt der ersten Pyramiden, Verfasser der »Geheimnisse des Arztes«, eines medizinischen Textes, der von einer Generation zur nächsten weitergereicht wurde; eine historische Gestalt, die im Laufe der Zeit die Attribute eines Gottes annahm.

Ipet-isut Amuns nördlicher Tempel; Karnak (die Festung).

Ipet-resyt Amuns südlicher Tempel, erbaut von Amenhotep III.; heute als Tempel von Luxor bekannt.

ka Ein Aspekt der Seele, die Lebenskraft.

kanopische Krüge Gefäße für die inneren Organe, die mit der Mumie zusammen bestattet wurden; die Deckel sind geformt wie die Köpfe der vier Söhne des Horus als Symbole der Vier Elemente (Erde, Luft, Feuer und Wasser).

Keilschrift Eine Schriftsprache aus keilförmigen Elementen, üblicherweise in Tontafeln eingedrückt, in der Antike verwendet in Sumer, Akkad, Babylon, Assyrien, Persien und anderen Kulturen des Nahen Ostens. Im Laufe der Zeit entwikkelte sich mehr als eine Version; man zählt u. a. Linear A, Linear B, Ugaritisch etc. Das Akkadische war eine frühe Form der Keilschrift, die in der diplomatischen Korrespondenz zwischen Echnaton und anderen Herrschern der Region verwandt wurde (beispielsweise auf den in Achetaton gefundenen sogenannten Tafeln von Amarna).

Kusch Das Land im Süden des Zweiten Katarakts, Obernubien, heute ein Teil des Sudan. Während der Achtzehnten

Dynastie gelangten Ober- und Unternubien unter ägyptische Herrschaft. Der Name Nubien kam erst sehr viel später in Gebrauch, wird hier aber zur Erleichterung für die Leser benutzt.

maat Das moralische Empfinden für Recht und Unrecht, dargestellt durch eine Feder, das Symbol der Göttin Maat. Das Ideal von Wahrheit, Gleichgewicht und Ordnung war in der altägyptischen Gesellschaft institutionalisiert.

nemset Ein gestreiftes Kopftuch, gemeinhin von Männern getragen – über die Stirn gespannt, hinter die Ohren gezogen und im Nacken zusammengebunden. Auch *nemes.*

Opet-Fest Elf Festtage im zweiten Monat des Hochwassers, wenn der Gott Amun-Re, seine Frau Mut und ihr Sohn Chons in einer prächtigen Prozession von seinem Tempel in Karnak zu seinem südlichen Tempel in Luxor reisten.

Per Anch Haus des Lebens, Ausbildungsstätte für Ärzte; dazu gehörten Gärten für Kräuter und andere Arzneipflanzen, Büros, Bibliotheken, Laboratorien und Observatorien, wo Schreiber religiöse und technische Dokumente kopierten (»Lehrbücher« für Ärzte). Meist mit einem wichtigen Tempel verbunden. Antike Vorläufer der modernen Universität, Schatzkammern für Archivalien und Informationen aus allen Teilen des Reiches. Im 2. Jahrhundert n. Chr. berichtet Galen, daß griechische Ärzte noch immer die Bibliothek im Haus des Lebens in Memphis besuchten.

Per Nefer Das Haus, in dem die Toten »verschönert« wurden; hier wurden Leichname und innere Organe präpariert, getrocknet und eingewickelt, ehe man sie bestattete.

ro Mengeneinheit, entspricht etwa einem Teelöffel.

Schasu Generischer Terminus für Ausländer semi-nomadischer Lebensweise, die den Negev und andere Regionen von Kanaan und Syrien bewohnten, darunter auch etliche semitische Stämme. Einige Quellen geben Anlaß zu der Vermutung, daß die Bezeichnung »Hebräer« erst nach dem Exodus entstand, aber ob und wann dieses Ereignis überhaupt stattgefunden hat, ist immer noch umstritten.

Sile Festungsstadt im östlichen Delta (auch Tjarw), Hauptstadt zur Zeit der Hyksos-Herrschaft. Umbenannt in Pi-Ramses, nachdem es seit Ramses I. oder seinem Sohn Seti zum Wohnsitz der Pharaonen der Neunzehnten und der Zwanzigsten Dynastie geworden war.

Totenbuch Ein Führer zur Ewigkeit, bei den Ägyptern bekannt als das »Buch des Hervorkommens bei Tage« (der Wiedererweckung), von 3000 v. Chr. bis 300 n. Chr. immer wieder kopiert. Eine definitive Version existiert nicht, und Bestattungstexte, Gedichte und Hymnen lassen sich auch keinen individuellen Verfassern zuschreiben.

Waset Die Stadt des Gottes Amun an den Ufern des Nil, etwa 500 Meilen weit südlich von Kairo. Von den Griechen Theben genannt, auf Arabisch Al-Uqsur, woraus später Luxor wurde. Hauptstadt des alten Ägypten während des größten Teils der Herrschaft Amenhoteps III., aber auch unter Tutanchamun, Eje und Haremhab.

Wawat Das Gebiet zwischen dem Ersten und dem Zweiten Katarakt; Unternubien.

DANKSAGUNGEN

Dr. Robert Pickering, Medizinanthropologe und Leiter der Anthropologischen Abteilung am Museum of Natural History in Denver, hat mir den Zugang zu den forensischen Rekonstruktionen einer Mumie auf der Grundlage von Computer-Tomogrammen eröffnet und mich nicht nur an seinem Fachwissen teilhaben lassen, sondern auch an der Begeisterung, mit der er immer mehr über die Art erfährt, wie die alten Ägypter lebten, und nicht nur über ihre Auffassung vom Tod.

Die Ausstellung *Egypt's Dazzling Sun: Amenhotep III. and His World*, die das Cleveland Museum of Art zusammen mit der Réunion des Musées Nationaux, Paris, zusammenstellte (Katalog von Arielle Kozloff und Betsy Bryan, 1992), öffnete mir die Augen für die künstlerische Pracht dieser Periode der ägyptischen Geschichte. Es gab im Laufe der Zeit noch zahlreiche andere Ausstellungen und Sammlungen, aber keine war gedanklich so anregend wie diese vor dem Hintergrund des gleichermaßen prachtvollen Kimbell Art Museum des Architekten Louis Kahn in Ft. Worth, Texas.

Ein zweifaches Glück für mich war die enthusiastische Unterstützung, die ich von den beiden außergewöhnlichen Literaturagentinnen Elizabeth Ziemska und Christina Harcar erhalten habe. Eine einzelne derartige »Begegnung zweier Geister« kommt schon selten genug vor; daß zwei davon gleichzeitig und am selben Ort stattfinden sollten, widerspricht der Logik ebenso wie dem Zufall. Danken möchte ich auch Jennifer Sawyer Fisher, die mitgeholfen hat, die endgültige Gestalt des Manuskripts zu formen und zu verfeinern. Am Ende war es ihr Sinn für »Spannendes«, der sich durchsetzen konnte.

Kirsten A. Seaver
Die Gudrid-Saga
Ein Roman aus der Zeit der Wikinger

Aus dem Norwegischen von Ingrid Sack
und Åse Birkenheier. 1997, 464 Seiten, gebunden

Gudrid Thorbjørnsdaater hat tatsächlich gelebt. Vor ungefähr tausend Jahren wurde sie auf Island geboren, kam als junge Frau nach Grönland und nahm an einer der Expeditionen der Wikinger nach Vinland teil. Die Gudrid-Saga schildert das Alltagsleben der Menschen damals und ebenso anschaulich wie die Segelfahrten und die Kämpfe gegen die Ureinwohner in Vinland. Farbeprächtig präsentieren sich die verschiedenen Schauplätze, vielschichtig die realen und fiktiven Figuren. Was jedoch besonders zu Herzen geht, ist die Geschichte der tiefen Liebe zwischen Thorfinn und Gudrid und das Schicksal dieser außergewöhnlichen Frau, ihre Kenntnis der überlieferten Zauber- und Heilkunst und ihre einzigartige Stellung in der Gemeinschaft dieser wortkargen Inselbewohner.

»Ein sensibel erzähltes Buch, das eine karge Welt mit Wärme nachempfindet.« Lausitzer Rundschau

»Die spannende Lebensgewchichte von Gudrid ist eine rühmliche Ausnahme innerhalb der Flut historischer Männerromane – für geschichtsbegeisterte Frauen ein Muß.« Emma

Sue Harrison
Der Gesang des Flusses

Aus dem Amerikanischen von Margarete Längsfeld und Martina Tichy
1997, 768 Seiten, gebunden

Sue Harrison entführt den Leser auf eine spnannende, poetische Reise in eine magische Welt, zu den Ureinwohnern Amerikas. Einfühlsam beschreibt sie, wie die Vorfahren der Eskimos und der Indianer auf den Alëuten und Alaska voretwa 8500 Jahren gelebt haben, wie sie mit den Naturgewalten und Tabus, aber auch mit ihren Vorurteilen und Begierden ringen, um zu überleben. Dabei werden diese fernen Menschen so lebendig, daß wir mit ihnen die Mächte der Erde und des Himmels fürchten.

»Ein einfühlsamer Roman aus der Vorzeit, der auch Erkenntnisse moderner Ethnologie aufgreift.« Brigitte

»Spannend und informativ – Geschichtsunterricht der besten Art.« freundin